제인 에어
Jane Eyre

제인 에어

1판 2쇄 발행 | 2019. 7. 30.
개정 1판 2쇄 인쇄 | 2024. 1. 10.
개정 1판 2쇄 발행 | 2024. 1. 15.

지은이 | 샬럿 브론테
옮긴이 | 박정숙
펴낸이 | 윤옥임

펴낸곳 | 브라운힐
서울시 마포구 토정로 214번지 (신수동)
대표전화 (02)713-6523, 팩스 (02)3272-9702
이메일 yun8511@hanmail.net
등록 제 10-2428호
ⓒ 2024 by Brown Hill Publishing Co. 2024, Printed in Korea

ISBN 979-11-5825-123-9 03840
값 28,000원

Charlotte Brontë's classic masterpiece

JANE EYRE
제인에어

저자 샬럿 브론테
역자 박정숙

읽을수록 삶의 깊이가 더해지는 고전 명작 소설은
지금을 살아가는 현대인에게 선물과 같다!

브라운힐
BrownHillPub

《제인 에어》 초판에는 서문이 필요하지 않아서 쓰지 않았습니다. 하지만 이 두 번째 판에서는 서문을 통해 감사 인사와 더불어 몇 마디 말씀을 드리고자 합니다. 제가 감사 인사를 해야 할 분들은 세 부류입니다. 일단 이 평범한 이야기를 너그러이 들어준 독자 여러분에게 감사를 드립니다. 포부는 크지만 이름 없는 작가에게 공정한 장을 열어준 언론에도 감사를 드립니다. 마지막으로 책을 출판해 준 출판사 관계자분들에게 감사드립니다. 심미안과 열정, 시대적 감각과 관대함을 가진 그분들은 추천도 받지 않은 무명작가에게 기회를 주었습니다.

언론이나 독자들은 제가 개인적으로 알지 못하니, 그저 감사드린다는 말씀밖에 드릴 수가 없습니다. 출판사 관계자분들은 제가 잘 아는 분들입니다. 또한 너그럽고 고결한 사람이 홀로 분투하는 낯선 이를 격려해 주듯이 저를 격려해 주신 너그러운 비평가들도 있습니다. 그분들에게, 다시 말해서 출판사 관계자분들과 몇몇 비평가에게 진심으로 다시 한 번 깊은 감사의 마음을 전합니다.

저를 도와주고 인정해 주신 분들께 감사 인사를 드렸으니, 이제 다른 이들에게 이야기를 하겠습니다. 제가 알기로 그들은 수가 그리 많지 않지만 그냥 넘어갈 수는 없습니다. 겁이 많고 트집 잡기 좋아하는 그 사람들은 《제인 에어》와 같은 책들의 관점에 의심을 품고 있습니다. 그 사람들의 눈에는 평범하지 않은 것은 모두 그른 것입니다. 그 사람들의 귀에는 범죄의 근원인 편협한 신앙에 항의하는 것이 지상에 존재하는 신의 섭정, 그러니까 신앙심에 대한 모독으로 들립니다. 저는 그렇게 의심하는 사람들에게 명백한 차이를 알려주고 싶습니다. 단순한 진실을 일깨워주고 싶습니다.

인습은 도덕이 아닙니다. 독선은 종교가 아닙니다. 그렇기에 독선을 공격하는 것이 종교를 공격하는 것은 아닙니다. 바리새인들의 얼굴에서 가면을 벗겨내는 것이 보위에 앉아 있는 제왕께 불경하게 손을 대는 것과 같지 않습니다. 이런 일들과 행위는 오히려 그런 것과 정반대입니다. 선과 악이 다르듯이 그건 분명히 다릅니다. 인간은 너무나 자주 혼동하지만 그것들을 혼동해서는 안 됩니다. 겉모습을 진실로 착각해서는 안 됩니다. 몇몇 사람만 우쭐해하며 찬미하는 편협한 인간의 교의가 온 세상 사람들의 결함을 메워주는 그리스도의 교의를 대신해서는 안 됩니다. 다시 한 번 말씀드리지만 그 둘은 전혀 다릅니다. 그리고 그 둘 사이에 분리의 선을 뚜렷하게 긋는 것은 좋은 일이지 결코 나쁜 일이 아닙니다.

세상 사람들은 이 두 가지를 나누는 것을 달가워하지 않을지도 모릅니다. 그 둘이 뒤섞여 있는 것에 익숙해져 있기 때문입니다. 겉으로 드러난 것을 진정한 가치로 여긴다든지, 하얗게 회칠된 벽을 깨끗한 전당의 증표로 여기는 것이 편하기 때문입니다. 조사하고, 폭로하고, 금박을 벗겨 내어 그 아래의 금속을 보여주고, 무덤을 파고 들어가 납골당 속의 유골을 만천하에 드러내는 자를 미워할지도 모릅니다. 하지만 세상 사람들은 그를 미워할지라도 실은 은혜를 입고 있는 것입니다.

아합은 미가야가 자기에게 불길한 일을 예언한다고 마뜩찮아 했습니다 (예언자 미가야는 이스라엘의 왕인 아합이 길르앗 라못에서 죽는다고 예언했다. ─〈구약〉열왕기 상권 22장). 어쩌면 그 나아나의 아첨꾼 아들(시드기야를 가리킨다. 아합에게 전투에서 반드시 이기리라 예언하고 패전을 예언한 미가야의 뺨을 때렸다.)의 말을 더 좋아했는지도 모릅니다. 하지만 아첨에 귀를 닫고 충실한 조언자의 말을 들었다면 아합은 피투성이 죽음을 피했을지도 모릅니다.

지금 이 시대에, 까다로운 귀들에게 쓴 소리를 하는 사람이 있습니다. 제가 생각하기에 그분은 유대와 이스라엘의 왕들이 등장하기 전에 이믈라의 아들(예언자 미가야를 가리킨다.)이 먼저 온 것처럼, 사회의 위대한 이들이 먼저 온 것처럼, 사회의 위대한 이들이 등장하기 전에 미리 온 자입니다.

그분은 굽힘없이 대담한 태도로 예언자처럼 깊고도 강력하게 그리고 힘차게 진실을 말합니다. 《허영의 시장》의 풍자 작가 새커리 씨가 높이 칭송되고 있습니까? 저는 알지 못합니다. 새커리 씨는 어떤 이들에게 풍자라는 그리스 화약을 던지고 고발이라는 번갯불의 검을 휘둘렀습니다. 그자들 가운데 몇몇이라도 그 경고를 늦지 않게 받아들인다면, 그자들이나 그 자손은 숙명적인 길르앗 라못(아합은 길르앗 라못에서 시리아인들과 싸우다가 죽었다.)을 피할 수 있을지도 모릅니다.

왜 제가 새커리 씨의 이야기를 꺼냈을까요? 독자 여러분, 저는 새커리 씨한테서 동시대인들이 인식한 것보다 더 독특하고 심오한 지성을 발견했습니다. 저는 새커리 씨가 이 시대의 첫 번째 사회 개혁자, 다시 말해 비틀린 사회 체계를 올바르게 바로잡으려 하는 일꾼들의 우두머리라고 생각합니다. 그분의 저술을 두고 많은 이들이 논평을 했지만 아직 그분에게 걸맞은 비유를 한 사람도 없고, 그 재능을 제대로 묘사한 사람도 없습니다. 흔히들 새커리 씨가 헨리 필딩(영국의 소설가이자 극작가로, 사무엘 리처드슨과 함께 영국 소설의 창시자로 일컬어진다.)과 비슷하다고 합니다. 재치 있고 재미있고 희극적인 능력이 있다고 합니다. 새커리 씨가 헨리 필딩과 비슷하다면 그것은 독수리가 콘도르와 비슷한 것과 마찬가지입니다. 필딩은 콘도르처럼 썩은 고기 위로 날아들지만 새커리 씨는 결코 그렇지 않았습니다. 새커리 씨는 재기발랄하고 매력적인 유머 감각이 있지만, 그것들은 그분의 진정한 천재성에 비하면 하찮은 것입니다. 여름에 구름의 가장자리 속에서 노는 희미한 막전(멀리서 일어난 번갯불의 불빛을 받아 구름 전체가 환히 보이는 현상.)이 구름 한복판에 숨어 있는 무시무시한 번개 섬광에 비하면 아무것도 아니듯이 말입니다.

저와 일면식도 없는 터라 받아주실지 모르겠지만 이 《제인 에어》의 두 번째 판을 새커리 씨에게 바칩니다.

커러 벨, 1847년 12월 21일

차 례

3부

1 부

1장
게이츠헤드 가 사람들

산책 같은 것은 꿈도 꿀 수 없는 날이었다. 아침녘에 잎이 다 떨어진 관목 사이를 한 시간쯤 돌아다니기는 했지만, 점심때가 지나자 — 리드 부인은 친구가 없을 때면 일찍 점심 식사를 끝냈다. — 차가운 바람이 검은 구름과 함께 살을 찌를 듯한 비를 몰고 왔기 때문에 밖에 나가 산책한다는 건 생각조차 할 수 없었다.

나는 그것을 퍽 다행스럽게 생각했다. 오랜 시간 산책하는 건 정말 싫은 일이었다. 더구나 추운 날씨에 손과 발이 얼고, 보모인 베시에게 야단을 맞아 기분이 우울한데다 리드 가의 엘리자와 존, 조지아나보다 체력이 약하다는 열등감을 느끼며 저녁때 집으로 돌아온다는 건 생각만 해도 끔찍했다.

거실의 벽난로 앞 소파에 편히 기대앉은 부인은 자기 아이들인 엘리자와 존, 조지아나에게 둘러싸여 — 이때는 그들이 싸우거나 울지 않고 있었다. — 매우 행복해 보였다. 나를 그들과 어울리지 못하도록 하려고, 그녀는 이렇게 말했다.

"너를 가까이 오지 못하게 하는 건 좀 안된 일이지만, 네가 좀 더 사랑스럽고 쾌활한 — 즉 좀 더 명랑하고 솔직하며 자연스러운 — 생활 태도를 지니려 노력한다는 걸 베시에게서 전해 듣거나 또 내 눈으로 직접 보기 전에는, 훌륭하고 행복한 아이들에게만 부여하는 특권을 줄 수 없다."

"베시가 저에 대해서 뭐라고 했는데요?" 내가 물었다.

"제인, 나는 꼬치꼬치 캐묻거나 이유를 따지고 드는 사람은 질색이야. 또 그게 어른에게 하는 말버릇이냐? 저쪽 아무데나 앉아서, 상냥하게 말이 나올 때까지 입 다물고 있어."

나는 거실과 맞붙어 있는, 아침 식사를 하는 자그마한 식당으로 들어갔다. 그리고는 그곳의 책장에서 그림이 많이 삽입되어 있는 책을 한 권 꺼내들고 창 옆의 의자에 올라앉아 편하게 책상다리를 하였다. 그러고 나서 진홍색모직 커튼을 야무지게 여미자, 마치 이중의 은신처에 숨어 있는 것처럼 아늑했다. 완전치는 못했지만 새빨간 커튼은 내 오른편 시야를 막아주었고, 왼쪽으론 투명한 유리창이 1월의 싸늘한 공기를 막아주었기 때문이다.

나는 책장을 넘기다 말고 때때로 밖의 한겨울 오후 풍경에 시선을 주었다. 멀리는 희뿌연 안개와 구름뿐이고, 바로 눈앞에는 비에 흠뻑 젖은 잔디와 폭풍에 쓰러진 관목이 보였다. 줄기차게 쏟아지는 비는 무섭게 휘몰아치는 바람과 함께 거세게 흩뿌려졌다.

나는 책 위로 눈길을 돌렸다. 비위크가 저술한 《영국 조류사(鳥類史)》였다. 실상 본문에는 별로 관심이 없었으나, 서론 부분은 내가 아직 어리긴 해도 그냥 넘겨 버릴 수가 없었다. 거기에는 바닷새의 서식처, 즉 그들만이 살고 있는 '고독한 바위와 곶'이라든가, 노르웨이의 최남단 린데네스와 노스케이프 사이에 산재해 있는 작은 섬과 해안에 관해 적혀 있었다.

거기 북쪽 큰 바다의 발가벗은 어두운 섬 주변에는
대양이 거칠게 소용돌이치고,
대서양의 억센 파도는
폭풍이 몰아치는 헤브리디즈 제도에 몰아친다.

그리고 랩란드, 시베리아, 스피츠베리겐, 노바 젬블러, 아이슬란드, 그린란드 등지의 황량한 해안과 '북극의 광활한 지역과 인적 없는 곳'에 관한 것도 읽지 않고는 넘어갈 수가 없었다. 서리와 눈의 창고라고 할 수 있는 그곳에는 겨울의 퇴적물인 단단한 빙원이 몇 세기에 걸쳐 형성되어 있어, 알프스 봉우리를 몇 개나 겹친 것만큼 두껍게 극지를 에워싼 채 극한 상태로 응축되어 있다고 적혀 있었다. 나는 죽음 같은 백색 지대에 대해 나름대로 생각해 보았다. 그것은 어린아이 머리로는 이해가 가지 않는 희미한 상념에 지나지 않은 것이었음에도 강렬한 인상을 주었다. 이렇게 서론에 적힌 것은 다음에 나열된 그림들과 연결되어, 파도 속에 우뚝 솟은 암석이나 인적 없는 해안에 좌초된 조난선, 지금 막 가라앉으려는 난파선을 구름 사이로 바라보고 있는 창백한 달에 의미를 부여하는 것이었다.

그리고 쓸쓸한 교회 그림이 있었는데, 거기에는 비문을 새긴 묘지가 있고, 나무 두 그루가 서 있었다. 낮은 지평선이 허물어진 벽에 가려져 있고, 지금 막 떠오른 초승달로 봐서 초저녁이라는 것을 알 수 있었는데, 이런 것들과 관련된 나의 심경은 말로 표현할 수 없을 정도였다.

잔잔한 바다 위에 움직이지 않고 떠 있는 두 척의 배를 바다의 유령이라고 생각하던 나는, 도둑이 지고 가는 짐을 빼앗으려고 하는 악마의 그림을 보는 순간 재빨리 책장을 넘겨 버렸다. 너무나 무서웠기 때문이었다. 바위 위에 초연하게 앉아서, 교수대 주변으로 모여드는 군중을 멀찍이 바라보고 있는 검은 뿔의 악마 그림을 보았을 때도 그랬다. 모든 그림에는 각각 한 가지씩 이야기가 곁들여 있었는데, 나의 미숙한 이해력과 유치한 감정으로는 알 수 없는 것이 적지 않았다. 그런데도 매우 흥미진진해서, 베시가 겨울밤에 가끔 들려주던 이야기 못지않게 재미있었다.

베시는 간혹 아이들 방의 난로 옆에 다리미 받침을 가져다 놓고는 우리들을 빙 둘러앉혔다. 그러고 나서 리드 부인의 레이스 깃을 다리거나 나이트캡의 가장자리에 주름을 잡으면서 옛날 얘기나 민요, 그리고 — 나중에 안 일이지만 — '파멜라'나 '몰란드 백작 헨리'의 소설에서 따온 연애담이라든가 모험담을 들려주었다. 우리가 눈을 반짝이며 열심히 귀를 기울이면, 베시는 신이 나는 듯 더욱 실감나게 이야기를 해주었다.

비위크의 책을 무릎 위에 놓은 나는 행복함을 느꼈다. 그건 물론 혼자만의 행복이다. 하지만 혹시나 방해받지 않을까 하는 걱정이 너무 빨리 현실로 나타났다. 식당 문이 열렸던 것이다.

"야! 새침데기!" 존 리드가 외치더니 입을 다물었다. 식당 안에 아무도 없다는 것을 알았기 때문이다.

"그 계집애가 어딜 갔을까? 리지! 조지! 조안(제인의 애칭)은 여기 없어. 비가 오는데도 밖에 나갔다고 엄마한테 일러 버려. 못된 계집애!" 존이 다시 중얼거렸다.

'커튼을 치길 잘했구나.' 하고 나는 생각했다. 하지만 이내 내가 숨은 곳을 찾아내면 어쩌나 하는 조바심이 일었다. 그러나 존 리드는 찾아내지 못할 것이다. 그는 눈치도 없고 생각도 거의 없는 아이니까.

그런데 엘리자가 식당 문으로 머리를 들이밀더니 말했다.

"잭! 아마 창가에 처박혀 있을 거야."

그 말에, 나는 스스로 밖으로 나와 버렸다. 잭한테 끌려나온다는 건 생각만 해도 몸서리쳐졌기 때문이다.

"왜 그러니?" 나는 어색한 표정으로 조심스럽게 물었다.

"야! '왜 그러십니까, 주인님?'이라고 말해 봐. 그리고 이리로 와!" 잭은 안락의자에 앉으면서 자기 앞으로 다가와 서라고 몸짓을 해보였다.

존 리드는 열네 살 된 학생이었다. 내 나이가 열 살이니까, 나보다 네 살 위이다. 그는 나이에 비해 키가 크고 건장한 편이었다. 피부가 검푸른 그의 얼굴은 넓적했으며, 팔다리가 굵은데다 손가락이 길었다. 눈동자가 흐릿하고 볼이 처져 있는 그는 고집이 세고 거만했으며, 식사 때면 항상 음식을 허겁지겁 먹곤 했다.

학교에 가야 할 때인데도, 리드 부인은 몸이 약하다는 이유로 그를 두어 달 동안 집에 데려다 두고 있었다. 마일즈 선생은 집에서 케이크나 단것들을 덜 보내 주었더라면 오히려 그의 건강을 위해 좋았을 것이라고 단언했다. 그러나 리드 부인은 존의 건강이 좋지 않은 것은 지나친 공부와 집 생각 때문이라는 그럴듯한 견해를 가지고 있었다.

존은 자신의 어머니나 누이들에게 별로 애정이 없었으며, 내게는 이유 모를 증오심마저 갖고 있었다. 그는 나만 보면 괴롭혔는데, 한 주일에 두세 번 정도가 아니라 날마다 한두 번씩 지속적으로 그랬다. 당연히 나는 신경이 곤두선 상태로 그에게 공포를 느꼈고, 그가 가까이 다가오면 뼈에 붙어 있는 살마저 오그라드는 것 같았다. 그런 공포감으로 인해 나는 간혹 기절할 지경에 이르기도 했는데, 그것은 그의 위협 때문이라기보다는 호소할 곳이 없었기 때문이었다. 하인들도 주인 도련님의 비위를 건드리거나 미움을 살 생각이 없었기에 내 편을 들지 않았고, 리드 부인은 이런 문제에 대해 아예 모른 체하고 있었다. 자신이 보지 않을 때는 말할 것도 없고, 가끔은 바로 눈앞에서 나를 때리고 욕을 해도 못 본 체했다.

나는 늘 그랬던 것처럼, 존의 명령을 받고 그의 의자 옆으로 다가섰다. 그는 내 쪽으로 약 3분쯤 혀뿌리가 빠질 정도로 혀를 내밀고 있었다. 나는 그가 나를 때릴 것을 알고 있었으므로 공포감이 밀려왔지만, 애써 참으면서 불쾌하게 느껴지는 그의 얼굴을 응시했다. 그는 내 표정에서 감정을 읽어냈는지 느닷없이 달려들어서 있는 힘껏 나를 때렸다. 나는 힘없이 비틀거리다가 간신히 몸의 균형을 잡고서 두세 걸음 뒷걸음질 쳤다.

"이건 아까 엄마한테 건방지게 말대꾸한 벌이야. 그리고 이건 몰래 커튼 뒤에 숨고, 또 조금 전에 곁눈질을 했기 때문이야. 알았어? 이 쥐새끼 같은 계집애야!" 존이 말했다.

존의 욕지거리엔 이미 익숙해져서 말대꾸조차 하기 싫었고, 다만 모욕에 뒤따르는 공격을 어떻게 견뎌야 할 것인가 하는 걱정만 머릿속을 맴돌았다.

"커튼 뒤에서 뭘 했어?" 존이 물었다.

"책을 읽고 있었어."

"내놔!"

나는 창가로 가서 책을 가져다 그에게 주었다.

"너에겐 우리 집 책을 만질 권리가 없어. 엄마도 말했지만, 너는 우리 집에서 얻어먹고 있는 처지란 말이야. 너에게는 한 푼도 없어. 너의 아버지는 한 푼도 남겨놓지 않고 죽었거든. 너 같은 건 거지생활이 딱 맞아. 우리와 같이 산다든가, 같은 음식을 먹는다든가, 우리 엄마 돈으로 옷을 사서 입을 신분이 아니란 말이야. 내 책장에 손을 댔으니 맛을 좀 보여줘야겠다. 이 책은 전부 내 거야. 그리고 2, 3년 뒤에는 이 집에 있는 모든 것이 내 것이 된다고. 빨리 문 옆에 가서 서! 거울과 창 쪽은 피해서."

나는 왜 그러는지 몰라 어리둥절해 하며 시키는 대로 했지만, 그가 책을 던지려는 동작을 취하는 순간 소리를 지르면서 본능적으로 몸을 피했다. 그러나 결국 날아온 책에 맞았고, 쓰러지면서 문에 머리를 부딪쳤다. 상처에 서는 피가 흐르고 몹시 아팠다. 그러자 이상하게 두려움이 사라지면서 들끓는 감정이 솟구쳤다.

"넌 치사하고 잔인해! 살인자야! 노예 감독이고, 로마의 폭군이야!" 나는 마구 대들었다.

나는 그때 골드스미스(Goldsmith, 1730~1774: 아일랜드 태생의 영국 소설가)의 〈로마서〉를 읽었기 때문에 네로라든가 칼리굴라가 어떠한 인물인지 알고 있었다. 나는 이미 마음속으로 그를 폭군과 비교하고 있었지만, 이렇게 큰 소리로 터져 나올 줄은 나 자신도 미처 알지 못했다.

"뭐라고? 엘리자, 조지아나! 이 계집애 하는 소리 들었어? 엄마한테 안 이를 줄 알아? 아니, 그보다도 우선……."

나는 그가 덤벼들어 내 머리칼과 어깨를 쥐어뜯는 것을 느꼈다. 필사적으로 몸부림치면서 난 그가 정말 폭군이고, 살인자라고 단정했다. 머리에서 목으로 피가 방울방울 흐르는 것을 느꼈을 땐 무엇인가로 찌르는 것같이 아팠다. 아픔이 얼마 동안 공포심을 잊게 해서, 나는 미친 듯이 그에게 달려들었다. 내 손으로 무슨 짓을 했는지 나 자신도 몰랐으나, 그에게는 가까운 곳에 원군이 있었다. 엘리자와 조지아나가 어머니를 데리러 2층으로 달려간 것이다.

잠시 후 리드 부인이 베시와 하녀 에보트를 데리고 나타났다. 우리들이 떨어져서 숨을 헐떡이고 있을 때 내 귓전에 이런 말이 들려왔다.

"저런! 저런! 존 도련님한테 덤벼들다니, 이런 끔찍한 일이 있나!"

"이런 난폭한 애를 본 적이 있어!"

그러자 리드 부인도 끼어들었다.

"이 계집아이를 데려다가 붉은 방에 가두어라."

부인의 말이 떨어지기가 무섭게 네 개의 손이 나를 붙잡아 2층으로 끌고 갔다.

2장
붉은 방의 공포

나는 계속 몸부림치며 반항했는데, 이런 일은 그전에는 없었던 것이어서 베시와 에보트에게 내가 몹쓸 아이라는 인상을 더욱 강하게 주었다. 사실 나는 그때 제정신이 아니었다. 프랑스인의 표현을 빌린다면, 나 자신을 잊고 있었던 것이다. 순간적인 일 때문에 과상한 처벌을 받게 되었다는 것을 감지한 나는, 마치 반항하는 노예처럼 무슨 일이든 해치울 결심을 했다.

"팔을 붙잡아, 에보트. 이 미친 고양이 같은 계집애!"

"부끄럽지도 않니! 이게 무슨 짓이야? 은인의 도련님을 때리다니! 이 집 젊은 주인인데!" 부인의 하녀가 소리쳤다.

"주인이라고? 어째서 저 애가 내 주인이란 말이야? 내가 이 집 하녀야?"

"하녀만도 못하지. 넌 네가 먹는 밥값도 못 하고 있으니까. 앉아서 네 잘못을 곰곰이 생각해 봐."

이때는 이미 두 사람이 나를 붙잡아다 리드 부인이 말한 방으로 데려가 의자에 앉히고 있었다. 나는 발딱 일어나려고 했으나, 그 순간 네 개의 손이 나를 억눌렀다.

"얌전히 앉아 있지 않으면 붙잡아 맬 거야. 에보트, 네 양말대님을 좀 빌려줘. 내 것은 약해서 곧 끊어져 버릴 거야." 베시가 소리쳤다.

에보트가 뒤로 돌아 자신의 굵은 다리에서 대님을 풀려고 하는 것을 보며, 더 모욕당할 것을 생각하자 다소 흥분이 가라앉았다.

"풀지 말아요. 앉아 있을 테니까."

나는 증거를 보이기라도 하듯 두 손으로 의자를 붙잡고 앉았다.

"얌전히 앉아 있어야 돼." 베시가 말했다.

내가 정말로 조용해지자, 나를 눌렀던 손을 뗀 베시와 에보트는 팔짱을 낀 채 '혹시 미치지 않았나?' 하고 의아스러워하며 내 얼굴을 쳐다봤다.

"이 애는 이런 적이 없었어." 베시가 하녀 쪽을 보며 말했다.

"아니야, 마음속으론 항상 그랬어. 전에도 마님한테 이 아이에 대한 내 생각을 말한 적이 있었는데, 마님도 같은 생각을 갖고 계셨어. 이 아이는 심보가 뒤틀렸어. 그 나이에 이처럼 철없는 애는 처음 본다니까." 하녀가 대꾸했다.

베시는 이 말에 대해선 대답하지 않고, 한참 있다가 내게 말을 걸었다.

"너는 리드 부인한테 신세를 지고 있다는 것을 잊어서는 안 돼. 너를 키워주시고 있는 거잖니. 여기서 내쫓기면 고아원밖에 갈 데가 없어."

이 말에 나는 아무 대답도 하지 않았다. 오늘 처음 듣는 말이 아니었기 때문이었다. 지금까지의 기억을 더듬어보면 이 비슷한 말을 수도 없이 들었다. 남의 집에 얹혀산다는 비난을 귀에 못이 박히도록 들어왔으므로 이제는 노랫소리로 들릴 정도였다. 그리고 이 말을 들을 때 마음이 괴롭긴 했지만, 사실 그 뜻은 반도 이해하지 못했다. 이번에는 에보트가 입을 열었다.

"그리고 마님이 친절하게 너를 함께 양육한다고 해서 이 댁 아가씨나 도련님과 똑같다고 생각하면 안 돼. 그들은 앞으로 많은 돈을 갖게 되지만 너는 한 푼도 없어. 그저 얌전하게 그들의 비위를 맞추면서 사는 거야."

"이렇게 말하는 것도 다 너를 위해서야. 쓸모 있는 사람이 되려고 노력해야만 돼. 그렇게 하면 이 집에 붙어 있겠지만, 화를 내거나 난폭한 행동을 하면 틀림없이 쫓겨날 거야." 이어서 베시가 부드러운 음성으로 말했다.

"그리고 또……. 그런 아이는 하느님의 벌을 받아. 화를 내고 있을 때 하느님한테 맞아죽을지도 몰라. 그럼 어떻게 되겠니? 베시, 이 아이를 여기 두고 가자. 이 애 성질을 당해낼 수가 없어. 혼자서 기도나 드리고 있어라.

만약에 회개하지 않으면 악마가 굴뚝으로 내려와 너를 잡아갈지도 모르니까." 에보트가 말을 받았다.

두 사람은 문밖으로 나간 다음 자물쇠를 잠가 버렸다.

'붉은 방'이라는 곳은, 게이츠헤드 저택에 뜻하지 않게 손님들이 많이 몰려와 방 전체를 사용해야 할 경우를 제외하고는 좀처럼 사용하는 일이 없는 네모난 방이었다. 그렇기는 해도 이 방은 이 저택의 크고 화려한 방들 중 하나로, 진홍빛 비단 커튼을 두른 육중한 마호가니 침대가 마치 이동 막사와도 같이 방 한가운데 놓여 있었다. 항상 덧문이 달혀 있는 커다란 두 개의 창에는 꽃 줄무늬의, 같은 진홍빛 비단 커튼이 반쯤 드리워져 있었다. 양탄자도 붉은색이었고 침대 옆에 놓인 탁자에도 진홍빛 커버가 씌워져 있었다. 벽은 불그스름한 사슴 털 빛깔이었으며, 옷장과 화장대, 의자들은 까맣게 윤이 나는 마호가니 제품이었다. 어둠 속에서 희게 빛나면서 우뚝 솟아 있는 것은 눈처럼 하얀 마르세유 홑이불에 덮여 있는 두툼한 매트리스와 베개였다. 이에 못지않게 눈에 띄는 것은 침대 맡에 놓인 희게 빛나는 푹신한 안락의자였는데, 그 앞에는 발을 올려놓는 대가 있어서 하얀 옥좌처럼 보이기도 했다.

이 방에는 불을 피우는 일이 거의 없었으므로 냉기가 돌았고, 또 아이들이 노는 방이나 주방에서 멀리 떨어져 있기 때문에 너무도 조용해서 사뭇 엄숙한 느낌마저 들었다. 오직 하녀만이 매주 토요일에 거울과 가구에 내려앉은 먼지를 털어내기 위해 들어오는 정도였다.

또 간혹 리드 부인이 옷장의 비밀 서랍에서 뭔가를 찾으러 들어오는 일이 있는데, 서랍 속에는 여러 가지 문서와 보석상자, 그리고 죽은 남편의 작은 초상화 같은 것이 들어 있었다. 이 붉은 방은 죽은 남편과의 추억이 있는 곳으로, 화려하긴 해도 쓸쓸함이 느껴지는 마력이 숨겨져 있었던 것이다.

리드 씨가 죽은 것은 9년 전이다. 그가 최후의 숨을 거둔 곳이 이 방이고, 이곳에 시체를 안치했다가 직접 장의사에게 넘겼다. 그래서인지 그날부터 이별의 느낌이 감돌았고, 이후로는 좀처럼 잘 드나들지 않았다.

베시와 심술궂은 에보트는 나를 대리석 벽난로 옆에 있는 나지막한 의자에 앉혔다. 내 앞에는 침대가 있고 오른쪽에 키가 큰 검은 옷장이 있었는데, 그 표면에서 둔화된 반사광선이 빛을 발했다. 왼쪽으로는 커튼을 드리운 창문들이 있고, 그 중간에 커다란 거울이 있어서 텅 빈 방 안과 침대를 고요히 비치고 있었다.

나는 그들이 방문을 잠갔는지, 용기를 내서 확인해 보았다. 생각대로 그것은 잠겨 있었다. 이보다 엄중한 감옥은 없으리라. 자리로 돌아올 때는 거울 앞을 지나야 했다. 홀린 듯한 나의 시선은 우연히 거울 속에 비친 모습을 응시하게 되었다. 거울 속 환상의 동굴에서는 모든 것이 실제보다 차갑고 어두워 보였다. 그곳에서 기묘하게 생긴 한 아이가 나를 바라보고 있었는데, 하얀 얼굴과 팔이 어둠 속에서 돋보였다. 주변이 침묵에 잠겨 있는데, 그 속에서 공포의 눈동자를 반짝이고 있는 모습이 마치 요정 같았다. 그것은 베시의 이야기에 나오는, 고사리가 우거진 쓸쓸한 황야의 계곡에서 밤길을 가는 사람 앞에 나타나는, 반은 요정인 유령 같은 것이었다.

나는 의자로 돌아와 앉았다. 그 순간 문득 미신적인 공포감이 밀려들었으나, 완전히 사로잡히지는 않았다. 아직 내 피는 끓어오르고 있었고, 반항하는 노예의 기개가 활기를 북돋아주고 있었다. 나는 눈앞에서 전개되는 음침한 광경에 굴복하기에 앞서, 가슴속에서 치밀어 오르는 갖가지 기억을 억제해야만 했다.

존 리드의 포악한 행동과 자매들의 거만한 냉담, 그의 어머니가 보이는 증오심, 그리고 하인들의 편견이 나의 착잡한 심경 가운데에서 마치 흐린 우물 속의 침전물처럼 떠올랐다. 어째서 나는 항상 매를 맞고, 야단을 맞고, 벌을 받는 것일까? 사람들은 왜 나를 좋아하지 않을까? 나보다 고집이 세고 이기적인 엘리자는 존경을 받고, 버릇이 나쁘고 심술궂고 제멋대로 행동하는 조지아나도 모든 사람들에게 귀여움을 받는데 말이다. 비록 여러 단점이 있긴 해도, 그녀의 미모와 분홍색 뺨과 황금색 곱슬머리가 보는 사람에게 기쁨을 안겨주는 듯했다. 또한 존의 말을 거역하는 사람은 아무도 없었다. 하물며 그를 벌한다는 것은 생각조차 할 수 없는 일이었다. 비둘기의 목을 비틀건, 공작 새끼를 죽이건, 개를 양한테 덤벼들게 하건, 채 익지도 않은 포도 알을 따건, 온실에서 가장 귀한 꽃봉오리를 꺾건 모두가 자기 마음대로였다. 때로는 자기 어머니를 노처녀라고 부르기도 하고, 자기처럼 피부가 검다고 악담을 퍼붓기도 했다. 뿐만 아니라 어머니의 말을 전적으로 무시하는가 하면 비단 옷을 찢어서 못쓰게 하는 일도 있었지만, 그래도 그는 항상 그녀의 '사랑스런 아들'이었다. 그에 비해 나는 늘 '잘못을 저지르면 어떻게 하나?' 하고 두려움에 떨면서 지냈다. 그런 가운데 무슨 일이든 내가 맡은 것은 열심히 하려고 노력했지만, 항상 버릇없고 시끄럽고 찌푸리고 있다는 말만 들어왔다.

존에게 맞아서 넘어질 때 입은 상처 때문에 아직도 머리가 아프고 피가 흐르고 있었다. 존이 난폭하게 나를 때려도 그를 나무라는 사람은 아무도 없었다. 내가 더 이상의 부당한 폭력을 피하기 위해 대들었다고 해도, 사람들은 오히려 나에게 비난을 퍼붓곤 했다.

"불공평해! 불공평해!" 나의 이성은 일시적이나마 어린아이답지 않은 사고(思考)에 경도되어 외치기도 했다. 또한 결심도 굳어져서, 참을 수 없는 압박을 피하기 위해서는 비상한 수단 — 탈출하든가, 그것이 뜻대로 되지 않을 때는 굶어죽는 것 같은 — 을 강구해야겠다고 마음먹었다.

쓸쓸한 그날 오후의 공포를 어떻게 표현해야 좋을까! 어찌나 머릿속이 혼란하고 감정이 고조되었던지! 그러나 이 암흑과 무지의 장막 속에서 마음의 전투가 벌어졌다. 끊임없는 마음속의 의문 — 왜 내가 고통 받고 있는가? — 에 대해 나는 대답할 수가 없었다. 물론 이제 와서는 — 몇 년이 지났는지는 말하지 않겠으나 — 확실히 알게 되었다.

게이츠헤드 저택에서의 내 존재는 불협화음의 근원이었다. 그 집안의 누구와도 닮지 않았을 뿐더러, 리드 부인을 위시하여 아이들은 물론이고 부인의 마음에 드는 하인들과도 화합하지 못했다. 그들이 나를 좋아하지 않는 것만큼 나도 그들을 좋아하지 않았다. 그들에게는 자기들과 어울리지 않는 사람에게 애정으로 대할 의무가 없었다. 기질이나 능력, 성향 면에서 그들과는 완전히 반대되는 이질적 인간인 나는 그들에게 이익도 즐거움도 줄 수 없는 무용지물이었다. 뿐만 아니라 그들의 대우에 대해서는 분노의 싹을, 판단에 대해서는 경멸의 싹을 심중에 품고 있는 해로운 존재였다. 만약에 내가 쾌활하고 영리하고 까다롭지 않은 기질을 지닌 아이였다면, 비록 남의 집 신세를 지고 있을망정 리드 부인은 내가 있는 것을 그런대로 참았을 것이며, 아이들도 다정한 친구로 대해 주었을 것이다. 또한 하인들도 나를 유아실의 속죄양으로만 대하지는 않았을 것이다.

네 시가 지나자, 햇살이 붉은 방에서 사라져 가고 흐린 오후는 쓸쓸한 황혼으로 묻혀 가기 시작했다. 줄기차게 내리는 비가 계단 창가에 부딪쳐 끊임없이 귀를 두드렸고, 숲에서는 바람 소리가 몰려왔다. 나는 돌처럼 차가워졌고, 용기도 움츠러들기 시작했다. 굴욕감이라든가 자신에 대한 회의, 또는 비참한 고독과 같은 평상시의 내 감정이 타다 남은 분노의 불꽃에 찬물을 끼얹었다. 모두들 나를 나쁘다고 말하는데, 사실인지도 모를 일이었다. 굶어죽겠다고 했는데 어떻게 그런 생각을 할 수 있을까? 그것이야말로 커다란 죄악인데 말이다. 정말 죽을 준비가 되어 있단 말인가? 아니면 게이츠헤드 교회 안의 묘지가 가고 싶어 하는 최종 목적지란 말인가?

묘지 안에는 리드 외삼촌이 묻혀 있다는 이야기를 들었었는데, 그 사실을 생각하다 보니 그의 유언이 떠올랐다. 나는 공포에 떨면서도 그 생각에 골몰했다. 나는 그에 대한 기억이 없었다. 그러나 그는 외삼촌으로서 고아인 나를 이 집에 받아들였고, 임종 시 부인에게 나를 자신의 아이들과 같이 기르겠다는 약속을 받아냈다는 사실을 알고 있었다. 리드 부인 자신은 그 약속을 지켰다고 생각할지 모르나 — 또 그녀의 성질이 허락하는 한에서는 지켰겠지만 — 과연 남편이 죽고 난 후에 자기 자식도 아닌 훼방꾼을 진정으로 좋아했을까? 마음에도 들지 않는 아이를 부모 대신 기르겠다고 한 무리한 약속과, 받아들이기 힘든 딴 식구가 가족 속에 영원히 끼어든다는 사실을 생각한다면, 리드 부인으로선 진절머리가 날지도 모를 일이다.

그때 묘한 생각이 하나 머리에 떠올랐다. 만약에 리드 외삼촌이 살아 있다면 나한테 잘해 주었을 거라는 생각이었는데, 그건 의심할 여지가 없는 사실이었다. 나는 흰 침대와 어두워지는 벽을 바라보면서 — 가끔 희미하게 비치는 거울 쪽으로 시선을 돌리며 — 고인의 유언이 지켜지지 않았기 때문에 그가 무덤 속에서 안정을 못 얻고, 약속을 어긴 자를 벌하고 학대받는 자의 원한을 풀어주기 위해 다시 이 세상에 나타날 것이라는 생각을 하기 시작했다. 그래서 누이동생의 딸이 학대받고 있는 것을 고민한 외삼촌의 망령이 그의 거처를 — 그곳이 교회 안의 묘지인지, 혹은 우리가 알 수 없는 죽은 자들의 세계인지는 몰라도 — 떠나 이 방의 내 앞에 나타나 슬퍼하는 내 모습을 보고서…… 나를 위로하기 위해 이상한 목소리를 낸다든가, 어둠 속에서 후광을 업고 나타나 동정 어린 눈으로 바라볼지도 모른다는 생각이 들었다. 그 순간 나는 눈물을 닦고 흐느낌을 멈췄다. 그런 생각은 따지고 보면 내 마음을 위로하는 것이 되겠지만, 실제로 망령이 나타난다면 나는 공포를 느낄 것이기 때문이었다.

나는 애써 그런 생각들을 누르고 정신을 바짝 차리기 위해 흘러내린 머리칼을 쓸어 올렸다. 그리고서 고개를 들어 용감하게 어두운 방 안을 둘러보았다. 바로 그때 벽에 뭔가가 비쳤다. 처음엔 덧문 사이로 비치는 달빛인 줄 알았으나 그게 아니었다. 달빛이라면 움직이지 않을 텐데 그것은 움직이고 있었던 것이다. 잠시 지켜보고 있노라니, 그것은 천장으로 올라가 내 머리 위에서 움직였다. 지금 생각해 보면 그것은 아마도 잔디밭을 지나는 사람이 들고 있던 초롱불이었을 것이다. 그러나 그때는 금방 무서운 일이 일어날 것만 같아 신경을 곤두세우고 있었기 때문에, 재빨리 지나가는 그 불빛이 저세상에서 오는 망령의 신호처럼 여겨졌다. 가슴이 뛰고 머리칼이 쭈뼛 섰다. 그리고 무슨 소리가 귀에 들려왔는데, 마치 날개 치는 소리가 가까이 오는 것 같았다. 이내 뭔가가 내 옆으로 다가와 가슴을 짓누르는 것 같아 숨이 막혔다. 마침내 더 참을 수가 없게 된 나는 문 있는 곳으로 달려가 문고리를 흔들면서 있는 힘을 다해 소리쳤다.

잠시 후 밖에서 복도를 달려오는 발소리가 급하게 들리더니 문이 열렸다. 그리고 베시와 에보트가 들어왔다.

"에어, 어디 아프니?" 하고 베시가 물었다.

"어쩌면 그렇게 소동을 부리니? 간 떨어질 뻔했다!" 에보트가 소리쳤다.

"여기서 내보내 주세요! 나를 유아실로 보내줘요!" 나는 울부짖었다.

"왜 그러니? 어디 다치기라도 했어? 뭘 봤니?" 다시 베시가 물었다.

"그래요! 불빛을 봤어요. 유령이 오는 것 같았어요!" 나는 베시의 손을 꼭 붙잡았다. 그녀는 내 손을 뿌리치려 하지 않았다.

"괜히 엄살 부린 거야. 그런데 무슨 비명이 그리 요란스럽니? 어디가 아파서 그랬다면 또 몰라도. 단지 우리를 불러들이려고 그런 거잖아." 에보트가 짜증 섞인 어조로 말했다.

"왜 이리 시끄러워?" 또 하나의 엄한 목소리가 들려왔다. 리드 부인이 복도를 걸어오고 있었다. 모자의 장식이 크게 흔들리고, 잠옷자락 스치는 소리가 요란스러웠다.

"에보트! 그리고 베시! 내가 지시할 때까지 제인 에어를 그대로 붉은 방에 가둬두라고 했잖아!"

"제인의 비명이 너무나 커서요, 마님!" 베시가 변명을 했다.

"내버려둬! 그리고 너, 베시 손을 놔! 그따위 수작으론 나올 수 없어. 알겠니? 나는 아이들이 잔꾀 부리는 걸 제일 싫어해. 어른을 속이려고 해도 소용없다는 것을 가르치는 게 나의 의무야. 앞으로 한 시간 동안 그대로 있어. 완전히 순종하고, 얌전해지면 그때 나오게 할 거다." 부인이 화가 난 목소리로 말했다.

"외숙모님, 제발 용서해 주세요! 정말 참을 수가 없어요……. 다른 벌을 받을게요! 죽을 것만 같아요……."

"닥쳐! 그렇게 발악하는 것이 나에 대한 반항이야."

사실 부인이 그렇게 느낄 만도 했다. 그녀에겐 내가 미숙한 연기자로 보였던 것이다. 실제로 부인은 나를 지독한 격정, 비열한 근성, 위험한 이중성격의 혼합체로 보아왔던 것이다.

　베시와 에보트가 물러서자, 리드 부인은 나를 방에 밀어 넣고 다시 문을 잠갔다. 부인이 옷자락을 끌며 멀어져 가는 소리가 들려왔다. 그리고 부인이 사라지자, 나는 곧 발작을 일으킨 듯했다. 그러고 나선 무의식 상태에 빠지고 말았다.

3장
약제사 로이드 씨

그 후로 내가 기억하는 것은, 악몽에서 깨어나는 듯한 기분으로 눈을 떴을 때 붉은 섬광과 옆으로 가로지른 검은 몽둥이를 보았다는 것이다. 그리고 어디선가 말소리가 들려왔는데, 왠지 공허하게 느껴졌다. 동요와 불안과 공포감으로 나는 몹시 혼란스러웠다. 잠시 후 누군가의 손길이 내 몸에 닿았는데, 그 손이 나를 안아 일으키고 앉은 자세로 떠받쳐주었다. 이처럼 부드러운 손길로 일으켜지고 안겨보긴 처음이었다. 베개인지 혹은 누구의 팔인지 모르겠으나, 머리를 기대자 한결 편안한 기분이 들었다.

5분쯤 지나자 혼미한 구름이 걷히고, 나는 내 침대에 누워 있다는 사실을 알게 되었다. 한밤중이었다. 붉은 섬광은 유아실의 난롯불이었고, 테이블 위에는 촛불이 한 자루 타고 있었다. 베시는 대야를 들고 침대 옆에 서 있었고, 신사 한 사람이 머리맡의 의자에 앉아 내게로 몸을 숙이고 있었다.

게이츠헤드에 살고 있지 않고 리드 부인과도 관계없는 사람이라는 것을 알았을 때, 나는 이루 형용할 수 없는 포근함과 내가 보호를 받고 있다는 느낌이 들어 마음이 편안해졌다. 나는 베시로부터 — 그녀가 있는 것이 에보트가 있는 것보다는 덜 불쾌하지만 — 시선을 돌려 신사의 얼굴을 뚫어지게 바라보았다. 그는 내가 아는 사람으로, 가끔 하인들의 몸이 아플 때 불려오는 약제사 로이드 씨였다. 리드 부인이나 그녀의 아이들이 아플 때는 의사가 불려왔다.

"얘, 나를 알아보겠니?" 약제사가 물었다.

나는 그의 이름을 부르며, 동시에 손을 내밀었다.

"이제 곧 좋아질 거야." 약제사는 이렇게 말하고서 나를 다시 눕히더니, 베시한테 안정이 필요하니 내일 아침까지는 각별히 조심하라고 일렀다. 그가 몇 가지 더 지시를 한 다음, 내일 아침에 다시 오겠다는 말을 남기고 떠날 때 나는 몹시 슬펐다. 그가 내 머리맡 의자에 앉아 있을 때는 나를 보호해 주고 편들어주는 사람이 있다는 기분이었으나, 그가 나가는 순간 온 방안이 어두워지면서 가슴이 내려앉는 듯 크나큰 슬픔이 몰려왔다.

"잠은 올 것 같니, 제인?" 베시가 매우 부드러운 음성으로 물었다.

그녀의 목소리가 이내 다시 거칠어질 것을 생각하자, 나는 선뜻 대답을 할 수가 없었다.

"잠을 자도록 해보겠어요."

"뭘 좀 마시겠니? 아니면 뭐라도 좀 먹든지."

"아무 생각도 없어요, 베시."

"그러면 나도 자야겠다. 열두 시가 지났어. 밤중에 필요하면 깨워도 좋아."

이 무슨 놀라운 친절인가? 나는 그 말에 기운을 얻어서 질문을 했다.

"베시, 도대체 어떻게 된 거예요? 내가 병이 난 건가요?"

"그래, 붉은 방에서 너무 울어 병이 난 거야. 하지만 곧 나을 거야."

베시는 옆에 붙은 하녀 방으로 갔다. 그녀의 말소리가 들려왔다.

"세라, 유아실에 가서 나와 함께 자자. 오늘 밤엔 저 불쌍한 아이와 단둘이 잘 용기가 나지 않아서 그래. 저 애는 죽을지도 몰라. 그런 발작을 한다는 것은 보통 일이 아니거든. 유령이라도 봤는지 모르지. 마님도 너무하셨지."

세라는 베시를 따라왔다. 그들은 곧 잠자리에 들었는데, 잠들기 전 반 시간쯤 뭔가 소곤거렸다. 나는 그들이 하는 말을 간간이 들을 수 있었는데, 그것으로도 충분히 추측할 수가 있었다.

'하얀 옷 입은 것이 나타났다가 사라진 거야.' …… '검은 개가 그 뒤를 따르고.' …… '문을 세 번 요란스럽게 두들기고.' …… '교회 너머 있는 무덤에서 불이 비치고.' …… 이런 따위의 얘기였다.

드디어 그들은 잠이 들고, 난롯불도 촛불도 모두 꺼졌다. 나는 잠을 이루지 못하고 긴긴 밤을 보냈다. 어린아이들만이 느끼는 공포 때문에 온 신경이 한껏 긴장되어 있었던 것이다.

붉은 방에서의 사건이 있은 뒤에, 심한 병은 오래 지속되지 않았다. 다만 지금까지도 반향을 느끼게 하는 심적 충격이 남아 있을 따름이었다. 리드 부인에게서 심적으로 고통을 받은 것은 사실이지만, 나는 부인을 용서하려 했다. 그녀는 자기가 하는 일을 모르고 있었으니까. 내 마음을 짓밟으면서도 그저 나의 괴팍스런 성질을 고치고 있을 뿐이라고 여겼던 것이다.

다음 날 점심때쯤 일어난 나는 숄을 걸치고 유아실 난로 옆에 웅크려 앉아 있었다. 기운이 하나도 없었으나, 더 고통스러웠던 것은 정신적으로 처참했다는 사실이다. 하염없이 흐르는 눈물은 닦아내기가 무섭게 또다시 흘러내렸다. 그러면서도 집 안에 리드 가족이 아무도 없었기 때문에 그런대로 마음이 편안했다. 아이들은 어머니와 함께 마차를 타고 외출했던 것이다.

에보트는 옆방에서 바느질을 하고 있었고, 베시는 여기저기 돌아다니며 장난감도 치우고 서랍도 정리하면서 평상시와 달리 다정하게 말을 건네곤 했다. 이러한 상태는, 항상 야단맞고 시달림을 받으며 고된 일을 해오던 나에게 평화로운 천국이라고 여겨질 법하지만, 깊은 상처를 받은 내 감성은 이렇게 한가한 상황에서도 즐거워진다든가 명랑해지지 않았다.

베시가 주방에서 화려한 색깔의 접시에 파이를 담아 왔다. 그 접시에 그려진 메꽃과 장미 봉오리 사이에 있는 극락조의 그림은 항상 내 마음을 감탄시키고 설레게 했다. 그래서 그것을 좀 더 자세히 보고 싶어서 간청도 해봤으나, 지금까지는 나에게 그걸 만질 수 있는 특전이 허락되지 않았다. 그런데 이 귀중한 접시가 지금 내 무릎 위에 놓여 있고, 거기에 담긴 맛있는 파이까지 먹으라는 친절이 나에게 베풀어지고 있는 것이다. 그토록 원했지만, 나에겐 허락되지 않은 은혜가 늦게나마 이렇게 찾아오다니!

나는 차마 그 파이를 먹을 수가 없었다. 극락조의 날개며 꽃의 색깔이 이상하리만치 퇴색되어 있었다. 내가 접시를 그대로 물려놓자, 베시는 책을 읽겠느냐고 물었다. 책이라는 말에 순간적으로 자극을 받아, 난 서재에서 《걸리버 여행기》를 가져다달라고 했다. 그것은 벌써 몇 번이나 재미있게 읽었던 책이었다. 나는 그 내용이 사실이라고 믿었고, 동화책에서 읽은 이야기보다 더 깊은 감명을 받았다. 요정들을 만나고 싶어 디기탈리스의 잎과 꽃 사이, 버섯 밑, 또는 오래된 담 모퉁이를 덮은 적설초 사이를 세밀히 찾아봤으나 결국 허사였는데, 이 책을 통해 그들이 모두 영국을 떠나 숲이 깊고 인적이 드문 미개한 나라로 갔다는 슬픈 사실을 알게 되었다. 그러나 소인국과 대인국은 지구상에 실제로 존재하고 있으며, 언젠가는 긴 여행 끝에 소인국에 다다라 작은 들판과 집과 나무들과 난쟁이들과 작은 소, 양, 새 들을 직접 내 눈으로 볼 수 있을 것이라고 생각했다. 또한 거인 나라에 가서 삼림이 우거진 것처럼 광활한 보리밭과 커다란 맹견과 거대한 고양이와 탑처럼 키가 큰 사람들을 보게 될 것이라고 믿었다.

하지만 내가 좋아하는 책을 무릎에 놓고 책장을 뒤적이면서 지금까지 느꼈던 놀라움과 흥분을 그림 속에서 찾으려고 해봤으나, 모든 것이 무시무시하기만 할 뿐 별 재미가 없었다. 거인들은 말라빠진 귀신들 같았고 소인들은 심술궂은 도깨비 새끼들같이 보였다. 걸리버 또한 무섭고 위험한 나라를 방황하는 어리석은 방랑자처럼 여겨질 뿐이었다. 난 차마 읽을 생각이 들지 않아서 그대로 덮은 다음, 테이블 위의 손도 대지 않은 파이 옆에 놓았다.

베시는 방을 청소한 뒤 손을 씻고 나서 명주와 비단 조각이 가득 들어 있는 서랍을 열어놓고 조지아나의 인형에 씌울 새 모자를 만들고 있었다. 그녀는 바느질을 하면서 노래를 불렀다.

옛날옛날 아득한 옛날
우리가 들판을 방황하고 있을 때…….

이 노래는 전에도 가끔 들었는데, 그때마다 항상 즐거웠었다. 베시의 목소리가 아름다웠기 때문이다. — 적어도 나는 그렇게 생각하고 있었다. — 오늘도 그 목소리는 여전히 아름다웠지만, 곡조가 말할 수 없을 정도로 슬펐다. 베시는 일에 열중하여, 가끔 후렴을 부를 때 목소리를 낮추어 길게 빼곤 했다. 그래서인지 '옛날옛날 아득한 옛날'이 장송곡처럼 서글프게 들렸다. 베시가 이어서 부른 다른 민요는 정말로 슬픈 노래였다.

갈 길은 멀고 산은 험한데
발은 아프고 몸은 지쳤다
가련한 고아가 가야 할 길에는
달도 없는 쓸쓸한 황혼이 깃든다

황야는 끝이 없고 바위가 겹겹이 쌓인 곳
나 혼자 이 먼 곳에 왜 보냈나요?
인간들은 무정하고, 다정한 천사만이
고아가 가는 길을 지켜보는구나

먼 곳에서 밤바람 산들 불어
하늘의 구름이 걷혀 별이 빛나고
자비로운 하느님은 고아를 위해
보호와 위안과 희망을 주신다

가다가 부서진 다리에서 떨어져도
도깨비불에 홀려 황야를 헤매어도
하느님은 희망과 축복으로
가엾은 고아를 당신 품에 안으리

의지할 집과 친척은 없어도
나에게 힘을 주는 한 가지 생각
하늘은 나의 집, 그곳에서 쉬게 하리
하느님은 가엾은 고아의 친구.

"제인, 울지 마." 노래를 그친 베시가 말했다. 하지만 차라리 이글이글 타는 불을 향해서 '타지 마라!'고 하는 편이 나을 것이다. 그런데 베시는 내가 겪고 있는 병적인 고통을 어떻게 탐지할 수 있었을까?

오전 중에 로이드 씨가 다시 찾아왔다.

"벌써 일어났어!" 그가 유아실로 들어서면서 말했다.

"보모, 아가씨 병은 어떤가?"

베시는 아주 좋아졌다고 대답했다.

"그렇다면 좀 더 즐거운 얼굴을 해야 할 텐데. 이봐, 제인. 네 이름이 제인 맞지?"

"네, 제인 에어예요."

"그래. 제인 에어, 울고 있었구나. 나한테 이유를 말해 주지 않겠니? 어디 아픈 데라도 있는 거니?"

"아니에요."

"아마 마차를 타고 마님과 함께 외출하지 못해서 그럴 거예요." 하고 베시가 말참견을 했다.

"그렇지 않을걸! 그런 일로 심술부릴 나이도 아닌데." 로이드 씨가 말했다.

나도 그렇게 생각했다. 나는 부당한 비난으로 자존심이 상해, 곧바로 입을 열었다.

"나는 그런 일로 울지 않아요. 오히려 마차로 외출하는 것은 싫어해요. 다만 내 처지가 비참해서 우는 거예요."

"어머나!"

베시가 갑자기 외마디 소리를 지르자, 마음씨 고운 약제사는 약간 당황하는 빛을 보였다. 그는 앞에 있는 나를 뚫어지게 바라보았다. 그의 눈은 작고 회색이었는데, 광채는 없으나 지금 돌이켜보면 예리했던 것으로 기억된다. 무섭게 생기기는 했지만 마음씨 착한 사람이었다.

나를 찬찬히 바라보고 있던 그가 말했다.

"어제는 왜 병이 났지?"

"쓰러졌어요." 다시 베시가 말참견을 했다.

"쓰러지다니! 그건 어린아이나 하는 짓이지. 그 나이에 걷지도 못해? 여덟이나 아홉 살은 됐을 텐데."

"얻어맞고 쓰러졌어요." 나는 또 한 번 자존심을 상했다는 아픔 때문에 무뚝뚝한 어조로 불쑥 말했다.

"그러나 그것 때문에 병이 생긴 것은 아니에요." 로이드 씨가 코담배의 냄새를 맡고 있는 동안 내가 덧붙여 말했다.

그가 담뱃갑을 조끼 주머니에 넣을 때, 하녀들의 식사를 알리는 종소리가 크게 울렸다. 그는 종소리가 무엇을 의미하는지 알고 있었다.

"당신을 부르는 소리군요, 보모." 하고 그가 말했다.

"내려가 보시오. 당신이 돌아올 때까지 제인한테 주의시킬 얘기가 좀 있소."

베시는 그대로 남아 있고 싶은 듯했지만 내려가지 않을 수가 없었다. 게이츠헤드 저택에서는 식사 시간이 엄격했기 때문이다.

"쓰러져서 병이 생긴 것이 아니라면, 왜 아팠지?" 베시가 물러가자, 로이드 씨가 다시 물었다.

"캄캄해질 때까지 유령이 나오는 방에 갇혀 있었어요."

나는 로이드 씨가 웃으면서 얼굴을 찌푸리는 것을 보았다.

"유령이라고! 너는 역시 어린애로구나! 유령이 무섭니?"

"리드 외삼촌의 유령이 무서워요. 외삼촌은 그 방에서 돌아가시고, 관도 그 방에 있었어요. 아무도 밤에는 그 방에 가려고 하지 않아요. 그런데 촛불도 없이 혼자 가둬두는 것은 너무 심해요! 나는 결코 이 일을 잊지 못할 거예요."

"바보 같은 소리! 그 때문에 네가 비참하게 됐단 말이냐? 그래, 지금도 무서우냐?"

"아뇨. 그러나 밤이 곧 돌아올 거예요. 그리고 나는 불행해요. 다른 일로 해서……."

"다른 일이라니? 그게 뭔지 내게 말해 줄 수 없겠니?"

이 질문에 속 시원하게 대답할 수 있다면 얼마나 좋을까! 그러나 어린아이는 느끼기는 해도 그것을 분석하지는 못한다. 머릿속에서 어느 정도 분석을 한다 해도, 그것을 말로 표현하기는 힘들다. 그렇지만 내 슬픔을 다른 사람에게 털어놓는, 처음이자 단 한 번인 이 기회를 놓칠까 두려워서, 나는 한참을 망설이다가 빈약하지만 진실한 대답을 하려고 애를 썼다.

"우선 나에게는 부모나 형제, 자매가 없어요."

"하지만 친절한 숙모와 사촌들이 있잖니?"

나는 다시 주저하다가, 하지 않아도 좋은 말을 해버렸다.

"존 리드는 나를 때려 쓰러뜨리고, 외숙모는 나를 붉은 방에 가뒀는걸요."

로이드 씨는 다시 담뱃갑을 꺼냈다.

"제인, 너는 이 게이츠헤드 저택이 아름다운 집이라고 생각하지 않니? 이런 훌륭한 집에서 살면서 고맙다고 생각하지 않아?" 그가 물었다.

"이건 우리 집이 아니에요. 에보트가 그러는데, 나는 이 집의 하녀와 똑같대요."

"그렇다고 너는 이렇게 좋은 집을 버리고 나갈 정도로 바보는 아니겠지?"

"어딘가 갈 곳만 있다면, 기쁘게 가겠어요. 그러나 나는 어른이 될 때까지는 게이츠헤드 저택을 떠날 수가 없어요."

"떠나게 될는지도 모르지……. 혹시 리드 부인 말고 다른 친척은 없니?"

"없는 것 같아요."

"아버지 쪽으로도?"

"모르겠어요. 언젠가 외숙모한테 물어봤더니 에어라는 성을 가진 가난하고 신분 낮은 친척이 있을지도 모른다고 그랬어요. 외숙모도 그 친척에 대해서는 전혀 몰라요."

"그런 친척이 있다면, 거기 가고 싶으냐?"

나는 잠시 생각해 보았다. 가난이라는 것은 어른들도 무섭겠지만, 아이들에게는 더욱 그랬다. 어린애들은 부지런히 일하는, 존경할 만한 가난에 대해서는 아는 바가 없다. 가난이라면 누더기 옷이나 굶주림, 불 꺼진 난로, 버릇없는 행동, 더러운 악행과 관련 있는 말로만 생각하는 것이다. 그러므로 내게 있어서도 가난이라는 것은 인간의 퇴화와 같은 의미였다.

"아니에요. 가난한 사람이 되고 싶진 않아요."

"그들이 잘해 주어도?"

나는 머리를 가로저었다. 가난한 사람이 친절하다는 건 생각할 수가 없었다. 그리고 그들의 말버릇이나 태도, 교육도 받지 못하는 건 싫었다. 가끔 게이츠헤드 마을의 오막살이 문 앞에서 보았던, 어린애들을 달래거나 빨래를 하는 가난한 여인의 모습은 끔찍했다. 사회적 특권을 희생하면서까지 자유를 택할 만한 용기를 그 당시의 나는 갖고 있지 못했다.

"너의 친척들은 그렇게도 가난하니? 노동자들인가?"

"잘 모르겠어요. 외숙모님 말씀이, 내게 친척이 있다 해도 틀림없이 거지나 다름없는 사람일 거래요. 나는 거지가 되고 싶진 않아요."

"학교에 가고 싶니?"

나는 다시 생각해 보았다. 학교에 관해선 별로 아는 것이 없었다. 베시의 말에 의하면 학교는 젊은 여성들을 엄격하게 묶어놓고 아주 얌전하게 만드는 곳이라고 했고, 존 리드는 학교가 싫다면서 선생을 욕했다. 그러나 존 리드의 취미는 나와 일치하지도 않았고, 비록 학교 규율이 ― 이 규율은, 베시가 게이츠헤드에 오기 전에 살고 있던 집 아가씨들한테서 들었던 것이다. ― 가혹하게 여겨지긴 했으나, 그 아가씨들이 배우는 교양에 대해 마음이 끌리기도 했다. 그 아가씨들이 그린 풍경화나 아름다운 꽃 그림, 그들이 부르는 노래, 연주하는 곡, 그들이 짜는 지갑 등……. 또한 그들이 번역할 수 있는 프랑스어 책에 대해 베시가 침이 마를 정도로 칭찬하는 것을 자주 들었기 때문에, 나도 모르게 부러움이 생겼다. 그리고 학교에 가기만 하면 모든 것이 달라질 것 같았다. 그것은 긴 여행으로서, 게이츠헤드와는 완전히 결별하는 새로운 인생의 출발이 될 것처럼 생각되었다.

"네, 학교에 가고 싶어요." 마침내 난 내 생각을 털어놓고 말했다.

"그래, 앞으로 생길 일은 아무도 모르는 거다." 로이드 씨가 일어서면서 말했다.

"이 아이에겐 전지 요양이 필요하군. 신경이 쇠약해졌어." 그는 덧붙여서 이렇게 혼잣말을 했다.

베시가 방으로 들어선 것과 동시에 밖에서 마차 바퀴 소리가 들렸다.

"마님이 돌아오는 건가, 보모? 떠나기 전에 한 말씀 드렸으면 좋겠는데……." 로이드 씨가 베시에게 말했다.

베시는 그를 식당에서 기다리라고 했다.

나중에 있었던 일로 추측컨대, 로이드 씨는 리드 부인과 면담을 하면서 나를 학교에 보내도록 강력히 권고했고, 그의 의견은 그 자리에서 받아들여진 것 같았다. 왜냐하면 어느 날 밤, 에보트가 유아실에서 바느질을 하면서 내가 잠이 든 줄 알고 베시에게 이렇게 말을 했던 것이다.

"마님은 골칫덩이인 말썽꾸러기를 내보내게 되어 기뻐하는 것 같아. 저 애는 언제나 모든 사람을 감시하고 남몰래 무엇인가 꾸미고 있는 것 같으니 말이야."

에보트의 눈에는 내가 가이 포크스(제임스 1세 살해를 기도했던 구교도의 모반자.)처럼 보였던 것 같다.

에보트와 베시는 여러 가지 이야기를 주고받았는데, 나는 계속 자는 척하면서 그들의 말을 엿들었다. 그때 나는 처음으로 나의 아버지에 대해 알게 되었다.

나의 아버지는 가난한 목사였고, 어머니가 주위 사람들의 반대에도 불구하고 아버지와 결혼했기 때문에 할아버지인 리드 씨가 화가 나서 딸에게 한 푼도 주지 않고 인연을 끊었다고 했다. 결혼하고 나서 한 해 뒤에 부목사인 아버지가 관할 교구 공장촌의 빈민들을 심방하다가 당시에 창궐하던 티푸스에 걸렸는데, 어머니도 아버지에게서 전염되어 한 달 사이에 두 분이 다 돌아가셨다는 것이다.

"생각하면 제인도 가엾은 아이야, 에보트." 에보트가 하는 이야기를 듣고 나서 베시가 한숨을 쉬며 말했다.

"그래. 저 애가 귀엽고 예쁘기라도 하면 가엾다고 동정이라도 하겠지만, 항상 두꺼비처럼 찌푸리고만 있으니 누가 좋아하겠어." 에보트가 대답했다.

"귀여움을 받긴 힘들지. 조지아나만큼 예쁘기만 해도, 이런 경우에 동정을 받을 텐데." 베시도 인정했다.

"그야 그렇지! 조지아나는 정말 귀여워! 긴 곱슬머리에다 푸른 눈, 그리고 화사한 피부! 정말 귀여워! 베시, 저녁에는 웨일즈 래빗(녹인 치즈를 바른 토스트.)을 먹어요." 에보트가 열을 올리며 말했다.

"그래, 볶은 양파를 곁들여서 먹자. 아래층으로 내려가 있어."

그들은 방에서 나갔다.

4장
브로클허스트 씨의 방문

나는 로이드 씨의 말과 두 여자의 대화를 듣고 실낱같은 희망을 가졌다. 이제 곧 변화가 닥쳐올 것이다. 나는 인내하며 그날을 기다렸다. 그러나 며칠이 지나고 또 몇 주일이 지나 정상적으로 건강을 회복했는데도, 내가 기다리고 있는 일에 대해서는 아무런 언급이 없었다.

리드 부인은 가끔 싸늘한 눈으로 쳐다보긴 했으나, 내게 말을 건네는 일은 거의 없었다. 내가 발작을 일으켰던 이후로 그녀는 나와 자기 아이들 사이에 더욱 뚜렷한 선을 그었다. 내게 작은 방을 내주어 혼자 자게 했으며, 식사도 혼자 하고, 하루 종일 유아실에 있게 했다. 그러면서도 나를 학교에 보내겠다는 얘기는 입 밖에 내지 않았다. 그러나 외숙모가 나를 한 지붕 밑에 이대로 오래 두지 않을 것이라는 확신을 난 본능적으로 할 수 있었다. 나를 보는 외숙모의 눈초리에는, 억제할 수 없는 증오의 빛이 전보다 더욱 심해졌다.

시키는 대로 말을 잘 듣는 엘리자와 조지아나는 될 수 있는 한 나한테 말을 건네지 않았다. 하지만 존은 마주칠 때마다 양 볼을 잔뜩 부풀려 보이면서 약을 올렸고, 한 번은 나를 때리려고 했다. 강렬한 분노와 필사적인 반항심이 치솟아 내가 마구 대들자, 그는 대항하기를 포기했다. 사실, 나는 있는 힘을 다해 주먹으로 그의 콧잔등을 치려고 했었다. 그 기세 때문인지 아니면 내 얼굴 표정 때문인지는 모르겠으나 그는 욕지거리를 퍼부으며 자기 어머니한테로 도망치고 말았다. 잠시 후 '저 더러운 제인 에어'가 미친 고양이처럼 덤볐다고 울면서 고자질하는 소리가 들리더니, 중간에서 갑자기 멈췄다. 그리고 이내 매서운 목소리가 들렸다.

"그 애 얘기는 하지 마라, 존. 가까이 가지도 말라고 했잖니! 상대할 인간이 못 돼. 너도 그렇고, 너희들 모두 그 애하고는 어울리지 말거라."

이 말을 듣자, 난간에 기대어 있던 나는 내가 무슨 말을 하는지도 의식하지 못한 채 큰 소리로 외쳤다.

"그 애들이야말로 나와 사귈 가치가 없어요!"

리드 부인은 뚱뚱한 편이었으나 일찍이 들어보지 못한 대담한 선언(?)을 듣고는 회오리바람처럼 계단을 달려 올라왔다. 그리고는 나를 유아실로 끌고 가서 침대 옆에 꿇어앉히더니 밤이 될 때까지 일어나서도 안 되고, 한마디라도 말을 해선 안 된다고 위협했다.

"리드 외삼촌이 살아 계시면 이럴 때 뭐라고 하겠어요?" 나는 무의식중에 이렇게 지껄였다. 억제할 수 없는 어떤 것이 나도 모르는 사이에 내게 지껄이도록 했던 것이다.

"뭐라고?" 리드 부인은 숨을 헐떡이며 뇌까렸다. 평상시의 냉정하고 가라앉은 회색 눈초리가 공포에 싸인 것처럼 흐트러졌다. 그녀는 잡았던 내 팔을 놓더니, 내가 정말로 어린애인지 혹은 악마인지 분간할 수 없다는 듯 뚫어지게 쳐다보았다. 이제 나는 물러설 수도 없게 되었다.

"리드 외삼촌은 천국에서 외숙모님이 생각하는 일이나 하고 있는 일을 모두 지켜보고 있을 거예요. 내 아버지와 어머니도 그렇고요. 그들은 내가 하루 종일 갇혀 있다는 것과, 내가 죽어주었으면 하고 숙모님이 바라고 있다는 사실도 다 알 거예요."

그러나 리드 부인은 이내 용기를 되찾았는지 나를 잡고 힘껏 흔들더니, 양쪽 뺨을 한 대씩 때리고 나서 한마디 말도 없이 나가 버렸다.

부인이 나가자 베시가 들어오더니 한 시간 동안이나 설교를 했다. 일찍이 그녀가 기른 아이 중에서 나만큼 막되고 버릇없는 아이는 없었다는 사실을 의심하지 않을 정도로 타일러댔다. 나는 베시의 말을 어느 정도 믿었다. 실제로 내 가슴속에 그악스런 감정만이 치밀어오르고 있다고 느껴졌기 때문이었다.

11월과 12월이 지나고, 1월도 반이 지났다. 게이츠헤드에서는 예년과 다름없이 성탄절과 신년을 성대하게 보냈다. 서로 선물을 나누고, 만찬회와 축하 파티가 열렸다. 하지만 두말할 것도 없이, 나는 모든 즐거운 행사에서 제외되었다. 엘리자와 조지아나가 매일 새 옷으로 갈아입는 것을 보거나, 얇은 모슬린 드레스에 진홍색 벨트로 성장을 하고 공들여서 머리 손질을 한 그녀들이 객실로 내려가는 모습을 보는 것 정도가 내가 즐길 수 있는 축제 기분의 전부였다. 그다음엔 아래층에서 연주되는 피아노와 하프 소리, 하인들의 오가는 발소리, 유리잔이나 식기들의 부딪치는 소리, 객실의 문이 열리고 닫힐 때 새어나오는 토막 난 대화를 간간이 듣는 것뿐이었다. 그것이 싫증나면, 나는 계단 꼭대기에서 일어나 아무도 없는 유아실로 돌아가곤 했다. 그곳에 있으면 슬프기는 했지만 비참하지는 않았다. 그들과 어울려봤자 아무도 관심 갖고 눈여겨보아 주는 사람이 없었기 때문이다.

만약 베시가 조금만 더 친절하게만 대해 준다면, 신사 숙녀들이 가득 모인 방에서 리드 부인의 무서운 눈길을 감당하는 것보다 그녀와 둘이서 조용한 밤을 보내는 것이 더 기쁠 것이다. 그러나 베시는 아가씨들의 옷을 입혀주고 나서 촛불을 들고 주방이나 하녀 방으로 가곤 했다. 그래서 나는 난롯불이 꺼질 때까지 무릎 위에 인형을 놓고, 나보다 더 나쁜 것은 이 어두운 방에 나타나지 않으리라는 확신을 갖기 위해 가끔 주위를 둘러보곤 했다. 침대에 들어갈 때는 항상 인형을 챙겼다. 인간은 무엇인가를 사랑하기 마련인데, 내게는 가치 있는 사랑의 대상물이 없었기 때문에 작은 허수아비처럼 보잘것없이 퇴색한 인형을 소중하게 사랑함으로써 기쁨을 찾으려고 했던 것이다. 마치 살아서 감정이라도 있는 것처럼 그 작은 인형을 그토록 지극하게 사랑했다는 것이 지금 생각해 보면 어처구니없게도 느껴진다. 어쨌든 그것을 잠옷 속에 넣지 않고서는 잠을 잘 수가 없었다. 그리고 인형이 옷 속에 안전하고 따뜻하게 있는 것을 보면 행복할 것이라고 여겨졌고, 그래야만 마음이 놓이면서 나도 행복한 것처럼 느껴졌다.

손님들이 돌아가기를 기다리면서, 베시의 발소리가 들리지 않나 하고 계단 쪽에 귀 기울이고 있다 보면 시간이 몹시 더디게 간다고 생각되었다. 그러는 동안 베시는 가끔 골무라든가 가위 따위를 찾으러 오기도 하고, 저녁 식사를 — 빵이나 치즈 케이크 따위 — 챙겨 오기도 했다. 그녀는 내가 식사를 하는 동안 침대에 앉아 있다가 다 먹고 나면 이불을 덮어주고 두 번 키스해 준 다음 "잘 자라, 제인." 하고 말했다. 이렇게 다정하게 대할 때는 베시가 이 세상에서 가장 훌륭하고 아름답고 친절한 사람으로 생각되었다. 하지만 항상 상냥했으면 좋으련만, 가끔 심술이 나면 나를 밀치기도 하고 욕을 하거나 혹사시키기도 했다. 난 이런 일이 없었으면 하고 마음속으로 얼마나 간절히 바랐는지 모른다.

베시는 확실히 타고난 재주가 있는 여자 같았다. 무슨 일이든지 깔끔하게 처리하고 화술도 능란했다. 그녀의 옛날 얘기에서 받은 인상으로, 나는 그렇게 판단 내렸던 것 같다. 그녀에 대한 나의 기억이 틀림없다면, 검은 머리와 검은 눈에 안색이 밝은 미인이었으며 몸매도 날씬한 젊은 여자였다. 그러나 일면 변덕스럽고 성미가 급했으며, 도덕이라든가 정의 같은 개념에는 관심이 없는 것 같았다. 그렇긴 해도 나는 게이츠헤드 저택에선 누구보다도 그녀가 좋았다.

1월 15일, 아침 아홉 시경이었다. 베시는 아침을 먹으로 아래층으로 내려갔고, 사촌들은 아직 어머니한테 불려가지 않았다.

엘리자는 보닛을 쓰고 따뜻한 외투를 입고는 닭 모이를 주러 갔다. 그건 그녀가 좋아하는 일이었다. 그렇게 해서 얻어진 달걀을 가정부에게 팔아서 그 돈을 모아두는 것도 그에 못지않게 좋아했다. 그녀의 장사 수완은 비상했고, 저축에 대한 열의도 대단했다. 그의 장사 솜씨는 달걀이나 병아리를 팔 때만이 아니라 구근이나 씨앗, 접목을 정원사한테 비싼 값으로 팔 때에도 나타났다. 정원사는 리드 부인한테서, 정원에서 생산된 것으로 엘리자가 팔고 싶어 하는 것은 무엇이든 사라는 명령을 받고 있었다. 큰돈만 생긴다면, 엘리자는 자기 머리카락이라도 서슴지 않고 잘라 팔았을 것이다. 이렇게 모은 돈을 처음에는 헝겊이나 종이에 싸서 구석진 곳에 감춰두었다. 그러나 그 비밀 장소를 하녀에게 들키고 나서는, 혹여라도 소중한 재산을 도난당할까봐 걱정되어 터무니없는 이자로 — 5부 내지 6부 — 어머니에게 맡겼다. 그리고 이자는 수첩에 자세히 적어두었다가 3개월에 한 번씩 계산했다.

조지아나는 높은 의자에 걸터앉아서 거울을 보며 머리를 매만지고 있었다. 그녀는 다락방 서랍에 가득 들어 있는 조화와 퇴색한 깃털을 넣어가며 머리를 땋았다.

나는 자기가 돌아올 때까지 침대를 정돈해 놓으라는 엄명을 베시에게 받았기 때문에 시트를 정리하고 있었다. — 베시는 가끔 방을 치운다든가 의자의 먼지를 털게 하는 등으로 나를 자기의 하녀처럼 부렸다. — 이불을 펴고 잠옷을 챙겨놓은 나는 그림책이라든가 주변에 흩어져 있는 인형이나 장난감을 정돈하려고 창가의 의자 쪽으로 갔다. 그때 갑자기 조지아나가 자기 물건에 손대지 말라고 소리를 질렀기 때문에 나는 깜짝 놀라서 일손을 멈추었다. — 작은 의자와 거울, 그리고 예쁜 접시와 찻잔이 전부 그녀의 재산이었다. — 그러고 나자 할 일이 없어진 나는 유리창에 서린 성에의 무늬에 입김을 불어 닦은 다음 밖을 내다보았다. 주위는 조용하고, 찬 서리로 인해 눈에 보이는 풍경들이 화석처럼 얼어붙어 있었다.

창문을 통해서 집사의 집과 차도가 보였다. 유리창의 하얀 서릿발을 손바닥만큼 녹였을 때, 마침 문이 열리더니 마차 한 대가 달려 들어오는 것이 보였다. 나는 무심코 그 마차를 지켜보았다. 게이츠헤드 저택에 마차가 들어오는 것은 자주 있는 일이었으나, 내가 흥미를 가질 만한 손님을 태워가지고 온 일은 아직까지 한 번도 없었다.

이윽고 마차가 현관 앞에 닿자 초인종이 요란스럽게 울렸다. 방문객이 안으로 안내되었으나 내겐 흥미 없는 일이었으므로, 멍하니 바라보던 나의 시선은 굶주림에 떨고 있는 작은 지빠귀 쪽으로 향해졌다. 지빠귀는 창에 가까이 서 있는 앙상한 버찌나무 가지에 앉아서 울고 있었다. 아침 식사 때 먹다 남은 빵과 우유가 아직 식탁 위에 그대로 있었으므로, 나는 빵을 부스러뜨린 다음 창문을 열었다. 빵 부스러기를 문턱에 막 내놓으려고 하는데 베시가 유아실로 들어왔다.

"제인, 거기서 뭘 하고 있지? 어서 앞치마를 벗어. 오늘 아침에 세수는 했니?"

나는 우선 지빠귀에게 빵을 주고 싶었기 때문에 빵 부스러기를 돌로 된 창턱과 버찌나무 가지에 뿌려주고 나서 창문을 닫으며 대답했다.

"아직 안 했어요, 베시. 지금 막 청소를 끝낸 걸요."

"너는 왜 그렇게 속을 썩이니? 지금 뭘 하고 있었지? 얼굴이 빨간 것을 보니 또 무슨 장난을 쳤구나. 창문은 왜 열었어?"

대답은 하지 않아도 되었다. 베시는 워낙 바빴기 때문에 설명을 들을 겨를이 없었다. 그녀는 나를 세면대로 끌고 가서 얼굴과 손을 비누와 물로 사정없이 닦고 거친 수건으로 문질렀는데, 다행히도 오랜 시간이 걸리진 않았다. 그러고는 바늘같이 따가운 브러시로 머리를 빗겨주고 앞치마를 벗긴 다음 계단까지 등을 밀고 나오더니, 나를 찾는 사람이 있으니 빨리 식당으로 가라고 했다.

누가 나를 보자는 것인지 그리고 리드 부인도 거기 있는지 물어보고 싶었으나, 베시는 이미 문을 닫고 유아실로 들어가 버렸다. 나는 천천히 계단을 내려갔다. 지난 석 달 동안 리드 부인한테 불려간 적이 없었고 유아실에만 갇혀 있었으므로 식당도 거실도 무서운 곳으로만 생각되었다. 더구나 그곳에 발을 들여놓는다는 것은 말할 수 없이 당혹스러웠다.

겁을 먹은 나는 식당 문 앞의 텅 빈 복도에 떨면서 서 있었다. 부당한 처벌 때문에 겪은 공포로 인해, 그 당시에 나는 이루 말할 수 없는 겁쟁이가 되어 있었다. 유아실로 돌아가기도 무서웠고 거실로 들어가는 것도 망설여졌다. 혼란스러운 상태로 십 분가량 지났을 때 마침 식당에서 요란스런 종소리가 들려와 다음 동작을 결정하지 않을 수 없었다.

'누가 왜 나를 만나자고 하는 것일까?' 계속 궁금해 하면서 딱딱한 손잡이를 두 손으로 돌렸다. '방 안에는 리드 부인 외에 또 누가 있을까? 남자일까, 여자일까?' 손잡이가 돌고 문이 열리자, 나는 안으로 들어가서 공손하게 인사를 했다. 그런 다음 얼굴을 들었는데, 검은 기둥이 눈에 들어왔다! 처음 봤을 때는 적어도 그렇게 생각되었는데, 그것은 양탄자 위에 서 있는 검은 옷차림의 어깨가 좁은 사람이었다. 높게 솟아 있는 험상궂게 생긴 얼굴은, 마치 기둥 위에 올려놓은 조각가면 같았다.

리드 부인은 여느 때처럼 난로 옆에 앉아 있다가 나에게 가까이 오라고 손짓을 했다. 그리고 방문객에게 나를 소개했다.

"이 애가 부탁드렸던 아이입니다."

그는 — 남자였다. — 내가 서 있는 쪽으로 천천히 얼굴을 돌리더니 굵은 눈썹 밑에서 반짝이는 예리한 회색 눈동자로 나를 살피듯이 바라보았다. 그리고는 낮은 목소리로 물었다.

"키가 작군. 몇 살이지?"

"열 살입니다."

"그렇게 많아?" 남자는 의아스러워하면서 다시 몇 초 동안 나를 뚫어지게 바라보았다. 그리고 이내 이렇게 물었다.

"이름은?"

"제인 에어입니다."

나는 대답하면서 그를 쳐다봤다. 키가 무척 큰 신사로 보였다. 그때의 내 키가 무척 작았던 것이다. 그는 이목구비가 모두 큼직큼직했고, 몸 전체의 윤곽도 엄격하고 딱딱해 보였다.

"제인 에어는 착한 아이지?"

이 질문에 대해선 그렇다고 단호하게 말할 수가 없었다. 내가 하는 말이나 행동을 모두가 싫어했으므로, 나는 아무 말도 하지 않았다. 리드 부인은 의미심장한 표정으로 고개를 저어 보이고는 덧붙여서 말했다.

"그 문제에 대해서는 더 이상 얘기하지 않는 것이 좋을 것입니다. 브로클허스트 씨."

"참 안 됐군요. 이 애와 얘기를 좀 나눠야겠습니다." 하고 말하면서, 그는 뻣뻣한 자세를 굽혀 리드 부인의 맞은편에 있는 안락의자에 앉았다.

"이리 와요." 그가 말했다.

내가 양탄자 위를 걸어가자 그는 나를 자기 앞에 정면으로 세웠다. 그와 거의 같은 높이에서 보니 그의 얼굴은 물론이고 코와 입, 앞으로 튀어나온 이빨 등 모든 것이 놀라울 정도로 굉장히 컸다.

"얌전하지 못한 아이를 보는 것처럼 슬픈 일은 없어요. 여자의 경우에는 더욱……. 그런 아이들은 죽어서 어디로 가는지 아니?" 하고 그가 말했다.

"그들은 지옥으로 가요." 나는 당연하다는 듯 서슴지 않고 대답했다.

"지옥이 어떤 곳인지 나한테 말해 줄 수 있니?"

"불이 타고 있는 구덩이지요."

"그렇다면 너는 그 구덩이에 떨어져서 영원히 타고 싶니?"

"아뇨."

"그것을 피하려면 어떻게 해야 되지?"

잠깐 동안 생각해 보고 나서 내가 한 대답은 어처구니없는 것이었다.

"건강하게 지내면서 죽지 않으면 됩니다."

"어떻게 하면 건강하게 지낼 수 있지? 너보다 어린 애들도 매일 죽어 가는데. 며칠 전에도 다섯 살 난 어린아이를 장사지냈어. 아주 착한 아이였지. 그의 영혼은 지금 하늘에 있을 거야. 만약 이 세상을 떠난다 해도, 너의 경우는 그리 될 순 없을 것 같다."

그의 의심을 풀어줄 힘이 없었기 때문에 나는 다만 양탄자 위에 놓여 있는 그의 커다란 발에 시선을 떨어뜨렸다. 그리고는 어디든지 먼 곳으로 가고 싶다는 생각을 하자 절로 한숨이 나왔다.

"그 한숨이 마음속에서 우러나오는 것이고, 훌륭한 은인을 불쾌하게 한 일에 대해 뉘우치는 것이기를 나는 바란다."

'은인! 은인! 모두들 리드 부인을 나의 은인이라고들 한다. 그렇다면 은인이라는 것은 기분 나쁜 존재임에 틀림없다.' 나는 마음속으로 생각했다.

"아침저녁으로 기도를 드리니?" 그가 심문하듯이 계속 물었다.

"네, 드려요."

"성경을 읽니?"

"가끔 읽어요."

"기쁜 마음으로 좋아서 읽는 거니?"

"〈묵시록〉과 〈다니엘서〉, 〈창세기〉와 〈사무엘서〉, 〈출애굽기〉의 일부분과 〈열왕기〉, 〈역대기〉의 일부와 〈욥기〉, 그리고 〈요나서〉를 좋아합니다."

"〈시편〉은? 좋아하겠지?"

"아니에요, 좋아하지 않아요."

"좋아하지 않는다고? 놀라운 일인데! 우리 집 아이는 너보다도 나이가 어린데 〈시편〉을 여섯 편이나 외운단다. '생강이 든 비스킷을 먹겠니, 〈시편〉을 하나 외우겠니?' 하고 물으면 '아! 〈시편〉을 외우겠어요! 천사는 〈시편〉을 노래하거든요. 나는 이 세상에서 작은 천사가 되고 싶어요.'라고 대답하지. 그러면 두터운 신앙심에 대한 보상으로 비스킷 두 개도 받거든."

"〈시편〉은 재미가 없어요."

"그것이 바로 네 마음이 착하지 못하다는 증거야. 하느님께 마음이 착해지도록 기도를 드려야 해. 새롭고 깨끗한 마음을 가질 수 있도록, 돌의 심장을 버리고 인간의 심장을 갖도록 말이야."

착한 마음을 가지려면 어떻게 해야 되는지를 물으려고 할 때, 리드 부인이 내게 앉으라고 하고 나서 이렇게 말했다.

"브로클허스트 씨, 3주 전에 드린 편지에서도 밝힌 바와 같이 이 아이한테서는 내가 바라는 기질을 찾아볼 수가 없어요. 그래서 이 애를 로드 학교에 입학시키려는 거예요. 교장 선생님을 비롯한 여러 선생님들이 엄중하게 감시를 해서, 이 애의 가장 나쁜 점인 거짓말하는 버릇을 통제해 주시면 감사하겠습니다. 제인! 나는 이 점을 네가 듣는 데서 말해 두는데, 절대로 브로클허스트 선생님을 속이려 해서는 안 된다."

내가 리드 부인을 그렇게 무서워하는 것도, 그렇게 미워하는 것도 무리가 아니다. 내게 이런 잔인한 상처를 주는 것이 그녀의 본심이었으므로, 나는 그녀 앞에서 결코 흔쾌해질 수가 없었다. 아무리 조심해서 시키는 대로 하고, 눈에 들려고 열심히 노력해도, 결국 그러한 내 노력은 우습게 묵살되곤 했다. 더구나 지금처럼 모르는 사람 앞에서까지 비난을 받고 보면 심장이 찢어지는 것만 같았다. 그녀가 앞으로 내가 살아갈 새 생활에서의 희망마저 꺾어 버리려 한다는 것을 나는 어렴풋이나마 느꼈다. 이것은 말로 표현하기 힘들지만, 내가 가야 할 길에 증오와 저주의 씨앗을 뿌리는 짓이었다. 브로클허스트 씨의 면전에서 교활하고 악독한 아이로 낙인찍힌 나는, 어떻게 해야 이 상처를 치유할 수 있는지를 알지 못했다.

'아무리 애써 봐도 소용없는 일이다.' 억지로 울음을 참고 눈물을 닦으면서 나는 생각했다. 눈물은 결코 내 괴로움의 증거가 되지 못했다.

"거짓말을 한다는 것은, 어린아이로서는 가장 슬픈 결점이지요. 그것은 사람을 속이는 일과 다름없으니까요. 거짓말을 하는 사람은 장차 유황불이 타는 구덩이에 처박힐 운명에 놓이게 되지요. 그러나 잘 감시하고 통제하겠습니다, 리드 부인. 템플 선생과 다른 선생님들에게도 단단히 일러두겠습니다." 브로클허스트 씨가 말했다.

"이 애를 장래의 자기 신분에 맞도록 교육시켜 주었으면 합니다. 쓸모 있고 겸손한 사람으로 말입니다. 방학 동안에도 가능하면 학교에서 지내도록 해주시고요." 나의 은인이 말했다.

"부인의 결단은 지극히 현명합니다. 기독교의 미덕인 겸손함은 로드 학생들에게 아주 필요한 덕목입니다. 그래서 나는 아이들이 그것을 배양시킬 수 있도록 각별하게 배려하면서 지도하고 있습니다. 어떻게 하면 세속적인 허영심을 효과적으로 극복할 수 있을지, 그 점에 대해 많은 연구를 하고 있습니다. 이와 관련하여 일전에도 성공을 거둔 사례가 있었지요. 나의 둘째 딸 오거스타의 말이, '아빠, 어쩌면 로드의 학생들은 그렇게 정숙하고 겸손 하지요! 머리는 땋아서 뒤로 드리우고, 긴 앞치마에다 겉저고리에는 삼베로 된 주머니를 달고…… 정말로 가난한 집 아이들 같아요. 비단 옷을 처음 보는지, 내 옷과 엄마 옷을 정신없이 바라보고 있었어요.'라고 말하더군요." 브로클허스트 씨가 말했다.

"그런 일이 있었다니, 나로서는 대찬성입니다. 영국 전체를 돌아봐도 그보 다 더 제인 에어한테 적합한 학교는 없을 것 같네요. 브로클허스트 선생, 나는 무엇보다도 사람은 무릇 모든 면에서 견실해야 한다고 생각합니다." 리드 부인이 말했다.

"견실함은 기독교도의 제일의 의무지요, 부인. 로드 학교에서는 모든 면에 서 그것이 지켜지고 있습니다. 간소한 음식, 소박한 옷차림, 검소한 시설, 엄격하고 부지런한 습관…… 이런 것들이 학교와 학생들의 일상생활 질서 로 자리 잡고 있답니다."

"정말 잘됐어요. 그렇다면 이 애를 맡아, 이 애의 신분과 장래에 알맞도록 교육을 시켜주었으면 해요."

"부인, 그렇게 하겠습니다. 이 아이는 묘목을 기르는 양묘장에 들어가게 되는 셈이지요. 그렇게 되면 이 아이도 선택된 특권에 대해 감사할 날이 올 것입니다."

"그러면 이 아이를 될 수 있는 대로 빨리 보내도록 하겠어요. 브로클허스트 씨, 나는 감당하기 힘든 책임에서 하루라도 속히 벗어나고 싶은 심정입니다."

"그러시겠지요, 물론 그러시겠지요, 부인. 그러면 이만 돌아가 보겠습니 다. 한두 주일 내에 브로클허스트관으로 돌아갈 생각입니다. 부감독인 저의 친구가 그보다 빨리는 돌려보내려고 하지 않아서요. 하지만 템플 선생한테 새 학생을 받아들이게 됐다고 편지를 띄우겠습니다. 그렇게 해두면 입학하는 데 별 지장이 없을 것입니다. 자, 그럼 안녕히 계십시오."

"안녕히 가세요, 브로클허스트 씨. 부인과 오거스타, 데오도르, 브라우튼 등 자녀분들한테도 안부를 전해 주세요."

"잘 알겠습니다, 부인 그리고 얘야, 여기 《어린이 교본》이 있으니 기도드릴 때 읽어라. 특히 거짓말과 허위에 몰두했던 〈마다 G의 소름 끼치는 급사 사건〉이란 이야기를 잘 읽어보아라."

이렇게 말하면서 브로클허스트 씨는 표지를 꿰맨 작은 책자를 내게 주었다. 그리고는 벨을 울려서 마차를 준비시킨 다음 자리를 떴다.

리드 부인과 둘이 남게 되자, 몇 분 동안 두려운 침묵이 흘렀다. 부인은 바느질을 하고 있었고, 나는 그 모습을 보고 있었다. 당시 부인의 나이는 서른여섯이나 일곱이었을 것이다. 그녀는 어깨가 벌어지고 팔다리가 튼튼했다. 키는 그리 크지 않은데다 살이 쪘지만, 몹시 뚱뚱하지는 않았다. 얼굴은 큰 편이었지만 이마는 좁았으며, 아래턱이 발달해서 다부진 인상이었다. 입과 코는 꽤 균형이 잡혀 있었고, 숱이 적은 눈썹 밑에서는 전혀 슬픈 기색이 보이지 않는 눈이 빛나고 있었다. 피부 색깔은 광택이 없었으며, 머리카락은 엷은 갈색이었다. 무쇠와도 같은 체질이라 질병 따위는 그녀에게 얼씬도 하지 못했다. 또한 그녀는 정확하고 영리한 관리자여서, 가족이나 소작인을 완전히 그녀의 지배하에 두었다. 가끔 아이들만이 그녀의 권위에 도전도 하고 비웃기도 했다. 어쨌든 그녀는 옷 입는 법을 알고 있었으며, 게다가 훌륭한 옷을 돋보이게 하는 풍채와 태도를 지니고 있었다.

그녀의 안락의자에서 약간 떨어져 있는 낮은 의자에 앉아 나는 그녀의 모습, 얼굴을 하나하나 뜯어보았다. 내 손에는 거짓말쟁이의 급사에 관해 쓰인 작은 책자가 있었다. 나에 대한 적절한 경고로, 이 책을 주의 깊게 읽으라는 것이다. 아까 리드 부인이 나에 대해 한 얘기와, 두 사람이 나눈 대화의 취지가 생생하게 남아서 내 마음을 아프게 찌르고 있었다. 그 한마디 한마디가 바로 귀 밑에서 들리는 것처럼 매섭게 느껴졌고, 가슴속에서는 분노의 물결이 출렁거렸다.

리드 부인은 바느질을 하다가 얼굴을 들더니, 나와 시선이 부딪치자 재빨리 움직이던 일손을 멈추었다.

"밖으로 나가서 유아실로 돌아가거라." 부인의 명령이었다. 내 모습이든가 혹은 다른 무엇이 그녀의 기분을 거스르게 한 것 같았다. 억지로 참고 있기는 했지만, 과격한 말투로 봐서 그렇게 짐작되었다. 나는 일어나서 일단 문 쪽으로 걸어갔다. 그러나 이내 그대로 되돌아서서, 방을 가로질러 창 쪽에 있는 부인 앞으로 다가갔다.

'말은 해야겠다. 이토록 무참하게 짓밟힌 이상 말은 해야겠다. 그런데 그 방법은? 적에 대한 보복을 할 힘이 내게 있단 말인가?' 이렇게 생각한 나는 온 힘을 다 기울여, 불쑥 이렇게 내뱉었다.

"나는 거짓말을 하거나 사람을 속인 적이 없어요. 만일 그랬다면 외숙모를 좋아한다고 했을 거예요. 그러나 좋아하지 않는다는 것을 밝혀 두겠어요. 나는 이 세상에서 존 리드를 빼놓고는 외숙모가 제일 싫어요. 거짓말쟁이에 관한 이 책은 조지아나에게 주는 것이 좋을 거예요. 거짓말을 하는 것은 그 애이지, 내가 아니에요."

"할 말이 더 있니?" 어린아이를 상대로 해서 하는 말이 아니라, 같은 어른을 상대할 때 쓰는 말투였다.

그 눈, 그 목소리가 내가 품고 있던 반감을 순간적으로 불러일으켰다. 머리끝에서 발끝까지 전신을 떨면서 흥분한 상태로 나는 말을 계속했다.

"나는 당신이 우리 집 혈통이 아닌 것을 다행이라고 생각해요. 앞으로는 절대로 숙모라고 부르지 않겠어요. 성장한 후에도 찾아보러 오지 않을 거예요. 당신을 좋아하느냐고, 혹은 당신이 나를 어떻게 대했느냐고 누군가가 묻는다면, 당신을 떠올리기만 해도 비위가 상한다고, 그리고 극도로 잔인하게 대했다고 말할 거예요!"

"제인 에어, 어떻게 감히 그 따위 말을 할 수 있니?"

"리드 부인, 어떻게 감히 말하느냐고요? 그게 사실인 걸요. 당신이 생각하기에, 나에겐 감정이 없으므로 한 조각의 사랑이나 친절 없이도 살아갈 수 있을 거라고 믿고 있겠지만 나는 그렇게는 살 수가 없어요. 그리고 당신에게는 동정심이란 털끝만큼도 없어요. 날 붉은 방에 잔인하게 감금했던 일을 죽는 날까지 잊지 않을 거예요. 몸부림치면서 처절하게 자비를 빌었지만 못 들은 척하며 가뒀던 일을. 내가 그 벌을 받아야 했던 것은, 아무 잘못도 안 했는데 당신의 심술꾸러기 아들이 나를 때려눕혔기 때문이지요. 누군가 묻는다면 나는 이 사실을 말할 거예요. 다들 당신을 좋은 사람이라 생각하지만 사실은 너무 잔인해요. 그런 당신이야말로 진짜 거짓말쟁이예요."

이 말을 완전히 끝마치기도 전에 나는 일찍이 맛보지 못했던 이상한 자유와 승리의 감정과 기쁨이 전신을 휘감았다. 마치 눈에 보이지 않는 나를 묶는 밧줄이 끊어진 것 같았고, 기대하지 않았던 자유의 세계로 뛰어든 것 같았다. 이런 감정을 가질 만도 했다. 리드 부인이 놀란 표정을 하고 있었기 때문이었다. 바느질감이 무릎에서 미끄러져 떨어지고, 그녀는 두 손을 들기도 하고 몸을 흔들기도 했다. 그리고 금방이라도 울음을 터뜨릴 듯 얼굴이 일그러져 있었다.

"제인, 그건 오해야. 너 왜 그래? 왜 그렇게 떨어? 물 한 모금 마시겠니?"

"필요 없어요, 리드 부인."

"그 밖에 필요한 것 없니, 제인? 정말로 난 네 친구가 되고 싶었는데."

"당신은 필요 없어요. 당신은 브로클허스트 씨한테 내 성격이 못돼먹었고 거짓말하는 버릇이 있다고 했어요. 그러니까 나도 이제는 당신이 어떤 사람이며, 어떤 일을 했는지를 로드의 모든 사람들에게 알릴 작정이에요."

"제인, 너는 아직 세상을 몰라. 어린아이들의 결점은 고쳐져야 돼."

"나는 거짓말도 하지 않고, 사람을 속이지도 않아요!" 나는 화가 나서 큰 소리로 외쳤다.

"그러나 너는 화를 잘 내, 제인. 이 점은 너도 인정해야지. 자, 유아실로 가거라. 착하지! 그리고 좀 누워 있어."

"나는 착한 아이가 아니에요. 그리고 늙고 싶지도 않아요. 당장 학교에 보내주세요, 리드 부인. 여기선 더 이상 살고 싶지가 않아요."

"정말 하루빨리 학교로 쫓아 보내야겠다." 리드 부인은 낮은 소리로 중얼거리더니, 바느질감을 주섬주섬 모아들고서 밖으로 나갔다.

나는 전쟁터의 승리자가 되어 혼자 남았다. 그것은 일찍이 없었던 격전으로, 내가 이긴 유일한 전쟁이었다. 나는 얼마 동안 브로클허스트 씨가 서 있던 양탄자 위에 서서 승리자의 고독감을 맛보았다. 처음에는 미소를 띠며 의기양양했으나, 고조됐던 맥박이 진정됨에 따라 강렬했던 환희도 가라앉았다. 어린아이는 내가 한 것처럼 어른들과 싸운다든가 격노의 감정을 폭발시키고 나면, 반드시 후회의 고통과 감정의 싸늘한 반동을 경험하게 마련이다. 모든 것을 삼킬 것처럼 눈부시게 훨훨 타오르는 황야의 언덕이 리드 부인을 공박하고 위협할 때의 내 마음을 상징한다면, 까맣게 타 버린 불꽃이 꺼진 뒤의 언덕은 3분간의 침묵과 반성 후에 미치광이 같았던 행동과 미움 받는 자신의 입장을 깨달았을 때의 쓸쓸함을 뚜렷이 표현하는 것이었다.

나는 그때 처음으로 복수의 맛이 어떻다는 것을 알게 되었다. 향기로운 포도주처럼 마실 때는 산뜻하고 기분이 좋으나, 그 뒷맛은 마치 독약이라도 마신 것처럼 쇳내와 썩은 내가 진동을 했다. 그러면 나는 이중으로 멸시를 당할 것이고, 내 난폭한 성격은 폭발하고 말 것이다. 그것은 나의 경험이나 나의 본능을 통해서 볼 때 뻔한 사실이었다.

나로서도 독살스러운 말을 쏟아내기보다는 선량하게 행동하고 싶었고, 분노의 감정을 갖기보다는 애당초 죄가 되지 않는 감정을 기르고 싶었다. 나는 책을 한 권 집어 들었다. 아라비아의 동화책이었다. 자리에 앉아서 읽어보려고 했지만 내용을 파악할 수가 없었다. 내 생각은 내 마음을 끌던 책장 사이를 맴돌고 있을 뿐이었다.

나는 식당 유리문을 열었다. 관목 숲은 조용했다. 햇볕에도 바람에도 녹지 않는 된서리가 지면을 온통 뒤덮고 있었다. 웃옷자락으로 머리와 팔을 감싼 다음 나는 숲으로 갔다. 숲에는 인적이 없었다. 그러나 고요한 숲속에서도, 힘없이 떨어진 호두나 바람에 휩쓸려서 한데 모인 채 단단히 얼어붙은 단풍잎에서도 즐거움을 찾을 수가 없었다. 다시 식당으로 돌아와 문에 기대서서 텅 빈 들판을 바라보니, 키 작은 목초가 하얀 서리 옷을 입고 있을 따름이었다. 몹시 음산하고 흐린 날이었다. 마침내 음울한 기운이 온 세상을 뒤덮더니 눈송이가 하나 둘씩 떨어졌다. 얼어붙은 길과 들판에 내려앉은 눈은 좀처럼 녹지 않았다. 가엾은 나는 혼자 서서, 몇 번이고 중얼거렸다. '앞으로 어떻게 하면 좋지? 어떻게 하면 좋지?'

그때 갑자기 맑은 음성으로 나를 부르는 소리가 들려왔다.

"제인! 어디 있지? 점심 먹으러 와!"

베시라는 것을 알 수 있었으나 나는 꼼짝도 하지 않았다. 그녀는 가벼운 발걸음으로 걸어 내려왔다.

"이 말썽꾸러기야! 부르는데 왜 오지 않니?" 베시가 말했다.

베시가 와준 것은, 내가 지금껏 곰곰이 생각에 잠겨 있을 때에 비해 기쁜 일이었다. 보통 때는 까다로웠지만……. 사실은 리드 부인과 싸워서 이긴 뒤라, 보모의 일시적인 화풀이 따위는 문제가 되지 않았다. 나는 그녀의 젊고 밝은 기운에 내 몸을 녹이고 싶었다. 그래서 느닷없이 두 팔로 그녀를 끌어안으며 "베시! 화내지 말아요." 하고 말했다. 이 행동은 내가 취했던 어떤 동작보다도 솔직하고 대담한 것이었다. 그리고 그녀의 마음에도 들었던 듯했다.

"제인, 너 이상하구나. 방황하는 고독한 아가씨! 학교에 가게 됐다면서?" 나를 내려다보면서 그녀가 말했다.

나는 머리를 끄덕여 보였다.

"가엾은 베시와 작별하기가 싫지 않니?"

"베시가 언제 날 생각해 줬어? 항상 야단만 쳤으면서."

"네가 항상 괴팍스럽게 굴면서도, 겁을 잘 내고 수줍어하니까 그렇지. 좀 더 대담해져야 해."

"뭐라고요! 그러다가 더 얻어맞으라고?"

"바보 같은 소리! 하지만 멸시당하고 있는 건 사실이야. 지난주에 우리 어머니가 찾아왔을 때 하는 말이, 자기 아이가 네 입장에 있다면 그대로 두지 않겠다고 하더라. 집으로 들어가자. 너한테 좋은 소식이 있어."

"베시, 설마 그런 일이 있을까?"

"얘가 왜 이래? 왜 그렇게 무서운 눈으로 나를 쳐다보니? 오늘 오후에 마님과 아가씨들과 존이 다과회에 초청받아서 외출하니까, 우리 같이 차를 마시자. 요리사한테 빵을 구워달라고 부탁해 볼게. 너는 내가 네 서랍을 정돈할 때 좀 도와줘. 네 짐을 싸라는 명령을 받았어. 마님은 하루나 이틀 사이에 너를 이곳에서 내보낸다고 했어. 그러니까 네가 가지고 가고 싶은 장난감을 챙겨야 해."

"베시, 내가 떠날 때까지 야단치지 않겠다고 약속해 주겠어요?"

"물론 약속할게. 그러니 너도 나를 무서워하지 마. 내가 무심코 소리를 질러도 놀라지 말란 말이야. 그러면 나도 화가 나거든."

"다시는 베시를 무서워하지 않을 테야. 우리는 이제 친해졌으니까. 하지만 난 이제 또 다른 무서운 사람들을 만나게 될 거야."

"무서워하면 그들이 너를 좋아하지 않을걸."

"베시처럼 말이지?"

"나는 너를 싫어하지 않았어. 오히려 다른 누구보다도 좋아했는데."

"얼굴엔 그것이 나타나지 않았어요."

"너는 어쩌면 그렇게 영리해졌니? 말하는 폼이 아주 달라졌어. 어떻게 그처럼 대담하고 용감해진 거지?"

"그건 말이야, 이제 곧 베시하고 헤어지게 됐고……. 그리고……." 리드 부인과의 사이에서 있었던 일을 말하려 했으나, 다시 생각해 보니 그 일은 말하지 않는 편이 나을 것이라 여겨졌다.

"그렇다면 나와 헤어지는 것이 기쁘다는 거야?"

"아냐, 베시! 이제 와선 오히려 슬퍼요."

"이제 와선! 오히려! 어떻게 그런 말을 태연하게 할 수 있지? 내가 키스를 청해도 너는 거절할 것 같구나. 싫다고 하겠지?"

"기쁜 마음으로 키스할 테야. 머리를 숙여요."

베시는 몸을 숙였다. 우리는 서로 껴안았다. 나는 마음의 위안을 받고 나서 그녀와 함께 집으로 들어갔다.

그날 오후를 평화롭고 즐겁게 보냈다. 밤이 되자 베시가 재미있는 얘기에 이어 아름다운 노래를 불러주었다. 나 같은 인생에게도 미미하나마 밝은 태양 빛이 비추는 것 같았다.

5장
로드 학교

1월 19일 아침이었다. 시계가 다섯 시를 알렸을 때 베시가 촛불을 들고 내 방으로 들어왔는데, 나는 이미 일어나서 옷을 입고 있었다. 그녀가 들어오기 30분 전에 세수를 하고, 내 침대 옆에 있는 좁은 창문으로 새어드는 퇴색한 반달 빛을 받으며 옷을 입었던 것이다.

나는 아침 여섯 시에 이 집 앞을 지나는 마차를 타고 게이츠헤드를 떠나게 되어 있었다. 그때 일어나 있는 사람은 베시뿐이었다. 그녀는 유아실에 불을 피우고 거기서 내 아침 식사를 준비했다. 여행한다는 생각에 들뜬 아이들은 음식을 먹지 못하기 마련인데, 나 역시 그랬다. 베시는 자기가 준비한 빵과 데운 우유를 억지로 먹이려다 실패하자, 비스킷 몇 개를 종이에 싸서 내 가방에 넣어 주었다. 그리고 나서 내가 외투를 입고 모자 쓰는 것을 도와준 다음, 자기도 목도리를 하고 내 뒤를 따라 유아실에서 나왔다. 리드 부인의 침실 앞을 지날 때 그녀가 물었다.

"들어가서 마님한테 작별 인사를 하지 않겠니?"

"그럴 필요 없어요, 베시. 어젯밤 베시가 저녁 먹으러 내려갔을 때 부인이 내 방에 들러서 내일 아침에 자기나 사촌들을 깨우지 말라고 말했어요. 그리고 자기가 항상 나의 가장 훌륭한 친구였다는 것을 잊지 말라고 했고, 또 다른 사람들한테도 그렇게 말해야 한다고 했어요. 그러면서 부인한테 늘 감사의 마음을 가지라고 했어요."

"그래서 뭐라고 대답했지?"

"아무 대답도 안 했어요. 이불로 얼굴을 가리고 벽으로 돌아누웠어요."

"그건 잘못이야."

"잘못이 아니에요, 베시. 당신의 마님은 나의 친구가 아니에요. 적이지요."

"오, 제인! 그런 말을 하는 게 아냐!"

"게이츠헤드야, 잘 있어!" 복도를 거쳐 현관으로 나올 때 나는 그렇게 소리쳤다.

달마저 기운 바깥은 몹시 어두웠다. 베시는 초롱불을 들고 나와 계단과 눈이 녹아 젖어 있는 자갈길을 비춰주었다. 추위가 뼛속까지 스며드는 겨울 아침이었다. 서둘러서 마찻길까지 내려가는데 이가 마구 떨렸다. 우리가 집사네 집에 도착했을 땐 이미 불이 켜져 있었고, 집사의 아내는 난롯불을 피우고 있었다. 어젯밤에 옮겨놓은 트렁크가 밧줄로 묶인 채 그 집 문 앞에 놓여 있었다. 그때가 여섯 시 조금 전이었다. 잠시 후에 여섯 시를 알리는 소리와 함께 멀리서 마차 바퀴 소리가 들렸다. 나는 문 옆으로 다가서서 어둠을 뚫고 달려오는 역마차의 불빛을 바라보았다.

"아가씨 혼자서 가나요?" 집사의 아내가 물었다.

"그래요."

"갈 길이 얼마나 먼데요?"

"50마일이래요."

"아주 머네요. 그렇게 먼 길을 혼자 보내고 리드 부인은 마음이 놓일까?"

포장 안에 손님을 태운, 말 네 필이 끄는 역마차가 바로 문 앞에 와서 섰다. 차장과 마부가 큰 소리로 서둘렀다. 트렁크가 내던져지다시피 실리자, 나는 키스를 하다 말고 베시의 목을 감고 있던 손을 풀었다.

"이 애를 잘 보살펴주세요." 차장이 나를 안아 올릴 때 베시가 소리쳤다.

"네! 네!" 차장이 대답하면서 문을 닫았다.

"자, 떠납시다!" 차장이 외치자, 마차는 이내 달리기 시작했다.

이렇게 해서 나는 베시와도 헤어지고 게이츠헤드와도 헤어져, 일찍이 가본 적이 없는 먼 곳에 있는 미지의 나라로 달려갔다.

그 여행에 대한 기억은 거의 없다. 다만 하루해가 무척 길게 느껴졌고, 마차가 수백 마일이나 달린 것 같은 생각뿐이었다. 몇몇 마을을 지나고 나서, 마차가 굉장히 큰 거리에 멈췄다. 말을 잠시 쉬게 하고, 마차에 탄 사람들이 식사를 하기 위해서였다. 차장은 나를 작은 식당으로 데리고 가더니 점심을 먹으라고 했다. 그러나 내가 먹으려고 하지 않자, 나를 커다란 방에 있으라고 한 다음 나가 버렸다. 그 방엔 양쪽에 난로가 있었고 천장에는 샹들리에가 매달려 있었다. 벽 꼭대기까지 닿은 길쭉하고 붉은 진열장에는 악기가 가득 차 있었다. 한동안 그곳에 혼자 있게 되자, 누군가가 와서 나를 어디론가 잡아가지나 않을까 하는 생각이 들어 몹시 불안해졌다. 이런 생각을 하게 된 것은 베시가 난롯가에서 들려주던 얘기 탓으로, 나는 정말로 세상에 유괴범이 존재한다고 믿었던 것이다.

이윽고 차장이 돌아오더니 나를 다시 안아서 마차에 태웠다. 그리고는 자기도 자리를 잡고 앉아 뿔로 된 나팔을 불어 출발하라는 신호를 했다. 마차는 L거리의 자갈길을 덜커덩거리며 달리기 시작했다.

오후에는 비가 촉촉이 내리고 안개도 자욱했다. 황혼녘에 접어들자, '이제 게이츠헤드에서 완전히 멀어졌구나.' 하는 생각이 들었다. 밖의 풍경이 달라지더니, 거대한 회색 언덕이 지평선 위에 떠올랐다. 황혼은 점점 짙어졌고, 마차는 수목이 우거진 계곡을 내려갔다. 그러다가 드디어는 완전히 어두워져 주위의 풍경이 전혀 보이지 않았고, 한참 뒤에는 나무 사이로 바람 소리가 들려왔다. 그 소리에 귀를 기울이고 있다가 나는 그대로 잠이 들고 말았는데, 마차가 갑자기 멈추는 바람에 놀라서 눈을 떴다.

마차의 문이 열리자, 하녀 차림의 여인이 서 있었다. 나는 불빛에 비친 그녀의 생소한 얼굴과 복장을 쳐다보았다.

"이 마차에 제인 에어라는 여자아이가 타고 있습니까?" 하고 그녀가 물었다. 나는 재빨리 대답하고 나서, 그녀에게 안겨 마차에서 내렸다.

역마차는 짐칸에서 내 트렁크를 내려놓은 다음 곧바로 떠나갔다. 너무도 오랫동안 앉아 있어서인지 몸이 굳어지고 마차의 소음과 흔들림 때문에 정신이 멍했던 나는 기운을 차려서 주위를 살펴보았다. 비바람이 몰아쳤고, 사방은 온통 암흑뿐이었다. 그런 중에도 내 앞에 담이 있고, 가운데에 자리한 큰 문이 열려 있는 것을 어렴풋이 볼 수 있었다.

나는 그 문을 통과해 새로운 안내인과 함께 안으로 들어갔다. 그녀는 문을 닫고 자물쇠를 잠갔다. 그러자 불 켜진 여러 개의 창이 달린 한 채의, 아니 여러 채의 집이 — 건물이 길게 뻗어 있기 때문에 — 보였다. 우리는 빗물을 튀기면서 넓은 자갈길을 걸어 안으로 들어갔다. 하녀는 복도를 지나 난로가 있는 방으로 나를 안내하고는 나가 버렸다.

나는 선 채로 언 손가락을 불에 녹이며 주위를 둘러보았다. 방 안에 촛불이 켜져 있는 것은 아니지만, 난로에서 너울거리는 불꽃으로 인해 벽이며, 양탄자, 커튼, 반짝거리는 마호가니 가구들이 어렴풋하게 보였다. 이곳은 게이츠헤드의 객실처럼 넓고 호화롭진 않았으나 아주 아늑했다. 내가 벽에 걸린 그림이 무엇인가를 생각하며 바라보고 있을 때, 문이 열리더니 촛불을 든 사람이 들어오고 바로 뒤에 또 한 사람이 따라 들어왔다.

앞서 들어온 사람은 머리와 눈이 검고, 넓고 창백한 이마에 키가 큰 여성이었다. 몸의 일부를 숄로 가린 그녀는 근엄하고 엄격한 자세를 취하고 있었다.

"이렇게 어린아이를 혼자 보내다니!" 앞서 들어온 여성이 테이블 위에 촛불을 놓으면서 중얼거렸다. 그리고 나서 1, 2분간 나를 주의 깊게 바라보더니 덧붙여서 말했다.

"피곤해 보이는군. 곧 재우는 것이 좋겠어요. 피곤하지?" 내 어깨 위에 손을 얹으면서 그녀가 물었다.

"네, 조금 피곤해요."

"그리고 배도 고프겠지. 자기 전에 저녁을 먹게 해요, 밀러 선생. 부모님을 떠나서 학교에 오는 것은 이번이 처음이니?"

난 나에게 부모가 없다는 것을 설명했다. 그러자 그녀는 돌아가신 지 얼마나 되었느냐고 물었다. 그리고 내 나이며 이름, 또 읽기와 쓰기를 할 수 있는지, 바느질도 할 줄 아는지를 물었다. 그러고 나서 둘째손가락으로 내 뺨을 부드럽게 만지며 "착한 애가 되어야지!" 하고 말한 다음 밀러 선생이라고 불린 여성한테 나를 맡겼다.

앞서 들어온 여성은 스물아홉쯤 되어 보였고, 나를 맡은 여성은 조금 아래인 듯했다. 앞서 들어온 여성의 목소리와 태도는 인상적이었으나, 밀러 선생은 평범한 편이었다. 여윈 모습이긴 했지만 안색은 좋았고, 항상 일에 쫓기는 사람처럼 걸음걸이와 동작이 민첩했다. 나중에 실제로 안 사실이지만, 그녀는 보조 교사다운 모습을 지니고 있었다.

나는 밀러 선생의 뒤를 따라서 크고 불규칙하게 지어진 건물의 방과 복도를 수없이 지나갔다. 그리하여 지금까지 통과해 온 곳에 감돌고 있는 묵직한 침묵에서 빠져나와, 여러 사람의 소리로 시끄러운 넓은 방에 도달했다. 그곳에는 양쪽으로 큰 테이블이 두 개씩 놓여 있었고 테이블마다 촛불이 두 개씩 커져 있었다. 주위의 나무 의자에는 아홉 살이나 열 살쯤 되어 보이는 아이에서부터 스무 살쯤 되어 보이는 소녀들까지 다양한 연령층의 학생들이 앉아 있었다. 실제로 그 수는 80명을 넘지 않았으나 내겐 헤아릴 수 없을 정도로 많아 보였다. 희미한 촛불 밑에서, 소녀들은 모두 기이한 갈색 제복과 마로 된 앞치마를 입고 있었다. 예습시간이라 내일 과목을 공부하느라 모두들 분주했는데, 이 방에 들어섰을 때 들었던 시끄러운 소음은 그들이 뭔가를 암송하는 소리였다.

밀러 선생은 나에게 문 옆의 의자에 앉으라고 지시하고, 긴 교실의 위쪽으로 걸어가서 크게 소리를 질렀다.

"반장들은 교과서를 모아서 치워요!"

네 사람의 키 큰 소녀가 자기들의 테이블에서 일어나더니, 돌아다니면서 책을 거둔 다음 치웠다. 밀러 선생이 다시 명령을 내렸다.

"그리고 음식 쟁반을 가져와요!"

키 큰 소녀들은 밖으로 나가 쟁반을 가지고 돌아왔다. 무엇인지는 몰라도 음식물이 담겨 있고, 주전자와 컵이 한가운데 놓여 있었다. 음식은 차례로 분배되었다. 물이 먹고 싶은 사람은 한 모금씩 주전자에서 따라 마셨다. 컵은 공동으로 쓰는 것이었다. 차례가 돌아오자, 나는 갈증을 느꼈기 때문에 물만 마시고 음식에는 손을 대지 않았다. 흥분과 피곤으로 전혀 먹을 생각이 나지 않았다. 하지만 그것이 귀리빵 조각이라는 것만은 알 수 있었다.

식사가 끝나자, 밀러 선생은 기도문을 읽은 다음 학생들을 둘씩 짝 지워 2층으로 데려갔다. 나는 그때 몹시 지쳐 있었기 때문에 침실이 어떤 곳인지 살펴볼 여유가 없었다. 단지 좀 전의 교실처럼 좁고 길쭉한 방이라는 것만 느꼈을 따름이었다. 그날 밤엔 밀러 선생과 함께 자기로 되어 있었는데, 내가 침대로 가자 밀러 선생이 옷 벗는 것을 도와주었다. 자리에 누우면서 곁눈질로 슬쩍 보니, 길게 놓인 여러 개의 침대에 두 사람씩 재빨리 올라가 눕는 것이었다.

10분도 채 못 되어 하나밖에 없는 불이 꺼지고, 정적과 암흑 속에서 나는 정신없이 잠에 빠져들었다. 그 밤은 정말 빨리 지나갔다. 난 꿈조차 꿀 수 없을 만큼 지쳐 있었다. 그러다 한 번 눈을 떴었는데, 강한 바람 소리와 세차게 퍼부어대는 빗소리가 들려왔다. 옆에서 함께 자고 있는 밀러 선생이 매우 고맙게 생각되었다.

다음번에 눈을 떴을 때는 종소리가 요란스레 울리는 중이었다. 소녀들은 일어나서 분주히 옷을 입고 있었고, 촛불 한두 개가 켜진 것이 보였다. 아직 날이 밝은 게 아니었다. 어쩔 수 없이 피곤한 몸을 일으킨 나는, 너무도 춥고 떨려 잽싸게 옷을 걸쳤다. 그리고 세숫대야가 비기를 기다려 세수를 했는데, 그것도 쉬운 일은 아니었다. 방 한가운데 있는 세면대에서 여섯 사람이 대야 하나를 돌려가며 썼기 때문이었다.

다시 종이 울리자, 모두들 두 줄로 나란히 서서 계단을 내려가더니 희미하게 불빛이 내비치고 있는 싸늘한 교실로 들어갔다. 거기서 밀러 선생은 기도문을 읽고 난 다음 큰 소리로 외쳤다.

"자, 학급별로 집합!"

몇 분 동안의 소란 중에도 밀러 선생은 "조용히!"라든가 "질서를 지켜요!"

란 말을 계속 반복했다. 이윽고 잠시 소동이 가라앉았을 때, 그들은 네 개의 테이블 옆에 놓인 네 개의 의자 앞에 네 개의 반원형으로 정렬해서 서 있었다. 각자의 손에 든 책 말고도 앞에 《성경》 같은 큰 책이 놓여 있었다. 잠시 동안 웅성거림이 들리자, 밀러 선생은 학급별로 돌아다니며 소음을 가라앉혔다.

멀리서 종소리가 들린 후, 세 명의 여성이 교실로 들어와 각자의 테이블 앞에 자리를 잡았다. 밀러 선생은 네 번째 의자에 앉았는데, 창가에서 가까운 그 자리 주위엔 나이 어린 소녀들이 모여 있었고 나 또한 최하급반인 이곳의 맨 끝자리를 차지하게 되었다.

드디어 하루 일과가 시작된 것이다. 먼저 그날의 기도문을 반복해서 따라 읽은 다음 성경 구절이 봉독되고, 다시 읽는 시간이 약 한 시간가량 이어졌다. 그것을 끝마쳤을 땐 이미 날이 완전히 밝아 있었다. 끈덕진 종소리가 네 번째로 울리자, 각 학급은 정렬해서 아침 식사를 하러 옆방으로 들어갔다.

뭔가 음식을 먹을 거라 생각하니 나는 몹시 기분이 좋았다. 어제부터 거의 아무것도 입에 넣지 않았던 것이다. 음식 생각을 하자 갑자기 시장기가 몰려와, 정신이 나갈 지경이 되었다.

식당은 천장이 낮은 음침한 방으로, 두 개의 기다란 식탁 위에 뭔가 뜨거운 것이 담긴 커다란 그릇이 놓여 있었다. 거기서 나는 냄새는 식욕을 돋우는 것과는 거리가 한참 멀었다. 그 냄새가 이것을 먹어야 할 운명에 있는 소녀들의 코끝에 닿자, 그들은 한결같이 불만스러운 표정을 지었다. 행렬의 선두에 선 키 큰 소녀들 가운데서 수군거리는 소리가 들렸다.

"아이, 구역질 나! 죽을 또 태웠어!"

"조용히 해!" 하고 외치는 소리가 들렸다. 밀러 선생의 목소리가 아니었다. 그녀는 식탁의 상석에 자리 잡고 있는 상위 교사로서 키가 작고 피부가 검은 편이었는데, 옷맵시는 단정하지만 어딘지 모르게 사나워 보였다. 또 다른 식탁의 상석에는 뚱뚱한 여성이 앉아 있었다. 나는 어젯밤에 만났던 키가 큰 여성을 찾아봤으나 보이지 않았다. 밀러 선생은 내가 앉아 있는 식탁의 끝자리에 자리 잡고 있었으며, 또 다른 식탁의 끝자리에는 외국인으로 보이는 좀 색다른 용모의 중년부인이 앉아 있었다. 나중에 알게 된 사실이지만, 그녀는 프랑스어 선생이었다. 긴 식전 기도가 있고 찬송가가 끝나자, 하녀가 선생들한테 차를 가져다주는 것으로 식사가 시작되었다.

나는 몹시 허기가 져서 맛 같은 것은 생각할 겨를도 없이 내 몫으로 주어진 죽을 몇 숟갈 허겁지겁 퍼먹었다. 그러나 허기가 약간 가셔지자 내가 구역질나는 음식을 먹고 있다는 사실을 알게 되었다. 탄 죽은 썩은 감자처럼 고약했으며, 아무리 배가 고파도 먹기가 힘들었다. 숟가락들이 더디게 움직였고, 맛을 보고 삼키려다가 대개의 경우 단념하고 숟가락을 내려놓았다.

이리하여 아침 식사는 끝났으나 그것을 다 먹은 사람은 아무도 없었다. 먹은 것도 없이 감사 기도를 드리고 나서, 다시 한 번 찬송가를 부른 다음 식당을 나와 교실로 향했다. 나는 맨 나중에 식당을 나오는 축에 끼어 있었는데, 그때 선생 중 한 명이 죽 그릇을 들고 맛을 보는 것을 보았다. 그 선생은 다른 선생들을 쳐다보았다. 모두들 불쾌한 표정을 지었다. 맛을 본 선생이 속삭이듯 말했다.

"지독한데! 염치가 있어야지!"

수업이 시작되기 전 15분쯤 여유가 있었다. 그동안에 교실은 난장판이나 다름없었다. 이 시간만큼은 큰 소리로 자유롭게 떠들어도 내버려두는 것 같았다. 모두들 이 특전을 이용하여 떠들어댔는데, 공통된 화제가 식사에 관한 것으로 너나없이 불평을 했다. 가엾게도 이것이 그들의 유일한 위안거리였다. 그때 교실 안에 있던 선생은 밀러 선생뿐으로, 그녀 주위에 큰 학생들이 모여서 화난 얼굴로 진지하게 이야기를 나누고 있었다. 그때 누군가의 입에서 브르클허스트 씨의 이름이 튀어나왔다. 그러자 밀러 선생은 부정의 뜻으로 머리를 가로저었으나, 그들의 분노를 억제하려고는 하지 않았다. 그녀도 화가 난 것이 분명했다.

교실 안에 있는 시계가 아홉 시를 쳤다. 밀러 선생은 학생들 사이에서 빠져나와 교실 가운데 서서 외쳤다.

"자, 조용히! 자리에들 앉아요!"

규율은 엄격했다. 15분도 못 되어 소란스럽던 학생들은 질서 있게 자리를 잡았고, 시끄럽던 말소리도 거의 가라앉았다. 교사들은 제시간에 와서 상석에 앉았으나, 무엇인가를 기다리고 있는 것 같았다. 교실 양쪽에 놓인 나무 의자에 80명의 소녀들이 똑바로 앉아서 미동도 하지 않는 모습을 보자 이상한 집단처럼 느껴졌다. 모두들 머리를 깔끔하게 빗고, 입고 있는 갈색 제복은 목을 돌리기조차 불편할 정도로 깃이 높았다. 앞쪽에는 마로 된 자그마한 주머니가 달려 있었는데, — 마치 스코틀랜드인의 지갑과도 같았다. — 그건 재봉 알거리를 담을 수 있도록 만들어진 것이었다. 그리고 모두들 털양말에 쇠장식이 달린 촌티 나는 신발을 신고 있었다. 이런 복장을 한 소녀들 중 20명가량은 완전히 성숙해서, 젊은 처녀 같아 보였다. 또한 그녀들에게는 이 옷이 너무도 어울리질 않아, 아주 예쁜 학생도 괴상하게 보였다. 나는 그들을 바라보다가 간간이 선생들도 살펴보았다. 그러나 마음에 드는 사람은 아무도 없었다. 건장하게 생긴 선생은 품위가 없어 보였고, 피부가 검은 선생은 무서워 보였으며, 외국인으로 보이는 선생은 냉정한 괴짜로 보였다. 그런데 밀러 선생! 가엾게도 이런저런 일로 시달리고 과로를 해서 안색이 창백했다. 이렇게 내 시선이 한 사람 한 사람에게 옮겨가는 동안, 전체 학생들이 마치 한 용수철에 의해서 튕겨지듯 일시에 일어섰다.

무슨 일일까? 구령 소리가 난 것도 아니었으므로 나는 어리둥절했다. 내가 미처 정신도 차리기 전에, 전체 학생은 다시 자리에 앉았다. 그리고 모든 학생의 시선이 한곳으로 집중되기에 나도 그쪽을 바라봤다. 어젯밤에 나를 맞아준 여성이 교실 한쪽 끝 난로 있는 곳에 서 있었다. 난로는 교실 양끝에만 하나씩 있었다. 그녀는 두 줄로 정렬한 학생들을 조용히 그리고 엄숙한 표정으로 훑어보았다. 밀러 선생이 다가가서 뭔가 질문을 하더니, 대답을 듣자 제자리로 돌아와서 큰 소리로 외쳤다.

"1반 반장, 가서 지구의를 가져와요!"

명령이 시행되는 동안, 나를 맞아준 그 여성은 천천히 상석 쪽으로 걸어갔다. 나는 무엇보다도 존경하는 사람에 대한 마음이 강한 것 같다. 왜냐하면 내 눈이 그 여성의 발길을 좇고 있을 때에 가졌던 감탄을, 지금까지도 지니고 있으니 말이다. 그녀는 큰 키에 피부가 하얗고 몸매가 아름다웠다. 자비심 넘치는 갈색 눈과 그린 듯이 긴 속눈썹은 여성의 하얀 이마를 더욱 돋보이게 했고, 당시의 유행에 따라 양쪽 관자놀이에 둥글게 드리워진 머리카락은 짙은 갈색이었다. 옷차림도 유행에 맞춰 자줏빛이었는데, 스페인식의 검은 벨벳 장식 때문에 한층 돋보였다. 그리고 금시계가 — 그때는 지금처럼 시계가 흔하지 않았다. — 벨트 부근에서 빛나고 있었다. 만약에 독자가 단아한 얼굴, 창백하긴 하지만 밝은 안색, 위풍이 당당한 태도 등에 곁들여서 템플 선생의 — '마라아 템플'이라는 이름은, 나중에 교회에 갖고 가라는 기도서에 적힌 것을 보고 알았다. — 모습을 상상한다면, 적어도 말로 표현할 수 있을 정도만큼은 정확하게 그 모습을 파악할 수 있을 것이다.

로드의 교장 선생은 — 이 여성이 바로 교장이었다. — 테이블 위에 놓인 두 개의 지구의 앞에 자리를 잡고 앉아, 1반 학생을 주위에 불러놓고 지리 과목을 가르치기 시작했다. 하급반 학생들도 각자 자기들 선생한테 불려가서 역사나 문법 등을 공부하는 데 한 시간쯤 시간을 보냈다. 그리고 나서는 글짓기와 산수를 공부했다. 템플 선생은 나이 든 학생들에게 음악도 가르쳤다. 수업 시간은 시계에 의해서 정해지는 것이었는데, 마침내 열두 시가 되자 교장 선생은 자리에서 일어섰다.

"학생들에게 할 말이 있어요." 그녀가 입을 열었다.

수업이 끝났기 때문에 주위가 소란스러웠으나, 교장 선생의 말이 나오자 다시금 조용해졌다.

"여러분의 오늘 아침 식사는 먹을 수 없는 음식이었어요. 몹시 배가 고플 거예요. 그래서 치즈를 곁들인 빵을 준비시켰어요."

선생들이 놀라는 눈으로 그녀를 바라보았다.

"이것은 내 책임 하에 하는 것입니다." 교장은 선생들에게 설명조로 말하고 교실에서 나갔다.

곧 치즈가 곁들여진 빵이 분배되자, 전체 학생들의 기쁨과 생기는 이루 형용할 수 없을 정도였다. 그런 다음 "교정으로 집합!"이라는 명령이 내려졌다. 저마다 착색된 캘리코 끈이 달린 밀짚모자를 쓰고, 거친 모직물로 만든 회색 망토를 걸쳤다. 나도 같은 모습으로 챙겨 입고 그들의 행렬을 따라서 밖으로 나갔다.

교정은 밖을 내다볼 수 없을 정도로 높은 담에 둘러싸인 마당이었다. 마당 한쪽에는 지붕이 덮인 베란다가 있었고, 여러 개의 화단으로 구분된 중앙부 주변에는 폭넓은 길이 나 있었다. 화단은 학생들이 가꾸도록 각각 담당자가 배정되어 있었는데, 한창 꽃이 필 때라면 틀림없이 근사하게 보였을 것이다. 하지만 지금은 1월 말경이라 모든 것이 추위에 시들어서 갈색으로 보였다. 밖에 나가서 주위를 바라본 나는 몸서리를 쳤다. 옥외 운동을 하기에는 날씨가 너무 추웠다. 비는 내릴 것 같지 않았으나 짙게 낀 희뿌연 안개로 주위가 어두웠고, 바닥은 어제의 큰비로 인해 흠씬 젖어 있었다. 건강한 소녀들은 활발히 뛰어다니며 유희에 열중했지만 얼굴이 창백하거나 여윈 아이들은 한 무리가 되어 베란다 밑에서 추위를 피하고 있었다. 짙은 안개가 떨고 있는 그들에게 스며들었을 때, 나는 그 가운데서 기침소리가 나는 것을 들었다.

나는 아직 아무에게도 말을 걸지 않았고, 아무도 내게 관심을 갖는 것 같지도 않았다. 나는 고독감에 대해서는 익숙해져 있었으므로, 외톨이로 쓸쓸하게 서 있다고 해서 마음이 아픈 것도 아니었다. 그저 베란다의 기둥에 기대서서, 외부로부터의 추위를 막고 속에서 북받치는 굶주림의 고통을 잊으려고 회색 망토로 몸을 꼭 감쌌다. 그리고 관찰과 사고에 열중하려고 의식적으로 애를 썼다. 실상 나의 사고라는 것은 뚜렷하지도 않고 단편적인 것이라 기록할 가치조차 없었다. 게이츠헤드를 비롯하여 과거의 생활은 이미 멀리 흘러간 것으로만 여겨졌다. 현재는 막연한 기적처럼 여겨졌고, 미래에 대해서는 전혀 예측조차 할 수 없었다. 나는 수녀원의 정원 같은 교정을 다시금 바라보고 나서 교사(校舍)를 보았다. 교사는 커다란 건물이었는데,

반은 오래되어 퇴색한 잿빛이었으나 반은 새로 지은 것이었다. 교실과 기숙사가 있는 신축 건물은 문턱이 있는 창으로 일광을 받아들이게 되어 있어서 마치 교회 건물 같았다. 입구 위에 붙어 있는 석판에는 다음과 같은 문구가 적혀 있었다.

『로드 학원 — 이 건물은 서기 ○○○○년, 이 지방의 브로클허스트 가의 네오미 브로클허스트 씨에 의해 재건된 것임.
'그대의 빛을 사람들 앞에 비치게 하라. 그리하여 그들로 하여금 그대의 선행을 보고, 하늘에 계신 그대의 아버지를 찬송케 하라.' (마태복음 5장 16절.)'』

나는 이 문구를 몇 번이나 되풀이해서 읽어보았으나 의미를 충분히 이해할 수가 없어 설명이 필요하다고 생각되었다. '학원'이라는 뜻을 생각하며, 앞부분의 말과 성경 구절 사이의 관련성을 찾아보려 몰두하고 있을 때 내 바로 뒤에서 기침소리가 났다. 돌아보니, 한 소녀가 돌 벤치에 앉아 있는 것이 보였다. 그녀는 머리를 숙이고 열심히 책을 읽고 있었는데, 내가 있는 곳에서도 표제가 보였다. 《라셀라스(The History of Rasselas)》(1759년에 발표한 새뮤얼 존슨(Samuel Johnson)의 소설: 진정한 인생과 행복의 의미를 찾기 위해 여행을 떠나는 라셀라스 왕자 이야기로, 소설의 형태가 생겨나기 시작한 18세기 문학의 모습을 엿볼 수 있는 작품.) — 나로선 알지 못하는 책이어서 흥미가 느껴졌다. 그녀가 책장을 뒤적이다가 우연히 머리를 드는 순간, 내가 먼저 말을 건넸다.

"그 책, 재미있니?" 나는 이미 언젠가는 그 책을 빌려볼 생각을 하고 있었다.

"응, 재미있어." 잠시 나를 쳐다보고 나서 그녀가 대답했다.

"어떤 내용이니?" 나는 계속해서 물었다. 처음 대하는 사람한테 이렇게 대답하다니, 나 자신이 생각해 봐도 놀라운 일이었다. 이것은 내가 타고난 성품이나 습관과는 정반대되는 행위였다. 아마도 그녀가 책을 읽고 있는 것이 공감을 불러일으켰던 것 같았다. 왜냐하면 나도 독서를 좋아하기 때문이다. 비록 내가 그동안 읽은 책은 보잘것없고 유치했으며, 진지한 내용은 이해하지도 못했지만…….

"봐도 좋아." 그녀가 책을 내밀면서 말했다.

나는 받아들었으나, 잠깐 보아서는 그 내용이 표제만큼 매력이 있을 것 같지 않았다. 어쨌든 《라셀라스》는 나의 취미에 맞지 않은 책 같았다. 거기에는 요정에 관한 것도 귀신에 관한 이야기도 없이 글자만 빽빽해서, 눈부신 변화가 전개될 것 같지도 않았기 때문이다. 나는 책을 되돌려주었다. 그녀가 아무 말 없이 책을 받아든 다음 다시 책 읽기에 열중하려고 했을 때, 나는 한 번 더 용기를 내어 그녀의 독서를 방해했다.

"입구 위의 석판에 적힌 말이 무슨 뜻이니? 로드 학원이 뭐야?"

"네가 와서 살고 있는 이곳 이름이야."

"왜 학원이라고 그러는 거지? 다른 학교와 뭐가 다른 거야?"

"이곳은 자선 학교이고, 이곳에 있는 아이들은 모두 구호 아동들이야. 너도 고아겠지? 아니면 아버지나 어머니 중 한 분이 돌아가셨든지."

"내가 어렸을 적에 두 분 다 돌아가셨어."

"여기 있는 아이들은 부모가 모두 돌아가셨든가, 아니면 한 사람이 돌아가셨어. 그래서 이 집은 고아를 교육하는 기관이라 불려."

"그럼 돈을 전혀 내지 않니? 무료로 우리를 먹이고 재우고 교육시켜 주는 거야?"

"아니, 우리가 직접 내든가 우리의 친척이 1년에 15파운드씩 지불해."

"그렇다면 왜 우리를 구호 아동이라고 부르지?"

"15파운드로는 모든 비용을 충당할 수 없어. 그래서 부족액을 기부 받는 거야."

"누가 기부를 하는데?"

"이 지방이나 런던의 자비심 많은 부자들이 기부하지."

"네오미 브로클허스트라는 분은 누구야?"

"석판에 쓰여 있는 대로 이 건물의 일부분을 새로 지어준 부인이야. 지금은 그분의 아들이 이 기관의 모든 것을 지휘 감독하고 있어."

"그분의 아들이, 왜?"

"그가 이 기관의 회계를 책임지는 운영자니까."

"그러면 이 집은 키 크고 시계를 찬, 우리에게 치즈를 곁들인 빵을 주겠다고 말한 선생의 것이 아니구나?"

"템플 선생? 천만에, 아니야! 만약 그렇다면 얼마나 좋겠니. 그분이 하는 일은 모두 브로클허스트 씨가 책임을 묻게 되어 있어. 우리가 먹는 것이나 입는 것은 모두 브로클허스트 씨가 구입하는 거야."

"그도 여기서 살고 있니?"

"아니. 2마일쯤 떨어진 곳에 있는 큰 저택에서 살아."

"좋은 사람이야?"

"그는 목사야. 좋은 일을 많이 하고 있대."

"키가 큰 부인이 템플 선생이야?"

"그래."

"다른 선생들의 이름은?"

"뺨이 붉은 분이 스미드 선생인데 재봉 담당이야. 재단도 가르치고 있지. 우린 모두 자기 옷을 직접 만들어야 해. 상의건 외투건 말이야. 까만 머리에 키가 작은 분은 스캐처드 선생인데 역사와 문법을 가르치고, 2반의 암송을 담당하고 있어. 그리고 숄을 걸치고 손수건을 노란 리본처럼 묶어 옆구리에 동여맨 선생은 피에르 부인이야. 프랑스의 릴리 출신인데, 프랑스어를 가르치고 있어."

"선생님들이 맘에 들어?"

"그럼. 모두들 마음에 들어."

"까만 머리에 키가 작은 선생도 좋아해? 그리고 무슨 부인이라고 그랬지? 나는 너처럼 발음할 수가 없지만."

"스캐처드 선생은 성미가 몹시 급해. 그 선생의 비위에 거슬리지 않도록 조심하는 게 좋을 거야. 그리고 피에르 부인은 결코 나쁜 사람은 아니야."

"템플 선생이 제일 좋지?"

"그분은 마음도 좋지만 다른 선생들보다 아는 것도 많고, 모든 면에서 월등하게 뛰어나셔."

"넌 이곳에 온 지 오래됐니?"

"2년 됐어."

"너도 고아야?"

"어머니가 돌아가셨어."

"이곳 생활이 행복해?"

"너는 한꺼번에 많이도 묻는구나. 오늘은 이 정도만 대답할게. 책을 읽고 싶거든."

바로 그때 점심 식사를 알리는 종이 울렸다. 모두들 건물 안으로 들어갔다. 식당에 차 있는 냄새는, 아침 식사 때 우리가 맡았던 것 이상으로 지독했다. 커다란 두 개의 양철통에 담겨 있는 음식물에선 썩은 냄새와 함께 역겨운 기름기가 섞인 김이 오르고 있었다. 쓰레기 같은 감자와 이상한 고기 조각을 섞어서 만든 요리라는 것을 알 수 있었다. 꽤 많은 양이 각자에게 분배되어, 나는 먹을 수 있는 한 먹었다. 식사를 하면서, 매일 먹는 음식이 이런 것인가 하고 마음속으로 의아하게 생각했다. 점심 식사가 끝나자 곧장 교실로 들어가 다시 공부를 시작했고, 다섯 시까지 계속됐다.

오후에 한 가지 특기할 만한 사건이 있었다. 베란다에서 나와 이야기를 나누었던 소녀가 스캐처드 선생이 가르치는 역사 시간에 불명예스럽다는 이유로 널따란 교실 한복판에 서 있었다. 그 처벌은 그 같은 나이의 소녀에게는 가혹한 것이라고 생각되었다. 그 애는 열세 살, 아니면 그 이상 되어 보였다. 어쨌든 내 생각엔 그녀가 몹시 괴로워하든가 부끄러워할 줄 알았는데, 울지도 않았고 얼굴을 붉히지도 않았다. 단지 어두운 표정을 띠기는 했으나 침착한 태도로 서서 여러 사람의 시선을 받고 있었다. '어떻게 저처럼 침착하게, 그리고 단호한 태도로 참을 수 있을까?' 하고 나는 생각했다.

'내가 저 애의 입장이 되었다면, 땅이 갈라져서 나를 삼켜주었으면 하고 원했을 거야. 저 애는 자기가 받고 있는 처벌과 현재의 상황을 초월해서, 자기 주변과 눈앞에 있는 것이 아닌, 다른 무엇을 생각하는 걸 거야. 백일몽이라는 말을 들은 적이 있는데, 지금 저 애는 그 백일몽을 꾸고 있는 것 같아. 시선은 마룻바닥에 고정되어 있지만, 틀림없이 마룻바닥을 보고 있는 것은 아니야. 저 애의 시선은 내부를 향하고 있고, 마음속으로 통해 있는 것이 분명해. 저 애가 보고 있는 것은 눈앞에 있는 것이 아니라, 기억 속에 있는 걸 거야. 저 애는 어떤 부류일까? 착한 아이일까, 건방진 아이일까?'

다섯 시가 지나자, 간식을 먹었다. 커피 한 잔과 갈색 빵 반 조각이 전부였다. 허겁지겁 빵을 먹고 커피를 마신 나는 좀 더 먹었으면 하고 생각했다. 배는 여전히 고팠다. 30분쯤 쉬고 난 다음 다시 공부가 시작되었다. 그리고 나서 물 한 잔과 귀리빵 한 조각과 기도, 그리고 취침이었다.

로드에서의 첫날은 이렇게 지나갔다.

6장
헬렌 번즈와의 만남

다음 날도 첫날과 마찬가지로 촛불을 켜고 일어나 옷을 입는 것으로 일과가 시작되었다. 그러나 그날 아침에는 세수하는 절차가 생략되었다. 물 주전자의 물이 얼었기 때문이다. 지난밤에 갑자기 날씨가 변해서 살을 에는 듯한 북동풍이 침실 창틈으로 스며들어 침대에 누워 있는 우리들을 떨게 하고 주전자의 물까지 얼려 버렸던 것이다.

장장 한 시간 반이나 계속되는 기도와 성경 봉독이 끝나기도 전에, 나는 너무도 추워 얼어 죽을 것만 같았다. 마침내 식사시간이 돌아왔는데, 오늘 아침의 죽은 탄 것이 아니어서 먹을 만했으나 대신 양이 적었다. 내 죽그릇이 왜 그리 작아 보였던지! 그 두 배로 먹었으면 좋겠다는 생각이 간절했다.

그날부터 나는 4반에 편입되어 정규 과목과 작업이 할당되었다. 지금까지는 로드에서 행해지는 과정을 보고만 있었는데, 이제부터는 그 속에서 실연하는 실연자가 된 것이다. 처음에는 암송하는 습관이 몸에 배어 있지 않았기 때문에 수업시간이 길고 힘들게 여겨졌다. 학과가 계속해서 바뀌는 것도 나를 몹시 당혹시켰다.

오후 세 시쯤 되어 스미드 선생이 두 마 정도 되는 모슬린 조각과 바늘, 골무 등을 주면서, 교실 한구석의 조용한 곳에 가서 가장자리를 접어 넣어 꿰매보라고 할 때는 정말로 고마웠다. 다른 아이들도 대개 바느질을 하고 있었고, 다만 한 반만이 스캐처드 선생을 둘러싸고 서서 책을 읽었다. 교실

안이 조용했기 때문에 학과 내용과 그들이 이해해 나가는 태도, 그에 대한 스캐처드 선생의 비평과 찬사의 목소리를 생생히 들을 수 있었다. 지금 공부하고 있는 과목은 영국사였다. 나는 그들 중 베란다에서 만났던 소녀를 주의 깊게 보았다. 수업이 시작될 때는 그 애의 자리가 제일 상석이었는데, 발음을 잘못했는지 혹은 부호에 부주의했었는지 맨 끝자리로 쫓겨나 있었다. 그렇게 구석자리로 쫓고 나서도 스캐처드 선생은 계속 그 애를 주목하고 있다가, 갑자기 그에게 말을 던졌다.

"번즈!"

그것이 그 소녀의 성으로, 이곳에서는 다른 학교의 남자아이들처럼 성만 부르는 게 통례인 듯싶었다.

"번즈! 너는 신발 한쪽에만 힘을 주고 서 있는데, 빨리 발끝을 벌리도록 해", "번즈, 기분 나쁘게 턱을 내밀고 있잖아. 턱을 당겨.", "번즈, 얼굴을 들라고 했잖아. 내 앞에서 그런 태도를 취하는 것은 용서하지 않겠다." 등등.

한 절을 두 번 읽게 하고 나서 책을 덮은 다음, 스캐처드 선생은 학생들에게 질문을 했다. 학과 내용 중 찰스 1세 때의 선박 화물세, 수출입세, 건함세 등에 대한 잡다한 질문이었다. 이에 대해 대다수의 학생은 대답을 못 했다. 그러나 질문이 번즈에게로 던져지면 아무리 소소하거나 또는 어렵고 힘든 문제라도 이내 해결되었다. 무엇을 물어도 척척 대답했다. 나는 스캐처드 선생이 그 애의 주의력에 대해 칭찬해 줄 것을 은근히 기대하고 있었는데, 칭찬은커녕 갑작스레 소리를 지르곤 했다.

"어쩌면, 그렇게 더럽지! 넌 오늘 아침에 손을 씻지 않았니?"

번즈는 대답이 없었다. 왜 그녀가 잠자코 있는지 나로선 그 이유를 알 수가 없었다.

'왜 그럴까, 저 아이는?' 의아스러웠다. '물이 얼어서 세수도 못 하고, 손톱을 깨끗이 못 했다고 왜 변명하지 않을까?'

마침 그때 스미드 선생이 실타래를 잡으라고 해서, 난 그쪽으로 주의를 돌렸다. 실을 감으면서 스미드 선생은 가끔 나에게 말을 걸었다. 전에 학교에 갔던 적이 있느냐고 묻고, 내 이름을 수놓을 수 있는지, 바느질이나 뜨개질을 해본 일이 있는지도 물었다. 스미드 선생이 실을 감는 동안은 스캐처드 선생의 동정을 살필 수가 없었다. 내가 자리로 돌아왔을 때 스캐처드 선생은 또 다른 명령을 내렸는데, 나는 그 의미를 알 수가 없었다. 번즈는 곧 자기 자리를 떠나 책을 넣어둔 작은 방으로 들어가더니, 30초쯤 지나서 한쪽 끝을 묶은 회초리 묶음을 가지고 돌아왔다. 이 소름끼치는 무서운 도구를 선생에게 공손히 드리고 난 그녀는 시키지도 않는데 앞치마를 벗었다. 그러자 곧 선생은 회초리 묶음으로 그녀의 목덜미를 십여 차례나 사정없이 갈겼다. 번즈의 눈에서는 한 방울의 눈물도 보이지 않았으나, 나는 바느질하던 손을 멈출 수밖에 없었다. 어찌할 수 없는 무능한 분노의 감정으로 인해 손가락이 떨렸기 때문이었다. 생각에 잠겨 있는 그 애의 얼굴은 여느 때의 표정과 전혀 다름없었다.

"너는 어쩔 수 없는 애야! 경망스런 버릇을 아무리 해도 고칠 수가 없으니……. 회초리를 치워라." 하고 스캐처드 선생이 외치듯이 말했다.

번즈는 시키는 대로 했다. 난 서고에서 나올 때 가까이에서 그 애의 얼굴을 보았다. 주머니에 손수건을 넣는 그 애의 야윈 뺨에 눈물자국이 얼룩져 있었다.

저녁의 휴식 시간은 로드의 하루 생활 중 가장 즐거운 때였다. 다섯 시에 먹는 한 조각의 빵과 한 잔의 커피가 공복감을 충족시켜 주는 건 아니었지만, 긴 하루의 긴장감을 해소시켜 주었다. 교실도 아침나절보다는 훈훈했다. 아직 들여오지 못한 촛불 대신 난로의 불을 어느 정도 밝게 지폈다. 붉게 타오르는 불빛과 허용된 소음, 여러 사람이 떠드는 목소리의 소란은 흐뭇한 해방감마저 안겨주었다.

스캐처드 선생이 번즈에게 매질하는 것을 본 날 밤, 나는 언제나처럼 혼자 그러나 고독감 따위는 느끼지 않으면서, 의자와 테이블과 웃고 떠들어대는 학생들 사이를 거닐고 있었다. 창가를 지날 때는 가끔 휘장을 걷고 바깥을 내다보곤 했다. 눈이 많이 내려서 밑의 유리창에는 서리가 엉겨 붙어 있었다.

창가에 귀를 대면 실내의 소음 외에 바깥의 우울한 바람 소리가 들려왔다. 아마도 내가 포근한 가정과 다정스러운 부모의 슬하를 떠나온 것이라면, 이때야말로 그것을 후회할 시간일 것이다. 저 바람은 내 마음을 슬프게 했을 것이고, 교실 안의 소란은 마음의 평화를 산란하게 했을 것이다. 그러나 집도 부모도 없는 나로서는, 바깥의 바람 소리와 실내의 소란으로 인해 야릇한 흥분과 기이한 광기마저 느껴졌다. 그래서 바람이 더 세차게 불고, 황혼은 더 짙어지고, 소란은 한층 더해지길 바랐다.

의자를 뛰어넘고 테이블 밑을 기어서 나는 난로 있는 쪽으로 다가갔다. 높은 철망 옆에 번즈가 꿇어앉아 있는 것이 보였다. 그 애는 주위의 소란에도 아랑곳없이, 희미한 난로 불빛으로 책을 읽고 있었다.

"또 《라셀라스》를 읽고 있니?" 그녀의 뒤로 다가서면서 내가 물었다.

"그래. 이제 거의 다 읽어가." 그녀가 대답했다.

그러고 나서 5분쯤 되자 그녀는 책을 덮었다. 나는 그것이 기뻤다.

'이제 말을 시킬 수 있을 거야.' 난 속으로 생각했다.

나는 그녀 옆의 마룻바닥에 앉아 다시 질문을 시작했다.

"이름이 뭐야? 번즈 말고."

"헬렌이야."

"멀리서 왔니?"

"북쪽 먼 곳에서 왔어. 스코틀랜드와의 국경 지대야."

"가고 싶지 않아?"

"가고 싶지. 그러나 앞일은 아무도 몰라."

"로드를 떠나고 싶니?"

"아니, 왜 내가 그러겠어? 나는 이곳에 교육받으러 온 거야. 그렇기 때문에 목적을 달성하지 않고는 돌아갈 수 없어."

"하지만 스캐처드 선생이 네게 너무 심하게 대하지 않니?"

"너무 심해? 절대로 그렇지 않아! 다만 엄격할 따름이고, 내 잘못을 싫어하는 거야."

"내가 너라면 선생을 싫어했을 거야. 그리고 대들었을 거야. 만약에 나를 회초리로 때렸다면, 회초리를 빼앗아 그 앞에서 꺾어 버렸을 거야."

"아니, 너도 그런 짓은 못 할 거야. 만약에 그렇게 하면 브로클허스트 씨가 너를 이 학교에서 쫓아낼 텐데! 그렇게 되면 너의 친척들이 얼마나 슬퍼하겠니? 참지 못함으로써 너와 관계된 사람들을 고통스럽게 하기보다는 자기만이 느끼는 고통을 꾹 참는 것이 좋아. 또 《성경》에도 있잖아. 악에 대해 선으로 갚으라고."

"그렇긴 하지만 회초리로 때린다든가, 여럿이 있는 방 가운데 세워둔다는 건 일종의 모욕이야. 너처럼 다 큰 아이를. 나는 너보다 훨씬 어리지만, 못 참겠어."

"아니. 피할 수 없으면 몰라도, 참는 것이 너의 의무야. 참아야 하는 것이 자기의 운명인데도 참을 수 없다고 하는 것은, 약자나 어리석은 사람이 하는 소리야."

나는 그 말을 듣고 놀랐다. 그녀가 말하는 인내의 교훈을 잘 알아들을 수가 없었다. 더구나 그녀를 처벌한 사람에 대한 인내에 대해서도 이해가 되지 않았고, 공감도 느껴지지 않았다. 어쨌든 헬렌 번즈는 내 눈에, 보이지 않는 빛에 의해서 사물을 생각하는 것 같았다. 나는 그녀가 옳고 내가 잘못일 거라고 여기며, 이 문제에 대해서는 더 깊이 생각하지 않기로 했다. 마치 펠릭스(《신약》 속에 나오는, 정의와 최후 심판을 설파하는 사도 바오로에게 적당한 때 부르겠다고 한 카이사리아의 총독.)의 경우처럼 나는 이 문제를 좀 더 적절할 때 생각하기로 하고 뒤로 미루었다.

"헬렌! 너는 네게 잘못이 있다고 했는데, 무슨 잘못이야? 내 눈에는 네가 아무 잘못도 없는 착한 아이로만 보이는데."

"그렇다면 겉만 보고는 판단할 수 없다는 것을 나한테 배우도록 해. 나는 스캐처드 선생이 말한 대로 경망스러운 데가 있어. 또 물건을 치운다든가 정돈하는 버릇이 없고, 주의력도 부족해. 규칙을 잘 잊어버리거든. 학과를 암송하는 시간에 책을 읽는 등 체계가 서 있질 않아. 가끔 질서 있는 규칙에 대해 참을 수 없다고, 너처럼 불평을 털어놓곤 하지. 이런 것들 모두가 스캐처드 선생을 화나게 하는 거야. 그분은 매우 깔끔하고 빈틈없고 까다롭거든."

"또 심술궂고 냉혹하지." 내가 덧붙여서 말했으나, 헬렌 번즈는 동조하려고 하지 않았다.

"템플 선생도 스캐처드 선생처럼 엄하게 대해?"

템플 선생의 이름이 나오자 그녀의 어두운 얼굴에 미소가 감돌았다.

"템플 선생은 정말 좋은 분이야. 학교에서 제일 말썽꾸러기 아이를 야단칠 때도 마음 아파해. 내가 잘못을 했을 때도 다정스럽게 지적해 주고, 칭찬받을 만한 일이라도 하면 마음껏 칭찬해 주거든. 내가 못된 성격을 가지고 있다는 가장 뚜렷한 증거는, 훈계가 그처럼 너그럽고 이치에 맞는 것이지만 나의 결점을 고치는 데 별로 영향을 주지 못한다는 거야. 또한 칭찬에 대해서는 고맙다고 생각하면서도, 그것이 계속해서 내 주의력을 집중시키지는 않는다는 거야."

"그건 이상한데? 조심한다는 것은 쉬운 일일 텐데."

"너는 그렇게 할 수 있을 거야. 오늘 아침에 네가 공부하는 것을 봤는데, 정말 조심성 있어 보이더라. 밀러 선생이 학과를 설명하고 질문을 할 때도 딴 생각을 하고 있는 것 같지 않고. 그런데 나는 항상 딴 생각을 하고 있거든. 스캐처드 선생 말을 하나도 놓치지 말고 귀 기울여서 들어야만 할 때에도, 가끔 선생의 목소리를 못 듣곤 해. 그땐 꿈같은 걸 꾸고 있는 거야. 그때 내 생각은 노덤벌랜드로 돌아가고, 주위에서 들리는 소리가 고향 집 근처의 딥덴을 흐르는 개천 물소리처럼 들리거든. 그러나 대답할 차례가 돌아오면 꿈에서 깨어나는데, 환상의 물소리에 귀를 기울이고 있었기 때문에 무엇을 읽고 있었는지 알 수가 없어서 대답을 못 하곤 하지."

"그래도 오늘 오후에는 대답을 잘하던데."

"그건 우연이었어. 배우고 있던 과목에 관심을 갖고 있었기 때문이지. 오늘 오후에는 딥덴에 대한 꿈을 꾼 것이 아니라, 찰스 1세가 가끔 그랬던 것처럼 정당한 일을 하려고 했던 사람이 왜 그토록 어리석고 부정한 일을 저질렀을 까를 생각하고 있었어. 그처럼 성실하고 양심적인 사람이 왕위에 눈이 어두워 졌다는 것이 기없다고 생각됐어. 그가 좀 더 앞을 내다볼 수 있었고, 시대정신 이 어느 방향으로 향하고 있는지를 알았다면 얼마나 좋았을까! 그래도 나는 찰스 1세가 좋아. 그를 존경해. 그렇게 살해된 왕을 불쌍하게 생각해! 그의 적이 더 나빴어. 권리도 없으면서 피를 흘리게 했거든. 감히 왕을 살해하 다니!"

헬렌은 혼자서 떠들고 있는 거나 마찬가지였다. 나로서는 그녀가 하는 말을 이해하지 못한다는 사실, 지금 논하고 있는 문제에 대해 내가 완전히 문외한이란 사실을 그녀는 잊고 있었던 것이다.

"템플 선생이 가르칠 때도 여러 가지 생각을 하고 있니?"

"아니, 그런 일은 거의 없어. 템플 선생은 대개 내가 생각하는 것보다 새로운 것을 가르쳐주시거든. 그분 목소리도 마음에 들고, 또 때로는 내가 바라고 있던 것을 가르쳐주시니까."

"그렇다면 템플 선생에게는 네가 좋은 학생이겠구나?"

"수동적으로는 그렇지만 잘 보이려고 노력은 하지 않아. 마음 내키는 대로 할 따름이지. 그렇게 착한 것은 가치가 없는 거야."

"가치가 있지. 너를 좋게 봐주는 사람의 눈에는 네가 착하게 보일 거야. 그것이면 충분하다고 생각해. 잔인하고 냉혹한 사람들에게 항상 복종만 한다면, 그들은 점점 더 제멋대로 하게 돼. 그들은 무서운 것도 없고, 고치려 고도 하지 않아서 계속 나빠지기만 하는 거야. 만약 이유도 없이 맞았다면 복수를 해야만 돼. 나는 그래야 한다고 생각해. 아주 심하게 때려서 다시는 그런 짓을 하지 못하게 맛을 보여줘야 해."

"좀 더 자랐을 때 네 마음이 변하길 바란다. 넌 아직 어려서 아무것도 모르고 있어."

"헬렌, 하지만 난 이렇게 생각해. 잘 보이려고 아무리 비위를 맞추려

해도 계속 미워만 한다면, 나도 그를 미워해야 된다고 생각해. 부당하게 벌을 주는 사람에 대해서는 대항해야 하고. 이건 애정을 주는 사람에게 사랑을 느끼고, 당연하다고 생각할 때는 달게 벌을 받는 것과 마찬가지로 자연스러운 거야."

"이교도나 야만인들은 그런 생각을 갖고 있지만, 기독교나 문명인들은 그것을 부인하고 있어."

"왜? 나는 이해할 수가 없는데……."

"폭력은 증오를 극복하는 최상의 방법이 아니야. 복수가 상처를 치유하는 최선의 방법도 아니고."

"그럼 뭐야?"

"〈신약성경〉을 읽고, 예수가 뭐라고 얘기했으며 어떻게 행동했는가를 잘 살펴봐. 그런 다음 예수의 말을 너의 규칙으로 삼고, 예수의 행동을 너의 본보기로 삼아."

"예수님이 뭐라고 했는데?"

"원수를 사랑하라. 그대를 저주하는 자를 축복하라. 그대를 증오하고 학대하는 자에게 착한 일을 하라."

"그렇다면 리드 부인을 사랑해야 되는데, 나는 그렇겐 못 해. 그리고 부인의 아들 존을 위해 기도해야 하는데, 그것도 할 수 없어."

그러자 헬렌 번즈가 내 얘기를 들려달라고 했고, 나는 괴롭고 울분이 치솟는 얘기를 내 나름대로 털어놓았다. 일단 흥분하고 나니 신경이 날카로워져서, 난 조금도 거리낌 없이 내가 그동안 겪고 느껴온 것을 가시 돋친 말투로 설명했다.

헬렌은 끝까지 조용히 들었다. 다 듣고 나서 뭐라고 얘기할 거라고 기대했는데, 그녀는 아무 말도 하지 않았다.

"리드 부인은 냉정하고 나쁜 사람이지?" 참을 수가 없어서 내가 물었다.

"그래, 틀림없이 그분은 너에게 친절하지 못했어. 그것은 스캐처드 선생이 내 성격을 싫어하듯 그 부인이 네 성격을 싫어했기 때문이야. 그런데 너는 그 부인이 너에게 한 일이며 한 말을 어떻게 그토록 자세히 기억하고 있는 거지? 그리고 그 부인의 부당한 행동에 대한 인상이 네 가슴에 그렇게 깊이 자리 잡고 있단 것이 정말 놀라워. 내 감정에 그처럼 선명하게 부각된 학대는 일찍이 들어본 적이 없어. 하지만 그 부인의 가혹함은, 그 가혹함 때문에 갖게 되었던 분노와 함께 잊어버리는 게 오히려 행복하지 않을까? 적의를 품고 있거나 부당한 취급을 일일이 기억하고 있기엔 인생이 너무나 짧다고 생각되거든. 우리는 모두 이 세상에서 과오를 범하고 있어. 그러나 우리의 썩은 육신을 버림으로써 과오를 씻을 때가 곧 오게 될 거야. 나는 그걸 믿어. 그리고 귀찮은 육신과 더불어 타락과 죄악이 우리에게서 떨어져 나가면 영혼의 불꽃만이 남게 될 거야. 이것이야말로 감지할 수 없는 생명과 정신의 본질이며, 신의 손을 떠나 인간에게 주입되었을 때의 순수성을 고스란히 지니고 있는 걸 거야. 이것은 떠나왔던 곳으로 다시 돌아가는 건데, 거기서 인간보다 높은 것과 교류함으로써 희미한 인간의 영혼이 찬란한 천사에게로, 빛의 단계로 올라가는 거야! 그와는 반대로 인간에서 악마로 굴러 떨어지는 일이 있어서는 안 되겠지? 나로서는 절대로 믿을 수가 없지만……. 나는 내 나름대로 또 하나의 신조를 갖고 있어. 그것은 누가 가르쳐준 것도 아니고 입 밖에 낸 적도 없지만, 그런데도 나는 기쁨을 느끼며 꼭 매달려 있어. 왜냐하면 그건 모든 것에 희망을 안겨주기 때문이야. 그리고 또, 공포와 지옥이 영혼의 안식처인 훌륭한 거처를 마련해 주기 때문이기도 해. 이 신조로 인해 나는 죄인과 그 죄를 명확하게 구분할 수 있고, 그렇기 때문에 죄를 미워하면서도 그 죄인을 담담하게 용서하는 거야. 이 신조만 있으면 복수할 생각으로 스스로의 마음을 괴롭히는 일도 없고, 타락한 사람을 봐도 그리 심하게 혐오감을 느끼지 않게 돼. 뿐만 아니라 부정과 불의에 완전히 무릎 꿇는 일도 없어. 난 종말을 지켜보면서 조용히 살아갈 뿐이야."

헬렌이 얘기를 끝냈을 때는, 보통 때도 그랬지만 한층 더 머리를 숙이고 있었다. 그녀의 표정으로 미루어 볼 때, 나와의 얘기를 끝낸 다음 자신의 생각에 몰두하고 싶어 하는 것 같았다. 그러나 그녀에게는 사색의 시간이 그리 길게 허용되지 않았다.

키가 크고 억세게 생긴 반장이 갑자기 달려오더니 강한 컴벌랜드 사투리로 외쳤다.

"헬렌 번즈! 당장 가서 서랍을 정돈하고 바느질감을 챙겨놓지 않으면, 스캐처드 선생에게 보러 오시라고 하겠어!"

헬렌은 한숨을 쉬면서 일어나더니, 곧 반장이 시키는 대로 했다.

7장
거짓말쟁이라는 낙인

　로드에서의 첫 학기는 마치 한 세대나 되는 것처럼 길게 생각되었다. 그것은 황금시대가 아닌, 새로운 규칙과 처음 대하는 학과에 익숙해지기 위해 숱한 곤란과 지루하게 싸워야만 하는 나날이었다. 이 싸움에서 지지나 않을까 하는 불안감이, 타고난 육체적 병약함보다도 — 그것도 보통이 아니었으나 — 훨씬 더 나를 괴롭혔다.

　1월, 2월 그리고 3월에 접어들 때까지도 많은 눈이 쌓여 있었는데, 눈이 녹고 나서도 길이 질척거려서 교회에 갈 때 외에는 교정 밖으로 나가는 일이 거의 없었다. 그러나 제한된 이 구역 안에서도, 하루 한 시간씩은 반드시 옥외에서 보내야만 했다. 옷은 심한 추위를 막아주기에는 너무도 허름했으며, 신발은 장화가 아니었으므로 눈이 들어가서 척척했다. 장갑을 끼지 않은 손은 발과 마찬가지로 무감각해진데다 동상까지 걸려 밤마다 발이 녹으면 미칠 듯이 아프고 가려웠다. 아침에 부풀고 피부가 벗겨진 발가락으로 신발을 신을 때의 고통이란……. 지금도 그 통증이 잊히지 않는다.

　음식의 양이 적은 것도 참기 힘들었다. 한창 먹고 자랄 우리에게 병약한 환자가 겨우 생명을 유지할 정도의 양이 주어졌다. 먹을 것이 모자라기 때문에 하급생을 괴롭히는 일도 생겨났다. 나이 든 학생들은 기회만 있으면 어린 학생들을 몰아세우고 협박해서 그들의 몫을 빼앗아 먹곤 했다. 나도 간식 시간에 분배되는 얼마 크지 않은 소중한 갈색 빵을 두 사람의 요구자에게 갈라주고 다시 또 한 사람에게 커피를 반 잔 나눠준 다음, 공복감 때문에 북받쳐 오르는 눈물을 감춰가며 나머지 반 잔을 마신 일이 여러 번 있었다.

겨울철의 일요일은 매우 침울했다. 우리는 후원자가 주관하고 있는 브로클브리지 교회까지 2마일을 걸어가야만 했다. 출발할 때도 추웠지만 교회에 도착했을 때는 모두들 얼음덩이처럼 얼어 있기 일쑤였고, 오전 예배를 보는 동안에도 온몸이 마비된 것처럼 굳어 있었다. 점심시간까지 돌아오기에는 먼 거리였기 때문에 형편없는 분량의 싸늘한 고기 조각과 빵이 예배시간 사이에 지급되었다.

오후 예배를 마치고 나면 바람을 맞으면서 언덕길을 걸어 돌아와야 했는데, 눈 덮인 북쪽 산봉우리에서 불어오는 바람은 얼굴 가죽이 벗겨지는 것처럼 느껴질 정도로 매서웠다.

템플 선생이 찬바람에 나부끼는 바둑판무늬의 외투자락을 움켜쥐고, 우리가 기운 없이 터벅터벅 걷는 행렬을 따라서 경쾌하게 걸어가던 모습이 기억난다. 그럴 때면 우리를 북돋워주려고 '용감한 병사처럼' 전진하도록 교훈과 실례를 들어가면서 격려하곤 했다. 그러나 다른 선생들은 가엾게도 의기소침해져서 학생들을 보살피거나 용기를 줄 생각이 전혀 없어 보였다.

학교로 돌아오면 붉게 타는 난로 옆으로 달려가고 싶었지만, 어린 하급생들은 그마저도 마음대로 하지 못했다. 교실 안에 있는 난로는 큰 학생들이 두 줄로 에워싸고 있기 마련이어서, 작은 학생들은 그들 뒤에 서서 앞치마로 언 팔을 감싼 채 웅크리고 있어야만 했다.

차 마시는 시간에는 보통 때 먹는 것보다 두 배 정도 큰 빵 — 반 조각이 아닌 한 개였다. — 에다 버터를 약간 발라주었는데, 이것이 다소의 위안이 되었다. 이것이야말로 안식일과 안식일 사이에 우리가 누리는, 일주일에 한 번 주어지는 호사였다. 나는 이 관대한 식사를 대부분 확보했으나, 그중 반은 누군가에게 빼앗기곤 했다.

일요일 저녁시간은 교리 문답과 〈마태복음〉 5장~7장을 암송하고, 밀러 선생의 지루한 설교를 들으면서 보냈다. 밀러 선생도 하품을 참지 못하는 것으로 봐서 피곤한 것이 틀림없었다. 이럴 때면 으레 유디코(사도 바오로의 지루한 설교를 듣다가 졸음을 이기지 못해 3층에서 떨어져 죽은 사람.) 역할을 하는 어린 학생들이 대여섯은 있었다. 그들은 너무 졸린 나머지, 3층은 아니지만 넷째 줄 의자에서 떨어져 반쯤 의식이 없는 상태가 되곤 했는데, 그에 대한 대처법으로 그들을 교실 한가운데에 모아놓고 설교가 끝날 때까지 세워두곤 했다. 그러다가 가끔 다리 힘이 빠지면 한꺼번에 쓰러지는 일도 있었는데, 그럴 때면 반장의 높은 의자에 기대도록 했다.

나는 아직 브로클허스트 씨의 방문에 관해 언급하지 않았다. 내가 이 학교에 온 지 몇 주가 지났지만, 이 신사는 이 기간에 내내 집을 비우고 있었다. 아마 그의 친구라는 부감독의 집에서 오랫동안 머물렀던 모양이었다. 그가 없다는 것은 나로선 다행스런 일이었다. 내 나름대로 그를 두려워한 데 대해서는 따로 설명할 필요가 없다고 본다. 그런데 그가 마침내 돌아오고야 만 것이다.

어느 날 오후 — 로드에 온 지 3주가 되었다. — 석판을 손에 들고 단위가 높은 수의 나누기에 열중하고 있다가 우연히 밖을 내다보았다. 그런데 마침 그 앞을 지나가는 사람의 모습이 보였다. 나는 그 호리호리한 그 사람이 누구라는 것을 거의 직감적으로 알아차렸다. 2분 후쯤 선생을 포함한 전교 생이 일제히 일어났는데, 누구를 환영하기 위해서인가를 알기 위해 고개를 들 필요가 없었다. 그는 성큼성큼 교실을 가로질러 가더니, 템플 선생 옆에 가서 섰다. 게이츠헤드의 객실에 서서 무서운 얼굴로 나를 바라보던 검은 기둥 같은 그 사람이었다. 나는 곁눈으로 이 건물의 일부처럼 보이는 그를 바라보았다. 생각했던 그대로 외투 단추를 전부 채운, 그때보다도 키가 더 커 보이고 엄격하게 보이는 브로클허스트 씨였다.

이 사람 때문에 내가 동요할 이유는 충분했다. 내 성격에 대해 리드 부인이 좋지 않게 얘기했고, 브로클허스트 씨는 템플 선생을 비롯하여 여러 선생에게 나의 못된 성격을 보고하겠다고 약속한 것을 내가 알고 있기 때문이다. 그 후로 나는 그 약속이 이행될까봐 두려워하고 있었던 것이다. 내 과거

생활을 보고함으로써 나를 영원히 나쁜 아이로 낙인찍어 버릴 '나타나고야말 사나이'를 매일 경계하고 있었는데, 이제 그가 와 있는 것이다. 그것도 바로 템플 선생 옆에! 그가 그녀에게 무엇인가 귓속말을 하자, 난 나의 악행을 털어놓는 것이라고 생각하며 불안한 마음으로 선생의 눈을 지켜보았다. 선생의 검은 눈동자가 혐오와 경멸의 시선으로 나를 보지나 않을까 싶어서……. 다행인지, 나는 맨 앞줄에 앉아 있었으므로 그가 하는 말을 거의 다 들을 수가 있었다. 그 내용이 당장의 불안은 해소해 주었다.

"로튼에서 산 실이 적당할 거요, 템플 선생. 캘리코 속옷에는 안성맞춤이라고 생각했거든요. 바늘도 거기에 알맞은 것으로 골랐어요. 뜨개질바늘의 목록을 잊었지만, 내주 안에 보내올 거라고 스미드 선생한테 말해 줘요. 그리고 학생들에게는 절대로 한 번에 한 개 이상은 주지 말라고 일러줘요. 여러 개를 주면 부주의해서 잃어버릴 염려가 있으니까. 그리고 참 선생! 털양말에 대해서 좀 더 주의를 시켜야겠어요. 요전번에 왔을 때 채소밭으로 가면서 빨랫줄에 널린 빨래들을 봤는데, 깁지 않은 검은 양말이 많이 걸려 있었어요. 뚫어진 구멍의 크기로 봐서 자주 손질하지 않은 것 같았어요."

그는 숨을 돌렸다.

"지시대로 하겠습니다." 템플 선생이 대답했다.

"그리고 선생!" 그는 말을 계속했다.

"세탁부에게 들으니, 지난주에는 몇 학생이 깃에 대는 천을 한 주에 두 장씩이나 썼다던데, 그건 지나친 사치예요. 교칙에는 하나로 정했는데요."

"아, 거기에 대한 사정을 말씀드리지요. 아그네스와 캐더린과 존스톤이 지난 목요일에 로튼의 친구 집 다과회에 초대받아서, 새것을 달아도 좋다고 내가 허락해 주었던 것입니다."

브로클허스트 씨는 고개를 끄덕거렸다.

"가끔 한두 번은 괜찮겠지요. 그러나 자주 그런 일이 일어나지 않도록 해주세요. 또 하나 놀라운 건 주방 관리인과 지출을 정산하다가 발견한 일인데, 지난 두 주일 동안 치즈를 곁들인 빵을 두 번씩이나 제공했더군요.

어떻게 된 거요? 규칙을 살펴봤더니 그런 식사를 주라고 적혀 있지 않아요. 누가 이런 혁신을 했소? 무슨 권한으로?"

"거기에 대해서는 내게 책임이 있어요." 템플 선생이 대답했다.

"아침 식사 음식이 너무도 고약해서 도저히 학생들이 먹을 수가 없었어요. 저녁 식사 때까지 굶길 수도 없었고요."

"선생, 내 말 좀 들어봐요. 선생도 알다시피 나의 교육 방침은 학생들이 사치와 방종에 물들지 않게 하고, 고난과 인내심을 키워 극기심을 갖게 하는 데 있습니다. 그러므로 설사 우발적인 사고가 생겼다 해도, 예컨대 음식이 잘못되었다든가 또는 양념 조절이 잘못되었다든가 하는 경우라도 먹지 못한 음식보다 좋은 것으로 대체해서는 안 됩니다. 그것은 육체는 증진시킬망정 본 학원의 교육 목적에는 위배되는 행위입니다. 오히려 일시적인 궁핍을 참고 불굴의 정신을 발휘하도록 학생들을 격려해서, 정신적인 교화에 이용해야 마땅할 것입니다. 또한 이런 경우에는 그때의 상황에 맞는 간단한 훈계가 필요할 것입니다. 재치 있는 교사라면 그런 기회를 포착해서 초기 기독교도들의 고난이라든가 순교자들이 받은 박해, 제자들에게 십자가를 지고 자신을 따르라고 한 주님의 교훈, '사람은 빵으로만 사는 것이 아니라 주님의 입에서 나오는 말로써 산다.'는 가르침, '만일 나를 위해서 굶주리고 목마른 자는, 복이 있나니.'라는 등의 숭고한 설교를 다루었을 것입니다. 그리고 선생! 탄 죽 대신 치즈를 곁들인 빵을 학생들의 입에 넣어준 것은, 비록 그들의 천한 육체를 살찌게 해주었을지는 몰라도 불멸의 영혼을 굶겼다는 데 대해서는 미처 생각이 미치지 못했던 행위입니다."

브로클허스트 씨는 다시 숨을 돌렸다. 아마도 스스로의 감정으로 인해 가슴이 벅찬 듯했다. 그가 처음 말을 시작했을 때 템플 선생은 아래를 내려다보고 있었으나 지금은 곧바로 정면을 바라보고 있었다. 그녀의 대리석처럼 창백한 얼굴에는, 그 돌의 차가움과 견고함이 동시에 나타나 있었다. 특히 꼭 다문 입은 조각가의 끌이 없이는 좀처럼 열릴 것 같지 않았고, 오히려 점점 돌같이 굳어져 가는 것 같았다.

그동안 브로클허스트 씨는 뒷짐을 지고 난롯가에 서서 위엄을 갖춘 채 전체 학생을 바라보고 있었는데, 갑자기 그의 시선이 무엇인가 눈부신 것에라도 부딪친 듯 눈을 깜빡거렸다. 그러고 나서 템플 선생을 돌아보며 한층 더 빠른 어조로 말했다.

"템플 선생, 템플 선생! 곱슬머리를 한 저 학생은 도대체 뭐요? 빨간 머리카락에 머리 전체를 곱슬곱슬하게 한 저 학생 말이오." 지팡이로 무서운 대상물을 가리키는 그의 손이 떨리고 있었다.

"줄리아 세번입니다." 템플 선생이 침착하게 대답했다.

"줄리아 세번이라고요? 선생! 왜 저 학생은, 아니 다른 학생들도 그렇지만, 곱슬머리를 하도록 그대로 두는 거요? 본 학원의 교훈과 정신을 무시하고, 저토록 대담하게 세상 유행을 따르다니……. 복음주의 자선 학교 안에서 머리카락을 곱실거리게 지지다니!"

"줄리아는 타고난 곱슬머리입니다." 템플 선생은 한결 낮은 음성으로 대답했다.

"타고난 곱슬머리라고요? 타고난 것이라고 해서 맹목적으로 따를 순 없어요. 나는 학생들이 신의 은총을 받는 양들이 되어주길 바라오. 그런데 왜 머리를 저렇게 부풀게 했지요? 지금까지 몇 번이나 일렀잖소. 머리를 얌전히 꼭 붙여서 땋으라고. 템플 선생, 저 애의 머리는 박박 깎아 버려야겠어요. 내일이라도 이발사를 보내지요. 저 애 외에도 필요 이상으로 머리를 늘어뜨린 학생들이 눈에 띄네요. 저 키가 큰 학생, 저 학생을 이리 향하라고 하시오. 그리고 상급 학생 전원을 일으켜서 벽을 향해 서도록 해요."

템플 선생은 저절로 입가에 떠오르는 미소를 감추기 위해 손수건을 입에 댔다. 그러나 명령은 내렸다. 학생들은 요구된 사항이 무엇인지를 알아차리자 그대로 시행했다. 내가 의자에 앉은 채로 힐끔 돌아보니, 돌아서게 한 것이 못마땅하단 듯 얼굴을 찌푸리는 것이 보였다. 브로클허스트 씨가 그 장면을 못 본 것은 유감이었다. 찻잔이나 접시의 외부를 아무리 간섭해도 그 내부까지는 자신의 간섭이 생각대로 미치지 않는다는 것을, 평상시에도 알고 있었을 것이다.

그는 약 5분 동안 문젯거리의 이면을 샅샅이 조사하고 나서 판결을 내렸다. 다음 말이 심판의 종소리와도 같이 울렸다.

"모든 학생의 도가머리(머리털이 부스스하게 일어선 사람을 놀림조로 이르는 말.)는 전부 잘라요!"

템플 선생이 그에 대해 이의를 제기하는 것 같았으나, 그는 말을 계속했다.

"선생! 나는 하늘나라를 다스리는 주님에게 봉사하는 몸입니다. 나의 사명은 이 학생들의 육체적인 욕망을 극복시키고, 머리를 늘어뜨리거나 값진 옷을 못 입게 하며, 근신하고 절도 있는 복장을 하도록 가르치는 것입니다. 그런데 지금 우리 앞에 서 있는 학생들은 모두들 머리를 땋아서 내려뜨리고 있는데, 이것이야말로 허영입니다. 다시 말하지만, 이런 머리는 잘라야 합니다. 생각해 보시오, 그 시간의 낭비와⋯⋯."

순간, 브로클허스트 씨의 말이 중단되었다. 여자 손님 셋이 교실로 들어온 것이다. 실상은 그녀들이 조금 더 빨리 와서 복장에 대한 강의를 들었어야 했다. 왜냐하면 그녀들은 벨벳과 모피로 호화롭게 몸을 감싸고 있었기 때문이다. 셋 중의 젊은 둘은 ─ 열여섯과 열일곱의 아름다운 소녀였다. ─ 그 당시 유행하는 타조 깃털이 꽂힌 회색 수달피 모자를 쓰고 있었으며, 그 우아한 모자의 가장자리 밑에는 정성들여 땋은 산뜻한 머리채가 드리워져 있었다. 중년 부인은 흰 담비 가죽으로 선을 두른 값진 벨벳 숄로 상체를 감싸고, 머리에는 프랑스식 곱슬머리 가발을 쓰고 있었다.

세 방문객은 브로클허스트 씨의 부인과 두 딸로서, 템플 선생의 정중한 안내로 교실 단 위의 명예석으로 가서 앉았다. 그들은 목사인 그들의 가장과 함께 마차로 와서, 가장이 주방에 가서 사무적인 것을 처리한 다음 세탁부에게 질문을 하고 원장에게 설교를 하고 있는 동안 2층의 모든 방을 샅샅이 점검한 모양이었다. 그들은 의류 관리와 기숙사 관리의 책임자인 스미드 선생한테 여러 가지 비평과 잔소리를 하기 시작했으나 나는 그들의 말에 귀를 기울일 만큼 한가하지 않았다. 딴 생각에 몰두해 있었기 때문이었다.

그때까지 나는 브로클허스트 씨와 템플 선생의 대화에 귀를 기울이고 있으면서도 나 자신의 안전을 위한 경계를 게을리 하지 않았다. 눈에 띄지만 않으면 안전할 것으로 생각했던 것이다. 그래서 의자에 움츠리고 앉아 계산에 바쁜 듯 석판으로 얼굴을 가리고 있었다. 만약 석판이 불시에 내 손에서 마룻바닥으로 미끄러져 소리를 내고 깨지면서 주위의 시선을 끌지 않았더라면, 나는 그의 눈에 띄지 않았을 것이다. 나는 모든 것이 다 틀렸다고 생각하고, 허리를 굽혀 두 조각으로 갈라진 석판을 주워 올리며 최악의 경우에 대비해 정신을 바짝 차렸다. 그런데 드디어 그 최악의 경우가 찾아왔다.

"경망스러운 아이로군!" 브로클허스트 씨는 이렇게 말하더니, 이내 "새로 온 학생인가?" 하고 물었다. 그러고는 미처 내가 숨을 돌릴 사이도 없이 "저 애에 대해서는 한마디 해두는 걸 잊어선 안 되지."라고 말하고는, 매우 큰 소리로 "석판을 깬 아이는 앞으로 나와!" 하고 소리쳤다.

몸이 말을 듣지 않아 내 발로 움직일 수가 없었다. 마침 옆에 있던 큰 학생 둘이 나를 일으킨 다음 무서운 재판장 앞으로 끌고 갔다. 그러자 템플 선생이 다가와 다정하게 내 손을 잡고서 그의 앞으로 데려갔는데, 그 짧은 동안에 나에게 나직한 소리로 말했다.

"무서워하지 말아요, 제인. 우연한 사고였다는 것을 알고 있어. 벌 받지 않을 거야."

그 다정한 속삭임은 마치 내 가슴에 단도를 찌르는 것만 같았다.

'이제 잠시 후면, 선생도 나를 위선자로 여기며 경멸할 거야.' 나는 이렇게 생각했다. 그러자 불쑥 리드와 브로클허스트 같은 부류에 대한 분노가 치밀어 올랐다. 하지만 나는 헬렌 번즈와 같은 아이는 아니었다.

"그 의자를 가져와!" 브로클허스트 씨는 반장이 막 일어난, 높은 의자를 가리키면서 명령했다.

"이 애를 거기 세워!"

나는 의자 위에 올려졌다. 누가 올려놨는지 나는 알지 못했다. 그런 것에까지 신경 쓸 형편이 아니었다. 다만 느낀 것은, 내가 그의 코 높이에 있는 의자에 앉혀졌고, 그와의 거리가 약 1미터밖에 떨어지지 않았다는 것이었다. 그리고 내 눈 밑에서는 오렌지 빛과 자주색이 섞인 외투와 은색 모피 깃의 구름이 깔려 물결치고 있다는 것뿐이었다.

"여러분! 템플 선생, 그리고 여러 선생들, 그리고 또 학생들……. 이 아이가 보이겠지요?" 브로클허스트 씨가 장내를 돌아보며 말했다.

물론 다들 볼 수 있었다. 모든 사람들의 시선이 내 피부를 태우는 볼록 렌즈처럼 느껴졌다.

"보다시피 이 아이는 아직 어리지만, 겉으로 봐선 다른 아이들과 다름이 없어요. 하느님은 자비롭게도 우리에게 준 겉모습을 이 아이에게도 주었습니다. 아무리 뜯어봐도 이상한 성격의 소유자라는 것을 나타내는 점은 하나도 없지요. 그렇기에 악마가 이 어린아이를 이미 그의 종으로 삼았다는 것을 누가 알겠습니까? 하지만 불행하게도 실정은 그렇습니다."

말이 잠깐 중단되었다. 그동안에 나는 마비된 신경을 긴장시켰다. 이미 주사위가 던져진 것이라면, 이 비난을 회피할 것이 아니라 용감하게 대항해야 되겠다고 난 생각했다.

"사랑하는 학생 여러분!" 검은 대리석 기둥처럼 앉아 있는 목사가 슬픈 표정을 띠고 말을 계속했다.

"이건 슬프고 우울한 일입니다. 나의 책임상 여러분에게 경고하는데, 하느님의 어린양이었어야 하는 이 아이는 실은 버림받은 아이입니다. 진실한 양의 무리에 끼어 있는 한 마리의 양이 아니라 훼방꾼이며, 근본적으로 여러분과 다른 아이입니다. 그러므로 여러분은 이 애를 경계해야만 되며, 이 애의 아무것도 본받아선 안 됩니다. 가능하면 이 애와 사귀지 말 것이며, 같이 놀지도 말고 될수록 말도 건네지 말아요. 특히 선생들은 이 애를 잘 감시하도록 하세요. 일거일동에 눈을 떼지 말 것이며, 이 애의 말을 연구하고 행동을 조사해서 영혼을 구하기 위해 육체적인 벌을 가해야 됩니다. 그렇게 해서 구원이 가능하다면 말이오. 왜냐하면 — 이 말을 하자니 목소리가 떨렸다. — 이 소녀는, 이 어린아이는 기독교의 나라에 태어났으면서도 실은 브라만에게 기도를 드리고 자간나타(Jagannatha: 힌두교의 신 크리슈나의 대표적인 화신의 하나.) 앞에 무릎을 꿇는 이교도의 어린아이들보다도 더 나빠요. 이 아이는 거짓말쟁이예요!"

그러고 나서 약 10분쯤 침묵이 이어졌다. 그동안에 나는 완전히 정신이 들었기 때문에 브로클허스트 가(家)의 여성들이 손수건을 꺼내어 눈에 대는 것을 볼 수 있었다. 중년의 부인은 몸을 앞뒤로 움직였고, 젊은 두 아가씨는 "아이, 무서워라!" 하고 속삭였다.

브로클허스트 씨는 다시 말을 이었다.

"이 얘기는 이 애의 은인에게서 들은 것입니다. 그 부인은 경건하고 자비심이 많은 분인데, 고아를 데려다가 친자식과 다름없이 길렀으나 이 나쁜 아이는 그 친절과 관용에 대해 무서운 배은망덕을 감행했습니다. 그래서 고결한 성품의 보호자는 이 악한 아이의 행실이 자기 아이들의 순결을 해칠까 두려워서, 떼어놓지 않을 수 없었습니다. 그 부인은 마치 옛날 유태인 환자를 베데스다(Bethesda: 예루살렘 성내의 양을 매매하는 시장 가까이에 있는 못. 천사가 가끔 내려오는데, 이때 제일 먼저 들어가면 병이 낫는다고 한다.)의 물결치는 샘터로 보냈던 것처럼, 이 애의 병을 고치기 위해 이곳으로 보낸 것입니다. 그러므로 여러 선생을 비롯해서 특히 교장 선생에게 부탁하겠는데, 이 애의 주변 물이 흐리지 않도록 조심해 주시오."

이 엄숙한 결론을 내린 브로클허스트 씨는 외투의 맨 위 단추를 다시 채우고 나서 가족들에게 뭐라고 속삭였다. 그들은 일어나서 템플 선생에게 인사를 한 다음 위엄을 갖추고서 당당하게 교실 밖으로 나갔다. 나의 재판장은 문에서 휙 돌아서더니 이렇게 말했다.

"이 애는 앞으로 30분 동안 여기 세워두고, 밤까지 아무도 얘기를 시키지 마시오."

그리하여 나는 높은 곳에 서 있게 되었다. 교실 한가운데에 두 발로 서 있는 치욕을 참을 수 없다고 말했던 내가 모두가 쳐다보는 치욕의 단 위에 서게 된 것이다. 그때의 그 수치스런 기분을 어떻게 표현할 수 있겠는가.

그런데 여러 가지 감정이 일시에 복받쳐서 숨이 막히고 목이 졸리는 것 같던 바로 그때, 헬렌 번즈가 지나가면서 나를 바라보았는데 이상한 빛이 눈에 반짝 했다. 그런데 그 빛이 이루 말할 수 없는 감동을 던져주면서, 내게 용기를 주었다. 그 느낌은 마치 순교자나 영웅이 노예나 희생자들 사이를 지나가면서 그들에게 힘을 주는 것과 비슷했다. 나는 분노를 억누르며 머리를 쳐든 채 의자 위에 버티고 서 있었다.

헬렌 번즈가 스미드 선생한테 바느질감에 관해 대수롭지 않은 것을 물었다가 하찮은 질문이라고 야단을 맞고는 제자리로 돌아갔는데, 다시 앞을 지나치면서 내게 미소를 던졌다. 어쩌면 그렇게도 다정한 미소였는지, 나는 아직도 잊을 수가 없다. 그것은 훌륭한 지성과 진정한 용기에서만 내비칠 수 있는 것이라고 생각되었다. 그 미소는 천사의 얼굴에서 비치는 반사광처럼, 그녀의 야윈 얼굴과 움푹 들어간 회색 눈을 밝게 감쌌다. 그러나 그때 그녀의 팔에는 '단정하지 못한 아이'라는 표식이 붙어 있었다. 이후 한 시간도 채 못 되어 연습문제를 베낄 때 잉크로 용지를 더럽혔다고 해서, 이번에는 스캐처드 선생한테 내일 정찬에는 물과 빵만을 먹어야 한다는 선고를 받는 소리가 들렸다. 세상에 완전한 인간은 없는 법이다! 그 정도의 오점은 맑게 갠 보름날 밤의 달 표면에도 있는 것이다. 하지만 스캐처드 선생 같은 사람은 사소한 결점만 발견할 뿐 달 전체의 광휘는 시각 장애인처럼 보지 못했던 것이다.

8장
템플 선생의 위로

　30분이 채 못 되어 다섯 시를 치자, 모두들 수업을 끝내고 차를 마시러 식당으로 들어갔다. 나는 내 멋대로 의자에서 내려와 구석으로 가서 마룻바닥에 앉았다. 어둠이 짙게 깔려 있었다. 지금까지 지탱해 주던 마력이 사라지자, 그 반작용으로 이내 슬픔이 밀려왔다. 나는 마루 위에 엎드려 얼굴을 파묻고 울기 시작했다. 거기엔 헬렌 번즈마저 없었기에, 내가 의지할 사람이라곤 아무도 없었다.

　나는 로드에서 좋은 아이가 되려고 마음먹고, 여러 가지로 노력했다. 많은 친구도 만들려고 했고 관심과 귀여움도 받으려고 애를 썼다. 그러한 노력의 결과로, 바로 그날 아침에는 우리 반에서 수석에까지 올랐다. 밀러 선생은 진심으로 나를 축하해 주었고, 템플 선생은 미소로써 격려하며 미술을 가르쳐주겠다고 약속했다. 앞으로 두 달 동안 계속해서 성적이 오르게 되면 프랑스어도 배우도록 해주겠다고 했다. 다른 친구들에게도 잘 보여 비슷한 또래의 아이들과 동등한 대우를 받았으며, 놀림 받는 일 따위는 전혀 없었다. 그런데 지금 그 모든 게 다시 박살나고 짓밟히고 만 것이다. 내가 다시 일어날 수 있을까? '불가능하다!'고 여겨진 나는 죽고 싶다는 생각이 들어 흐느꼈다. 그런데 그때 누군가가 옆으로 다가왔다. 나는 놀라서 일어났다. 헬렌 번즈였다. 길고 텅 빈 교실을 걸어오는 그녀의 모습이 꺼져가는 난롯불에 비쳐 보였다. 그녀의 손엔 내 몫의 커피와 빵이 들려 있었다.

"기운을 차려서 좀 먹어." 그녀가 말했지만 나는 먹을 수가 없었다. 지금 상태로는 한 모금의 커피나 한 조각의 빵에도 목이 멜 것만 같았다. 아마도 헬렌은 놀라서 나를 쳐다봤을 것이다. 나는 애를 써봤으나 격분한 마음이 좀처럼 진정되지 않아 계속해서 소리 내어 울었다. 그녀는 내 옆의 마룻바닥에 앉아서 양손으로 무릎을 감싸더니, 그 위에다 머리를 얹은 자세로 인도 사람처럼 침묵하고 있었다.

먼저 입을 연 것은 나였다.

"헬렌, 너는 왜 모두가 거짓말쟁이라고 생각하는 내 옆에 와 있니?"

"모두라고, 제인? 네가 그렇다는 얘기를 들은 사람은 불과 80명뿐이야. 그러나 이 세상에는 헤아릴 수 없을 정도로 많은 사람이 살고 있어."

"그 많은 사람들이 나와 무슨 상관이 있어? 나는 나를 멸시하는 80명만 알 뿐인걸."

"제인, 그건 잘못된 생각이야. 아마 이 학교 안에 너를 멸시하거나 싫어하는 사람은 없을 거야. 오히려 모두들 너를 동정하고 있어."

"브로클허스트 씨가 그렇게 하는 말을 듣고서도 나를 동정한다고?"

"브로클허스트 씨는 신이 아니야. 위대하지도 않고 존경도 받지 못하는 인물일 뿐이지. 이 학교에서 그를 좋아하는 사람은 별로 없어. 인심을 얻을 만한 행동을 하지 않거든. 그가 만일 너한테 특별한 호의를 가지고 대해주었더라면, 공공연하게 혹은 은근히 너를 미워하는 적이 생겼을지도 몰라. 그런데 그렇지 않기 때문에 많은 사람들이 너를 동정할 거야. 선생이나 학생들이 하루 이틀 동안은 차가운 눈초리로 바라볼지도 모르지만 그래도 가슴속에는 호의적인 감정을 품고 있을 거야. 그러므로 네가 인내하면서 좋은 일을 계속한다면, 일시적으로 억압되어 있던 그런 감정은 한결 더 두드러지게 나타날 거야. 그리고 제인……." 그녀는 잠시 입을 다물었다.

"왜 그래, 헬렌?" 나는 내 손을 그녀의 손사이로 집어넣으면서 물었다. 그녀는 내 손가락을 가볍게 비벼서 녹여주려고 하며 말을 이었다.

"온 세상이 너를 미워하고 악인이라고 생각해도 네 양심이 너를 인정하고 무죄라고 판단한다면, 너에게는 반드시 친구가 있을 거야."

"나 자신을 좋게 생각해야 한다는 것은 잘 알고 있어. 그러나 그것으론 충분치가 않아. 다른 사람들이 사랑해 주지 않는다면 차라리 죽는 편이 나을 거야……. 외톨이로 미움 받으면서 살 순 없어, 헬렌. 너나 템플 선생, 그밖에 내가 정말로 사랑하는 사람에게 사랑 받는 일이라면, 나는 팔뼈가 부러져도 기쁘게 생각할 거고, 황소 뿔에 받히거나 말발굽에 내 가슴을 차여도 상관하지 않을 거야."

"그만해, 제인! 너는 인간의 사랑에 대해 너무 심각하게 생각하고 있어. 지나치게 감정적이고 열정적이야. 네 몸을 만들고 생명을 불어넣어 준 하느님의 손은, 너 자신이나 너같이 연약한 인간에게 기댈 곳을 마련해 주셨어. 이 세상 말고도 눈에 보이지 않는 영혼의 왕국이 있거든. 영혼의 왕국은 온 세상 어디에나 있고, 물론 우리 주위에도 있어. 그리고 영혼은 우리를 보호하도록 명령받았기 때문에 항상 우리를 지켜보고 있지. 그렇기 때문에 만약 우리가 고통과 치욕을 받으면서 죽어간다든가, 주위의 조롱을 받으면서 그들의 증오심 때문에 궤멸당하는 일이 있다 해도, 우리의 고통을 지켜보고 있는 천사들만은 우리의 결백을 인정해 줄 거야. 우리가 결백하다면 말이야. 브로클허스트 씨가 리드 부인에게서 얻어들은 이야기를 거창하게 떠벌렸지만, 나는 너의 결백을 믿어. 너의 진지한 눈과 순수한 얼굴을 통해서 진실을 읽을 수 있거든. 그리고 하느님은 우리에게 충분한 보상을 하기 위해 영혼이 육체에서 빠져나오기를 기다리고 계시는 거야. 그런데 우리가 고통 때문에 절망할 필요가 어디 있겠니? 생은 곧 끝나는 것이고, 죽음은 행복과 영광으로 통하는 길인데."

나는 아무 말도 하지 않았다. 헬렌이 나를 침묵시켰던 것이다. 하지만 그녀가 안겨준 위로의 말 속에는 말할 수 없는 슬픔이 깃들어 있었다. 하지만 그것이 어디에서 기인한 것인지는 알 수 없었다. 그러나 말을 마친 헬렌이 숨을 가쁘게 쉬고 잔기침을 하자, 순간 나는 나 자신의 슬픔을 잊고서 막연하게나마 그녀가 불안하게 느껴진다는 생각에 사로잡혔다.

헬렌의 어깨에 머리를 기대고 팔로 허리를 감싸자 그녀는 나를 끌어당겼고, 둘은 그대로 잠자코 있었다. 그런 지 얼마 되지 않아서 누군가가 들어왔다. 바람이 불어서 무거운 구름이 걷히자 밝은 달이 모습을 드러냈다. 창문으로 흘러들어온 달빛이 우리 둘과 함께 또 다른 사람의 모습을 비춰주었다. 우리는 곧 그가 템플 선생이라는 것을 알 수 있었다.

"너를 데리러 일부러 왔다, 제인 에어. 내 방으로 가자. 헬렌 번즈도 있구나. 너도 함께 가자." 그녀가 말했다.

우리는 밖으로 나가 선생의 뒤를 따랐다. 그녀의 방까지 가려면 복잡한 복도들을 거쳐 계단을 올라가야 했다. 그 방에는 난롯불이 활활 타고 있어 매우 아늑했다. 템플 선생은 헬렌 번즈에게 난로 옆의 낮은 안락의자에 앉으라고 한 다음 자기도 의자에 앉았다. 그리고는 나를 자기 옆으로 오라고 했다.

"실컷 울었니? 모든 슬픔을 눈물로 다 씻어 버렸어?" 내 얼굴을 바라보면서 그녀가 물었다.

"그렇게 안 될 것 같아요."

"어째서?"

"저는 억울하게 비난을 받았어요. 선생님들도 아이들도 모두 저를 나쁜 아이로 생각하고 있을 거예요."

"그건 앞으로 네가 하는 행동을 보면서 생각할 문제야. 제인, 계속해서 좋은 아이가 되려고 노력한다면 나는 만족할 거 같은데."

"그렇게 할 수 있을까요, 선생님?"

"물론 그렇고말고." 템플 선생이 팔로 나를 껴안으며 말했다.

"그리고 브로클허스트 씨가 너의 은인이라고 말한 그 부인에 대해서, 내게 얘기해 줄 수 있겠니?"

"외삼촌의 아내인 리드 부인인데, 외삼촌이 돌아가신 후 저는 부인한테 맡겨졌어요."

"그렇다면 그 부인이 자진해서 너를 양육한 것이 아니구나?"

"네, 선생님. 어쩔 수 없이 받아들인 거예요. 가끔 하인들에서 들은 적이 있는데, 외삼촌은 돌아가시기 전에 저를 언제까지든 돌봐주도록 부인한테 약속을 받았대요."

"그렇다면 제인! 너도 알겠지만…… 아니 내가 말해 주겠는데, 죄인에게도 반드시 자기를 변호할 기회가 주어지는 거란다. 너는 거짓말쟁이라고 비난을 받았으니, 가능한 한 네 변호를 해보아라. 네 기억에 진실이라고 생각되는 것은 무엇이든 얘기해 봐. 그러나 거짓말을 한다든가 과장해서는 안 돼."

나는 마음속으로 가능한 한 온건하게, 그리고 될 수 있으면 정확하게 말하겠다고 결심했다. 이야기를 조리 있게 전개시키기 위해 2, 3분간 생각을 가다듬은 나는 내가 불행하게 지낸 어린 시절의 이야기를 선생에게 털어놨다. 감정의 격동으로 인해 지쳐 있어서인지 나의 어조는 평상시에 이런 얘기를 할 때보다 훨씬 가라앉아 있었다. 또한 원한에 대해 복수심을 가져서는 안 된다는 헬렌의 경고를 떠올리며, 심한 굴욕을 받았다는 얘기를 평소보다 자제했다. 이렇게 억제하면서 간결하게 이야기를 하니, 내가 하는 말이 보다 진실성을 띠게 되었다. 그래서인지 템플 선생은 전적으로 내 말을 믿는 것 같았다.

얘기 도중, 내가 발작했을 때에 로이드 씨가 진찰하러 왔던 사실을 말했다. 너무도 무서웠던 붉은 방 사건이 도저히 잊히지 않기 때문이었다. 그 사건을 자세히 설명하다 보니 내 감정이 흥분하여 약간 도를 넘고 있었다. 그도 그럴 것이, 리드 부인이 용서해 달라면서 애걸하는 나를 유령이 나타나는 어두운 방에 다시 가두고 문을 잠갔을 때 느꼈던 고통과 두려움이 내 기억에서 좀처럼 사라지지 않았기 때문이었다.

내가 얘기를 끝마치자 템플 선생은 아무 말 없이 나를 쳐다보다가 입을 열었다.

"로이드 씨는 내가 좀 알고 있으니까 편지를 해보겠다. 그의 회답이 지금 한 진술과 일치하면 너의 모든 오명을 내가 벗겨주마. 제인, 나는 너의 결백을 믿고 있단다."

선생은 나에게 키스를 했고, 나는 흡족한 마음으로 옆에 서 있었다. 내가 그분의 얼굴, 옷에 장식된 한두 개의 액세서리, 하얀 이마, 포도송이 같은 빛나는 머리, 반짝이는 눈을 바라보며 어린애다운 기쁨을 느끼고 있을 때, 템플 선생은 헬렌 번즈에게 말을 건넸다.

"오늘 밤엔 기분이 어떠니, 헬렌? 기침을 많이 했니?"

"아뇨. 많이 한 것 같지 않아요, 선생님."

"가슴 아픈 것은?"

"그것도 좀 나은 것 같아요."

템플 선생은 일어나서 헬렌의 손을 잡고 맥을 짚어보았다. 그때 나는 선생이 다시 자리에 앉으며 가늘게 한숨짓는 소리를 들었다. 그러고는 몇 분 동안 생각에 잠겨 앉아 있더니 다시 일어나면서 명랑하게 말했다.

"너희들은 오늘 밤 내 손님이야. 그러니까 손님 대접을 해야지." 그녀는 초인종을 눌렀다. 그리고 달려온 하녀에게 말했다.

"바바라! 나는 아직 차를 마시지 않았는데, 차를 준비해 와요. 그리고 이 두 학생들 것도 가져오고."

차가 놓인 쟁반이 날라져 왔다. 작은 둥근 탁자 위에 놓인 도자기 찻잔과 빛나는 찻주전자가 얼마나 아름답게 보였던지! 또 차에서 오르는 김과 토스트가 어쩌면 그렇게 향기롭던지! 하지만 실망스런 것은 — 나는 배가 고프기 시작했던 것이다. — 토스트의 크기가 매우 작다는 사실이었다.

그것을 알아챈 선생이 말했다.

"버터 바른 빵을 좀 더 가져다 줄 수 없겠어, 바바라? 이거 가지고는 셋이 모자라겠는데."

바바라는 나갔다가 곧 다시 들어왔다.

"선생님, 하든 부인의 말로는 평상시의 양을 드렸다고 합니다."

하든 부인은 주방을 책임지고 있는 조리사이다. 고래 뼈와 강철을 반씩 섞어서 만들어진 것처럼 딱딱한 성질의 여자였는데, 브로클허스트 씨의 마음에 꼭 드는 사람이었다.

"그래, 그러면 됐어!" 템플 선생이 대답했다.

"그럼 이것으로 때워야 되겠군, 바바라." 바바라가 물러가자, 그녀가 웃으면서 덧붙여 말했다.

"다행히 오늘만은 부족한 것을 충분히 보충할 수가 있어."

템플 선생은 헬렌과 나를 탁자 가까이 앉도록 하고 우리들 앞에 찻잔과 맛있어 보이는 얇은 토스트를 한 조각씩 나눠주었다. 그리고는 서랍을 열고 종이에 싸인 것을 꺼내어 펼쳐놓았다. 놀랍게도 우리 앞에는 커다란 아몬드 케이크가 나타났다.

"이것을 조금씩 주어서 보내려고 했었는데……. 토스트가 조금뿐이니 그대로 여기서 먹어야겠다." 그녀는 이렇게 말하고 나서 케이크를 큼직하게 자르기 시작했다.

그날 밤 우리는 호사스러운 대접을 받았다. 이 향연에서 잊을 수 없는 것은, 우리가 굶주린 식욕을 맛있는 음식으로 채우고 있을 때 그것을 바라보는 베풀어준 사람의 얼굴에 떠오른 흐뭇해하는 미소였다.

차를 다 마시고 쟁반을 치우자, 선생은 다시 우리를 난롯가로 불렀다. 우리는 그분을 가운데 두고 양쪽에 앉았다. 이번에는 선생과 헬렌이 대화를 나눴는데, 나에게 이것을 듣도록 허용된 것은 하나의 특권이었다. 템플 선생은 열광과 흥분과 초조함에 빠지는 것을 적당히 경계하는 침착한 태도와 정제되고 세련된 언어를 구사함으로써 풍기는 위엄과 품위를 지니고 있었다. 그리고 자신의 얼굴을 바라보면서 말을 듣는 사람의 설레는 마음과 경외감을 자연스럽게 조정하여 스스로 누그러뜨릴 수 있도록 이끌어주었다. 지금의 내 기분이 그랬다. 그러나 선생님과 대화를 나누는 헬렌 번즈는 나를 더욱 놀라게 했다.

기운을 소생시켜 준 음식, 이글이글 타고 있는 불, 사랑하는 선생님이 곁에서 친절히 대해 주는 것, 아니 이 모든 것 이상으로 그녀의 독특한 정신 가운데 숨겨져 있는 그 무엇이 헬렌에게 힘을 불러일으켰고, 그 힘이 잠에서 깨어나 불꽃을 튀기기 시작했다. 지금까지 창백하고 핏기 없다고 생각되었던 뺨이 빛나기 시작하더니 곧이어 눈이 반짝였는데, 그것은 순식간에 템플 선생의 눈보다도 아름답게 변했다. 색깔이 예쁘다든가 속눈썹이 길다든가 그런 듯한 눈썹 때문에 아름다운 것이 아니라, 그 속에 담겨져 있는 의미와 눈동자의 움직임과 광채가 오묘함을 더해 이루 말로 형용할 수가 없었다. 그리고 어디에 그 근원이 있는지는 몰라도, 그녀의 영혼이 마치 입으로 옮겨진 것처럼 말이 되어 쏟아져 나왔다. 불과 열네 살밖에 되지 않는 소녀가 이처럼 순수하고 풍부한 웅변의 샘을 지니고 있을 만큼 크고 기운찬 심장을 가졌단 말인가? 그것이 그날 밤에 내가 느낀 헬렌의 특징이었다. 많은 사람의 경우에는 긴 일생을 살려고 하는데, 이에 반해 그녀의 영혼은 짧은 기간을 살기 위해 서두르는 것만 같았다.

그들은 내가 들어보지도 못한 얘기를 화제로 삼고 있었다. 과거의 위인과 지나간 시대, 먼 곳에 있는 나라, 이미 발견되었거나 추측되는 자연의 비밀과 책에 관한 것도 얘기했다. 그들은 무척 많은 책을 읽었고, 지식의 보고를 각각 자신 안에 지니고 있었던 것이다! 그들은 프랑스와 프랑스 작가들도 잘 알고 있는 것 같았다. 그중에서도 정말로 내가 놀란 것은, 템플 선생이 헬렌에게 아버지에게서 배운 라틴어를 잊지 않도록 가끔 시간을 내서 복습하느냐고 묻더니, 서가에서 책을 한 권 빼내어 버질(서사시 〈아이네아스〉의 작가, 로마 최대의 시인.)의 한 페이지를 읽고 해석하라고 지시했을 때였다.

헬렌은 시키는 대로 했다. 한 줄 한 줄 읽어갈 때마다 내 가슴속에서 존경하는 마음이 피어올랐다. 그녀가 다 읽고 났을 때 취침 시간을 알리는 종소리가 들렸다. 더는 지체할 수가 없었다. 템플 선생은 우리 둘을 껴안고 가슴 쪽으로 당기면서 말했다.

"너희들에게 신의 축복이 있기를!"

선생은 나보다도 헬렌을 좀 더 오래 안고 있었으며, 더욱이 떼어놓는 것을 안타까워하는 것 같았다. 문까지 눈길을 보내고, 또 한 번 슬픈 한숨을 짓고, 뺨에서 눈물을 닦는 것도 모두 헬렌 때문이었다.

침실로 들어서자 스캐처드 선생의 목소리가 들려왔다. 서랍을 검사하고 있던 중이었는데, 마침 헬렌 번즈의 것을 열어놓고 있다가 우리가 안으로 들어서자 심하게 잔소리를 해댔다. 그리고 물건을 정돈해 두지 않았던 벌이라며, 내일은 대여섯 개가량의 핀을 어깨에 매달고 다니라고 했다.

"내 물건들은 정말 부끄러울 정도로 흐트러져 있었어. 정돈하려고 마음먹었는데, 그만 잊어버렸어." 헬렌이 낮은 목소리로 나에게 속삭였다.

다음 날 아침 스캐처드 선생은 두꺼운 종이에 '지저분한 아이'라고 크게 써가지고, 헬렌의 넓고 온순하고 지적이며 너그럽게 보이는 이마에 부적처럼 붙여주었다. 헬렌은 이것을 당연한 벌이라 생각하고 아무 불평도 없이 붙이고 있었다. 오후 수업이 끝난 후 스캐처드 선생이 교실에서 나가자, 나는 헬렌에게로 달려가서 이마에 붙은 것을 떼어내어 난로에 쑤셔 넣었다. 헬렌은 참을 수 있는 분노인지 모르지만, 내 마음속에선 아침부터 이글이글 타올라 뜨거운 눈물이 계속 줄줄 흘러내리고 있었다. 그녀의 체념하고 있는 슬픈 모습이 내 가슴에 참을 수 없는 고통을 주었기 때문이다.

위에서 말한 사건이 있은 지 한 주일 뒤, 로이드 씨에게 편지를 띄웠던 템플 선생은 답장을 받았다. 그 내용은 나의 설명을 확증한 것 같았다. 템플 선생은 약속대로 전교생을 모아놓고, 제인 에어에 대한 비난을 조사해 본 결과 그녀에 대한 오명이 완전히 가셔졌다고 발표했다. 그러면서 이것은 참으로 기쁜 일이라고 말했다. 그러자 선생들은 나에게 악수를 하고 키스해 주었으며, 학생들 사이에서도 즐거운 속삭임이 전파되었다.

나는 무거운 짐을 벗어놓게 되자, 새로운 기분으로 공부해서 어떤 힘든 일이 있어도 헤쳐 나가야겠다고 결심했다. 나는 참으로 피나는 노력을 했는데 역시 성공은 노력에 비례했다. 원래 타고난 기억력이 좋은 것은 아니었으나 극기 훈련과 수련을 통해 지력을 갖추게 되었다. 그리하여 몇 주일 뒤에는 상급반으로 진급했고, 두 달 내에 프랑스어와 그림 공부를 하도록 허용받았다. 나는 우선 Etre(영어 be에 해당됨.) 즉 '있다' 동사의 두 가지 변화를 배우고, 바로 그날 오두막집 — 그 벽은 피사의 사탑처럼 기울어져 있었다. — 을 그렸다.

그날 밤 자리에 들자, 나는 뜨거운 삶은 감자와 흰 빵과 신선한 우유로 차린 바미사이드(공상의 만찬. 〈아라비안나이트〉에 나오는 이야기.)의 만찬을 준비하는 것을 잊었다. 그동안 그런 생각을 하면서 마음속의 갈망을 해소시켜 왔던 것이다. 하지만 그 대신 어둠 속에 보이는 이상의 그림을 보며 즐기고 있었다. 그것들은 모두 내가 그린 그림으로, 자유자재로 연필로 그린 것이었다. 집과 수목과 눈에 띄게 아름다운 암석과 폐허, 그리고 코이프(폴란드의 풍경화가.)가 그린 듯한 가축들, 장미 봉오리 위에서 춤추는 나비, 익은 버찌를 따먹는 새, 넝쿨로 둘러싸인 진주 같은 알이 보이는 굴뚝새의 집 등등 아름다운 것이었다. 그것을 찬찬히 본 다음, 나는 그날 피에르 선생이 보여준 작은 프랑스어 책을 제대로 번역할 수 있을까 생각해 보았다. 그러나 그 문제가 만족스럽게 해결되기 전에 깊은 잠에 빠졌다.

솔로몬은 현명한 말을 했던 것이다. — '채소를 먹으면서도 사랑이 있는 것이, 외양간의 소를 먹으면서 그것과 함께 미워하는 것보다 나으니라.'(〈구약〉 잠언 15장 17절).

이제 나는 아무리 궁핍하고 괴로워도, 매일 사치스러운 생활을 할 수 있는 게이츠헤드의 생활과 이 로드의 생활과는 결코 바꾸지 않을 것이다.

9장
헬렌을 떠나보내다

로드에서의 고생은 점차 줄어들었다. 서서히 다가오고 있던 봄도 이젠 완전히 변해 서리도 눈도 녹았고, 살을 에는 듯하던 바람도 누그러졌다. 1월의 찬바람에 피부가 벗겨지고 부어올라서 절고 다녀야 했던 내 다리도 4월의 부드러운 입김을 쐬이더니 부기가 빠져 말짱해졌다. 밤에나 새벽에도 캐나다 기후처럼 우리 혈관 속의 피를 얼게 하는 일은 없었다. 운동장에서의 휴식 시간도 견딜 만했으며, 가끔 햇볕이라도 쬐는 날이면 마음마저 온화해져서 마냥 즐거웠다. 갈색 화단에 돋아난 푸른 싹은 하루하루 달라졌는데, 마치 한밤중에 희망의 여신이 그곳을 통과해서 매일 아침 선명한 발자취를 남겨놓고 가는 것 같았다. 어느덧 눈꽃, 크로커스, 자색 앵초, 황금색 팬지 같은 꽃들이 푸른 잎 사이로 얼굴을 내밀고 있었다. 목요일 — 이날은 반나절만 공부한다. — 오후에는 소풍을 나갔는데, 예쁜 꽃들이 길가와 울타리 밑에 지천으로 피어 있었다.

그리고 또, 학교 마당을 둘러싸고 있는 철못이 박힌 높은 담장 밖으로 나가면 지평선 끝까지 즐거움이 뻗쳐 있다는 것을 알게 되었다. 이 즐거움이란 신록과 녹음이 우거진 언덕과 분지를 에워싼 산봉우리와 검은 돌, 그리고 반짝이는 소용돌이가 가득한 개천을 바라보는 일이었다. 무쇠와도 같은 겨울 하늘 밑에 펼쳐진, 서리로 인해 모든 것이 얼어붙은 광경을 바라볼 때와는 정말 판이하게 달랐다! 그때는 죽음과도 같은 차가운 안개가 동풍이 부는 것에 따라 자색 산꼭대기를 방황하는가 하면, 목축지와 개천가로 밀려 내려와 개천의 싸늘한 안개와 서로 어울리곤 했다. 그때 개천에서는 광란하는 탁류가 숲을 갈기갈기 찢으며 공중을 향해 광폭한 소리를 내질렀는데, 억수같이 비가 내리든가 진눈깨비라도 휘몰아치는 날에는 그 소리가 한층 더 요란스러웠다. 그리고 양쪽 언덕에 서 있는 나무들은 마치 해골의 행렬처럼 보였다.

4월에서 5월로 접어들었다. 화창하고 청명한 5월이 되자, 푸른 하늘과 온화한 날씨와 따스한 서풍과 남풍이 부는 나날이 계속됐다. 초목은 생기를 띠었고, 로드 근처의 나무들도 무성해졌다. 모든 것이 푸르렀고 온갖 꽃이 만발했다. 거대한 느릅나무와 떡갈나무의 마른 가지는 장엄한 생명력을 되찾았고, 숲속 구석진 곳에는 헤아릴 수 없이 많은 종류의 이끼가 뒤덮여 있었다. 그런가 하면 그늘진 곳에 무수히 피어 있는 야생 앵초가 아름다운 광채를 발하고 있었는데, 앵초의 연한 황금색 때문인지 이상하게도 지상의 태양처럼 보였다.

나는 이러한 모든 것을 남의 눈에 뜨이지 않고 혼자서 마음껏 자유롭게 즐기곤 했다. 드물게 맛보는 이 자유와 환희에는 나름의 이유가 있었는데, 그것을 설명하는 것이 나의 과업이라 생각되었다.

이곳을 설명할 때 언덕과 숲으로 둘러싸이고 개천가에서 언덕바지로 올라간 곳에 위치하고 있어서 살기에 알맞으면서 즐거운 곳이라고 묘사되는데, 즐거운 곳인 것은 맞지만 그것이 건강상 좋다는 것과는 별문제이다.

로드 학교가 자리하고 있는 숲속 계곡은 안개가 많이 끼고 습해서인지 여러 가지 질병이 왕성하게 자라는 온상이나 다름없다. 그리하여 만물이 소생하는 봄이 되면 비좁은 교실과 기숙사에 티푸스균이 전염되어, 5월이 되기도 전에 학교는 병원으로 변해 버리기 일쑤였다.

반 기아 상태인데다 건강 상태를 세심하게 관리하지 않기 때문에 대부분의 학생들은 전염병에 무방비로 노출되어 있었다. 80명 중 45명이 동시에 앓아눕게 되자 학급이 해산되고 학교 규칙이 완화되었으며, 건강 상태가 양호한 소수의 학생들에게는 거의 무제한의 자유가 허용되었다. 의사가 학생들의 건강을 유지시키려면 운동을 시켜야 한다고 주장했으며, 그렇지 않더라도 감시한다든가 통제할 만한 틈이 그 누구에게도 없었기 때문이다.

템플 선생은 환자를 돌보는 데 모든 정성을 다 기울였다. 하루 종일 병실에 묻혀 있다가 밤에 잠시 밖으로 나와 휴식을 취하는 정도였다. 다른 선생들은 부모 중 누가 있거나 친척이 있는 소녀들을 전염병의 본거지인 이곳에서 떠나보내기 위해, 그들의 짐을 싸거나 그 밖에 필요한 준비를 하느라 눈코 뜰 사이가 없었다. 이미 병에 걸린 많은 학생들은 죽으려고 집에 돌아가는 거나 마찬가지였다. 몇은 학교에서 이미 죽었는데, 병의 성질상 지연시킬 수가 없어서 아무도 모르게 재빨리 매장해 버렸다.

로드의 담장 안은 질병과 죽음으로 인한 우울함과 공포의 기운이 가득했다. 병원 냄새 속에서, 죽음의 악취를 제거하기 위해 약품과 선향으로 헛된 노력을 하고 있을 때에도 5월의 태양은 웅장한 산봉우리와 아름다운 숲 위를 뜨겁게 비추고 있었다. 교정에서는 백합이 막 피어나는가 하면 접시꽃은 나무만큼이나 높이 자랐고 튤립과 장미도 한창이었다. 작은 화단의 가장자리에서는 연분홍 아르메리아와 진홍색 겹데이지꽃이 아름다움을 다투는 듯했으며, 찔레꽃은 아침저녁으로 사과 향기를 풍겼다. 하지만 이렇게 아름답고 향기로운 꽃들이 로드에 사는 사람들에게 무슨 소용이 있겠는가. 가끔 관머리에 놓는 꽃다발을 만드는 데나 사용될 뿐……

그러나 그런 와중에서도 건강을 유지하고 있는 나는 이 풍경과 계절의 아름다움을 만끽했다. 건강한 아이들이 아침부터 저녁까지 집시처럼 숲속을 헤맨다고 해도 누구 하나 지적하는 사람이 없었으므로, 우리는 마음대로 하고 싶은 것을 하고 가고 싶은 곳에 갈 수 있었다. 생활도 전보다 나아졌다. 브로클허스트 씨와 그 가족들은 로드 근처에 얼씬도 하지 않았고, 당연히 운영 상황도 점검하지 않았다. 주방 일을 맡아보던 심술궂은 조리사는 전염병이 창궐하자 무서워서 떠나 버렸다. 대신에 로튼 시료원의 간호장이 후임자로 왔는데, 새로 부임한 곳의 관행을 잘 알지 못했기 때문에 학생들은 비교적 자유로웠다. 뿐만 아니라 환자들이 음식을 거의 먹지 못했으므로 먹을 것이 풍부했다. 가끔 있는 일이지만, 정규 식사를 준비할 시간적인 여유가 없을 경우에는 커다란 파이 조각이라든가 치즈를 곁들인 두툼한 빵을 한 조각씩 주었다. 그러면 우리는 그것을 가지고 숲속으로 가서, 저마다 마음에 드는 곳을 찾아 호화스런 야유회를 벌이곤 했다.

내 마음에 드는 자리는 계곡 중간에 돌출한 하얗고 습기 없이 매끈매끈한 넓은 돌이었다. 거기에 가려면 물을 건너야만 했으므로 나는 발을 벗고 모험을 했다. 그 돌은 나와 또 한 아이가 편히 앉을 정도로 널찍했다. 그때 내가 선택한 친구는 메리 앤 윌슨이었다. 메리는 영리하고 조심성 있는 아이였는데, 내가 그녀와 사귐으로써 즐거움을 느끼는 이유는 첫째 재치가 있고 독창적인 행동을 하며, 둘째로는 그녀의 태도가 내 마음을 편하게 해주었기 때문이었다. 그 애는 나이가 나보다 몇 살 위였으므로 세상일도 잘 알고 내가 듣고 싶어 하는 얘기도 들려주어 호기심을 만족시켜 주곤 했다. 또 내 결점에 대해서는 관대했으며, 내가 무슨 말을 하든 결코 막는 일이 없었다. 그녀는 말하기를 좋아했고 나는 비판하기를 좋아했다. 그녀는 가르치기를 좋아했고 나는 질문하기를 좋아했다. 그래서 우리 둘은 사귐을 통해 특별히 계발되는 것은 없었지만, 즐거움을 느끼면서 사이좋게 지낼 수 있었다.

그동안에 헬렌 번즈는 어디 있었나? 나는 왜 이 즐겁고 자유스러운 날들을 그녀와 같이 지내지 않았단 말인가? 그녀를 잊은 건가? 아니면 내가 그녀와의 순수한 교제에 염증을 느낄 정도로 보잘것없는 인간이란 말인가? 메리는 재미나는 얘기도 잘하고, 신랄한 이야기라도 내가 물으면 이내 응답하곤 했다. 그렇다 하더라도 메리 앤 윌슨은 나의 첫 번째 친구보다 못한 게 사실이다. 헬렌은, 그녀와 대화를 나누는 특권을 가진 사람마저 고귀하게 만들어주는 재주를 갖고 있었으니 말이다.

이것은 사실이었다. 나는 이것을 알고 있었고 또 느끼고 있었다. 나는 비록 결점투성이에다 장점이 거의 없는 불완전한 인간이지만 헬렌 번즈에게 싫증을 느낀 적은 없었다. 오히려 일찍이 느껴보지 못한 존경에 가까운 강렬한 애정을 그녀에게 품고 있었고, 잠시라도 마음을 닫아본 적이 없었다. 어떻게 그럴 수가 있단 말인가? 헬렌은 언제 어떠한 상황에 처하더라도 내게 조용하고 진실된 우정을 보여주었다. 기분이 나쁠 때나 초조할 때에도 한결같았다.

그런 헬렌이 지금 앓고 있었다. 벌써 몇 주일째 내가 알지 못하는 2층 어느 방에 격리되어, 내 눈앞에서 사라졌던 것이다. 내가 아는 것이라곤 단지 교내의 열병 환자들과 같은 병동에 있지 않다는 거였다. 그녀가 앓고 있는 것은 폐병이지 티푸스가 아니었다. 그때만 해도 나는 무지해서, 폐병이란 것이 간호를 잘하고 시간만 지나면 반드시 낫는 가벼운 병인 줄로 알고 있었다. 내가 그 생각을 더욱 굳히게 된 것은, 그녀가 따스한 오후에 계단을 내려와서 템플 선생과 함께 정원을 거니는 것을 한두 번 보았기 때문이다. 그러나 그녀에게 다가가서 말을 건네는 것은 금지되어 있었으므로 나는 교실 창문을 통해 바라보고만 있을 뿐, 자세히 볼 수도 없었다. 왜냐하면 그녀는 두꺼운 옷을 입고 베란다 밑의 의자에 앉아 있었기 때문이었다.

6월 초순의 어느 날 오후, 나는 메리 앤과 꽤 늦게까지 숲속에 머물러 있었다. 늘 그랬던 것처럼 우리는 다른 아이들과 떨어져서 이곳저곳을 헤매고 다녔다. 그런데 너무 멀리 갔기 때문에 길을 잃어, 외딴집에서 도토리를 먹여 방목하다시피 돼지를 기르고 있는 부부에게 길을 물어야만 했다. 우리가 학교로 돌아왔을 때는 달이 떠 있었는데, 의사가 타고 온 것이 분명해 보이는 작은 말이 정원 입구에 서 있었다. 그것을 보고 메리 앤은 이렇게 늦은 시간에 베이츠 선생이 온 것을 보면, 틀림없이 중환자가 있을 거라고 말했다. 그녀가 안으로 들어가고 난 뒤 나는 숲에서 캐온 뿌리가 한 줌 달린 화초를, 아침까지 그대로 두면 시들 것 같아서 내 화단에 심었다. 그러고 나서도 난 한동안 서성이고 있었다. 밤이슬이 내리자 꽃들은 한층 더 향기를 뿜었는데, 참으로 고즈넉하고 훈훈한 저녁이었다. 아직 저녁놀이 남아 있는 서쪽 하늘은 내일도 좋은 날씨가 되리라는 즐거운 약속을 해주었다. 어두운 동쪽 하늘에는 달이 떠올라 있었다. 마치 어린아이처럼 정신없이 그런 것들을 바라보고 있다 보니, 지금까지 생각조차 하지 않았던 것이 불쑥 뇌리에 떠올랐다.

'지금 병상에 누워 죽음에 직면하고 있다는 것은 얼마나 슬픈 일인가! 이 세상은 이처럼 즐거운데⋯⋯. 이곳에서 아무도 모르는 곳으로 불려가다니, 생각만 해도 몸이 오싹해진다.'

그때 비로소 지금까지 배워 온 것을 바탕으로 천국과 지옥에 대해 진지하게 파악해 보고 싶은 생각이 났다. 그리하여 처음으로 위축되고 당황스런 상황에서 앞뒤와 양쪽을 바라보았는데, 순간 온 사방이 헤아릴 수 없는 심연이라는 것을 깨달았다. 내가 서 있는 한 점, 즉 현재만을 느낄 수 있을 뿐 그 밖의 것은 모두 형태조차 없는 구름이요 깊디깊은 심해였다. 한 발을 잘못 디디면 혼돈의 한가운데 떨어질 것을 생각하자 전율이 온몸을 훑고 지나갔다.

이런 생각에 잠겨 있을 때 현관문 열리는 소리가 들렸다. 베이츠 선생이 나오고 뒤이어 간호사가 뒤따랐다. 간호사가 말을 타고 떠나는 베이츠 선생을 배웅하고 문을 닫으려 할 때, 나는 그 앞으로 달려갔다.

"헬렌 번즈는 어때요?"

"몹시 나빠." 그녀의 대답이었다.

"베이츠 선생님이 왕진 오신 것은 헬렌 때문인가요?"

"그래."

"의사 선생님은 뭐라고 하셨어요?"

"이곳에 오래 있지 못한다고 했어."

만약 이 말을 어제 들었더라면 나는 헬렌이 노덤벌랜드에 있는 자기 집으로 옮겨가게 되었다는 뜻으로 받아들이지, 그녀가 죽게 됐다는 뜻으로는 해석하지 않았을 것이다. 그러나 지금은 아니었다. 나는 헬렌 번즈의 생명이 얼마 남지 않았으며, 곧 영혼의 나라로 가게 됐다는 것을 이내 깨달을 수 있었다. 동시에 공포의 충격과 강한 비애의 전율이 온몸을 휘감았다. 그러자 꼭 만나야겠다는 생각이 간절해져서, 그녀가 있는 방을 물었다.

"템플 선생 방에 있어." 간호사가 말했다.

"가서 얘기 좀 할 수 있나요?"

"절대로 안 된다! 어림도 없는 소리야. 그리고 안으로 들어갈 시간이 됐어. 찬이슬을 맞으면 열병에 걸려요."

간호사는 현관문을 닫았다. 나는 교실로 통하는 옆문으로 들어갔다. 아홉 시였다. 밀러 선생이 학생들의 취침 점호를 하고 있었다.

그러고 나서 두 시간 뒤인 열한 시쯤 — 나는 잠을 잘 수가 없었다. — 기숙사가 온통 조용한 것으로 봐서 모두들 깊은 잠이 들었다고 생각하고 살그머니 일어났다. 그리고는 잠옷을 입은 채로 겉옷만 걸치고, 신발도 신지 않고서 침실을 빠져나가 템플 선생의 방으로 향했다. 그 방은 건물의 반대쪽에 있었지만 나는 길을 알고 있었다. 게다가 활짝 개인 여름밤의 달빛이 복도의 창문을 통해 사방에서 비쳐들었기 때문에 별로 힘들이지 않고 찾을 수 있었다. 열병 환자의 병실을 지나칠 때는 선향 타는 냄새가 나를 긴장시켰다. 밤새워 간호하는 간호사에게 들킬까봐, 나는 재빨리 그 문 앞을 지나갔다. 들키면 되돌아가야 하기 때문이다. 나는 반드시 헬렌을 만나봐야 했다! 그녀가 죽기 전에 껴안아봐야 했다! 최후의 키스를 해야 하고, 최후의 말을 나눠야만 했다!

계단을 내려가 아래층 건물의 일부를 지나고 두 개의 문을 살짝 통과하는 데 성공한 나는 또 하나의 계단이 있는 곳에 이르렀다. 그 계단을 올라가 정면으로 마주치는 곳이 바로 템플 선생의 방이었다. 열쇠 구멍과 문 밑으로만 불빛이 새어나올 뿐, 주위는 깊은 정적에 싸여 있었다. 가까이 가보니 문이 조금 열려 있었다. 아마도 답답한 병실을 환기시키기 위해서인 듯했다. 참을 수 없는 충동을 느끼면서 — 마음이 몹시 고통스러웠다. — 나는 문을 밀고 안을 들여다보았다. 나의 눈은 헬렌을 찾고 있었는데, 혹시 주검이라도 보게 될까봐 한편 겁이 나기도 했다.

템플 선생의 침대 옆에는, 하얀 커튼에 반쯤 가려진 작은 침대가 놓여 있었다. 이불 밑으로 사람의 윤곽을 볼 수 있긴 했지만, 얼굴은 커튼에 가려져 있었다. 정원에서 내가 말을 건넸던 간호사가 안락의자에 앉아서 자고 있었다. 심지를 자르지 않은 촛불만이 책상 위에서 희미하게 타고 있었다. 템플 선생은 보이지 않았다. 나중에 안 알이지만 그때 그녀는 열병으로 헛소리하는 환자에게 불려갔었다는 것이다. 나는 작은 침대 옆으로 다가가 커튼에 손을 댔는데, 그것을 젖히기 전에 말을 건네는 것이 좋을 거라고 생각되었다. 다시금 주검이라도 보는 것이 아닌가 하고 마음이 조여들었다.

"헬렌! 깨어 있어?" 나는 가볍게 속삭였다.

그녀는 몸을 움직이더니 커튼을 젖혔다. 창백하고 야위긴 했으나 얼굴 표정은 침착해 보였다. 내가 생각했던 것처럼 그렇게 변한 얼굴이 아니어서, 나는 안도감을 느꼈다.

"제인, 너니?" 헬렌은 천성적인 부드러운 목소리로 물었다.

'오!' 나는 생각했다. '헬렌은 죽지 않을 거야. 그들의 잘못이야. 만약에 죽을 거라면, 저렇게 말하면서 저토록 침착할 순 없을 거야.'

나는 작은 침대 옆으로 가서 그녀에게 키스했다. 이마와 뺨이 싸늘했고 손과 손목도 차가웠지만, 미소만은 전과 다름없었다.

"왜 왔니, 제인? 열한 시가 지났는데. 몇 분 전에 시계 소리를 들었어."

"너를 보러 왔어, 헬렌. 니가 몹시 아프다는 말을 듣고, 만나보지 않고서는 도무지 잘 수가 없었어."

"그러면 작별 인사를 하러 왔구나. 그래, 시간에 맞춰 온 것 같아."

"어디 가니, 헬렌? 집으로 가니?"

"그래, 나의 영원한 집으로 간단다. 내 최후의 집으로 말이야."

"아니야, 아니야. 헬렌!" 나는 너무도 슬퍼서 말문이 막혔다. 내가 눈물을 참으려고 애쓰고 있을 때, 헬렌은 기침을 해대기 시작했다. 그래도 간호사는 눈을 뜨지 않았다. 기침이 끝난 다음 헬렌은 지쳤는지 몇 분 동안 가만히 누워 있다가, 다시 속삭이기 시작했다.

"제인, 너 발에 아무것도 신지 않았구나. 누워서 내 이불로 몸을 감싸."

나는 시키는 대로 했다. 그녀는 팔을 나에게 얹었다. 나도 헬렌에게 바싹 붙어 누웠다. 한동안 침묵이 흐른 뒤에 낮은 소리로 그녀가 다시 속삭였다.

"나는 매우 행복해, 제인. 그러니까 내가 죽었다는 말을 들어도 조금도 흔들리지 마. 슬퍼하지도 말고. 우린 모두 언젠가는 죽어야 해. 내 목숨을 앗아가려는 병도 두렵지 않아. 조용히 그리고 천천히 진행되고 있거든. 내 마음은 아주 편안해. 이젠 내가 떠났다고 슬퍼할 사람도 없어. 아버지가 계시지만 최근에 재혼했거든. 내가 죽었다 해도 그렇게 쓸쓸하진 않을 거야. 젊어서 죽으니까 나는 많은 고통을 면하게 된 거지. 나는 이 세상에서 성공할 만한 자질도 재능도 없었어. 앞으로도 살아간다면 계속 과오만 범할 거야."

"그런데 어디로 간다는 거야, 헬렌? 그곳이 보이니? 너는 알고 있니?"

"나는 믿고 있어. 나는 신앙을 갖고 있어. 하느님 곁으로 가는 거야."

"하느님이 어디 있어? 도대체 하느님이라는 것이 뭐야?"

"너와 나를 만든 신이지. 그분은 자신이 만든 것을 절대로 파멸시키지 않아. 나는 한결같이 그분의 능력에 기대고, 그분의 정의를 믿고 있어. 나는 그분에게로 돌아가서 그분의 모습을 볼 수 있는 중대한 사건이 있을 그날을 손꼽아 기다리고 있어."

"그렇다면 헬렌, 너는 정말 천국 같은 곳이 있어서 우리가 죽게 되면 영혼이 그곳으로 간다고 믿고 있니?"

"나는 미래의 나라가 있다고 믿고 있어. 그리고 하느님은 선하다고 믿어. 아무 불안 없이 나는 그분에게 내 영혼을 맡길 수 있어. 하느님은 나의 아버지이고, 나의 친구야. 나는 그분을 사랑해. 그분도 나를 사랑하고 있다고 믿고 있고."

"내가 죽으면 너를 다시 만날 수 있을까, 헬렌?"

"너도 같은 행복의 나라로 가게 될 거야. 틀림없이 만물의 근원이시고 아버지이신 하느님이 기쁘게 맞이해 주실 거야, 제인."

나는 다시 물었다. 하지만 이번에는 마음속으로만! '그런 나라가 어디 있단 말이니? 실제로 존재하는 거야?' 그러고 나서 좀 더 팔에 힘을 주어 헬렌을 꼭 껴안았다. 어느 때보다도 다정해 보이는 그녀를 떠나보낼 수 없을 것 같았다. 나는 그녀의 목에 얼굴을 파묻고 가만히 누워 있었다. 그러자 헬렌은 그 아름다운 목소리로 말했다.

"아이, 편해라! 아까 기침을 해서 좀 피곤해. 이제 잠들 수 있을 것 같아. 하지만 내 옆을 떠나지 마, 제인. 네가 내 곁에 있어줬으면 좋겠어."

"너와 같이 있을게, 헬렌. 아무도 떼어놓지 못할 거야."

"몸은 좀 녹았니?"

"응."

"그럼 잘 자, 제인."

"잘 자, 헬렌."

그녀는 나에게 키스를 했고, 나도 그녀에게 키스했다. 우리는 곧 잠이 들었다.

내가 잠을 깨었을 때는 아침이었다. 이상한 동요 때문에 눈을 떴던 것인데, 정신을 차려보니 누군가의 팔에 안겨 있었다. 간호사가 나를 안고 복도를 통해 기숙사로 데리고 가고 있는 중이었다. 나는 침실을 떠났다고 야단맞지는 않았다. 모두들 뭔가 생각에 잠겨 있는 것 같았는데, 내가 아무리 물어봐도 대답을 해주지 않았다.

하루 이틀 뒤에 안 사실인데, 템플 선생이 새벽녘에 자기 방으로 돌아왔을 때, 내가 헬렌의 어깨에 얼굴을 대고서 팔로 그녀의 목을 안고 자고 있는 것을 발견했다는 것이다. 그때 나는 잠들어 있었고, 헬렌은……. 이미 죽어 있었다.

헬렌은 브로클브리지의 교회 묘지에 묻혔다. 죽은 지 15년 동안 그녀의 묘는 잡초에 묻혀 있었다. 그러나 지금은 회색 대리석에 그녀의 이름과 '부활하리라.'는 말을 새겨서 그 무덤을 표시하고 있다.

10장
현실 세계의 모험을 찾아서

　지금까지 나는 주변에서 생긴 보잘것없는 일을 기록해 10여 년간의 초년기를 그려내는 데 다수의 장(章)을 할애했다. 그러나 전형적인 자서전의 형식을 취할 생각은 없다. 다만 기억을 더듬어 흥미 있다고 생각되는 점을 적으면 그뿐이다. 그래서 8년이란 세월은 아무 언급도 하지 않고 넘어가려고 한다. 다만 앞뒤를 연결시키기 위해 몇 줄 정도 쓰려고 한다.

　로드를 괴멸시키는 임무를 끝내자 티푸스는 점차 자취를 감추게 되었는데, 그것은 그 병의 맹렬함과 희생자가 많았다는 사실과 함께 사회의 이목이 로드 학교로 집중되고 난 뒤의 일이었다. 질병의 원인이 조사되고, 사회의 의분을 불러일으킬 만한 사실들이 속속 밝혀졌다. 학교 부지가 어린아이들 건강에 좋지 않은 영향을 미칠 뿐 아니라 학생들에게 급여되는 식사의 양과 질이 형편없었고, 취사에 사용되는 물조차 염분이 섞인 데다 악취가 났으며, 학생들의 의복과 시설이 너무도 빈약했다는 사실들이 백일하에 드러났다. 이런 일은 브로클허스트 씨에게는 적잖게 가슴 아픈 일이었지만 학원 자체에는 유익한 결과를 가져왔다.

　곳곳의 부유하고 자비심 있는 유지들이 보다 좋은 장소에 보다 나은 건물을 짓도록 하기 위해 많은 돈을 기부했다. 새로운 규칙을 제정해서 식사와 의복에 관한 것을 개선했고, 학교 기금은 운영회에서 관리하도록 했다. 브로클허스트 씨는 그의 재산이나 가문으로 보아 전혀 무시할 수 없었기 때문에 계속해서 회계를 담당하게 되었으나, 그 직무를 수행하는 데는 식견 있고 명망 높은 사람들의 조언을 받아들이도록 되어 있었다. 감독자로서의 그의 직분은 이성과 엄격, 위안과 절약, 동정과 정직을 조화시킬 능력을 갖춘 사람들을 공동으로 참여시키는 일이었다. 그리하여 학교는 완전히 개선되어 진실로 유용하고 훌륭한 시설로 변모했다. 나는 학교가 개혁된 후 8년간 — 즉 학생으로 6년, 선생으로 2년 — 을 그곳에서 살았기 때문에 양자의 입장에서 그 가치와 중요성을 입증할 수 있었다.

그곳에서 보낸 8년간의 생활은 단조롭긴 했으나 불행한 것은 아니었다. 하릴없이 보낸 게 아니었기 때문이다. 훌륭한 교육을 받을 기회가 내 손이 닿는 곳에 있었다. 어떤 과목을 좋아한다는 것과, 모든 과목에서 뛰어나고 싶다는 생각, 그리고 선생들을 — 특히 내가 좋아하는 선생을 — 즐겁게 해줌으로써 느끼는 기쁨이 컸기에 나는 나날이 향상했다. 나는 나에게 주어진 모든 편의를 충분히 이용하여 마침내는 최상급반의 수석을 차지했고, 이어서 교사직을 맡게 되었다. 이 직무를 2년 동안 열심히 수행했는데, 그 2년이 다 되어갈 무렵 내 신상에 변화가 생겼다.

템플 선생은 환경이 변화하는 추세 속에서 교장직을 계속 맡고 있었다. 내가 가진 것 중에서 가장 소중한 것은, 그분한테서 받은 가르침이었다. 그분과 나누는 우애와 교제는 나에게 끊임없는 위안과 용기를 주는 원천이었다. 그분은 나의 어머니였고 가정교사였으며, 마침내는 친구까지 되어 주었다. 그런데 그때 선생은 결혼을 하여, 남편과 함께 — 남편은 목사였는데, 선생과 같은 분을 아내로 맞을 만한 훌륭한 사람이었다. — 먼 곳으로 떠나야만 했다. 그리하여 결국 내 앞에서 사라졌다.

선생이 떠난 날부터 나는 이전의 내가 아니었다. 로드가 내 집처럼 여겨졌던 안정감이 선생과 함께 사라져 버렸기 때문이다. 나는 선생으로부터 성품의 일부분과 생활습관의 많은 것을 전수받아, 조화로운 사상과 절도 있는 감정이 내 마음 가운데 자리 잡고 있었다. 의무와 질서에 대해 충실하려고 작정한 내 마음은 흔들림이 없었으며, 스스로를 행복하다고 생각하고 있었다. 그리고 다른 사람의 눈엔 물론이고, 때로는 나 자신의 눈에도 스스로가 규율 있고 근엄한 사람으로 보였다.

그러나 운명은 네이스미드 목사의 형태로 나타나, 나와 템플 선생 사이에 끼어들었다. 템플 선생은 결혼식을 마치자 곧 여행복으로 갈아입고 역마차에 올랐다. 나는 언덕길을 올라 고개를 넘어가는 마차를 바라보다가 내 방으로 돌아와, 결혼 축하로 휴강한 오후 시간을 혼자서 보냈다.

나는 그 대부분의 시간을 목적 없이 서성거렸고, 선생을 잃은 슬픔을 어떻게 이겨낼까 하고 골몰해 있다가 얼굴을 들었는데 오후 시간이 훌쩍 지나 황혼에 접어들고 있었다. 그때 문득 이런 생각이 머리에 떠올랐다. 내 마음은 템플 선생한테서 얻은 것을 다 벗어 버리고 — 선생 주변에서, 내가 호흡할 수 있었던 분위기를 그녀가 가지고 떠났다고 말하는 것이 오히려 적절할지 모르겠다. — 나 자신의 본질로 돌아가고 있는 것이라고……. 정신적 지주가 없어졌다기보다는, 그 동기가 사라졌기 때문이다. 나한테서 빠져나간 것은 침착해질 수 있는 힘이 아니라 이젠 침착해야 할 이유가 없어졌다는 것이다. 나의 세계라는 것은 몇 년 동안의 로드 생활이 전부였고, 나의 경험은 이곳의 규칙과 조직이 전부였다. 나는 이제 현실 세계로 뛰어들어야 했다. 그 세계는 희망과 불안, 감동과 흥분이 가득 찬 들판과 같은 곳일 것이다. 위험을 무릅쓰고 그 넓은 곳으로 뛰어들어 인생의 진정한 의미를 추구하는 용기 있는 사람이 되어야겠다고 생각했다. 그래서인지 옛날의 감정이 솟구치는 것을 느끼기 시작했다.

나는 창가로 가서 문을 열고 밖을 내다보았다. 양쪽으로 늘어선 건물 가운데 정원이 있고, 로드의 산기슭과 언덕의 능선이 보였다. 내 시선은 이 모든 것을 지나서, 멀리 있는 푸른 산봉우리, 내가 넘고 싶었던 그곳에 머물렀다. 바윗돌과 히스(Heath)로 둘러싸인 이 경내는 마치 교도소 뜰이나 유형지와도 같았다. 나의 시선은 다시 산기슭을 돌아 두 산 사이의 계곡에서 가물가물 사라진 하얀 길을 따라갔다. 그 길을 따라서 가고 싶은 생각이 얼마나 간절했던지, 그 옛날 역마차를 타고 그 길을 통해 이리로 오던 날이 떠올랐다. 황혼녘에 저 길을 내려왔었다. 처음 로드에 온 날로부터 한 시대가 지난 것 같은데, 난 그동안에 한 번도 이곳을 떠나지 못했다. 방학 때도 계속 학교에 머물러 있었다. 리드 부인은 단 한 번도 게이츠헤드에 오라고 부른 적이 없었고, 그편에서 찾아온 적도 없었다. 편지든 메모 쪽지든 간에 외부와의 연락은 일체 없었다. 교칙이나 교무, 학교의 습관, 정신, 목소리, 얼굴, 말씨, 복장, 호감과 반감, 이런 것들이 내 생활에서 알고 있는 전부였다.

나는 그것들로선 충분하지 않다고 느꼈다. 8년 동안 해오던 일이 하룻저녁에 싫어진 것이다. 나는 자유를 갈망하면서 헐떡거렸고 그것을 위해서 기도를 드렸다. 때마침 조용히 불어오는 바람에 내 기도가 허공으로 퍼져 나가는 것만 같았다. 나는 기도를 멈추고 변화와 자극을 위해 좀 더 겸허한 간청을 했다. 그러나 그 간청마저 헛되이 사라지는 것 같았다. 나는 미친 듯이 외쳤다.

"그렇다면 최소한 새로운 일을 부여하소서!"

그때 저녁 식사를 알리는 종이 울려 나를 아래층으로 불러 내렸다.

중단되었던 생각을 다시 계속할 수 있었던 것은 취침 시간이 지나고였다. 실제로 취침 시간이 되고 나서도 나와 방을 같이 쓰고 있는 교사가 쓸데없는 얘기를 계속 해대는 바람에 내가 생각하고 싶은 문제로 되돌아갈 수가 없었다. 오직 그녀가 잠이 들어 조용해졌으면 좋겠다는 생각만 간절했다. 창가에 서 있을 때 마음속에 떠올랐던 상념으로 되돌아갈 수만 있다면, 어떤 창의적인 계시가 있어서 나를 구원해 줄 것 같았기 때문이다.

그라이스 선생이 마침내 코를 골기 시작했다. 웨일즈 태생의 그녀는 몸이 뚱뚱했다. 지금까지는 그녀가 코를 골면 시끄럽다고만 여겼었는데, 오늘 밤에는 큰 소리로 코를 고는 것이 기쁘게 받아들여졌다. 그리고 반쯤 잊고 있었던 상념이 되살아났다.

"새로운 일! 그래, 거기에는 뭔가가 있을 거야. 결코 달콤하게만 들리는 것이 아니기 때문에 무엇인가 있을 것이라고, 나는 알고 있다. 일이란 자유니 감격이니 환희 따위의 말과는 다른 것이다. 그런 말들은 달콤하게는 들리지만 나에게는 그 이상의 의미가 없다. 그런 말은 공허하기 때문에 그런 말에 귀를 기울인다는 것은 시간 낭비에 지나지 않는다. 그러나 일은! 이것은 실재하는 현실이다. 누구나 일을 하고, 나도 지금까지 8년 동안 이곳에서 일을 했다. 그리고 이제 내가 원하는 것은, 다른 곳에서 일을 하겠다는 것이다. 나는 그만한 자유의사도 가질 수 없단 말인가? 그렇다! 그 목적은 그리 힘든 것이 아니다. 거기 도달할 수 있는 수단을 찾아낼 두뇌만 갖고 있다면.” 나는 혼잣말로 중얼거렸다. ― 결코 소리 내서 말하지 않았다.

나는 그 두뇌를 깨우기 위해 침대에서 일어나 앉았다. 냉기가 도는 밤이었다. 난 숄로 어깨를 감싸고 골똘히 생각에 잠겼다.

‘내가 진정으로 바라는 것은 무엇인가? 새로운 장소의 새로운 환경에서 새 얼굴들을 만나는 일이다. 좀 더 좋은 것을 바라도 소용없는 짓이므로, 이것만을 바라는 것이다. 다른 사람들은 어떤 방법으로 새로운 지위를 얻는 걸까? 아마도 친구한테 부탁하지 않을까? 하지만 나에게는 친구가 없다. 그러나 친구가 없기 때문에 스스로 찾고, 스스로를 도와야 하는 사람도 적지 않다. 그런데 그런 사람들은 어떤 방법을 취할까?’

나로서는 전혀 알 수 없는 것이었으므로 대답이 나오질 않았다. 그래서 나는 빨리 응답하라고 두뇌에 명령을 했다. 두뇌는 지시에 따라 급히 움직이기 시작했다. 머리와 관자놀이에 맥박이 빨라지는 것이 느껴졌다. 이렇게 맥박이 한 시간쯤 혼돈 속에 뛰었으나 아무 결과도 찾아낼 수가 없었다. 헛된 노력으로 상기된 나는 일어나서 방을 한 바퀴 돌았다. 커튼을 걷자 별이 한두 개 보였다. 나는 몸을 떨면서 다시 침대 속으로 들어갔다.

친절한 요정이 내가 없는 사이에 나의 소망을 이루는 데 필요한 암시를 베개 위에 놓고 간 것인가? 왜냐하면 자리에 눕자마자, 조용히 그리고 자연스럽게 머리에 떠오르는 게 있었기 때문이다.

“구직 광고를 내는 거야. 그래, 《헤럴드》지에 광고를 내자. 하지만 어떻게 하는 거지? 나는 광고에 대해 전혀 아는 것이 없는데.” 나의 중얼거림에 곧 자연스럽게 대답이 튀어나왔다.

"광고문과 광고료를 봉투에 넣어서 《헤럴드》지 편집자 앞으로 보내는 거야. 기회 있는 대로 로튼 우체국에 가서 부치고, 회답은 'J.E.'로 해서 그 우체국 전교(轉校)로 받으면 되지 않을까……. 편지를 보내고 한 주일쯤 있다가 우체국으로 가서 회답이 있는지를 확인한 다음, 그 내용에 따라 행동을 취하면 될 거야."

이 계획을 두세 번 되풀이해서 생각하자, 마음속으로 충분히 소화가 되었다. 계획을 실제적인 형태로 그려본 다음, 난 만족한 기분으로 잠들었다.

다음 날 아침 일찍 일어난 나는, 전교생을 깨우는 종이 울리기 전에 광고문을 썼다. 그리고 돈과 함께 봉투에 넣은 다음 주소를 적었다. 광고문의 내용은 다음과 같았다.

『'교육 경험이 있는 젊은 여성'이 2년 동안 교사로 재직했던 경험을 살려, 14세 이하의 어린이를 지도할 가정교사직을 구함. 정규 영국 교육의 일반 과목과 프랑스어, 미술, 음악 교사 자격증이 있음. 주소는 ○○ 주 로튼 우체국 전교. J.E.』

— 그때 내 나이가 열여덟 살이었으므로, 나이 차이가 얼마 나지 않는 학생을 지도한다는 것은 거북하리라고 생각했던 것이다. 또한 그 당시는 이같이 하찮은 자격도 곧잘 받아들여졌다.

이 서류를 서랍 속에 넣고 하루 종일 잠가두었던 나는 차 마시는 시간이 끝나고 나서, 나와 동료교사들의 사소한 용무를 위해 로튼에 갔다 오겠다고 새로 온 감독에게 보고했다. 감독은 곧 허락해 주었다. 그곳까지는 2마일의 거리인데, 오후에는 비가 내리고 있었으나 저녁까지 시간은 충분했다. 난 한두 군데 가게에 들렀다가 우체국에 가서 편지를 부쳤다. 돌아올 때는 비가 몹시 내려서 옷이 흠뻑 젖었지만 마음만은 흐뭇했다.

다음 일주일은 지루하게 흘러갔다. 그러나 이 세상의 모든 것이 그렇듯, 마침내 올 것이 오고야 말았다. 상쾌한 가을날이 저물어 갈 무렵, 나는 또다시 로튼으로 향하는 길을 걷고 있었다. 개천가를 따라 계곡으로 빠져나가는 길은 마치 한 폭의 그림과도 같았다. 그러나 그날의 내 마음은 초원이나 개천에 대한 매력보다는 지금 가고 있는 곳에서 기다리고 있을, 혹은 그렇지 않을지도 모르는 회답에 온통 쏠려 있었다.

그때 표면상의 용무는 구두를 맞추기 위해 발을 재는 일이었다. 그 일을 마치자 구둣방에서 우체국으로 통하는 깨끗하고 조용한 길을 걸어갔다. 우체국에서 일을 보고 있는 사람은, 뿔테 안경을 코에 걸치고 검은 장갑을 낀 노부인이었다.

"혹시 'J.E.'라는 이름으로 편지 온 것이 있는지요?" 하고 나는 물었다.

그녀는 안경 너머로 이편을 바라보고 나서 서랍을 열고 안에 들어 있는 서류들을 뒤적거렸는데, 그 시간이 길어지자 나의 희망은 비틀거리기 시작했다. 그러다가 마침내 서류 한 통을 가려내더니 5분쯤 들여다보다가 창구로 내밀었다. 그러면서도 의아한 눈초리로 나를 바라보았다. 그것은 'J.E.' 앞으로 온 편지였다.

"한 통밖엔 없습니까?" 내가 물었다.

"그래요, 그것뿐인데요."

나는 그것을 주머니에 집어넣고 학교를 향해 걸었다. 그때는 편지를 뜯어 볼 여유가 없었다. 규칙상 여덟 시까지 돌아가야 했는데, 이미 일곱 시 반이 되어 있었던 것이다.

학교에 돌아오니 여러 가지로 해야 할 일이 많았다. 학생들이 자습하는 동안 앉아 있어야 했고, 그런 다음 기도문을 읽고, 학생들이 잠자리에 드는 것을 돌봐야 하는 것이 내 임무였다. 그 일들을 끝내고 나서는 다른 선생들과 함께 저녁 식사를 했다. 잠자리에 들어서도 그라이스 선생이 나를 가만히 내버려두지 않았다. 난 촛대에 꽂힌 얼마 남지 않은 초가 다 타 버릴 때까지 그라이스 선생이 이야기를 계속하면 어쩌나 하고 걱정이 되었다. 그러나 다행히도 과식한 것이 효과를 나타냈는지, 내가 잠옷으로 바꿔 입는 사이에 그녀는 코를 골기 시작했다. 아직 초는 어느 정도 남아 있었다.

나는 편지를 꺼냈다. 봉인은 'F'라는 이니셜로 되어 있었고, 내용은 극히 간단했다.

『지난 목요일 《헤럴드》지에 광고를 내신 J.E.씨께서 광고 내용대로의 학식을 갖췄고 인격과 능력에 대해 만족할 만한 증명서를 제출한다면, 다음과 같은 일자리가 있습니다. 학생은 채 열 살이 안 된 소녀 한 명이며, 급료는 연봉으로 30파운드입니다. 우선 증명서와 성명, 주소, 기타 자세한 내용을 아래의 주소로 보내주기 바랍니다. ― 밀코트 근교 손필드, 페어팩스 부인.』

나는 오랫동안 편지를 들여다보았다. 나이 지긋한 부인의 문체 같았는데, 문맥이 매끄럽지 않은 고풍스런 문장이었다. 조건은 만족할 만했지만, 내 생각대로만 행동했다가 오히려 고난에 빠지는 위험과 맞닥뜨리지나 않을까 하는 불안한 마음이 생겼다. 나는 무엇보다도 노력의 결과가 적절하고 합당한 것이기를 바랐다. 부인의 나이가 지긋하다는 사실은, 내가 걱정하는 문제에 있어서 나쁜 조건이라고 여겨지는 않았다.

페어팩스 부인! 난 검은 가운을 걸치고 모자를 쓴 부인을 떠올렸다. '다소 냉정하긴 하겠지만 냉혹하진 않겠지. 나이가 들고 존경받을 만한 전형적인 영국 부인일 거야. 손필드! 그건 틀림없이 저택의 명칭일 것이고, 아담하고 정돈된 장소일 거야.' 그곳의 도면을 머리에 그려보려 했으나 잘 떠오르질 않았다. 밀코트, 나는 영국 지도를 떠올려보았다. 그렇다, 언젠가 지도에서 그 주와 거리 이름을 보았던 기억이 났다. 그 주는 지금 내가 살고 있는 변경 지방보다 런던에서 70마일이나 가까운 곳에 위치하고 있었는데, 그 점은 바람직하게 여겨졌다. 나는 항상 생기와 활동성이 있는 곳에 가고 싶었던 것이다. 밀코트는 A 강변에 있는 큰 공업도시이며, 틀림없이 번창한 도시일 것이다. 그것 또한 바람직한 일이며, 적어도 기분 전환은 될 수 있을 것이다. 하지만 나의 공상이 높은 굴뚝과 구름 같은 연기에 사로잡혀 있었던

것이 아니었으므로 나는 이런 결론을 내렸다. '아마 손필드는 복잡한 거리에서 떨어져 있을 거야.'

이때 촛농이 떨어지고, 심지가 마지막으로 타오르며 지지직거렸다.

다음 날에는 새로운 행동을 취해야만 했다. 계획을 그대로 가슴속에 품고만 있을 수는 없는 일이었다. 계획을 실행하기 위해서는 다른 사람에게 알려야 했다. 난 점심시간에 감독과 얘기할 기회를 얻어, 지금보다 두 배의 급료 — 로드에선 연봉으로 겨우 15파운드를 받고 있었다. — 를 받을 수 있는 새로운 직장이 마련될 것 같다고 말했다. 그리고 브로클허스트 씨나 위원회의 누군가에게 이 말을 전하고, 그들을 나의 보증인으로서 상대방에 통지해도 좋을지 알아봐달라고 부탁했다. 그녀는 친절하게도 중개역할을 기꺼이 받아들였다.

그 이튿날 감독은 브로클허스트 씨에게 그 얘기를 전하자, 그는 원래 리드 부인이 보호자이니까 그녀에게 편지를 보내봐야 된다고 했다고 했다. 그의 의견에 따라 리드 부인에게 편지를 보냈더니, 다음과 같은 회신이 왔다.

'네 마음 내키는 대로 해라. 너에 관한 일에는 일체 참견하지 않기로 했다.'

이 편지가 위원회에 회람되고, 환경의 개선을 꾀하는 일이라면 가도 좋다는 정식 허가가 떨어졌다. 이렇게 되기까지 나는 매우 초조하게 기다려야만 했다. 그리고 내가 로드에서 선생으로서나 학생으로서 행실이 나무랄 데 없었으므로, 인격과 능력을 증명하는 증서를 학교 감독이 서명하여 발행해 주겠다는 보증을 받았다.

그리하여 약 한 달 후에 이 증명서를 받아, 그 사본을 페어팩스 부인에게 보냈다. 얼마 후 그쪽에서 답이 왔는데, 가정교사로 받아들이기로 했으니 2주일 후부터 그 직책을 맡으러 오라고 씌어 있었다.

나는 주변을 정리하기에 바빴다. 2주일이라는 기간이 눈 깜짝할 사이에 지나갔다. 나는 옷이 그리 많지 않기 때문에 8년 전 게이츠헤드에서 가지고 온 바로 그 트렁크에 짐을 꾸리는 데 마지막 날 하루면 충분했다.

마침내 끈으로 묶인 짐에 꼬리표가 붙여졌다. 30분 내에 로튼으로 운반해 가기 위해 짐꾼이 올 것이다. 나는 내일 아침 일찍 로튼으로 가 거기서 역마차를 타기로 예정되어 있었다. 검은 여행복을 솔질한 후 모자와 장갑, 목도리를 챙겨놓은 다음 서랍을 열어서 잊은 것이 없는지를 확인했다. 그리고는 더 할 일이 없어서 좀 쉬려고 자리에 앉았다.

그러나 쉴 수가 없었다. 아침부터 계속 서 있었으나, 지나치게 흥분한 탓에 쉴 수가 없었다. 이제 내 생애의 한 장이 닫히고, 내일이면 새로운 세상이 열리게 되는 것이다. 이런 순간에 잠을 잔다는 것은 있을 수 없는 일이다. 막 변화를 시작한 이 순간을 흥분한 상태로 지켜보리라!

"선생님! 누가 아래층에서 선생님을 뵙겠다고 기다리고 있어요." 휴게실에서 마주친 하녀가 말했다. 그때 나는 그곳에서 마치 유령처럼 방황하고 있었던 것이다.

'아마 짐꾼이겠지.' 이렇게 생각한 나는 더 묻지도 않고 아래층으로 내려갔다. 주방으로 향해서 문이 반쯤 열린 뒤쪽 응접실, 즉 선생들의 거실을 지나치는데 누군가 달려왔다.

"틀림없어! 어디서든 알아볼 수 있어!" 달려온 사람이 내 앞길을 가로막더니, 손을 덥석 잡으면서 이렇게 외쳤다.

나는 그녀를 가만히 바라보았다. 가정주부 차림이었으나 어딘지 모르게 하녀 타가 나는 젊은 여성이었다. 머리도 눈도 검은, 안색이 맑은 미인이었다.

"자, 누구일까요? 나를 까맣게 잊은 것은 아니겠지, 제인?" 그녀가 이렇게 물었을 때, 그 목소리와 미소에서 느껴지는 것이 있었다.

다음 순간 나는 그녀를 끌어안고 미친 듯이 키스를 했다.

"베시! 베시! 베시!" 이것이 내가 할 수 있는 전부였다. 그러나 그녀는 웃고 또 울었다. 그리고 나서 우리는 응접실로 들어갔다. 바둑판무늬의 상의와 바지를 입은 세 살쯤 되어 보이는 아이가 난로 옆에 서 있었다.

"저 애가 내 아들이야." 베시가 말했다.

"그럼 결혼했단 말이지요, 베시?"

"그래, 마부인 로버트 리븐하고 결혼한 지 5년쯤 됐어. 저기 있는 보비 말고도 딸이 또 하나 있어. 제인이라고 이름 지어줬지."

"지금 게이츠헤드에 살고 있지 않아?"

"집사 관사에서 살고 있어. 그전에 있던 늙은 집사는 돌아가셨고."

"그런데 다들 어떻게 지내고 있어? 자세히 얘기 좀 해봐요, 베시. 우선 앉아요. 자, 보비! 내 무릎에 와서 앉을래?"

그러나 보비는 비실비실 옆걸음질 쳐 엄마한테로 갔다.

"별로 키가 크지 않았구나, 제인. 살도 찌지 않고. 학교에서 대우가 좋지 않았던 모양이지? 리드 아가씨는 너보다 머리 하나 정도는 더 크고, 조지아나의 가슴은 너의 두 배쯤 될 거야." 리븐 부인은 계속해서 말했다.

"조지아나는 예쁘지, 베시?"

"무척 예뻐. 지난겨울에는 마님과 함께 런던에 갔었는데 모두들 감탄했어. 그런데 젊은 귀족 청년이 조지아나한테 반했지만 그분의 가족들이 반대했대. 어떻게 생각해, 제인은? 그들 둘은 사랑의 도피를 했다가 붙잡혀 왔는데, 그들을 찾아낸 것은 엘리자 아가씨야. 아마 질투가 나서 그랬을 거야. 그래서 지금 두 자매는 개와 고양이 사이라니까. 밤낮 싸움만 하고."

"존 리드는 어때?"

"마님 소원대로 잘 되지는 않는가봐. 대학에 갔지만 낙제를 했대. 그래서 그 외삼촌들이 변호사가 되게 하려고 법률 공부를 시키고 있는데, 원래 방탕아라 실상 기대를 걸진 않는 것 같아."

"그 애 모습은 어때?"

"키가 크고 미남이라고들 말하는데, 입술이 두꺼워."

"참, 리드 부인은?"

"얼굴로 봐선 뚱뚱하고 건강해 보여도 마음은 편하지 않은 것 같아. 존 도련님 때문에 늘 골치를 앓고 있거든. 워낙 돈을 물 쓰듯이 하니까."

"리드 부인이 베시를 보냈어?"

"아니야. 정말 오래전부터 너를 만났으면 했는데, 못 왔어. 그러다가 네가 딴 곳으로 간다는 편지가 왔다는 얘기를 듣고 나서, 먼 곳으로 가기 전에 한번 만나보려고 찾아왔어."

"베시, 나를 보고 실망했지?" 나는 웃으면서 물었다. 베시의 시선에 호의는 있지만 감탄하는 듯한 기색은 보이지 않았던 것이다.

"아니야, 제인. 정말 귀부인처럼 우아해졌어. 그것이 내가 일찍부터 바랐던 거야. 어릴 때부터 예쁘지는 않았으니까."

베시의 솔직한 대답을 듣고 나는 웃었다. 나 역시 동감이긴 했지만, 그 의미에 대해 태연할 수는 없었다. 열여덟쯤 되면 누구나 예쁘게 보이기를 바라는 법인데, 스스로가 그렇지 않다는 것을 자각하게 되면 마음의 만족을 얻을 수가 없는 것이다.

"그러나 너는 똑똑하잖니. 너, 뭐 할 수 있니? 피아노 치니?" 나를 위안할 생각으로 베시가 말했다.

"조금."

마침 그곳에 피아노가 있었다. 베시는 피아노 있는 데로 가더니 뚜껑을 열고 나에게 한 곡 치라며 청했다. 내가 왈츠를 한두 곡 치자, 베시는 매혹된 듯 듣고 있었다.

"리드 가의 아가씨들은 이렇게 잘 치지 못해! 내가 늘 말했지, 공부에서는 아가씨들이 널 당하지 못한다고! 그림도 그릴 수 있니?" 그녀가 황홀한 듯이 말했다.

"벽난로 선반 위에 걸린 그림이 내가 그린 거야."

그것은 물감으로 그린 풍경화인데, 나를 위해 위원회 사람들에게 친절하게 중개 역할을 해준 교장에게 답례로 선사했더니 액자에 끼워 걸어놓은 것이었다.

"어쩌면 저렇게 훌륭하니! 제인 우리 집 아가씨들 그림과 비교할 순 없고, 아가씨들의 선생 그림만큼이나 멋진데. 그리고 프랑스어도 배웠니?"

"물론이야, 베시. 읽을 수도 있고, 대화도 할 수 있어."

"모슬린이나 캔버스에 수도 놓을 수 있고?"

"응, 할 수 있어."

"너는 이제 정말 귀부인이로구나, 제인! 그렇게 될 줄 알았어. 친척들이 돌봐주지 않아도 너는 훌륭히 살아나갈 수 있을 거야. 그런데 참, 네게 물어볼 말이 있어. 너의 아버지 쪽 친척인 에어 씨한테 무슨 소식이라도 있었니?"

"태어난 후로 단 한 번도 못 들었어."

"너도 알다시피 마님은 항상 너의 친척들은 가난하고 천한 사람들이라고 그랬지. 하지만 그들이 가난할진 몰라도 리드 가 못지않게 가문이 좋을 거라고 나는 생각해. 7년 전쯤 어느 날 에어 씨가 게이츠헤드를 찾아와서 너를 보고 싶다고 한 일이 있었어. 그때 네가 50마일이나 떨어진 학교에 가 있다니까 몹시 실망하는 것 같았어. 그는 지체할 수가 없다는 거야. 배를 타고 외국으로 떠나는데, 그 배가 하루 이틀 후 런던에서 떠나기로 되어 있었대. 내가 보기에 그분은 훌륭한 신사였는데, 아마 너의 아버지 형제가 되시는 것 같았어."

"외국 어디로 간다고 했지, 베시?"

"수천 마을 떨어진 섬인데, 와인을 만드는 곳이라고 하던가……. 주방장이 말해 주었었는데."

"마데이라(아프리카 서북 해안에 있는 포르투갈의 영토.)!" 나는 생각나는 대로 말해 봤다.

"맞아. 바로 그곳이었어."

"그래서 그는 바로 갔어?"

"그래. 집에 오랫동안 머무르지 않았어. 마님이 거만스럽게 대했거든. 그가 떠난 뒤에는 밀수업자라고 비웃었는데, 로버트는 와인을 파는 사람일 거라고 하더구나."

"그럴 것 같군. 아니면 와인 파는 곳의 사무원이거나 대리인이겠지."

베시와 나는 지나간 이야기로 한 시간 동안이나 이야기꽃을 피웠다. 그러나 그녀가 떠나야 할 시간이 되었다.

이튿날 아침 로튼에서 역마차를 기다리는 동안 다시 잠깐 만나본 우리는, 마침내 브로클허스트 문장이 새겨진 건물 앞에서 헤어졌다. 베시는 게이츠헤드로 데려다줄 마차를 기다리기 위해 로드 산 쪽을 향해 떠났고, 나는 새로운 일자리와 새로운 생활을 위해 미지의 밀코트 근교로 데려다줄 마차에 몸을 실었다.

2부

11장
손필드 저택

소설에서의 새로운 장은 연극에서의 새로운 막과도 같은 것이다. 이제 내가 막을 올리면 밀코트의 조지 여관과 그런 방에 으레 있기 마련인 큰 무늬의 벽지와 양탄자와 가구, 벽난로 선반에 있는 장식품과, 조지 3세와 웨일즈 황태자의 초상화, 전장의 울프 장군의 복사화 등을 볼 수 있을 것으로 상상해 주길 바란다. 이런 것들이 천장에서 내려온 줄에 매달린 등잔불과 빨갛게 타는 난롯불에 의해서 눈에 띄고, 나는 그 난로 옆에 외투를 입고 모자를 쓴 채로 앉아 있었다. 테이블 위에 토시와 우산을 놓고, 나는 10월의 차가운 날씨에 열여섯 시간 동안이나 바람을 쐬어 꽁꽁 언 손발을 녹이고 있었다. 새벽 네 시에 로튼을 출발했는데, 지금 밀코트 시의 시계가 여덟 시를 알렸다.

독자들은 내가 지금 기분 좋은 대접을 받고 있다고 생각할지 모르나, 마음은 초조하기 짝이 없다. 역마차가 이곳에 닿았을 때, 나는 누군가가 마중 나와 있을 것으로 기대하고 있었다. 마차에서 편하게 내릴 수 있도록 놓아준 나무로 된 충계에 내려서면서 나는 누군가가 내 이름을 부르지 않나, 그리고 나를 손필드까지 데려다줄 마차가 기다리고 있진 않을까 하고, 불안스러운 마음으로 주변을 살폈다. 그러나 그런 건 눈에 띄지 않았고, 여관 급사에게 에어 양을 찾는 사람이 없었느냐고 물었더니 모른다고 했다. 그래서 방으로 안내해 달라고 요청할 수밖에 없었으며, 여러 가지 의혹과 불안으로 심란해하면서 이렇게 기다리고 있는 것이다.

전혀 경험이 없는 젊은 여성으로서 모든 관계가 두절되고, 가야 할 항구에 과연 닿을 수 있을지도 확실치 않고, 그렇다고 해서 떠나온 곳으로 다시 가려 해도 여러 가지 사정으로 되돌아갈 수 없는 외톨이라는 것을 생각하니 기이한 느낌이 들었다. 모험의 매력이 감정을 따뜻하게 해도 이내 불안과 격한 고동이 밀려와 마음을 산란케 했다. 30분이 지나도록 혼자 있게 되자 나의 불안은 극도로 달해, 초인종을 누를 수밖에 없었다.

"이 근처에 손필드라는 곳이 있나요?" 나는 초인종 소리를 듣고 달려온 급사에게 물었다.

"손필드라고요? 모르겠는데요, 사무실에 가서 물어보지요."

그는 모습을 감추었다가 곧 다시 나타났다.

"혹시 에어 양이신가요?"

"네."

"기다리고 있는 사람이 있습니다."

나는 벌떡 일어나서 토시와 우산을 들고, 여관 입구 쪽으로 달려갔다. 열린 문 앞에 한 남자가 서 있고, 가로등이 켜진 거리에 말 한 필이 끄는 마차가 희미하게 보였다.

"이것이 당신 짐인가요?" 남자는 나를 보자, 입구에 있는 내 트렁크를 가리키면서 무뚝뚝하게 물었다.

"그렇습니다."

그는 짐을 들어올렸다. 나는 그가 승용마차 문을 닫기 전에 손필드까지 얼마나 되느냐고 물었다.

"6마일 정도 됩니다."

"시간은 얼마나 걸리나요?"

"한 시간 반쯤 걸립니다."

그가 문을 닫고 밖에 있는 자기 자리에 오르자 마차는 떠났다. 말이 천천히 걷고 있었으므로, 나는 한가하게 생각할 시간적인 여유를 가질 수 있었다. 이제 여행도 끝나간다고 만족스럽게 생각하며, 우아하진 않으나 편한 마차에 등을 기대고 안락한 기분으로 앉아 여러 생각에 잠겼다.

'하인이나 마차가 검소한 것으로 봐서 페어팩스 부인은 사치스러운 성격이 아닌 것 같다. 내겐 그런 것이 오히려 좋아. 화려한 사람들 틈에서 꼭 한 번 살아봤지만, 그들 가운데서는 나 자신이 비참해 보였었지. 부인은 어린아이와 단둘이 사는지도 모르겠다. 만약에 그렇다면, 그리고 부인의 마음씨가 어느 정도 유순하다면 나는 틀림없이 잘해 나갈 수 있을 거야. 최선을 다해도 반응이 없다면 슬픈 일이지만, 일단은 최선을 다해 보리라. 로드에서는 그렇게 결심했었고, 결심대로 했더니 사람들의 호감을 살 수 있었다. 그러나 리드 부인의 경우에는 최선을 다했어도 아무 소용이 없었지. 제발 페어팩스 부인이 제2의 리드 부인이 아니기를 하느님께 기도해야지. 만약에 그렇다면 같이 살 수는 없어. 최악의 사태가 오면 광고를 다시 내야지. 아, 얼마쯤이나 왔는지 모르겠네.'

나는 창문을 내리고 바깥을 내다봤다. 밀코트는 뒤에 멀리 떨어져 있었다. 불빛으로 봐서 로튼 거리보다 훨씬 번화한 곳처럼 보였다. 내가 보기에 마차는 지금 공유지 같은 곳을 지나고 있었는데, 주위에는 집들이 산재해 있어 로드와는 판이하게 달랐다. 인구는 많지만 주변 경치는 보잘것없고, 활기를 띠고 있으나 낭만적인 면을 찾아볼 수 없는 지방 같았다.

길이 험하고 밤안개가 자욱했다. 마부는 계속 말이 걸어가도록 내버려두었으므로, 한 시간 반의 예정 시간이 두 시간으로 연장되는 것 같았다. 드디어 마부가 앉은 채로 돌아다보면서 말했다.

"손필드가 가까워졌습니다."

나는 다시 밖을 내다보았다. 마침 교회 앞을 지나고 있었는데, 하늘을 배경으로 솟아있는 낮고 넓은 탑이 15분마다 때를 알리는 종을 치고 있었다. 산기슭에는 작은 촌락인지 마을이 보였고, 등불이 작은 은하수처럼 줄지어 있었다. 10분쯤 지나자 마부는 마차에서 내려 양쪽으로 정문을 열어젖혔다. 마차가 통과할 때 소리를 낸 문을 지나 천천히 마찻길을 따라 올라가자 커다란 건물이 앞에 나타났다. 커튼을 친 발코니에서 촛불 빛이 어른거릴 뿐, 딴 곳은 전부 어두웠다. 마차가 현관문 앞에 서자 하녀가 와서 문을 열었다. 나는 마차에서 내려 저택 안으로 들어갔다.

"이쪽으로 오세요."

나는 사방에 커다란 문이 달린 네모진 홀을 지나 하녀의 뒤를 따랐다. 그녀가 안내한 방은 난롯불과 촛불이 이중으로 비쳐서, 두 시간 동안이나 어둠만 응시하던 내겐 눈이 부셨다. 그러나 이내 잘 보이게 되자 아늑하고 기분 좋은 분위기가 눈앞에 전개되었다.

그리 넓지 않은 방, 이글이글 불이 타는 난로 옆의 둥근 테이블, 등받이 높은 고풍스런 안락의자엔 모자를 쓰고 검은 가운을 입은 단정한 중년부인이 하얀 모슬린 앞치마를 두르고 앉아 있었다. 내가 상상했던 페어팩스 부인 그대로였다. 다만 조금 엄격할 것 같으면서도 퍽 온화하게 보였다. 부인은 뜨개질을 하고 있었고 발밑에는 고양이가 얌전하게 앉아 있었다. 이상적인 가정 분위기로 무엇 하나 빠지는 것이 없었으므로, 새로 부임하는 가정교사로서 더 이상 안심할 수 있는 서막은 기대할 수 없으리라고 생각되었다. 거기에는 사람을 압도하는 위엄성도, 당황하게 하는 중압감도 없었다.

내가 들어가자 부인은 의자에서 일어나 정중히 맞아주었다.

"처음 뵙겠습니다, 선생님. 마차로 오시느라고 지루하셨죠? 존은 워낙 말을 천천히 몰아서……. 추울 텐데 난롯가로 와서 몸을 녹이세요."

"페어팩스 부인이시죠?" 내가 물었다.

"그래요. 이리로 앉으세요."

그녀는 나를 자기 의자에 앉히고 숄을 벗긴 후 모자 끈을 풀기 시작했다. 그런 수고를 하지 말라고 내 편에서 부탁했다.

"수고는 무슨 수고예요! 선생님 손은 얼었을 거예요. 리어, 따끈한 니거스(포도주에 설탕이나 레몬즙을 넣은 음료.)와 샌드위치를 만들어 와요. 여기 창고 열쇠가 있어."

그렇게 말하면서 부인은 주머니에서 주부용 열쇠꾸러미를 꺼내 하녀에게 주었다.

"자, 불 옆으로 좀 더 가까이 와요." 그녀는 계속해서 말했다.

"짐을 가지고 오셨겠지요, 선생님?"

"네, 가지고 왔어요."

"방으로 가져가라고 하지요." 그렇게 말하면서 부인은 서둘러 나갔다.

'마치 나를 손님처럼 대하는군. 이런 환대를 받으리라고는 생각도 못했는데. 오히려 쌀쌀하고 딱딱한 분위기를 기대했었지. 이건 말로만 듣던 가정교사 대우와는 다르잖아? 그러나 너무 성급하게 좋아할 수는 없어.' 나는 혼자 생각했다.

부인은 곧 돌아와 손수 뜨개질 도구와 한두 권의 책을 테이블에서 치워, 리어가 가져온 쟁반을 놓을 자리를 만들었다. 그리고는 먹을 것을 내게 집어 주었다. 나는 이런 대접을 받아본 적이 없었을 뿐 아니라, 더구나 상대가 고용주요 나이 든 사람이라 어리둥절할 수밖에 없었다. 그러나 부인은 자신이 신분에 맞지 않는 지나친 행동을 한다고 생각하고 있지 않은 눈치였으므로, 그녀의 친절을 고맙게 받아들이는 것이 좋으리라고 여겨졌다.

"오늘 밤에라도 페어팩스 양을 만날 수 있을까요?"

나는 부인이 권하는 것을 조금 먹고 나서 이렇게 물었다.

"뭐라고 그랬지요? 내가 귀가 좀 어두워서……." 내 입가에 귀를 가까이 대면서 부인이 되물었다.

나는 같은 질문을 좀 더 똑똑히 되풀이했다.

"페어팩스 양이라고요? 아아, 바렌스 양 말이군요! 선생님이 가르쳐야 할 아이는 바렌스입니다."

"그래요! 그렇다면 부인의 아이가 아닌가요?"

"그래요, 나에겐 가족이 없답니다."

바렌스 양이 부인과 어떤 관계인가를 물어보고 싶었지만 처음부터 너무 꼬치꼬치 캐묻는 것도 예의가 아니라고 생각되었다. 시간이 지나면 자연히 알게 될 터이므로.

"나로선 정말 반가워요." 부인은 내 앞에 자리를 잡고 앉아, 무릎 위에 고양이를 올려놓으면서 말했다.

"와주셔서 고마워요. 이제부터는 친구와 함께 지내게 되어 즐겁군요. 언제 든지 그럴 거예요. 왜냐하면 손필드는 유서 깊은 저택으로, 최근 몇 년 동안 관리가 소홀했지만 훌륭한 곳입니다. 그러나 겨울에는 아무리 좋은 집이라 도 혼자 있고 보면 쓸쓸해지기 마련이에요. 리어도 착한 아이며 존 부부도 점잖은 사람이지요. 그러나 아무래도 하인이니까 대등한 위치에서 마음을 터놓고 얘기할 순 없답니다. 이쪽의 권위를 지키기 위해선 적당한 거리를 둬야 하니까요. 아마도 작년 겨울이라고 생각하는데 — 기억하시겠지만 몹시 추웠어요. 눈이 아니면 비와 바람뿐이었으니까. — 11월에서 2월에 이르기까지 이 집을 찾아준 것은 정육점의 배달원과 우편배달부뿐이었는데, 매일 밤 혼자 있었더니 우울증에 걸려 버렸지요. 가끔 리어를 불러서 책을 읽게 했으나 그 애는 책 읽기를 그리 좋아하지 않았고, 또 금방 싫증을 내곤 했어요. 봄과 여름은 지내기가 좋은 편이지요. 햇볕이 따뜻하고 낮이 길어지면 모든 것이 달라지거든요. 그런데 지난가을 초에 아델 바렌스와 그 애의 유모가 왔어요. 어린아이란 당장에 집 안을 떠들썩하게 만들지요. 그리고 이제 또 당신이 오게 됐으니, 나는 정말 명랑해질 거예요."

얘기를 듣고 있는 동안 나는 마음씨 좋은 이 부인에 대해 호감을 갖게 되었다. 그래서 의자를 좀 더 가까이 당겨 앉아 부인의 기대에 어긋나지 않게끔 나와의 교제가 즐거운 것이 되도록 노력하겠다고 말했다.

"그러나 오늘 밤은 늦게까지 앉아 있지 말기로 합시다. 이제 곧 열두 시가 돼요. 하루 종일 여행을 해서 피곤할 거예요. 발이 다 녹았으면 침실로 안내하지요. 내 바로 옆방을 당신 침실로 정했어요. 작기는 해도 정면으로 향한 큰 방보다 마음에 들 거예요. 사실 큰 방은 가구 같은 것이 좋긴 하나, 침울하고 쓸쓸해서 나는 도저히 잘 수가 없거든요."

나는 부인의 깊은 배려에 감사하면서, 실제로 긴 여행으로 피곤하기 때문에 쉬고 싶다고 말했다. 나는 촛불을 든 그녀의 뒤를 따라 나갔다. 부인은 우선 현관문이 닫혔나 살펴본 다음 자물쇠에서 열쇠를 빼들고는 2층으로 올라갔다. 계단의 층계와 난간이 모두 참나무로 되어 있었으며, 계단 위의 창은 넓고 창살이 끼워져 있었다. 그 창문이며 침실 앞을 통하는 복도가 주택이라기보다 교회 같은 인상을 느끼게 했고 몹시 차가운 지하실 공기 같은 것이 계단과 복도에 가득 차 있었는데, 그것이 광대한 주택의 쓸쓸함을 더해 주는 듯했다. 마침내 내 방으로 안내된 나는 현대식 가구로 장식된 것을 보자 무척 기뻤다.

페어팩스 부인이 다정한 말로 밤 인사를 하고 나간 후에 나는 문을 닫고 천천히 방 안을 돌아보았다. 넓은 현관과 어둠 속에서 봤던 계단과 길고 썰렁한 복도에서 받았던 기분 나쁜 인상이, 아담하고 생기가 도는 이 방을 보자 어느 정도 사라졌다. 그러자 육체적 피로와 정신적으로 불안했던 하루 가 지나고 마침내 무사히 안식처에 닿았다는 생각이 들었다. 가슴이 감사의 충격으로 꽉 차서 난 침대 옆에 무릎을 꿇고 당연히 감사해야 할 곳에 감사의 기도를 드렸다. 그리고 일어나기 전에 앞으로의 행로에도 변함없는 구원의 손길과 내가 아직 아무런 선한 일도 하지 않았는데 이처럼 베풀어준 친절에 대해 보답할 수 있는 힘을 기원하는 것도 잊지 않았다. 그날 밤 내 잠자리는 아무 불편이 없었고, 어두운 방도 무섭지가 않았다. 피곤과 만족감으로 나는 곧 깊은 잠에 빠져들었다.

눈을 떴을 때는 이미 날이 밝아 있었다. 화려한 푸른 목면 커튼 사이로 햇살이 스며 들어와 로드의 맨 마루와 더러워진 회벽과는 다른, 벽지를 바른 벽과 양탄자가 깔린 방바닥을 비추자 이 방이 정말로 밝고 아담한 안식처로 생각되었으며, 내 마음은 세차게 뛰기 시작했다. 언제 어디서든 젊은이는 외관에서 커다란 영향을 받기 마련이다. 인생의 화려한 시기에, 나는 가시와 고난뿐만 아니라 꽃과 환희를 갖춘 시기를 전개하고 있다고 생각했다. 나의 모든 능력이 변화와 희망을 안겨주는 새로운 무대에 의해 잠에서 깨어나 움직이는 것만 같았다. 그것들이 무엇을 기대하고 있는지 꼭 집어서 말할 수는 없으나, 뭔가 즐거운 것임에는 틀림없었다. 그러나 그것은 오늘이나 내일, 다음 달의 것이 아니라 언제인지는 몰라도 미래의 것이리라.

난 일어나서 옷을 입었다. 비록 검소한 옷차림일 수밖에 없었지만 ― 검소하지 않은 옷이라곤 한 벌도 없었다. ― 본래 타고난 성미 때문에 깨끗하게 입으려고 했다. 외양에 개의치 않는다든가 다른 사람이 받을 인상을 생각하지 않는 것이 나의 생활습관은 아니었다. 오히려 항상 잘 보이고 싶었고, 외모는 아름답지 않지만 가능한 한 남의 사랑을 받고 싶었다. 때로는 남보다 아름답지 못한 것을 한탄도 하고, 어느 때는 장밋빛 뺨과 곧은 콧날과 작은 앵두 같은 입을 갖고도 싶었다. 또 키가 크고 당당하고 균형 잡힌 체형이었으면 하고도 바랐다. 그러면서 이처럼 작고 창백하고 이목구비가 뚜렷하지 못한 얼굴을 가진 나 자신을 불행하다고도 생각했다. 그런데 왜 이 같은 열망과 유감을 가졌을까? 거기에 대한 대답은 힘들 것이다. 그땐 나 자신에게도 대답할 수가 없었다.

그러나 이유는 있었다. 그것은 논리적이며 당연한 것이었다. 하지만 머리를 빗고 나서 검은 상의 ― 퀘이커교도 복장 같았는데, 몸에 꼭 맞는 것이 그런대로 마음에 들었다. ― 에 하얀 깃을 대고 나니 이만하면 스스럼없이 페어팩스 부인 앞에 나설 수 있을 것 같았고, 처음 만나는 학생이 봐도 싫다고 뒷걸음질은 치지 않으리라고 여겨졌다. 나는 문을 활짝 열고, 화장대가 깨끗이 정돈되었는가를 살피고 나서 용기를 내어 방 밖으로 나갔다.

깔개를 깐 긴 복도를 지나 매끈매끈한 참나무 계단을 내려간 나는 홀로 들어가서 잠깐 발길을 멈췄다. 그곳에서 벽에 걸린 몇몇 그림들 ― 지금도 생각나지만 하나는 무장을 한 험상스러운 남자의 얼굴이고, 또 하나는 장식 가루를 뿌린 머리에 진주목걸이를 건 부인의 그림이었다. ― 을 보고, 천장에서 드리워진 청동 등잔과 또한 기묘한 조각이 되어 있는데다 오래되어 까맣게 길이 든 상자에 들어 있는 큰 시계를 바라보았다. 모든 것이 당당하고 위압적이었는데, 당시의 나는 장엄한 것을 본 적이 없었기 때문일 것이다.

유리로 되어 있는 홀의 문이 반쯤 열린 채로 있었으므로 나는 그 문턱을 넘어섰다. 맑게 갠 가을 하늘에 막 솟은 아침 해가, 갈색으로 변한 숲과 아직은 푸른색을 띠고 있는 들판을 조용히 내려다보고 있었다. 잔디밭까지 나간 나는 눈을 들어 저택 정면을 올려다보았다. 3층 건물은 그 규모가 웅대하다고까지는 말할 수 없으나 꽤 컸고, 귀족의 영지라기보다는 신사의 저택으로 지붕을 둘러싼 흉벽이 그림 같았다. 땅까마귀 떼가 서식하는 숲을 배경으로 해서 잿빛의 저택 정면이 우뚝 솟아 있었는데, 이 숲의 주인들은 까옥거리며 날아서 잔디밭과 정원을 지나 넓은 목장에 내려앉았다.

목장은 울타리로 구분되어 있었으며, 거기에 서 있는 참나무같이 단단하고 마디 많고 굵은 가시나무들의 당당한 모습은 이 저택의 명칭인 손필드(가시나무 들판.)를 잘 설명해 주고 있었다. 멀리 잇대어져 있는 언덕은 로드의 언덕처럼 높지도 않고 바위투성이도 아니었으며, 활동적인 외부 세계를 격리시키는 장벽 같은 느낌도 주지 않았다. 그러나 조용하고 쓸쓸한 손필드를 아무도 모르게 감싸주고 있는 듯했다. 밀코트같이 활기를 띤 고장에서 이렇게 가까운 곳에 이처럼 격리된 곳이 있으리라고는 짐작도 못 했었다. 수목 사이로 지붕이 어른거리는 작은 촌락이 언덕 중턱에 산재해 있었다. 또한 이 구역의 교회가 손필드 가까이 서 있었는데, 집과 정원 문 사이에 있는 언덕 위로 고색창연한 탑 꼭대기가 보였다.

나는 그대로 평화로운 풍경과 신선한 공기를 즐기며 땅까마귀 소리에 매혹되어 있었다. 그리고 넓고 고풍스런 현관을 바라보며 페어팩스 같은 부인이 혼자 살기에는 지나치게 큰 저택이라고 생각하고 있을 때 부인이 현관에서 나타났다.

"어머나! 벌써 나왔어요? 일찍 일어나는 모양이죠?" 부인이 말했다.

내가 옆으로 다가서자 부인은 가벼운 키스와 악수로 맞아주었다.

"손필드가 마음에 드셨나요?" 부인이 묻자, 나는 매우 좋다고 대답했다.

"그래요, 아름다운 곳이지요. 그러나 로체스터 씨가 와서 살든가, 아니면 좀 더 자주 찾아주지 않으면 황폐하게 되지 않을까 걱정이에요. 큰 저택이나 훌륭한 정원에는 주인이 있어야 되거든요."

"로체스터 씨라니! 그가 누군데요?" 나는 소리를 지를 뻔했다.

"손필드의 주인이시죠. 주인이 로체스터 씨라는 것을 몰랐던가요?" 부인이 조용히 대답했다.

물론 나는 모르고 있었다. 들어본 적도 없는 이름이었다. 부인은 그의 존재는 세상 사람들이 다 아는 사실이고, 또 누구나 알고 있어야 한다고 생각하는 것 같았다.

"나는 이곳이 부인 댁인 줄로만 알고 있었는데요."

"내 집이라고요! 천만에요. 내 집이라니, 어떻게 그런 생각을 하세요? 나는 한낱 가정부며 관리인에 지나지 않습니다. 로체스터 가문과는 어머니 쪽으로 먼 친척이 되긴 하지만. 적어도 내 남편과는 혈연관계에 있었죠. 남편은 헤이 — 언덕 너머 있는 작은 마을입니다만. — 구역 담당목사였고, 정원 입구 근처에 있는 교회는 남편 것이었지요. 당시 로체스터 씨의 어머니는 페어팩스 가문 출신으로 남편과는 육촌 간이었고요. 그러나 나는 이런 혈연관계를 내세울 필요를 느끼긴 않습니다. 실질적으로 그런 것은 아무 상관도 없는 거죠. 나는 보통 가정부와 똑같이 생각하고 있어요. 주인은 내게 항상 친절하시고, 나로선 그 이상 바랄 것이 없어요."

"그러면 아가씨는……. 내가 가르칠 학생은요?"

"그 애는 로체스터 씨가 후견인으로 맡은 아이입니다. 나는 주인한테서 가정교사를 구하라는 명령을 받았던 거죠. 그 아이를 이곳에서 기를 생각인가 봅니다. 아, 마침 저기 오는군요. 그 애는 유모를 보나라고 부른답니다."

이 얘기를 듣자 수수께끼가 풀렸다. 자그마한 체구의 붙임성 있고 친절한 부인은 귀부인이 아니라 나와 마찬가지로 고용인이었던 것이다. 그렇다고 그녀가 달리 생각되는 것이 아니라 오히려 더 좋아졌다. 그녀와 나의 지위가 대등한 것은 사실이며, 그녀의 겸손에 의한 것은 아니었다. 그러므로 나의 입장이 그만큼 자유스럽게 된 것이 좋았다.

지금 들은 일에 대해 이것저것 생각하고 있을 때, 어린 소녀가 시중드는 사람을 데리고 잔디밭 위를 달려오고 있었다. 나는 내 학생을 바라봤으나,

그 아이는 나를 못 본 것 같았다. 아직 일곱이나 여덟 살밖에 되어 보이지 않는 어린 소녀는 연약한 모습에 창백한 작은 얼굴이었고, 숱 많은 곱슬머리가 허리까지 드리워져 있었다.

"잘 잤어, 아델?" 페어팩스 부인이 말했다.

"여기 와서 이분하고 인사해. 앞으로 너를 가르쳐서 훌륭한 사람으로 만들어주실 거야."

"이분이 내 선생님이야?" 가까이 온 소녀가 나를 가리키면서 유모에게 물었다.

"그래요." 유모가 대답했다.

"외국인인가요?" 그들의 프랑스어를 듣고, 내가 놀라서 물었다.

"유모는 외국 사람이고, 아델도 대륙에서 태어났어요. 6개월 전까지만 해도 그곳을 떠나본 적이 없었던가 봐요. 처음 왔을 때는 영어라곤 한마디도 몰랐는데, 이젠 쉬운 말로 의사소통을 할 정도지요. 그러나 프랑스어를 너무 많이 섞어서 나는 제대로 알아들을 수가 없어요. 하지만 당신은 잘 알아들을 수 있을 거예요."

나는 다행히 프랑스 선생님한테서 프랑스어를 배운 이점이 있는데다가 기회만 있으면 피에르 선생과 대화를 했고, 더구나 7년 동안은 매일같이 프랑스어를 암송해서 — 악센트에 유의해서 선생의 발음을 닮으려고 노력했기 때문에 — 어느 정도 유창하게 그리고 정확하게 말했으므로, 아델과 얘기해도 그리 힘들지는 않으리라고 생각했다. 내가 가정교사라는 말을 듣자 아델은 다가와서 악수를 했다. 아침 식사를 하러 데리고 가는 동안 나는 프랑스어로 몇 마디 말을 걸어봤다. 처음에는 간단히 대답하더니, 우리가 식탁에 자리를 잡고 앉았을 때 한 10분 동안 큰 담갈색 눈으로 나를 찬찬히 살펴본 후 갑자기 유창하게 말을 하기 시작했다.

"어머나!" 그녀는 프랑스어로 감탄했다.

"선생님은 로체스터 씨만큼이나 프랑스어를 잘하시네요. 선생님한테는 로체스터 씨에게 얘기하듯이 말할 수 있겠어요. 소피에게도 그렇고. 소피가 좋아할 거예요. 이 집에서는 아무도 소피의 말을 못 알아듣거든요. 페어팩스 부인은 영어만 해요. 소피는 내 유모인데, 나와 함께 바다를 건너왔지요. 연기가 나오는 굴뚝이 달린 큰 배를 타고 ― 연기가 어쩌면 그렇게 나오는지! ― 그땐 뱃멀미를 해서 기분이 나빴어요. 소피도 그랬고, 로체스터 씨도 그랬어요. 로체스터 씨는 살롱이라고 하는 깨끗한 방의 소파에 누워 있었고, 소피와 나는 다른 방의 작은 침대에 누워 있었는데, 하마터면 떨어질 뻔했어요. 선반 같은 침대였으니까요. 그런데 선생님, 이름이 뭐예요?”

“에어, 제인 에어.”

“에이르? 아냐! 발음이 안 되는데. 그런데 우리 배가 아침에 도착했어요. 아직 날이 완전히 밝지 않았는데, 큰 거리였어요. 굉장히 큰 거리에 까만 집들이 온통 연기에 싸여 있었어요. 내가 살던 깨끗한 거리와는 딴판이었지요. 로체스터 씨가 나를 안고 땅으로 내려왔고, 소피가 우리 뒤를 따랐어요. 그러고 나서 여기보다 더 큰, 호텔이라고 하는 아름답고 큰 집으로 갔어요. 거기에서 한 주일 지냈는데, 그동안 나와 소피는 나무가 많고 넓고 푸른 공원을 매일 산책했어요. 거기는 나 말고도 아이들이 많았고, 예쁜 새들이 날아와서 노는 연못에서 나는 새들에게 빵부스러기를 줬어요.”

“이 아이가 이렇게 빨리 말해서 알아들을 수가 있겠어요?” 페어팩스 부인이 물었다.

나는 피에르 선생의 유창한 회화에 익숙해 있었기 때문에 아이가 말하는 것을 완벽하게 이해할 수 있었다.

“나는 이 애의…… 양친에 관한 것을 한두 가지 알아보고 싶은데, 기억할는지 모르겠어요.” 하고 페어팩스 부인이 말을 계속했다.

“아델, 네가 아까 말한 그 깨끗한 거리에 있을 때는, 누구하고 살았니?” 내가 물었다.

“오래전에 엄마하고 같이 살았어요. 그런데 엄마는 성모님한테로 갔거든요. 엄마는 춤과 노래를 가르쳐줬고 시도 읽어주었어요. 신사 숙녀들이 엄마를 많이 찾아왔기 때문에 나는 그분들 앞에서 춤도 추고 무릎 위에 앉아서 노래도 불렀어요. 나는 그것이 좋았어요. 지금 불러볼까요?"

아침 식사도 끝났으므로, 나는 그 애에게 자기의 재능을 보여줄 기회를 주었다. 의자에서 내려와 내 무릎 위에 앉은 아델은 작은 손을 모으고 곱슬머리를 뒤로 젖히고는 천장을 바라보면서 어떤 오페라의 가곡 하나를 부르기 시작했다. 그것은 연인에게 버림받은 여자의 노래였는데, 남자의 배반을 한탄하다가 자신의 자존심을 되찾아 시중드는 여인에게 부탁해서 가장 찬란한 보석과 가장 값진 옷으로 치장하고, 그날 밤 변심한 남자를 만난 무도회에서 아주 명랑한 태도를 보임으로써 그 남자의 배신에 대해 조금도 충격을 받지 않았다는 것을 보이려는 내용이었다.

어린아이가 부르기에 적절한 주제라고 생각되지는 않았으나, 사랑과 질투의 곡을 어린아이의 입술을 통해서 들려주려는 데 목적이 있었던 것 같았다. 하지만 그 목적은 악의적인 것이었다고 나는 생각했다.

아델은 그 곡을 상당히 좋은 음성으로 어린애다운 순진성을 가지고 불렀다. 노래를 끝내자 내 무릎에서 일어서며 아델이 말했다.

"선생님, 이제 시를 암송해 보겠어요."

아이는 자세를 취하고 나서 라퐁텐의 우화 〈쥐들의 동맹〉을 암송하기 시작했다. 그 나이의 아이로서는 신기할 정도로 철자법과 강조어에 주의를 기울였다. 유연한 목소리로 적절한 몸짓을 곁들여 가며 짧은 얘기를 암송하는 것으로 보아 세심한 훈련을 받았다는 것을 알 수 있었다.

"그것들을 모두 엄마한테 배웠니?" 내가 물어보았다.

"네. 엄마는 이런 식으로 말했어요. '그렇다면, 당신은 어떻게 하라는 겁니까? 쥐 한 마리가 그에게 물었습니다. 말해 봐요.'라고. 엄마는 내 손을 들게 했어요, 질문할 때 목소리를 높이는 것을 잊지 않게 하기 위해서요. 이제는 춤을 춰볼까요?"

"아니야, 그거면 됐어. 네 말대로 엄마가 성모님에게로 간 다음에는 누구하고 같이 살았지?"

"프레데릭 부인과 그 남편하고 같이 살았어요. 그 부인이 나를 돌봐주었는데 친척은 아니에요. 부인은 가난한 것 같았어요. 엄마처럼 좋은 집을 갖고 있지 않았거든요. 거기 오래 있진 않았어요. 로체스터 씨가 영국에 와서 같이 살지 않겠느냐고 하기에 그렇게 하겠다고 했지요. 왜냐하면 로체스터 씨는 프레데릭 부인을 알기 전부터 알고 있었어요. 그리고 나한테 항상 친절하게 대해 주었고, 예쁜 옷과 장난감도 사주었거든요. 그런데 보시다시피 그는 약속을 지키지 않았어요. 나를 영국에 데려오고 나서는 혼자 돌아갔어요. 그래서 만나볼 수가 없어요."

아침 식사가 다 끝난 뒤였으므로 아델과 나는 서재로 갔다. 로체스터 씨가 공부방으로 사용하도록 지시해 놓은 듯했다. 대부분의 책은 유리문 안에 넣고 잠가놓았으나 서가 하나는 열린 채로였다. 거기에는 초보 학습에 필요한 여러 가지 책들과 가벼운 읽을거리, 시, 전기, 여행기 등의 책이 몇 권 있었고, 전기소설도 보였다. 로체스터 씨는 가정교사가 읽기에는 이것이면 충분하다고 생각했던 것 같다. 그리고 사실 당장은 이것이면 충분할 거라고 생각되었다. 로드에서 가끔 얻어 볼 수 있는 빈약한 읽을거리에 비한다면, 오락과 지식의 풍부한 수확을 제공해 줄 것 같았다. 그곳엔 피아노도 있었는데 완전히 신품인데다가 음색이 좋았다. 또 화구와 두 개의 지구의도 있었다.

아델을 대해 보니 공부는 좋아하는 것 같지 않았으나 가르치기는 쉬울 듯했다. 아직 규칙적인 일에 몰두해 본 적이 없었던 것 같았다. 그래서 처음부터 구속하는 것은 현명하지 못하다고 여겨져 여러 가지 얘기를 해주고 나서 조금 가르친 다음 정오가 다 되었을 때 유모에게 돌려보냈다. 나는 점심시간까지 그녀의 학습에 필요한 스케치를 몇 장 그릴 생각이었다.

종이끼우개와 연필을 가지러 2층으로 올라가는데 페어팩스 부인이 아침 공부는 끝난 거냐고 물었다. 그녀는 접는 문이 열려져 있는 방에 있었다. 나는 널찍하고 당당한 분위기의 그 방으로 들어갔다. 진홍색 의자와 커튼 뒤로 짙은 색칠을 한 커다란 유리창이 있고, 터키 양탄자가 깔려 있는 위로 높은 천장이 있었는데 거기에 멋진 조각이 새겨져 있었다.

페어팩스 부인은 찬장 위에 놓인 근사한 돌 화병의 먼지를 털고 있는 중이었다.

"어쩌면 이렇게 훌륭할까요!" 실내를 둘러보며 나는 감탄했다. 지금까지 이 방만큼 큰 방을 보지 못했었기 때문이다.

"그래요. 여기는 식당이지요. 바람과 햇빛을 들이려고 지금 막 창을 열었어요. 사용하지 않는 방은 습기가 차기 쉬우니까요. 저기 있는 응접실은 마치 지하실같이 느껴져요."

그녀는 폭이 창과 맞먹는 넓은 아치를 가리켰다. 옆으로 걷혀 있으나, 거기에는 창과 같은 진홍색 커튼이 걸려 있었다. 넓은 계단을 두 단 올라가 안을 들여다보니, 흡사 천국의 풍경을 보는 것 같았다. 처음 대하는 눈에 그 광경은 너무나 눈부셨다. 그러나 그곳은 단지 아름다운 응접실에 지나지 않았다. 그 안쪽에 부인용 침실이 있었는데 하얀 양탄자가 깔려서인지 눈부신 화환을 펼쳐놓은 것 같았다. 천장에는 하얀 포도송이와 포도넝쿨이 눈부시게 조각되어 있었으며, 그 밑에 놓여 있는 진홍빛 소파와 조화를 잘 이루었다. 또한 연푸른 빛깔을 띤 파로스산(產) 대리석 선반 위에 놓인 장식품은 홍옥처럼 빨갛게 빛나는 보헤미아 유리로 되어 있었고, 창과 창 사이에 걸려 있는 대형 거울에는 눈부신 흰색과 붉은빛이 어우러진 실내 풍경이 고스란히 담겨 있었다.

"페어팩스 부인, 어쩌면 이렇게 잘 정돈되어 있을까요! 먼지도 한 점 없고, 덮개로 덮어놓지도 않았군요. 실내 공기만 좀 차가울 뿐, 매일 사용하고 있는 방 같아요." 하고 내가 말했다.

"로체스터 씨가 오는 것이 드문 일이긴 해도, 언제나 예고 없이 불쑥 나타나곤 하거든요. 돌아왔을 때 방이 밀폐되어 있다든지 방을 치우느라 법석을 떨면 화를 내니까 늘 이렇게 치워놓지요."

"로체스터 씨는 까다롭고 괴팍한 분인가요?"

"특별히 그렇다고는 할 수 없지만, 신사다운 취미와 습성이 몸에 배어 있어 모든 것이 그에 적합하도록 정돈되어 있길 바라긴 해요."

"부인은 그를 좋아합니까? 그리고 다른 사람들도요?"

"물론이지요. 그 가문은 이 지방에서 계속 존경받아 왔어요. 우리의 눈이 닿는 이 지방의 모든 땅이, 오랜 옛날부터 로체스터 집안 소유예요."

"그래요! 토지나 재산을 제외하고라도 부인은 그분을 좋아하나요? 그 자신의 인격만으로도 존경을 받고 있느냐고요?"

"좋아하지 않을 까닭이 없지요. 소작인들한테도 관대한 지주로 알려져 있고요. 그러나 소작인들과 어울려서 같이 살은 적은 없었어요."

"괴상한 버릇이라도 있나요? 말하자면 성격적인 면이라든지……."

"천만에요! 성격 면에선 흠잡을 데가 없어요. 다만 보통 사람과 약간 다르다 뿐이에요. 여행도 많이 하고 세상 구경도 많이 했지요. 한마디로 현명한 분이라고 생각해요. 그러나 같이 얘기해 본 일은 그리 많지 않아요."

"어떤 면에서 다른 사람과 다르지요?"

"그건 모르겠는데요. ― 설명하기가 쉽지 않아요. ― 두드러지게 눈에 띄는 것은 없지만, 얘기를 해보면 금방 느낄 수 있어요. 그것이 농담인지 진담인지, 즐거워하는 것인지 그와 반대인지, 그것을 구별할 수가 없거든요. 즉 온전하게 이해할 수 없다는 거죠. 적어도 나로서는 그래요. 그러나 그건 그렇게 중요한 문제가 아니고, 좋은 주인이라는 것은 틀림없어요."

이것이 페어팩스 부인한테서 얻어들을 수 있는, 나의 주인에 관한 설명의 전부였다. 남의 성격을 단정적으로 설명한다든가 인물이나 사물의 특징을 관찰하여 묘사하는 것을 꺼리는 사람들이 있는데, 이 선량한 부인이야말로 그런 부류에 속하는 유형이었다. 내 질문이 그녀를 당황스럽게 했는지는 모르지만, 그렇다고 해서 모든 걸 털어놓도록 유도한 것은 아니었다. 그녀의 눈으로 봤을 때 로체스터 씨는 신사요 지주였을 뿐, 그 이상의 것은 아니었다. 그녀로서는 그 이상은 규명하려 들지 않았기 때문에, 그가 어떤 사람인지를 좀 더 자세히 알아보려는 나의 의욕을 오히려 의아하게 생각했다.

식당을 나오면서 페어팩스 부인은 이 집의 다른 곳들을 안내해 주겠다고 했다. 그리하여 그녀의 뒤를 따라 계단을 오르내리며, 나는 감탄사를 연발했다. 모든 것이 정성껏 정돈되고 훌륭했기 때문이다. 특히 정면으로 향한 큰 방들이 무척 화려하다고 생각되었다. 3층에 있는 몇 개의 방들은, 비록 어둡고 천장이 낮기는 했으나 고풍스런 멋을 지니고 있었다. 틀림없이 전에 아래층 방에 비치되었던 것으로 보이는 가구들이, 유행이 변함에 따라 위로 옮겨져 온 듯했다. 좁은 창문으로 들어오는 희미한 빛을 통해 수백 년이나 된 침대를 볼 수 있었고, 참나무나 호두나무로 만들어진 옷장에는 종려나무 가지와 아기 천사의 머리가 신기하게 조각되어 있어서 마치 헤브루의 성궤(십계명을 새긴 석판을 넣어 둔 상자.)와도 같았다. 등받이가 높고 폭이 좁은 옛날 의자가 여러 줄 있었고 또 그보다 더 오래된 의자들도 있었는데, 그 위에는 이미 2대 전에 세상을 떠난 사람들에 의해 수놓아진 무늬가 아직 뚜렷이 남아 있었다.

그 모든 유물들이 손필드 저택의 3층을 과거의 거처, 즉 추억의 전당으로 만든 듯했다. 나는 한낮에 이런 구석진 곳의 조용함과 진기함을 보는 것이 즐거웠다. 그러나 넓고 육중한 침대에서 자고 싶은 생각은 전혀 없었다. 어떤 침대는 참나무 문으로 닫혀 있었고, 또 어떤 것에는 기묘한 꽃과 새와 사람이 수놓아져 있었는데, 모두 공들여 만든 영국제 휘장으로 가려져 있었다. 실제로 달빛이라도 비친다면 모든 것이 기이하게 느껴질 것 같았다.

"하인들이 이 방에서 자나요?"

"아니에요. 뒤쪽에 있는 여러 개의 조그만 방에서 자지요. 이 방에선 아무도 자지 않아요. 만약 이 집에 유령이 나타난다면 바로 이 방이라고 말할 수 있겠지요."

"나도 그렇게 생각했었는데, 그렇다면 유령이 안 나타난다는 말이지요?"

"그런 얘긴 아직 못 들었습니다." 페어팩스 부인이 웃으면서 말했다.

"유령에 관한 얘기나, 전설이라든가 괴담 같은 것도요?"

"없다고 생각합니다. 그런데 로체스터 가문이 대대로 온순하기보다는 과격하다는 말은 들은 적이 있어요. 그렇기 때문에 지금은 조용히 무덤 속에 있는지도 모르겠군요."

"그래요. '인생의 발작적인 열병을 앓고 나면, 조용히 잠든다.'(셰익스피어

〈맥베스〉 중 한 구절.)라는 구절이 떠오르네요. 이젠 어디로 가는 거예요? 페어팩스 부인."

"함석으로 이은 지붕 쪽으로요. 거기서 풍경을 바라보지 않겠어요?"

나는 다시 부인의 뒤를 따라 좁은 계단을 통해 다락방으로 올라갔다. 거기서 사다리를 타고 위로 치켜 올리는 문을 열고 지붕 위로 올라가니 땅까마귀들과 같은 위치에서 그들의 집을 볼 수 있었다. 흉벽에 기대어 멀리 밑을 내려다보니 주변의 지면이 마치 지도처럼 보였다. 벨벳이 깔린 것처럼 부드럽게 보이는 잔디밭이 저택의 회색 토대를 에워싸고 있었고, 공원같이 넓은 들판에는 고목들이 여기저기 서 있었다. 갈색을 띤 숲 사이를 통하는 샛길에는 이끼가 끼어서 잎이 달린 나무보다도 푸르게 보였다. 문 옆에 있는 교회와 길, 조용한 언덕이 가을 햇볕을 받으며 조용히 쉬고 있었다. 엄숙하도록 푸른 하늘과 맞닿은 지평선에는 진주 빛 뭉게구름이 띠를 이루고 있어, 특별히 색다르지는 않지만 평화롭게 보였다.

페어팩스 부인이 치켜 올렸던 문을 내리고서 잠그느라 조금 지체하는 동안 나는 손으로 더듬어서 입구를 찾은 다음 좁은 다락방 계단을 내려가기 시작했다. 밝은 곳에 있다가 들어오니 앞이 분간되지 않았기 때문이다. 계단을 다 내려온 나는 3층의 남쪽 방과 북쪽 방을 구분하는 긴 복도에서 머뭇거렸다. 그 복도는 좁고 천장도 낮아 무척 어두웠다. 맨 끝에 조그만 창이 하나 있을 뿐이었다. 복도의 양쪽에 검은색의 작은 문이 두 줄로 늘어서 있어, 마치 푸른 수염(푸른 수염의 사나이가 아내를 얻는 대로 차례로 죽였다는 전설적인 이야기.)의 성곽 통로처럼 생각되었다. 그곳을 조용히 걸어가는데, 나는 이런 적막한 곳에서 들으리라고는 생각조차 못 했던 소리, 즉 웃음소리를 들었다. 그것은 뚜렷하면서도 소리뿐인 기괴한 음색으로, 감정이 담기지 않은 건조한 웃음이었다. 나는 걸음을 멈췄다. 웃음소리는 잠깐 그쳤다가 다시 좀 더 크게 들려왔다. 뚜렷했지만 낮은 소리였다. 한 방에서 울려나와 모든 빈 방으로 메아리치며 사라지는 큰 웃음소리였다. 어느 방에서 울려나오는지도 지적할 수 있을 것 같았다.

"페어팩스 부인! 저 웃음소리 들었어요? 누구예요?" 나는 그때 복도로 내려오고 있는 그녀를 보고 외치듯이 물었다.

"아마, 하인들 중의 누구겠지요. 그레이스 풀일 것입니다." 그녀는 대수롭잖다는 듯이 대답했다.

"부인도 들었어요?" 내가 다시 물었다.

"그래요, 똑똑히. 난 가끔 듣는 걸요. 이 방들 중 한 곳에서 바느질을 하고 있을 거예요. 가끔 리어와 어울려서 저렇게 웃곤 하지요."

웃음소리는 낮았으나 가락이 분명하게 반복됐는데, 이상하게도 중얼거리는 소리와 함께 딱 그쳤다.

"그레이스!" 페어팩스 부인이 외쳤다.

나는 그레이스이든 누구든 간에 대답하리라고는 기대하지 않았다. 그것은 지금까지 들어온 어떤 웃음소리보다도 비극적이고 비현실적인 것이기 때문이었다. 지금은 한낮이어서 기괴한 웃음을 동반하는 유령이 나올 것 같은 분위기가 아니고 또한 공포심을 불러일으킬 장소와 시간도 아니었기에 망정이지, 그렇지 않았더라면 나는 미신적인 공포에 사로잡힐 뻔했다. 그러나 다음에 생긴 일은, 놀랐다는 사실 자체만으로 내가 바보였다는 것을 깨닫게 해주었다.

내 앞에서 제일 가까운 문이 열리고 하녀 한 사람이 나왔다. 30에서 40세 사이의 여자로 보였는데, 당당한 체구에 머리칼은 빨갛고 사나운 인상이었다. 이렇게 비낭만적이고 유령 같지 않은 유령은 생각조차 할 수 없을 것이다.

"너무 시끄러워, 그레이스. 항상 이르는 말을 잊지 마!" 페어팩스 부인이 말했다.

그레이스는 조용히 인사를 하고 안으로 들어갔다.

"저 여자는 바느질을 시키고, 리어의 주방 일을 돕게 하려고 고용했어요. 결점이 없는 것은 아니지만, 그런대로 일을 잘해요. 그런데 새로운 학생은 오늘 아침 어땠어요?" 페어팩스 부인이 계속해서 말했다.

대화의 방향이 자연스럽게 아델로 돌려지자, 우리는 아래층의 밝고 기분 좋은 곳에 이를 때까지 이야기를 계속 주고받았다.

아델이 홀에서 우리를 맞으러 뛰어나오며 외쳤다.

"식사 준비가 다 됐어요!" 그리고 재빨리 덧붙였다.

"배가 고파서 죽겠어요!"

페어팩스 부인의 방에는 식사 준비가 완료되어 우리를 기다리고 있었다.

12장
로체스터 씨를 만나다

손필드 저택에서의 평온한 출발은 앞으로의 생활이 순조로울 거라고 약속된 것처럼 느껴졌고, 이 고장과 이 집 사람들과 오래 사귀는 동안에도 그 약속이 배반되지는 않았다. 페어팩스 부인은 겉보기와 조금도 다름없이, 상당한 교육을 받고 지성을 지닌 데다 천성이 조용하고 친절한 여성임을 알게 되었다. 내가 맡은 학생은 쾌활했지만 버릇없이 제멋대로 자랐기 때문인지 때때로 선을 넘는 일이 있었다. 그러나 학생을 돌보는 일은 전적으로 내게 맡겨졌으므로 그 애를 올바르게 지도해 보려는 나의 계획을 분별없이 간섭하는 사람은 아무도 없었다. 그리하여 얼마 지나지 않아 제멋대로인 아이의 버릇도 없어지고 내 말을 잘 따라서 가르칠 만하게 되었다. 보통 아이들보다 풍부한 재능이나 특출한 성격, 발달된 감정과 취미를 갖지 않았지만, 그렇다고 표준 이하인 결점이나 나쁜 버릇이 있는 것도 아니었다. 그 애는 적절하게 향상되었으며, 그리 깊은 것은 아니었으나 순수한 애정으로 나를 대했다. 아이의 순진성과 즐거운 얘기와 다른 사람의 마음을 헤아리려는 노력이 나로 하여금 충분한 애정을 불러일으키게 했다.

어린애들의 천사 같은 성질과 교육에 종사하는 사람의 의무에 관해 엄격한 주장을 하고, 피교육자에 대해서는 우상숭배적인 헌신을 해야 한다고 주장하는 사람들은 이것을 냉담한 말이라고 생각할 것이다. 그러나 나는 부모의 비위를 맞춘다든지, 위선을 말한다든지, 협잡꾼을 지지하기 위해서 글을 쓰는 것이 아니라, 오직 진실을 말하고 있을 따름이다. 나는 아델의 행복과 향상에 대해 양심적인 걱정을 했고, 또 페어팩스 부인의 친절에 감사했다. 그리하여 그녀가 나에게 보여준 떠들썩하지 않은 호의와, 그녀의 온화한 마음과 성격에 어울리는 즐거움을 그녀와의 교제에서 느낄 수 있었다.

또한 내가 다음과 같은 얘기를 했다고 해서 나를 비난하고 싶은 사람이 있다면 비난해도 좋다. 때때로 혼자 정원을 거닐다가 정문 있는 데까지 가서 길을 바라봤을 때, 또는 아델이 유모와 놀고 페어팩스 부인이 식품 저장실에서 젤리를 만들고 있는 동안 세 개의 계단을 올라가 다락방의 치켜 올리는 문을 열고 함석을 이은 지붕으로 나가서 멀리 산재해 있는 들과 언덕과 희미한 지평선을 바라봤을 때 — 그럴 때라면 시야의 한계를 넘어선 시력, 즉 얘기로는 들었으나 아직 본 적이 없는, 생명력 넘치는 분주한 세계의 거리와 기타 지역에까지 미치는 시력을 갖고 싶은 생각이 간절했다.

그리고 그런 때는 실생활의 경험을 지금보다 풍부하게 갖고 싶었다. 이곳에서 접촉하는 사람 외에 나와 같은 처지에 있는 사람들과 교제하고, 여러 가지 성격의 인물들과 가깝게 지내고 싶었다. 나는 페어팩스 부인의 좋은 점과 아델의 장점을 높이 평가했지만, 그들 말고도 좀 더 발랄한 아름다움을 지닌 사람들이 반드시 있을 거라 생각되었다. 그리고 그런 사람들을 실제 내 눈으로 보고 싶었다.

누가 나를 비난할 것인가? 그렇다, 틀림없이 많은 사람들이 그럴 것이다. 만족할 줄 모르는 사람이라고. 그러나 나로서는 할 수 없는 일이다. 나는 타고난 천성으로 인해 한군데에 꼼짝 않고 있질 못했다. 그 기질이 가끔 나를 괴로울 정도로 자극했다. 이럴 때 스스로의 구제 방법은, 3층 복도를 왔다 갔다 하면서 그곳의 조용하고 적막한 분위기에 휩싸여 눈앞에 떠오르는 화려한 환상을 뚫어지게 응시하는 것이었다. 환상은 수없이 많았고, 또 눈부신 것이었다. 그리고 다른 한 방법은 환희로 빛나는 물결 위에 내 마음을 싣는 것인데, 이것은 간혹 곤란한 처지로 몰아가기도 하지만 내 삶에 생기를 불러일으키곤 했다. 그러나 무엇보다도 좋은 방법은 끝없는 얘기에 마음의 귀를 기울이는 거였다. 그 얘기라는 건 내 상상력이 생각해 낸 것인데, 현실에서는 아무리 바라도 얻을 수 없는 것들이어서 여러 가지 사건이나 생활, 정열, 감정을 생기를 갖고 계속적으로 얘기하는 것이다. 인간은 평온한 것으로 만족해야 한다고 아무리 말해도 소용없는 일이다. 인간은 활동해야 하며, 활동의 기회가 없을 때는 스스로 찾아야만 한다. 수백만의 인간은 나보다 더 조용한 운명에 처해 있을 것이며, 또 다른 수백만의 인간은 자기들의 운명에 대해 침묵의 반항을 하고 있을 것이다. 정치적인 반항 외에도 얼마나 많은 반항이, 이 세상에 가득 차 있는 수많은 인간생활에 넘치고 있는지 아무도 모르리라.

일반적으로 여성은 조용한 것으로 알려져 있지만, 그러나 여성도 남성과 마찬가지로 감정을 갖고 있는 것이다. 또한 여타 형제들과 마찬가지로 능력을 발휘하고 노력을 경주할 영역을 가질 필요가 있는 것이다. 남자와 똑같이 엄한 속박과 압도적인 침체에 고민한다. 여자는 푸딩을 만들고, 양말을 짜거나 피아노를 치고, 장갑에 수나 놓고 있으면 된다고 생각하는 것은 보다 많은 특권이 부여된 남성들의 좁은 소견에서 기인된 것이다. 여성에게 부여된 이상의 것을 하려고 한다든가 배우려 하는 것을 관습에 따라 비난하거나 조소하는 것은, 생각 없는 경박한 짓이다.

이렇게 혼자 있을 때 그레이스 풀의 웃음소리를 듣는 일이 가끔 있었다. 처음 들었을 때 소름이 끼쳤던 것과 같은, 낮고 천천히 울려오는 소리였다. 때로는 웃음소리보다도 더 기괴하게 중얼거리는 소리가 들렸다. 아무 소리도 내지 않는 날도 있었으나, 뭐라도 표현할 수 없는 소리를 내는 날도 있었다. 때로는 그녀의 모습을 직접 볼 때도 있었는데, 세숫대야라든가 쟁반이라든가 접시 같은 것을 들고 방에서 나와 주방으로 갔다가 곧 돌아오는 그녀의 손엔 대개의 경우 — 낭만적인 독자여! 지나치게 진실을 말하는 것을 용서하기 바랍니다. — 흑맥주병이 들려 있었다. 그녀의 모습은 입에서 나오는 기괴한 소리에 대한 호기심을 둔화시켜 주는 역할을 했다. 그녀의 얼굴은 엄숙하고 침착해서 흥미를 자아낼 만한 점이라곤 하나도 보이지 않았고, 몇 번 얘기를 걸어보려고도 했으나 원래 말수가 적은 듯 언제나 한마디 대꾸로 잘라서 내 노력은 번번이 무참해지곤 했다.

이곳의 다른 구성원들, 즉 존 부부와 하녀인 리어, 프랑스인 유모 소피 등 모두들 점잖았지만 재미있는 사람들은 아니었다. 소피와는 프랑스어로 대화를 했는데 가끔 고국에 관한 것을 물어봐도, 말재주가 없어서인지 늘 흐리멍덩한 대답만 했다.

10월, 11월, 12월이 지났다. 1월의 어느 날 오후, 페어팩스 부인이 내게 아델이 감기에 걸렸으니 쉬게 해달라고 부탁을 해왔다. 게다가 아델도 열심히 청했으므로, 나는 어렸을 때 가끔 쉬는 것이 얼마나 소중했었던가를 떠올리고는 이내 허락했다. 그렇게 융통성을 보여준 것은 좋은 일이라고 생각했다.

그날은 꽤 춥긴 했지만 바람도 없이 갠 날이었다. 나는 오전 내내 독서실에 앉아 있었기 때문에 좀 울적했다. 마침 페어팩스 부인이 편지 한 장을 써놓고 있는 걸 알고 있었으므로, 나는 모자를 쓰고 망토를 입은 다음 자청해서 그것을 부치러 헤이까지 가기로 했다. 그곳까지 2마일의 거리는 겨울날 오후 산책으로 매우 적당할 것이란 생각이 들었던 것이다. 아델이 페어팩스 부인 방의 난로 옆 작은 의자에 기분 좋게 앉아 있는 것을 보고, 납 인형 — 보통 때는 은박지에 싸서 서랍에 넣어 두었던 것이다. — 과 이야기책을 한 권 주고 "빨리 돌아오세요, 내가 좋아하는 제인 선생님." 하는 그녀의 인사에 키스로 대답한 다음 나는 집을 나섰다.

땅은 단단히 얼고 바람 없이도 추웠으므로, 길가에는 사람 그림자도 보이지 않았다. 나는 몸이 후끈해질 때까지 잰걸음으로 걷고 나서는, 시간과 장소에 따라 달라지는 즐거움을 맛보면서 천천히 걸었다. 종탑 밑을 지날 때 교회의 종이 울렸다. 세 시였다. 이 시각의 매력은 다가오는 어둠과 희미한 빛을 띠고 기울어가는 태양에 있었다. 나는 손필드 저택에서 1마일쯤 떨어진 오솔길을 걷고 있었다. 여름에는 장미로, 가을에는 호두와 검은 딸기로 유명한 이 길은 지금도 들장미와 아가위 열매가 산호 빛 보석으로 보였다.

역시 겨울이 주는 최고의 즐거움은 완전한 정적과 잎 떨어진 나무의 휴식에 있었다. 잔잔한 바람이 불어와도 이곳에서는 소리를 내지 않았다. 잎새가 서로 부딪쳐서 소리를 내는 나무라곤 없었고, 다만 잎이 진 아가위나무와 개암나무만이 길 가운데 깔아놓은 돌처럼 미동도 않고 있었기 때문이다. 지금은 풀을 뜯는 가축도 없는 들판이 양쪽으로 멀리 뻗쳐 있었고, 가끔 산울타리 안에서 움직이는 갈색 새들만이 떨어지기를 잊은 낙엽처럼 보였다.

길은 헤이까지 계속해서 오르막이었다. 반쯤 갔을 때에 나는 들판으로 통하는 돌층계에 걸터앉았다. 살을 에는 듯한 추운 날씨이긴 했으나 망토를 꼭 여미고 손을 토시에 넣고 있었기 때문에 그리 추운 줄은 몰랐다. 내가 앉은 자리에선 손필드가 한눈에 내려다보였다. 회색 흉벽의 저택이 아래의 계곡에서 석양빛을 배경으로 우뚝 솟아 있었다. 태양이 나무 사이로 기울고, 타는 듯이 빨갛게 그 뒤로 완전히 사라질 때까지 나는 그대로 앉아 있었다.

머리 위의 언덕에 구름같이 하얀 달이 솟아오르더니 점점 빛을 발하기 시작했다. 달빛은 나무 사이에 반쯤 가려져 굴뚝에서 푸른 연기를 내뿜는 헤이 마을을 비췄다. 여기서 1마일쯤 떨어진 곳이긴 하지만 주위가 너무 조용했기 때문에 그들의 가냘픈 삶의 속삭임이 들리는 듯했다. 내 귀는 또한 물 흐르는 소리를 느낄 수 있었으나 어느 골짜기인지는 구분할 수가 없었다. 그날 저녁의 정적은 가깝게 있는 개천의 물소리는 물론 먼 곳에 있는 실개천의 살랑거리는 소리까지 들려주었다.

갑자기 멀리에서 거친 소리가 들려와 살랑거리는 실개천 소리와 속삭이는 소리를 깨뜨렸다. 그것은 힘차게 뚜벅뚜벅 걷는 금속성이었다. 앞쪽에 어둡고 강하게 그려진 듬직한 암석이나 커다란 참나무의 거친 가지가 하늘 빛 언덕과 햇빛에 물든 지평선과 빛과 빛이 융합된 구름의 원경(遠景)을 말살시키는 것과도 같았다.

거친 소음은 방죽 위에서 났다. 말 한 필이 달려오고 있었는데, 길이 굽어 있었기 때문에 아직 모습은 보이지 않았다. 나는 돌층계에서 일어나려고 했다가, 길이 좁기 때문에 말을 지나쳐 보내기 위해 그대로 앉아 있었다.

당시의 나는 매우 젊은 나이였으므로 밝고 어두운 여러 가지 공상이나 동화 같은 것까지 다른 쓸데없는 것들과 함께 기억 속에 남아 있었다. 그런데 그 기억이 되살아나게 되자, 어렸을 때는 미처 몰랐던 활력과 색채를 성숙해진 젊음이 거기에다 더한다는 깨달음이 찾아왔다.

어둠 속에서 말이 가까이 다가오기를 기다리고 있을 때, 불쑥 베시한테서 들은 이야기 하나가 생각났다. 거기에는 '가이트래시(Gytrash: 잉글랜드 북부에서 전승되는 검둥개인데, 때로는 말이나 나귀의 형상으로 나타나는 공포의 대상이다.)'라고 불리는 괴물이 등장하는데, 지금처럼 인적이 드문 곳에서 느닷없이 나타나 행인을 습격한다는 것이었다.

가까이 왔으나 아직 보이지는 않았다. 바로 그때, 말발굽 소리 이외에 산울타리 밑으로 뭔가가 질주하는 것 같은 소리가 들리더니 개암나무 밑으로 큰 개가 나타났다. 흑백 반점이 나무 사이로 뚜렷이 보였다. 이것이야말로 베시가 말한 가이트래시와 아주 똑같은, 갈기가 길고 머리가 큰 사자와 같은 것이었다. 그러나 개는 조용히 내 앞을 지나갔다. 내가 생각했던 것처럼 개 같지 않은 기괴한 눈으로 쳐다보는 일도 없었다. 그리고 뒤에 말이 따라왔는데, 키가 큰 승마용 말에 사람이 타고 있었다.

그 남자, 즉 사람이 타고 있었기 때문에 마법은 이내 풀려 버렸다. 지금까지 가이트래시 등에는 아무도 탄 사람이 없었으니, 이것은 가이트래시가 아니다. 누군가 밀코트로 가는 지름길을 택한 것이다. 말 탄 사람이 지나가자, 나도 걷기 시작했다. 몇 발짝 걸어가다가 나는 깜짝 놀라 뒤를 돌아봤다. 둔중한 물체가 미끄러지는 소리와 "이게 무슨 꼴이람!" 하고 외치는 소리가 거의 동시에 들려왔던 것이다. 유리같이 얼어붙은 방죽 길에서 말이 미끄러진 것 같았다. 앞서 가던 개가 달려와서 주인이 곤경에 빠진 것을 보고 저물어가는 언덕에 메아리칠 정도로 짖어댔는데, 거대한 몸집에 비례하는 굵은 소리였다. 쓰러진 사람과 말 주위를 킁킁거리며 돌고 난 개가 곧장 내게로 달려왔다. 개를 따라서 가보니 남자는 깔린 말에서 빠져나오려고 몸부림을 치고 있었다. 그의 몸짓이 기운 찬 것으로 봐서 대단한 상처를 입은 것 같진 않았으나, 나는 조심스럽게 물었다.

"많이 다치셨나요?"

남자가 뭐라고 중얼거리는 것 같았는데 알아들을 수가 없었다.

"뭔가 도와드릴 수 있을까요?" 내가 다시 한 번 물어보았다.

"잠시 옆에 서 있어요." 무릎을 세우고 일어서면서 남자가 말했다. 나는 시키는 대로 가만히 서 있었다. 그러자 말이 괴로운 듯 헐떡거리면서 발로 허공을 차며 소리를 냈다. 그동안 개가 너무나 심하게 짖어서 나는 몇 미터 물러설 수밖에 없었다. 그러나 이 일이 수습되기 전에는 떠날 수가 없을 것 같았다. 다행히도 마무리가 잘된 듯 말이 일어섰고, 개는 "조용해, 파일 럿!" 하는 소리에 짖어대기를 그쳤다. 남자는 허리를 굽히고서 다친 데가 없는가 하고 자기의 발과 다리를 살펴보았다. 그가 절룩거리면서 내가 앉아 있던 돌층계로 걸어가 앉는 것으로 보아 좀 아픈 것같이 보였다.

나는 무엇이든 도와주고 싶은 마음이 들어 다시 그에게로 다가갔다.

"도움이 필요하다면, 손필드 저택이나 헤이에 가서 사람을 불러올 수 있을 텐데요."

"고맙습니다만, 혼자 가볼게요. 뼈가 부러진 것도 아니니까……. 발을 좀 삐었을 뿐이오." 이렇게 말하면서 다시 일어나 몇 걸음을 떼던 남자가 "아이쿠!" 하고 소리를 질렀다.

아직 해가 완전히 진 것은 아니고 달도 점점 빛을 더해가기 시작했기 때문에, 난 그의 모습을 자세히 볼 수 있었다. 모피 깃과 강철 버클이 달린 승마복으로 몸을 감싸고 있어 세밀한 외양은 나타나지 않았으나, 대략 중키에 가슴이 떡 벌어졌다는 것만은 알 수 있었다. 검은 얼굴에 두 눈과 함께 모아진 짙은 눈썹은, 그때 짜증나고 낭패한 심정을 고스란히 드러내는 인상이었다. 그다지 젊지는 않았으나 아직 중년이라고 부르기엔 좀 이른, 서른다섯 살쯤 되어 보였다. 이상하게도 그에 대해 두렵다든가 하는 생각은 들지 않았다. 만약에 그가 멋지고 남자다운 모습의 젊은 신사였다면, 나는 이렇게 그의 뜻을 어기고 질문을 한다든가, 부탁도 하지 않은 일을 자청하고 나서지는 않았을 것이다. 나는 아직 잘생긴 젊은 남자를 본 일도 거의 없고, 더구나 말을 건넨다는 것은 생각조차 할 수 없었다.

나는 아름다운 것, 우아한 것, 용감한 것, 매력적인 것에 대해 관념적인 숭배를 하고 있었지만, 그렇다 하더라도 만약 이런 특질이 남자의 모습을 하고 나타난다면 그것은 나의 내부에 있는 어떤 것과도 공감하지 않을 것이다. 또한 공감할 수 없다는 것을 본능적으로 인식했을 것이다. 뿐만 아니라 불이라든가 전기라든가, 또는 밝기는 하지만 반발을 느끼게 하는 어떤 것들처럼 나는 의식적으로 짐짓 멀리했을 것이다.

만약 내가 말을 건넸을 때 처음 보는 이 사람이 미소를 띠고 상냥스럽게 대했다면, 그리고 도와주겠다는 나의 요청을 감사하는 마음으로 명랑하게 사양했다면, 나는 그대로 지나가 버리고 말았을 것이다. 그런데 상대방이 얼굴을 찌푸리고 무뚝뚝하게 나오자 오히려 마음이 편했다. 그래서 그가 가라고 손짓을 했으나 나는 그대로 서서 말을 걸었다.

"말 타시는 것을 보지 않고서는, 이렇게 늦은 시각에 외딴 곳에 내버려두고 갈 순 없어요."

그러자 비로소 그는 나를 쳐다보았다. 그때까지는 내 쪽으로 눈길을 돌린 적이 없었던 것이다.

"당신이야말로 이 근처에 집이 있다면 어서 돌아가야겠소. 도대체 어디서 오는 거요?" 그가 물었다.

"바로 저 밑에 살고 있어요. 달이 밝으니까 나는 늦어도 괜찮아요. 원하신다면 헤이까지 달려가겠어요. 어차피 편지 부치러 그곳으로 가는 길인걸요."

"이 밑에 산다면……. 흉벽이 있는 저 집은 아니겠지?" 그는 손필드 저택을 가리키면서 말했다. 저택에는 하얀 달빛이 비쳤다. 서쪽 하늘과 대조해서 볼 때 지금은 하나의 검은 덩어리로 보이는 숲과 뚜렷이 구분되었다.

"아, 그 집에 있어요."

"그게 누구 집인데?"

"로체스터 씨의 집입니다."

"로체스터 씨를 알고 있나요?"

"아니오. 아직 뵙지 못했어요."

"그러면 집에 살고 있지 않소?"

"살고 있지 않아요."

"어디 있는지 알고 있어요?"

"모릅니다."

"그 집 하녀는 아닐 거고, 그렇다면 당신은……." 그는 말을 그치고 내 복장을 훑어보았다. 소박한 검은색 메리노 망토에 까만 수달피 모자는 숙녀의 심부름하는 아이가 입기에는 초라한 것이었다. 남자가 내 신분을 알 수 없어 당황해하는 것 같아 내가 도와주었다.

"저는 가정교사예요."

"아아, 가정교사요! 정말 깜빡 잊고 있었군, 가정교사를!" 그는 내 말을 반복했다. 그러고 나서 다시 내 복장을 살피더니 2분쯤 지나 돌층계에서 일어났다. 하지만 발을 옮기려고 할 때 몹시 괴로운 표정을 지었다.

"도와줄 사람을 불러달라고 심부름까지 시킬 순 없고. 그렇다면 당신이 할 수 있는 일을 좀 도와주시오."

"알겠습니다."

"지팡이를 대신할 우산을 가지고 있소?"

"없는데요."

"말고삐를 잡아가지고 내게로 끌고 와요. 말이 무섭지 않다면."

혼자서 말에 손을 댄다는 것은 무서웠지만, 부탁을 받고 보니 거절할 수가 없었다. 난 토시를 벗어 돌층계에 놓고 키가 큰 말 쪽으로 다가가 고삐를 붙잡으려고 해봤다. 그러나 말이 날뛰면서 좀체 머리를 숙이려고 하질 않았다. 헛된 일인 줄 알면서도 몇 번이고 되풀이했는데, 앞발에 밟힐까 봐 겁이 났다. 남자는 기다리며 바라보고 있다가 마침내 웃음을 터뜨렸다.

"됐소! 산을 마호멧 쪽으로 가져올 수 없으니까, 마호멧이 산에 접근하도록 도와줄 수밖에……. 이쪽으로 오시오."

나는 다시 그의 곁으로 갔다.

"실례지만 당신을 이용할 수밖엔 없군요." 이렇게 말하면서 남자는 억센 손을 내 어깨에 얹고 약간 힘을 주어 나에게 기대더니 절뚝거리면서 말 있는 데로 갔다. 그는 고삐를 잡자 멋지게 말을 조종해서 안장 위에 올라탔는데, 그러는 동안에도 험상궂어 보이는 얼굴을 찌푸렸다. 삔 곳에 통증을 느꼈기 때문이리라.

"자, 채찍을 잡아 줘요. 산울타리 밑에 떨어져 있을 테니까." 굳게 다물었던 아랫입술을 떼면서 그가 말했다.

나는 그것을 찾아내어 갖다 주었다.

"고맙소. 헤이로 가서 편지를 부치고 빨리 돌아갸 보시오."

박차 달린 뒤꿈치로 한 번 건드리자, 말은 깜짝 놀라서 뒷발로 일어서더니 말굽을 구르며 달렸다. 개가 쏜살같이 그 뒤를 따랐다.

마침내 사람과 말과 개는 내 시야에서 사라졌다.

바람이 나부끼는
황야의 히스와도 같이.

나는 토시를 집어 들고 걷기 시작했다. 뜻하지 않게 일어났다가 사라지고만 그 사건은, 어떤 의미에선 보잘것없고 아무 낭만도 없는, 그리고 나와는 관계가 없는 것이었다. 그러나 단조로운 내 생활에 변화 있는 한 시간을 마련해 준 것도 사실이었다. 나의 도움이 필요했고, 필요한 일을 도와줌으로써 무엇인가를 했다는 것이 몹시도 즐거웠다. 나는 소극적이기만 한 생활에 지쳐 있었던 것이다. 또한 그 새로운 얼굴은 기억의 화랑에 있는 모든 것과 다른, 새로 들여온 그림과도 같았다. 첫째로 그건 남성이었기 때문이고, 둘째로는 얼굴이 검고 건장하고 근엄했기 때문이다.

헤이에 도착해서 우체통에 편지를 넣을 때까지도 그의 얼굴이 눈앞에 어른거렸고, 집으로 돌아오면서 계속 내리막길을 달리는 동안에도 그 얼굴이 나타났다. 돌층계까지 왔을 때 나는 잠깐 발길을 멈추고 주변을 두리번거리며 귀를 기울였다. 방죽에 말굽소리가 나고, 말 탄 검은 망토의 사나이가 가이트래시 같은 뉴펀들랜드 개를 앞세우고 나타나지나 않을까 하는 생각이 들었기 때문이었다. 그러나 눈앞에는 산울타리와 가지 잘린 버드나무가 조용히 서서 달빛을 받고 있을 뿐, 들리는 것이라고는 1마일쯤 떨어져 있는 손필드 주변의 숲 사이로 가끔 불어 닥치는 약한 바람 소리뿐이었다. 바람 소리 나는 곳으로 시선을 돌리자 저택의 정면을 가로질러 불이 켜진 창이 보였고, 난 늦었다는 생각이 들어서 걸음을 재촉하기 시작했다.

갑자기 나는 손필드로 돌아가는 것이 싫었다. 그 문턱을 넘는다는 것은 침체 상태로 되돌아가는 것이었다. 조용한 홀을 지나 계단을 올라가서 내 방에 들어가 페어팩스 부인과 조용히 마주 앉아 긴긴 겨울밤을 단둘이 보낸다는 것은, 산책을 하며 불러일으켜진 가냘픈 흥분을 완전히 뭉개 버리는 행위였다. 또한 그것은 단조롭고 조용한 생활에서 기인한 보이지 않는 굴레를 나의 감성에 씌우는 것이었다. 나는 이제 안정과 안락의 특권이 부여된 생활이 더 이상 고맙게만 느껴지지 않았다. 그때 불안정하고 힘든 생활 속에 던져져서 거칠고 어려운 경험을 하고, 그로 인해 지금 내가 불평을 해대는 평온을 갈망하도록 되었더라면 좋았을 것을! 그렇다, 이것은 '너무도 안락한 의자'에 오래 앉아 싫증 난 사람이, 긴 산책을 하는 것과 마찬가지로 좋은 일이다. 그리고 지금 내가 몸을 움직이려고 하는 것은, 바로 그 사람의 경우와 마찬가지로 자연스러운 것이다.

나는 정문에서도 머뭇거렸고 잔디밭에서도 그랬다. 그리고 복도에선 그냥 서성거렸다. 유리창의 덧문이 닫혀 있어 안을 들여다볼 수 없었기 때문에 내 눈과 마음은 이 음산한 집에서 ─ 햇볕이 닿지 않는 작은 방이 많은, 회색 동굴로밖에 보이지 않는 곳에서 ─ 벗어나 나의 눈앞에 펼쳐져 있는 하늘로 끌리는 것 같았다. 하늘은 구름 한 점 없는 푸른 바다 같았고, 달은 장엄하게 떠올라 있었다. 그 뒤를 따르는 떨고 있는 별들은, 그들을 바라보는 내 가슴을 떨리게 하면서 혈관 속을 끓어오르게 했다. 그러나 하찮은 것이 우리를 지상으로 불러온다. 그때 홀에서 시계가 종을 쳤던 것이다. 그것으로 충분했다. 나는 달과 별에서 눈을 돌려 문을 열고 안으로 들어갔다.

홀은 어둡지 않았으나 불이 켜진 것은 아니고, 다만 청동 램프가 높은 곳에 달려 있을 뿐이었다. 그리고 따뜻한 빛이 홀과 참나무 계단 아래 부분에 넘쳐 있었는데, 이 장밋빛은 식당에서 흘러나와 문이 열려 있는 안으로 퍼져 나갔다. 따뜻한 난롯불이 보였다. 불빛은 대리석 난로 벽에 반사하여 진홍색 휘장과 잘 닦은 가구들과 난로 주위에 앉아 있는 사람들을 기분 좋게 비춰주었다. 그곳으로 눈길을 돌리자 여러 사람들의 즐거운 목소리가 들려왔는데, 그 속에서 아델의 음성을 가려낸 순간 문이 닫혔다.

나는 서둘러서 페어팩스 부인 방으로 갔다. 그런데 불만 피워져 있을 뿐 등불도 켜 있지 않고 페어팩스 부인도 없었다. 대신 꼿꼿이 앉아 근엄하게 불꽃을 바라보고 있는, 가이트래시를 닮은 큰 개 한 마리가 눈에 띄었다. 아무리 봐도 검고 흰 털이 긴, 길에서 만났던 개와 똑같았기에 나는 가까이 가서 "파일럿!" 하고 불러보았다. 그러자 개는 내게로 다가와서 냄새를 맡았다. 내가 머리를 부드럽게 쓰다듬어주자 기쁜 듯 긴 꼬리를 흔들었으나 둘이 같이 있기에 기분 좋은 동물은 아니었다. 도대체 어떻게 여기까지 왔는지 알 수가 없었다. 나는 초가 필요했고 또 이 방문객에 대해 설명을 듣고 싶어 초인종을 울렸다. 곧 리어가 나타났다.

"이건 웬 개지?"

"주인님이 데리고 왔어요."

"누가?"

"주인님 말예요. 로체스터 씨가 방금 돌아왔어요."

"그래! 페어팩스 부인도 같이 있어?"

"네, 그리고 아델도. 식당에 함께 계세요. 존은 의사를 데리러 가고요. 말이 넘어지는 바람에 주인님이 발을 삐셨대요."

"말이 넘어진 곳이 헤이로 가는 길목이었어?"

"네. 언덕을 내려오다 얼음판에 미끄러지셨대요."

"알았어! 초를 가져다주겠어, 리어?"

리어의 뒤를 따라 페어팩스 부인이 들어와서 다시 소식을 전했다. 그리고 외과의인 카터 씨가 와서 로체스터 씨를 진찰하고 있다고 덧붙였다. 이 말을 전하고 부인이 차 준비를 시키러 나가자, 나는 옷을 갈아입기 위해 2층으로 올라갔다.

13장
로체스터 씨의 아픔

로체스터 씨는 의사의 지시대로 일찍 잠자리에 든 것 같았는데, 이튿날 아침에도 늦게까지 일어나지 않았다. 그가 아래층으로 내려온 것은 사무를 보기 위해서였다. 대리인과 소작인들이 찾아와 기다리고 있었던 것이다.

방문객들이 날마다 응접실을 들락거렸기 때문에 아델과 나는 서재를 비워야만 했다. 우린 별수 없이 2층에 있는 방 하나에 불을 지피고 책을 옮긴 다음 공부방으로 쓸 수 있도록 정리했다. 나는 그날 오전 중으로 이 손필드 저택이 일변한 것을 느낄 수 있었다. 이제는 교회처럼 조용하지 않았고, 한두 시간마다 문을 두들기든가 초인종이 울렸다. 홀을 지나가는 발소리도 들렸고, 아래층에서는 처음 듣는 목소리들이 각기 다른 어조로 말하는 것도 들렸다. 이제 외계의 강물이 이 집을 통과해서 흐르고 있었으며 이곳은 주인을 가지게 되었다. 나로서는 그 편이 좋았다.

그날 아델은 공부에 열중하지 않아 가르치는 데 퍽 애를 먹었다. 그 애는 로체스터 씨의 모습이 보일까 하고 계속 문으로 달려가 난간 너머로 내다보곤 했다. 그리고 무슨 핑계든 만들어서 아래층으로 내려가려고 했는데, 서재로 가려는 것이 뻔했다. 그래서 야단을 치고 조용히 앉혀놨더니 자신이 매우 좋아한다는 '친구인 에드워드 페어팩스 로체스터 씨' 이야기를 계속 되풀이했다. — 나는 주인의 세례명을 들은 적이 없었다. — 그리고 그가 어떤 선물을 가지고 왔을까 추측을 하는 것이었다.

전날 밤 로체스터 씨가, 밀코트에서 짐이 오면 그 속에 아델이 좋아할 물건이 든 작은 상자가 있다고 귀띔해 준 모양이었다.

"그러니까 그것은 이런 뜻일 거예요." 아델이 말했다.

"그 속에 나한테 줄 선물이 있다는 거죠. 그리고 선생님 것도. 로체스터 씨는 선생님 말씀을 했어요. 나한테 가정교사 이름이 뭐냐고 물었어요. 몹시 마르고 얼굴이 창백한데다 몸이 작은 사람이 아니냐고 물었지요. 그렇다고 대답했어요. 사실인걸요. 그렇지 않아요, 선생님?"

나와 아델은 언제나 그랬듯이 페어팩스 부인 방에서 식사를 했다. 오후엔 바람이 불고 눈이 왔기 때문에 공부방에 있다가, 어두워지고 나서 책과 바느질감을 치운 다음 아래층으로 내려가라고 아델에게 허락했다. 아래층이 비교적 조용해졌고 초인종 소리도 뜸해졌으므로 로체스터 씨 역시 좀 한가할 것으로 생각되었기 때문이다.

혼자 남게 된 나는 창가로 걸어갔다. 그러나 황혼과 내리는 눈 때문에 밖은 아무것도 보이지 않았다. 나는 커튼을 내리고 난로 옆으로 돌아섰다. 타다 남은 빨간 불꽃 가운데서 언젠가 본 것으로 기억되는 라인 강변의 하이델베르크 성곽과 같은 풍경을 떠올리고 있을 때, 페어팩스 부인이 들어왔다. 부인은 내가 조각조각 모았던 불꽃 모자이크를 산산이 부숨과 동시에 나 혼자 있을 때 엄습해 오던 숨이 막힐 듯한 억압감도 제거해 주었다.

"로체스터 씨가 오늘 밤에 선생님과 아델과 함께 응접실에서 차를 마시자고 합니다. 오늘은 아침부터 하루 종일 바쁘셔서 여태껏 선생님을 만날 수 없었다고요." 부인이 말했다.

"차는 몇 시에 드시지요?"

"여섯 시지요. 이곳에 계실 때는 일찍 드신답니다. 옷을 바꿔 입는 것이 좋겠군요. 도와드리지요. 여기 초가 있어요."

"옷을 갈아입어야 하나요?"

"그렇게 하는 것이 좋을 거예요. 로체스터 씨가 와 계실 때는 나는 언제나 밤이면 정장을 하거든요."

이처럼 일부러 꾸민다는 것은 좀 어색하게 생각되었으나 난 내 방으로 가서 페어팩스 부인의 도움으로 검은 비단 옷으로 갈아입었다. 이것은 연한 회색 옷을 제외하고는, 내가 가지고 있는 최상의 나들이옷이었다. 로드에서 받은 옷에 대한 교양으로는, 연한 회색 옷은 특별한 때를 제외하고는 지나치게 화려하게 생각되어 입을 수가 없었다.

"브로치를 달아요." 하고 페어팩스 부인이 조언했다. 나에게는 템플 선생이 작별 기념으로 준 진주 장식품이 하나 있을 뿐이었다.

우리는 아래층으로 내려갔다. 나로선 낯선 사람을 대해 본 일이 거의 없었으므로 이렇게 의례적으로 로체스터 씨 앞에 불려간다는 것은 다소 고통스러운 일이었다. 페어팩스 부인의 뒤를 따라 식당으로 들어가면서도 나는 가능한 한 부인 뒤에 몸을 감추고 커튼을 드리운 아치 밑을 지나 마주 보이는 우아한 구석방으로 들어갔다.

촛불이 테이블에 두 자루, 벽난로 선반 위에도 두 자루 놓여 있었다. 파일럿이 이글이글 타는 난로의 불빛과 열을 쬐면서 누워 있는 옆에 아델이 앉아 있었다. 쿠션 위에 발을 올려놓고 긴 안락의자에 비스듬히 누워 있는 로체스터 씨의 모습이 보였다. 아델과 개 쪽을 바라보고 있는 얼굴에 난로 불빛이 환히 비쳐 짙고 검은 눈썹과, 검은 머리를 옆으로 붙여 한결 더 모가 져 보이는 이마로 인해 나는 그가 바로 예의 남자였다는 것을 알아볼 수 있었다. 그리고 또 내가 인정할 수 있는 것은 아름답다기보다 개성이 드러나는 과단성 있는 코와, 분노를 터뜨릴 것만 같은 콧구멍, 험상궂어 보이는 입과 위아래의 턱, 그 세 가지 사실로만 봐도 틀림없었다. 망토를 벗은 그의 체구는 모가 났다는 점에서 용모와 조화를 이루고 있었는데, 운동으로 다져진 훌륭한 몸매였다. 크지도 작지도 않은 키에 가슴이 넓고 허리가 가는 유형이었던 것이다.

로체스터 씨는 페어팩스 부인과 내가 들어온 것을 틀림없이 알고 있었을 텐데, 왠지 우리를 바라볼 기분이 들지 않은 것 같았다. 우리가 가까이 가도 머리를 들지 않았기 때문이었다.

"에어 선생님이 왔어요." 페어팩스 부인이 항상 하던 대로 조용히 말했다.

머리를 가볍게 숙여 인사를 하면서도, 여전히 그의 눈길은 개와 어린아이에게 향해져 있었다.

"에어 선생에게 앉으라고 해요." 하고 그가 말했다.

억지로 하는 어색한 인사와 의례적이면서 짜증 섞인 말투에는 그 뭔가가 있었다. 그것은 다음과 같은 것을 말해 주는 듯했다.

'에어 선생이 거기 있건 말건 나와 무슨 상관이 있단 말이야? 지금은 그녀와 얘기하고 싶은 생각이 없어.'

나는 조금도 당황하지 않고 자리에 앉았다. 예의를 갖춘 정중한 영접이었다면 오히려 곤혹스러웠을 것이다. 나로서는 우아한 대답엔 대응하지 못했으나, 무뚝뚝한 반응을 받고 보니 은혜를 입고 있다는 생각이 들지 않았다. 그리고 주인의 변덕스런 태도에도 불구하고 점잖게 대한다는 것은, 내 입장을 상대방보다 높이는 것이 될 것이다. 또 주인의 괴상한 행동은 흥미마저 불러일으켜 앞으로 그가 어떤 태도를 취할 것인지 궁금할 정도였다.

그는 계속해서 조각처럼 앉아 있을 뿐, 말도 하지 않고 움직이지도 않았다. 페어팩스 부인은 누군가가 분위기를 부드럽게 해야 되겠다고 생각했던지, 언제나처럼 친절하면서도 평범하게 이야기를 시작했다. 그녀는 하루 종일 일에 쫓겼다는 사실을 말한 다음, 삔 발목이 아파 고생스러웠겠다며 위로의 말을 했다. 그리고 그것을 참고 끈기 있게 일하는 데 대해서도 칭찬을 했다.

"나는 지금 차를 마시고 싶은데요." 그것이 그가 한 유일한 대답이었다.

급히 초인종을 울리고, 차를 담은 쟁반이 들어오자 부인은 민첩하게 찻잔과 스푼을 챙겨놓았다. 나와 아델은 테이블 쪽으로 갔으나 주인은 긴 의자에서 움직이려고 하지 않았다.

"로체스터 씨에게 찻잔을 건네주시겠어요? 아델은 엎지를지 모르니까요." 하고 페어팩스 부인이 나에게 말했다.

나는 부탁받은 대로 했다. 그가 내 손에서 잔을 받을 때, 아델은 나를 위해 부탁할 좋은 기회라고 생각한 듯 큰 소리로 외쳤다.

"작은 상자 속에는 에어 선생님 선물도 있나요?"

"누가 선물 얘기를 하던? 에어 선생도 선물을 기대하고 있었나요? 선물을 좋아합니까?" 그는 무뚝뚝하게 말한 다음 마치 찌르는 듯한 눈초리로 내 얼굴을 바라보았다.

"잘 모르겠습니다, 받아본 일이 없어서. 그러나 대개는 즐거운 것이라고 생각할 겁니다."

"대개는 즐거운 것이라고 생각한다고요? 아니, 선생 본인은 어떻게 생각하지요?"

"인정받을 만한 대답을 하려면 시간이 필요합니다. 선물에는 여러 가지 뜻이 있는 게 아니겠어요? 그러니까 의견을 말하기 전에, 그 여러 가지 면을 생각해 봐야겠어요."

"에어 선생은 아델처럼 순진하진 않군요. 아델은 나를 보자마자 선물을 달라고 보채는데, 당신은 슬며시 염탐을 하는군."

"그야 선물을 받을 자격이 아델보다 적기 때문이죠. 아델과는 전부터 잘 아는 사이니까 보챌 수도 있고, 그리고 지금까지의 습관도 있기 때문에 권리가 있는 거죠. 항상 당신이 장난감을 선물해 주셨다고 얘기하더군요. 그런데 저는 선물을 받을 권리가 있다고 생각하지 않아요. 왜냐하면 저는 생소한 사람이고, 그리고 기억에 남을 만한 일을 한 적이 없으니까요."

"그렇게 지나치게 사양할 필요는 없어요! 나는 아델과 얘기해 보고 나서 당신이 많은 애를 썼다는 것을 알았어요. 저 애는 머리도 좋지 않고 재주도 없어요. 그런데 짧은 기간에 많이 진보했더군요."

"그 말씀이 저에게는 좋은 선물입니다. 고맙습니다. 선생이 가장 바라는 것은, 학생이 향상되었다고 칭찬받는 일입니다."

"흠!" 로체스터 씨는 아무 말도 하지 않은 채 차를 마셨다.

"난로 옆으로들 와요." 쟁반을 내가고, 페어팩스 부인이 뜨개질감을 가지고 한쪽 구석에 자리를 잡자 그가 말했다. 그때 아델은 내 손을 잡고 이리저리 끌고 다니면서, 굽은 다리가 달린 탁자와 옷장 위에 놓인 아름다운 책과 장식물들을 보여주고 있었다.

우리는 주인의 말이 의무인 것처럼 시키는 대로 했다. 아델은 내 무릎에 앉고 싶어 했으나, 파일럿과 놀라는 명령을 받았다.

"당신이 여기 온 지 석 달이 되지요?"

"네, 그래요."

"어디서 왔소?"

"○○ 주의 로드 학교에서 왔어요."

"아아! 자선 학교 말이군. 거기 얼마나 오래 있었는데?"

"8년이오."

"8년! 당신은 불굴의 생활력을 가졌군. 그런 곳에 그 반만 있어도, 제 아무리 건강한 사람도 쓰러질 텐데! 안색이 좋지 않은 이유를 알겠군. 어젯밤 헤이로 가는 길에서 만났을 때, 어째서인지는 몰라도 요정에 관한 얘기가 머리에 떠올랐어요. 그래서 내 말을 홀리게 한 것이 아닌가 물어보려고 했었소. 아직도 이상하긴 하지만. 그런데 부모님은?"

"안 계십니다."

"원래 그랬소? 부모를 기억해요?"

"아뇨."

"그렇겠지. 그래서 돌층계에 앉아 친구들을 기다리고 있었군."

"누구요?"

"초록색 옷을 입은 친구 ─ 요정을 말함. ─ 말이오. 그들이 오기에 알맞은 달밤이었지. 그렇다면 방죽에 얼음을 얼게 한 함정을 내가 돌파한 셈인가?"

나는 머리를 흔들었다.

"초록색 옷을 입은 사람들은 이미 백 년 전에 잉글랜드를 떠났어요." 나도 그와 마찬가지로 시치미를 떼고 말했다.

"그러므로 헤이에 가는 길에서나, 이 근처의 들판에서도 자국 하나 발견할 수 없을 거예요. 여름 달이나 추수기의 달도, 그리고 겨울 달도 그들의 잔치 광경을 비칠 수 없지요."

페어팩스 부인은 뜨개질하던 손을 멈추고 눈썹을 치켜 올렸는데, 우리들의 대화에 대해 궁금하게 생각하는 것 같았다.

로체스터 씨는 다시 말을 계속했다.

"그럼 부모는 없어도 다른 친척들은 있겠지요? 숙부라든가, 숙모 같은?"

"그런 사람도 만나본 적이 없어요."

"집은?"

"집도 없어요."

"형제나 자매들은 어디 살지?"

"아무도 없어요."

"누가 이곳에 추천했소?"

"《헤럴드》지에 광고를 냈더니, 페어팩스 부인이 응해 주셨어요."

"그랬습니다." 선량한 부인이 끼어들었다. 우리가 무엇에 관한 이야기를 하고 있는지, 이제 알아차린 것 같았다.

"그래서 나는 이분을 선택하도록 인도해 주신 하느님께 매일 감사한답니다. 에어 선생은 나에게 둘도 없는 중요한 친구랍니다. 아델에게도 온갖 정성을 기울이는 선생님이죠."

"애써 사람됨을 설명할 필요는 없어요. 쓸데없는 칭찬을 한다고 넘어가진 않을 테니까. 나 자신이 판단하겠소. 그녀는 나타나자마자 내 말을 넘어뜨렸거든." 로체스터 씨가 대꾸했다.

"저런!" 페어팩스 부인이 놀랐다.

"발을 삐게 한 데 대해서 감사를 해야겠군."

그러자 부인이 당황하는 것 같았다.

"에어 선생, 도시에서 살아본 적이 있는지요?"

"아뇨."

"여러 사람과 사귀어본 일은?"

"로드의 학생들과 선생들, 그리고 지금 이곳 손필드에 와서 사귄 사람들

뿐이에요."

"책은 많이 읽었나요?"

"내 손에 들어올 수 있는 책 정도이므로, 그리 많지 않아요. 그리고 학문적인 것도 못 되고요."

"수녀 생활을 했군. 틀림없이 종교적인 의식에는 잘 훈련됐을 거야. 브로클허스트 씨가 로드를 감독하고 있다고 들었는데. 그는 목사죠?"

"그렇습니다."

"그렇다면 학생들은 그를 존경하고 있겠지? 수녀들만의 수도원에서 모두들 원장을 존경하듯이."

"그렇진 않아요."

"너무 냉정한데! 존경하지 않는다니! 수련 수녀가 원장을 존경하지 않는다고! 그건 모독이라고 생각되는데."

"나는 브로클허스트 씨를 싫어했는데, 그건 실상 나뿐만이 아니에요. 너무 엄하고 잘난 체하고 잔소리가 많아요. 학생들의 머리를 깎는가 하면, 절약한다고 바느질을 할 수 없는 질 나쁜 바늘과 실을 사오거든요."

"그건 잘못된 절약이군요." 페어팩스 부인이 말했다. 그녀는 다시 대화의 줄거리를 찾은 모양이었다.

"그것이 그의 가장 두드러진 죄란 말이오?" 로체스터 씨가 물었다.

"위원회가 구성되기 전에 식량 관리를 혼자 할 때는 학생들을 많이 굶겼지요. 한 주일에 한 번씩 지루한 설교를 하는가 하면, 밤이면 자기가 지은 책을 읽게 해서 우리들을 골탕 먹였고요. 책의 내용은 급사(急死)와 심판(審判)에 관한 것인데, 그것을 읽고 나면 잠자리에 들기가 무서울 정도였지요."

"몇 살 때 로드에 갔소?"

"열 살쯤 되어서죠."

"그때부터 8년이나 있었단 말이지? 그럼 지금 열여덟이겠군?"

나는 그렇다고 대답했다.

"산수가 필요하긴 하군. 그 도움이 없는 당신 나이를 맞힐 수 없었는데.

당신처럼 얼굴과 표정이 서로 다를 때는 그것이 힘들거든. 그런데 로드에서는 무엇을 배웠지? 악기도 다룰 수 있소?"

"조금은 할 수 있어요."

"물론 그렇게 대답하겠지. 독서실로 가요. 아니, 가주십시오. 명령조의 말투를 용서해 주시오. 지금까지 거의 이래라저래라 하는 말투만 써왔거든. 새로 온 사람을 위해서 금방 습관을 고칠 수가 없군요. 그러면 독서실로 가요. 초를 들고 가서, 문을 열어놓고 피아노 앞에 앉아 한 곡 쳐봐요."

시키는 대로 나는 그 방에서 나왔다.

"그만하면 됐어." 몇 분 후에 그가 외쳤다.

"조금은 치는군. 보통 영국 여학생 정도로. 어떤 학생보다는 좀 나을지도 모르지. 그러나 대단한 건 아니고."

나는 피아노를 닫고 방으로 돌아왔다. 로체스터 씨는 계속 말했다.

"아델이 오늘 아침에 당신이 그렸다는 그림을 보여주었어요. 실제로 당신이 그린 것인지 의심스러워요. 아마 선생이 좀 거들어줬겠지?"

"아니에요, 절대로 그런 일 없어요!" 나는 그의 말을 중단시켰다.

"흠! 자존심을 건드린 모양이군. 자신이 그렸다는 것을 단언할 수 있다면, 화첩을 가져와 봐요. 그러나 자신이 없으면 장담하지 마시오. 나는 남의 손질이 간 정도는 알아볼 수 있으니까."

"그렇다면 나는 아무 말도 않겠어요. 스스로 판단하세요."

나는 독서실에서 화첩을 가져왔다.

"테이블을 이쪽으로 밀어요."

나는 그가 시키는 대로 테이블을 그가 앉아 있는 쪽으로 가깝게 가져다 놓았다. 아델과 페어팩스 부인이 그림을 보려고 다가왔다.

"몰려들지 말아요." 로체스터 씨가 말했다.

"내가 보고 나면 한 장씩 가져가. 얼굴을 들이대지 말고."

그는 침착하게 스케치와 그림을 자세히 보더니 그중에서 석 장만 고르고 다른 것들은 밀어놓았다.

"이것들은 다른 테이블로 가져가요, 페어팩스 부인." 하고 그가 말했다.

"그리고 아델과 함께 봐. 당신은 — 나를 힐끗 보면서 — 자리에 앉아 내 질문에 대답해요. 이 그림은 확실히 한 사람의 손으로 그려졌어. 그것이 당신의 손이란 말이지?"

"그렇습니다."

"언제 그림을 그릴 시간이 있었나? 많은 시간이 걸리고 머리도 써야 했을 텐데."

"로드에서 보낸, 최근 두 번의 휴가 때에 그렸어요. 방학 때는 달리 할 일도 없었으니까요."

"원본은 어디서 구했지?"

"그냥 생각해 냈습니다."

"그 어깨 위에 놓인 머리로 말이지?"

"그렇습니다."

"그 속에는 이와 같은 또 다른 알맹이가 들어 있소?"

"그러리라고 생각합니다. 어쩌면 좀 더 좋은 것이……."

그는 자기 앞에 그림을 펼쳐놓고, 다시 번갈아가면서 살펴보았다.

그가 그림을 보고 있는 동안, 그것이 어떤 그림인가를 설명하겠다. 미리 말해 두지만 그것은 놀랄 만한 그림이 아니었다. 그 주제는 정말로 뇌리에 똑똑히 떠오른 것이었는데, 그것을 표현하기 전 심안으로 봤을 때 훨씬 명백하게 보였다. 그러나 손재주가 모자라서 공상을 만족시킬 수가 없었고, 언제나 희미하게 마음속으로 그렸던 그림과 닮았을 뿐이었다.

그림들은 모두 수채화였고, 첫째 장은 넘실거리는 바다 위에 낮게 약동하는 구름을 그린 것이었다. 원경은 전체가 어둡고, 전경은 육지가 없었기 때문에 커다란 파도만 보였는데, 그것도 어두웠다. 한 줄기의 섬광이 반쯤 가라앉은 배의 돛대를 돋보이게 비쳤는데, 그 위에는 물거품에 날개가 얼룩진 검고 큰 가마우지가 앉아 있었다. 나는 그 가마우지가 물고 있는 황금 팔찌를 팔레트가 낼 수 있는 가장 밝은 빛으로, 화필로 그릴 수 있는 한 가장 선명하게 그렸다. 새와 돛대 밑에 가라앉는 시체가 녹색 물을 통해서 어렴풋이 보였는데, 아름다운 팔뚝 하나만이 뚜렷이 눈에 띄었다. 예의 팔찌가 거기서 빠졌다는 걸 증명이라도 하듯.

둘째 번 그림은 풀과 나뭇잎이 미풍에 나부끼는 언덕이 몽롱하게 보이는 그림이었다. 저 멀리 언덕 위에는 황혼처럼 검푸른 하늘이 뻗쳐 있었는데, 하늘로 오르는 여자의 상반신을 색채의 배합이 가능한 한 어슴푸레하게, 매우 부드럽게 그렸다. 여자의 어두운 이마는 별로 장식되었고, 그 아래의 얼굴 윤곽은 마치 안개를 통해서 보는 것 같았다. 까만 눈은 격렬하게 빛났으며 머리채는 폭풍이나 전류에 의해 갈기갈기 찢어진, 빛을 잃은 구름처럼 꺼멓게 드리워져 있었다. 또 목덜미에는 달빛 같은 푸른빛이 어려 있었는데, 샛별이 굽어보는 가라앉은 구름에도 같은 빛이 비치고 있었다.

셋째 장은 북극의 겨울 하늘에 우뚝 솟은 빙산 봉우리 그림이었다. 집합된 극광이 지평선을 따라 희미한 빛을 발하고 있는 것이 마치 창을 빽빽이 줄지어 세워놓은 것 같았다. 그 빛을 원경으로 해서, 전경에는 거대한 머리가 빙산에 의지하고 있었다. 손을 맞잡고 이마를 받치고 있는 가냘픈 두 손이 얼굴 아래 부분을 가리고 있기 때문에, 보이는 것은 다만 핏기 없이 백골처럼 하얀 앞이마와, 절망 외엔 아무 의미도 지니지 않은 듯 움푹 들어간 움직이지 않는 한쪽 눈뿐이었다. 관자놀이 위에는 어떤 종류인지 구름처럼 확실치 않은 검은 천으로 된 터번이 씌워져 있었는데, 그 이마 한복판에 하얀 불꽃 동그라미가 비치고 있었다. 거기 박힌 보석으로 인해 더욱 창백하게 보이는 이 초승달의 모습은 '왕관을 닮은 것'이었고, 이마를 장식한 것은 '형태 없는 형태'였다. ― 이상 두 구절은 밀턴의 《실락원》에 나오는 말이다.

"이 그림들을 그릴 때, 당신은 행복했었소?" 로체스터 씨가 물었다.

"매우 열중했었지요. 네, 행복했어요. 한마디로 이것을 그릴 때는 일찍이 느껴보지 못했던 강렬한 기쁨을 느꼈으니까요."

"그렇다면 대단한 것은 못 되는군. 당신 말대로 당신은 별로 기쁨을 맛본 적이 없으니까 말이오. 그러나 당신은 이 기이한 색채를 섞고 배합하는 동안에는, 틀림없이 예술가의 꿈나라를 방황했을 거요. 그것을 그리느라고 매일 오랜 시간을 할애했나요?"

"방학이었기 때문에 특별히 할 일이 없었어요. 그래서 아침부터 점심때까지, 그리고 점심때부터 저녁까지 그렸지요. 여름날이 길었기 때문에 그리려면 얼마든지 그릴 수 있었어요."

"그렇게 정열을 쏟아서 그린 그림에 만족했소?"

"천만에요. 의도했던 것과 다른 결과는 나를 몹시 괴롭게 했어요. 어떤 경우에나 내가 상상했던 것은, 내 솜씨로는 결코 표현할 수 없는 것들뿐이었으니까요."

"전적으로 그런 것은 아니고, 자기 생각의 그림자는 포착했다고 봐요. 아마 그 이상은 못될 테지만. 당신에게는 그것을 완전히 형상화할 예술가적 기량과 기술이 없어요. 그러나 소녀의 그림으로서는 독특해. 그리고 생각하는 것은 요정의 세계이고. 초승달의 눈 같은 것은 꿈에서 본 것일 테고. 색채가 선명하지 않으면서도, 어떻게 그리 뚜렷하게 나타낼 수 있었지? 이마에 있는 별이 빛을 억압했기 때문일 거요. 근엄한 눈 밑에 담긴 뜻은 무엇이지? 그리고 바람을 그리는 법은 누가 가르쳐주었소? 하늘에도 산꼭대기에도 바람이 불고 있어. 어디서 라트모스 산(양치기 소년 엔디미온과 사냥의 여신 다이애나의 전설이 얽힌 산으로 소아시아에 있음.)을 봤소? 이것은 틀림없는 라트모스 산이야. 자, 이젠 그림들을 치워요."

내가 화첩의 끈을 매자마자, 그는 시계를 보더니 불쑥 말했다.

"아홉 시로군. 왜 아직 아델을 재우지 않는 거요, 에어 선생? 빨리 재우도록 해요."

아델은 방에서 나가기 전에 그에게 키스를 하러 갔다. 그는 그녀의 애교를 참는 듯한 표정으로 받아들였는데, 파일럿이 그랬을 정도로도 기꺼워하는 것 같지 않았다.

"이젠 다들 가서 자요." 하고 그는 손으로 문 쪽을 가리키면서 말했다. 우리와 함께 있는 것에 싫증을 느껴 나가라고 하는 것이 분명했다.

페어팩스 부인은 뜨개질감을 챙기고, 나는 화첩을 집어 들었다. 우리는 그에게 인사를 한 다음, 형식적인 답례를 받고 물러났다.

"로체스터 씨는 두드러지게 이상한 점이 없다고 말했지요. 페어팩스 부인?" 아델을 재우고 난 뒤 그녀의 방에서 다시 만났을 때 내가 물었다.

"그렇다면 이상스러운 점이라도 있었나요?"

"그렇다고 봐요. 매우 변덕이 심하고 무뚝뚝해요."

"맞아요. 처음 보는 사람에게는 그렇게 느껴질 거예요. 나는 그의 태도에 익숙해 있기 때문에 그런 건 생각도 해보지 않았어요. 그리고 성미가 좀 괴팍스럽다곤 해도 이해해야지요."

"어째서요?"

"첫째, 그것이 타고난 성질이니까요. 천성이란 어쩔 수 없는 거예요. 그리고 또 그에게는 몹시 마음을 괴롭히고 기분을 우울하게 하는 걱정거리가 있거든요."

"어떤 것인데요?"

"우선, 가정문제지요."

"그에겐 가정이 없지 않아요?"

"지금은 그래도 전에는 있었죠. 적어도 친척은……. 몇 년 전에 형님이 죽었다오."

"형님이오?"

"그래요. 로체스터 씨가 현재의 재산을 소유하게 된 것은 그리 오래전의 일이 아녜요. 9년밖에 안 됐지요."

"9년이라면 꽤 오랜 세월인데요. 아직까지도 슬픔을 잊지 못할 정도로 형제 사이가 좋았나요?"

"아니, 그렇지 않았어요. 아마 그렇지는 않았을 것입니다. 그들 사이에는 어떤 오해가 있었던 것 같아요. 형님 되는 롤랜드 로체스터 씨가 동생인 에드워드 씨에 대해 떳떳하지 못했지요. 아마 아버지에게 이간질을 해서 형을 싫어하게 됐을 것입니다. 그 부친은 돈에 대한 집념이 매우 강해서,

대대로 내려오는 재산을 지키는 데 여념이 없었지요. 분배함으로써 재산을 줄이는 것을 싫어했으나, 한편 가문의 체면을 위해서는 에드워드에게도 재산을 주어야 한다는 것이 그의 걱정거리였지요. 그가 성년이 된 지 얼마 안 되어 떳떳치 못한 방법으로 그를 불행하게 만들었답니다. 부친과 롤랜드가 공모를 해서, 에드워드가 스스로 돈을 벌어야 하는 괴로운 입장에 처하도록 만든 거지요. 그 입장이 어떤 것인지는 나도 자세히 알지 못하지만, 자기가 겪은 괴로움이 너무 커서 두 사람을 용서하는 것이 쉽지 않았답니다. 그는 사람을 쉽게 용서할 수 있는 성품이 아니었기 때문에, 가족과 인연을 끊고 오랜 세월 방랑생활을 했지요. 형이 유서도 없이 죽고 난 후 이 영지의 주인이 되었으나, 2주일간 계속해서 이 손필드에 머무른 적이 없었어요. 이 옛집을 멀리하려는 심정도 이해할 만하지요."

"왜 멀리하려고 하는 거죠?"

"아마 우울하게 생각되기 때문이겠지요."

그 대답은 매우 모호했다. 좀 더 확실한 대답이 듣고 싶었으나, 페어팩스 부인이 로체스터 씨의 고난의 원인과 성질에 대해 명백한 설명을 할 수 없는 건지 아니면 하려고 하지 않았는지 둘 중 하나였다. 그녀는 그것이 자신에게도 하나의 수수께끼며, 자기가 알고 있는 것도 대부분이 추측에 의한 것이라고 말했다. 그리고 이런 얘기는 그만두었으면 하는 눈치가 보였기 때문에 나로선 더 이상 물을 수가 없었다.

14장
기나긴 대화

그 후 며칠 동안 나는 로체스터 씨의 모습을 거의 볼 수가 없었다. 오전 중에는 사무로 바쁜 것 같았고, 오후에는 밀코트나 또는 근처의 신사들이 찾아와서 때로는 그대로 머물러 있다가 저녁 식사를 같이 하는 일도 있었다. 말을 탈 수 있을 정도로 삔 곳이 호전되자 그는 곧잘 말을 타고 외출했는데, 저녁 늦게까지 돌아오지 않는 것으로 봐서 자기 집의 방문에 대한 답방 같았다.

그동안 아델 역시 그의 앞에 불려가는 일이 거의 없었다. 내가 그와 가끔 얼굴을 마주친 것은 홀이나 계단, 복도에서였다. 그럴 때면 서먹하게 머리를 끄덕인다든가 차가운 눈초리로 바라보는 것으로 내 존재를 인정했으나, 그의 태도는 거만하고 냉담했다. 그러나 때로는 신사답게 다정히 인사하고 웃음을 띨 때도 있었는데, 나는 그의 변덕스러운 기분에 대해 별로 화가 나지 않았다. 왜냐하면 그런 변화는 나와 하등의 관계가 없을 뿐더러 그의 기분이 좋고 나쁜 원인도 나와는 무관했기 때문이었다.

어느 날 로체스터 씨가 친구와 정찬을 함께하는데, 내 화첩을 보내라고 사람을 보내왔다. 틀림없이 안에 있는 그림을 보여주려고 그랬을 것이다. 페어팩스 부인의 말에 의하면, 그날 손님들은 밀코트에서 공적인 자리가 있어 일찍 떠났는데, 그날 밤 비가 오고 날씨가 사나워서 주인은 그들과 동행하지 않았다고 했다.

손님들이 떠나고 나자 그는 곧 초인종을 울려, 나와 아델을 아래층으로 내려오라고 했다. 아델의 머리를 빗겨주고 몸치장을 해준 다음, 나도 평상시에 입는 산뜻한 퀘이커교도의 복장 같은 옷에 더 손을 댈 필요가 없다는 걸 확인하고 나서 — 땋은 머리채를 비롯해서 하나도 흐트러진 데가 없이 검소했다. — 우리는 아래층으로 내려갔다.

아델은 작은 상자가 마침내 도착하지 않았나 하고 기대하고 있었다. 무슨 사고가 있는지 그건 아직까지 도착되지 않고 있었던 것이다. 우리들이 식당으로 들어가자, 테이블 위에 작은 종이상자가 놓여 있었다. 그걸 본 아델은 본능적으로 그것이 무엇이라는 것을 알아차린 것 같았다.

"내 상자! 내 상자!" 하고 외치면서 아델이 그쪽으로 달려갔다.

"그래, 네 상자가 마침내 도착했다. 구석으로 갖고 가서 안에 든 것을 꺼내가지고 놀아라. 토박이 파리 아가씨!" 로체스터 씨는 어딘가 모르게 빈정대는 어조의 말투로, 난롯가 안락의자에 깊숙이 앉아서 말했다.

"그리고 해부 수술에 관한 끈질긴 질문이나 내장 상태의 보고로 나를 괴롭히지 말아다오."

아델로서는 그의 경고가 필요 없었다. 그 애는 벌써 그의 보물을 가지고 소파로 가서 매어둔 끈을 풀기에 여념이 없었다. 방해물을 제거하고 은색의 얇은 종이봉투를 꺼내더니, 감탄을 계속할 뿐이었다.

"어쩌면! 예쁘기도 해라!"

그리고 나서는 거의 제정신을 잃고 있었다.

"에어 선생은 거기 있나?" 그는 앉았던 자리에서 반쯤 일어나 내가 서 있는 문 쪽을 바라보며 말했다.

"아아! 있었군. 이리 와서 앉아요." 그는 의자를 자기 곁으로 끌어당기며 계속 말했다.

"나는 어린아이들이 떠드는 것은 질색이야. 나이 먹은 독신자는 혀가 돌지 않는 어린아이들의 말을 들으면서 즐거운 연상을 할 수 없거든. 의자를 끌고 가지 말아요, 에어 선생. 내가 놓은 대로 거기에 앉으시오. 아, 괜찮다면 말이죠. 예절 같은 건 집어치워요! 난 그런 걸 무시하고 있어요. 그러나 우리 집 나이 든 부인에게만은 그렇게 할 수 없어요. 그녀는 소홀히 다룰 수 없거든요. 그녀는 페어팩스 가문의 사람이지요. 즉 이 가문에 시집왔어요. 피는 물보다 진하기 마련이니까요."

그는 초인종을 울려서 페어팩스 부인을 오도록 했고, 그녀는 곧 뜨개질 바구니를 가지고 올라왔다.

"안녕하세요, 부인. 자선을 베풀어달라고 불렀습니다. 아델한테 선물을 가지고 내게 말을 붙이지 말라고 했는데, 지금 말을 하고 싶어서 가슴이 찢어질 지경인가 봐요. 제발 얘기를 좀 들어주기도 하고, 놀게 해주세요. 그러는 게 당신으로서는 더없이 자비스러운 행동일 것입니다."

실제로 아델은 페어팩스 부인을 보자 소파 있는 데로 불렀다. 그리고는 상자 속에 들었던 자기(磁器)며 상아, 납 제품 따위를 무릎 위에 올려놓고, 그녀가 할 수 있는 범위에서 서투른 영어로 설명을 하며 기뻐했다.

"나로선 이제 선량한 주인의 역할을 한 셈이오. 손님들끼리 서로 즐기도록 해줬으니까, 나도 내가 하고 싶은 대로 해도 괜찮을 거요. 에어 선생, 의자를 좀 더 가까이해요. 너무 멀어요. 선생 얼굴을 바라보려면 이 편안한 자리에서 몸을 움직여야 하는데, 그럴 생각은 없고……." 하고 로체스터 씨가 말했다.

나는 시키는 대로 했다. 사실은 어둑한 곳에 앉아 있고 싶었으나, 그의 명령이 너무도 직선적이어서 그대로 따르는 것이 당연하게 생각되었다.

만찬을 위해서 켜놓은 불빛은 축제 기분을 내며 식당 안을 가득 채웠다. 난로에는 불이 이글거렸고, 높은 들창과 더 높은 아치에는 진홍빛 커튼이 느슨하게 드리워져 있었다. 아델이 속삭이는 말소리와 — 감히 큰 소리를 내려고 하지 않았다. — 이야기가 중단될 때마다 들려오는, 유리창을 때리는 겨울 빗소리뿐이었다. 모든 것이 조용했다.

무늬 있는 커버를 씌운 의자에 앉은 로체스터 씨는, 전에 봤던 것과는 사람이 사뭇 달랐다. 그렇게 엄격해 보이지도 않고 우울한 기색도 없었다. 입술엔 미소마저 머금고 눈을 빛내고 있었다. 그것이 술기운 때문인지 확실치는 않았으나, 아마도 그런 것 같았다. 그러나 부풀은 의자 등받이에 육중한 머리를 기대고, 화강암을 조각한 것 같은 얼굴과 크고 검은 눈에 불빛이 비치니 역시 무섭게 보였다. 하지만 크고 검은 그의 눈은 아름답기도 했다. 때로는 그 깊숙한 곳에 변화가 없는 것도 아니지만 비록 그것이 부드럽지는 못하다 해도 그런 기분을 불러일으켜 주었다.

그가 2분쯤 불빛을 바라보고 있었기 때문에 나도 그만큼 그의 얼굴을 주시하고 있었다. 그는 갑자기 얼굴을 올려 내 시선이 자기의 얼굴에 고정되어 있는 것을 바라보았다.

"나를 훑어보고 있군, 에어 선생. 그래, 미남자로 보입니까?" 그가 말했다.

미리 생각이라도 해두었더라면 얼버무려서라도 적당한 예의를 갖춰 대답했겠지만 미처 생각도 하기 전에 대답을 해 버렸다.

"아뇨."

"아아! 놀랐는데! 당신은 이상한 데가 있어. 귀여운 수녀 같은 기품을 풍기고 있단 말이오. 손을 모으고 앉아서 양탄자만 바라보고 있으면 — 아까처럼 내 얼굴을 뚫어지게 바라볼 땐 제외하고. — 기묘하고 침착하고 또 근엄하고 소박해 보이지. 그런데 그러다가도 질문을 한다든가 대답하지 않을 수 없는 말을 건네면 무례하다고까지는 말할 수 없어도 어쩐지 퉁명스럽게 대답을 내뱉곤 하거든. 왜 그러는 거요?"

"나는 너무 솔직해요. 용서하세요. 용모에 관한 질문에 대해서는 즉석에서 대답하기가 곤란하다든가, 사람에 따라서 취향이 다르다든가, 아름답다는 것은 그리 중요하지 않다든가, 그렇게 대답을 했어야 할 것입니다."

"그런 대답은 할 필요조차 없지요. 말 그대로 아름답다는 것은 그리 중요하지 않으니까. 정말로! 앞서 말한 폭언을 누그러지게 하는 체하면서, 그리고 나를 위안해 주며 마음을 가라앉히는 체하면서, 내 귀밑에다 교활한 칼을 들이대는군! 자, 계속해 봐요. 나에게는 어떤 결점이 있는지……. 다른 사람들과 마찬가지로 팔다리와 이목구비는 갖춘 것으로 알고 있는데?"

"로체스터 씨, 나의 첫 번째 말은 없던 것으로 해주세요. 신랄한 대답을 할 생각은 전혀 없었어요. 단지 불쑥 튀어나온 말이에요."

"그럴 거요. 나도 그렇게 생각하고 있어요. 그러나 책임은 져야 해요. 나를 평가해 보시오. 내 이마는 마음에 드나요?"

그가 이마를 덮은 검은 머리를 올리자, 충실한 지능 기관의 융기가 보였다. 그러나 인자한 표시가 있어야 할 곳에 그것이 없었다.

"자, 선생, 나는 바보인가요?"

"천만에요. 만약에 내가 그 대답으로, 당신은 그럼 박애주의자냐고 묻는다면 당신은 나를 건방지다고 하시겠지요?"

"또 나왔어! 내 머리를 쓰다듬어주는 체하고 다시 칼로 자르는군. 그렇기 때문에 나는 어린아이들이나 나이 든 부인과 같이 있는 것이 싫다고 했어요. — 목소리를 낮추어서 들리지 않도록! — 아니에요, 아가씨. 나는 박애주의자는 아니지만 양심은 갖고 있다오." 이렇게 말하면서 그는 양심의 기능을 나타내는 것으로 알려진 돌출된 곳을 가리켰다. 그곳은 다행히도 머리 윗부분의 넓은 곳으로 눈에 띄는 곳이었다.

"그것뿐만 아니라 한때는 조잡스럽긴 하지만 자비심도 갖고 있었지요. 나도 당신 나이 때는 다정다감한 청년으로서, 미숙한 사람이나 의지할 데 없는 사람, 불쌍한 사람에게 마음이 끌렸어요. 그러나 그 이후로는 운명의 여신한테 계속 두들겨 맞았지요. 그리하여 여신의 손에 의해 주물려진 나는 지금에 와서는 탄성 고무처럼 굳고 단단해졌다고 자부하지요. 그러나 한두 개의 구멍을 통해서 무엇인가가 스며들면, 아직 정에 쏠리는 부분이 그 가운데 있다오. 그러므로 나에게 아직 희망이 있다는 거 아니겠소?"

"무슨 희망이죠?"

"탄성 고무에서 다시 인간으로 되돌아오는, 최후의 변신에 대한 희망이라고나 할까?"

'틀림없이 이 사람은 술을 지나치게 마셨군.' 하고 나는 생각했다. 그의 기묘한 질문에 어떻게 대답하면 좋을지 알 수 없었다. 그가 변신할 수 있을지의 여부도 나로선 알 수 없는 일이었다.

"몹시 곤혹스러워하는 얼굴인데요, 에어 선생. 내가 미남이 아닌 것처럼 자신도 미인은 아니면서, 그래도 당황해하는 모습은 잘 어울리는군요. 그리고 나를 뚫어지게 바라보던 시선을 양탄자로 돌려서, 수놓은 꽃무늬를 바라보는 것은 적절한 방법이고요. 계속해서 당황하시오. 아가씨, 오늘 밤 나는 단지 사람이 그립고 얘기가 하고 싶은 거요."

그는 의자에서 일어나, 대리석 난로 선반에 한 팔을 기대고 섰다. 그런 자세를 취하자 그의 외양을 얼굴과 마찬가지로 자세히 살펴볼 수 있었다. 보통 이상으로 넓은 어깨는 손발의 길이와 균형이 잡히지 않을 정도였다. 대개는 그를 추남으로 보겠지만, 그러면서도 그의 태도에는 과감한 자부심이 보였고 동작에는 유연한 점이 있었다. 자신의 외양에 대해서는 전적으로 무관심한 것 같았지만 그것에 대한 매력 결핍의 보상인 듯 천성적인, 아니면 후천적인 여러 능력을 가지고 있었다. 그런데 그는 그 능력에 대해 거만할 정도로 확신을 지니고 있는 듯했다. 그러므로 누구나 그를 바라보면 초연해질 수밖에 없고, 맹목적이고 불완전한 것이긴 하지만 그 확신을 받아들일 수밖에 없었다.

"오늘 밤 나는 사람이 그립고 얘기가 하고 싶소." 그는 반복해서 말했다.

"그런 이유로 당신을 오라고 불렀던 거죠. 난로와 샹들리에만으론 충분하지 않고, 파일럿은 상대가 되지 않거든요. 그들은 대꾸를 할 수 없으니까. 아델은 좀 나은 편이나 아직 기준 미달이고, 페어팩스 부인도 마찬가지야. 당신 정도라면 만족할 수 있으리라고 생각했소. 처음 내 방으로 오라고 했던 날 밤, 당신은 나를 당황하게 했어요. 그러고 나서 당신에 대한 일은 까맣게 잊고 있었소. 다른 일들이 당신 생각을 내 머리에서 추방했던 거요. 그런데 오늘 밤은 시끄러운 것들을 잊어버리고 마음을 즐겁게 할 것을 불러들이려고 결심했죠. 당신이 입을 연다면 — 당신에 관한 것을 좀 더 알 수 있다면. — 즐거울 테니까. 자, 말해 봐요."

나는 대답하는 대신 빙그레 웃었다. 그것은 만족한 웃음도, 그렇다고 복종하는 웃음도 아니었다.

"말해 봐요." 그가 재촉했다.

"무슨 얘기를 하지요?"

"뭐든지 마음대로 해봐요. 무슨 화제를 어떤 식으로 말하든, 그것은 전적으로 당신에게 달렸소."

나는 자리에 앉았으나, 입은 열지 않고 생각했다. '내가 단지 얘기를 하고 나 자신을 털어놓을 것을 바랐다면 그는 사람을 잘못 택했다는 것을 알게 될 거야.'

"벙어리인가요, 에어 선생은?"

그래도 내가 계속해서 침묵을 지키자, 그는 내 편으로 머리를 갸웃하며 힐끗 내 눈치를 살피는 것 같았다.

"고집을 부리는 건가?" 그가 또다시 말했다.

"귀찮다는 거요? 아아! 그럴 만도 하지. 내가 어리석고도 거만스럽게 요구를 했군. 에어 선생, 용서해요. 사실은 이번뿐이고, 앞으로는 하인을 다루듯이 하지 않을 거요. 말하자면 — 자기 말을 정정하면서 — 나는 다만 20세나 되는 연령의 차이와 한 세기 분의 경험이 앞서 있기 때문에 생기는 우월감으로 요구할 뿐이오. 이것은 정당한 것이며, 아델의 상투어를 빌린다면, '나도 같은 의견이야.'입니다. 나는 단지 이 우월감의 힘을 빌려, 무슨 얘기든 해서 내 마음을 즐겁게 해주길 희망할 따름이오. 나의 사념은 녹슨 못처럼 부식된 어떤 한 점에 고착되어 있어서 고민하고 있다오."

그는 마치 사죄라도 하듯 길게 설명했다. 나는 그의 겸손한 태도에 냉담하게 대해서는 안 되겠다고 생각했고, 그럴 수도 없었다.

"가능하면 기꺼이 위안을 해드리지요. 진심으로 그렇게 하겠어요. 그런데 화제를 꺼낼 수가 없군요. 어떤 얘기에 흥미를 갖고 계신지 알 수 없으니까요. 내게 질문을 하시면 최선을 다해 대답할게요."

"그렇다면 우선 나에게는 권위적이고 무뚝뚝하고 때로는 횡포를 부릴 수 있는 약간의 권리가 있다는 것을 인정해 주겠소? 그것은 지금 말한 이유, 즉 나는 당신의 아버지만큼이나 나이가 들었고, 당신이 한곳에서 일정한 사람들과만 살아오는 동안, 여러 나라의 많은 사람들과 갖가지 경험을 통해서 싸워가며 지구의 반을 돌아다녔기 때문이오."

"좋으실 대로 하세요."

"그건 대답이 아니오. 오히려 회피하는 것이므로 짜증이 날 따름이지. 명확하게 대답을 하시오."

"나로선 단지 나보다 나이가 많다고 해서, 또 세상 물정을 나보다 잘 아신다고 해서 내게 명령하실 권리는 없다고 봐요."

"흠! 솔직하게 대답을 하는군. 그러나 그것은 내 입장에는 적합하지 않으니까 인정하지 않기로 하겠소. 왜냐하면 두 가지 유리한 점에 대해서 나는 무관심하니까. 더구나 우월이라는 것을 도외시하고라도, 그것을 악용한다는 것은 있을 수 없는 일이오. 내가 우격다짐으로 하는 말에 화를 내든가 감정 상하지 말고, 때로는 나의 명령에 복종해 주길 바라오. 그렇게 할 수 있겠소?"

나는 미소를 지었다. 로체스터 씨가 정말로 기이한 사람이라고 생각되었기 때문이었다. 그는 자기의 명령을 받기 때문에 내가 연봉 30파운드를 받고 있다는 사실을 잊고 있는 것 같았다.

"웃는 것이 아름다운데, 말도 해봐요." 그가 순간적으로 지나가는 표정을 포착하며 말했다.

"임금을 받고 있는 고용인에게, 명령을 받으면 화가 난다든가 감정이 상하느냐고 묻는 주인은 별로 없을 것이라고 생각했어요."

"임금을 받고 있는 고용인이라고! 오오! 당신은 나의 고용인이었던가? 그렇지, 봉급을 받는다는 것을 잊고 있었군! 그렇다면 금전상의 이유로 내가 좀 허세를 부려도 괜찮겠군?"

"아니에요, 그런 이유로는 안 됩니다. 그것을 잊고 있었다는 이유와, 그리고 고용인이 그 의존하고 있는 상태에 만족하고 있는지 아닌지에 당신이 마음을 쓰고 있는 게 이유라면, 나는 전적으로 인정하겠어요."

"그리고 여러 가지 격식을 갖춘 형식과 문구를 생략하는 데도 동의하겠소? 그것을 생략하는 것을 무례한 소치라고 생각하지 말고."

"형식을 벗어났다고 해서 무례라고는 절대로 생각하지 않을 거예요. 전자는 오히려 바라는 바이고, 후자의 경우에는 자유의 몸으로 태어난 사람이라면 누구나 돈을 받고도 복종하지 않을 것입니다."

"바보 같군! 자유의 몸으로 태어난 사람이라도 대개의 경우 돈에는 굴복하게 마련이오. 그러므로 그것은 자신에게만 국한시키고, 전혀 알지 못하고 있는 문제를 일반화하는 것은 삼가는 게 좋을 거요. 어쨌든 당신이 정확한 것은 아니나, 그런 대답을 하는 당신에게 나는 마음으로 악수를 청하겠소. 그 내용은 물론 대답하는 태도에 대해서도. 솔직하고 진지한 대답이었으니까. 그런 식의 대답은 그리 흔하게 들어볼 수 없는 거죠. 아니, 오히려 잘난 체하고 냉담하다든가, 어리석고 조잡한 머리로 의미를 곡해하는 것이 직언에 대한 보답일 거요. 천 명의 경험 없는 가정교사 중에서, 단 세 사람도 지금 당신이 한 것처럼 대답하지 못할 겁니다. 이것은 아첨이 아니오. 설사 당신이 대다수의 사람들과 다른 형태로 이루어졌다 해도, 그것은 당신의 공이 아니라 자연이 그렇게 만든 것이니까. 아, 내가 너무 결론을 서두르고 있군. 내가 아는 바로는 아직 당신이 다른 사람과 다르다고 단정할 수 없소. 얼마 안 되는 장점을 상쇄해 버릴 결정적인 결점이 있을지도 모르니까."

'당신 역시 그럴지 모르지.' 하고 나는 생각했다. 바로 그때 그와 시선이 마주쳤다. 그는 내 생각을 읽기나 한 듯이, 그리고 내용이 생각 속에만 그려져 있는 것이 아니라 입으로 말이라도 한 것처럼 중얼거렸다.

"그래, 옳아요. 내게도 많은 결점이 있소. 하지만 나는 그것을 감추려고 하지 않는다는 것을 단언하지요. 신도 알다시피, 나는 다른 사람들에게 너무 심하게 대하지 않는 게 좋다고 생각해요. 내가 갖고 있는 과거의 생활, 일련의 행위, 가슴속 깊이 생각해야 할 검게 물들여진 인생이 있는데, 이런 것들이 나의 조소와 비난을 다른 사람들에게 보낼 것이 아니라 나 자신에게 보내야 한다고 외치고 있소. 나는 스물한 살 때 방향을 잘못 잡았었지요. 오히려 — 모든 의무 불이행자처럼, 나도 책임의 반을 불운과 역경의 탓으로 돌리고 싶기 때문에. — 그릇된 방향으로 밀려가서 다시는 올바른 길로 되돌아올 수 없었다는 것이 옳겠지. 그러나 좀 더 다른 사람이 되었을 수도 있었소. 당신처럼 착하고 — 보다 현명하고 — 때 묻지 않은 사람으로 말이오. 나는 당신이 가진 마음이 평화, 깨끗한 양심, 더럽혀지지 않은 기억이 부럽다오. 아가씨! 티 없고 더럽혀지지 않은 기억이란 아주 소중한 보물이오. 순수한 생기를 주는, 아무리 퍼내도 마르지 않는 샘이지요. 그렇지 않소?" 그가 말했다.

"열여덟 살 때의 기억은 어떤 것이었는데요?"

"그때는 정상이었지. 투명하고 건전했다오. 배 밑에 더러운 물이 고였어도 전체를 더럽히는 일은 없었소. 열여덟 살 때는 당신과 같았어요. 똑같았지. 대체로 자연은 나를 선량한 사람으로 만들 예정이었지요, 에어 선생. 그 프로그램대로라면 보통보다도 선량한 사람이 되었어야 할 텐데, 지금 나는 그렇지 못하다고 말할 수밖에 없소. 그렇게는 보이지 않는다고 당신은 말하겠지? 자랑일진 모르지만 적어도 나는 당신의 눈을 읽을 수 있다고 생각해요. 미리 말해 두지만, 당신은 눈빛으로 나타내는 표현에 대해 조심해야 하겠소. 나는 그것을 아주 빨리 해석할 수 있으니까. 그리고 이것만은 믿어도 좋은데, 나는 근본이 악인은 아니오. 당신도 그렇게 생각해선 안 돼요. 그러니 나에게 그런 악평은 하지 마시오. 나는 굳게 믿고 있지만 타고난 성향이라기보다 오히려 환경 때문에, 나는 돈 있고 아무 쓸모없는 사람들이 살아가는 것처럼 하찮은 방탕생활에 지친 평범한 죄인이죠. 이런 고백이 이상하게 생각되나요? 앞으로 살아가는 동안 자신도 모르게 아는 사람의 비밀을 듣게 되는 입장에 처할 수도 있다는 것을 알아두시오. 많은 사람들도 나와 마찬가지로, 당신의 장점은 자신의 것을 얘기하는 데 있는 것이 아니라 다른 사람들이 하는 이야기를 듣는 데 있다는 걸 직관적으로 알게 될 거요. 그리고 또 그들의 무분별한 행위를 악의에 찬 경멸감으로 듣는 것이 아니라 천성적인 동정심을 지니고 듣고 있다고 느낄 겁니다. 동정을 표시하는 것이 소극적이라고 해서, 위안이나 격려가 그 힘을 상실하는 것은 아니니까요."

"그것을 어떻게 알지요? 어떻게 모든 것을 그렇게 추측할 수 있나요?"

"나는 그것을 잘 알아요. 그래서 마치 알기에다 자기의 사랑을 적는 것처럼 자유자재로 말할 수 있는 거요. 아마 내게 환경을 극복하라고 말하고 싶을 거요. 그렇게 했어야만 했지. 마땅히 그래야 했어. 그러나 보다시피 나는 그러지 못했소. 운명에 짓밟히고 있을 때, 내겐 냉정할 수 있는 분별력이 없었어요. 나는 마침내 자포자기하고 타락했지요. 때문에 지금 와선 바보 같은 놈들이 야비한 말로 내 비위를 건드려도 내가 그들보다 낫다고 자만할 수 없거든. 오히려 그들과 나는 같은 수준에 있다는 것을 고백할 수밖엔 없어요. 확고한 태도를 취했더라면 좋았을 걸……. 이런 심정은 하느님도 아실 거야! 잘못을 범할 것 같은 때는 후회할 것을 두려워하나요, 에어 선생? 후회는 인생에 있어서 독이라오."

"후회는 과오를 고치는 방법이라고 말하지 않나요?"

"후회했다고 과오가 고쳐지진 않아요. 개혁을 하면 될 수 있겠지요. 나도 개혁을 할 수 있소. ― 그럴 만한 힘은 아직 있어요. ― 만약……. 그러나 그런 생각이 무슨 소용 있소? 이렇게 고통스러워하면서 무거운 짐을 진 채 저주받고 있는데. 그러나 한편 나는 돌이킬 수 없을 만큼 행복과는 등지고 있기 때문에, 인생에서 쾌락을 찾을 권리가 있다고 생각해요. 나는 그것을 손에 넣고야 말겠소. 무슨 일이 있더라도."

"그러면 더욱 타락할 거예요."

"그렇겠지. 그러나 감미롭고 신선한 기쁨을 얻을 수 있다면, 어떻게 타락이라고만 하겠소? 그리고 그와는 반대로 황야에서 꿀벌이 모으고 있는 꿀처럼 감미롭고 신선한 형태로 손에 넣을지도 모르지."

"거기에는 가시가 있어요. 아마 쓴맛이 날 거예요."

"어떻게 그것을 알지요? 겪어보지도 않고. 왜 그렇게 심각한 얼굴을 하는 거요? 카메오의 양각 머리처럼 ― 그는 난로 선반 위에서 그것을 잡어 들었다. ― 거기에 대해선 아무것도 모르면서 말이오. 당신은 나한테 설교할 권리가 없소. 인생의 문턱을 채 넘지 못한, 그리고 그 신비에 대해서는 아무것도 모르는 초심자인 당신으로선 말이오."

"나는 다만 당신에게 자신이 한 얘기를 되새겨보도록 했을 따름입니다. 당신은 과오는 후회를 가져온다고 했고, 후회는 인생의 독이라고 단언하셨잖아요."

"그런데 누가 지금 과오에 관한 것을 얘기하고 있단 말이오? 나는 내 머리를 스치고 지나간 생각을 과오라고는 여기지 않아요. 그것은 유혹이라기보다 오히려 영감이라고 믿어요. 대단히 상쾌하고 또한 기분 좋은……. 나는 그것을 알고 있다오. '또다시 찾아왔다!'라고 생각되는 악마는 아니지요. 나는 믿어요. 설령 악마라고 해도, 그것은 광명의 천사 옷을 입은 악마지요. 이런 아름다운 천사가 내 가슴에 들어오겠다고 하는데, 어찌 거절할 수가 있겠소?"

"그것을 믿어서는 안 돼요, 그건 정말 천사가 아니니까."

"거듭 묻겠는데, 당신은 그것을 어떻게 알지요? 무슨 직관을 가지고 지옥에 추락한 천사와 영원한 옥좌에서 온 사자를……. 안내자와 유혹하는 자를 구별할 수 있다고 주장하는 거요?"

"당신의 얼굴을 보고 판단했어요. 그런 암시가 다시 돌아왔다고 했을 때, 흐트러진 안색을 보고 알았어요. 그리고 당신이 거기에 귀를 기울인다면 보다 더 비참해질 것이라고 느꼈습니다."

"천만에! 이 세상에서 가장 축복된 것을 가져올 거요. 이 이상의 것에 대해서, 당신은 내 양심의 수호자는 못 돼요. 그러므로 걱정하지 마시오. 자, 들어와요, 아름다운 방랑의 천사여!"

그는 이렇게 외쳤는데, 마치 자기 눈에만 보이는 환상에게 말하는 것 같았다. 그리고 뻗쳤던 두 팔을 가슴 위에 얹은 행위는, 뭔가를 포옹하는 행위와도 흡사했다.

"그런데 말이오. 나는 이 순례자를 가장한 신으로 믿고 있는데, 이미 받아들였소. 그리고 즉시 나를 위해 좋은 일을 해주었소. 지금까지 내 심장은 마치 납골당 같은 것이었는데, 앞으로는 신전으로 바뀔 거요." 그가 계속 말하면서 다시 나를 바라보았다.

"솔직히 무슨 말인지, 하나도 못 알아듣겠어요. 대화를 더 계속할 수가 없어요. 내 능력으론 힘든 화제예요. 알 수 있는 건 다만 한 가지, 당신은 자신이 선인이 될 만큼 착하지 못하다고 했고, 그리고 자신의 불완전을 후회한다고 한 것이지요. 그리고 또 내가 이해할 수 있는 것 하나는, 당신이 더럽혀진 과거는 영원히 독이라고 말한 것입니다. 내 생각으로는, 당신이 애써 노력만 한다면 자신도 수긍할 만한 인물이 될 수 있다는 것을 알게 될 거란 것입니다. 오늘부터라도 굳은 결의로 사상과 행위의 개혁에 착수한 다면 2, 3년 내에 새롭고 더럽혀지지 않은 기억의 보고를 가지게 될 것이고, 기쁜 마음으로 돌아볼 수 있게 될 거예요."

"옳은 생각을 옳게 발언했소, 에어 선생. 하지만 나는 지옥으로 가는 길을 열심히 닦고 있어요."

"뭐라고요?"

"부싯돌처럼 단단한 선의로 길을 닦고 있단 말이오. 틀림없이 나의 친구 도, 사업도 과거의 그것과는 달라질 거요."

"좋은 의미로?"

"그렇소, 좋은 의미로 달라지. 당신은 나를 의심하는 것 같지만, 순수한 광석이 더럽혀진 금보다 낫듯이 나는 의심하지 않고 있어요. 자신의 목적이 무엇인지, 그리고 동기가 무엇인지를 알고 있거든. 그리고 양자가 다 옳다고 생각되는, 메디아인과 페르시아인의 율법처럼 변할 수 없는 법을 정했소."

"정당하다고 인정하기 위해서 새로운 법을 제정하는 것은 옳지 않아요."

"아니! 그것은 정당해요, 에어 선생. 비록 새로운 법률이 절대 필요하기 하지만, 전례가 없는 상황에서는 전례가 없는 법칙이 필요하거든."

"그것은 위험한 격언인 것 같아요. 남용될 우려가 있다고 보이거든요."

"현인인 체하는군! 그렇게 보일지 모르지만, 우리 가문의 수호신 이름을 걸고 남용 않겠다고 맹세하겠소."

"당신도 인간이므로, 과오는 피할 수 없어요."

"그건 그래요. 또 당신도 마찬가지이고. 그것이 어떻다는 거요?"

"과오를 피할 수 없는 인간으로서는, 신성과 안전에게만 마음 놓고 맡길 수 있는 힘을 얘기할 수 없어요."

"무슨 힘인데?"

"좀 이상해서 정당하다고 인정하기가 곤란한 행동에 대해, '그것은 정당하다!'고 단언할 수 있는 힘이지요."

"'그것은 정당하다!' 바로 그거야. 선생은 똑똑히 말해 주었소!"

"그렇다면, 그것이 정당하길 바랄게요." 나는 일어나면서 말했다. 무슨 말인지 모르면서 논쟁을 계속하는 건 쓸데없는 짓이라 여겨졌다. 또한 상대방의 성격이 내 통찰력이 미치지 않는 곳에 있다는 것을 느꼈던 것이다. 적어도 그때는 그랬다. 또한 자신이 무식하다는 것을 자각했을 때 동반되기 마련인 불안감과, 막연히 위험하다는 생각을 갖게 되었다.

"어디 가는 거요?"

"아델을 재우려고요. 잘 시간이 지났어요."

"당신은 나를 두려워하고 있군, 스핑크스와도 같은 말을 하고 있으니까."

"당신의 말은 정말 수수께끼 같아요. 그래서 어리둥절하긴 해도 두렵지는 않아요."

"아니, 두려워하고 있어. 선생의 자애심이 실수나 하지 않을까 해서."

"그런 의미에서는 걱정하지 않아요. 다만 무의미한 말을 뇌까리고 싶진 않군요."

"아무리 무의미한 말을 해도, 당신은 침착하고 조용하기 때문에 나는 의미 있는 말로 받아들일 거요. 에어 선생, 웃어본 적이 있습니까? 억지로 대답할 건 없소. 실상 거의 웃는 것을 보지 못했어요. 웃으면 명랑하게 보일 텐데. 내가 태어나면서부터 악인이 아닌 것처럼 당신도 본시 준엄하게 태어나진 않았을 거요. 나는 그렇게 믿고 있어요. 로드에서의 구속이 아직 어딘가에 붙어 있어서, 얼굴 표정을 지배하고 목소리를 억제하고 수족을 속박하고 있는 거예요. 그러나 시간이 가면 당신은 나를 자연스럽게 대하게 될 거요. 그렇게 되면 지금처럼 겁을 먹고 있는 표정과 동작이 한결 쾌활해질 테지. 나는 가끔 촘촘히 엮은 새장의 틈바구니로, 갇혀 있는 기묘한 새를 볼 때가 있어요. 그것은 원기 넘치는, 잠시도 침착할 수 없는 용기 있는 포로였지요. 자유롭게 된다면 구름 위로 높이 날아갈 거요. 지금 꼭 가봐야 하겠소?"

"아홉 시를 쳤어요."

"괜찮소. 조금만 기다려요. 아델은 아직 잘 생각이 없어요. 에어 선생, 이렇게 난로에 등을 대고 방 쪽을 향하고 있으니까, 감시하기엔 꼭 알맞은 자세지요. 당신이 얘기하는 동안에도 가끔 아델을 지켜봤어요. 저 애에 대해서는 흥미를 갖고 관찰할 만한 이유가 있지요. 그 이유에 대해서는 언젠가 당신에게 말하게 되겠지요. 꼭 할 거요. 저 앤 10분쯤 전에 상자에서 분홍빛 작은 비단 드레스를 꺼냈어요. 그것을 펼쳤을 때 얼굴에는 희색이 넘쳤지요. 저 애의 혈관 속에는 교태가 흐르고 있는데, 그것이 두뇌에 침입해서 골수에 까지 스며들었소. '당장 이것을 입어봐야지!' 하고 외치며 방에서 나갔거든. 지금쯤은 소피가 그것을 입혀주고 있을 거요. 2, 3분 있으면 돌아올 거예요. 그때는 어떤 것을 보게 될지 짐작이 가요. 막이 오르면 항상 셀린 바렌스가 무대에 나타나던 것처럼, 그녀의 작은 모형이 나타날 거요. 상관할 건 없는데도 감수성이 풍부한 나의 감정은 충격을 받으려고 해요. 그런 예감이 드는 군. 그대로 있다가 나의 예감이 실현되나 봅시다."

잠시 후에 홀을 달려오는 아델의 귀여운 발소리가 들려왔다. 보호자가 예견했던 대로 입고 있던 다갈색 드레스 대신 폭이 넓고 짧은 장밋빛 새틴 드레스를 입고 있었는데, 이마에는 장미 봉오리 화환을 쓰고, 발에는 비단 양말과 하얀 비단 샌들을 신고 있었다.

"드레스가 저에게 어울려요? 그리고 신발이랑 양말은? 내가 춤을 한 번 출게요!" 아델이 달려들면서 말했다.

그러고 나서 드레스 폭을 넓히며 미끄러지듯이 방 가운데로 달려 나갔다가 다시 로체스터 씨가 있는 데까지 오더니, 그 앞에서 발꿈치를 들고 가볍게 한 바퀴 돌아 그의 발밑에 한쪽 무릎을 꿇고는 외쳤다.

"아저씨의 친절에 대해 셀 수 없이 감사드려요. 엄마는 이렇게 말했지요?" 아델이 일어나면서 말했다.

"맞았어!" 그가 대답했다.

"그런 식으로 해서 내 바지 주머니에서 영국 금화를 훑어낸 거야. 나도 철이 없었지! 에어 선생, 그래요. 철이 없는 풋내기였어요. 한때 봄빛이 나를 젊게 해주었던 것처럼. 지금의 당신은 그 무렵의 나보다 젊지 않군. 그러나 내 청춘은 지났는데, 때로는 버리고 싶은 생각까지 드는 작은 프랑스 꽃을 남겨놓고 가 버렸소. 금가루만을 비료로 해서 자라는 족속들이라고 생각되어 이 꽃을 피우게 한 뿌리를 높게 평가할 수 없게 되자, 이 꽃에 대해서도 애정을 못 느끼게 되는군요. 특히 지금과 같이 꾸민 모습을 봤을 때는 더욱 그래요. 내가 이 애를 양육하고 있는 것은, 크든 작든 간에 하나의 선행이 무수한 죄를 씻어준다는, 로마 가톨릭의 신조에서 기인하는 거죠. 언젠가 이 일에 대해 자세히 설명하겠소. 잘 자요."

15장
아델의 비밀

로체스터 씨는 약속대로 거기에 관한 것을 설명해 주었다. 어느 날 오후 정원에서 놀던 나와 아델은 우연히 그와 마주치게 되었다. 아델이 파일럿과 어울려 놀거나 배드민턴을 가지고 장난을 치는 동안, 그는 나에게 그 애가 보이는 거리에서 너도밤나무 샛길을 걷자고 했다.

그때 그는, 아델은 프랑스의 오페라 무용가 셀린 바렌스의 딸인데, 한때 그 무용가에게 대단한 열정을 바쳤었다고 말했다. 그 정열을 셀린은 더욱 뜨겁게 받아들였고, 비록 자기가 추남이긴 하지만 그녀에겐 우상과도 같은 존재였다고 했다. 아폴로 벨베데레(Apollo Belvedere: 아폴론을 본뜬 대리석상.)의 우아함보다도 체격이 늠름한 자기를 더 좋아한다던 그녀의 말을 액면 그대로 믿었다는 것이다.

"프랑스의 요정이 영국의 못생긴 귀신을 좋다고 하는 바람에, 나는 우쭐해 가지고 그녀에게 호텔을 마련해 주고 하인이며 마차며 캐시미어 드레스에 다이아몬드, 값진 레이스 등을 갖춰주었지요. 한마디로 돈 많은 바람둥이들이 걷는 길을 따르기 시작한 거요. 나로서는 치욕과 파멸에 이르는 길을 걷더라도 새로운 길을 설계할 만한 독창력이 없었으므로, 기왕에 다져진 길의 한가운데를 한 치도 벗어나지 않고 걸었소. 그래서 나는 당연한 일이지만 모든 바람둥이와 똑같은 운명에 처하게 되었소. 어느 날 밤 내가 오리라고 기대하고 있지 않을 셀린을 불쑥 찾아갔더니, 그녀는 외출하고 없었소.

그날은 더운 밤이었는데 파리 거리를 쏘다니다 보니 너무 지쳐서, 난 그녀의 침대에 걸터앉아 여송연을 한 대 꺼냈소. 실례지만 생각난 김에 한 대 피워야겠소."

말이 중단되고, 그동안에 그는 담배를 꺼내서 불을 붙였다. 그러고 나서 쌀쌀하고 흐린 대기에다 아바나 담배 연기를 내뱉었다. 그러고 난 다음 다시 이야기를 계속했다.

"에어 선생, 나는 그 당시 봉봉 과자를 좋아했지요. 그래서 와작와작 깨물며 — 저속한 것을 용서하시오. — 초콜릿 봉봉을 먹고 번갈아 담배를 피우곤 했어요. 담배를 피면서 근처의 오페라 극장을 향해 마차 행렬이 지나가는 화려한 거리를 바라보고 있었소. 그때 아름다운 두 필의 영국산 말이 끄는, 창을 닫은 우아한 마차가 빛나는 밤거리에 나타난 것이 보였소. 그건 내가 셀린에게 사주었던 마차였지요. 그녀가 돌아온 걸 보자 나의 심장이 마구 뛰었소. 기대고 있던 쇠 난간이 떨릴 정도였다오. 예측했던 대로 마차는 호텔 현관 앞에 와서 멎었고, 나의 불꽃이 — 이것이 오페라의 연인한 테는 알맞은 말이다. — 마차에서 내렸죠. 망토로 몸을 감싸고 있었으나 실은 그렇게 더운 6월 밤에는 필요 없는 것이었소. 내릴 때에 마차 밑으로 작은 발이 보였는데, 그것으로 나는 즉각 그녀인 줄 알았지요. 내가 발코니에서 허리를 굽히며 '나의 천사여!'라고 속삭이려고 하는 순간 — 물론 연인의 귀에만 들릴 정도로 — 그녀의 뒤를 따라 한 사나이가 마차에서 내렸어요. 그자도 망토를 입고 있었소. 보도에 소리를 낸 것은 박차를 단 구두였고, 호텔 현관의 아치 밑을 지나간 것은 모자를 쓴 머리였소. 당신은 질투를 해본 적이 없겠지요, 에어 선생? 물어볼 필요도 없겠지……. 사랑을 해본 적이 없을 테니까. 앞으로 그 두 가지 감정을 경험하게 되겠지요. 당신의 영혼은 잠자고 있는데, 앞으로 그것을 깨울 충격도 있을 거요. 모든 인생은 당신이 지금까지 젊은 나날을 그렇게 보낸 것처럼 조용히 지나갈 것으로 생각하고 있겠지요? 눈을 감고 귀를 막고 있으면 멀지 않은 곳에 있는 개천바닥의 암석도 볼 수 없고, 그 암석의 밑뿌리에 부딪치는 물소리도 들을 수 없을 거요. 단언하지만 — 내 말을 잘 기억해 둬요. — 당신도 언젠가는 바위가 많은 협곡의 수로에 당도할 것이라고 봐요. 거기서는 인생의 모든 흐름이, 소용돌이와 광란과 포말과 굉음으로 흩어지게 되는 거요. 당신은 모난 바위에 부딪쳐 가루가 되든가, 보다 더 큰 물결을 타고 잔잔한 흐름으로 운반될 거요. 그래, 지금의 나처럼. 나는 지금이 좋아요. 강철 같은 빛의 저 하늘이 좋고, 서리에 덮인 이 준엄하고 조용한 세상이 좋고, 손필드의 회색 정면과 금속 빛 하늘을 되비치는 줄 지어 있는 어두운 창들이 좋다오. 그런데도 얼마나 오랫동안 이것들을 생각조차 하기 싫어했고, 마치 거대한 전염병동처럼 피해 왔는지! 지금도 얼마나 이것을 싫어하는 것일까……."

그는 이를 부드득 갈면서 입을 다물었다. 그와 동시에 걸음을 멈추고 장화 신은 발로 굳은 땅을 굴렀다. 무엇인가 기분 나쁜 생각이 떠올라서, 한 발짝도 더 나가지 못하게 그를 붙잡는 것 같았다. 그때 우리는 오르막길을 걷고 있었으므로 저택이 눈앞에 보였다. 눈길을 흉벽으로 돌린 그는, 그때까지 보지 못했으며 그 후에도 보지 못한, 매우 험악한 눈초리로 그곳을 응시하였다. 고통과 치욕과 분노, 초조함과 불쾌감과 혐오감이 검은 눈썹 밑으로 열려 있는 커다란 눈동자 속에서 일순간 떨며 맞부딪치는 것 같았다. 서로가 다른 것을 이기려는 싸움이 치열했는데, 그때 다른 감정이 떠올라서 승리를 거두었다. 그것은 뭔가 강경하고 냉소적이며 완고하고 단호한 것이었다. 이것에 의해 그의 격정은 가라앉았고, 표정은 다시 굳어졌다.

그는 얘기를 이어갔다.

"에어 선생, 침묵을 지키고 있는 동안 나는 나의 운명과 어떤 문제를 결정짓고 있었어요. 운명의 여신은 너도밤나무 옆에 서 있었소. 그녀는 포레스의 황야에서 맥베스의 눈앞에 나타났던 요정 중 하나와도 같았는데, '너는 손필드를 좋아하느냐?' 고 손가락질을 하며 물었지요. 그리고 경고문을 썼는데, 괴상한 상형문자로 집 정면의 끝에서 끝까지 2층 창과 1층 창 사이에 '가능하면 좋아해라! 용기가 있으면 좋아해!' 라고 적혀 있었소. '좋아하겠어요! 그렇게 할 용기도 있어요!' 라고 나는 대답했소. 그리고 — 그는 퉁명스럽게 덧붙였다. — 나는 약속을 지킬 생각이라오. 행복해지고 선량해지는 데 방해가 되는 장해물을 제거할 거요. 지금까지보다, 지금보다도 선량해질 거요. 〈용기〉에 나오는 수중 괴물이 창과 창대와 쇠사슬로 된 갑옷을 분쇄한 것처럼, 다른 사람들이 쇠나 주석으로 생각하는 것을, 나는 짚이나 썩은 나무로 생각하고 부수겠소."

그때 아델이 배드민턴 채를 가지고 그의 앞으로 달려왔다.

"저리 가! 너는 저리 떨어져 있어! 아니면 소피한테 가든지." 그가 엄하게 소리쳤다.

나는 말없이 그의 뒤를 따르다가, 용기를 내어 빗나갔던 그의 이야기를 원점으로 돌렸다.

"셀린 바렌스가 돌아왔을 때, 당신은 발코니에서 내려왔나요?"

때를 맞추지 못한 이 질문은 비웃음을 살 것으로 생각했었으나, 뜻밖에도 우울한 방심 상태에서 깨어난 그가 나에게 얼굴을 돌렸을 때 그의 이마에서는 검은 그림자가 사라져 있었다.

"아아! 셀린에 관한 것을 잊고 있었군! 그러면 얘기를 계속하지요. 내 마음을 앗아갔던 여인이 기사와 동반해서 들어오는 것을 보자, 마치 쉭! 하는 소리가 들리는 것 같았소. 그러자 푸른 질투의 뱀이 달빛 비치는 발코니에서 사렸던 몸을 풀고 나의 조끼 주머니로 들어가더니, 2분도 채 못 되어 심장의 핵심부로 들어갔지요. 아니, 이건 이상한데!" 그는 이렇게 소리치면서 다시 이야기의 내용에서 벗어났다.

"이런 이야기를 들어줄 사람으로, 왜 하필이면 당신을 택했을까? 이상한데! 당신같이 기묘하고 경험 없는 아가씨가 오페라 아가씨의 이야기를 마치 평범한 세상 이야기처럼 조용히 귀 기울여 듣다니! 더욱 이상한데! 그러나 먼저도 말했지만 잘 들어주니까 나도 얘기를 하게 된 거요. 침착하고 조심성 있는 당신은, 누구라도 비밀을 털어놓기엔 안성맞춤이지. 또 내 마음을 털어놓으려고 택한 상대가 어떤 마음을 가지고 있는지 나는 알고 있소.

그것은 남의 영향을 받지 않는 마음이지요. 그건 독특한 거요, 나로선 그것을 해칠 생각도 없지만, 설사 해치려고 해도 해를 받지 않을 거요. 그러므로 당신과 나는 얘기를 나누면 나눌수록 좋아요. 왜냐하면 나는 당신을 해칠 수 없고, 당신은 내게 활기를 띠게 해주니까 말이오." 그런 다음 그가 다시 말을 이었다.

"나는 발코니에 그대로 있었소. '틀림없이 그들은 그녀의 방으로 들어갈 것이다.'라고 생각하고, 나는 열린 창으로 손을 넣어 안이 들여다보일 정도로 틈을 남기고 커튼을 쳤지요. 그리고 창문도 사랑의 속삭임이 들릴 정도로만 열어놓고 닫았소. 그리고 나서 의자에 돌아와 앉았을 때, 그들이 방으로 들어왔어요. 내 눈은 번개같이 틈새로 향했지요. 셀린의 하녀가 들어와서 등잔에 불을 켠 다음 테이블 위에 놓고 나갔기 때문에 그들의 모습이 내 눈앞에 적나라하게 드러났소. 둘 다 망토를 벗었는데, 비단 옷에 보석으로 치장한 ─ 물론 내가 준 선물이오. ─ '그 바렌스'와 사관 복장을 한 상대방 남자가 보였소. 그는 나도 아는 방탕한 젊은 자작이었소. 골이 텅 비고 행실이 좋지 않은 청년으로 가끔 사교계에서 얼굴을 대한 일이 있었지만, 완전히 그를 멸시해 왔기 때문에 미워하지도 않았지요. 그리고 그가 누구라는 것을 알게 되자, 질투의 뱀은 아가리를 벌리지도 않았소. 왜냐하면 같은 순간 셀린에 대한 정열의 불꽃도 사라졌기 때문이오. 그런 상대를 위해서 나를 배반할 정도의 여자라면, 인간으로 대해 줄 가치조차 없거든. 멸시 받아 마땅한 여자지요. 하기야 그런 여자에게 눈이 어두웠던 나보다는 덜할지 몰라도. 어쨌든 두 사람은 얘기를 시작했는데, 그들의 말을 듣고 보니 오히려 마음이 편해졌어요. 대화의 내용이란 경박하고 무의미한 것이어서, 듣는 사람으로 하여금 화를 내게 하기보다는 따분하다는 생각을 하게 했소. 마침 테이블 위에 내 명함이 한 장 놓여 있었는데, 그것이 그들의 눈에 띄자 내 이름이 화제 대상에 오르더군. 둘 다 나를 꼼짝 못하게 해치울 정도로 용기도 없고 기지도 없었기 때문에, 그들답게 천한 말로 비겁하게 나를 모욕했소. 특히 셀린은 내 용모의 결함에 대해 얘길 했는데, 참으로 훌륭했소. 나를 불구자로 낙인찍었으니 말이오. 그런데 그녀는 그때까지 나의 남성미에 대해 극구 칭찬만을 해왔었소. 그 점에선 당신과 정반대였지. 당신은 나를 두 번째 봤을 때 맞대놓고 미남자가 아니라고 말했으니까. 그때 그 대조가 나를 놀라게 하고, 그리고……."

그때 아델이 다시 이쪽으로 달려오고 있었다.

"아저씨, 존이 그러는데 대리인이 와서 뵙자고 한대요."

"아아! 그렇다면 얘기를 간략하게 해야겠군. 난 창문을 열고 두 사람에게 다가갔지. 그 여자를 자유로운 몸으로 만들어 호텔을 떠나도록 하고, 당장에 필요한 돈을 조금 주었어요. 그러고는 그녀의 비명이나 신경질, 애원, 항의, 경련을 모두 뿌리치고, 자작과는 불로뉴 숲에서 만나기로 약속했소. 이튿날 나는 그와 결투를 할 영광을 가졌지요. 병든 병아리의 날갯죽지처럼 가느다란 그의 나약한 팔뚝에 총알을 박아놓고, 그들과는 완전히 인연을 끊을 생각이었소. 그런데 셀린은 그보다 6개월 전에 아델을 낳았는데, 그 애가 내 딸이라고 우겨대는 거요. 글쎄 그럴지도 모르지만, 그 애의 얼굴에는 이렇게 험상궂은 얼굴을 한 아비의 피를 받은 흔적이라고는 하나도 없소. 그 애보다는 오히려 파일럿이 나를 닮았거든. 내가 그 애의 에미와 인연을 끊고 난 지 몇 해 뒤에, 그녀는 아델을 버리고 음악가인지 가수인지와 이탈리아로 도망쳐 버렸다오. 난 아델이 나에게 부양을 요구할 당연한 권리가 있다고는 인정하지 않았고, 지금도 인정하지 않고 있소. 나는 그녀의 아비가 아니기 때문이오. 그러나 그 애가 곤경에 처해 있다는 소식을 들은 후, 그 가엾은 어린 것을 파리의 더러운 진구렁에서 꺼내어 영국 정원의 건전한 토양에서 싱싱하게 길러보려고 이곳에 가져다 심은 거요. 그 교육을 위해 페어팩스 부인이 당신을 찾아낸 건데, 이제 그 애가 프랑스 오페라 배우의 사생아라는 것을 알게 됐으니, 당신의 직무와 학생에 대한 견해가 달라졌을 거요. 며칠 있으면 나에게 찾아와서, '새로운 일자리를 구했습니다. 그러니 다른 가정교사를 구하세요.'라고 말하지 않을는지?"

"아니에요, 아델은 어머니나 당신의 잘못에 대해 책임이 없어요. 그의 사정을 알게 되니, 어떤 의미에서는 고아라고 생각되어 더 관심을 가지게 됩니다. 엄마에게 버림받고, 당신에게는 내 자식이 아니라고 거절을 당했으니 말예요. 앞으로는 더욱 가깝게 대해 주고 싶어요. 친구로 생각하며 나에게 의지하는 고아를 버리고, 가정교사를 성가신 존재로 생각하는 부잣집의 버릇없는 아이한테로 어떻게 갈 수 있겠어요!"

"오오! 선생은 그런 식으로 보는군요! 이젠 들어가야겠소. 그리고 당신도. 벌써 어두워졌군."

그러나 나는 아델과 파일럿과 함께 경주도 하고 배드민턴도 치면서 몇 분 더 머물러 있었다. 그러고는 집 안으로 들어가 아이의 모자와 상의를 벗겨주고 나서, 내 무릎 위에 앉혀놓고 한 시간쯤 제멋대로 지껄이게 했다. 사소한 잘못에 대해선 야단도 치지 않았다. 좀 귀엽게 봐주면 이런 잘못을 이내 드러내곤 했다. 이렇게 나타나는 경망스러운 성격은 아마도 어머니에게서 이어받은 것인 듯했는데, 영국 기질과는 부합되지 않는 것이었다. 물론 장점도 있었다. 그 점을 나는 적극적으로 좋게 평해 줄 생각이었다. 나는 그녀의 전체적인 모습에서 로체스터 씨를 닮은 점을 찾아보려고 했으나, 단 한 가지도 찾아낼 수가 없었다. 어떤 특징도 어떤 표정도 핏줄임을 말해 주는 데가 없었는데, 이것은 측은한 일이었다. 만약에 닮은 점이 있다는 것을 증명할 수 있다면, 그는 좀 더 잘 돌봐주었을 것이다.

잠자리에 들기 위해 내 방으로 돌아와서야, 나는 로체스터 씨에게서 들은 이야기를 되생각해 보았다. 그가 말한 대로 내용 자체에는 아무것도 이상할 것이 없었다. 프랑스의 무희에 대한 돈 많은 영국 남자의 정열이라든가, 그녀의 배반 같은 것은 사교계에선 흔히 볼 수 있는 일이다. 그러나 그가 현재 느끼는 만족스런 기분과 이 오래된 집과 환경에 대해 새롭게 가지는 기쁨을 말하려고 했을 때, 갑작스럽게 그를 엄습한 격정의 발작은 참으로 기묘한 것이었다. 나는 그 일에 대해 기이할 정도로 곰곰 생각했다. 그러나 당장엔 설명할 수 없는 문제였으므로 뒤로 미루고, 나에 대한 그의 태도를 생각해 보기로 했다. 그가 정당한 것이라 생각하고 나에게 보여준 신뢰감은,

나의 분별력에 대한 칭찬으로 생각되어 나는 그대로 받아들이기로 했다.

이 몇 주일 동안 그가 나를 대하는 태도는 처음처럼 변덕스럽지가 않았다. 내가 그의 기분에 거슬리지는 않는 듯, 냉정하고 거만한 태도가 없어졌다. 우연히 만나게 되면 오히려 반가워하는 눈치였다. 그럴 적이면 항상 말을 건다든가 미소를 짓곤 했는데, 정식으로 그의 앞에 불려갔을 때는 정성어린 환대를 받았다. 그래서 나에게는 그를 즐겁게 할 수 있는 힘이 있다고 느껴졌고, 그런 날 저녁의 대화는 나를 위한 것뿐만 아니라 자신의 즐거움도 위해서 마련된 것이라고 여겨졌다. 물론 나는 말이 적었으나 그의 얘기를 듣는 게 즐거웠다. 천성적으로 말하기를 좋아하는 듯, 세상 물정을 모르는 사람에게 여러 가지 세상 형편과 습성을 — 부패한 정경이라든가 타락한 습성을 말하는 것이 아니라, 세상이 운영되는 크기라든가 세상을 특징지어지게 하는 신기함을 말해 줌으로써 흥미를 갖게 했다. — 들려주길 즐겨 했다. 나는 그가 말한 새로운 관념을 받아들이고, 그가 그린 새로운 화면을 상상하면서 그가 펼쳐놓은 새로운 나라를 머릿속에서 따르는 것이 무한히 즐거웠다. 그동안 서로 기분 나쁜 말을 했기 때문에 거북해진 일은 한 번도 없었다.

그가 홀가분한 기분으로 대해 주었기 때문에 나 또한 이젠 괴로운 긴장감을 느끼지 않았다. 성심껏 그리고 조리에 맞는 우정으로 담담하게 대해 주었기 때문에 오히려 나의 마음을 끌었던 것 같다. 그래서 때로는 그가 고용주라기보다 친척으로 느껴지기도 했다. 그런데도 가끔 엄격해질 때도 있긴 했다. 그러나 나는 크게 개의치 않고 그의 성격이려니 했다. 생활에 이처럼 새로운 흥미를 가지게 되자 기쁘고 만족스러웠고, 희미한 초승달 같은 나의 운명도 앞으로 나아질 것만 같이 생각되었다. 생활의 공백이 채워지자 몸도 건강해져서 살이 붙기 시작했다.

아직도 내 눈에는 로체스터 씨가 추남으로 보일까? 독자여, 그렇지 않다! 무엇보다도 감사하는 마음과 즐겁고 따뜻한 여러 가지 연상에 의해 그의 얼굴을 보고 싶었다. 그가 같이 있으면 제 아무리 잘 타는 난로보다도 원기가 솟곤 했다. 하지만 그래도 그의 결점을 잊을 수는 없었다. 아무리 잊으려고 해도 그렇게 되지가 않았다. 왜냐하면 가끔 그가 내 앞에서 그것을 드러내놓기 때문이다. 그는 미숙한 모든 서술에 대해 거만하고 신랄하고 가혹했다. 마음속으로 내가 느끼기에는, 나에게 대하는 그의 친절은 다른 모든 사람들에게 대하는 부당함과 엄격한 표리를 이루었다. 또한 그는 여전히 변덕스러웠는데, 거기에 대해서는 설명할 수가 없었다. 나는 한두 번이 아니라 여러 번 책을 읽어주기 위해 불려갔던 적이 있는데, 그때마다 그는 서재에 앉아서 팔짱을 끼고 머리를 숙이고 있었다. 그리고 고개를 들었을 때 보면 무뚝뚝하고 흉악할 정도로 찌푸려진 얼굴이 몹시 어둡게 보였다.

그러나 그가 변덕스러운 것이나 사람들에게 엄격한 것도, 그리고 지난날의 도덕적인 과오도 — 지난날이라고 말하겠다. 지금은 고친 것으로 보이기 때문에. — 근원을 따지고 보면 모두가 운명의 장난이라고 나는 믿고 있었다. 그는 환경에 의해 육성되고 교육에 의해 감화되고 운명에 의해 격려되었다고 하기보다는, 오히려 태어나면서부터 훌륭한 성향과 높은 신조와 순수한 취미의 소유자였으리라. 나는 그에게 훌륭한 소질이 있다고 생각했다. 비록 그것이 현재 상처받고 혼란 상태로 한데 엉겨 있긴 하지만. 그리고 그의 슬픔이 어떤 것인지 다는 몰라도, 함께 슬퍼하고 그것을 덜기 위해서라면 어떤 희생이라도 감수하겠다는 나의 생각을 부인할 수가 없었다.

촛불을 끄고 침대에 누웠지만 나는 잠을 이루지 못했다. 그가 숲 사이에서 발을 멈추고, 운명이 자기 앞에 나타나 손필드에서 자기를 행복하게 하려면 그렇게 해보라고 했다던 때의 그의 표정을 생각하고 있었기 때문이다.

'당신은 왜 행복해질 수 없지요?' 나는 자신에게 물어보았다. '그를 집에서 멀리 떼어놓는 것은 무엇일까? 이제 곧 또 떠날 것인가? 페어팩스 부인은 계속해서 2주일을 머무르는 일은 드물다고 말했었는데, 이번에는 8주나 되었어. 만약에 그가 떠나가 버린다면, 그 변화는 슬픈 것이 되겠지. 그가 봄, 여름, 가을 동안 이곳을 떠난다면, 햇볕 내리쬐는 맑은 날도 얼마나 쓸쓸할까!'

이런 생각에 잠겨 있다가 잠이 들었는지 확실치 않을 때, 애처로운 속삭임

같은 것이 내 바로 위에서 들리는 것 같았다. 나는 깜짝 놀라서 눈을 떴다. 촛불을 그대로 켜뒀더라면 좋았을 거란 생각이 들었다. 주위는 무서울 정도로 어두웠고, 나는 맥이 풀리는 것 같았다. 침대 위에 일어나 앉아서 귀를 기울였으나, 소리는 이미 멎었다.

나는 다시 잠을 청하려고 했지만, 가슴이 몹시 두근거리고 마음이 산란했다. 멀리 있는 아래층 홀의 시계가 두 시를 쳤다. 바로 그 순간, 내 방문에 뭔가가, 어두운 복도를 손으로 더듬으면서 지나가다가 손가락이 방문에 스치는 것 같았다. 내가 "누구세요?" 하고 물었으나 대답이 없었다. 나는 공포에 질려 버렸다.

그러자 곧 파일럿인지도 모르겠다는 생각이 떠올랐다. 가끔 주방문이 열려 있으면 로체스터 씨의 방문 밖으로 가는 것을 보았기 때문이다. 오늘 아침에만 해도 거기 누워 있는 것을 내 눈으로 봤다. 그렇게 생각하니 다소 마음이 가라앉아서, 다시 자리에 누웠다. 정적이 신경을 안정시켜 주었고, 주위가 고요해지자 잠이 오기 시작했다. 그러나 그날 밤에는 잠을 자지 못하는 것이 나의 운명이었다. 꿈이 나의 귀밑까지 왔다가 소스라칠 만한 사건에 놀라서 도망쳐 버리고 말았던 것이다.

그것은 악마의 웃음소리였다. — 억지로 참는 듯한 낮으면서 깊은 소리였는데 — 그건 바로 내 방 열쇠 구멍 근처에서 들려왔다. 내 침대의 머리 쪽이 문 쪽으로 향해 있었기 때문에 처음에는 그 웃는 유령이 내 침대 옆, 아니 베개 밑에 웅크리고 있는 것으로 생각되었다. 하지만 일어나서 살폈지만 아무것도 보이지 않았다. 계속해서 바라보고 있었더니 이상한 소리가 또다시 되풀이되었다. 내 방문 밖에서 들려오는 것이었다. 나의 최초의 반작용은 벌떡 일어나서 문고리를 잠그는 일이었다. 그런 다음 "누구세요?" 하고 다시 물었다.

무엇인가가 으르렁거리며 몇 번 소리를 내더니 신음 소리가 이어졌다. 그리곤 곧이어 발소리가 복도를 지나 3층 계단 쪽으로 사라졌다. 최근 그 계단을 막으려고 달았던 문이 열리고 다시 닫히는 소리가 나더니 이내 조용해졌다.

'그레이스 풀인가? 그 여자가 유령한테라도 홀린 건가?' 나는 그렇게 생각했다. 그러자 더 혼자 있을 수가 없어서 페어팩스 부인한테 가야겠다고 생각한 다음 서둘러 웃옷을 입고 숄을 걸쳤다. 떨리는 손으로 고리를 벗기고 문을 열었을 때, 바로 문밖 복도의 깔개 위에서 촛불이 그대로 타고 있어 나는 깜짝 놀랐다. 그러나 복도 전체가 연기에 싸여 있는 것같이 희미하게 보여서 더욱 놀라며 푸른 연기의 근원지를 찾으려고 좌우를 살폈다. 그때 뭔가 타는 것 같은 지독한 냄새가 풍겨왔다.

무엇인가가 삐걱대는 소리가 들렸다. 그것은 반쯤 열린 로체스터 씨의 방문이었는데, 연기는 그곳에서 나오고 있었다. 페어팩스 부인에 대한 생각은 사라지고 그레이스 풀이나 웃음에 대한 생각도 이미 자취를 감추었다. 그 순간 나는 침실로 뛰어들었다. 로체스터 씨의 침대 주위에서 불꽃이 날름거리고, 커튼에는 이미 불이 붙어 있었다. 그러나 로체스터 씨는 꼼짝도 않고 깊은 잠에 빠져 있었다.

"일어나세요! 일어나세요!" 나는 소리를 질렀다. 그의 몸을 흔들어봤으나 입 속으로 뭔가 중얼거리면서 돌아누울 뿐이었다. 연기를 들이마시고 감각이 둔해진 것이다! 그땐 홑이불에까지 불이 붙었으므로, 일순간도 더 지체할 수가 없었다. 나는 대야와 물통 쪽으로 달려갔다. 다행히 대야는 크고 물통은 깊었는데, 두 군데 다 물이 가득 차 있었다. 나는 그것을 들어다가 침대와 그 위에 누워 있는 사람에게 끼얹었다. 그리고 내 방으로 달려가서 물통을 가져다가 또 한 번 쏟아 부었다. 그리하여 신의 도움으로 불꽃을 잠재우는 데 성공했다.

쉬익! 하고 불이 잦아드는 소리와 물 끼얹을 때 내 손에서 빠져나간 물통 깨지는 소리, 더구나 흥건하게 끼얹은 물벼락으로 마침내 로체스터 씨가 잠에서 깨어났다. 그는 자신이 지금 물이 흥건한 가운데 누워 있다는 것을 알아차리자, 무엇인가 알아들을 수 없는 말을 중얼거렸다. 그러더니 마침내 소리를 질렀다.

"홍수라도 났는가? 그리스도교국의 모든 요정의 이름으로 묻겠는데,

너는 제인 에어지? 나한테 이게 무슨 짓이야? 이 악마야, 마법사야! 이 방에 너 말고 누가 있단 말이야? 나를 수장시킬 작정이었나?"

"촛불을 가지고 오겠어요. 제발 일어나세요. 누군가가 큰일을 저지른 거예요! 어떻게 된 건지 빨리 조사해 봐야 되겠어요."

"일어났소. 하지만 2분만 기다려줘요. 마른 옷을 갈아입을 때까지만 ……. 그래, 여기 가운이 있군. 빨리 가서 촛불을 가져와요."

나는 달려가서 복도에 놓여 있던 촛불을 들고 왔다. 그는 내 손에서 촛불을 받아들더니 높이 들어 올려 침대를 살폈다. 모든 것이 까맣게 그을고 흥건히 젖어 있었으며 양탄자는 마치 물에 떠 있는 것 같았다.

"어떻게 된 거야? 누가 이랬소?" 그가 물었다.

나는 복도에서 들려온 기괴한 웃음소리며 2층으로 올라가는 발소리, 연기 등에 대해서 간략하게 말했다. 그리고 나를 이 방으로 오게 한, 뭔가 타는 냄새와 방 안에서 목격한 상태에 대해 말했다. 그러고 나서 닥치는 대로 물을 퍼부었다는 얘기를 덧붙였다.

그는 심각한 표정으로 내 말을 들었다. 그러는 동안 그의 얼굴에는 놀라움보다 번민하는 빛이 떠올랐는데, 내가 얘기를 끝낸 다음에도 바로 입을 열지 못했다.

"페어팩스 부인을 불러올까요?" 내가 물었다.

"페어팩스 부인? 무엇 때문에? 불러봤자 별수 있겠소? 그대로 자게 둬요."

"그러면 리어를 부르고, 존 부부를 깨울까요?"

"아니, 그만둬요. 그대로 조용히 있어요. 숄을 걸쳤나? 추우면 저기 걸려 있는 내 외투를 걸치고 거기 안락의자에 앉아요. 내가 입혀주지. 발을 의자 위에 올려놓아요. 젖지 않도록. 잠깐 나갔다 와야겠소. 촛불을 갖고 갈 테니까 내가 돌아올 때까지 꼼짝 말고 있어요, 생쥐처럼 말이오. 3층을 좀 둘러보고 오겠어. 그동안 움직이지 말고 나를 부르지도 말아요."

그가 든 촛불이 멀리 사라질 때까지 난 가만히 지켜보았다. 그는 조용히 복도를 지나 소리 나지 않게 계단으로 통하는 문을 열고 나가더니 다시 닫았다. 나는 암흑 속에 혼자 남아 무슨 소리가 나지 않는지 귀를 기울였지만 이젠 아무 소리도 들리지 않았다. 꽤 오랜 시간이 흐르자 조바심이 나고, 외투를 걸쳤는데도 덜덜 떨렸다. 그가 아무도 깨우지 말라고 했으나, 나도 여기 가만히 있을 필요가 없다고 생각되었다. 명령을 거역함으로써 그의 기분을 상하게 할는지는 모르지만 어쨌든 내가 방에서 나가려고 했을 때 복도의 벽에 불빛이 비치더니 맨발로 걸어오는 소리가 들렸다.

그는 새파랗게 질리고 우울한 표정이 되어 돌아왔다.

"다 알았어. 역시 생각했던 대로야." 세면대 위에 촛불을 올려놓으면서 그가 말했다.

"어떻게 된 거예요?"

그는 팔짱을 낀 채로 방바닥을 지켜보고 있다가 2, 3분 후에 이상한 어조로 물었다.

"당신이 방문을 열었을 때, 무엇을 봤다고 했던가?"

"못 봤어요. 복도에 촛대만 놓여 있었어요."

"그러나 괴상한 웃음소리는 듣지 않았나? 그전에도 들었으리라고 생각되는데, 적어도 비슷한 소리라도……."

"네, 그레이스 풀이라는 침모가 그렇게 웃던데요. 이상한 사람이에요."

"바로 그거야. 그레이스 풀……. 맞아, 그 여자는 당신 말대로 이상해 ……. 대단히! 이 문제에 대해 좀 생각해 봐야겠소. 자초지종을 다 아는 사람은 나와 당신뿐이라는 게 다행한 일이오. 당신은 수다스러운 바보는 아니지만 오늘 밤에 생긴 일에 대해 아무 말 말아줘요. 이 현장은 — 침대를 가리키면서 — 내가 설명할 테니, 당신은 방으로 돌아가요. 나는 날이 샐 때까지 서재의 소파에서 잘 수 있을 거야. 이제 곧 네 시로 접어드니까……. 두 시간만 있으면 하인들이 일어나겠지."

"그럼 안녕히 주무세요." 나는 일어서면서 말했다.

그가 깜짝 놀라는 것 같았다. 지금 막 가라고 해놓고 놀라는 것은 대단히 모순된 일이었다.

"왜 그래요! 벌써 가려고?" 그가 소리쳤다.

"가도 좋다고 하셨잖아요."

"그렇지만 작별 인사도 없이, 한마디 위안의 말도 나누지 않고⋯⋯. 그렇게 간단히 냉정하게는 갈 수 없소. 당신은 내 생명을 구했잖소! 소름 끼치는 죽음에서 구해 주었소. 그런데 처음 만난 사람처럼 나를 버리고 갈 수는 없어요! 적어도 악수 정도는 해야지."

그는 손을 내밀었다. 내가 손을 내밀자 처음에는 한 손으로 잡더니, 다음에는 두 손으로 꼭 잡았다.

"당신은 내 생명을 구해 줬어요. 나는 당신에게 더 이상은 말로 표현할 수가 없소. 이 세상에 존재하는 다른 어떤 것이, 그런 채무의 채권자 자격으로 나타난다면 나는 능히 당해낼 수 있겠지만, 당신의 경우에는 달라요. 당신의 배려가 짐이라고 생각되지 않으니까, 제인."

그는 말을 중단하고 나를 쳐다보았다. 눈에 보일 정도로 입술 끝에서 말이 떨고 있었다.

"그러면 안녕히 주무세요. 이런 경우에는 채무도, 배려도, 짐도, 의무도 없는 거예요."

"나는 알고 있었소. 당신이 언젠가는 어떤 형태로든 나에게 좋은 일을 해줄 것을. 처음 만났을 때 당신의 눈에서 봤소." 그는 다시 말을 그쳤다. 그러고 나서 재빨리 덧붙였다.

"눈의 표정과 미소가 나를 가슴속 깊이 즐겁게 해준 것은, 이유가 있었던 거요. 사람들은 이것을 자연의 감응이라고 말하지. 수호신의 이야기도 들었어요. 허황된 우화에도 진실의 씨앗은 있는 법이거든. 나의 소중한 수호자여, 편히 자요!"

그의 목소리에는 이상한 힘이 있었고, 표정에는 이상한 열기가 돌았다.

"마침 그때 잠이 깨어 있어서 다행이었어요." 이렇게 말하고, 나는 그 자리를 뜨려고 했다.

"제인! 정말 갈 거요?"

"추워요."

"춥다고? 그럴 테지. 물웅덩이에 서 있으니까! 그러면 가 봐요, 제인!" 그러면서도 계속 손을 놓지 않았기 때문에 몸을 돌릴 수가 없었다. 그래서 난 핑계를 생각해 냈다.

"페어팩스 부인이 일어난 것 같아요."

"그럼 가 봐요." 그가 말하면서 손을 놔주어, 나는 밖으로 나왔다.

내 방의 침대에 누웠으나 잠이 오질 않았다. 마치 동요하는 바다에 떠 있어 고난의 물결이 환희의 물결 밑에서 출렁거리고 있는 듯했다. 이 험한 바다 너머로 뿔라(Beulah: 〈천로역정〉에 나오는, 천국에 가까우며 순례자들이 쉬는 곳이란 뜻.)와도 같은 아름다운 언덕이 가끔 보이는 것 같았으며, 그럴 때는 희망에 의해 잠이 깬 싱싱한 바람이 자신만만하게 나의 영혼을 목적지로 운반하는 것이었다.

그러나 나는 공상 속에서도 목적지에 도달할 수가 없었다. 육지에는 반대 쪽으로 부는 바람이 일고 있어, 계속 나를 뒤로 몰아내곤 했다. 의식이 도취에 반항하고, 판단력이 정열을 경고했기 때문이다. 휴식을 취하기 전엔 너무나 흥분해 있었으므로, 날이 새자마자 나는 곧 일어났다.

16장
이루지 못할 사랑

　잠을 설친 날 아침, 나는 로체스터 씨를 보고도 싶었고 두렵기도 했다. 다시 그의 목소리를 듣고 싶었으나 그의 시선을 대하기가 무서웠다. 아침녘에는 그가 찾아주지 않을까 해서 기다려졌다. 공부방에 자주 나타나는 것은 아니었지만, 때때로 2, 3분씩 들여다보는 일이 있었다. 그리고 어쩐지 그날은 찾아올 것만 같았다.

　그러나 그날 아침은 아무 일 없이 지나서 아델이 조용히 공부하는데 지장이 없었다. 다만 아침 식사 직후 로체스터 씨 침실 근처에서 시끄러운 소리가 들려왔을 따름이었다. 페어팩스 부인과 리어와 요리사 — 존의 아내 — 의 말소리가 존의 굵은 목소리에 섞여 들려왔다. "주인님이 침대에서 불에 데어 돌아가시지 않은 것은 하늘이 도운 일이야!", "밤중에 촛불을 켜두는 것은 위험천만이야!", "물통을 생각하실 정도로 침착했다는 것은 다행한 일이야!", "아무도 깨우지 않다니, 이상해!", "서재의 소파에서 주무시고 감기나 안 드셨으면 좋으련만!" 따위의 감탄사가 연발되었다.

　왁자지껄한 소리가 있고 나서 닦아내고 정돈하는 소리가 들려왔다. 점심 때 아래층으로 가는 길에 그 앞으로 가보니, 모든 것이 그전처럼 정리되어 있었다. 침대의 홑이불이 벗겨져 있었고, 리어가 창턱에 올라서서 유리를 닦고 있었다. 나는 그녀에게 이 사건이 그들에게 어떻게 설명되었는지를 물어보려 했다. 그런데 가까이 가보니 안에 또 한 사람이 있었다. 한 여인이 침대 옆 의자에 앉아 커튼에 고리를 달고 있었는데, 바로 그레이스 풀이었다.

그녀는 다갈색의 상의에 모자를 쓰고 바둑판무늬 앞치마엔 하얀 손수건을 꽂고서 여느 때와 다름없이 침착하고 엄숙한 표정으로 일에 열중하고 있었다. 그녀의 다부지게 생긴 이마나 평범하게 생긴 얼굴에선 살인을 기도했던 사람이라면 당연히 나타남직한 기색이 전혀 보이질 않았다. 더구나 피해자가 어젯밤에 그녀의 침실까지 추격해서 — 나는 그렇게 믿고 있었다. — 살의를 밝히지 않았던가.

나는 아연할 수밖에 없었다. 내가 계속 그녀를 바라보고 있자 그녀도 나를 쳐다보았는데 거기엔 죄의식이라든가, 공포를 나타내는 놀라움이라든가, 얼굴을 붉히는 기색 따위는 손톱만큼도 보이지 않았다.

항상 그랬듯이 그녀는 아무런 감정 없이 "안녕히 주무셨어요, 선생님." 하는 인사를 하고, 또 하나의 고리와 테이프를 들고 꿰매기 시작했다.

'어떻게든 시험해 봐야겠다.'고 나는 마음먹었다. '이렇게 무감각하다니, 말도 안 되는 일이야!'

"안녕하세요, 그레이스. 이 방에서 무슨 일이 있었나요? 아까 여러 사람이 여기서 떠드는 소리를 들은 것 같은데……." 내가 말했다.

"어젯밤 주인님이 침대에서 책을 읽으시다 촛불을 켜놓은 채로 주무셨는데, 커튼에 불이 옮겨 붙은 것 같아요. 그런데 다행히도 이불이나 벽에 번지기 전에 잠에서 깨어나 물통의 물로 불길을 껐지요."

"이상한 일인데요!" 나는 낮은 소리로 말하고 계속해서 그녀를 응시했다.

"로체스터 씨를 아무도 깨우지 않았나요? 아무도 그가 움직이는 소리를 듣지 못했나요?"

그녀는 다시 나를 쳐다봤는데, 이번에는 무엇인가를 의식하고 경계하는 눈으로 살피는 것 같았다.

"선생님도 알다시피 하인들은 먼 데서 자잖아요. 그러니 들을 수가 없지요. 페어팩스 부인 방과 선생님 방이 주인 방에서 가장 가깝죠. 그런데 페어팩스 부인은 아무 소리도 못 들었대요. 나이가 들면 깊은 잠을 자게 마련이니까요." 그러고 나서 잠시 멈추었다가, 무관심한 체하면서도 어떤 의미를 담은 듯한 어조로 덧붙여 말했다.

"하지만 당신은 젊으니까, 깊은 잠은 없으리라고 봐요. 그러니까 무슨 소리를 들었을 텐데요?"

"들었어요." 유리를 닦고 있는 리어에게는 들리지 않을 정도로 조그맣게 내가 말했다.

"그것을 처음에는 파일럿이라고 생각했었지요. 하지만 파일럿은 웃을 수 없을 텐데, 나는 웃음소리를 들었거든요. 그것도 기묘한 웃음소리를요."

그녀는 실을 끊어서 끝에 밀초를 칠한 다음 손을 고정시켜 바늘귀에다 꿰고는 침착한 태도로 말했다.

"그런 위험한 지경에서 주인님이 웃었을 리는 없어요. 선생님이 꿈이라도 꾼 거 아니에요?"

"아뇨, 꿈은 꾸지 않았어요." 나는 약간 흥분한 어조로 대답했다. 그녀의 뻔뻔스럽고 냉담한 태도에 화가 났기 때문이다. 그러자 그녀가 다시 나를 쳐다보았는데, 이번에도 아까와 마찬가지로 뭔가를 찾아내려는 듯한 의식적인 눈초리였다.

"웃음소리를 들었다는 것을 주인님에게 말했나요?" 그녀가 물었다.

"오늘 아침에는 아직 얘기할 기회가 없었어요."

"문을 열고 복도를 내다볼 생각은 없었나요?" 그녀가 또 물었다.

마치 나한테서 정보를 얻으려고 유도 심문이라도 하는 것 같았다. 그러자 내가 그녀의 범죄 행위를 안다든가, 혹은 의심하고 있다는 것을 알고 나면 필시 악의에 찬 장난을 칠 것이리란 생각이 불쑥 떠올랐다.

"내다보기는커녕, 오히려 문고리를 걸었지요."

"그렇다면 매일 밤 잠자리에 들 때 문고리를 걸지 않았다는 말이군요?"

'이 악마! 내 습성을 알아두려고 하는구나. 그래 가지고 무슨 계획을 꾸미려고!' 침착성을 억압하는 분노가 치밀어, 나는 날카롭게 대답했다.

"지금까지는 문고리를 걸지 않는 일이 가끔 있었죠. 그럴 필요가 없다고 생각했거든요. 손필드에서는 위험하든가 기분 나쁜 일이 일어나리라는 걱정을 하지 않았어요. 그러나 앞으로는 — 이 말을 더욱 강조했다. — 자기 전에 모든 것을 안전하게 해둬야겠어요."

"그렇게 하는 것이 현명하겠지요. 이 집 주변은 내가 아는 한 어느 곳보다도 조용하며, 집을 짓고 나서도 도둑이 들었다는 이야기를 못 들었어요. 그래도 잘 알려져 있듯이 찬장에는 수백 파운드 값어치의 식기가 들어 있고, 보다시피 집이 이렇게 큰데 하인의 수는 적어요. 주인님이 이곳에 오래 머물러 있지 않기 때문이기도 하지만 실상 집에 돌아오신다 해도 독신이므로 돌봐줄 사람이 그리 많이 필요하지 않거든요. 그래도 항상 지나칠 정도로 조심하는 것이 좋다고 생각해요. 많은 사람들이 모든 것을 하느님께 맡기고 있으나, 하느님은 조심하지 않아도 좋다고는 하지 않았어요. 조심할수록 잘 도와줄 거예요." 여기서 그녀는 지루한 얘기를 끝냈다. 그 얘기는 그녀로서는 매우 길고, 퀘이커교도처럼 근엄한 것이었다.

그녀의 기적적인 침착성과 헤아릴 수 없이 위선적인 태도를 보며 어이없어하고 있을 때, 요리사가 들어왔다.

"풀! 하인들의 식사가 곧 준비돼요. 아래층으로 내려오겠어요?" 요리사가 그레이스에게 말을 걸었다.

"안 가겠어요. 내 몫의 흑맥주 한 파인트와 푸딩 한 조각을 쟁반에 담아주세요. 3층으로 갖고 가겠어요."

"고기는요?"

"조금만 줘요. 그리고 치즈 한 조각하고. 그거면 돼요."

"세이고(사고야자(Metroxylon sagu)에서 뽑은 녹말로 만든 음식.)는요?"

"지금은 필요 없어요. 차 마시기 전에 아래층으로 내려가겠어요. 그때 내 손으로 만들지요."

그러고 나서 요리사는 나를 보고, 페어팩스 부인이 기다리고 있다고 전했다. 그래서 나는 그 자리를 떠났다.

점심을 먹고 있는 동안 커튼의 화재에 대해 부인이 장황하게 설명했으나 하나도 귀에 들어오질 않았다. 그 정도로 나는 그레이스 풀의 수수께끼 같은 성격에 골몰해 있었다. 그리고 그 이상으로 손필드에서 그녀가 갖는 지위가 무엇인지를 생각하고 있었다. '왜 오늘 아침에 즉시 감금하지 않았을까? 해고당하지 않는 이유는 뭘까? 그는 어젯저녁에 거의 그녀의 소행이라고 단정했었다. 무슨 말할 수 없는 이유 때문에 책망하지 않는 걸까? 왜 나한테까지 그것을 비밀로 할까? 이상하기 짝이 없다.' 대담하고 투지만만하고 거만한 신사가 천한 하인의 수중에 잡혀 있는 것처럼 느껴졌다. 자기의 생명을 빼앗으려고 했는데도 공공연히 비난도 못할 뿐더러, 그것을 벌할 수 없을 정도로 그는 그녀의 손아귀에 잡혀 있는 것 같았다.

만약 그레이스가 젊고 예쁘기라도 하다면, 신중해서나 공포심 때문에가 아니라 아끼는 마음이 생겨서 로체스터 씨가 그녀를 감싼다고도 생각되었을 것이다. 그러나 알다시피 그런 생각도 할 수 없는 처지이다. '그렇긴 하지만……." 나는 생각해 보았다. '그녀도 한때는 젊었으리라. 그녀의 청춘 시절은 그의 청춘 시절과 같은 때였을 것이다. 페어팩스 부인이 언젠가 말하기를, 그레이스는 이곳에 온 지 오래됐다고 했다. 그녀가 아름다웠으리라고는 생각되지 않지만, 잘은 몰라도 미모의 결점을 보충할 만한 독창성과 강인한 성격을 갖고 있었는지도 모를 일이다. 결정적으로 로체스터 씨는 기괴한 것을 좋아하는 성품이고, 그레이스는 기인임에 틀림없다. 그전부터 갖고 있던 들뜬 기분 때문에 — 그처럼 충동적이고 고집이 센 성질의 사람에게 흔히 있을 수 있는 기행이다. — 그녀의 손아귀에 꼭 잡혀가지고, 지금도 그의 행동에 비밀스런 영향을 행사하고 있는 것일지도 모른다. 이에 대해서 그는 자신의 경솔의 소치라고 여기며 뿌리치지도, 무시하지도 못하는 것이 아닐까?' 여기까지 추측했을 때 그레이스 풀의 모나고 펑퍼짐한 용모와 추하고 무미건조하고 조잡스럽게 생긴 얼굴이 내 심안에 뚜렷이 떠올랐다.

'아니야, 그럴 수는 없어! 내 추측은 옳지 않아. 그러나……' 마음속에서 비밀의 속삭임이 무엇인가를 암시했다. '너도 아름답지 못하긴 마찬가지야. 그런데도 로체스터 씨는 너에게 호의를 갖고 있거든. 너 또한 그렇다고

가끔 생각하고 있어. 어젯밤만 해도……. 그의 말, 그의 표정, 그의 목소리를 생각해 봐!'

나는 모든 것을 되생각해 보았다. 그러자 그의 말이며 시선, 어조가 뚜렷이 되살아나는 것 같았다. 나는 허리를 굽혀 그림을 그리고 있는 아델의 연필을 바로잡아 주었다. 그 순간 아델이 깜짝 놀라는 얼굴로 나를 쳐다보았다.

"왜 그래요, 선생님? 선생님 손이 나뭇잎처럼 떨려요. 뺨도 버찌처럼 빨갛고요!"

"허리를 굽혀서 열이 올라 그래, 아델!"

아델은 그림을 계속 그렸고, 나는 다시 생각에 잠겼다.

나는 그레이스 풀에 관한 싫은 생각을 마음속에서 씻어내 버리고 싶었다. 생각하는 것만으로도 구토증이 났던 것이다. 그녀와 나를 비교해 본 나는 우리에겐 서로 다른 점이 있다는 걸 알았다. 베시 리븐은 나를 숙녀라고 했는데, 그녀는 사실을 말해 주었던 것이다. 나는 숙녀이다. 그리고 지금의 나는 베시가 보았을 때보다도 훨씬 더 훌륭하다. 안색도 좋아지고 살도 붙고 원기도 생기고 명랑하다. 밝은 희망과 기쁨이 넘치기 때문이다.

"저녁이 다가왔군. 오늘은 하루 종일 로체스터 씨의 목소리도 못 듣고 발자국 소리도 못 들었는데, 어둡기 전에는 틀림없이 만나게 되겠지. 아침에는 만나는 것이 두려웠으나, 지금은 만나고 싶어졌어. 오랫동안 기대가 빗나 갔기 때문에 이젠 참고 기다릴 수가 없어." 나는 창가를 바라보며 혼자 중얼거렸다.

아델이 소피에게 놀러가고 나니, 그를 만나고 싶은 생각이 한층 간절해졌다. 나는 아래층에서 종소리가 나지 않는지, 아니면 리어가 전갈을 가지고 올라오지나 않을까 하고 귀를 기울였다. 가끔 로체스터 씨의 발소리가 나는 것 같아서 그가 문을 열고 들어오길 기다리기도 했지만, 어둠만이 창문을 통해서 기웃거렸다. 그러나 아직 늦진 않았다. 가끔 일곱 시나 여덟 시에도 불렀는데, 지금은 여섯 시도 안 되었다. 이렇게 할 얘기가 많은데 헛되게 오늘 밤을 보내야 한다니, 있을 수 없는 일이다.

나는 그레이스 풀에 대한 화제를 꺼내서 그의 대답을 듣고 싶었다. 어젯밤에 무서운 범행을 시도한 것이 그녀라고 확실히 믿는지를 솔직히 묻고 싶었다. 만약에 그렇다면 왜 비밀에 붙여두느냐고 따지고도 싶었다. 나의 호기심이 그를 짜증나게 하건 말건, 그건 큰 문제가 아니다. 나는 번갈아가며 그를 당황하게 하고 달래는 기쁨을 알고 있었던 것이다. 그렇게 하는 것을 특히 내 쪽에서 즐겨했다. 확고한 본능이 지나치는 것을 억제하여 화를 내는 단계에까지는 이르지 않으면서 그 직전에 나의 역할을 시험해 보는 것이 즐거웠다. 비록 사소한 것이라도 그와는 모든 존경의 형식을 갖추고 내 신분에 맞는 예의를 유지하면서 공포와 불안감 없이 의논할 수 있었는데, 이것은 그도 마음에 들고 나 역시 마음에 드는 방법이었다.

드디어 계단에서 발소리가 나더니 리어가 모습을 나타냈다. 하지만 그것은 페어팩스 부인 방에 차 준비가 되었다고 알리는 것이었다. 어쨌든 아래층에 내려가는 것만 해도 기뻐서, 나는 급히 내려갔다. 그렇게 하는 것이 로체스터 씨에게로 가까이 가는 것이라고 생각했기 때문이었다.

"차 생각이 날 거라고 생각되어서요. 오늘 점심을 조금밖에 안 들더군요. 어쩐지 몸이 좋지 않은 것 같아요. 안색이 상기되고 열이 있는 것 같기도 하고요." 나를 만나자 마음씨 좋은 부인이 말했다.

"아니에요, 괜찮아요! 더 이상 좋을 수가 없어요."

"그렇다면 많이 드셔서 그것을 증명해야지요. 이 부분을 마치는 동안, 찻주전자에 물을 부어주겠어요?"

뜨개질을 마치자 그녀는 일어나서, 지금까지 열어놓았던 커튼을 내렸다. 어둠이 급속도로 다가와 이미 밖은 캄캄해져 있었다.

"오늘 밤은 맑은데요. 그러나 별은 보이지 않아요. 대체로 로체스터 씨는 좋은 날을 택해서 여행을 떠나시거든요." 유리창을 통해서 밖을 내다보며 부인이 말했다.

"여행요? 로체스터 씨가 어디 가셨나요?"

"아침 식사를 끝내자마자 떠나신 걸요! 리스로 가셨어요. 밀코트에서 10

마일 떨어진 에시튼 씨의 저택이 있는 곳이지요. 그곳에 여러 분이 모이는가 봐요. 잉그램 경, 조지 린 경, 덴트 대령 등이지요."

"오늘 밤에 돌아오시나요?"

"아니, 내일도 안 오실 거예요. 아마 한 주일이나 그 이상 머무를 겁니다. 그런 훌륭한 상류사회 인사들이 어울리면 우아하고 밝은 분위기에 싸이기 마련이지요. 즐길 수 있는 모든 것이 갖춰져 있는데 급히 서둘러서 돌아갈 생각들을 하겠어요? 그런 경우에는 신사들이 환영받게 마련이지요. 특히 로체스터 씨는 사교에 있어 능란하고 활기를 띠게 하는 재주를 가지고 있어, 틀림없이 모든 사람들의 환대를 받을 겁니다. 여성들도 그분을 무척 좋아하지요. 외양으로 봐선 남들의 시선을 끌 거라고 당신도 생각하지 않을 거예요. 그러나 학식과 능력, 부와 가문이 용모라는 작은 결점을 보충해 주지요."

"리스에는 여성들이 많은가요?"

"에시튼 부인과 그녀의 따님이 셋 있어요. 정말 우아한 젊은 아가씨들이에요. 잉그램 경의 영애로 블랑슈와 메리가 있는데, 내가 생각하기로는 이 주위에서 가장 아름다운 여자 같아요. 실제로 6, 7년 전 블랑슈가 열여덟 살일 때에 한 번 만나봤어요. 로체스터 씨가 주최한 크리스마스 무도회와 파티에 참석하러 왔었거든요. 그날의 식당을 한 번 보여줬으면……. 얼마나 화려하게 꾸몄겠어요! 얼마나 눈부시게 불이 켜졌던지! 아마 숙녀와 신사가 모두 50명은 됐을 거예요. 모두들 이 부근의 쟁쟁한 가문 인사들이었는데, 그 가운데서도 잉그램 양이 그날 밤의 여왕이었지요."

"당신은 그 여자를 봤군요, 페어팩스 부인. 어떻게 생겼어요?"

"네, 식당 문을 열어놓아서 봤지요. 그리고 크리스마스 때라, 하인들이 모두 홀에 모여 숙녀들이 노래하고 피아노 치는 것을 듣도록 허락해 주었어요. 로체스터 씨가 나를 안으로 들어오라고 했기 때문에, 나는 한쪽 구석에 앉아서 그들을 봤어요. 그런 멋진 광경을 본 것은 처음이었지요. 부인들은 모두 호화로운 옷차림을 하고 있어서, 적어도 젊은 사람들은 대부분 다 아름답게 보였지만 그중에서도 잉그램 양은 확실히 여왕이었어요."

"어떻게 생긴 분인데요?"

"키가 크고 가슴이 풍만하고 어깨선이 아름다웠어요. 목이 길고 우아했지요. 다소 검은 올리브색 피부에 눈은 어딘지 모르게 로체스터 씨를 닮아 크고 검었으며, 자신이 달고 있는 보석처럼 빛나고 있었지요. 윤이 나는 까만 머리를 뒤로 길게 땋아서 위쪽으로 올리고, 앞쪽은 내가 처음 보는 스타일로 곱슬머리를 길게 드리웠어요. 하얀 드레스에 어깨와 가슴에는 황금색 스카프를 걸쳐서 옆으로 맸는데, 가장자리의 긴 장식 술이 무릎 밑까지 드리워져 있었어요. 머리에 꽂은 황금색 꽃도 숱 많은 까만 머리와 잘 어울렸고요."

"모두들 감탄했겠네요?"

"그야 물론이지요. 아름다울 뿐만 아니라 재주가 뛰어나서도 그랬지요. 노래 부른 숙녀들 중 한 사람이었어요. 한 신사분이 반주를 하고, 그녀는 로체스터 씨와 이중창도 불렀답니다."

"로체스터 씨가? 노래를 부르는 줄은 몰랐는데요."

"오오! 그분은 멋진 베이스 음색을 가지고 있어요. 그리고 음악에 대해 수준 높은 교양을 지니고 있지요."

"잉그램 양은 어떤 목소리였어요?"

"성량이 풍부하고 힘찼어요. 훌륭한 솜씨로 불렀기 때문에 듣는 것이 정말 즐거웠지요. 그러고 나서는 피아노도 연주했어요. 나는 음악을 잘 모르지만 로체스터 씨가 그녀의 연주는 일품이라고 말하는 것을 들었어요."

"그런데 그 아름답고 재주 있는 아가씨는 아직 미혼인가요?"

"아직 결혼을 안 했을 거예요. 그녀도 그녀의 동생도 그리 많은 재산을 갖고 있지는 않은 것 같아요. 부친의 토지는 대부분 상속이 한정되어 있어서 거의 전부가 장남에게 돌아가게 돼 있답니다."

"그런데 부유한 귀족이라든가 신사들이 왜 그녀에게 관심을 갖지 않았는지 모르겠군요. 예컨대 로체스터 씨 같은 분이……. 그는 부자가 아닌가요?"

"오오! 그렇지요. 그러나 보다시피 연령의 차이가 많잖아요. 로체스터 씨는 그럭저럭 40에 가깝고, 그녀는 겨우 스물다섯밖에 되지 않는걸요."

"그게 무슨 상관이 있어요? 그보다 더 어울리지 않는 결혼이 매일같이 이루어지고 있는데."

"그렇긴 하지요. 그러나 로체스터 씨가 그런 생각을 하리라고는, 나로선 생각할 수 없군요. 그건 그렇고, 아무것도 들지 않는군요. 차를 마시고 나서는 아무것도……."

"네, 갈증이 나서 못 먹겠어요. 차나 한 잔 더 마셨으면 하는데요……."

내가 다시 로체스터 씨와 아름다운 블랑슈와의 결혼 가능성을 생각하려고 했을 때 아델이 들어와, 화제는 딴 방향으로 옮겨졌다.

마침내 혼자 있게 되자 나는 내가 얻은 정보를 되새기기 시작했다. 자신의 마음속을 더듬어 생각한 것과 느낀 것을 검토하고, 끝도 없고 길도 없는 공상의 황야를 헤매고 있는 마음을, 엄격하고 안전하게 상식적인 울타리 안으로 끌어들이려고 나는 노력했다.

기억은 자신의 마음의 법정에서 기소되어, 지난밤부터 내가 품고 있던 희망과 소원, 감정에 관해, 그리고 과거 두 주일 가깝게 빠졌던 정신의 전반적인 상태에 대해 증언을 했다. 그러자 이성이 앞으로 나와 본래의 솔직하고 꾸밈없는 조용한 말투로 내가 어떻게 현실을 거부하고, 미친 듯 이상을 탐냈는지를 진술했다. 그래서 나는 다음과 같은 판결을 내리고, 받았다.

『제인 에어 이상으로 어리석은 자는 아직 이 세상에 없었다. 그 이상의 공상적인 백치가, 감미로운 거짓말을 만끽하고 독을 마치 선약처럼 마신 일도 없었다.

너는 스스로 로체스터 씨의 총애를 받는다고 생각하는가? 너는 그를 즐겁게 할 타고난 재주가 있는가? 너는 어떤 형태로든 그에게 있어서 중요한 존재인가? 저리 가라! 네 어리석음은 나를 괴롭히고 있다. 너는 단지 가끔 관심을 가져준 데 대해서 기쁨을 느꼈던 것이다. 그런 건 가문이 좋은 신사든가 세상 물정을 잘 아는 사람이, 하인이나 철부지에게 보여주는 부질없는 관심에 지나지 않는다. 그런데 어떻게 감히 그런 생각을 할 수 있지? 가엾고 어리석은 인간아! 자신의 이익을 위해서도 좀 현명해질 수 없단 말인가?

너는 오늘 아침에 지난밤의 짧은 정경을 되풀이해서 생각해 봤지? 얼굴을 가리고 부끄럽게 생각해라! 그가 네 눈을 예쁘다고 말하지 않았느냐고? 눈먼 강아지야! 흐린 눈을 닦고 자신의 저주받은 어리석음을 봐라! 결혼할 의사가 없는 남성에게서 칭찬받는다는 것은, 어떤 여성에게든지 좋은 일이 아니다. 마음속으로 혼자 사랑을 불태우는 것은, 어떤 여성이든 미친 짓이야. 만약에 이것이 아무런 보람 없이 상대에게 알려지지 않고 끝난다면 이것을 잉태한 생명을 좀먹을 것이며, 한편 알려지고 이에 대응해 온다면 이것은 도깨비불처럼 너를 헤어날 수 없는 깊은 수렁으로 몰고 갈 것이다.

그러므로 제인 에어! 너에 대한 판결에 귀를 기울여라. 내일 거울을 앞에 놓고 백묵으로 자신의 초상을 충실히, 단 하나의 결점도 빼놓지 말고 그려보아라. 눈에 거슬리는 어떤 선도 빼놓지 말고, 마음에 들지 않는 삐뚤어진 곳이 있어도 펴지 말 것이며, 그 밑에 이렇게 적어라. '의지할 데 없는 가난하고 못생긴 가정교사의 초상'.

그런 다음엔 매끈한 상아색 종이 한 장을 꺼내서 가장 선명하고 아름답고 밝은 색을 사용하여 상상이 가능한 한 가장 아름다운 얼굴의 윤곽을 잡아, 페어팩스 부인의 설명에 따라 블랑슈 잉그램의 부드러운 모습을 가장 아름다운 색조로 채색하는 거다. 까만 곱슬머리와 동양적인 눈매를 잊지 말고, 눈의 모델로 로체스터 씨를 생각하고! 마음을 다부지게 가져라! 감상을 버려라! 슬퍼하지 말고 분별과 결심을 지켜야 한다. 위엄 있고 균형 잡힌 얼굴 윤곽, 그리스풍의 목과 가슴, 토실토실하고 눈부신 팔과 섬세한 손이 잘 나타나도록 하는 거다. 다이아몬드 반지와 황금 팔찌도 빼놔선 안 된다. 복장은 충실하게 묘사하되, 투명한 레이스와 번쩍이는 비단과 우아한 스카프와 황금색 장미를 빼놓지 말아야 한다. 그리고 그 그림엔 '재능 있는 명문의 숙녀 블랑슈'라고 이름 붙인다.

앞으로 로체스터 씨가 너를 좋게 보고 있다고 생각될 때는, 그 두 그림을 꺼내서 비교해 봐라. 그리고 노력만 한다면 로체스터 씨가 그 고귀한 숙녀의 사랑을 받을 수 있는데, 가난하고 보잘것없는 가정교사를 진정으로 생각할 것 같은지를 되새겨보는 거다!』

'그렇게 할 거야.' 하고 나는 결심했다. 그러고 나니 마음이 가라앉아 겨우 잠을 잘 수 있었다.

나는 스스로의 약속을 이행했다. 크레용으로 나 자신의 초상을 그리는 데 한두 시간이면 충분했다. 그리고 2주일도 채 못 되어 상상을 통한 블랑슈 잉그램의 작은 초상을 완성했다. 그건 참으로 아름다운 초상화였는데, 크레용으로 그린 현실의 내 얼굴과 비교해 볼 때 자제심이 버틸 수 있는 범위에서 현저한 대조를 이루었다.

나는 이 작업에서 나름대로 이득을 보았다. 우선 이 일은 내 머리와 손을 바쁘게 했고, 마음에 영원히 새겨두려고 했던 새로운 감명에 힘과 불변성을 부여했다. 그리고 얼마 되지 않아서, 무리하게 자신의 감정을 억제한 건전한 훈련 과정에 대해 스스로를 축복할 이유가 생겼다. 덕분에 다음에 일어난 사건에 품위를 잃지 않고 침착하게 대처할 수 있었는데, 만약 사전에 아무런 준비가 없었더라면 표면상으로나마 냉정을 유지한다는 게 무리였을 것이다.

17장
손필드 저택의 손님들

일주일이 지났으나 로체스터 씨에게서는 아무 소식이 없었다. 열흘이 지났어도 마찬가지였다. 페어팩스 부인의 말로는, 그가 리스에서 곧바로 런던에 갔다가 다시 대륙으로 건너가서, 앞으로 일 년 동안 손필드에 얼굴을 나타내지 않는다 해도 놀라울 일은 아니라고 했다. 이번처럼 불쑥 이야기하지 않고 떠나는 것도 별로 드문 일이 아니라는 것이었다. 그 얘기를 들었을 때 나는 이상하게도 오한이 느껴지고 전신에서 기운이 빠지는 것 같았다.

가슴이 찢어지는 듯한 절망감에 사로잡혔으나 나는 곧 제정신을 되찾아, 스스로 결정한 방침을 생각하면서 내 감정에게 진정하라고 명령을 내렸다. 나는 일시적인 혼란을 훌륭히 극복해 냈는데, 로체스터 씨의 행동에 대해 내가 각별하게 관심을 가질 이유가 있다고 잘못 생각했던 것을 깨끗이 씻어 버린 것은 실로 놀라운 일이었다. 그렇다고 비굴한 열등감에서 그런 것은 아니었다. 오히려 그와는 반대로 이렇게 생각했던 것이다.

'너와 손필드 주인과의 관계는 맡은 아이를 가르치고 그 보수로 그가 지불하는 급료를 받고, 내 의무를 다했을 때 그에게 받는 정중하고 친절한 대우에 대해 감사하는 일 이상은 아무것도 없어. 이것만이 그가 인정하는, 나와 그 사이의 인연이라는 것을 알아야 해. 그러므로 그를, 나의 세심한 감정이나 환희 또는 고민의 대상으로 생각해선 안 돼. 그는 나와 같은 계급의 사람이 아니야. 나는 내 분수를 지켜야 해. 영혼을 바치는 애정 같은 것은 상대가 바라고도 있지 않으며, 만약 알게 되면 오히려 멸시할 거야. 그러므로 난 이런 데 마음을 쏟지 말고 자존심을 지켜야 하는 거야.'

나는 차분한 마음으로 내 할 일을 계속했다. 그러나 손필드를 떠나야만 된다는 막연한 암시가 가끔 뇌리를 스치곤 했다. 어느새 나는 나도 모르게 새로운 광고문을 작성해 놓고, 다른 일자리에 대해 여러 가지로 추측도 해보았다. 사실 이런 생각을 억제할 필요는 없었다. 만약 그것을 눈치챈다면 싹이 트고 열매를 맺을 가능성이 크며, 바람직한 일이므로.

로체스터 씨가 집을 떠난 뒤 2주일쯤 지났을 때 페어팩스 부인한테 편지 한 통이 전해져 왔다.

"주인님한테서 온 거예요. 내용을 보면 돌아오실 건지 아닌지 알 수 있겠지요." 겉봉을 보면서 그녀가 말했다.

그녀가 편지를 뜯어서 읽고 있는 동안 나는 커피를 마시고 있었다. ─ 우린 그때 아침 식사 중이었다. ─ 커피가 뜨거웠기 때문에 난 갑작스레 달아오르는 내 얼굴을 그 탓으로 돌렸다. 왜 손이 떨렸는지, 왜 찻잔의 커피를 받침 접시에 반쯤이나 엎질렀는지, 나는 생각하고 싶지도 않았다.

"자! 가끔 이 집이 너무 조용하다고 생각될 때도 있었는데, 이젠 또 바쁘게 됐군. 적어도 당분간은." 안경에 편지를 댄 채 페어팩스 부인이 말했다.

그 이유를 묻기 전에, 나는 마침 풀어져 있는 아델의 앞치마 끈을 매주었다. 그리고 과자를 하나 더 집어 주고 우유를 다시 따라준 다음 물었다.

"로체스터 씨가 곧 돌아오시는 건 아니겠지요?"

"곧 돌아오셔요. 사흘 후에 오신다고 했군요. 이번 목요일에. 그것도 혼자서가 아니라 여럿이 오신대요. 리스에 같이 계시던 훌륭한 분들이 몇이나 같이 오실지 몰라요. 좋은 침실들을 전부 준비해 놓으라고 하셨으니까. 그러므로 서재와 응접실을 청소해야 하고, 나는 밀코트의 조지 요리점과 다른 곳에서 요리사들을 불러와야겠어요. 부인들은 하녀를, 남자분들은 시종들을 거느리고 올 테니까 집 안이 꽉 차게 될 거예요." 페어팩스 부인은 아침 식사를 끝내고 준비를 위해 서둘러 밖으로 나갔다.

사흘 동안은 그녀의 예상대로 무척 바빴다. 평상시에도 손필드의 모든 방이 깨끗이 청소되고 잘 정리되어 있다고 생각했었는데, 그건 잘못이었다. 일을 시키기 위해 여자 셋을 고용했다. 마룻바닥을 닦고, 솔질을 하고, 새롭게 칠을 하고, 양탄자를 털고, 그림을 바꾸어 걸고, 거울과 등잔을 닦고, 침실에 불을 피우고, 홑이불과 깃털 이불을 난로에 말리며 야단법석을 떠는 것은 전에도 후에도 못 본 광경이었다.

아델은 그런 가운데서 미친 듯이 뛰어다녔다. 손님을 맞을 준비와 그들이 온다는 기대에 한껏 들떠 있었던 것이다. 그녀 방식으로 말하면 '의상'이라고 하는 상의를 소피에게 봐달라고 했고, '유행에 뒤진 것'은 유행에 맞도록 고쳐달라고 주문했다. 그러면서 자신은 침대에 뛰어서 오르내리고, 이글이글 불이 타는 벽난로 앞의 깔개 위며 산처럼 쌓은 베개 받침대와 베개 위를 뒹구는 일 외엔 아무것도 하지 않았다. 공부는 면제되어 있었다. 페어팩스 부인이 도움을 요청했기 때문에, 나는 하루 종일 식품 저장실에 가서 그녀와 요리사를 도와주었다. — 때론 방해가 되었지만 — 그러면서 커스터드며 치즈 케이크며 프랑스식 비스킷 만드는 법을 배웠고, 새고기를 꼬챙이에 꿰는 방법과 디저트 접시 장식하는 방법 등을 익혔다.

손님들은 목요일 오후 여섯 시에 맞춰 오도록 되어 있었다. 그때까지 나는 공상에 사로잡힐 겨를도 없이 누구 못지않게 바쁘고 즐거웠다. 그러나 가끔 음산한 생각이 나의 들뜬 기분을 가라앉게 하곤 했다. 그래서 자신도 모르게 의혹과 불길한 징조와 어두운 회의의 공간으로 던져지곤 했다. 그것은 3층 계단 문이 — 최근에는 언제나 자물쇠가 잠겨 있었다. — 천천히 열리자 그레이스 풀이 모자를 얌전히 쓰고 하얀 앞치마에 손수건을 꽂고서 모습을 나타냈을 때, 또 비스듬히 닳은 슬리퍼를 신고 발소리를 죽여 가며 미끄러지듯 복도를 지나갔을 때 그랬다. 그리고 또 떠들썩한 침실을 들여다 보면서 잡역부들에게 벽난로의 받침쇠는 어떻게 닦는다든가, 선반은 어떻게 청소를 한다든가, 벽지의 때는 어떻게 뺀다든가 등의 간섭을 하고 지나가는 것을 봤을 때였다.

그녀는 하루 한 번 식당에 내려와서 식사를 한 다음 난롯가에서 담배를 한 대 피웠다. 그러고 나서는 음산한 다락방에서 혼자 즐기기 위해 흑맥주를 한 병 가지고 올라갔다. 24시간 중 단 한 시간만 아래층의 다른 하인들과 함께 보내고, 남은 시간은 전부 3층에 있는 천장이 낮고 참나무로 된 방에서 지냈다. 거기 앉아서 바느질을 하며 — 아마도 혼자서 기분 나쁜 웃음을 웃으며 — 옥에 갇힌 죄수처럼 있을 것이다.

그런데 더욱 이상한 것은, 이 집에서 나를 제외하고는 아무도 그녀의 그러한 습관에 대해 관심을 가진다든가 놀라는 일이 없다는 것이었다. 그 누구도 그녀의 지위라든가 하는 일에 대해 얘기하지 않았고, 그녀의 고독과 격리를 가엾게 생각하는 사람도 없었다. 나는 한 번, 그레이스를 화제로 리어와 품팔이 여자가 얘기하는 것을 엿들은 적이 있었다. 리어는 무엇인지 내가 알 수 없는 말을 했고, 잡역부는 거기에 대해 물었다.

"그럼 그녀는 많은 봉급을 받고 있겠지?"

"그럼!" 리어가 대답했다.

"나도 그만큼 많았으면 좋겠어. 하지만 내 월급이 적다고 불평하는 건 아니야. 손필드는 인색하진 않아. 그래도 나는 풀의 오분의 일 정도밖에 받지 못해. 그녀는 열심히 저축하고 있나봐. 계절이 바뀔 때마다 밀코트의 은행에 가곤 해. 이곳을 떠나고 싶으면 언제든지 독립해서 살 만큼 충분히 저축했을 거야. 그러나 이곳에 정이 들었고, 아직 나이가 마흔이 못 된데다 건강하므로 무슨 일이든 할 수 있잖아. 일을 그만두기에는 아직 젊어."

"일을 잘하고 있겠지?" 잡역부가 물었다.

"그럼! 그녀는 자기가 해야 할 일이 무엇인지 잘 알고 있어. 아무도 그녀보다 더 잘할 수는 없어. 그리고 아무도 그녀가 하는 일을 대신할 수는 없을 거야. 그녀가 받는 돈을 그대로 준다 해도." 리어가 의미심장하게 대답했다.

"그야 그렇겠지! 그런데 주인 생각은 어떤지……."

잡역부가 말을 계속하려고 할 때 리어가 문득 돌아보더니, 내가 있는 것을 눈치채고서 상대방을 팔꿈치로 찔러 저지시켰다.

"저 여자는 모르고 있니?" 품팔이 여자의 속삭임이 들렸다.

리어가 머리를 흔들었고, 그들의 얘기도 중단되었다. 그녀들의 대화에서 내가 추리할 수 있는 것은, 손필드에는 비밀이 있는데 그 비밀을 아는 사람들 속에서 나는 제외되었다는 사실이다.

목요일이 되었다. 전날 늦은 밤까지 모든 준비가 다 갖춰졌다. 양탄자가 깔리고 침대 커튼은 꽃줄로 장식되었으며 침대에는 눈부시게 하얀 이불이 덮여졌고 화장대를 마련하고 가구를 닦고 화병에는 꽃이 무더기로 꽃히는 등, 어느 곳이든 손이 닿는 한 새롭고 빛나게 꾸며졌다. 홀과 계단의 층계와 난간은 물론 조각을 한 큰 시계도 유리처럼 빛나게 닦였다. 식당 찬장에 있는 식기들이 눈부시게 빛났으며, 응접실과 여성 방에는 여기저기 놓인 꽃병에 만발한 꽃이 꽃혀 있었다.

오후가 되자 페어팩스 부인은 가지고 있는 옷 중 가장 좋은 검은 비단 드레스를 입고 장갑을 끼고 금시계를 찼다. 왜냐하면 손님을 맞아들이고 여성들을 각자의 방으로 안내하는 것이 그녀가 해야 할 일이기 때문이었다. 아델도 정장을 해야 한다고 고집했지만, 내 생각에 적어도 그날만큼은 그녀가 여러 사람들에게 소개될 기회는 없을 것 같았다. 그렇지만 그녀를 즐겁게 해주려고 짧고 폭이 넓은 모슬린 드레스를 입히라고 소피에게 말했다. 나는 공부방인 나의 성역에서 불려나가는 일이 없을 터이므로 옷을 갈아입을 필요조차 없었다. 정말 그곳은 나에게 알맞은 성역으로, 마음이 괴로울 때면 온전하게 숨을 수 있는 안정된 피난처가 되어 주었다.

그날은 3월 말인가 4월 초의 온화하고 활짝 개인 봄날로, 여름의 사신인 양 며칠 동안 태양이 대지를 내리쬐는 날 중 하루였다. 날이 저물어가는 저녁 무렵에는 제법 더워서 나는 창문을 열어놓고 공부방에 있었다.

"늦어지는데요." 하고 말하며 옷 스치는 소리와 함께 페어팩스 부인이 들어왔다.

"로체스터 씨가 말한 시간보다 한 시간 늦게 만찬 준비를 시켜놓길 잘했어요. 벌써 여섯 시가 지났는걸요. 존을 정문 밖으로 내보내 길에 사람 그림자가 나타나는가 보라고 했어요. 거기서는 밀코트 쪽을 멀리까지 바라볼 수 있으니까요." 그녀가 창가로 다가섰다.

"존이 오고 있군요!" 그녀가 소리쳤다.

"존! 무슨 소식이 있어?" 그녀는 몸을 밖으로 내밀면서 물었다.

"지금 오시고들 있어요. 10분 후에 도착하실 거예요." 그의 대답이었다.

아델이 창가로 달려갔다. 나도 뒤를 쫓았으나, 커튼에 숨어서 밖에서는 보이지 않도록 한쪽 귀퉁이에 섰다.

존이 말한 10분이라는 시간은 무척 길게 생각되었다. 마침내 마차 바퀴 소리가 들려오더니 네 사람의 기수가 차도를 질주해 오고, 그 뒤에 포장마차 두 대가 따랐다. 바람에 나부끼는 베일과 물결치는 깃털이 마차에 가득했다. 두 사람의 기수는 젊고 씩씩해 보이는 신사였다.

셋째 번이 로체스터 씨였는데, 자신의 검은 말인 메스로와를 타고 있었다. 그 앞을 파일럿이 달리고, 옆에서는 한 숙녀가 나란히 말을 달리고 있었다. 두 사람은 일행의 선두였다. 숙녀의 자색 승마복은 지면에 끌릴 정도였고, 베일이 미풍에 길게 나부끼고 있었다. 탐스러운 검은 머리채가 속이 비쳐 보이는 베일 주름과 엉켜 유난히 돋보였다.

"잉그램 양이에요!" 페어팩스 부인이 소리치더니, 아래층의 자기 위치로 달려갔다.

기마의 행렬이 굽은 차도를 따라 저택 앞으로 방향을 돌리자, 그들이 보이지 않게 되었다. 아델은 아래층으로 내려가겠다고 난리였으나, 내가 그녀를 무릎에 앉히고 특별한 지시가 내려지지 않는 한, 지금은 물론 앞으로도 손님들 앞에 나갈 생각은 말아야 한다고 타일렀다. 만약 말을 듣지 않으면 로체스터 씨가 화를 낼 거라고 말했더니 그녀는 당연하게 눈물을 흘렸다. 그러나 내가 너무 엄한 얼굴을 하고 있었기 때문인지 눈물 닦는 데 동의했다.

홀에는 즐거운 분위기가 넘치는 것 같았다. 신사들의 낮은 목소리와 숙녀들의 맑은 어조가 조화를 이루고 있는 가운데, 높지는 않지만 뚜렷하게 들려오는 낭랑한 소리는 손님을 모시는 손필드 주인의 음성이었다. 잠시 후 여성들이 가벼운 걸음걸이로 계단을 올라 경쾌하게 복도를 지나갔다. 부드럽고 밝은 웃음소리에 이어 문을 여닫는 소리가 나더니, 한참 동안 침묵이 계속되었다.

"옷을 바꿔 입는 거예요." 아델은 이렇게 말하고 나서, 하나하나 그들의 동작에 귀를 기울이다가 한숨을 지었다.

"엄마가 집에 있을 때는……." 그녀가 말했다.

"손님이 오면 나는 어디나 갔어요. 응접실에도 가고 손님들 방에도 갔어요. 하녀가 숙녀의 머리를 땋아주고 옷을 입혀주는 것도 봤어요. 참 재미있었어요. 그렇게 해서 여러 가지를 배우는 거지요."

"배고프지 않니, 아델?"

"배고파요, 선생님. 식사한 지가 몇 시간이나 됐는걸요."

"그러면 손님들이 방 안에 있는 동안 아래층에 내려가서 먹을 것을 갖다 줄게."

나는 조심스럽게 피난처를 빠져나와 직접 주방으로 통하는 뒤쪽 계단을 내려갔다. 주방은 여기저기 불을 피워놓고 그야말로 야단법석이었다. 수프와 생선요리는 마지막 단계에 있었고, 요리사는 심신이 모두 발화 상태가 된 듯한 모습으로 도가니 위에 매달려 있었다. 하인들 방에는 마부 두 사람과 남자 손님을 따라온 하인 셋이 난로를 가운데 두고 앉거나 서 있었다. 여성들을 따라온 하녀들은 그들의 주인들과 함께 2층에 올라가 있는 것 같았다. 밀코트에서 임시로 불려온 하인들이 정신없이 뛰어다니고 있는 혼란한 틈을 뚫고 겨우 식품 저장실에 도달한 나는 거기서 찬 닭고기와 빵한 덩어리, 과일이 든 파이, 접시 한두 개와 나이프와 포크를 집어가지고 서둘러서 그곳을 빠져나왔다. 내가 복도에까지 와서 뒷문을 닫으려고 하는 순간, 웅성거리며 여성들이 막 방에서 나오려고 하는 소리가 들렸다. 공부방까지 가려면 그녀들의 방 앞을 몇 개나 지나야 했는데, 그렇게 되면 음식물을 들고 가는 모습을 들킬 염려가 있기 때문에 나는 유리창이 없어 어두운 복도 끝에 그대로 서 있었다.

곧 아름다운 여인들이 방에서 하나씩 나왔다. 모두가 호화스럽게 빛나는 옷을 입었고 들뜬 기분들이었다. 얼마 동안 그들은 복도 저쪽 끝에 모여서 들뜬 기분을 가라앉히고 아름다운 음성으로 얘기를 나누더니 마침내 빛나는 안개가 언덕 뒤로 사라지듯 소리 없이 계단을 내려갔다. 그들에게서 받은 그때의 인상은, 내가 지금까지 느껴보지 못했던 그들의 천성적인 우아함이었다.

아델이 공부방 문을 살짝 열고 내다보며 영어로 외쳤다.

"어쩌면 저렇게들 예쁘담! 나도 따라갔으면! 만찬이 끝나면 로체스터 씨가 곧 우리를 부르지 않을까요?"

"아니야, 그렇지 않을 거야. 로체스터 씨는 따로 생각해야 할 일이 있거든. 오늘 밤은 그들 생각을 하지 말아요. 내일은 만나게 되겠지. 자, 여기 네 식사가 있다."

정말 배가 고팠던 듯, 닭고기와 파이는 그녀의 관심을 끌기에 충분했다. 그것을 확보했던 것이 다행이었다. 그렇지 않았더라면 그녀도 나도, 그리고 우리들 것을 나누어 먹은 소피도 저녁을 거를 뻔했다. 아래층에서는 모두들 너무 분주했기 때문에 우리들까지 생각할 겨를이 없었던 것이다. 아홉 시가 지나도 디저트 그릇이 나오지 않았고, 열 시까지도 하인들이 커피 잔을 올려놓은 쟁반을 들고 왔다 갔다 했다.

그날 밤은 아델에게 보통 때보다 늦게 자는 것을 허락했다. 아래층에서 문을 여닫는 사람들이 서성거리고 있는 동안은 잠이 올 것 같지 않다고 했기 때문이다. 그리고 또 옷을 벗은 다음에 로체스터 씨로부터 내려오라는 전갈이 있을지도 모른다면서, "그렇게 되면 얼마나 억울해요?" 하고 아델이 덧붙여서 말했다.

나는 싫다고 할 때까지 오랫동안 그녀에게 얘기를 해주고, 기분을 전환시키기 위해 복도에도 데리고 나갔다. 홀에는 불이 환히 켜져 있기 때문에 난간 너머로 하인들이 왔다 갔다 하는 게 내려다보였는데, 아델은 무척 즐거워하며 그것을 바라보았다. 밤이 꽤 깊었을 때 피아노를 옮겨다놓은 응접실에서 연주 소리가 들려왔다. 아델과 나는 계단 꼭대기에 걸터앉아서 귀를 기울였다.

곧 연주에 노랫소리가 어우러졌다. 처음 노래를 부른 것은 여자였는데, 그 음성이 무척 아름다웠다. 독창이 끝나자 이중창이 있었고, 곧 이어 혼성 합창으로 들어갔다. 그 사이사이는 즐거운 얘기로 메꾸어졌다. 나는 한동안 귀를 기울이고 있다가 돌연 내 귀가 혼성을 분석하여 복합된 어조에서 로체스터 씨의 목소리를 가려내려는 데 열중해 있다는 사실을 깨달았다. 마침내 내 귀가 그의 목소리를 포착하자, 다음에는 거리가 멀어서 분명치 않은 음성을 언어로 형상화해 보려고 애를 썼다.

시계가 열한 시를 쳤다. 내 어깨에 머리를 기대고 있는 아델의 눈에 졸음이 가득했으므로 나는 아이를 안아다가 침대에 눕혔다.

신사 숙녀들이 침실로 든 것은 한 시가 지나서였다.

이튿날도 전날과 마찬가지로 맑은 날씨였다. 일행은 근처로의 소풍을 계획했다. 정오가 지났을 때 그들이 출발하는 것과, 한참 후 그들이 돌아오는 것도 보았다. 전날과 마찬가지로 여성들 중에서 말을 타는 것은 잉그램 양 혼자뿐이었다. 로체스터 씨가 그녀 옆에서 말을 달렸는데, 두 사람은 일행들보다 약간 앞서 달리고 있었다.

"저 두 사람이 결혼할 생각 같은 것은 할 수 없다고 했었지요? 그렇지만 로체스터 씨는 다른 누구보다도 그녀를 좋아하는 것 같아요." 나는 창가에서 함께 그 모습을 바라보고 있던 페어팩스 부인에게 말했다.

"네, 그래요. 틀림없이 좋아하고 있어요."

"그리고 그녀도 그렇고요. 저기 봐요. 은밀한 얘기라도 하듯이 로체스터 씨에게 고개를 돌리고 있어요. 얼굴을 한 번 보고 싶은데……. 아직 곁눈으로도 보지 못했어요." 내가 덧붙여서 말했다.

"오늘 밤에 보게 될 겁니다. 내가 로체스터 씨에게 아델이 몹시도 숙녀들께 소개되고 싶어 한다고 했더니 '오! 만찬이 끝나면 응접실로 보내요. 그리고 에어 선생도 함께 오면 좋겠어.'라고 하셨어요." 페어팩스 부인이 대답했다.

"그래요? 그야 단지 형식적으로 대답한 거겠지요. 나는 갈 필요가 없다고 생각해요."

"그래서 내가 에어 선생은 사람들 앞에 나서보지 않았기 때문에 전혀 알지 못하는 화려한 사람들 앞에 나타나기를 꺼릴 것이라고 말했더니, 주인님은 언제나처럼 '바보 같은 소리! 안 오겠다면 나의 부탁이라고 해요. 그래도 안 오면 명령 불복종죄로 내가 직접 가서 끌어오겠다고 말이오.'라고 말했어요."

"그렇게까지 수고를 끼치진 않겠어요. 가야 한다면 별수 없이 가긴 해야겠지만, 사실은 내키지 않아요. 부인도 가겠지요?" 하고 나는 대답했다.

"아니에요. 난 가지 않겠다고 말씀드렸더니 허락하셨어요. 정식으로 방에 들어갈 때 난처해지기 쉬운데, 그것을 면하는 방법을 가르쳐 드릴게요. 응접실에 아무도 없을 때, 즉 손님들이 식사를 끝내기 전에 들어가 있으면 돼요. 그래서 어디나 조용한 곳에 앉아 있다가, 정말로 내키지 않으면 신사들이 들어올 때 자리를 뜨면 되지요. 로체스터 씨한테 모습을 보여주고 빠져나오는 거지요. 그러면 아무한테도 눈에 띄지 않을 거예요."

"저분들은 오랫동안 체류하나요?"

"2, 3주쯤 머무르겠지요. 틀림없이 그 이상은 안 있을 겁니다. 조지 린 경은 최근 밀코트 지구에서 의원으로 뽑혔기 때문에 부활절 휴가가 끝나면 런던으로 가서 의회에 참석해야 하니까요. 아마 로체스터 씨도 같이 가게 되겠지요. 손필드에 와서 이렇게 오래 있다니, 오히려 놀랐어요."

아델과 함께 응접실에 가야 할 시간이 다가오자 왜 그런지 떨렸다. 아델은 저녁에 손님들 앞에 가게 됐다는 얘기를 듣고는 하루 종일 기분이 좋아서 들떠 있었는데, 소피가 옷을 갈아입힐 때까지도 가라앉질 않았다. 그러나 옷을 입을 때부터는 그 과정 자체가 거창했기 때문인지 이내 안정되었다. 그리하여 곱슬머리를 빗어서 머리채를 쓰다듬어 드리우고, 분홍색 드레스를 입고, 긴 장식 벨트를 두르고, 레이스 장갑을 꼈을 때는 어느 재판관 못지않게 엄숙해 보여서 옷맵시를 헝클어뜨리지 않도록 주의시킬 필요조차 없었다. 옷치장이 끝나자 아델은 비단 드레스에 구김이 가지 않도록 미리 쳐들고는, 작은 의자에 앉아서 내가 준비를 마칠 때까지 꼼짝하지 않겠다고 다짐했다. 내 준비는 가장 좋은 옷을 — 은회색 드레스인데, 템플 선생 결혼식 때 마련한 것으로 그 후에는 한 번도 입어보지 않았다. — 재빨리 걸치고, 머리도 간단히 손질하고, 하나밖에 없는 진주 브로치를 다는 것으로 금방 끝냈다.

우리는 아래층으로 내려갔다.

다행히도 응접실에는 손님들이 지금 식사를 하고 있는 식당에서 들어가는 입구 이외에 또 하나의 출입구가 있었다. 그때 응접실에는 아무도 없었고 대리석 벽난로에서 커다란 불꽃이 소리 없이 타오르고 있었다. 또한 테이블을 장식한 꽃들 사이에서 촛불들이 밝게 빛을 발하고 있었다. 아치형의 통로에 는 진홍색 커튼이 드리워져 있었는데 그것이 바로 옆방에 있는 손님들을 가려주었다. 손님들이 낮은 목소리로 얘기했기 때문에 무슨 말인지 알아들을 수가 없어서인지, 그저 잠을 재촉하는 속삭임 정도로밖에 들리지 않았다.

아델은 엄숙한 감동에 사로잡힌 듯 아무 말도 하지 않은 채 내가 가리키는 의자에 가서 앉았다. 나는 옆에 있는 테이블에서 책을 한 권 가져와, 창가의 의자에 앉아서 읽으려고 해보았다. 그러자 아델이 의자를 끌고 다가오더니 잠시 후 내 무릎을 건드렸다.

"왜 그러지, 아델?"

"이 아름다운 꽃을 한 송이 따도 괜찮을까요, 선생님? 내 의상을 완전하게 하기 위해서요."

"너는 옷에 대해서 지나치게 마음을 쓰고 있어, 아델. 하지만 그래도 좋아."

내가 화병에서 장미꽃을 한 송이 뽑아 장식 벨트에 꽂아주자, 그녀는 이제야 비로소 행복의 잔이 가득 찼다는 듯 만족스런 한숨을 내쉬었다. 나는 터져 나오는 웃음을 억지로 참느라고 얼굴을 돌렸다. 이 귀여운 파리 아가씨의 옷에 대한 타고난 집념을 보면, 마음이 아프면서도 어이없게 생각되었기 때문이다.

이때 조용히 일어서는 소리가 들렸다. 아치형 통로의 커튼이 걷히자 그쪽으로 식당이 보였다. 긴 식탁이 비좁을 정도로 많이 놓여 있는 굉장한 은접시와 유리그릇에 불빛이 반사되고 있었다. 입구에 서 있던 숙녀들이 들어오자, 커튼이 다시 내려졌다. 실은 여덟 사람밖에 되지 않았는데도 한꺼번에 들어와서인지 인원이 더 많은 것 같은 인상을 주었다. 키가 매우 큰 여성도 있었다. 흰 드레스 차림이 많았고, 모두 자락이 끌릴 정도로 성장을 하여 마치 안개가 달을 크게 보이게 하는 것처럼 그들의 키를 크게 보이게 해줬다.

우리는 일어나서 그들에게 인사를 했다. 한두 사람만 머리를 숙여 답례했을 뿐, 다른 사람들은 모두 나를 멀뚱히 쳐다보기만 했다.

그녀들은 방 안 여기저기로 흩어졌는데, 동작이 가볍고 들떠 있어서인지 마치 흰 깃을 가진 새들의 무리 같았다. 어떤 여성은 소파나 카우치에 반쯤 누운 자세를 취하기도 하고, 더러는 테이블에 기대서 꽃이나 책을 보기도 했다. 그 밖의 사람들은 모두 난로 앞에 모여 앉아 있었는데, 나지막하게 밝은 소리로 얘기를 하는 것이 그들의 습관인 것 같았다. 나는 나중에야 그들의 이름을 알았지만, 지금 밝혀두는 것이 좋으리라고 생각한다.

먼저 에시튼 부인과 두 딸이 있었는데, 부인은 젊었을 때 확실히 미인이었을 것이라고 믿어질 만한 흔적을 지금도 지니고 있었다. 큰딸 에이미는 몸이 작은 편이었고 소박하며 얼굴과 태도가 어린아이 같았는데, 행동이 발랄해서인지 하얀 모슬린 드레스와 푸른 장식 벨트가 아주 잘 어울렸다. 작은딸 루이자는 키가 크고 용모가 단정했으며, 프랑스인들이 말하는 소위 정장한 인형 같은 아가씨로, 얼굴이 무척 예뻤다. 둘 다 백합처럼 아름답다고 표현하면 옳을 것이다.

린 부인은 40세 정도 되는 건장한 체구의 여자로서 자세가 반듯했지만 거만스러운 인상이었고, 이중색이 나는 비단 드레스를 입고 있었다. 그녀의 검은 머리는 하늘색 깃털의 그늘을 받아, 보석을 박은 헤어밴드 안에서 빛났다.

덴트 대령 부인은 치장이 그리 화려하지 않았지만 그런대로 가장 숙녀답게 보였다. 날씬한 몸매에 하얀 얼굴이 우아해 보이는 금발 미인이었다. 검은 비단 드레스에다 곁들인 외국제 고급 레이스 스카프와 진주 액세서리는 귀족 부인의 무지갯빛 액세서리보다도 더 내 마음을 끌었다.

그러나 가장 돋보이는 세 사람은 — 그들 중에서 가장 키가 큰 탓도 있겠지만 — 과부인 잉그램 부인과 그녀의 두 딸 블랑슈와 메리였다. 그들 셋 다 여성으로선 큰 키였고, 부인은 40에서 50세 사이로 보였다. 그녀는 아직도 아름답고 — 적어도 촛불 밑에서는 — 머리는 검었으며, 이도 튼튼해 보였다. 그 연배의 여성으로서는, 누구나 대단한 미인으로 볼 것이다. 어쨌든 신체적인 면에서 볼 때는 확실히 그렇지만, 그녀의 태도와 표정에서는 참을 수 없는 거만함이 엿보였다. 그녀는 로마인의 얼굴 같은 생김새에다 원주처럼 생긴 목 부분에 군턱이 있었는데, 얼굴이 거만함으로 인해 부푼 것처럼 보일 뿐만 아니라 주름이 진 것 같은 인상을 주었다. 그런가 하면 부자연스러울 정도로 단정한 턱에서도 그런 인상이 풍겼다. 또한 그녀는 매우 사납고 날카로운 눈을 가지고 있었는데, 그것은 나로 하여금 리드 부인을 연상시켰다. 말할 때는 몹시 수다스러웠으며, 목소리는 굵고 억양이 억센데다 독선적이어서 한마디로 참고 듣기가 거북할 정도였다. 그런 그녀 몸에 걸쳐진 진홍빛 벨벳 드레스와 금실로 수를 놓은 인도 직물 모자는, 그녀에게 마치 왕과도 같은 위엄을 부여했다. 적어도 그녀 자신은 그렇게 생각하리라고 느껴졌다

블랑슈와 메리는 둘 다 흡사 포플러처럼 키가 컸다. 메리는 신장에 비해서 여윈 편이었으나 블랑슈는 여신 다이애나와도 같이 뛰어난 몸매였다. 물론 나는 특별한 관심을 가지고 그녀를 세밀히 관찰했다. 우선 그녀의 모습이 페어팩스 부인의 설명과 일치하는지, 또 내가 그린 공상의 초상화와 닮았는지, 그리고 로체스터 씨의 취향에 부합되리라고 생각되는지, 여러 가지 것들을 알아보고 싶었다.

용모에 관해서, 그녀는 내 그림과도 또 페어팩스 부인의 설명과도 일치했다. 풍만한 가슴과 우아한 목 밑으로 유연하게 흐른 어깨, 검은 눈과 곱슬머

리, 모든 미모의 조건이 충분히 갖춰져 있었다. 하지만 유감스럽게도 얼굴은 어머니를 꼭 닮아 있었다. 아직 젊기 때문에 주름살만 없었을 뿐, 좁은 이마와 두드러지게 보이는 눈과 코, 그리고 거만함까지 똑같았으나 어머니처럼 음침하게 거만한 것은 아니었다. 그녀는 항상 미소를 띠고 있었다. 그러나 그건 냉소적인 것이어서, 비쭉거리는 거만스러운 입술에서 비아냥거림이 저절로 튀어나올 것 같았다.

천재는 자의식이 강하다고 하는데, 잉그램 양이 천재인지 아닌지는 모르겠으나 아무튼 자의식이 대단히 강해 보였다. 그녀는 덴트 부인에게 조용히 식물학에 관한 이야기를 하기 시작했다. 덴트 부인은 식물학을 배운 것 같지는 않으나 그녀의 말로는 꽃을, 특히 야생화를 좋아한다고 했다. 잉그램 양은 배운 것이 있었기 때문에 자신만만하게 전문 용어를 연발했다. 나는 곧 그녀가 — 속어로 말해서 — 덴트 부인을 가지고 놀고 있다는 것을 알아차렸다. 즉 덴트 부인이 그 방면에 무식한 것을 조소하는 것이었다. 골탕 먹이는 방법이 능란할지는 몰라도, 결코 선의에서 우러나오는 것은 아니었다. 또 잉그램 양은 피아노를 치고 노래도 불렀는데, 멋진 연주에 아름다운 음성이었다. 그리고 자기 어머니와는 주로 프랑스어로 말을 주고받았는데, 유창하고 정확하며 능숙한 말씨였다.

동생인 메리는 블랑슈보다 조용하고 순진한 얼굴로 온순해 보였으며 피부도 희고 깨끗했다. — 잉그램 양은 스페인 사람처럼 거무스름했다. — 그러나 메리는 활기가 없고 무표정하며 눈에는 광채가 없었다. 말도 별로 없고, 한번 앉으면 조각상처럼 움직일 줄을 몰랐다. 그들 자매 역시 티 하나 없는 흰 드레스 차림이었다.

이제 나는 잉그램 양이 로체스터 씨가 좋아할 만한 여성인가를 생각해 봤다. 나로선 알 수가 없었다. 여성에 대한 그의 취향을 모르기 때문이었다. 당당한 여성을 좋아한다면, 그녀는 확실히 당당했다. 게다가 재주가 있고 발랄했다. 대개의 남자라면 그녀를 좋아할 거라고 생각되었고, 그 역시 그녀를 정말로 좋아한다는 증거를 손에 넣은 것 같은 생각마저 들었다.

다만 둘만이 있는 장면을 보지 못했다는 것이 아쉬울 따름이었다.

독자들은, 아델이 아직껏 내 옆의 의자에 꼼짝도 하지 않고 앉아 있을 거라 생각한다면 오산이다. 결코 그렇지 않다. 아델은 숙녀들이 들어오자 발딱 일어나더니 그들을 환영하기 위해 재빨리 앞으로 걸어갔다. 그리고는 단정하게 인사를 한 다음 정중하게 말했다.

"안녕하세요, 여러분!"

그러자 잉그램 양이 조롱하는 태도로 내려다보면서 소리쳤다.

"오오, 귀여운 인형!"

린 부인이 주목해서 보며 말했다.

"로체스터 씨가 데려다 기르고 있는 어린애일 겁니다. 언젠가 말했던 프랑스 아이 말입니다."

덴트 부인은 친절하게 아델의 손을 잡고 입을 맞추었다.

에시튼 가의 에이미와 루이자 자매는 동시에 외쳤다.

"어쩌면 이렇게 예쁘지!"

그리고 나서 그들 자매는 아델을 자기들 소파로 불러다가 가운데 앉혔다. 아델은 프랑스어와 서투른 영어를 번갈아가면서 지껄여, 그들 자매뿐만 아니라 에시튼 부인과 린 부인의 주목을 끌자 매우 만족한 눈치였다.

마침 커피가 들어오자 신사들이 불려졌다. 나는 창가의 커튼에 반쯤 몸을 감추고 있었다. 다시 아치 통로가 열리고, 신사들도 숙녀들과 마찬가지로 당당하게 들어왔다. 모두 검은 복장에 거의 다 키가 컸고, 젊은 사람도 있었다. 그중에서도 헨리와 프레데릭 린은 유달리 돋보였으며, 덴트 대령은 훌륭한 군인다운 인물로 생각되었다. 이 지방의 치안 판사인 에시튼 씨는 정말로 신사다웠는데, 머리는 백발인데다가 눈썹과 볼수염이 까매서 마치 '연극에 나오는 노귀족' 같았다. 잉그램 경은 여자 형제들과 마찬가지로 키가 컸는데, 잘생긴 얼굴이긴 했지만 메리처럼 냉정하고 무관심한 표정이었다. 마치 수족이 너무 길어서 혈액의 생기와 두뇌의 활력이 몸 전체에 미치지 못하는 것 같은 모습이었다.

로체스터 씨는 맨 나중에 들어왔다. 아치 쪽을 바라보고 있지 않았어도, 난 그가 들어오는 것을 알 수 있었다. 내 주의력은 그물뜨기 바늘과 지금 뜨고 있는 지갑의 그물코에 집중되어 있었다. 아니, 손에 쥐고 있는 일거리와 무릎 위에 있는 은색 구슬과 비단실만을 생각하고 싶었다. 그런데도 그의 모습이 눈에 띄었고, 먼젓번에 봤던 생각이 자꾸만 떠올랐다. 그것은 그의 입장에서 본다면, 내가 대단히 중요한 일을 수행하고 난 다음 있었던 일들이었다. 그는 내 손을 잡고 내려다보면서, 넘쳐흐르는 벅찬 감정을 나타내는 눈으로 내 전체를 훑어봤던 것이다. 당시엔 나도 그의 감정을 이해할 수 있었다. 우리가 그때 얼마나 가깝게 있었는데! 그 뒤에 그와 나의 관계를 변화시킬 만한 무슨 일이 있었던 것일까?

그가 나 있는 곳을 쳐다보지도 않고 반대쪽에 자리를 잡고 앉아서 여성들과 어울려 얘기를 하고 있어도 나는 조금도 놀라지 않았다. 오히려 그의 신경이 그쪽에만 쏠려 있기 때문에 내가 들키지 않고 바라볼 수 있을 것이라고 생각되어, 나도 모르게 시선이 그에게로 쏠렸다. 나의 눈꺼풀은 말을 듣지 않았고, 크게 뜬 눈의 동공은 그를 주시한 채 움직이지 않았다. 나는 계속 그를 응시하면서 기쁨을 느꼈다. 그것은 소중하면서도 신랄한 것이어서, 강철로 된 뾰족한 끝이 달린 순금과도 같았다. 그리고 또 샘물에 독이 든 줄 알면서도 참지 못하고 허리를 굽혀 마시는, 목 타는 사람이 느끼는 기쁨과도 같은 것이었다.

'아름다움이란 보는 사람의 눈에 달렸다.'는 말은 진실이다. 그의 윤기 없는 안색과 모나고 넓은 이마, 굵은 눈썹, 움푹 팬 눈, 강인한 코와 꽉 다문 엄격한 입매, 그 모든 것에 정력과 결단과 의지가 넘쳐흘렀다. 하지만 일반적인 기준으로 본다면 아름다운 모습은 아니었다. 그러나 나에게는 아름다움 이상의 그 무엇이 느껴졌다. 그것들은 나의 관심을 끌고 나를 완전히 사로잡았을 뿐만 아니라, 나 자신을 내 힘으로 지배하겠다는 감정을 약탈하고 나를 그의 지배하에 묶어두었다.

독자는 알겠지만, 내 마음 가운데서 솟아나는 그에 대한 사랑의 싹을 없애 버리려고 내가 얼마나 애를 썼던가! 그런데 이제 다시 그를 보자, 그 싹이 자발적으로 푸르게 그리고 힘차게 고개를 쳐드는 것이었다. 그는 나를 바라보지도 않으면서, 나로 하여금 자기를 사랑하도록 만들었다.

나는 그를 손님들과 비교해 보았다. 린 가족의 화려한 우아함이나 잉그램 경의 가라앉은 우아함, 덴트 대령의 군인다운 특징마저도 로체스터 씨의 천성적인 정기와 순수한 힘을 갖춘 용모와는 비교가 되지 않았다. 나는 그들의 용모와 표정에 공감이 가질 않았다. 물론 보통 사람들은 그들을 매력적이고 잘생기고 당당하다고 할 것이고, 반면에 로체스터 씨에 대해서는 험상궂은 얼굴에 우울한 표정이라고 주장할 것을 나는 알고 있다.

나는 또 그들이 미소 짓고 웃는 것을 보았다. 그러다 거기에서는 아무것도 취할 게 없었다. 촛불 빛조차 그들의 웃음 정도의 의미는 지니고 있었다. 그리고 로체스터 씨가 웃는 것도 보았는데, 그 순간 그의 엄숙한 용모가 부드러워졌다. 그러더니 눈이 빛나면서 상냥해졌고, 그 빛은 예리하면서도 아름답게 느껴졌다.

그때 그는 루이자와 에이미와 얘기하고 있었는데, 나는 그녀들이 그의 찌르는 듯한 시선을 태연히 받아들이는 것을 보고 놀랐다. 난 그녀들이 눈을 아래로 떨어뜨린다든지 얼굴을 붉힐 것으로 생각했었다. 그러나 한편으론 그녀들의 표정이 전혀 변하지 않는 것을 보고 반가웠다.

'그녀들에게 있어 그의 존재는, 나에게 있어서의 그의 존재와는 다르다. 그는 그녀들과 같은 부류의 인간이 아니라 나와 같다. 확실히 나는 그와 동류라는 것을 느끼거든. 나는 그의 용모와 동작의 언어를 이해할 수 있어. 비록 계급과 빈부의 차이는 현저하지만, 내 머리와 심장 속에 그리고 피와 신경 속에 그와 정신적으로 동화하는 그 무엇을 가지고 있어. 며칠 전만 해도 나는 그에게서 봉급을 받는 외엔 아무 관계도 없다고 했었다. 그렇지만 아니다! 그건 자연에 대한 모독이다! 내가 지니고 있는 모든 선하고 진실되고 활기찬 감정이, 충격적으로 그에게 집중되고 있다. 나는 감정을 감춰야 하고 희망을 억제해야 한다는 걸, 잊어선 안 된다는 것도 알고 있다. 그것은 내가 그와 마찬가지로 영향력을 미칠 힘을 가지고 있다든가 사람을 매혹시킬 마력을 가지고 있는 것이 아니라, 다만 그와 공통된 어떤 느낌과 감정을 가지고 있다는 것뿐이다. 그러므로 나는, 우리는 영원히 격리되어 있는 거라고 되풀이해야 할 것이다. 그러나 살아서 숨을 쉬는 동안 그를 사랑하지 않으면 안 된다.'

커피가 나오고 남자들이 들어오자, 여성들이 종달새처럼 떠들어댔기 때문에 대화가 활기를 띠면서 즐거워졌다. 덴트 대령과 에시튼 씨는 정치적 문제로 토론하고 있었고, 그의 부인들은 귀를 기울여 듣고 있었다. 거만스러운 두 과부, 린 부인과 잉그램 부인은 다정스럽게 얘기를 나누는 중이었다. 조지 경은 — 그에 대해서는 설명을 잊고 있었다. — 체구가 크고 대단히 젊게 보이는 시골 신사였는데, 커피 잔을 든 채 부인들이 앉아 있는 소파 앞에 서서 가끔 참견을 했다. 프레데릭 씨는 메리 옆에 앉아서 호화스러운 판화집을 보여주고 있었고, 그녀는 쳐다보면서 가끔 미소를 짓긴 했으나 별로 말은 하지 않는 것 같았다.

큰 키에 냉담한 잉그램 경은 팔짱을 끼고 자그마한 체구에 발랄한 에이미 에시튼이 앉아 있는 의자 등에 기대고 있었는데, 그녀는 그를 마주 보면서 굴뚝새처럼 지껄였다. 그녀는 로체스터 씨보다 그를 좋아하는 듯했다. 헨리 린은 루이자의 발밑에 있는 카우치를 점령하고 아델과 함께 앉아서 프랑스어로 얘기해 보려고 애를 썼는데, 루이자가 그의 실수를 보고 웃어댔다. 그리고 블랑슈 잉그램은 혼자 우아한 자세로 허리를 굽히고 테이블 앞에 서서 앨범을 보고 있었다. 누가 불러줄 것을 기다리는 것 같았는데, 오래 기다리지는 않고 자기 스스로 상대를 택했다.

에시튼 자매와 떨어진 로체스터 씨는 블랑슈 양이 테이블 앞에 혼자 서 있던 것처럼 난로 앞에 서 있었다. 곧 블랑슈 양이 벽난로 선반 반대쪽에 자리를 잡고서 그와 마주 섰다.

"로체스터 씨는 어린아이들을 좋아하지 않으시는 모양이죠?"

"좋아하지 않아요."

"그러면 왜 저 애를 맡아 기를 생각을 했나요? 어디서 주워왔지요?" 아델을 가리키면서 블랑슈 양이 말했다.

"주워온 것이 아니라, 내가 맡은 거죠."

"학교에 보내는 것이 좋을 거예요."

"그럴 여유가 없어요. 학교는 꽤 돈이 많이 드니까요."

"그러나 저 애를 위해 가정교사를 두셨잖아요. 저 애와 함께 있는 사람을 조금 전에 봤어요. 아니, 어디 갔나? 아, 아직 창문 커튼 뒤에 숨어 있군요. 물론 급료를 지불하겠지요. 그것도 적지 않으리라고 생각해요. 어쩌면 학교보다 더 들걸요. 두 식구를 더 먹여야 하니까요."

그 말을 듣자, 나는 두려워졌다. ─ 오히려 바랐던 건지도 모르겠다. ─ 내 존재가 거론되면 로체스터 씨가 바라보지나 않을까 하고…… 난 커튼 그늘 속으로 더 바싹 숨어들었지만, 로체스터 씨가 내 쪽으로 시선을 돌리진 않았다.

"거기에 대해서는 생각해 본 적이 없습니다." 그는 정면을 응시하며 무관심한 태도로 말했다.

"아니에요. 남자분들은 경제라든가 상식을 너무 도외시하고 있어요. 가정교사 문제에 대해서는 우리 어머니 의견을 듣는 것이 좋을 거예요. 메리와 내가 어렸을 적에 최소한 열두어 명의 가정교사를 두었었는데, 그중 반은 밉살스러웠고 나머지 반은 어리석었어요. 그리고 그들 전부가 한결같이 억압자들이었어요. 그렇지 않아요, 어머니?"

"뭐라고 그랬니, 아가야?"

이렇게 거만한 과부의 각별한 소유물로 간주된 젊은 여성은, 한 번 더 되풀이해서 설명했다.

"아가야, 가정교사 얘기는 입 밖에도 내지 마라. 듣기만 해도 짜증이 난다. 그들의 무능과 변덕 때문에 나는 마치 순교자와도 같은 생활을 해야 했었지. 이젠 그들이 필요 없게 된 것을 하느님께 감사한다!"

그때 덴트 부인이 그 신앙심 돈독한 부인에게 다가가서 귀에 대고 무언가를 속삭였다. 그녀의 대답으로 미루어, 이곳에 저주받은 종족의 한 사람이 있다는 것을 귀띔해 주는 것이라고 생각되었다.

"기분 나빠!" 귀부인이 말했다.

"이것이 그녀에게 약이 되었으면 좋으련만!" 그러고 나서 낮은 소리로, 그러나 내가 들을 수 있을 정도의 크기로 얘기했다.

"나도 그렇게 짐작은 하고 있었어요. 그 정도의 관상은 볼 줄 알거든. 그녀한테서는 그 계급의 모든 결점이 드러나고 있어요."

"그 결점이 뭔가요, 부인?" 갑자기 로체스터 씨가 큰 소리로 물었다.

"나중에 조용히 말하지요." 뭔가 불길한 의미라도 있는 듯이 터번을 세 번 흔들면서 부인이 대답했다.

"나중엔 호기심이 사라질 것 같은데요. 전 지금 듣고 싶어요."

"블랑슈에게 물어주세요. 그 애가 나보다는 당신에게서 가까우니까."

"나한테 돌리면 안 돼요, 어머니! 내가 그들 족속에 대해 말할 수 있는 것은 단 한마디뿐, 그들은 귀찮은 존재라는 거예요. 그들 때문에 고생을 했다고 해서 그러는 건 아니에요. 거기에 대해서는 복수를 한 셈이니까. 디어도르와 나는 미스 윌슨, 그레이 부인, 주베트 부인들에게 많은 골탕을 먹였지요. 메리는 항상 졸리다고 하면서 그런 장난에 적극적으로 가담하진 않았어요. 제일 재미있었던 것은 주베트 부인의 경우였고, 미스 윌슨은 눈물이 많고 우울한 존재였으므로 일부러 골탕 먹이려고 애쓸 가치조차 없었지요. 또 그레이 부인은 천박하고 둔했기 때문에 아무리 골탕을 먹여도 효과가 없었어요. 그러나 주베트 부인은 가련했어요! 우리가 그녀를 극도로 화나게 했을 때, 즉 차를 엎지른다든지, 책을 천장으로 던진다든지, 자로 책상을 두들기고 부젓가락으로 난로를 쑤셨을 때의 그녀 얼굴이 지금도 보이는 것 같아요. 디어도르, 그때 재미있었던 것을 기억하고 있어?"

"물론, 기억하고말고. 그 늙은 멍청이는 이렇게 소리치곤 했지. '이 고약한 것들!'이라고. 그러면 우리는, 자기는 아무것도 모르면서 우리같이 머리 좋은 아이들을 가르치려 한다고, 그녀에게 설교를 했었지." 잉그램 경이 천천히 대꾸했다.

"그랬어. 그리고 디어도르, 얼굴이 창백한 너의 선생 바이닝 씨, 즉 우리가 성난 목사라고 불렀던 사람을 공격했을 때, 내가 도와주었던 것을 기억하겠지? 그 선생은 미스 윌슨과 사랑에 빠져 있었지. 어쨌든 디어도르와 나는 그렇게 생각했었어. 우리들은 연정의 표시라고밖에 생각할 수 없는 그들의 다정한 시선과 한숨을 발견하고 놀랐는데, 나중에는 다른 사람들도 모두 알게 되었지. 그래서 우리들은 그 사건을, 그들의 무거운 짐을 우리 집에서 내보내는 데 일종의 지렛대로 이용했었어. 어머니는 이 사건을 눈치채시자 부도덕한 일이라고 생각하셨지. 그렇지 않았어요, 어머니?"

"그랬었지, 아가야. 그리고 내가 한 일은 조금도 잘못된 게 아니었어. 가정교사끼리의 연애가 지체 있는 집안에서는 일시적일망정 허용될 수 없는 거거든. 그 이유는 여러 가지가 있는데, 첫째로……."

"어머니! 하나하나 설명할 필요는 없어요! 우리 모두 알고 있으니까. 어린애들의 순결성을 해칠 위험이 있고, 여인들은 주의가 산만해짐에 따라서 의무를 게을리 한다는 거죠. 함께 어울려서 서로 신뢰하게 되고, 그 결과로 대담성이 생기며, 또한 불손해져서 대개의 경우 반역과 파멸을 초래하게 되지요. 내가 말하는 것에 잘못이 있나요, 잉그램 남작 부인?"

"오, 나의 백합 같은 딸아! 언제나 그렇듯이 지금의 네 말은 사리에 꼭 맞는단다."

"그러면 더 이상 거론할 필요 없어요, 화제를 바꿔요."

에이미 에시튼은 이 선언을 듣지도 않고 주의하고 있지도 않았기 때문에, 어린애 같은 조용한 어조로 끼어들었다.

"루이자와 나도 처음엔 가정교사를 애먹였지요. 그러나 선생이 너무 좋은 분이라, 무엇이든 잘 참고 화를 내지 않았어요. 그래서 우리들과 어긋나본 적이 없었어요. 그렇지, 루이자?"

"응. 단 한 번도 그런 일이 없었어. 그래서 우리 마음대로 했었지. 선생님의 책상과 바느질 상자를 뒤지기도 하고, 서랍을 뒤엎기도 했어. 너무 마음이 좋아서 우리들이 조르면 뭐라도 줬거든."

"이러다가는 이 세상의 모든 가정교사에 대한 기억을 들춰내게 되겠어요. 그런 불상사를 피하기 위해 나는 다시 화제를 돌릴 것을 제안합니다. 로체스터 씨, 제 의견을 지지해 주시겠어요?" 잉그램 양이 말했다.

"아가씨, 이 점에 대해서도 다른 모든 경우와 마찬가지로 지지합니다."

"그렇다면 제안하는 의무를 나에게 맡겨주세요. 시뇨르 에트와르도(이탈리아식 호칭.), 오늘 저녁 목소리 사정은 어때요?"

"대단히 좋습니다. 명령이라면 부르지요."

"그렇다면 폐를 비롯해서 모든 발성기관을 가다듬도록 엄중한 명령을 내리는 바입니다. 이것은 왕명과도 같은 것입니다."

"메리 여왕 같은 분이라면, 누군들 릿지오(스코틀랜드 메리 여왕의 총애를 받은 이탈리아의 음악가.)가 되지 않겠어요?"

"릿지오는 아무 매력 없어요! 바이올리니스트로서 릿지오는 틀림없이 멋이 없었을 거예요. 차라리 검은 피부의 보드웰(제임스 헵번, 메리 여왕의 남편이었으나 이혼하고 나서 해적이 되었다고 함.)이 좋아요. 내 생각으로는 남자에게 악마 같은 점이 없다면 시시할 거 같아요. 제임스 헵번에 대해 역사가 뭐라고 하든, 그야말로 내가 기쁘게 손을 내밀어주고 싶은 난폭하면서도 악당적인 영웅이에요." 그녀가 피아노 쪽을 향해 다가가며 곱슬머리를 흔들면서 소리쳤다.

"신사 여러분, 들으셨지요? 여러분 중에 누가 보드웰을 닮았나요?" 로체스터 씨가 크게 외쳤다.

"선택권은 당신에게 있는 것 같은데요." 덴트 대령이 나섰다.

"나의 명예를 걸고 감사하게 생각합니다." 로체스터 씨가 대답했다.

폭넓은 새하얀 드레스를 여왕처럼 펼치고 우아한 모습으로 자랑스럽게 피아노 앞에 앉은 잉그램 양은, 화려한 전주곡을 치면서도 이야기를 계속하고 있었다. 그녀는 오늘 밤에 최고로 기분이 좋은 것 같았으며, 그녀의 말과 동작은 듣는 사람의 찬사뿐만 아니라 경악을 불러일으키려고 작정한 듯이 날이 서 있었다. 그녀는 지금 확실히, 자신은 앞뒤 가리지 않고 거리낄 게 없다는 것을 과시하려 하고 있었다.

"오늘날의 젊은 남자들은 딱 질색이에요! 아버지의 정원 문밖을 한 발자국도 내딛지 못하고, 어머니의 허가와 감독 없이는 뜰에도 못 나가는 멍청이들이지요! 아름다운 얼굴이나 하얀 손, 귀여운 발에만 정신이 팔려 있는 위인들! 아름답고 귀여운 것이 여성의 타고난 속성이며 특권이 아니라, 마치 그들과 관계가 있는 것 같아요. 나는 추한 여성을 단지 조화의 아름다운 얼굴에 묻은 얼룩이라고밖에 생각지 않아요. 남자들은 힘과 용기만을 가지도록 노력해 주기를 원하고, 그들의 표어는 사냥, 사격, 격투뿐이기를 바라고 있지요. 그 밖의 것은 하등 가치가 없거든요. 내가 만약 남자라면 그것이 소원이에요." 그녀는 계속 피아노를 두들기면서 외쳤다.

그녀는 잠깐 말을 중단했으나 아무도 대꾸를 하지 않자, 다시 계속했다.

"언젠가 내가 결혼을 한다면, 남편을 내 경쟁자로 만들지 않고 나를 돋보이게 하는 역할을 맡길 작정이에요. 대항자를 옆자리에 두고 싶진 않거든요. 완전한 복종을 강요할 생각이에요. 남편의 애정이, 거울 속에 비치는 내 모습과 분리될 수도 없고요. 자, 로체스터 씨, 노래를 부르세요! 반주를 하겠어요."

"시키는 대로 하겠습니다." 로체스터 씨가 대답했다.

"그러면 해적의 노래를 하세요. 내가 그 노래를 좋아한다는 것을 아실 테니, '쾌활하게' 부르세요!"

"잉그램 양에게서 떨어지는 명령이라면, 물 탄 우유도 술로 만들 수 있을 겁니다."

"그러나 조심하세요. 내 마음에 들지 않을 때는, 어떻게 노래해야 한다는 것을 가르쳐드려서 망신을 줄 작정이니까요."

"그것은 잘못 부르면 상을 주겠다는 말이로군요. 될 수 있는 한 틀리려고 노력하겠습니다."

"조심하세요, 일부러 틀리면 거기 해당하는 벌을 받게 돼요."

"잉그램 양은 좀 관대해져야겠어요. 인간으로선 참기 힘든 벌을 가하는 힘을 가지고 있으니까 말이오."

"그래요? 그게 뭔지 말해 보세요!" 그녀는 설명을 요구했다.

"용서하세요. 구태여 설명할 필요도 없어요. 잠시 얼굴만 찌푸려도 충분히 극형이 될 수 있다는 것을, 총명한 아가씨 스스로 잘 알고 있을 텐데요."

"노래를 부르세요!" 그녀는 이렇게 지시하고는, 다시 활기찬 반주를 시작했다.

'이제야말로 빠져나갈 때야.' 하고 나는 생각했다. 그러나 이내 분위기를 압도하는 아름다운 음성이 나를 사로잡았다. 로체스터 씨는 아름다운 목소리를 가졌다고 언젠가 페어팩스 부인이 말한 적이 있는데, 사실이었다. 그 음색은 부드러우면서도 힘찬 저음이었다. 거기에다 자신의 감정과 힘을 투입하여 귀를 통해 가슴으로 전달시켰는데, 듣는 이의 마음을 기이하게 흔드는 마력이 있었다. 나는 최후의 굵고 낮은, 풍부하게 진동하는 소리가 끊어질 때까지, 일순간 잠들었던 대화의 물결이 다시금 넘쳐흐를 때까지 기다렸다. 그러고 나서 숨어 있던 곳에서 일어나, 다행히 가까운 곳에 있는 옆문으로 빠져나왔다. 거기서부터는 좁은 복도가 홀로 통해 있었다. 그곳을 지날 때 느슨해진 샌들 끈을 다시 묶으려고 계단 밑에 깔린 매트 위에서 무릎을 꿇었는데, 그때 식당 문이 열리는 소리가 나더니 신사 한 사람이 나왔다. 조급히 일어선 나는 그 신사와 정면으로 마주치게 되었다. 다름 아닌 로체스터 씨였다.

"그동안 잘 지냈소?" 그가 물었다.

"네, 별일 없었어요."

"왜 저 방에서 나에게 말을 걸지 않았소?"

이렇게 말하는 그에게 오히려 되묻고 싶은 심정이었으나, 그런 실례를 할 수는 없었다.

나는 침착하게 대답했다.

"상대가 있는데 방해가 될까봐서요."

"내가 없는 동안에는 뭘 하고 지냈나요?"

"별로 특별한 일은 없고, 그저 아델을 가르쳤지요."

"그리고 전보다 안색이 좋지 않은데, 왜 그렇소? 처음 만날 때 같아."

"아무렇지도 않아요."

"나를 반쯤 물에 빠트린 날 밤, 감기라도 들지 않았소?"

"괜찮았어요."

"식당으로 돌아가요. 아직 도망치기에는 이르니까."

"피곤해요."

그는 한동안 나를 내려다보았다.

"또 울적한 것 같은데, 왜 그러지? 말해 봐요."

"아무것도 아니에요. 정말이에요. 울적하지도 않고요."

"틀림없이 그래요. 너무 우울해서 두세 마디만 더 하면 눈물이 쏟아질 것 같아……. 정말 나오는데, 빛나는 눈물이 흐르고 있어. 속눈썹에 맺혔던 눈물이 한 방울 바닥에 떨어졌소. 내가 시간이 있고, 지껄이는 하인들이 지나갈 위험이 없다면 찬찬히 물었으면 좋겠지만……. 좋아요, 오늘 밤에는 그대로 용서하지. 하지만 손님들이 묵고 있는 동안에는 매일 밤 식당에 내려오도록 해요. 그것이 내가 원하는 일이오. 게을리 하지 말아요. 자, 그럼 가 봐요. 그리고 소피에게 아델을 데려가라고 해요. 잘 자요. 나의 ……." 그는 갑자기 말을 그치더니 입술을 지그시 깨물며 내 곁을 떠났다.

18장
이상한 할머니

손필드는 매일 들떠 있고 분주했다. 내가 이 집 지붕 밑에서 처음 보낸 3개월 동안 조용하고 단조롭고 쓸쓸했던 것과는 완전히 딴판이었다. 지금은 이 집에서 모든 슬픈 감정이 추방되고, 모든 우울한 연상이 잊힌 것 같았다. 어디나 활기가 넘쳐 있었고 하루 종일 활동이 지속되었다. 그처럼 조용했던 복도를 거닐 때나 아무 인기척이 없던 방에 들어가도, 지금은 반드시 깔끔하게 차린 하녀나 멋진 시종들을 만날 수 있었다.

주방이나 식기실, 하인들 방이나 현관까지 빠짐없이 활력이 넘치고 있었다. 온화한 봄날의 푸른 하늘과 햇빛이 사람들을 밖으로 불러냈을 때만 객실이 조용해졌다. 또한 며칠 동안 비가 온다 해도 즐거움이 중단되는 것은 아니었다. 옥외에서의 즐거움이 중단되면 실내에서의 오락이 더욱 활기를 띠면서 다채롭게 진행되었다.

그런 첫날 밤, 나는 그들이 무엇을 하는지 궁금해졌다. '글자풀이 수수께끼'를 한다는 말은 들었지만 거기에 대한 상식이 없는 나로서는 그것이 무엇인지 알 수가 없었다. 로체스터 씨와 다른 남자들이 하인들을 불러 테이블을 치우고 등불의 위치를 바꾸게 하더니, 이어서 아치 통로의 반대쪽에다 반원형으로 의자들을 놓게 했다. 그러는 동안, 숙녀들은 초인종을 울려서 각자 하녀들을 부르며 계단을 오르내렸다.

페어팩스 부인은 주인에게 불려가서, 집에 어떤 종류의 숄과 드레스와 휘장이 있는지를 설명해야만 했다. 그러고 나서 4층에 있는 옷장을 뒤져 수를 놓은 비단 스커트와 헐렁한 상의, 검은 유행복, 레이스 주름이 달린 옷가지 등을 찾은 다음 하녀들을 시켜 한아름씩 가져오게 했다. 그리고 그중에서 선택된 것은 응접실 뒤에 있는 부인 방으로 옮겨갔다.

그러는 사이에 로체스터 씨는 다시 숙녀들을 불러내더니, 그중 자기편이 될 사람을 고르기 시작했다.

"잉그램 양은 물론 내 편입니다." 그런 다음 그는 에시튼 자매와 덴트 부인을 지명했다. 그리고는 나를 쳐다보았다. 그때 나는 덴트 부인의 팔찌가 헐렁해져서 그것을 꼭 끼워주느라 그의 옆에 있었다.

"같이하지 않겠소?" 그가 물었다. 나는 머리를 흔들었다. 그러면서도 더 강력히 요청하지나 않을까 했는데, 그러지는 않았다.

그와 그의 조수들은 커튼 뒤로 물러갔고, 덴트 대령이 이끄는 다른 한패는 반원형으로 놓인 의자에 자리 잡고 앉았다. 남자들 중의 한 사람인 에시튼 씨가 나를 보더니, 가정교사도 끼워주자고 제안하는 듯했다. 하지만 잉그램 부인이 즉시 그 의견에 반대했다.

"안 돼요, 그녀는 이런 게임을 하기에는 둔해 보여요."

곧 종이 울리고 막이 올랐다. 로체스터 씨가 택한 조지 린 경의 커다란 몸이 흰 홑이불에 감싸여 아치 안에 있는 것이 보였다. 그의 앞에 있는 테이블에는 커다란 책이 놓여 있고, 옆에는 로체스터 씨의 망토를 입은 에이미 에시튼이 손에 책을 들고 서 있었다. 이쪽에서는 보이지 않는 누군가가 신이 나서 종을 울려댔고, 아델이 — 자기 보호자와 한편이 되겠다고 고집을 부렸다. — 주위에 꽃을 뿌리면서 그곳에 등장했다. 그 뒤로 하얀 옷에다 머리에 긴 베일을 걸치고 이마에 장미꽃을 단 잉그램 양이 화려한 모습으로 나타났다. 그녀 옆으로 로체스터 씨가 걸어와서 함께 테이블 옆으로 다가갔다. 두 사람이 무릎을 꿇자, 역시 흰 옷을 입은 덴트 부인과 루이자 에시튼이 그들 뒤에 와서 섰다. 아무 말 없이 식이 진행되었는데, 그것이 결혼식의 무언극이라는 것을 쉽게 알 수 있었다. 그것이 끝나자 덴트 대령의 편들이

2분쯤 속삭이며 의논을 하더니, 이윽고 덴트 대령이 큰 소리로 외쳤다.

"신부!"

로체스터 씨가 절을 하자 막이 내렸다.

다시 막이 오르기까지는 상당한 시간이 걸렸다. 두 번째 막이 올랐을 때는 먼저와는 달리 배경이 한결 복잡했다. 앞에서도 말했지만 응접실은 식당보다 두 계단 정도 높았는데, 위쪽 단에서 1, 2미터 뒤쪽에 커다란 대리석 수반이 놓여 있었다. 이국적인 화초가 꽂힌 그 수반은 항상 온실에 놓여 있었는데, 수반 안에는 금붕어가 있었다. 크고 무거운 것이기 때문에 거기까지 옮겨오느라 많은 고생을 했을 것이다.

수반 옆의 양탄자에 앉아 있는 사람은 로체스터 씨였는데, 숄을 걸치고 터번을 쓰고 있었다. 검은 눈과 검은 피부에 회교도를 닮은 생김새 때문인지 그가 입은 옷과 잘 어울렸다. 그는 동양의 회교도 지도자이거나, 아니면 교수형 집행관, 또는 수형자처럼 보였다. 이어서 잉그램 양이 등장했다. 그녀 역시 동양풍의 옷차림으로, 주홍 스카프를 허리에 장식 벨트처럼 두르고 관자놀이 부분을 수놓은 손수건으로 묶고 있었다. 노출되어 있는 통통한 한 팔을 머리 위로 우아하게 올리고 있었는데, 마치 물동이를 이고 있는 것 같았다. 그런 그녀의 몸매와 얼굴빛은 어딘지 모르게 족장 시대의 이스라엘 왕녀를 연상시켰다. 틀림없이 그런 인물로 보이려는 의도인 것 같았다.

그녀는 수반에 가까이로 가서 몸을 굽혀 물동이에 물을 채우는 시늉을 하더니, 다시 그것을 머리 위로 올렸다. 이때 우물가에 있던 사람이 그녀에게 말을 걸고 무엇인가를 부탁하는 것 같았다. 그녀는 서둘러 물동이를 내리고서 물을 마시게 했다. (《구약》 창세기 24장 18절.)

그러자 그는 주머니에서 작은 상자를 꺼내 열고는, 훌륭한 팔찌와 귀고리를 보여주었다. 그녀가 믿어지지 않는다는 기분과 환희의 느낌을 표정과 몸짓으로 나타내자, 처음 보는 사나이는 그녀에게 팔찌를 채워주고 귀고리를 달아주었다. 그것은 엘리자와 레베카가 만나는 장면인데, 다만 낙타들이 없었을 뿐이었다.

알아맞혀야 하는 편은 다시금 회의를 했는데, 장면이 보여주는 단어나 음절이 일치하지 않는 것 같았다. 그들의 대변인 덴트 대령이 '장면 전체를 다시 보여 달라.'고 요청하자 막이 다시 내려졌다.

세 번째로 막이 오르자 응접실의 한 부분만 보일 뿐, 그 밖의 것은 어둡고 거친 장막에 의해 감추어져 있었다. 대리석 수반이 옮겨지고 그 대신 소나무로 된 테이블과 식당 의자가 놓여 있었다. 그리고 그런 것들도 뿔로 만들어진 등잔불에 의해 희미하게 보이고, 모든 촛불은 꺼져 있었다.

이런 답답한 장면 속에서 한 사나이가 주먹을 무릎 위에 놓고 앉아 마룻바닥을 내려다보고 있었다. 나는 곧 그가 로체스터 씨라는 것을 알았다. 얼굴이 더럽혀지고 옷이 흐트러졌는데, 특히 상의는 마치 누군가와 싸워 등이 찢어진 것처럼 한쪽 팔에 걸려 있었다. 얼굴을 찌푸리고, 머리카락을 엉클어뜨리는 등으로 변장을 잘했으나, 난 그를 바로 알아보았다. 그가 움직이는데 따라서 쇠사슬 끌리는 소리가 들렸고, 손목에는 수갑이 채워져 있었다.

"교도소!" 덴트 대령이 외쳤다.

그렇게 해서 글자풀이 수수께끼는 해결된 것이다. 제1막은 신부(Bride)이고 제2막은 샘(Well)인데, 그 둘을 합치면 브라이드웰(Bridewell)이란 런던의 교도소 명칭이 된다.

연기자들은 옷을 갈아입기 위해 충분한 시간을 갖고 나서 다시 식당으로 모여들었다. 로체스터 씨가 잉그램 양의 손을 잡고 들어오자, 그녀는 로체스터 씨의 연기를 칭찬했다.

"아시겠어요? 세 가지 연기 중에서 마지막 것이 제일 내 마음에 들었다는 걸……. 아아! 당신이 좀 더 일찍 이 세상에 태어났더라면, 멋진 신사 절도범이 됐을 텐데!" 그녀가 말했다.

"숯검정은 말끔히 지워졌나요?" 그는 얼굴을 잉그램 양에게 돌리면서 물었다.

"아깝게도 깨끗해요! 그 흉악범만큼 당신 얼굴에 맞는 것은 없었는데."

"그렇다면 노상강도를 좋아한단 말인가요?"

"영국 강도는 이탈리아의 산적 다음가는 영웅이죠. 그러나 산적도 지중해의 해적은 못 당해요."

"하지만 내가 무엇이든, 당신은 내 아내라는 것을 잊지 마세요. 한 시간 전에 우리는 여기 있는 증인들 앞에서 결혼을 한 사이잖소." 로체스터 씨의 말에 그녀는 깔깔거리고 웃으며 얼굴을 붉혔다.

"자! 덴트 대령, 이번에는 당신들 차례입니다." 로체스터 씨가 말했다.

다른 편이 물러나자, 그의 편은 빈 의자에 앉았다. 잉그램 양은 리더의 오른편에 자리를 잡고, 다른 사람들을 그들의 양쪽에 앉았다. 이제 나는 연기자 따위는 쳐다보지도 않고, 막이 올라가는 것을 흥미를 갖고 기다리지도 않았다. 내 신경은 당연히 관객에게 쏠렸으며, 지금까지 아치 통로로 향해졌던 시선은 반원형으로 놓인 의자 있는 데로 옮겨졌다. 덴트 대령과 그의 편이 어떤 글자풀이 수수께끼를 보여주었는지, 어떤 단어를 택했는지 전혀 기억나지 않는다. 다만 한 장면이 끝날 때마다 서로가 의논하는 관객만이 지금도 눈앞에 보이는 것 같다.

로체스터 씨의 시선이 잉그램 양 쪽으로 향하고, 잉그램 양도 그의 쪽으로 고개를 돌려 검은 머리카락이 그의 어깨와 뺨에 닿을 정도인 것이 보였다. 둘이 속삭이는 소리가 들리고, 서로 주고받던 시선이 지금도 기억에 생생하다. 그리고 그 광경에 의해 치솟았던 감정 자체가, 지금도 어느 정도 되살아나고 있다.

독자여! 앞에서도 말했지만 나는 로체스터 씨를 사랑하는 쪽으로 마음이 기울어져 있었다. 그랬기에 단지 그가 나에게 주의를 기울이고 있지 않다는 것을 알았다고 해서, — 몇 시간 동안 같이 있으면서 한 번도 내 쪽으로 눈길을 돌리지 않았다. — 그리고 그가 모든 관심을 기울이고 있는 여성이, 지나가다 옷깃이 내게 닿는 것도 싫어하는가 하면 그녀의 검고 거만스러운 시선이 우연히 나에게로 향했다가도 못 볼 것이나 본 듯 외면하는 사람이라 해도, 그에 대한 나의 마음이 달라지지는 않았다. 그가 그녀와 곧 결혼한다는 것을 느꼈다고 해서, 자신만만하고 거만한 자부심을 그녀의 얼굴에서 날마다 읽는다 해도, 그에 대한 나의 사랑은 변할 수가 없었다. 또한 적극적으로 사랑을 하기보다는 사랑 받기를 바라는 그의 심경을 시시각각으로 목격했어도, 나는 그를 등질 수가 없었다! 이런 상황에서 내 절망감을 불러일으키는 일이 비일비재했지만 가슴속의 애정을 냉각시키거나 소멸시키지는 않았다.

독자여! 질투심이 솟구치는 일도 많았으리라고 상상할 수 있을 것이다. 나 같은 위치에 있는 사람이 잉그램 양 같은 사람과 비교를 한다면 말이다. 그러나 나는 질투를 하지 않았고, 했어도 극히 드물었다. 내가 받은 고통은 그런 말로 표현될 성질의 것이 아니었다. 잉그램 양 같은 사람은 그런 감정을 느끼기엔 너무 저속하여 질투할 가치조차 없었다. 역설적인 견해에 대해 독자의 용서를 바랄 따름이다. 그러나 나는 진정으로 하는 말이다. 그녀는 화려하긴 하나 순수하지 않으며, 아름답고 재주는 있으나 정신이 빈약하고, 천성적으로 인정이 메말라 있었다. 그런 토양에서는 자라나 꽃피울 수 있는 것이 아무것도 없으며, 자연스럽게 익어서 우리에게 기쁨을 줄 수 있는 신선한 과실도 기대하기 힘들다.

또한 그녀는 선량하지도 않고 독창적인 인물도 아니었다. 책에서 배운 것을 되풀이하고 있을 뿐 자신의 견해를 드러내 본 적이 없고, 높은 어조로 감정을 피력하지만 공감이라든가 연민의 정은 찾아볼 수가 없었다. 그리고 그녀에게는 자비심과 성실성이 결핍되어 있었다. 그녀는 평상시에 아델에게 품고 있던 반발심을 공공연히 폭발시킴으로써, 예의 결점들을 고스란히 드러냈다. 아델이 가까이 가면 모욕적인 말을 하여 쫓아 버리기도 했고, 때로는 노골적으로 방에서 나가라고 명령을 하는 등 냉담하고 가혹한 태도를 보였다. 비단 나뿐만이 아니라 다른 사람들에게도 그런 성격을 종종 드러냈다. 물론 장래의 신랑감인 로체스터 씨도 상대방에 대해 면밀하고 예민하게 감시를 계속하고 있었다. 그러나 그의 총명함이 상대방 여성의 결함을 명백히 의심하고 있다는 것과, 그녀에 대한 그의 감정에 정열이 결핍되어 있다는 사실이 나를 괴롭혔다.

그가 그녀와 결혼하려는 것은 가문과 그녀의 지체와 연고 관계가 그와 합당하기 때문일 거라고 나는 생각했다. 그는 그녀에게 애정을 주지 않고 있는데, 그녀는 그 보물을 찾아내기엔 자격 미달이었다. 그녀는 결코 그의 마음을 사로잡을 수 없을 것이다.

만약에 잉그램 양이 친절과 양식을 갖춘 선량하고 고결한 여성이라면, 나는 질투와 절망이라는 두 마리 호랑이와 싸워 심장이 찢기고 먹히는 한이 있더라도 그녀를 우러러보고 그녀의 우수성을 인정하면서 내 인생을 조용히 보냈을 것이다. 그녀의 우수성이 절대적일수록 나의 칭찬은 커질 것이며, 나의 침묵도 한층 깊어질 테니 말이다. 그러나 실상은 잉그램 양이 로체스터 씨를 굴복시키려고 끊임없이 노력하지만 거듭 실패하는 것 — 거만과 자만이 유혹하려는 상대를 멀어지게 하는데도 본인은 실패한 것을 느끼지 못하고, 자기가 쏜 화살이 목표물에 적중된 것으로 생각하고 성공을 자축하고 있는 것이다. — 을 보아야만 했다. 그럴 때마다 자극을 받았지만 동시에 냉정하게 억제해야만 하는 것이 고통스러웠다. 그녀가 실패하는 것을 봤을 때, 나는 어떻게 했으면 그녀가 성공했으리란 것을 알고 있었기 때문이다.

그녀가 로체스터 씨의 가슴을 향해 계속 쏘아댄 화살들은 힘없이 발밑에 떨어지고 말았는데, 좀 더 확실한 솜씨로 쐈더라면 그 거만한 심장을 꿰뚫었을지도 모를 일이다. 날카로운 그의 눈에 애정을, 냉소적인 그의 얼굴에 자비를 불러일으키게 했을는지도…… 아니, 더 바람직한 것은, 무기 없이 무언으로도 정복할 수 있었을 것이다.

'그렇게 용이하게 접근할 수 있는 특권을 가지고 있으면서도, 어째서 그녀는 그를 움직일 수 없는 것일까?' 나는 깊은 생각에 빠졌다. '틀림없이 그녀는 진심으로 그를 좋아할 수 없어. 다시 말해 진실된 애정으로 그를 좋아하지 못하는 거야. 좋아한다면, 그처럼 헤프게 웃고 쉴 새 없이 눈길을 보내고, 필요 이상의 애교를 부릴 필요가 없을 테지. 차라리 아무 말도 하지 않고 그저 옆에 조용히 앉아 있는 것이 그의 마음에 가까워지는 길일 거야. 그녀가 계속 말하고 있어도 그의 표정은 굳은 채로 있었어. 나는 그것과는 다른 표정을 봤었어. 그때 그 표정은 그의 얼굴에 저절로 떠올랐지. 그것은 일부러 꾸민 기교와 계산된 책략에 의해서는 끌어낼 수 없는 거야. 이쪽에서는 단지 받아들이면 되는 건데! 묻는 것에 꾸밈없이 대답하고, 필요할 때는 자연스럽게 말하면 돼. 그렇게 하면 표정이 풍부해지고 보다 상냥해져서 자비로운 햇빛처럼 온화하게 만들 수 있을 텐데. 저들이 결혼을 할 경우, 그녀는 어떤 방법으로 그를 즐겁게 해줄까? 그녀가 잘 하리라고는 생각되지 않지만, 그의 아내가 되는 사람은 태양 아래서 가장 행복한 삶이 될 거야.'

나는 아직 로체스터 씨가 이해관계나 연고 때문에 결혼하려는 계획에 대해 비난한 적은 없었다. 그러다가 처음으로 그의 의도를 알게 되었을 때, 나는 너무나 놀랐다. 그가 아내를 택하는 데 그렇게 범속한 동기에 의해 움직이리라고는 생각조차 하지 않았던 것이다.

하지만 정작 당사자들의 지위와 교육 같은 것을 생각해 본다면, 그들이 어렸을 때부터 주입되었으리라고 생각되는 관념에 의해 행동했다고 해서 비난하는 것은 옳지 않다고 여겨졌다. 그들 계급은 모두 그런 신념을 가지고 있으며, 거기엔 나로서는 짐작할 수 없는 이유가 있을 것이다. 만약에 내가 그와 같은 신사라면, 내가 사랑할 수 있는 사람만을 아내로 삼을 것이다. 그렇지만 그러는 것이 명백하게 남편을 행복하게 해주는 것이라 해도, 내가 알 수 없는 이유로 인해 그 자체가 세상에서 행해지지 않고 있다는 사실을 나는 알아야만 했다. 그렇지 않다면 세상 사람들은 내가 생각한 것처럼 행해야만 했을 테니 말이다.

비단 이것뿐만 아니라 다른 여러 점에 있어서도 나는 그에게 관대해져 가고 있었다. 과거에는 확실한 결점으로 생각했던 것도 이젠 깨끗이 잊어버렸다. 전에는 그의 모든 면을 살펴 결점과 장점을 찾아내서 양자를 정확히 바라보고 공정하게 판단하려고 노력했었는데 지금에 와서는 결점을 보아 넘기게 되었으며, 나를 반발시켰던 빈정거리는 버릇이나 나를 놀라게 했던 무뚝뚝한 습성도 훌륭한 요리의 톡 쏘는 양념 정도로밖에는 생각되지 않았다. 그런 것이 있을 경우 맵기는 하나, 없을 경우에는 왠지 허전하다. 그리고 모호한 그 무엇인가가……. 두려운 것인지 슬픈 것인지 음흉한 것인지 냉담한 것인지 모를 기색이 가끔 내비쳐져 주의 깊은 관찰자의 눈에 띄곤 했다. 그것은 반짝하고 나타났다가 미처 헤아릴 사이도 없이 사라져 버리곤 해서, 나는 마치 화산을 껴안고 있는 산 사이를 헤매다가 지면이 흔들리고 땅이 꺼지는 형상을 본 것처럼 공포에 떨면서 몸을 움츠리곤 했다.

지금도 나는 그 무엇인가를 가끔 보는데, 그때마다 가슴이 뛰기는 하지만 신경이 마비되는 것은 아니었다. 그것을 피할 생각은 전혀 없고, 오히려 그것을 뚫어지게 응시하여 그 정체가 무엇인가를 알고 싶었다. 이 점에 있어서 나는 잉그램 양이 행복하다고 생각했다. 왜냐하면 그녀는 천천히 그 심연을 더듬어서 언젠가는 비밀을 찾아내어 그 성질을 분석할 수 있을 테니까.

내가 로체스터 씨와 그의 장래의 신부만을 바라보고, 그들의 대화에만 귀를 기울이고, 그들의 동작에만 집중했다. 그때 다른 사람들은 각각 자기들의 관심사에 도취해 있었다. 린 부인과 잉그램 부인은 엄숙한 얼굴로 이야기를 나누면서 가끔 터번 쓴 머리를 끄덕거렸다. 두 부인이 화제에 따라 놀라움과 신비로움과 공포심을 드러냈는데, 그때마다 손을 드는 모양이 마치 한 쌍의 꼭두각시 인형처럼 보였다.

온순한 덴트 부인은 마음씨 착한 에시튼 부인과 대화를 하면서 간간이 나에게도 정중하게 말을 걸고 미소도 보냈다. 조지 린 경과 덴트 대령과 에시튼 씨는 정치와 지방의 사건과 재판 문제를 논하고 있었고, 잉그램 경은 에이미 에시튼 양과 노닥거리는 중이었다. 루이자는 피아노를 치면서 린 형제 중 한 사람과 노래를 불렀고, 메리 잉그램은 린 형제 중 또 한 사람의 연설에 조용히 귀를 기울이고 있었다. 그러다가 이따금씩 모두가 약속이라도 한 듯 자신들의 단역을 중단하고 주역을 바라보면서 그에게 귀를 기울였다. 결국 로체스터 씨와 잉그램 양이 ― 그들이 밀접한 관계였기 때문에 ― 그 회합의 중심이요 주인공이기 때문이었다. 만약 그가 한 시간 정도라도 자리를 뜨면 손님들 사이에 지루한 기색이 현저하게 눈에 띄었다가, 그가 다시 돌아오면 이내 그들의 대화에 생기가 돌았다.

그의 활력이 절실하도록 아쉽게 여겨진 것은, 어느 날 그가 볼일로 밀코트에 나갔는데 날이 저물도록 돌아오지 않았을 때였다. 그날 오후에는 비가 내렸다. 일행은 헤이 근처의 공유지에서 최근에 야영을 시작한 집시촌까지 산책을 할 예정이었지만 비 때문에 연기할 수밖에 없었다. 신사들 몇은 마구간으로 가고, 젊은이들은 젊은 아가씨들과 당구실에서 당구를 쳤다. 잉그램 부인과 린 부인은 자기들의 대화에 블랑슈 잉그램 양을 끌어들이려고 했으나, 그녀는 아무 대꾸 없이 처음에는 감상적인 곡을 피아노로 연주하면서 흥얼거리다가 이내 서재에서 소설책을 갖고 와 소파에 길게 누워 책을 읽으면서 로체스터 씨가 없는 무료한 시간을 때우려고 했다. 가끔 당구 치는 패들의 웃음소리가 이층에서 들려올 뿐, 그 큰 저택이 적막했다.

날이 저물기 시작했고, 시계는 이미 저녁 식사를 위해 옷 갈아입을 시간이란 것을 알렸다. 그때 내 옆 창가의 의자에 앉았던 아델이 소리를 질렀다.

"저기, 로체스터 아저씨가 돌아오셔요!"

내가 미처 고개를 다 돌리기도 전에 소파에서 벌떡 일어난 잉그램 양이 창가로 달려왔다. 다른 사람들도 모두 하던 일을 멈추고 머리를 들었다. 곧 이어 비에 젖은 자갈길에서 마차 바퀴 소리와 물을 튀기는 말발굽 소리가 들려왔기 때문이다.

역마차가 다가오고 있었다.

"왜 역마차로 돌아오실까?" 잉그램 양이 중얼거렸다.

"떠날 때는 메스로와를 타고 가셨는데. 그리고 파일럿도 같이……. 동물들은 어떻게 하셨을까?" 그렇게 말하면서 큰 몸집의 그녀가 헐렁한 옷을 입고 창가로 바싹 다가섰기 때문에, 나는 등뼈가 부러질 정도로 허리를 젖혀야만 했다. 다급한 나머지 처음에는 내가 있는 것을 몰랐다가, 잠시 후에 힐끔 나를 보더니 입을 실룩거리면서 다른 창가로 옮겨갔다.

이윽고 역마차가 멎고 마부가 현관의 종을 울리자 여행복을 입은 한 신사가 마차에서 내렸다. 그는 로체스터 씨가 아니었다. 큰 키의 상류계급 신사는 난생 처음 보는 사람이었다.

"속상해 죽겠네! 이 귀찮은 원숭이야! 누가 너를 창가에 올려놓고 거짓말을 하라고 시켰지?" 잉그램 양이 짜증을 내면서 아델에게 면박을 주고 나서, 마치 내 잘못이라는 듯 싸늘한 눈초리로 나를 바라보았다.

홀에서 이야기하는 소리가 들리더니 새로운 손님이 응접실로 들어왔다. 그는 잉그램 부인이 좌중에서 가장 연장자로 생각된 듯 그녀에게 인사를 했다.

"적절하지 못한 때에 찾아온 것 같습니다, 부인! 친구 로체스터 씨가 출타하고 없어서……. 먼 여행에서 돌아오는 길인데, 친구와는 오래전부터 가까운 사이여서 그가 돌아올 때까지 기다렸으면 합니다." 그가 말했다.

그의 태도는 정중했으나, 말씨는 어딘지 모르게 이상하게 들렸다. 어쨌든 외국 사투리라고까지는 말할 수 없지만 순수한 영어는 아니었다. 나이는 로체스터 씨와 비슷하게 서른에서 마흔 사이로 보였다. 안색이 누르스름했는데, 그렇지만 않았다면 나무랄 데 없는 훌륭한 신사로 보였을 것이다. 그러나 자세히 뜯어볼수록 남자의 얼굴에는 불쾌감을 주는, 아니 호감을 주지 않는 점이 드러나 보였다. 얼굴형은 균형이 잡혀 있으며 눈은 크고 윤곽이 뚜렷했으나, 그의 시선에서는 생명의 빛이 느껴지지 않고 어쩐지 텅 빈 것 같았다. 적어도 나에게는 그렇게 보였다.

옷 갈아입는 시간을 알리는 종이 울리자 모두들 흩어졌고, 내가 그를 다시 보게 된 것은 저녁 식사를 끝내고 나서였다. 그때는 확실히 가라앉아 보였으나 그의 인상은 아까보다도 더 마음에 들지 않았다. 침착한 것도 아니고 활기가 있어 보이지도 않았다. 다만 시선만은 쉴 새 없이 움직이고 있었는데, 아무 의미도 없는 방황에 불과했다. 바로 그것 때문에 일찍이 보지 못했던 과상한 얼굴로 보였으며, 매력이 없는 것도 아닌 잘생긴 얼굴이었는데도 왠지 반발심이 느껴졌다. 달걀형으로 부풀어 오른 매끈한 피부의 얼굴은 생기가 없어 보였고, 매부리코와 작은 앵두 같은 입술에는 단호한 결심 따위는 아예 보이지 않았다. 또 좁고 평평한 이마엔 사색의 그림자가 없었으며, 몽롱한 갈색 눈에서는 위엄 따위는 찾아볼 수가 없었다.

여느 때나 마찬가지로 나는 한 모퉁이에 앉아서, 벽난로 선반 위에 놓인 촛대의 불빛에 환히 비치는 남자를 바라보며 — 그는 추운지 떨면서 난로 앞에다 의자를 바싹 붙이고 앉아 있었다. — 로체스터 씨와 비교해 보았다. 그들의 차이는 연약한 거위와 포악한 매, 그리고 순한 양과 그것을 지키는 거친 털과 예리한 눈을 가진 개 정도일 뿐 그 이상의 것은 아니었다. — 실례가 아니기를 바란다. — 그는 로체스터 씨의 옛 친구였다. 그들 사이의 우정이란 틀림없이 기묘했으리라고 여겨지는데, 아마도 '양극단은 합치한다.'는 격언의 실례일 것이다.

그의 옆에는 두세 사람의 신사가 앉아 있었다. 그들이 하는 이야기가 구석 쪽에 앉아 있는 나에게도 간간이 들려왔는데, 처음에는 그 뜻을 포착할 수가 없었다. 그들보다 가까이 앉아 있는 루이자 에시튼과 메리 잉그램의 얘기로 방해됐기 때문이다. 그녀들도 새로운 사람의 얘기를 하고 있는 듯, 둘이 다 그를 '미남'이라고 했다. 루이자는 그를 가리켜 '세상에 드문 사람'이라고 칭찬했고, 메리는 그의 '귀여운 작은 입과 멋진 코'를 이상적인 매력의 예로 들었다.

"게다가 어쩌면 저렇게 이마가 온순해 보일까!" 루이자는 연신 감탄했다.

"매끈한 것이, 내가 싫어하는 우툴두툴한 면이 하나도 없어! 또 온화한 눈과 미소!"

마침 그때 다행히도 헨리 린이 연기되었던 헤이 공유지로의 산책에 관해 결정지을 것이 있다면서 그녀들을 방 저쪽으로 불러갔다.

이제 나는 난롯가에 있는 사람들에게 주위를 집중시킬 수가 있었다. 새로 온 손님의 이름이 메이슨이라는 것도 이내 알게 되었고, 그는 막 영국으로 돌아오는 길인데 어딘가 더운 나라에서 온 것 같았다. 얼굴이 저렇게 누런 것이나 난롯가에 가까이 앉아서도 외투를 벗지 않는 것이 모두 그 때문일 것이다. 자메이카라든가 킹스턴, 스페니시타운이라는 지명이 튀어나오는 것으로 보아 서인도제도에 살았다는 것을 알았고, 거기서 로체스터 씨를 처음 만나 알게 되었다는 말을 듣고 나는 깜짝 놀랐다.

그는 그곳의 더운 기후와 태풍과 우기를 로체스터 씨가 싫어했던 것에 대해 얘기했다. 나도 로체스터 씨가 여행가라는 것은 알고 있었다. 페어팩스 부인한테서 들었기 때문이다. 그러나 방랑의 범위가 유럽 대륙에 국한된 것으로 알고 있었으며, 거길 벗어난 곳에 갔었다는 얘기는 한마디도 들어본 적이 없었다.

그런 생각에 잠겨 있을 때 뜻하지 않은 일이 생겨서 하고 있던 생각을 멈췄다. 누군가가 문을 열었을 때, 부들부들 떨고 있던 메이슨 씨는 석탄을 더 가져다달라고 부탁했다. 난로에는 불꽃은 없었으나 타다 남은 것이 빨갛게 달구어져 있었다. 석탄을 가져온 하인은 나가던 길에 에시튼 씨 의자 옆에서 잠깐 걸음을 멈추더니 뭐라고 속삭였다. 내가 들을 수 있었던 것은 '할머니', '귀찮은' 정도의 말뿐이었다.

"좋게 해서 나가지 않으면 수갑을 채워 내쫓겠다고 해." 하고 치안 판사가 말했다.

"아니야, 잠깐만!" 덴트 대령이 나섰다.

"내쫓을 필요는 없어요, 에시튼. 재미있을 수도 있을 테니까. 숙녀분들께 물어보는 것이 좋을 거요." 그러고 나서 대령이 큰 소리로 물었다.

"숙녀 여러분, 아까 집시 야영장을 찾아서 헤이 공유지로 가보자고 했는데, 여기 있는 샘의 말에 의하면 '번치스 할멈' 같은 할머니가 지금 하인방에 와서 여러분들의 운을 점쳐주겠다고 한답니다. 그 할머니를 만나볼 생각은 없는지요?"

"어머나, 대령님도! 천박한 사기꾼을 들여놓으려고 하십니까? 어떻게 해서든지 당장 내쫓아요!" 잉그램 부인이 외쳤다.

"그러나 아무리 해도 순순히 내보낼 수가 없습니다, 부인. 어떤 사람의 말도 듣지 않아요. 지금 페어팩스 부인이 나가달라고 타이르고 있는데, 그래도 할머니는 난로 옆 의자에 앉아서 여기 들어오라는 허락이 있을 때까지는 꼼짝도 않겠다며 버티고 있습니다." 하인이 말했다.

"도대체 어쩌자는 거예요?" 에시튼 부인이 물었다.

"여러분의 운을 점치겠다는 겁니다. 무슨 일이 있어도 꼭 그렇게 하고야 말겠다는 거예요."

"어떻게 생긴 할머니예요?" 에시튼 자매가 동시에 물었다.

"소름 끼치도록 추하게 생긴 할멈이죠, 아가씨. 흙덩이처럼 새까맣고요."

"그렇다면 정말 마법산데! 불러들이도록 하지요." 프레데릭 린이 외쳤다.

"그래요! 이런 재미있는 기회를 놓치면 가슴에 한이 맺힐 거예요." 형인 헨리 린이 이에 가담했다.

"얘들아, 어떻게 하려고 그래?" 린 부인이 소리쳤다.

"그런 엉뚱한 짓을 나는 찬성할 수 없어요." 잉그램 부인이 맞장구를 쳤다.

"그러나 어머니! 찬성할 수도 있지 않아요? 그렇게 해요. 내 운을 점쳐보고 싶어요. 그러니까 샘, 그 할머니를 불러들여!" 지금까지 아무 말 없이 의자에 앉은 채로 여러 가지 악보를 뒤적거리고만 있던 블랑슈가 피아노 의자에서 돌아앉으며 거만한 어조로 말했다.

"블랑슈! 다시 생각해 봐라."

"알아요. 어머니가 말하고 싶은 것 다 짐작해요. 그러니까 내가 생각한 대로 해야겠어요. 샘, 빨리 불러와요!"

"그래, 좋아요! 어서 불러와! 재미있는 놀이가 될 거야." 젊은 남녀는 모두 찬성이었다.

"매우 험상궂게 생겼는데요." 하인이 주저하며 덧붙였다.

"어서 가요!" 잉그램 양이 소리치자 하인은 놀란 듯 밖으로 나갔다.

모두들 흥분해 있었다. 서로 농담들을 주고받으며 이야기꽃을 피우고 있을 때 샘이 돌아왔다.

"이제는 오려고 하지 않습니다. 그 노파의 말로 '속된 사람들' 앞에 나타나는 것은 도에 어긋나는 일이라고 하는군요. 점을 치고 싶은 분은 한 사람씩 할머니가 혼자 있는 방으로 오라는 겁니다. 제가 안내하지요." 하인이 말했다.

"이제 알았지, 여왕 같은 나의 블랑슈! 저렇게 조금씩 침범해 오는 거야. 충고하는 말을 들어요, 나의 천사 같은 딸! 그리고……" 잉그램 부인이 말했다.

"그 할머니를 서재로 안내해요. 나도 속된 사람들 앞에서 그녀의 말을 듣고 싶진 않아요. 혼자서 만나고 싶어요. 서재에 난로가 피워져 있나요?" 예의 천사 같은 딸이 어머니의 말을 중단시켰다.

"네, 아가씨. 그런데 할머니는 부랑인 같은 꼴이에요."

"잔소리 말아요, 바보같이! 시키는 대로나 해요."

샘이 다시 사라졌다. 그러자 방 안에는 다시 신비감과 활기와 기대가 넘쳤다.

"할머니는 준비가 다 됐답니다. 그런데 누가 먼저 오겠는지 알고 싶다는군요." 하인이 다시금 나타나서 말했다.

"부인들이 가기 전에 내가 먼저 가보는 것이 좋으리라고 생각되는데. 신사가 간다고 말해 둬, 샘." 덴트 대령이 나서서 말했다.

샘이 나갔다가 곧 들어왔다.

"신사의 점은 치지 않는다고 합니다. 그리고 또……. 여자분들 중에서도 아무나 되는 것이 아니라 젊은 미혼 여성만 만나겠답니다." 그는 억지로 웃음을 참아가면서 덧붙여 말했다.

"놀랐는데, 사람을 구별하다니!" 헨리 린이 외쳤다.

잉그램 양이 엄숙하게 일어났다.

"내가 먼저 가겠어요." 마치 부하들의 진두에 서서 돌파구를 찾아 올라가는 결사대의 지휘자 같은 어조로 그녀가 말했다.

"오, 나의 소중한 아가! 오, 나의 사랑하는 딸! 제발 참아라! 다시 생각해 봐!" 어머니가 소리쳤으나 잉그램 양은 아무 말 없이 그 옆을 지나 덴트 대령이 열어주는 문으로 나갔다.

잠시 후 서재로 들어가는 소리가 들렸다. 그러고 나서는 침묵이 흘렀다. 잉그램 부인은 손목을 비트는 것 같은 비통한 사건이라고 생각하는 듯했는데, 실제로 그녀는 자기 손목을 비틀고 있었다. 메리는 자기로선 그런 모험을 할 수 없다고 말했고, 에이미와 루이자는 숨을 죽이고 낄낄대며 웃고 있었으나 실상은 다소 겁을 먹고 있는 것 같았다.

시간은 천천히 지나갔다. 서재 문이 열린 것은 15분쯤 지나서였다.

잉그램 양은 아치를 통해서 천천히 들어왔다.

웃어넘길 장난으로 생각할 것인지, 모든 사람이 호기심 넘치는 시선으로 바라봤다. 그러나 그녀는 당황하는 기색도 없었고 즐거워하는 표정도 아니었다. 다만 냉담했다. 꼿꼿한 자세로 제자리에 간 그녀는 아무 말 없이 의자에 앉았다.

"어때, 블랑슈?" 잉그램 경이 물었다.

"할머니가 뭐라고 해?" 메리도 물었다.

"뭘 생각하고 있어요? 기분이 어때요? 정말 점쟁이예요?" 에시튼 자매가 연달아 물었다.

"여러분, 질문은 그만두세요! 정말 신기하게 생각한다든가, 경솔하게 믿는 여러분들의 감각은 어쩌면 그렇게 쉽게 자극되지요? 이 문제를 그렇게 중대시하는 것으로 봐서, 여러분들은 모두 — 할머니까지 포함해서 — 악마와 결탁한 진짜 마녀라도 이 집에 와 있다고 믿는 것 같군요. 나는 다만 집시 부랑자를 만났을 따름이에요. 으레 하는 식으로 손금을 보이고, 그런 족속들이 지껄이는 말을 들었을 뿐이에요. 그래서 내 변덕스러운 마음도 만족했고요. 그러니까 에시튼 씨가 위협했던 대로 그 할망구를 내일 아침에 형틀에 결박하는 것이 좋을 겁니다." 잉그램 양이 대답했다.

잉그램 양은 책을 한 권 들고 의자에 깊숙이 들어앉아 더 이상 말을 하려고 하지 않았다. 나는 약 반 시간쯤 그녀의 거동을 지켜보았다. 그동안 책이라곤 한 장도 읽지 않았는데, 안색이 시시각각으로 어두워지면서 불만 가득한 실망의 빛이 진해져 갔다. 우울한 기분이 오래 지속되는 것으로 봐서 본인은 개의치 않는다고 큰소리를 쳤지만 틀림없이 마음에 들지 않는 말을 들은 것 같았고, 부당하게도 들은 것에 대해 중요시하는 것 같았다.

그동안에도 메리 잉그램과 에시튼 자매는, 혼자 갈 용기는 없지만 모두들 가고 싶어 했다. 샘이 장딴지가 아플 정도로 왔다 갔다 한 결과 마침내 고집 센 할머니로부터 셋이 같이 와도 좋다는 허락을 겨우 얻어냈다.

그들의 방문은 잉그램 양의 경우처럼 조용하지가 않았다. 서재에서 신경질적인 낄낄거림과 가냘픈 비명이 들려왔고, 30분쯤 지나자 셋이 요란스럽게 응접실로 달려왔다. 그런데 모두들 정신을 잃을 정도로 겁에 질려 있었다.

"틀림없이 그 할머니는 신들려 있어!" 세 아가씨가 한목소리로 외쳤다.

"그런 말을 하다니! 우리에게 관한 것을 뭐든 알고 있어요!" 그녀들은 신사들이 급히 가져온 의자에 헐떡거리면서 앉았다.

좀 더 자세히 설명하라는 부탁을 받자, 아가씨들은 자신들이 어렸을 적에 말하고 행동한 것을 그 할머니가 모두 알아맞혔다고 말했다. 자기들 집의 방에 있는 책과 장식품과 여러 친척들에게서 받은 선물까지도 알아냈다는 것이다. 그녀들의 마음도 꿰뚫고 있었다. 그녀들이 가장 좋아하는 사람의 이름도 각자의 귀에 속삭여 주었고, 각기 가장 원하고 있는 것도 알아맞혔다고 단언했다.

그제야 신사들은 비로소 입을 열면서 끝으로 말한 두 가지 점에 대해 좀 더 자세히 말해 보라고 정색을 하고 물었다. 이 뻔뻔스러운 질문에서 얻을 수 있었던 것은 얼굴을 붉힌다든가 소리를 지른다든가 낄낄대면서 웃는 것뿐이었다. 그동안 부인들은 강심제 병을 꺼내든가 부채를 부치고 있었다. 그들은 자기들의 경고가 받아들여지지 않은 것에 대해 되풀이해서 얘기하고 있었고, 나이 든 신사들은 다만 웃고 있을 따름이었다. 젊은 남자들은 예쁜 아가씨들에게 다투어 봉사를 하려고 했다.

내 눈과 귀가 앞에서 벌어지고 있는 소란한 광경에 쏠려 있을 때, 옆에서 기침 소리가 나서 돌아보니 샘이었다.

"선생님! 집시 할머니가 방 안에 아직 점을 치지 않은 미혼 여성이 있다면서 전부 점을 치기 전에는 돌아가지 않겠다고 버티고 있습니다. 틀림없이 선생님을 두고 하는 말입니다. 그런 분이 따로 없으니까요. 뭐라고 말할까요?"

"그래요? 그렇다면 가겠어요." 나는 선뜻 대답했다. 강하게 자극받았던 호기심을 만족시켜 줄 뜻하지 않았던 기회가 돌아온 것을 나는 오히려 기쁘게 받아들였다. 아무도 눈치채지 못하게 방을 빠져나가서 ― 모두들 지금 막 돌아온, 부들부들 떨고 있는 세 아가씨 주위에 모여 있었다. ― 나는 조용히 문을 닫았다.

"선생님이 원하신다면 홀에서 기다리고 있겠어요. 할머니가 놀라게 하면 부르세요." 샘이 말했다.

"그럴 필요 없어요, 샘. 주방으로 가세요. 조금도 무섭지 않으니까요." 사실 나는 무섭지가 않았다. 크나큰 흥미를 갖고 있었기 때문에 오히려 흥분해 있는 상태였다.

19장
점쟁이의 정체

내가 들어갔을 때 서재는 조용했으며, 점쟁이는 — 만일 점쟁이라 부를 수 있다면 — 난로 옆 안락의자에 기분 좋게 앉아 있었다. 빨간 망토에 챙이 넓은 검은 집시 모자를 썼고, 턱 밑은 줄무늬 손수건으로 동여매고 있었다. 테이블 위에는 불 꺼진 초가 한 자루 놓여 있었고, 할머니는 몸을 앞으로 숙인 채 난롯불에 비춰서 표지가 검은 기도서 같은 책을 읽고 있는 중이었다. 그러면서도 대개의 노인들이 그렇듯 뭔가 혼자서 중얼거리고 있었는데, 내가 들어섰는데도 읽기를 그치지 않았다. 한 대목을 마저 읽을 생각인 것 같았다.

나는 난로 앞의 깔개 위에 서서 손을 녹였다. 응접실에서는 난로에서 멀리 떨어져 앉아 있었기 때문에 손이 얼어 있었던 것이다. 할머니의 모습에서는 내 마음을 산란하게 할 것이 아무것도 없었으므로 나는 언제나처럼 마음이 가라앉아 있었다. 이윽고 할머니는 책을 덮고 천천히 나를 쳐다보았다. 모자챙 때문에 얼굴이 가려져 있었으나 머리를 들었을 때 보니 그녀의 얼굴은 정말로 괴상했다. 피부 전체가 검은빛이 도는 갈색인데다가 턱 밑에 걸친 하얀 밴드 밑으로 흐트러진 머리카락이 턱을 덮고 있었다. 마침내 그녀가 나에게로 눈길을 돌리더니 대담한 눈초리로 똑바로 보았다.

"당신도 봐달라는 거야?" 눈초리처럼 대담하게, 얼굴처럼 무뚝뚝하게 할머니가 물었다.

"별로 관심은 없어요. 마음이 내킨다면 봐주세요. 미리 말해 두지만, 나는 점 같은 걸 믿진 않아요."

"건방진 네가 할 만한 소리다. 그렇게 나올 줄 알았지. 문턱을 넘을 때 네 발소리가 그렇게 말했어."

"그랬어요? 귀가 밝으신데요."

"아무렴, 그렇고말고! 그리고 눈이 빠르면 머리도 빠른 법이야."

"할머니는 영업상 그런 것이 필요하겠지요."

"물론이지. 게다가 너 같은 손님을 대하기 위해선 더욱 그렇지. 그런데 왜 떨지 않지?"

"춥지 않아요."

"왜 얼굴은 창백해지지 않는 거지?"

"기분이 나쁘지 않아요."

"나에게 왜 점을 치려고 하지 않지?"

"난 바보가 아닌걸요."

할머니는 모자와 밴드에 얼굴을 감추면서 소리 내어 웃었다. 그러고 나서 짧고 검은 담뱃대를 꺼내더니 담배를 피우기 시작했다. 한동안 이 진정제를 즐기던 할머니는 굽혔던 허리를 펴고 입에서 담뱃대를 빼어들더니 난롯불을 바라보면서 천천히 말했다.

"너무 춥고, 기분이 나쁘고, 바보야."

"그것을 증명해 봐요." 내가 말대꾸를 했다.

"좋아, 몇 마디로 증명하지. 너는 혼자이니까 추워. 네 속에 있는 불을 끌어내 줄 사람이 아무도 없거든. 네가 기분이 좋지 않은 것은, 너의 가장 소중한 감정, 즉 남자에게 줄 가장 훌륭한 것이 너한테서 멀리 떨어져 있기 때문이야. 또 네가 바보인 건, 고통을 받으면서도 그 감정을 나타내려고도 하지 않고, 그것이 기다리고 있는 곳으로 가려고 한 발짝도 더 움직이지 않기 때문이지."

그녀는 다시 아까의 담뱃대를 물고 한 모금 깊이 빨아들였다.

"큰 집에 의지할 사람 없이 고용인으로 사노라면 대개 모두들한테 그렇게 보이겠지요."

"대개 누구에게나 그렇다고도 말할 수 있겠지만, 그것이 대개 아무에게나 해당되는 것일까?"

"나의 경우에는……."

"바로 그거야, 네 경우! 그러나 너와 똑같은 입장에 있는 사람이 또 있는지 찾아봐."

"그야 몇 천 명이라도 쉽게 찾을 수 있지요."

"단 한 사람이라도 찾아내 봐. 너는 모르겠지만 너의 경우는 매우 특별해. 행복이 바로 곁에 있어. 손을 내밀면 닿을 곳이야. 재료도 다 마련되어 있어. 다만 부족한 것은 그것을 결합시키는 운동뿐이지. 기회의 신이 그것을 떼어 놓았을 따름이야. 일단 그것을 접근시키면 행복이 손에 잡히지."

"나는 수수께끼 같은 건 몰라요. 아직 수수께끼를 풀어본 적이 없어요."

"좀 더 정확한 것을 알고 싶으면 손을 내밀어봐."

"그리고 은전을 내야 하지요?"

"물론이지."

내가 1실링짜리 은화를 주자, 그녀는 주머니에서 꺼낸 헌 양말에다 우선 그것을 넣은 다음 양말을 묶어 다시 주머니에 넣더니 나에게 손을 내밀라고 했다. 나는 그대로 했으나 그녀는 내 손을 잡지 않고 손바닥에 얼굴을 가까이하고는 뚫어지게 들여다봤다.

"너무 복잡한데……. 이런 손금은 알아보기가 힘들거든. 금이 없을 정도 야. 그리고 손바닥에 뭐가 있단 말이야. 운명 같은 것은 아예 적혀 있지 않는데……." 그녀가 중얼거렸다.

"당신 말대로겠지요." 나는 담담하게 대답했다.

"아니야! 얼굴에 적혀 있어. 이마에, 눈 주변에, 눈동자에 그리고 입 윤곽에 모두 적혀 있어. 무릎을 꿇고 머리를 들어봐." 그녀가 계속 말했다.

"아아! 이제 본색을 드러내는군요. 이제야 조금씩 믿게 됐어요." 나는 시키는 대로 하면서 말했다.

나는 그녀에게서 50센티쯤 떨어진 곳에 무릎을 꿇었다. 그녀가 불을 쑤셨기 때문에 석탄불에서 불티가 튀었다. 그러나 눈부신 불티는 앉아 있는 그녀의 얼굴에는 검은 그림자를 던지고, 내 얼굴만을 환하게 비쳤다.

"너는 도대체 무슨 생각으로 지금 나를 찾아왔지? 네가 저 방에 앉아서, 등불에 비치는 그림자처럼 화려한 인간들이 너울거리며 네 앞을 지날 때, 네 가슴속에는 무슨 생각이 담겨 있었지? 그들은 인간 자체가 아니라 인간 형태의 그림자에 지나지 않기 때문에 너와 그들 사이에는 통하는 마음이 없다고 생각하고 있었겠지?" 나를 한동안 응시하고 나서 그녀가 물었다.

"때때로 지루하게 느끼고 졸리기는 했으나 슬픈 생각은 없었어요."

"그렇다면 남모르는 희망이라도 있어, 그것이 마음을 들뜨게 해서 장래를 그려보며 즐거웠나?"

"그런 것은 없어요. 나의 가장 큰 소망은 내가 빌린 작은 집에서 학교를 여는 것이고, 거기에 필요한 돈을 버는 것 정도예요."

"영혼이 생존하기에는 빈약한 자양물인데, 그리고 창가의 의자에 앉아서……."

"나의 그런 습관을 하인들에게 들었겠지요."

"아아! 똑똑한 체하는군. 아마 들었을 거야. 사실은 하인들 중의 한 사람을 알고 있어. 풀 부인 말이야."

그 이름을 듣자 나는 깜짝 놀랐다.

'그렇군, 알고 있었어!' 나는 생각했다. '결국 사태의 밑바닥에는 마법이 깔려 있었군!'

"놀랄 것 없어. 풀 부인은 틀림없어. 말이 없고 조용하지. 누구나 안심하고 믿을 수 있어. 그런데 지금 말한 대로, 너는 창가의 의자에 앉아서 장래의 학교 일만을 생각하고 있었니? 네 앞의 의자에 앉아 있는 사람들에게는 전혀 관심을 가지지 않았단 말이지? 살펴볼 만한 얼굴이 하나도 없었단 말인가? 최소한 호기심을 끌 만한 인물의 동작이 없었나?" 괴상한 노파는 계속 말했다.

"나는 어떤 얼굴이나 어떤 인물이든 바라보기를 좋아해요."

"그중에서 하나쯤 골라낼 수는 없나? 아니면 둘쯤?"

"가끔 있지요. 짝지어 있는 사람들의 몸짓이나 표정이 좀 수상하게 느껴질 때는 그래요. 그들을 바라보는 게 재미있거든요."

"그들의 무슨 얘기가 가장 재미있지?"

"그건 선택의 여지가 없어요! 대개 같은 얘기들로 구혼, 즉 그 비극의 종말인 결혼에 이르는 약속 따위들이지요."

"꼭 같은 화제를 좋아하나?"

"전적으로 관심은 없어요. 내게는 무의미한 것이니까요."

"무의미한 것이라고? 젊고 발랄하고 사람을 매혹시킬 만큼 아름답고, 지위와 재산을 지닌 여인이 신사 앞에 앉아서 웃는데, 너는?" 그녀가 물었다.

"내가 어떻다는 거예요?"

"나는 알고 있어. 아마 나쁘게는 생각하지 않을 거야."

"나는 거기 있는 신사들을 아무도 몰라요. 아무와도 말을 해보지 않았어요. 내가 그들을 나쁘게 생각하지 않는 것은, 그들은 존경 받을 만하고 당당하며, 중년이나 젊은 신사들이 모두 용감하고 미남들이며, 원기가 왕성하기 때문이에요. 그들이 자기 마음에 드는 사람에게서 미소를 받는 것은 자유이며, 나와는 별로 관계없는 일이라고 생각했어요."

"거기 있는 신사들을 모른다고? 아무하고도 얘기를 안 해봤다고? 이 집 주인과도 그렇단 말인가?"

"그분은 지금 집에 없어요."

"의미심장한 얘기야! 그럴듯한 핑계로군! 주인은 오늘 아침 밀코트에 가서, 오늘 밤이 아니면 내일 돌아올 거야. 그렇다고 해서 주인을 네가 아는 사람 가운데서 제외할 거야? 말하자면 이 세상에서 없애 버릴 생각이냐?"

"천만에요! 그런데 로체스터 씨가 당신이 꺼낸 얘기와 무슨 상관이 있단 말입니까?"

"나는 신사들 앞에서 미소 짓고 있는 부인들 얘기를 하고 있었어. 그런데 요사이 너무 많은 미소가 로체스터 씨의 눈에 던져졌기 때문에, 그의 눈은 넘쳐흐르는 컵과도 같아졌어. 그것을 못 느꼈나?"

"로체스터 씨는 손님들과 교제를 즐길 권리가 있다고 봐요."

"권리가 있는 것은 당연해. 그러나 결혼에 관한 이야기에 있어서, 가장 활기를 띠고 가장 오래 얘기하는 상대와 어울렸다는 것은 느끼지 못했어?"

"듣는 사람이 열중하다 보면 말하는 사람도 활기를 띠게 마련이지요." 나는 이렇게 말했는데, 이것은 노파에 대한 말이라기보다는 나 자신에 대한 것이었다.

그녀의 이상한 말투와 목소리와 태도는 나를 꿈속으로 끌어들였다. 예상하지 않았던 이야기가 그녀의 입에서 계속 튀어나와, 마침내 나는 신비의 거미줄에 걸려들게 되었다. 마치 눈에 보이지 않는 요정이 지난 몇 주 동안 내 심장 옆에 앉아서, 그 동작을 지켜보고 고동을 하나하나 기록한 것이 아닌가 싶었다.

"듣는 사람이 열중하다 보면! 그렇지. 로체스터 씨는 몇 시간이고 앉아서 즐겁게 말하는 아름다운 입술에 넋을 잃고 있었어. 그리고 로체스터 씨는 이렇게 받아들인 즐거움에 대해 감사하는 표정이었어. 너는 그것을 느끼지 못했니?" 노파가 계속 말했다.

"감사한다고요! 그의 얼굴에서 그런 표정은 찾아볼 수 없었어요."

"찾는다고! 그렇다면 얼굴을 자세히 봤군. 감사하는 것을 찾을 수 없었다면 무엇을 찾아냈나?"

나는 아무 말도 하지 않았다.

"너는 애정을 보았어. 그렇지? 그리고 먼 장래를 내다보고, 그가 그녀와 결혼하는 것. 또 행복한 신부의 모습을 보았지?"

"흠! 조금 틀렸어요. 마법사도 때로는 실수를 하는군요."

"그럼 무엇을 봤단 말이야?"

"아뇨. 나는 여기 물어보러 왔지, 고백하러 온 것이 아니에요. 로체스터 씨가 결혼한다는 것은 이미 알려져 있는 사실인가요?"

"그래, 아름다운 잉그램 양과!"

"곧 하게 되나요?"

"지금으로 봐서는 그렇게 생각돼. 틀림없이 — 뻔뻔스럽게도 너는 의심하는 모양인데 그 의심을 때려 부숴야 해. — 그들은 행복한 부부가 될 거야. 그는 반드시 아름답고 고상하고 머리가 좋고 재주 있는 여인을 사랑할 거야. 그녀는 로체스터 씨 정도의 재산이라면 결혼해도 좋다고 생각할 것으로 나는 믿어. 이런 얘기를 — 신이여 용서하소서! — 한 시간 전에 그녀에게 했더니, 놀라울 정도로 화를 내며 입술이 반 치 가량이나 처져 있었어. 그녀에게 구혼하고 있는 얼굴이 검은 남자에 대해서도 조심하라고 일러주고 싶어. 보다 크고 내용이 충실한 자산가가 나타나게 되면…… 그는 혼비백산하게 될 거야."

"할머니, 나는 로체스터 씨의 점을 치러 온 것이 아니에요. 나는 내 운수를 보러 왔는데, 거기 대해서는 아무 말도 없으시군요."

"네 운수에 대해선 아직 정확하지 않아. 네 얼굴을 살펴봤는데 상이 서로 일치되지가 않아. 행복의 여신은 너에게 일정한 양의 행복을 부여했어. 그것은 오늘 밤 여기 오기 전부터 알고 있었지. 여신이 네 몫으로 돌려놓은 거야. 그렇게 하는 것을 나는 봤어. 손을 뻗어서 그것을 받고 안 받는 것은 너에게 달려 있어. 그런데 네가 과연 손을 뻗겠느냐 하는 것이, 지금 내가 생각하고 있는 문젯거리야. 다시 한 번 양탄자 위에 무릎을 꿇어봐."

"시간을 너무 끌지 말아주세요. 난롯불에 탈 것만 같아요."

그러나 나는 다시 무릎을 꿇었다. 그녀는 몸을 숙이지 않고 의자에 기댄 채로 나를 응시했다. 그러더니 중얼거리기 시작했다.

"눈 속에는 불꽃이 너울거리고 눈동자는 이슬처럼 빛나고 있다. 부드럽고 감정을 풍부하게 나타내고 있으나 내가 하는 말을 비웃고 있다. 감수성이 예민하고 맑은 안구에는 감정이 계속해서 따르고 있는데, 웃음을 그치면 슬픔이 나타나곤 한다. 자신도 느끼지 못하는 권태감이 눈까풀에 가득한 것은 고독에서 오는 우수일 것이다. 눈길은 내 시선을 피하곤 하는데, 그건 나의 탐색을 당해내기 어렵기 때문일 것이다. 또한 내가 지금까지 말한 진실을 비웃는 눈초리로 부인하고, 감수성이 강하고 집념이 있다는 나의 공격을 배격하려고 한다. 그러나 자만과 신중함은 오히려 나의 견해를 굳힐 뿐이다. 그래, 눈은 바람직해. 입에 대해서 말할 것 같으면 가끔 밝은 웃음을 보이기도 하지만, 머리로 생각하는 것을 전부 털어놓으려고 하나 마음으로 경험할 수 있는 것에 대해선 침묵을 지키고 있군. 동작도 기민해서 영원히 고독 속에 묻혀 있게 되진 않아. 말이 많고 웃음이 많고, 상대방에게 애정을 느끼게 해주는 입이야. 입도 역시 괜찮아. 그렇군! 행운을 방해하는 것은 이마뿐이야. 이마는 그렇게 말하고 있어. '자존심과 환경이 요구한다면, 나는 이대로 혼자 살 거야. 행복하기 위해서 굳이 정신까지 팔 생각은 없어. 내겐 타고난 마음의 보석이 있는데, 만약 외부의 행복이 억제되고 지불할 수 없는 가격 때문에 고통 받는 한이 있더라도 그 보석은 내가 꿋꿋이 살아갈 수 있도록 지켜줄 거야.' 그리고 앞이마는 이렇게 단언하고 있어. '이성은 확고하고 고삐를 꼭 붙잡고 있기 때문에, 감정을 날뛰게 해서 이성을 낭떠러지로 말어뜨리는 일은 없을 거야. 정열이 제 본성을 드러내어 미쳐서 날뛰고 욕망이 모든 헛된 것을 꿈꿀지는 모르지만, 판단력이 모든 의논을 주관하고 최후의 판단을 내릴 거야. 모진 바람과 지진과 화재를 당할지라도 나는 양심의 명령을 속삭여주는 작은 목소리라도 따를 거야.' 라고. 잘 말해 주었어. 이마여, 너의 단언은 존경받을 만해. 나는 계획을 세웠어. — 올바른 계획이라고 믿어. — 그것을 세우기 위해 양심의 요구와 이성의 충고에 충분히 귀를 기울였어. 주어진 행복의 술잔 속에 치욕의 찌꺼기가 조금만 있어도, 그리고 뉘우침의 쓴맛이 조금만 남아 있어도 청춘이 시들고 전성기가 지나는 것이 얼마나 빠르다는 것을 나는 알고 있어. 나는 희생도 비애도 파멸도 원치 않아. 나는 오직 육성하고 싶을 뿐, 말려죽이고 싶진 않아. 감사를 받고 싶지, 피눈물을 짜내고 싶지는 않아. 나의 수확은 다만 미소와 애정과 기쁨이기를 바라고 있어. 나는 지금 황홀한 꿈속을 방황하고 있는 것 같은 느낌이야. 가능하면 이 순간을 영원히 지속시키고 싶지만 그럴 수는 없어. 지금까지 나는 철저하게 자신을 억압하고 있었어. 또한 행동하려고 결심한 대로 행동해 왔어. 그 이상은 힘에 부칠 정도로 괴로울 거야. 일어나요, 제인! 돌아가요. '이제 연극은 끝났어요.' (셰익스피어 작 〈헨리 4세〉에 나오는 대사.)……."

'지금 내가 있는 곳은? 꿈을 꾸고 있었던 것일까?' 늙은 할머니의 목소리는 어느새 바뀌어져 있었다. 목소리도 몸짓도 그리고 모든 것이, 거울 속에 비치는 자신처럼 낯이 익었다. 나는 일어서긴 했으나 걸음을 옮기지는 않았다. 그리고 나는 보았다.

난롯불을 쑤시고 나서, 할머니는 모자와 밴드로 더욱 얼굴을 감싸며 다시 나에게 나가라고 했다. 불빛이 그녀의 손을 비쳤다. 그 손은 내 손과 마찬가지로 늙은이의 것이 아니었다. 적당히 살이 오르고 나긋나긋한 손가락 중 새끼손가락에는 큼직한 보석반지가 빛나고 있었는데, 몸을 굽히고 자세히 보니 지금까지 수없이 보아오던 보석이라는 것을 알 수 있었다.

내가 다시 그 얼굴을 대했을 때, 상대는 이제 시선을 피하지 않았다. 오히려 모자와 밴드를 풀고 접근해 왔다.

"제인, 이젠 나를 알아보겠소?" 귀에 익은 목소리였다.

"빨간 망토를 벗으세요, 그러면……."

"그런데 끈이 잘 풀리지 않아. 좀 도와줘."

"끊어 버려요."

"그렇다면 '물러가라, 빌린 것은!' (셰익스피어 작 〈리어왕〉의 대사.)……."
로체스터 씨는 마침내 변장을 벗었다.

"어쩌면 이런 엉뚱한 생각을 하게 되었나요?"

"그렇지만 잘 해치웠지? 그렇지?"

"다른 사람들에게는 잘했을 거예요."

"당신한테는 잘못했단 말이오?"

"나에겐 집시의 역할을 하지 못했어요."

"그럼 어떤 역할을 했소? 나 자신의 역을 했나?"

"아니에요, 어떻게도 말할 수 없는 역할을 했어요. 간단히 말해서, 당신은 내게 무엇인가를 끌어내려고……. 아니, 끌어들이려고 했어요. 나로 하여금 무의미한 이야기를 하게 하려고 당신은 무의미한 이야기를 지껄인 거예요. 이건 정당하지 못해요."

"나를 용서해 주겠소, 제인?"

"좀 생각해 봐야 되겠어요. 생각해 봐서 내가 어리석은 짓을 하지 않았다는 것을 알게 되면 용서하겠어요. 그러나 정당한 것은 아니었어요."

"오! 당신은 잘못이 없었소. 조심성이 있었고, 분별력도 있었소."

나는 돌이켜 생각해 보았다. 내 생각에도 대체적으로 그런 것 같다고 여겨지자 비로소 마음이 놓였다. 실제로 나는 처음부터 경계를 하고 있었던 것이다. 집시나 점쟁이는 이 할머니가 한 것처럼 그렇게 행동하지 않는다는 것을 나는 알고 있었고, 더구나 꾸민 목소리를 내고 자꾸만 얼굴을 감추려 하는 것을 이상하게 생각했었다. 그러나 내 생각은 그레이스 풀에게 머물러 있었다. 그녀는 살아 있는 수수께끼며 참으로 신비한 존재였다.

"그런데 지금 무슨 생각을 하고 있소? 엄숙한 그 미소는 무엇을 의미하오?" 그가 물었다.

"놀라움과 자신의 축복이에요. 이제는 돌아가도 되겠지요?"

"아니, 잠깐 기다려요. 지금 응접실의 친구들은 뭘 하고 있소?"

"집시에 관한 이야기를 하고 있을 거예요."

"거기 앉아요! 그들은 나에 대해 뭐라고들 얘기하지?"

"오래 있지 않는 게 좋을 것 같군요. 열한 시가 다 됐어요. 아아, 참! 당신이 아침에 떠나신 후 손님이 온 것을 알고 계세요?"

"손님이라고! 모르는데. 누구일까? 아무도 연락 받은 사람이라곤 없는데! 지금은 돌아갔소?"

"아니에요. 오래전부터 아는 사이라고 했어요. 당신이 돌아오실 때까지 기다리겠다고 하더군요."

"그렇소? 이름을 말하던가?"

"메이슨이라고 하는 사람인데, 서인도에서 왔다고 했어요. 자메이카의 스페니시타운이라는 것 같아요."

옆에 서 있던 로체스터 씨가 마치 의자로 끌어가려는 듯이 내 손을 잡았다. 그리고 내가 말문을 열었을 때 그는 갑작스럽게 내 손목을 잡았다. 입가의 미소는 얼어붙고, 경련으로 인해 숨이 막히는 것같이 보였다.

"메이슨! 서인도! 메이슨! 서인도! 메이슨! 서인도" 그의 어조는 마치 자동 인형이 단어를 말하는 것 같았다. 그는 세 번이나 같은 말을 되풀이했는데, 그 사이사이에 얼굴이 잿빛처럼 창백해졌다.

"기분이 나쁘세요?" 내가 물었다.

"제인, 이제 나는 끝장났소……. 끝장이야! 오, 제인." 그는 비틀거렸다.

"이런! 나에게 기대세요."

"제인, 전에도 한 번 당신 어깨에 기댔었지. 기대야겠어."

"그렇게 하세요. 그리고 내 팔에도."

그는 의자에 앉더니 나를 옆에 앉히고는 두 손으로 내 손을 움켜쥐고 쓰다듬었다. 그리고 말로는 표현할 수 없이 괴롭고 쓸쓸한 시선으로 바라보았다.

"나의 다정한 친구! 나는 당신과 둘이 조용한 섬에서 살고 싶어. 그래서 걱정도 위험도, 그리고 괴로운 기억도 모두 잊고 싶어." 그가 말했다.

"내가 도울 수 있을까요? 당신을 위해서라면 생명이라도 바치겠어요."

"제인, 도움이 필요할 때는 요청하겠소. 약속하지."

"고마워요. 필요한 것을 말해 주세요. 힘닿는 한 해볼게요."

"우선 식당에서 포도주를 한 잔 가져다줘요. 모두들 거기서 저녁을 먹고 있겠지……. 메이슨이 그들과 함께 있는지, 그리고 무엇을 하고 있는지 알려 줘요."

나는 방에서 나왔다. 로체스터 씨가 말한 대로 모두들 식당에서 저녁 식사를 하고 있었으나 식탁에 앉아 있지는 않고 여기저기에 서서 각자 마음에

드는 음식을 접시에 담아들고 먹고 있었다. 대화와 웃음소리가 넘쳐흐르는 활기찬 분위기였다.

메이슨 씨는 난로 옆에 서서 덴트 대령 부부와 이야기를 하고 있었는데, 누구 못지않게 즐거운 듯한 모습이었다. 나는 포도주를 한 잔 따라 들고 — 잉그램 양이 보고 얼굴을 찌푸렸는데, 내가 마시려는 것으로 생각하는 듯했다. — 다시 서재로 갔다. 로체스터 씨의 창백했던 안색이 여느 때와 다름없이 엄숙해져 있었다.

"당신의 건강을 위해서, 직무에 충실한 요정이여!"

그는 이렇게 말하고 술잔을 비운 다음 나에게 잔을 돌려주었다.

"모두들 무엇을 하고 있소, 제인?"

"웃으며 이야기들을 하고 있어요."

"무슨 이상한 이야기라도 들었다는 듯한 엄숙한 얼굴들은 아니었소?"

"그런 기색은 전혀 없었어요. 농담을 섞어가면서 모두들 즐거워했어요."

"메이슨은?"

"그도 역시 웃고 있었어요."

"만약에 그곳의 모든 사람이 나에게로 달려와서 침을 뱉는다면, 당신은 어떻게 하겠소, 제인?"

"있는 힘을 다해 이 방에서 내쫓겠어요."

그는 빙긋이 웃었다.

"또는 내가 그들에게로 갔을 때, 그들이 차가운 눈초리로 대하고 비웃는 말로 속삭이면서 한 사람씩 떠나간다면 어떻게 하겠소? 당신도 그들과 함께 떠나겠소?"

"그럴 생각은 없어요. 당신과 함께 있는 것이 기쁠 거예요."

"나를 위로하기 위해서?"

"네, 힘이 닿는 한 위로하기 위해서요."

"모두가 내 옆에 못 있게 한다면?"

"못 있게 할 이유가 없으리라고 생각해요. 또 있다 해도, 그런 것은 개의치 않겠어요.”

“나를 위해서 다른 사람들에게 비난을 받아도 좋단 말이오?”

“옆에 있을 가치가 있는 친구라면……. 당신 같은 분이라면, 비난 같은 것은 문제가 아니에요.”

“이제 방으로 돌아가요. 그리고 살짝 메이슨 씨 옆으로 가서, 내가 돌아와서 만나고 싶어 한다고 귀띔을 해주고 이리 안내해 줘요. 그런 다음 자리를 피해 줘.”

“알겠습니다.”

나는 시키는 대로 했다. 손님들은 내가 곧바로 그들 사이를 지나가자 눈을 둥그렇게 뜨고 쳐다보았다. 메이슨 씨에게 다가가 말을 전하고, 그보다 앞서 방을 나와 기다렸다가 서재로 안내했다. 그러고 난 후 나는 곧장 2층으로 올라갔다.

밤늦게 내가 침대에 눕고 나서 얼마 지나지 않아 손님들이 침실로 들어가는 소리가 들렸다. 로체스터 씨의 목소리도 들려왔다.

“여기야, 메이슨. 자네 방은 이곳일세.”

그의 쾌활한 어조를 듣고 나는 안심하며 곧 잠에 빠져들었다.

20장
메이슨의 부상

전에도 가끔 그랬듯, 나는 침실의 커튼 치는 것과 덧문 닫는 것을 잊었다. 그 때문에 둥글고 밝은 달이 — 그날 밤은 맑게 개었다. — 중천에 떠서 창을 통해 방을 환히 비추었다. 나는 잠에서 깨어나 둥근달을 바라보았다. 은빛 같은 달이 아름답긴 했으나 너무도 엄숙했다. 나는 상반신을 일으키고 팔을 뻗쳐서 커튼을 당기려고 했다.

바로 그 순간이었다. 모든 것이 정적에 잠긴 조용한 이 밤이, 손필드 홀을 끝에서 끝까지 진동시키는 야성적이며 예리한 부르짖음에 의해 두 쪽으로 갈라졌다. 맥박이 멎고 심장이 정지하고 뻗쳤던 팔이 마비되는 것만 같았다. 부르짖음은 되풀이되지 않았다. 실제로 그 외침의 주인공이 누군지 는 모르지만, 또다시 반복하기는 힘들 것이다. 안데스 산 속에서 가장 큰 날개를 가진 독수리라 할지라도 구름 속에 숨겨져 있는 자기 집에서 이런 소리를 연달아 두 번은 내지 못할 것이다.

소리는 3층, 바로 내 머리 위에서 들려왔다. 그리고 머리 위에서는 — 틀림없이 내 방 천장 바로 위에서 — 서로 맞붙어 싸우는 것 같은, 심상치 않은 격투 음이 들렸다. 그리곤 숨 막힐 듯한 다급한 외침이 이어졌다.

"사람 살례! 사람 살례! 사람 살려요! 아무도 없어?" 하는 외침과 요란스 럽게 부딪치며 비틀거리는 소리에 이어, 널빤지와 양회로 된 천장을 통해 다음과 같은 소리가 들려왔다.

"로체스터! 로체스터! 제발 들어줘!"

어떤 방인지 문이 열리더니 누군가가 복도를 달려갔고, 머리 위의 마루에서 또 하나의 발소리가 어울리더니 무엇인가가 넘어졌다. 그러고 나서는 침묵이 계속되었다.

무서움에 손발이 떨리긴 했으나 나는 곧 옷을 갈아입고 방 밖으로 나갔다. 잠자던 사람들이 모두 깨어난 듯 이 방 저 방에서 비명과 겁에 질린 소리가 들리고, 이어서 여기저기 방문이 열리더니 모두들 복도로 뛰쳐나왔다.

"대체 무슨 일이오?"

"누가 다치기라도 했나요?"

"도둑이 들었어요?"

"불이 났나요?"

"어디로 도망쳐야 하지요?"

달빛으로 인해 희뿌연 가운데서 이리 뛰고 저리 뛰고 하다가 누군가는 울고 어떤 사람은 넘어지기도 했다. 극도로 혼란한 와중에서 덴트 대령이 외쳤다.

"도대체 로체스터 씨는 어디 있는 거야? 침대에도 없었어."

"여기요! 여기!" 그가 외치는 소리가 들려왔다.

"여러분, 괜찮습니다. 조용하세요. 곧 가겠습니다."

복도 끝에 있는 문이 열리고 촛불을 든 로체스터 씨가 다가왔다. 3층에서 내려오는 길이었다. 누군가 한 사람이 그에게로 달려가서 뛰어들었다. 잉그램 양이었다.

"무슨 무서운 사건이 생겼나요? 말해 주세요! 아무리 무서운 일이라도 어서 말해 주세요!" 그녀가 물었다.

"그러나 끌어당기고 목은 조르지 마세요." 그가 대답했다. 그때 에시튼 자매가 그에게 매달리고, 또 하얀 화장복을 입은 두 과부가 바람 맞은 돛배처럼 그의 뒤를 따르고 있었기 때문이었다.

"아무 일도 없습니다! 아무 일도 없어요!" 그가 외쳤다.

"〈헛소동〉(셰익스피어의 연극.)에 대한 예행연습이었지요. 어서들 물러가세요. 그렇지 않으면 정말 화를 내고 위험한 일을 저지르겠어요!"

그의 얼굴은 험상궂었고, 검은 눈에서는 불꽃이 일고 있었다. 그는 애써 마음을 진정시키고는, 계속해서 말했다.

"하녀 한 사람이 가위에 눌렸던 겁니다. 단지 그것뿐입니다. 원래 흥분하기 쉬운 신경질적인 여인이었는데, 틀림없이 유령의 꿈을 꾸고 발작했을 거예요. 이제 여러분이 방으로 돌아가는 것을 내 눈으로 봐야겠습니다. 이곳이 조용해져야 그녀를 돌봐줄 수 있으니까요. 신사 여러분은 숙녀들에게 모범을 보여주세요. 잉그램 양, 당신은 틀림없이 쓸데없는 공포심에 휘둘리지 않고 태연할 수 있으리라고 생각합니다. 에이미와 루이자도 한 쌍의 비둘기답게 잠자리로 돌아가요. 그리고 부인들! ─ 두 과부를 가리키면서 ─ 추운 복도에 이렇게 오래 서 계시면 감기 드십니다."

이처럼 달래고 또 명령을 해서 그는 겨우 모두를 다시 각자의 방으로 돌려보냈다. 나는 그의 명령을 기다릴 것도 없이, 나올 때와 마찬가지로 아무에게도 들키지 않고 방으로 돌아왔다.

그러나 잠자리에 들지 않았을 뿐만 아니라 조심스럽게 옷을 갈아입었다. 외침 뒤에 들려온 소리들을 들은 것은 아마도 나뿐일 듯싶었다. 왜냐하면 그 소리들은 바로 내 방 위에서 들려왔기 때문이다. 집 안을 온통 공포로 떨게 한 것은 하녀의 꿈이 아닐 것이리란 생각이 들었다. 로체스터 씨의 설명은 손님들을 안심시키기 위해서 꾸며낸 것에 지나지 않을 것이다. 그래서 나는 비상사태에 대비하여 옷을 입어 둔 것이다. 그런 다음 나는 오랫동안 창가에 앉아 정적에 싸인 정원과 환한 들판을 바라보면서 무엇인지는 모르지만 그 뭔가를 기다리고 있었다. 기괴한 외침과 격투와 부르짖음이 있은 후라 무엇인가 꼭 사건이 뒤따를 것만 같았다.

그러나 아무 일도 일어나지 않았고, 한 시간쯤이 지나자 손필드 홀은 다시 사막처럼 고요해졌다. 수면과 밤이 지배권을 되찾는 동안에 달이 기울어 이제 막 사라지려고 했다. 추위와 어둠 속에 그대로 앉아 있기가 싫어서,

나는 옷을 입은 채로 침대에 누워볼까 생각하고 창가를 떠나 소리 없이 양탄자 위를 걸었다. 그러나 내가 허리를 굽히고 신을 벗으려고 하는 순간 조심스럽게 문을 두드리는 소리가 들렸다.

"누구신가요?" 내가 물었다.

"자지 않고 있었소?" 예기하고 있던 로체스터 씨의 음성이 나직이 물었다.

"네."

"옷을 입고 있소?"

"네."

"그러면 조용히 나와 줘."

나는 그의 부탁대로 했다. 복도에는 그가 혼자 촛불을 들고 서 있었다.

"좀 도와줘야 할 일이 있어." 그가 말했다.

"이리로 와요. 천천히, 소리 없이."

내 슬리퍼는 얄팍해서 깔개가 깔린 복도를 고양이처럼 소리 없이 걸을 수가 있었다. 그는 미끄러지듯이 복도를 걸어 계단을 올라가더니, 그 불길하면서 어둡고 천장이 낮은 3층의 복도에 섰다.

"참! 당신 방에 스펀지가 있는지 몰라?"

"네, 있어요."

"소금은? 휘발성 소금은?"

"그것도 있어요."

"방으로 다시 가서 둘 다 가지고 와요."

나는 방으로 돌아와 세면대에서 스펀지를, 그리고 서랍에서 소금을 찾아 가지고 되돌아갔다. 기다리고 있는 그의 손에는 열쇠가 쥐어져 있었다. 작고 검은 문 앞에 다가선 그가 그것을 열쇠 구멍에 꽂아놓고 나서 동작을 멈추더니, 나에게 말을 건넸다.

"피를 봐도 괜찮겠소?"

"괜찮으리라고 생각해요. 아직 본 일은 없지만."

나는 대답하면서 몸을 떨었는데, 춥다거나 마음이 약해진 것은 아니었다.

"내 손을 잡아요. 놀랄지도 모르니까."

그는 내 손을 잡고서, '따뜻하고 침착하다.'고 말했다.

전에 페어팩스 부인이 집 전체를 안내해 줄 때에 들어가 본 적이 있는 방이었다. 그때는 휘장이 쳐져 있었으나 지금은 그 일부분이 걷혀 있어서 숨겨져 있던 문이 보였다. 문은 열려졌고 안에서 불빛이 새어나오고 있었다. 그곳에선 마치 싸우는 개처럼 으르렁대는 소리가 들려왔다. 로체스터 씨는 촛불을 놓고 나에게 잠깐 기다리라면서 구석방으로 들어갔다. 히스테릭한 웃음소리가 그를 맞아들였다. 처음에는 소란스러웠으나 마침내는 그레이스 풀 특유의 '하! 하!' 하는 유령 같은 웃음소리로 변했다. 내가 조그만 소리로 그에게 말을 건넸으나, 그는 아무 대꾸도 없이 무엇인가 할 일을 했다. 그리고 나오더니 다시 뒤에 있는 문을 잠갔다.

"자아, 제인!" 그가 말하자 나는 침대의 반대쪽으로 걸어갔다. 길게 드리워져 있는 커튼 때문에 방의 대부분이 가려져 있었는데, 커다란 안락의자가 침대 머리맡에 놓여 있고, 상의를 벗은 사나이가 꼼짝 않고 머리를 뒤로 젖힌 채 눈을 감고 거기에 앉아 있었다. 로체스터 씨가 그에게 촛불을 비추자 창백하고 핏기 없는 메이슨 씨의 얼굴이 드러났다. 한쪽 팔이 피에 젖어 있었다.

로체스터 씨가 세면대에서 물이 들어 있는 대야를 가져왔다. 들고 있으라고 말해서 나는 시키는 대로 했다. 그러자 그는 스펀지에 물을 적셔서 죽은 사람처럼 보이는 얼굴을 축축하게 적셨다. 그리고 정신 나게 하는 약병을 그의 콧구멍에 가져다 대자, 메이슨 씨가 잠시 후 눈을 뜨고 신음 소리를 냈다. 로체스터 씨는 부상자의 셔츠를 벌렸는데, 어깨와 팔에 붕대가 감겨 있었다. 그는 뚝뚝 떨어지는 핏방울을 스펀지로 닦아냈다.

"상처가 위험한가?" 메이슨 씨가 중얼거렸다.

"바보같이! 아니야. 조금 그런 걸 가지고 기운을 잃으면 어떻게 해? 정신 차려! 가서 의사를 불러오겠네. 내일 아침까지는 의사에게 옮겨갈 수 있을 거야." 그러고 나서 나를 향해 계속 말했다.

"제인."

"네?"

"당신은 이 방에서 이 신사와 함께 있어요. 한 시간 내지 두 시간쯤. 또다시 피가 흐르면 내가 한 것처럼 스펀지로 닦아내고, 정신이 흐려지는 것 같으면 저 위에 놓여 있는 물 잔을 입에 대주고, 당신이 갖고 온 소금을 입에 대주어요. 그리고 무슨 일이 있더라도 말을 걸어서는 안 돼요. 리처드! 자네도 얘기를 하면 위험하네. 입을 연다든가 흥분한다든가 하면, 그 결과에 대해 나는 책임을 지지 않겠어."

메이슨은 다시 신음 소리를 냈다. 몸을 움직일 용기도 없어 보였다. 죽음에 대한 공포랄까, 또는 다른 어떤 공포가 그의 몸을 마비시키는 것 같았다. 로체스터 씨가 피 묻은 스펀지를 넘겨주었기 때문에 나는 그가 하던 대로 하기 시작했다. 그는 잠깐 동안 나를 바라보다가 입을 열었다.

"명심해요! 절대 얘기하면 안 돼요." 그런 다음 그는 방에서 나갔다.

열쇠 구멍에서 열쇠가 삐걱거리고 나서 그가 멀리 사라지는 발소리가 그치자, 나는 일종의 기괴한 기분을 느꼈다.

나는 지금 3층에 있는 것이다. 밀실에 갇히고 어둠에 싸여 있다. 내 눈과 손 밑에는 피에 젖은 사람이 누워 있고, 사람을 죽이려던 여자와는 문 하나를 사이에 두고 있다. 정말로 소름 끼치는 일이다. 다른 것은 다 차치하고라도, 그레이스 풀이 와서 갑자기 덮치지나 않을까 하는 생각에 등골이 오싹했다.

그러나 맡겨진 일은 해야만 했다. 나는 이 무서운 얼굴을 지켜야 하는 것이다. 말하는 것이 금지된 창백하고 움직이지 않는 입술……. 그는 눈을 감았다 떴다 하며 방 안을 두리번거리다가 나를 응시했는데, 공포에 싸인 몽롱한 눈이었다. 핏물이 된 대야에 몇 번이고 손을 담아서 흐르는 피를 닦아내는 사이에 심지를 자르지 않은 촛불 빛이 점점 희미해져, 낡은 침대 밑을 어둡게 하고 맞은편에 만든 너울거리는 이상한 그림자를 지켜보아야 했다.

침대 정면에는 열두 개의 액자가 걸려 있었는데 거기엔 열두 제자의 얼굴이 새겨져 있고, 그 위에는 흑단으로 만들어진 십자가와 빈사 상태의 그리스도상이 있었다. 점점 더해가는 어두움과 너울거리는 불빛이 이리저리 옮겨짐에 따라 턱수염 기른 의사 루카 — 사도 루카는 의사였다. — 가 미간을 찌푸리는가 하면, 요한의 긴 머리카락이 나부끼고, 유다의 악마 같은 얼굴이 액자 위에 떠올라 점점 생기를 띠는 것처럼 보였다. 그러더니 대반역자가 — 사탄 자신이 — 부하의 모습을 하고 나타나는 것 같았다.

이런 상황에 처해 있으면서도 나는 환자를 돌봐야 하고 또 옆방의 우리 속에 있는 맹수인지 악마인지 모를 괴물의 동태를 경계해야만 했다. 그러나 로체스터 씨가 들어갔다 나온 후에는 마치 주문에 결박이라도 당한 듯, 밤새 긴 간격을 두고 세 번쯤 소리가 들려왔을 따름이었다. 그것은 마루를 밟는 삐걱거리는 소리와, 순간적으로 되살아나는 으르렁거리는 개소리 같은 것과, 인간의 깊은 신음 소리였다.

나는 몇몇 생각으로 고민했다. '외딴 저택에서 인간의 모습을 하고 살며, 집주인이 추방하지도 못하고 억제하지도 못하는 죄악의 실체가 과연 무엇일까? 한밤중에 어떤 때는 화재를, 또 어떤 때는 유혈극을 저지르는 비밀스런 이유는 무엇일까? 보통 여인의 형태를 하고 때로는 조롱하는 악마의 소리를 내다가 때로는 썩은 고기를 탐내는 맹수의 소리를 내는 것은 과연 어떤 동물일까? 그리고 또 내가 허리를 굽히고 간호하고 있는 이 사람은 — 평범하고 처음 보는 — 왜 공포의 거미줄에 걸려들었을까? 복수의 여신이 무슨 이유로 그를 습격했을까? 그리고 왜 하필이면 모두가 자야 할 이 시각에 이곳을 찾아온 걸까? 로체스터 씨가 그에게 아래층 방을 지정해 주는 것을 들었는데, 왜 여기까지 왔을까? 또한 무엇 때문에 자기에게 가해 진 폭력과 배반 행위에 대해 로체스터 씨에게 침묵을 강요당하고, 또한 이렇게 순순히 복종하는 걸까? 아아, 로체스터 씨는 왜 그에게 침묵을 강요 했을까? 손님이 폭행을 당하고, 전에는 자신의 생명이 위협을 당했음에도 그는 이 두 가지를 모두 비밀에 붙여 망각시키려고 한다!

나는 메이슨 씨가 로체스터 씨에게 순종하고, 후자의 강렬한 의지가 전자의 의지를 완전히 지배하는 것을 보았다. 두 사람 사이에 오고 간 두세 마디의 말이 나에게 그것을 입증해 주었다. 전에 있었던 두 사람 사이의 교제에 있어, 전자의 소극적인 성품이 후자의 적극적인 정력에 의해 움직였을 것임은 분명하다. 그렇다면 메이슨 씨의 방문을 알았을 때 로체스터 씨가 낭패스러워한 것은 무엇 때문일까? 저항하지 못할 인간의 이름이 — 그 사람은, 로체스터 씨의 한마디면 어린아이같이 복종했을 것이다. — 두세 시간 전에 그에게 전해졌을 때, 마치 떡갈나무에 벼락이라도 친 것처럼 놀랐던 것은 무슨 이유에서일까?'

그가, 이제 끝장이 났다고 속삭일 때의 표정과 창백한 얼굴이 생생히 기억되었고, 내 어깨 위에 놓았던 팔이 떨렸던 것 또한 잊을 수가 없었다. 로체스터 페어팩스의 단호한 정신을 그처럼 교란시키고 생기에 넘치는 육체를 떨게 한다는 건 쉬운 일이 아닐 텐데 말이다.

'언제 돌아오지?' 나는 속으로 부르짖었다. 밤은 지루하게 길었다. 피를 흘리는 환자는 신음하며 기력을 잃어가고 있는데 밤은 새지 않고, 구원을 청하러 갔던 사람도 오지 않았다. 나는 창백해진 메이슨 씨의 입술을 여러 번 적셔주고 몇 번이나 강심제 소금을 코밑에 대주었으나 모든 노력이 허사였다. 육체적인 고통 때문인지 정신적인 고민 때문인지 또는 출혈 때문인지 체력이 급속도로 떨어져, 죽지나 않을까 염려스러웠다. 그러나 그와 얘기도 할 수 없었다.

마침내 촛불이 다 타고 꺼졌을 때 창에 드리워진 커튼 틈 사이로 희미한 빛이 스며드는 것을 알 수 있었다. 동이 트기 시작한 것이다. 곧이어 멀리 가운뎃뜰에 있는 개집에서 파일럿이 짖는 소리가 들려왔다. 그러자 금세 희망이 되살아났고, 5분쯤 지나자 자물쇠를 여는 소리가 내 역할의 해제를 알렸다. 불과 두 시간에 지나지 않는 동안이었으나 내게는 마치 몇 주간이나 되는 것처럼 느껴졌다.

로체스터 씨 뒤로 의사가 따라 들어왔다.

"자, 어서 서둘러주시오, 카터 씨. 3분 내에 상처를 치료하고 붕대를 감고 아래층으로 내려가야 합니다." 로체스터 씨가 의사에게 말했다.

"하지만 환자가 움직일 수 있을까요?"

"괜찮을 겁니다. 대단한 상처가 아니니까요. 신경이 과민했을 따름입니다. 정신을 차려야지요. 그럼 곧 시작해 주세요."

로체스터 씨는 두꺼운 커튼을 젖히고 네덜란드제 블라인드를 열어서 가능한 한 바깥 빛을 많이 들어오게 했다. 밖을 내다본 나는 놀랍기도 하고 한편 기쁘기도 했다. 어쩌면 저렇게 아름다운 장밋빛이 동편 하늘을 비치고 있을까!

로체스터 씨는 메이슨 씨에게로 다가섰는데, 그는 이미 의사의 치료를 받고 있었다.

"여보게, 기분이 어떤가?"

"그녀에게 당했어." 맥 빠진 대답이었다.

"괜찮아! 기운을 내! 두 주일만 지나면 전과 다름없이 될 거야. 피를 좀 흘렸을 뿐이니까. 카터 씨, 위험하지 않다고 보장해 주세요."

"내 양심에 걸고 보장합니다. 조금만 일찍 손을 봤더라면 좋았을 뻔했습니다. 그랬더라면 이렇게 출혈이 심하지 않았을 텐데……. 그런데 도대체 어떻게 된 일이지요? 어깨살이 도려낸 것처럼 찢겨졌는데, 이 상처는 칼에 의한 것이 아니고 이빨 자국 같아요!" 붕대를 풀고 나서 카터 씨가 말했다.

"그녀가 물었어요. 로체스터가 칼을 빼앗자 표범처럼 달려들었어요." 메이슨이 중얼거렸다.

"자네도 당하고만 있지 말고 맞붙어서 싸워야만 했어." 로체스터 씨가 말했다.

"그런 상태에서 어떻게 할 수 있단 말인가?" 메이슨이 대답했다.

"오오, 정말 무서웠어! 그럴 줄은 몰랐네. 처음에는 얌전했거든." 그는 몸서리를 치면서 덧붙였다.

"그래, 내가 뭐라든가! 옆에 갈 때는 조심하라고 하지 않았어. 아침까지 기다렸다가 나와 같이 갔어야 했어. 오늘 밤에, 더구나 혼자 만나려고 한 것은 자네 실수였어."

"뭔가 내가 좀 도와줄 수 있을까 생각했었다네."

"그렇게 생각했었다고! 자네 이야기를 듣고 있자니 짜증이 나는군. 아무튼 자네는 당한 거고, 앞으로도 내 말을 듣지 않으면 또 당할 걸세. 카터 씨, 제발 서둘러주시오! 곧 해가 뜨겠어요. 이 사람을 빨리 보내야 돼요."

"곧 끝납니다. 어깨에는 붕대를 감았고, 이제 팔의 상처를 볼 참입니다. 여기도 물린 것 같아요."

"내 피를 빨아먹었어. 내 심장의 피를 모두 마시겠다고 했거든." 메이슨이 말했다.

나는 로체스터 씨가 전율하는 것을 보았다. 혐오와 공포와 증오의 표정이 완연해서 얼굴이 비뚤어질 정도였으나, 그는 다만 다음과 같이 말했을 따름이었다.

"이제 그만하게, 리처드. 횡설수설하는 말에 신경 쓸 것 없네. 더 이상 되풀이하지 말게."

"완전히 잊을 수 있다면, 나도 좋겠네." 메이슨이 대답했다.

"영국을 떠나면 잊을 수 있을 걸세. 스페니시타운으로 돌아가면 그녀는 죽었거나 매장한 것으로 생각하게 되겠지……. 아니, 그녀에 대한 것은 생각조차 하지 않을 거야."

"오늘 밤의 일은 잊을 수 없을 걸세!"

"기운 내! 두 시간 전만 해도 죽을 것 같았는데, 이제는 되살아나서 얘기를 하고 있잖나. 자! 카터 씨의 치료가 끝나가고 있어. 이제 곧 자네의 흉한 꼴을 면하게 해주지. 제인!"

그가 돌아와서 처음으로 내 쪽에 머리를 돌렸다.

"이 열쇠를 가지고 내 방으로 가서 옷장 맨 위의 서랍을 열고 깨끗한 셔츠와 스카프를 가져와요. 빨리!"

나는 그의 말대로 했다.

"그러면 내가 메이슨에게 옷을 입혀주는 동안 침대 반대쪽으로 가 있어요.

밖으로 나가진 말고. 또 할 일이 있을 테니까. 참, 아래층에 내려갔을 때 일어난 사람은 없던가, 제인?" 계속해서 로체스터 씨가 물었다.

"아니오, 조용했어요."

"이제 자네를 감쪽같이 운반해 가는 거야. 그렇게 하는 것이 자네를 위해서도, 또 저기 있는 불쌍한 것을 위해서도 좋을 거야. 나는 오랫동안 노출시키지 않으려고 노력해 왔는데, 이제 와서 그러고 싶지는 않아. 카터 씨, 조끼 입히는 것을 좀 도와주시오. 자네, 모피 망토는 어디 뒀는가? 이렇게 추운 고장에서는 그 망토 없이는 단 1마일도 가지 못할 걸세. 자네 방에 있나? 제인, 메이슨 씨 방으로 달려가서 거기 있는 망토를 가져와요."

다시 뛰어가서, 나는 안과 가장자리에 모피를 댄 망토를 가져왔다.

"그런데 또 하나 할 일이 있어." 지칠 줄 모르는 주인이 말했다.

"한 번 더 내 방에 가야 하겠어. 마침 벨벳 슬리퍼를 신길 잘했군. 제인! 이럴 때에는 머리가 돌지 않는 하인은 소용이 없어. 화장대 가운데 서랍을 꺼내가지고, 거기 깊숙이 있는 조그만 약병과 작은 잔을 갖고 와요. 빨리!"

나는 그곳으로 달려갔다가 필요한 것을 가지고 돌아왔다.

"됐어! 그런데 의사 선생, 나의 책임 하에 이것을 한 모금 먹일까 합니다. 이 강심제는 로마에서 이탈리아의 엉터리 의사한테서 산 건데, 당신이라면 아마 그 사기꾼 의사를 차 버렸을 테지요. 남용할 것은 아니지만 가끔 쓰면 효과가 있어요. 말하자면 지금 같은 경우에. 제인, 물을 조금……."

그가 작은 잔을 내밀었기 때문에 나는 세면대에 있는 물주전자에서 반 잔쯤 물을 따랐다.

"됐어. 다음은 약병 주둥이를 적셔줘요."

나는 그대로 했다. 그는 진홍색의 약물을 열두어 방울 따라서 메이슨에게 내밀었다.

"이걸 마셔, 리처드. 한 시간쯤은 원기를 지속시켜 줄 거야."

"그렇지만 몸에 해로운 것이 아닌가? 열이 나지 않을까?"

"마셔, 마셔! 마셔!"

거역해 봤자 소용없다는 것을 안 메이슨 씨는 결국 그가 시키는 대로 마셨다. 그는 옷을 갈아입고 있었다. 안색은 아직 좋지 않으나 피투성이는 아니었다. 로체스터 씨는 그가 약을 마시고 난 다음 3분쯤 그대로 앉혀두었다. 그러고 나서 그의 팔을 잡으며 말했다.

"이제 일어설 수 있을 거야, 일어나봐."

환자가 일어났다.

"카터, 그쪽 어깨 밑에 손을 넣고 부축해 줘요. 기운을 내, 리처드! 발을 내디뎌……. 됐어."

"기분이 좀 나아지는 것 같군." 메이슨 씨가 말했다.

"틀림없이 그럴 거야. 그런데 제인, 지금 뒤쪽 계단으로 달려가 옆 복도로 통하는 문을 열고 가운데뜰에서 기다리고 있는 역마차 마부에게 — 어쩌면 뜰 밖에 있을지도 몰라. 돌을 깐 보도에서 바퀴 소리를 내지 말라고 지시했으니까 — 준비하고 있으라고 해요. 우리도 곧 갈 테니까. 그리고 제인, 누가 있으면 계단 밑에 와서 기침을 해줘."

이때가 다섯 시 반이었는데, 해가 막 뜨려고 했으나 주방은 아직 어둡고 조용했다. 옆 복도의 문에는 고리가 걸려 있었으나 소리 없이 열 수 있었다. 가운데뜰은 조용하고 문이 활짝 열려 있는 상태에서 기다리고 있는 역마차만 있었다. 마차에는 말이 매어져 있고 마부는 제자리에 앉아 있었다. 가까이 가서 사람들이 곧 나온다는 것을 알리자, 마부는 머리를 끄덕거리고 나서 조심스럽게 주위를 살피며 귀를 기울였다. 주위엔 새벽의 정적만이 깃들어 있었다. 하인들 방의 창에는 아직 커튼이 드리워진 채였고, 하얀 꽃을 피운 과수원의 나무 사이에서는 새들이 이제 막 지저귀기 시작했다. 닫혀 있는 마구간에서는 가끔 말들이 발을 구를 뿐이었다.

남자들이 모습을 나타냈다. 메이슨은 로체스터 씨와 의사의 부축을 받아가며 겨우겨우 발을 떼어 걷고 있었다. 두 사람이 우선 그를 마차에 태우고 나서, 카터 씨가 따라 올랐다.

"부탁합니다." 로체스터 씨가 의사에게 말했다.

"완쾌될 때까지 당신 집에 있게 해주시오. 오늘 내일 사이에 용태를 보러 가지요. 리처드! 기분은 어떤가?"

"신선한 공기 덕분에 되살아났네, 페어팩스."

"그가 앉아 있는 쪽의 문을 열어줘요, 카터. 바람이 없으니까. 자, 그럼 어서 가요."

"페어팩스……."

"왜 그래?"

"그녀를 잘 돌봐주게. 될 수 있는 한 너그럽게……. 그녀를……." 그는 말을 그치고 울음을 터뜨렸다.

"최선을 다하지. 지금까지도 그랬지만 앞으로도 그렇게 할 생각이네." 로체스터 씨가 대답하고 문을 닫자, 마차는 이내 달리기 시작했다.

"이것으로 모든 것이 끝났으면 좋겠군!" 육중한 가운데뜰의 문을 닫으면서 그가 덧붙여 말했다.

그러고 나서 그는 허탈 상태에 빠진 사람처럼 천천히 과수원을 둘러싸고 있는 담의 문 쪽으로 걸어갔다. 용무가 끝난 것으로 생각한 내가 집 쪽으로 발길을 돌렸을 때, 다시 내 이름을 부르는 그의 목소리가 들렸다. 그는 과수원으로 통하는 문을 열고 나를 기다리며 서 있었다.

"잠깐 동안 신선한 곳으로 가지. 저 집은 토굴에 지나지 않아. 그런 기분이 들지 않소?" 그가 말했다.

"저는 훌륭한 집이라고 생각해요."

"당신의 눈에는 무경험의 마력이 씌워져 있는 거야. 그러므로 마력이 씌워진 매개물을 통해서 사물을 보고 있어. 번쩍거리는 것은 진흙이고 비단 벽걸이는 거미집이고 대리석은 더러운 석판이고 윤이 나는 벽 판자는 쓰레기 나뭇조각이든가 아니면 거칠거칠한 껍질에 지나지 않는다는 것을 당신은 식별하지 못하고 있는 거야. 자, 여기라면 — 우리가 들어서 있는 무성한 나무가 에워싼 곳을 가리키며 — 모든 것이 진실하고 아름답고 순수해." 그가 말했다.

그는 산책길을 목적 없이 배회했는데 길 한편에는 회양목과 사과나무, 배나무, 벚나무가 심어져 있었고 다른 편에는 아라세이도, 아메리카 패랭이꽃, 프림뮬러 등 갖가지 꽃들이 향기로운 여러 풀과 뒤섞여 만발해 있었다. 초목들은 4월의 비와 햇볕을 받고 난 뒤의 아름다운 봄 아침이 아니면 볼 수 없을 정도로 싱싱했다. 태양은 막 동녘의 얼룩진 구름 사이로 떠올라, 꽃을 피우고 이슬 머금은 과수원을 비추고 그 밑의 조용한 산책길을 비췄다.

"제인, 꽃을 줄까?"

그는 숲속에서 막 피기 시작한 장미 한 송이를 꺾어 나에게 주었다.

"고맙습니다."

"이 같은 해돋이를 좋아하오? 따뜻한 한낮이 되면 틀림없이 녹아 버릴 저 가벼운 구름을 높이 띄우고 있는 하늘을……. 그리고 이 정적과 향기로운 공기를 말이야?"

"좋아해요, 아주."

"기괴한 하룻밤을 보냈지, 제인?"

"네."

"그래서 얼굴이 창백하군. 메이슨과 단둘이 있을 땐 무서웠지?"

"구석방에서 누가 나올까봐 무서웠어요."

"그 문은 잠가두었었어. 열쇠는 내가 가지고 있고, 어린양을……. 나의 귀여운 어린양을 아무런 보호 조치도 취하지 않고 그 늑대의 소굴 옆에 그대로 두었다면 나는 무심한 목자가 되었을 것이오. 당신은 안전했었어."

"그레이스 풀은 앞으로도 여기 있게 되나요?"

"그래! 하지만 그녀 때문에 신경 쓸 건 없어. 그런 건 잊어버리는 거야."

"그래도 그녀가 있는 한 당신이 안전할 것 같지가 않아요."

"염려할 것 없어, 내가 한층 조심할 테니까."

"어젯밤 당신을 괴롭혔던 위험은 완전히 사라졌나요?"

"메이슨이 영국을 떠날 때까지는 그렇다고 단언할 수 없어. 아니, 그 뒤에도 그렇지. 제인, 내가 나로 살아간다는 것은 언제 폭발하여 불을 뿜을지 모르는 분화구의 지각 위에 서 있는 것이나 다름없어."

"하지만 메이슨 씨는 순한 것 같아요. 당신은 그분에 대해 영향력을 가지고 있는 것이 분명해요. 그분은 당신의 뜻을 무시한다든가 당신에게 해를 끼칠 사람 같진 않던데요."

"그야 그렇지! 메이슨은 내 말을 거역하지도 않을 뿐더러 의식적으로 나를 해치지는 않을 거야. 그러나 그가 별 생각 없이 무심코 하는 한마디가, 생명까지는 아닐지언정 나의 행복을 영원히 빼앗을 수는 있소."

"주의를 시키세요. 당신이 두려워하고 있다는 것을 그에게 알리고, 어떻게 해야 위험을 피할 수 있는지를 가르쳐주세요."

그는 입가에 조소를 머금고 갑작스레 내 손을 잡았다가 곧 다시 놓았다.

"바보 같군! 그것이 마음대로 된다면 무슨 걱정이 있겠소? 메이슨과 사귀고 난 후 오늘날까지 그에게 '이렇게 해!'라고 하기만 하면 그는 그대로 해왔소. 그러나 이 경우에는 그에게 명령을 할 수가 없어요. '나에게 상처 주지 않도록 조심하게, 리처드!'라고 말할 수가 없단 말이오. 왜냐하면 내게 상처를 입히는 게 그로서는 불가능하다는 것을 인식시키는 것이 절대 필요하니까……. 뭔가 어리둥절한 모양인데, 더욱 어리둥절하게 해주지. 당신은 나의 다정한 친구지?"

"당신한테 봉사하고 싶어요. 옳은 일이라면, 무엇이든지 시키는 대로 하겠어요."

"당신 생각은 진정 그럴 거야. 당신이 나를 돕고 나를 즐겁게 해주고, 그리고 당신의 성품에 맞는 말을 빌린다면, '옳은 일이라면 무엇이든지' 할 거야. 나를 위해서나 나와 함께 일할 때 당신의 태도와 눈과 얼굴에서는 순수한 만족의 빛을 찾아볼 수가 있지. 만약에 당신이 옳지 않다고 생각하는 것을 내가 시켰다면, 나의 친구는 창백한 얼굴로 조용히 나를 향해서 '아니에요, 그건 안 돼요. 옳지 않은 일이니까 그렇게는 할 수 없어요.'라고 잘라 말하면서 항성처럼 부동의 자세를 취했을 거야. 그렇지, 당신도 나를 지배할 힘을 가지고 있기 때문에 나를 해칠는지도 모르지. 그러나 충실한 친구인 당신이 당장에 나를 해치도록 내 약점을 가르쳐주지는 않을 거야."

"나를 두려워하지 않는 것처럼 메이슨 씨도 두려워하지 않는다면, 당신은 정말로 안전할 텐데……."

"제발 그랬으면! 자, 여기 있는 정자에 앉아요, 제인."

정자는 넝쿨로 휘감긴 담에 아치형으로 되어 있었고, 통나무로 된 앉을 자리가 마련되어 있었다. 로체스터 씨는 내가 앉을 자리를 남겨놓고 거기에 걸터앉았으나 나는 그냥 그 앞에 서 있었다.

"앉아요." 그가 말했다.

"이 벤치는 둘이 앉을 만해. 내 옆에 앉기를 주저하는 것은 아니겠지? 앉는 것이 잘못일까, 제인?"

나는 말없이 그 옆에 앉았다. 거절하는 것이 오히려 어리석게 생각되었다.

"나의 귀여운 친구여! 태양이 이슬을 마시고 있는 동안, 이 오래된 정원의 모든 꽃이 잠에서 깨어나고 새들이 손필드에 와서 새끼들의 먹이를 주워가고 아침 일찍 일어난 꿀벌들이 하루 일을 시작하는 동안 내가 문제를 하나 제시할 테니까, 한 번 자신의 것으로 생각해 주길 바라오. 우선 나를 바라보면 마음이 안정된다는 것을 말해 주고, 내가 당신을 붙잡는 것이나 또는 당신이 붙들려 있는 것이 잘못이라고 여겨 두려워하는 일이 없어야겠어."

"두려워하지 않아요. 아니, 만족하고 있어요."

"그렇다면 제인! 상상력의 힘을 빌리도록 해요. 자신을 잘 교육받아 양육된 소녀로 생각하지 말고, 어려서부터 제멋대로 자라난 버릇없는 소년이라고 생각해 봐요. 먼 나라에 있다고 상상해 봐요. 그리고 거기서 중대한 과오를 범하는데 그것이 어떤 동기에 의한 어떤 성질의 것인지는 묻어둔다 해도, 다만 그 결과가 일생 동안 붙어 다니면서 삶을 더럽히는 거야. 범죄라고는 말하지 않았어. 유혈사라든가 그런 따위의 죄를 범했다면 법의 심판을 받으면 그뿐이겠지만 내가 말하는 것은 과실이야. 그런데 그 행위의 결과가 시간이 흐름에 따라서 참을 수 없는 것이 되어 괴롭히는 거야. 그래서 마음의 안정을 얻을 수 있는 수단, 비록 정상적인 것은 아닐망정 어떤 한 방법을 강구하는 거지. 그러나 여전히 비참해. 왜냐하면 인생의 출발에서부터 희망이 뭉개졌기 때문이야. 태양은 항상 어둡고, 늘 어두운 채로 자는 거야. 쓰디쓰며 속된 연상이 유일한 기억의 양식이고, 여기저기를 방황하면서 그것에서 안일을 찾고 방탕에서 쾌락을 찾으려고 하지. 지성과 감성을 무디게 하는 비정의 감각적인 쾌락 말이야. 그리하여 마음이 지치고 영혼이 시들어버리고 나서야 스스로 택했던 오랜 방랑을 끝내고 집으로 돌아오는 거야. 그런데 새로운 친구를 사귀게 돼. 어디서 어떻게 사귀게 됐는지는 문제 삼을 것도 없고, 중요한 것은 이 새로 사귄 사람에게서 지난 20년 동안 찾았으나 찾을 수 없었던 선하고 밝은 특성을 찾은 거야. 그 특성이야말로 신선하고 건강하며 조금도 더러운 티가 없어. 이런 교제를 시작하게 되자 생기가 나고 삶이 재생되어, 보다 나은 나날들과 보다 높은 소망 그리고 보다 순결한 감정이 되살아나는 것을 느끼는 거야. 그리하여 삶을 재출발해서, 앞으로의 여생을 후회하지 않기 위해 보다 적절하게 보내고 싶은 거야. 이 목적을 달성하기 위해서는 관습이라는 장애물을 ― 양심도 인정하지 않고 판단력도 찬성하지 않는, 단순히 인습적인 장애물을 ― 뛰어넘어도 정당하고 생각할 수 있을까?"

그는 말을 그치고 나의 대답을 기다렸으나 나로선 뭐라고 해야 좋을지 알 수가 없었다. 이럴 경우엔 현명하고 만족할 만한 대답을 할 수 있도록 도와줄 신이라도 있었으면……. 하지만 부질없는 생각이었다! 서풍이 내 주위의 넝쿨 귀에 속삭이고 있었으나 그 입김을 언어의 매개체로 삼아줄 다정한 요정 아리엘은 나타나지 않았다. 새들이 나무 끝에서 지저귀기는 했으나, 아름다운 소리일망정 의미는 없었다.

로체스터 씨는 다시 물었다.

"방랑생활을 하고 죄가 많긴 하지만 이제는 휴식과 함께 지난날을 뉘우치고, 세상 사람들이 뭐라고 하든 개의치 않고 깨끗하게 살려는 게 잘못일까? 침착하고 우아하고 상냥한 사람을 사귐으로써 마음의 평화와 갱생을 얻으려고 해도 괜찮은 것일까?"

"방랑자의 휴식이나 죄인의 후회는 남에게 의존하는 것이 아니에요. 남자도 여자도 결국엔 죽기 마련이에요. 철학자에게도 지혜가 모자라는 수가 있고, 그리스도 신자에게도 선량한 마음이 결여되는 수가 있지요. 만약에 당신의 지인이 고통을 받고 잘못을 저지른 일이 있다면, 자기보다 위에 있는 존재에게 회개하는 힘과 위안을 얻으라고 충고해 주세요." 내가 말했다.

"그런데 그…… 수단이 문제야! 일을 주관하는 신이 그 수단을 정하거든. 나 자신은 — 비유하지 않고 직접 말하지만 — 속되고 방탕하고 불안정한 사람이었어. 그런데 그것을 치유할 방법을 발견했다고 믿게 된 것은……."

그는 말을 중단했다. 새들이 지저귀고 풀잎은 살랑거렸다. 나는 왜 그들이 노래와 살랑거림을 그치고, 그가 말하려던 계시를 들으려 하지 않는지 기이하게 느껴졌다. 그러나 들으려고 했더라도 오래 기다려야만 했을 것이다. 그토록 그의 침묵은 한동안 지속되었다. 마침내 나는 얼굴을 들어서 여전히 주저하고 있는 그를 바라보았다. 그는 나를 뚫어지게 응시하고 있었다.

"귀여운 친구여!" 그는 완전히 어조를 바꾸어서 말했다. 어느새 그의 안색도 변해서 부드러움과 우아한 품위가 사라지고, 험상궂은 인상에 마치 비웃는 것 같은 표정을 짓고 있었다.

"당신도 내가 잉그램 양에게 마음이 기울어진 것을 느꼈을 거요. 만약에 결혼한다면, 그녀가 나를 훌륭히 갱생시켜 주리라고 생각하오?"

그는 벌떡 일어나서 산책길 저편으로 걸어갔는데, 돌아오는 길에는 콧노래까지 불렀다.

"제인, 제인!" 그가 내 앞에 서서 말했다.

"밤을 새워서 안색이 좋지 않은데! 편안한 잠을 방해했다고 나를 원망하는 건 아니오?"

"원망한다고요? 천만에!"

"그 말을 확인하는 의미에서 악수합시다. 손이 왜 이렇게 차지! 어젯밤 비밀실 문 앞에서 손을 잡았을 때는 따뜻했었는데. 제인! 언제 다시 나와 불침번이 될까?"

"언제든지 필요하면요."

"말하자면 내가 결혼하기 전날 밤! 틀림없이 난 잠을 이루지 못할 거야. 나와 같이 있어주겠다고 약속해 주겠소? 당신에게라면 내가 사랑하는 사람의 이야기를 할 수 있을 거야. 당신은 그녀를 보았고, 또 알고 있으니까."

"그러죠."

"그녀는 세상에서 드문 사람이지, 제인?"

"그래요."

"큰 여자야. 정말 몸집이 큰 여자야, 제인. 몸이 큰데다 다갈색 피부에 귀엽고 통통해. 카르타고의 여인이 가졌으리라고 생각되는 머리카락이고. 저런! 덴트와 린이 마구간에 나와 있군! 어서 숲 사이를 빠져나가 옆문을 통해서 집으로 들어가요."

서로 갈라져서 걷고 있을 때, 그가 가운데뜰에서 쾌활하게 말하는 소리가 들렸다.

"메이슨이 오늘 아침에 여러분을 두고 떠났습니다. 해 뜨기 전에 출발했는데, 그 때문에 나는 새벽 네 시에 일어나야 했지요."

21장
리드 부인의 죽음

참으로 예감이란 이상한 것이다! 공감이나 징조 또한 그렇다. 그리고 이 세 가지가 결합되면 인간으로서는 풀 수 없는 신비가 되는 것이다. 나는 지금까지 예감이란 데 대해서 비웃은 적이 없었는데, 그 이유는 나 스스로가 기이한 예감을 경험했기 때문이다. 물론 공감도 존재한다고 믿는다. — 가령 오랫동안 멀리 떨어져서 완전히 소원해진 근친 사이에 있어서, 비록 소원해지긴 했지만 서로가 출생원을 더듬으면 근원이 하나라는 게 이것을 입증해 준다. — 그 작용에 대해선 인지로는 이해할 수가 없으며, 그리고 징조에 대해서도 잘은 모르지만 자연과 인간과의 감응이라고 생각된다.

내가 여섯 살 때의 어느 날 밤에 베시 리븐이 마사 에보트에게 꿈 얘기를 했는데, 자기가 어린아이 꿈을 꾸었다는 것이다. 그러면서 어린아이 꿈을 꾼다는 것은 자신에게나 가까운 친척에게 불행이 있을 징조라고 말하는 것을 들은 적이 있었다. 만약 뚜렷이 기억에 남을 만한 사건이 없었다면, 난 그런 이야기를 아마 까맣게 잊어버렸을 것이다. 그런데 다음 날 베시는 집으로 불려가서 동생의 임종을 보았던 것이다.

최근에 와서 나는 그때 들었던 말과 사건을 가끔 생각하게 된다. 왜냐하면 지난주 동안 거의 거르지 않고 밤마다 어린아이 꿈을 꾸었기 때문이다. 내가 그 어린아이를 안아서 달래주기도 하고 무릎에 놓고 어르기도 했으며, 때로는 그 아이가 정원에서 국화꽃을 가지고 놀거나 흐르는 물에서 물장난하는 것을 지켜보았다. 그리고 오늘 밤엔 우는 아이를 꿈꾸는가 하면 다음 날 밤에는 웃는 아이가 나타났다. 어떤 때는 나한테 꼭 안기는가 하면 어떤 때는 내게서 달아났다. 어떤 기분, 어떤 모습으로든, 그것은 내가 잠이 들자마자 계속해서 일곱 밤이나 나타났다.

어쨌든 나는 한 가지 상념이 반복되고 하나의 영상이 이상하게 되풀이되는 것이 싫었기 때문에, 취침 시간이 다가오고 환상이 나타나는 시각이 가까워지면 나도 모르게 초조해지곤 했다. 어느 달 밝은 날 밤 비명을 듣고 잠에서 깨어난 것도, 그 상대가 어린아이의 환상이었을 때였다.

그 이튿날 오후에 누가 나를 만나려고 페어팩스 부인 방에서 기다린다고 하여 나는 아래층으로 내려갔다. 가서 보니 하인 같은 모습의 사나이가 상복을 입고 기다리고 있었는데, 손에 들고 있는 모자에도 검은 띠가 둘려져 있었다.

"아마 저를 기억하시지 못할 겁니다, 아가씨." 내가 들어가자, 사나이가 일어나면서 말했다.

"저는 리븐입니다. 8, 9년 전 아가씨가 게이츠헤드에 있을 때 리드 부인의 마부였는데, 지금도 거기 있습니다."

"아아, 로버트로군요! 안녕하셨어요? 잘 알고 있어요. 가끔 조지아나의 말을 태워주곤 했었지요! 그런데 베시는 잘 있어요? 베시와 결혼했지요?"

"그렇습니다. 아내는 잘 있어요. 고맙습니다. 두어 달 전에 또 아이를 낳아서…… 이제 셋이죠. 산모도 아이도 모두 건강합니다."

"그리고 주인댁은 별일 없나요?"

"안 됐습니다만…… 좋은 소식이 아닙니다. 아가씨, 실은 불길한 일 때문에……. 난처한 입장에 있지요."

"누가 죽은 것은 아니지요?" 나는 그의 검은 옷을 힐끗 보면서 물었다. 그러자 그는 모자에 두른 검은 띠를 내려다보면서 대답했다.

"존 도련님이 돌아가셨습니다. 어제가 한 주일째인데, 런던의 여관에서 돌아가셨죠."

"존이?"

"네."

"그럼 그의 어머니는 어떤가요?"

"그것이 말입니다, 아가씨! 보통 재난이 아니지요. 도련님은 방탕한 생활을 해왔는데, 지난 3년 동안 보통이 아니었답니다. 그의 죽음은 충격적이었어요."

"좋지 않다는 것은 전에 베시한테서도 들었어요."

"좋지 않은 정도가 아니지요! 그 이상 나쁠 수가 없었어요. 이루 말할 수 없을 만큼 질이 나쁜 남녀들과 사귀어 몸을 망치고 재산을 탕진했지요. 빚도 지고 교도소 신세까지 졌습니다. 마님이 두 번이나 꺼내주었으나, 자유의 몸이 되면 다시 옛날 친구한테로 돌아가서 못된 버릇을 되풀이했답니다. 원래 머리가 좋지 못한지라, 그가 사귀는 악당들은 일찍이 내가 들어보지 못했을 정도로 그를 바보 취급했어요. 도련님은 3주일쯤 전에 게이츠헤드로 돌아와서 마님에게 모든 재산을 넘겨달라고 요구했고, 마님은 당연히 거절했지요. 그동안에도 도련님의 낭비로 재산은 대단히 많이 축났어요. 그래서 다시 돌아갔는데, 곧이어 들려온 소식에 의하면 죽었다는 거예요. 어떻게 죽었는지는 아무도 모르고, 풍문에는 자살이라고 합니다!"

나는 아무 말도 하지 않았다. 너무도 엄청난 소식이었다. 리븐은 다시 계속했다.

"마님도 한동안 건강이 좋지 않았습니다. 뚱뚱하긴 했지만 건강한 건 아니었어요. 많은 돈이 지출되고 앞으로 닥쳐올 고난 때문에 몹시 낙심해 있는 상태에서 도련님이 돌아가시고, 더욱이 그런 소식이 갑자기 들려왔기 때문에 그 즉시 졸도했어요. 사흘 동안은 말도 못하다가 지난 화요일에야 겨우 조금 나아졌어요. 뭔가 말을 하고 싶어서 제 아내에게 손짓도 하고 중얼거리고 계셨어요. 그런데 아가씨 말을 하고 있다는 것을 베시가 알아차린 것은 어제 아침이었어요. 겨우 '제인을 데려와…… 제인 에어를 불러줘. 그 애에게 할 말이 있어.'라는 말을 알아듣게 됐지요. 베시는 마님의 정신이 또렷한지 또는 그 말을 본심으로 했는지 알 수가 없어서 엘리자 아가씨와 조지아나 아가씨한테 말씀드리고 곧 아가씨를 모셔오려고 했어요. 두 아가씨는 처음에는 곧이들으려고 하지 않았으나 어머니가 조바심이 나는 듯 '제인, 제인!' 했기 때문에 마지못해 승낙했지요. 그래서 어제 게이츠헤드를 떠나왔는데, 가능하다면 내일 아침 일찍 같이 떠났으면 좋겠습니다."

"좋아요, 로버트. 서둘러 준비할게요. 꼭 가야 할 것같이 생각되는군요."

"나도 그렇게 생각합니다, 아가씨. 베시도 아가씨가 거절하지 않을 거라고 단언했어요. 그러나 떠나기 전에 허락은 받아야만 되겠지요?"

"그럼요, 곧 허락을 받겠어요."

그러고 나서 그를 하인이 거처하는 방으로 데리고 가서 존 부부에게 돌봐줄 것을 부탁한 후, 나는 로체스터 씨를 찾으러 나갔다.

그는 아래층의 방들은 물론이고 가운데뜰이나 마구간에도, 정원에도 없었다. 페어팩스 부인한테 그의 행방을 물었더니 잉그램 양과 당구를 치고 있을 것이라고 해서 나는 당구장으로 달려갔다. 로체스터 씨와 잉그램 양과 에시튼 자매, 그리고 그들의 예찬자들이 게임에 열중하고 있었다. 이렇게 모두들 즐기고 있는 상황에서 느닷없이 뛰어들어 게임을 중단시키기에는 용기가 필요했다. 그러나 나의 용건은 주저할 수 없는 성격의 것이었다.

나는 잉그램 양 옆에 서 있는 그의 곁으로 다가섰다. 내가 가까이 가자 잉그램 양은 거만스런 눈으로 응시하고 있었는데, 그 눈은 마치 '무슨 용건이 있어 들어온담?' 하고 힐난하는 것 같았다. 내가 조그만 목소리로 "로체스터 씨!" 하고 불렀을 때 그녀는 나를 내쫓으려는 듯한 태도를 취했다. 그때의 모습을 나는 지금도 생생히 기억하고 있다. 하늘색 크레이프 의상에 머리에는 푸른 스카프를 쓰고 게임에 열중해 있던 그녀의 도도한 얼굴 표정은 몹시도 짜증스러워 보였고 냉랭했다.

"저 사람이 당신께 용무라도 있나요?" 그녀가 로체스터 씨에게 물었다. 그러자 로체스터 씨는 '저 사람'이 누군가 하고 내 쪽을 돌아보았다. 그가 이상스럽게 찌푸린 얼굴로 — 종잡을 수 없는 모호한 표정이었다. — 큐를 던지고 나를 따라서 당구장 밖으로 나왔다.

"왜 그러지, 제인?" 그는 자기 손으로 닫은 당구장의 문에 등을 기대면서 물었다.

"한두 주일 동안 휴가를 얻었으면 하는데요."

"왜, 어딜 가려고?"

"나를 만나겠다고 사람을 보낸, 앓고 있는 부인을 만나보려고요."

"앓고 있는 부인이 누구요? 어디 살지?"

"○○ 주 게이츠헤드입니다."

"○○ 주라고? 백 마일이나 떨어져 있는 그런 먼 곳에서 사람을 보내다니, 대체 그게 누군데?"

"리드라는 분입니다. 리드 부인이지요."

"게이츠헤드의 리드? 게이츠헤드에 치안 판사 중 리드라는 사람이 있었지."

"그분의 부인이죠."

"그런데 그 사람이 당신과 무슨 관계가 있소? 어떻게 알게 됐어?"

"리드 씨가 제 외삼촌이에요."

"놀라운 일이군! 지금까지 아무 말도 없지 않았소? 친척이라곤 아무도 없다고 말했잖소?"

"나를 친척이라고 생각해 주는 사람이 아무도 없었어요. 외삼촌이 돌아가시자 부인이 나를 내쫓았거든요."

"왜 그랬지?"

"내가 상속받은 것도 없고 짐이 되기 때문에 싫어했어요."

"그러나 리드 씨에게는 아들이 있을 텐데? 사촌이 있잖소? 마침 어제 조지 린 경이 게이츠헤드의 리드에 관한 이야기를 했었어……. 그의 말에 의하면 런던에서도 이름난 악당이라더군. 그리고 잉그램 양도 같은 곳 출신의 조지아나 리드에 관한 얘기를 했는데, 한두 해 전에 런던의 사교계에서 대단한 미인으로 칭찬을 받았다고 했어."

"존 리드는 죽었대요. 자신은 물론 가족까지 반쯤 파멸시키고 나서 자살했다고 해요. 그 소식을 듣고 그의 어머니가 충격을 받아 졸도했답니다."

"그런데 당신이 무슨 소용이 있단 말이오? 아무 쓸데없는 일이야, 제인! 만나기도 전에 죽을지도 모르는 늙은 부인을 보려고 백 마일이나 달려가려 하다니, 나로선 이해할 수가 없어. 더구나 그 부인은 당신을 내쫓았다면서?"

"그랬지요. 그러나 그건 옛날에 지나간 일이에요. 그리고 지금은 사정이 달라졌잖아요. 어쨌든 병든 노부인의 요청을 뿌리칠 수가 없어요."

"얼마나 있을 예정이지?"

"가능한 한 단시일 내에 돌아오겠어요."

"그렇다면 약속해요, 1주일만 있겠다고."

"약속은 하지 않는 것이 좋겠어요. 지키지 못할지도 모르니까요."

"무슨 일이 있어도 돌아와야 해요. 그곳에서 무슨 구실로든지 살 생각을 해서는 안 돼."

"그렇지 않아요! 일이 수습되는 대로 틀림없이 돌아오겠어요."

"누구하고 함께 가지? 백 마일이나 되는 곳을 혼자선 갈 수 없을 텐데."

"마부를 보냈더군요."

"믿을 만한 사람인가?"

"네, 그 집에 10년이나 살고 있었어요."

로체스터 씨는 생각에 잠겨 있다가 잠시 후 물었다.

"언제 떠나려고?"

"내일 아침 일찍 떠날 생각이에요."

"그러면 돈이 있어야겠군. 아직 급료를 지불하지 않았으니까 가진 것이 별로 없겠지? 지금 갖고 있는 것이 전부 얼마나 되오, 제인?" 그가 빙그레 웃으면서 물었다.

나는 빈약하기 짝이 없는 지갑을 꺼냈다.

"5실링뿐예요."

그는 내 지갑을 가져다가 안에 든 것을 자기 손바닥에 털어놓고는, 그것을 보면서 어이없다는 듯 껄껄 웃었다. 그러더니 자기의 지갑을 꺼냈다.

"이것 받아요." 그는 지폐를 한 장 건네며 말했다.

그것은 50파운드짜리였는데, 그가 내게 지불해야 할 것은 15파운드에 불과했다. 나는 지금 거스름돈이 없다고 말했다.

"거스름돈은 필요 없소, 그저 급료로 받아 둬요."

내가 당연히 받아야 할 금액 이상을 받고 싶지 않다고 하자, 그는 처음엔 얼굴을 찌푸리더니 곧 무엇인가 생각한 듯이 말했다.

"그래, 맞았어! 지금 전부 주지 않는 것이 좋을 거야. 50파운드나 가지고 있으면 아마 석 달 전에는 돌아오지 않을 테지. 여기 10파운드요. 이것이면 충분하겠지?"

"충분해요. 하지만 5파운드 덜 왔어요."

"그걸 찾으러 오는 거야. 40파운드는 내가 맡아두기로 하겠소."

"로체스터 씨, 이 기회에 한 가지 사무적인 것을 말씀드리고 싶어요."

"사무적인 거라고? 들어봅시다."

"곧 결혼한다는 것을 내게 통고한 것이나 다름없지요?"

"그런데?"

"그렇게 되면 아델을 학교에 보내는 것이 좋을 거예요. 틀림없이 그럴 필요가 있다는 것을 알게 될 겁니다."

"신부한테 방해가 되지 않도록 하기 위해서 말이지? 그렇게라도 하지 않으면 신부가 못 살게 짓밟을까 싶어 그러겠지……. 당신 제안엔 일리가 있어. 틀림없이 그렇게 될 거야. 당신 말대로 아델은 학교에 보내야겠어. 그리고 나서 당신은 당신대로 갈 길을 가겠단 말이로군."

"사실 그렇게 하고 싶지는 않아요. 그러나 다른 일자리를 구해야겠지요."

"당연하지!" 그는 기이할 만큼 얼굴을 찌푸리면서 콧소리로 외쳤다. 그러고 나서 한동안 내 얼굴을 바라보았다.

"당신은 리드 부인이나 그의 딸들에게 일자리를 구해 달라고 부탁할 생각이오?"

"아니에요. 친척들 가운데는 당연히 부탁할 것도, 부탁할 만한 사람도 없어요. 광고를 낼 생각이에요."

"이집트의 피라미드에라도 올라갈 생각인가?" 그가 야유하듯이 말했다.

"위험을 무릅쓰고 광고를 낼 생각이야! 10파운드를 주지 말고 1파운드만 줄걸 그랬어. 9파운드를 다시 돌려줘, 제인. 쓸 데가 있어."

"나도 쓸 데가 있어요. 무슨 일이 있어도 못 드리겠어요." 지갑을 쥔 손을 뒤로 돌리면서 나도 단호하게 말했다.

"너무 인색한데? 금전 문제를 가지고 거절하다니! 정 그렇다면, 5파운드만 되돌려줘."

"아뇨, 5실링도 못 드리겠어요. 단 5펜스도."

"그럼 잠깐 보이기라도 해요."

"안 돼요. 믿을 수가 없어요."

"제인!"

"네?"

"나한테 한 가지만 약속해 줘."

"가능한 일이라면 무엇이든지 하겠어요."

"광고를 내지 말아요. 일자리 구하는 것은 내게 맡겨줘요. 내가 구해 볼 테니까."

"당신이 나와 아델을 신부가 이 집에 오기 전에 무사히 내보내준다고 약속하신다면, 나도 기꺼이 약속하겠어요."

"좋지! 좋아! 약속하지. 그러면 내일 떠나는 거요?"

"네, 일찍."

"저녁 식사 후에 응접실로 와주겠소?"

"안 돼요, 여행 준비를 해야 해요."

"그러면 여기서 작별 인사를 해야겠군."

"그러는 게 좋을 것 같아요."

"작별 인사를 어떻게 하면 되지, 제인? 가르쳐줘요, 나는 모르니까."

"잘 가라든지, 그밖에 생각나는 대로 하지요."

"그럼 말해 봐요."

"안녕히 계세요, 로체스터 씨……. 얼마 동안!"

"나는 뭐라고 말하면 되지?"

"좋으시다면 같은 말을 하세요."

"잘 가요, 에어, 얼마 동안……. 이러면 됐소?"

"됐어요."

"그것만으론 모자라는 것 같은데! 너무 메마르고 정이 없어 보여. 이대로는 아쉬우니까 뭔가가 더 필요할 것 같아. 악수 같은 것은 어떨까? 아니야, 그것도 나로서는 만족할 수 없어. 그러나 당신은 잘 있으란 것으로 충분하겠지, 제인?"

"그거면 돼요. 정성들여서 한마디 하면, 그것만으로도 충분히 호의를 전할 수 있어요."

"그렇긴 하지만, 그래도 허무하고 허전한데……. 그럼 잘 가요."

'언제까지 이렇게 문에 기대고 있을 건가?' 하고 나는 생각했다. '짐을 싸야 할 텐데.'

때마침 저녁 식사를 알리는 종이 울렸다. 그러자 그는 아무 말도 덧붙이지 않고 도망치다시피 달려갔다. 그날 밤에는 다시 그를 보지 못했고, 다음 날은 그가 일어나기 전에 떠나야 했다.

5월 1일 오후 다섯 시 경에 나는 게이츠헤드의 집사 집에 도착했다. 저택으로 들어가기 전에 우선 들러보고 싶었는데, 깨끗하게 잘 정돈되어 있었다. 장식용 창에는 희고 작은 커튼이 달려 있고 마루에는 먼지 하나 없었으며, 난롯가의 쇠창살과 난로용 연장들은 윤이 날 정도로 잘 닦여져 있었다. 베시는 불이 빨갛게 타고 있는 난롯가에 앉아서 갓난아기에게 젖을 먹이고 있었고, 로버트와 그의 여동생은 한쪽 구석에서 조용히 놀고 있는 중이었다.

"어머나! 제인, 올 줄 알고 있었어!" 리븐 부인이 내가 들어서자 소리쳤다.

"그래, 베시! 반가워요. 너무 늦게 온 건 아닌지 몰라. 리드 부인은 어때? 아직 괜찮겠지?" 나는 그녀와 키스를 하고 나서 말했다.

"그래, 괜찮아. 전보다 의식도 회복하고 침착해졌어. 의사 말이 앞으로 한두 주일은 괜찮을 거라더군. 물론 그분도 완쾌하리라고는 생각하고 있지 않지만."

"최근에 와서 내 얘기를 했어?"

"오늘 아침에도 얘기를 하시면서 와주었으며 좋겠다고 했어. 지금은 주무시고 계실 거야. 10분 전쯤 내가 갔을 때는 그랬어. 보통 오후에는 계속 혼수상태로 계시다가, 여섯 시나 일곱 시에 눈을 뜨곤 하셨지. 여기서 한 시간쯤 쉬다가 같이 가기로 할까?"

그때 베시는 자기 남편이 들어왔기 때문에 잠든 아기를 요람에 뉘고 그를 맞아들였다. 그러고 나서 나에게 차를 권하며, 좀 창백하고 피곤해 보인다고 했다. 나는 어릴 적에 옷을 벗기게 한 것처럼, 기꺼이 그녀가 내 모자와 여행복을 벗기도록 내버려두었다.

그녀는 분주하게 제일 좋은 찻잔을 쟁반에 받쳐 내오고, 빵을 잘라서 버터를 바르고 케이크를 굽기도 했다. 그러는 동안에 틈틈이 어린 로버트와 제인을 옛날 나에게 했던 것처럼 가볍게 두들겨주고 밀어주었다. 그 모습을 보자, 갑자기 지난날의 일들이 되살아났다. 베시의 재빠른 동작과 건강한 용모, 성미가 급한 것은 옛날과 다름이 없었다.

차 준비가 다 되어서 내가 식탁으로 가려고 하자, 그녀는 옛날처럼 단호한 어조로 그대로 앉아 있으라고 했다. 난롯가에 앉아서 들라는 것이다. 그러더니 찻잔과 토스트 접시를 올려놓은 작고 둥근 탁자를 내 앞에다 가져다 놓았다. 마치 전에 맛있는 것을 살짝 훔쳐다가 유아실의 의자에 놓고 먹여주었던 것처럼. 그래서 나는 미소를 머금고는 그녀가 시키는 대로 했다.

그녀는 내가 손필드에서 행복한지, 주인마님이 어떤 사람인지 알고 싶어 했다. 남자 주인밖에 없다고 하자, 그분은 훌륭한 신사인지 그리고 내가 그분의 마음에 들었는지도 알고 싶어 했다. 나는 잘생기지는 못했으나 훌륭한 신사며 내게 친절하게 대해 주기 때문에 만족하고 있다고 말했다. 그리고 요즘 그 집에 와서 묵고 있는 귀족 손님들에 대해 얘기해 주었더니, 베시는 흥미를 가지고 들었다. 그녀가 좋아할 만한 이야기였던 것이다.

그러는 동안 한 시간이 지났다. 베시는 다시 모자며 옷 입는 것을 도와주었다. 그러고 나서 함께 집을 나왔다. 9년 전쯤 바로 이 길을 걸어 내려올 때도 그녀와 함께였다. 어둡고 안개 짙은 1월의 추운 새벽에 나는 절망적인 기분으로 — 세상에서 추방되고 신에게 버림받은 기분으로 — 멀리 미지의 목적지인 로드에서의 냉혹한 피난처를 찾으려고, 적의에 찬 지붕 밑을 떠났던 것이다.

지금 다시 그 적의에 찬 지붕이 눈앞에 우뚝 솟아 있었다. 나의 전망은 뚜렷하지 않고 마음도 괴로웠다. 나는 아직도 낯선 곳을 방황하는 방랑자 같은 생각이 들었다. 그러나 이젠 자신과 자신의 능력에 대해 확고한 신념을 가질 수 있게 되었고 압박의 두려움도 줄어들었다. 내가 받았던 학대의 상처도 어느 정도 가셔지고 원한의 불꽃도 사라졌다.

"우선 식당으로 들어가요. 아가씨들이 거기에 있을 거야." 앞장서서 홀을 걸으며 베시가 말했다.

나는 식당으로 들어섰다. 그곳에 있는 하나하나의 가구들은 내가 처음으로 브로클허스트 씨를 만났던 아침과 마찬가지였고, 그가 서 있던 난로 깔개까지도 그대로 난롯가에 놓여 있었다. 책장엔 두 권으로 된 비위크의 《영국 조류사(鳥類史)》가 셋째 단에 그대로 있었고, 바로 그 위에 《걸리버 여행기》와 《아라비안나이트》가 꽂혀 있었다. 생명이 없는 것은 조금도 변하지 않았는데 살아 있는 건 모두 알아볼 수 없을 정도로 변해 버리다니……

내 앞에 보이는 두 아가씨 중 하나는 무척 큰 키가 잉그램 양 정도였다. 몹시 여위고 혈색이 좋지 않았는데, 기분이 안 좋은 듯했다. 표정은 어딘지 모르게 금욕적으로 보였다. 빳빳하게 늘어진 스커트의 검은 천이라든지 풀 먹인 리넨의 깃, 관자놀이에서부터 깔끔히 빗어 넘긴 머리, 흑단 묵주인지 십자가인지 수녀의 장신구 같은 것이 그러한 인상을 더 짙게 해주었다. 그 여위고 창백한 얼굴에서 옛날 기억을 더듬을 수는 없었으나 틀림없이 엘리자일 거라고 생각되었다. 또 한 사람은 분명히 조지아나였으나, 내가 생각하고 있던 귀여운 소녀는 아니었다. 그녀는 날씬하고 요정 같던 열한 살짜리 소녀가 아니라 한창 피어나는 통통한 처녀로서 피부가 밀랍인형같이 희었고, 균형 잡힌 아름다운 얼굴에 수심 가득한 푸른 눈과 노란 곱슬머리를 지니고 있었다. 그녀의 옷도 검은 것이긴 했으나 스타일이 언니 것과는 전혀 달랐다, — 물결치는 듯한 것이 그녀에게 잘 어울렸다. — 청교도적인 언니의 옷에 비해서 한결 돋보였다. 딸들은 각각 어머니의 특징을 하나씩 갖고 있었다. 여위고 창백한 언니 쪽은 연수정 같은 눈이 어머니를 닮았고, 한창 피어나는 화려한 동생은 위아래 턱이 똑같아서, 어머니보다 좀 부드럽기는 하나 그래도 매우 엄격한 인상을 풍겼다. 그렇지만 않다면 더 한층 아름답고 또렷한 얼굴이었을 것이다.

나와 마주치자 그들이 일어나면서 "에어!"라고 불렀는데, 엘리자의 인사는 미소도 없이 짧고 무뚝뚝했다. 그러고 나서 그녀는 다시 앉아, 마치 나를 잊고 있는 듯 불을 바라보고 있었다. 조지아나는 "잘 있었니?" 하는 말을 덧붙였다. 그리고 여행이라든가 일기에 관한 평범한 얘기를 느릿한 어조로 물으며, 그와 동시에 곁눈질로 내 머리에서 발끝까지를 평가하듯이 훑어보았다. 젊은 여성들이란 실제로 말을 하지 않아도 상대방에게 '이상하게 차린 사람'이라고 느낀다는 것을 전하는 훌륭한 재주를 가지고 있는 것 같다. 어떤 오만한 표정이나 쌀쌀한 태도, 예사롭지 않은 어조를 말이나 행동으로 나타내면 실례를 범할 것도 없이 그 점에 관한 감정이 충분히 표현되는 것이다.

하지만 나에 대한 냉소는, 그것이 은밀한 것이든 또는 공공연한 것이든 간에 전에 가지고 있던 위력은 상실되어 있었다. 나는 사촌들 사이에 끼어 앉아 한 사람에게는 무시당하고 또 한 사람에게는 조롱당하는 시선을 받으면서도 조금도 당황하지 않는 자신을 발견하고 놀랐다. — 엘리자는 나를 괴롭히지 못했고, 조지아나는 나를 화나게 하지 못했다. 실제로 나는 딴 생각을 하고 있었다. 지난 2, 3개월 동안 내 마음속에는 그들이 자극할 수 없을 정도의 강인한 감정이 움터 있었다. — 그들의 힘으로 줄 수 있는 어떤 고통이나 환희보다도 훨씬 강렬하고 절묘한 것이 내 안에서 움직이고 있었기 때문에 그들의 태도가 어떻든 간에 크게 신경 쓰이지 않았다.

"리드 부인의 병세는 어때?" 나는 조지아나의 얼굴을 바라보면서 물었다. 그녀는 이 솔직한 말이 의외의 건방진 질문이라고 생각되는 듯 뜨악한 표정을 지었다.

"리드 부인이라고? 아, 어머니! 병환이 중해서 오늘 밤에 만날 수 있을지 모르겠어."

"2층에 가서 내가 왔다고 말해 줬으면 고맙겠어."

조지아나는 내 말에 깜짝 놀란 듯 푸른 눈을 크게 떴다.

"부인이 날 몹시 만나고 싶어 했다는데, 필요 이상으로 오래 만나지는 않을게." 내가 덧붙여 말했다.

"어머니는 저녁잠이 방해되는 것을 싫어하는데……." 엘리자가 끼어들었다. 나는 조용히 일어나서 모자와 장갑을 벗은 다음, 잠깐 베시에게 — 틀림없이 주방에 있을 것이다. — 가서 리드 부인이 오늘 밤 나를 만나고 싶은지 알아봐달라고 부탁하겠다고 말했다.

방에서 나온 나는 베시를 찾아서 부탁한 다음 생각했다. 오만한 태도를 맞닥뜨리면 늘 움츠러드는 것이 지금까지의 내 습관이었다. 바로 오늘 같은 대접을 받았을 때, 일 년 전이라면 다음 날 아침에 바로 게이츠헤드를 떠나겠다고 결심했겠지만 지금은 그것이 어리석은 일이라고 생각했다. 숙모를 만나려고 백 마일이나 온 이상, 그녀가 낫든가 아니면 돌아가실 때까지 여기 묵을 수밖에 없다고 생각되었다. 그녀 딸들의 거만하고 어리석은 행동에 대해서는 일체 신경 쓰지 않기로 한 나는 가정부에게 방으로 안내해 달라고 부탁하면서, 한두 주일 동안 머물게 될 거라고 말했다. 짐을 방으로 가져오게 한 다음 그 뒤를 따르던 나는 층계 위에서 베시를 만났다.

"마님은 깨어 있어." 그녀가 말했다.

"아가씨가 왔다고 말은 했지만 알아볼 수 있을는지……. 가 봐요."

잘 아는 곳이었으므로 안내가 필요 없었다. 그 옛날에 벌을 받거나 꾸지람을 듣기 위해 여러 번 불려 다녔던 방이었다. 나는 베시에 앞서 서둘러 걸어가 조용히 문을 열었다. 이미 저녁때였으므로 테이블 위에는 갓을 씌운 등잔불이 놓여 있고, 전과 다름없이 호박색 커버가 깔린 커다란 침대가 보였다. 화장대며 안락의자, 그리고 지난날 백 번도 더 무릎을 꿇고 저지르지도 않은 죄에 대해 용서를 빌던, 발을 올려놓던 대도 그대로 있었다. 나는 거의 무의식적으로 옛날에 무서워하던 회초리가 없나 하고 한쪽 구석을 살폈다. 회초리는 그곳에 숨어 있다가 어느 결엔가 꼬마도깨비처럼 뛰쳐나와서, 떨고 있는 내 손바닥이나 움츠리고 있는 목덜미를 내려치곤 했던 것이다.

나는 침대로 다가가서 커튼을 걷고 높이 포갠 베개 위에 몸을 굽혔다. 잊히지 않는 얼굴이었으나, 나는 옛날의 인상을 찾느라 한동안 골몰했다. 시간이 복수심을 억제하고 분노와 혐오의 격정을 달래주는 것은 참으로 다행스런 일이었다. 그때 이 부인과 헤어질 때는 슬픔과 증오심만 가졌었는데, 이제 돌아오고 보니 현재 그녀가 느낄 고통에 대한 측은한 마음과 나에게 가해졌던 모든 학대를 잊고 용서하겠다는 — 서로 화해하고 다정하게 손을 잡겠다는 — 강한 염원 외엔 다른 감정이 아무것도 생기지 않았다.

거기에 있는 내가 잘 알고 있는 얼굴은, 예전과 다름없이 엄격하고 가혹해 보였다. 어떤 수단을 쓴다 해도 부드럽게 변화시킬 수 없는 특이한 눈과, 약간 위로 치켜 올라간 거만하고 위압적인 눈썹이 보였다. 위협과 증오심을 담고 나를 노려보던 순간들이 그 얼마나 많았던가! 그 험상스러운 선을 더듬어나감에 따라 어릴 적의 공포와 비애의 추억이 고스란히 되살아났다. 그러나 나는 허리를 굽혀서 그녀에게 키스를 했다.

그녀가 나를 올려다보았다.

"제인 에어인가?" 그녀가 물었다.

"네, 리드 숙모님. 안녕하셨어요?"

나는 전에 그녀를 두 번 다시 숙모라고 부르지 않겠다고 결심했었으나,

이제 와서 그 결심을 깨뜨렸다고 해서 죄가 될 건 없으리라고 생각되었다. 내 손가락이 홑이불 밖으로 나온 그녀의 손을 잡았을 때, 만약 그녀가 내 손을 꼭 잡아주었더라면 나는 진정으로 기쁨을 느꼈을 것이다. 그러나 매정한 인간은 그리 쉽게 마음을 풀진 않는 법이고, 또한 천성적인 반감은 용이하게 해소될 리 만무했다.

리드 부인은 손을 빼고 얼굴을 돌리면서 오늘 밤은 따뜻하다고 말하더니, 다시 쌀쌀맞은 시선으로 나를 쳐다보았다. 나는 이내 나에 대한 그녀의 감정이 조금도 변하지 않았고 또 변할 것 같지도 않다는 사실을 알았다. 그녀의 돌과 같은 눈은 — 유순한 것에 둔감하고 눈물에도 녹지 않는 — 끝까지 나를 나쁜 사람으로 단정하고 있다는 느낌을 주었다. 나를 좋은 사람으로 믿으면 관대하다는 즐거움을 느끼기보다 울분을 자아내기 때문일 것이다.

나는 고통과 분노를 동시에 느꼈다. 그리고 그녀의 성질과 의지에도 불구하고 그녀를 압도하여 지배자가 되려고 마음먹었다. 어릴 때 늘 그랬듯이 눈물이 나오려고 하는 것을 나는 겨우겨우 억제했다.

"저를 오라고 사람을 보내셔서 왔어요. 병환이 나아지실 때까지 여기 있겠어요."

"물론 그래야지! 아이들을 봤니?"

"네."

"그러면 내가 마음먹고 있는 것을 너한테 얘기할 때까지 이곳에 머무르겠다고 딸들에게 말해 줘. 오늘 밤에는 너무 늦어서 무슨 얘기를 해야 할지 생각이 나지 않는다. 너에게 할 얘기가 있는데……. 가만 있자, 뭐였더라……."

두리번거리는 시선과 변한 말투가, 한때는 건강했던 몸이 지금은 완전히 쇠진했다는 것을 말해 주었다. 리드 부인은 조바심이 나는지 뒤로 돌아누우며 이불을 휘어 감았다. 이불 위에 얹었던 팔꿈치로 내가 이불자락을 끌어당기고 있었던 것이다. 그녀는 짜증을 냈다.

"똑바로 앉아! 이불을 팽팽하게 해서 나를 성가시게 하지 마. 네가 제인 에어냐?" 그녀가 말했다.

"네, 제인 에어예요."

"나는 그 애 때문에 아무도 믿지 않을 정도로 큰 고생을 해왔어. 그런 무거운 짐을 내가 떠맡다니! 그것이 날마다, 아니 매 시간마다 나를 괴롭혔어. 그 애의 이해할 수 없는 성격과 갑자기 화를 내는 성질, 그리고 남이 하는 일을 항상 심술궂게 바라보는 것은 정말 괴로웠어! 그 애는 나에게 미친 듯이, 아니 악마처럼 말한 적이 있었어……. 어떤 아이라도 그렇게 말하고 그런 표정을 지을 수는 없을 거야. 그 애를 이 집에서 내쫓고 나서 정말 기뻤어. 로드에서는 그 애를 어떻게 다루었는지? 그곳에 열병이 돌아서 여러 아이가 죽었다는데, 그 애는 죽지 않았어. 그런데 나는 죽었다고 말했어. 그래, 차라리 죽었으면 좋았을 텐데!"

"괴상한 소원도 다 있군요. 리드 부인, 왜 그 애를 그렇게 미워하지요?"

"나는 그 애 엄마를 싫어했어. 내 남편의 단 하나뿐인 누이동생이었는데, 남편은 동생을 무척 사랑했지. 그런데 그 동생이 신분이 낮은 남자와 결혼을 하여 온가족이 인연을 끊겠다고 했는데도 남편만은 감싸주었었지. 갓난아기를 데려오자고 했을 때도 나는 한사코 말리면서 부양료를 주어 남한테 맡겨 기르자고 주장했어. 그랬기 때문에 갓난아기를 보자마자 미워졌어. 건강이 나쁘고 밤낮 울어서 애태우는 아이! 밤새 요람에서 울고만 있었지……. 그것도 다른 아이들처럼 기운차게 우는 것이 아니라 낑낑거리며 신음했어. 남편은 그것을 더욱 가엾게 여기고 친자식처럼 대하고 돌봐주었어. 정말 그 나이 또래의 친자식 이상으로. 그리고 우리 집 아이들을 그 거지와 똑같이 키우려고 했었지. 우리 아이들이 참지 못하고 싫은 기색을 보이면 남편은 화를 내곤 했어. 심지어는 병을 앓아 죽게 됐을 때도 항상 그 애를 침대로 부르곤 했지. 죽기 한 시간 전에는 나한테 그 애를 부양하겠다는 맹세까지 시켰어. 차라리 고아원에서 고아를 데려오는 것이 나았을 거야. 남편은 천성적으로 몸이 약했어. 존이 아버지를 닮지 않은 게 다행스런 일이야. 존은 나와 우리 형제를 닮았어. 아아! 돈을 부치라는 편지를 이제 그만 보냈으면 좋겠어! 이젠 더 보낼 돈도 없거든. 우리는 가난뱅이가 되어가고 있어. 하인들은 반쯤 내보내야 되겠고, 집도 일부분 폐쇄해 두든가 세를 줘야겠어. 아니, 차마 그렇게는 할 수가 없어. 그러나 어떻게 살아가지? 수입의 3분의 2는 이자로 나가고 있어. 존은 도박에 미쳐 번번이 잃고 있고……. 가엾게도 그 애는 속고 있는 거야. 존은 몰락하고 타락했어. 얼굴도 말이 아니야! 그 애만 보면 내가 부끄러워 죽겠어……."

그녀는 흥분해서 계속 떠들어댔다.

"이만 나가는 것이 좋겠어." 침대 건너편에 서 있는 베시에게 내가 말했다.

"그러는 것이 좋겠어, 아가씨. 때때로 밤에는 이런 얘기를 하시는데, 아침만 되면 멀쩡해져요."

나는 일어섰다. 그러자 리드 부인이 "잠깐만!" 하고 소리쳤다.

"너한테 하고 싶은 말이 또 하나 있어. 그 애는 나를 협박하는 거야……. 존 말이야. 항상 자기가 죽든가 나를 죽인다고 협박하고 있어. 가끔 그 애가 목에 큰 상처를 입고 까맣게 변한 얼굴로 누워 있는 꿈을 꾸곤 해. 나는 난처한 입장에 놓여 있어. 고생이 이만저만이 아니다. 어떻게 하면 좋지? 어떻게 하면 돈을 마련할 수 있지?"

베시는 진정제를 한 모금 먹이려고 애쓴 끝에 가까스로 성공했다. 리드 부인은 곧 진정되어 잠이 들었다. 나는 그녀의 옆을 떠났다.

다시 그녀와 얘기를 하게 된 것은 십여 일이나 지난 뒤의 일이었다. 그동안에도 그녀는 잠꼬대를 한다든가 혼수상태에 빠져 있었다. 의사는 그녀를 흥분시키는 일이라면 무엇이든 금지시켰다. 그동안 나로서는 가능한 한 조지아나와 엘리자와 잘 어울리려고 노력했다.

그들은 처음에는 대단히 냉담했다. 엘리자는 한나절 내내 재봉이라든가 독서라든가 또는 글을 쓰면서 자기 동생이나 나한테 단 한마디도 말이 없었고, 조지아나는 몇 시간이고 자기의 카나리아와 쓸데없는 소리를 지껄이면서도 나에겐 관심조차 없었다. 그러나 나는 그들이 하고 있는 일이라든가 오락에 대해 곤혹스러워하는 입장을 나타내지 않으려고 마음먹었다. 마침 손필드에서 가져온 미술 도구가 있어, 두 가지 목적을 성취하는 데 커다란 역할을 했다.

종이 몇 장을 준비해 가지고 나는 그들과 떨어진 창가에 자리를 잡고 앉아 상상화를 그리는 데 온정신을 쏟았다. 주제는 시시각각으로 변화하는 상상의 거울에 비치는 광경이었다. 예를 들면 두 개의 바위 사이로 보이는 바다라든가, 수평선 위로 떠오르는 달과 그 표면을 스치고 지나가는 배, 갈대와 창포 숲 사이로 연꽃을 쓰고 나오는 물의 요정 얼굴이라든가, 아가위 나무 꽃으로 만든 화환 밑의 바위종달새 둥지에 앉아 있는 꼬마요정 같은 것이었다.

어느 날 아침, 나는 하나의 얼굴을 그리기 시작했다. 어떤 얼굴이 완성될지 생각도 하지 않았고 알 수도 없었으며, 다만 연한 심의 연필 끝을 무디게 하여 굴려 나갔다. 마침내 종이 위에는 크게 모가 진 얼굴의 밑 부분 윤곽이 그려졌다. 그 선이 마음에 들어, 나는 손가락을 활기차게 움직여 눈과 코를 그려 넣기 시작했다. 이마 밑에 뚜렷이 가로지른 눈썹이 그려졌고, 다음에는 당연히 콧날이 서고 콧구멍이 큰 모양 좋은 코가 그려졌다. 그러고는 결코 작지 않은, 유연하게 보이는 입과 한가운데가 움푹 패어 있는 다부지게 생긴 턱이 그려졌다. 물론 검은 볼수염과 관자놀이 옆으로 늘어져서 이마에 물결치는 검은 머리카락도 필요했다. 다음은 눈 차례인데, 여기에는 세심한 주의가 필요했기 때문에 끝까지 미루었다가 나는 대담하게 그렸다. 모양도 괜찮았다. 속눈썹은 길고 검었으며 동공은 크고 빛나 보였다.

'잘 그려졌어! 그러나 실물과 똑같지는 않아.' 효과를 검토해 보면서 나는 생각했다. '힘과 정신이 모자란 것 같아.' 그래서 밝은 부분을 좀 더 드러나게 하려고 그림자 부분에 검게 한두 번 가필을 하니 거의 뜻대로 되었다. 젊은 여성들이 나에게 등을 돌리고 있다고 해서 그게 무슨 상관인가? 나는 그림을 가만히 바라보다가 말을 할 것만 같은 모습에 나도 모르게 미소를 지었다. 나는 그대로 정신이 팔려서 흡족해하고 있었던 것이다.

"아는 사람의 초상화야?" 어느 사이에 옆으로 다가온 엘리자가 물었다. 공상의 인물이라고 대답하고 나서, 나는 급히 다른 종이 밑에 그림을 감추었다. 물론 거짓말이었다. 실상은 정성을 다해서 그린 로체스터 씨의 초상이었다. 그러나 그녀에게 있어, 아니 나 와에 다른 누구한테든 그것이 무슨 소용이 있단 말인가?

조지아나도 그림을 보려고 가까이 다가왔다. 다른 그림들은 괜찮다고 하더니 예의 그림만은 '추남'이라고 했다. 하지만 둘 다 내 솜씨에는 놀라는 것 같았다. 내가 초상화를 그려주겠다고 했더니 그들은 번갈아가며 스케치를 할 수 있도록 자리 잡고 앉았다. 스케치를 한 후 조지아나가 화첩을 내놓아서 수채화를 한 장 그려주겠다고 약속했더니, 그녀는 금방 기분이 좋아져서 정원으로 산책을 나가자고 청했다. 정원에 나간 지 두 시간도 채 못 되어서, 우리는 속을 털어놓고 대화를 시작했다. 그녀는 2년 전 런던에서 보낸 근사한 겨울 얘기며 — 그곳에서 받았던 찬사며 — 자기에 대한 칭찬 등을 말해 은근히 귀족들의 관심의 대상이 되었던 것을 자랑했다.

오후가 되고 밤이 되면서부터 그녀는 은연중에 했던 말들을 구체적으로 설명하기 시작하더니 갖가지 애정담과 감상적인 장면도 털어놓았다. 한마디로 그날은 상류상회의 생활을 기록한 한 권의 소설이 그녀에 의해 즉흥적으로 쓰인 셈이었다. 거의 매일 되풀이되는 그녀의 얘기는 언제나 같은 주제였는데, 자신의 일과 자신의 애정과 고민뿐이었다. 어머니의 병세라든가 오빠의 죽음, 가정의 앞날 등 현재의 암담한 상태에 대해서는 한마디도 언급하지 않았다. 그녀의 머릿속은 화려한 과거에 대한 회상과 다가올 환락의 열망으로 가득 찬 것 같았다. 실상 그녀는 어머니 병실에서 하루에 5분 정도 보낼 뿐 그 이상은 머물러 있지 않았다.

엘리자의 경우는 말이 없었다. 아니, 그녀는 말할 틈이 없을 만큼 분주한 것 같았다. 그러나 그녀가 무엇을 했는지, 그 결과를 찾아볼 수가 없었다. 그녀는 아침 일찍 일어나기 위해서 자명종을 맞춰놓곤 했는데, 아침 식사 전에는 무엇을 하는지 알 수 없지만 그 후부터는 정확히 시간을 등분해서 그 시간마다 해야 할 일을 배정했다. 하루 세 번은 작은 책을 읽었는데 그것은 영국 교회의 기도서였다. 언젠가 내가 그 책의 어디에 마음이 끌리느냐고 묻자 그녀는 '예식 규정'이라고 대답하는 것이었다.

세 시간은 양탄자 정도 되는 크기의 네모진 진홍색 천의 가장자리를 금실로 꿰매는 일에 할당했는데, 내가 그 용도를 물어봤더니 최근 게이츠헤드 근처에 세워진 교회의 제단에 깔 덮개라고 했다. 또 두 시간은 일기를 쓰는 데 할애했고, 그리고 두 시간은 채소밭에서 혼자 일하는 데, 또 한 시간은 자신의 수지 계산을 검토하는 데 배정했다. 그녀는 사람들과 교제를 한다든가 대화하는 것을 바라지 않는 것 같았다. 어쨌든 그런 일과가 그녀를 만족시켜 나름대로 행복한 것처럼 보였으며, 이러한 일과를 부득이 변경해야 하는 사건이 일어나는 것보다 더 그녀를 괴롭히는 일은 없는 듯했다.

어느 날 밤, 그녀는 속에 있는 이야기가 하고 싶었던지 존의 행적과 파산의 위협 때문에 많은 고통을 겪었으나 이제는 마음도 가라앉히고 결심을 굳혔다고 내게 말했다. 그녀 자신의 재산은 안전하게 처리해 두었고, 어머니가 돌아가실 경우 — 회복된다든가 오래 생존하리라곤 생각하지 않는다고 태연하게 말했다. — 숙원의 계획을 실천할 것이라고도 했다. 즉 규칙적인 습관이 영원히 흐트러지지 않을 곳에 은둔하여, 자기와 천박한 세상 사이에 안전한 장벽을 구축하겠다는 것이었다.

나는 조지아나도 함께 갈 거냐고 물어보았다.

"아, 물론 함께 가지 않아. 조지아나와 나는 공통점이 없어. 한 번도 그래 본 적이 없거든. 어떤 일이 있어도 함께 있는 부담을 안고 싶지는 않아. 조지아나는 자기의 갈 길을 갈 것이고, 나는 오직 나만의 길을 가는 거야."

조지아나는 자기의 심중을 내게 털어놓지 않을 때는 대개 소파에 누워 있거나 심심해하면서 몸부림을 쳤는데, 때로는 깁슨 이모가 런던으로 오라는 초청장을 보내지 않는다고 안달을 했다.

"모든 것이 끝날 때까지 한두 달 동안 이곳을 떠났으면 좋겠어!" 이것이 입버릇처럼 말하는 그녀의 생각이었다. '모든 것이 끝난다.'는 게 무엇을 의미하는 것인지 물어보지는 않았으나 예상되는 어머니의 죽음과 우울한 장례 의식을 뜻하는 것이라 짐작되었다. 엘리자는 자기 면전에서 그런 불만을 중얼거리지 않는 한, 동생의 태만과 불평에 대해 거의 개의치 않았다. 그러나 하루는 회계 장부를 덮어놓고 자수 감을 펼치면서 자기 동생에게 불쑥 이렇게 말했다.

"조지아나! 이 세상의 동물 중에서 너보다 더 쓸모없고 어리석은 생명은 없을 거야. 너는 인생이란 시간을 유용하게 쓸 줄 모르므로 이 세상을 살아갈 권리가 없어. 이성 있는 인간이라면 당연히 자신을 위해 자신 속에서 자신과 더불어 살아야 하는데, 너는 자신의 미약함을 다른 사람의 힘에 기대어 감추려고 하고 있잖아. 남자든 여자든 간에 그렇게 둔하고 약하고 거만하고 소용없는 것을 받아주려고 하지 않으면, 너는 자신이 학대받고 무시되었다고 느끼면서 비참한 기분이 들어서 우는 거야. 그리고 너는 인생이란 항상 변화와 흥분이 있는 무대라고 믿고 있으며, 그렇지 않을 때는 이 세상을 비참한 토굴로 생각하지. 너한테는 칭찬을 해주고 비위를 맞춰주고 아양을 떨어줘야 해. ― 음악과 춤과 사교가 있어야지. ― 그렇지 않으면 이내 활력을 잃고 시들어 버려. 자신의 노력과 의지 이외엔 아무에게도 기대지 않겠다는 결심과 그 방법을 강구해 볼 생각은 없니? 가령 하루를 몇 등분해서 거기에 따라 해야 할 일을 정해놓고 15분이든 10분이든, 단 5분이라도 헛되이 보내지 말고, 전부 계산에 넣어서 정해놓은 일을 규칙적으로 해봐. 날이 새는가 하면 어느 틈엔가 해가 지곤 해. 그러면 남의 신세를 지지 않고도 빈 시간을 메울 수가 있게 되지. 교제도 대화도 동정도 구할 필요가 없어. 말하자면 독립한 인간이 당연히 그렇듯이 생활하는 거야. 내 충고를 받아들여. 이것이 내가 너에게 하는 최초이자 최후의 충고야. 그렇게 하면 무슨 일이 일어나도, 나는 물론 다른 누구의 도움도 필요하지 않게 될 거야. 그것이 제아무리 힘들고 당해내기 어려운 일일지라도. 이 충고를 무시하고 전처럼 쓸데없는 걸 갈망하든지 불평한다든지 게으름을 피우면 자신의 어리석음에 대한 결과로 고통 받게 될 거야. 자, 지금 분명하게 말해 둘 테니까 잘 들어둬, 이제부터 할 얘기는 두 번 다시 되풀이하진 않겠지만 착실히 이행할 생각이야. 어머니가 돌아가시고 나면 나는 즉시 너와 연을 끊을 생각이야. 게이츠헤드 교회의 납골당에 관이 운반된 날부터 너와 나는 마치 남남처럼 헤어지는 거야. 우리들이 공교롭게도 같은 부모 밑에서 태어났다고 해서 하찮은 혈육 관계로 내게 기대려는 생각은 하지 마. 이것만은 말할 수 있어. 우리 둘만 제외하고 전 인류가 소멸해서 단둘이 지상에 남는다 해도, 나는 너를 구세계에 남겨놓고 신세계로 갈 거야."

엘리자가 할 말을 끝내고 입을 다물자, 조지아나가 대꾸했다.

"그런 장황한 얘기를 수고스럽게 지껄일 필요는 없을 텐데. 언니가 이 세상에서 누구보다도 이기적이고 매정하다는 것은 이미 알고 있어. 언니가 나를 얼마나 싫어하는 줄도 알아. 에드윈 비어 경의 경우에 쓴 술책이 그 본보기였어. 내가 언니보다 신분이 높아져서 작위를 갖게 되고, 언니는 감히 얼굴도 내밀 수 없는 사화에 진출하는 것을 참을 수 없으니까, 스파이 노릇과 밀고자 역할을 해서 나의 장래를 영원히 망치게 한 거야." 조지아나는 손수건을 꺼내더니 한 시간 동안이나 울면서 코를 풀었다.

엘리자는 앉은 채로 무감각하고 냉정한 표정으로 하던 일을 계속했다.

진실하고 관대한 감정을 중요시하지 않는 사람이 있긴 하지만 여기 두 사람은 그것이 결여되어 있기 때문에 한 사람은 참을 수 없을 만큼 신랄했고 또 한 사람은 가엾을 정도로 비열했다. 확실한 판단력이 없는 감정은 물을 탄 술맛 같고, 감정에 의해서 부드러워지지 않는 판단력은 인간이 먹는 음식물로선 지나치게 쓰고 거친 것이다.

비가 오고 바람이 몹시 부는 오후였다. 조지아나는 소설을 읽다가 소파에서 그대로 잠이 들고, 엘리자는 새 교회의 성도 기념일 예배에 가고 집에 없었다. 종교에 관한 한 그녀는 엄격한 형식주의자로서, 날씨가 어떻든 간에 신앙상의 의무라고 생각하면 시간을 지키지 않은 적이 없었다. 날이 맑건 비가 오건 일요일에는 세 번씩 교회에 가고, 평일에도 기도드릴 일이 있으면 수시로 교회를 찾아갔다.

나는 2층으로 올라가 거의 돌보지 않는 빈사 상태의 환자를 찾아봐야겠다고 마음먹었다. 하인들도 들여다보기를 게을리 하고 고용된 간호사조차 누구에게도 감독을 받지 않았기 때문에 병실을 비우는 것이 보통이었다. 베시가 충성스럽긴 했지만 자기네 일도 정신이 없었기 때문에 자주 찾아올 수가 없었다. 가서 보니 예측했던 대로 병실은 비어 있었다. 간호하는 사람은 아무도 없고 환자만 미동도 없이 누워 있었다. 납빛 같은 얼굴을 베개에 묻고 혼수상태에 빠져 있는 듯했다. 나는 꺼져가는 난롯불을 다시 지피고 나서 이불을 여며준 후, 지금은 나를 쳐다보지도 않는 그녀를 한동안 바라보다가 창가로 걸어갔다.

빗발은 세차게 유리창을 때리고 바람은 거세게 몰아쳤다. '저기 누워 있는 사람은 멀지 않아 지상에 쏟아지는 폭우의 소용돌이가 미치지 않는 곳으로 갈 것이다. 저 영혼이 — 지금은 육체에서 벗어나려고 몸부림 치고 있지만 — 막상 해방되는 날에는 과연 어디로 날아가는 걸까?'

이 위대한 신비에 대해 곰곰이 생각하다 보니 문득 헬렌 번즈의 생각이 떠올랐고, 그녀가 죽어가면서 하던 말 — 그녀의 신념인 — 육체를 벗어난 영혼은 모두가 평등하다는 주장이 상기되었다. 아직도 마음속에서 지워지지 않은 그녀의 목소리에 귀를 기울이며, 죽음의 침상에 조용히 누워서 하느님의 품으로 돌아가게 해달라고 기도할 때의 그녀의 여윈 얼굴과 엄숙한 시선을 떠올렸다. 그때 뒤에 있는 침대에서 가냘픈 목소리가 들려왔다.

"거기 있는 게 누구냐?"

나는 며칠 동안 리드 부인이 말을 하지 못했다는 것을 알고 있었다. 혹시 회복되는 것일까 하고, 나는 급히 그녀 옆으로 다가갔다.

"나예요, 리드 숙모님."

"나라니, 누군데?" 놀라서 약간 당황하긴 했으나, 리드 부인은 그런대로 침착하게 나를 바라보았다.

"누구라고? 너는 누군데……? 베시는 없니?" 물음이 반복되었다.

"베시는 집사 집에 있어요, 숙모님."

"숙모라고?" 그녀는 내 말을 되풀이했다.

"나를 숙모라고 부르는 너는 누구냐? 너는 깁슨 가에서 온 아이도 아니고. 그러나 알겠다! 그 얼굴, 그 눈과 이마, 낯이 익다……. 어쩌면 너는 그렇게도 제인 에어를 닮았니!"

나는 아무 말도 하지 않았다. 내가 장본인이라고 밝히면 충격이라도 받지 않을까 해서였다.

"아니, 내가 잘못 봤을 거야. 정신이 혼미해서 그렇지……." 하고 그녀가 말했다.

"제인 에어를 만나고 싶었기 때문에 엉뚱한 사람보고 닮았다고 했지. 더구나 8년이나 지났으니 그 애도 변했을 텐데."

그래서 나는 내가 바로 그녀가 상상하고 찾았던 사람이라고 다정스럽게 말했다. 내가 말하는 것을 알아듣고 제정신으로 돌아온 것 같기에, 나는 베시가 자기 남편을 손필드로 보내 나를 데려왔다는 것을 설명했다.

"내 병이 위중하다는 것은 나도 알고 있어." 그녀는 얼마 안 있어 입을 열었다.

"조금 전에도 돌아눕고 싶었으나 팔다리가 움직여지지 않더구나. 죽기 전에 마음이라도 편하게 가지고 싶었어. 건강할 때는 생각도 하지 않았던 것들이, 막상 이 지경이 되고 보니 부담이 된다. 간호사가 있니? 이 방에는 너뿐이냐?"

난 우리뿐이라고 다짐해 주었다.

"나는 너에게 잘못한 것 두 가지를 지금 후회하고 있단다. 하나는 너를 우리 아이들과 같이 기르겠다고 남편한테 약속한 것을 지키지 않은 것이고, 또 하나는……." 그녀가 머뭇거렸다.

"따지고 보면 대수로운 일은 아니지만……. 그리고 내 병이 나을지도 모르는데, 이 애한테 머리를 숙이는 것은 괴로운 일이야." 이번에는 그녀 혼자 중얼거렸다.

그녀는 몸을 움직이려고 해봤으나 움직여지지 않자 안색이 변했다. 대단한 심적 고통을 받고 있는 것 같았다. 아마도 운명하기 전에 오는 고통일 것이다.

"그래, 말을 해야겠다. 죽음이 눈앞에 다가오고 있어. 말해 주는 것이 좋을 거야. 화장대에 가서 서랍을 열고 안에 있는 편지를 가지고 오너라."

나는 시키는 대로 했다.

"그 편지를 읽어봐." 그녀가 말했다.

그것은 짧은 편지였는데 다음과 같은 내용이 적혀 있었다.

『부인! 본인의 조카 제인 에어의 주소와 그녀의 소식을 알고자 합니다. 가까운 날에 그 애에게 편지를 보내서 지금 본인이 있는 마데이라로 데려올 생각입니다. 저는 신의 은총을 입어 노력의 대가로 상당한 재산을 모을 수 있었습니다. 본인도 결혼을 하지 않았고 따라서 자식이 없기 때문에 조카를 양녀로 삼을 생각이며, 저의 사후에는 전 재산을 그 아이한테 상속시킬 계획입니다.

마데이라에서 존 에어』

거기엔 3년 전의 날짜가 적혀 있었다.

"왜 내가 이것을 모르고 있었지요?" 하고 내가 물었다.

"네가 너무 미웠기 때문에 너에게 재산이 돌아가는 것을 도와주고 싶지 않았었다. 나에 대한 너의 태도를 잊을 수가 없었어, 제인……. 내게 대들었을 때의 분노, 이 세상에서 누구보다도 나를 미워한다고 단언했을 때의 어조, 나를 생각만 해도 지긋지긋하다면서 내가 너를 가혹하게 다루었다고 주장할 때의 어린아이답지 않은 얼굴과 목소리는 정말 잊을 수가 없었다. 네가 발딱 일어나서 마음속에 품고 있던 독설을 퍼부었을 때의 내 감정 또한 잊을 수가 없었고. 마치 내가 때린 동물이, 인간의 눈으로 나를 노려보고 인간의 목소리로 나를 저주하는 것 같은 공포를 느꼈었어……. 물을 줘! 오오! 빨리!"

"리드 부인!" 나는 그녀가 요구하는 물을 주면서 말했다.

"그런 건 더 생각지 마세요. 깨끗이 잊어버리세요. 내가 과격하게 말한 것을 용서해 주세요. 그때는 내가 어렸고, 이제는 8, 9년이 지났는걸요."

그녀는 내가 하는 말에는 귀 기울이지 않고, 물을 마시고 숨을 돌리자 다시 얘기를 계속했다.

"나는 잊을 수가 없었어. 그래서 복수를 한 거야. 네가 네 숙부의 양녀가 되어 아무 부족함 없이 안락하게 살아간다는 것은 나로선 참을 수 없는 일이었어. 나는 답장을 썼어. 실망시켜서 안 됐지만, 제인 에어는 로드에서 열병에 걸려 죽었다고. 그러니까 이제는 네가 마음 내키는 대로 해라. 편지를 써서 내가 한 말을 취소하고, 당장에라도 내가 한 말이 거짓이라고 폭로해. 너는 나를 괴롭히기 위해서 이 세상에 태어난 것 같구나! 죽는 이 순간까지도 나는 네가 없었던들 생각조차 할 수 없던 범행 때문에 고통을 받고 있어!"

"숙모님, 더 이상 생각하지 마세요. 나를 용서하는 눈으로 봐주세요."

"너는 못된 성질을 가지고 있어. 지금도 나는 그것을 알 수 없단 말이야. 9년 동안이나 온갖 학대를 받으면서도 꾹 참고 아무 말을 하지 않다가 10년이 돼서 불꽃처럼 폭발하다니, 이해할 수가 없어." 그녀가 말했다.

"내 성질이 숙모님이 생각하는 것처럼 그렇게 못되진 않았어요. 불쑥 화를 내긴 하지만 집념이 그리 강하지는 못해요. 어릴 때에 여러 번 받아만 주었다면 숙모님을 사랑해 보려고 노력했을 거예요. 그리고 지금은 화해할 생각이 간절해요. 키스해 주세요, 숙모님."

내가 그녀의 입술에 뺨을 갖다 대었으나 응하려 하지 않았고, 오히려 내가 침대에 엎드려서 답답하다며 다시 물을 청했다. 나는 그녀를 눕히면서 얼음처럼 차고 끈적끈적한 그녀의 손을 잡았다. 그러자 그녀는 힘없는 손가락을 빼냈고, 희미한 눈은 내 시선을 피했다.

"나를 사랑하든 미워하든 마음대로 하세요. 나는 깨끗이 그리고 조건 없이 숙모를 용서할 거예요. 신에게 용서를 빌고 마음을 편하게 가지세요." 나는 마침내 그렇게 말했다.

고통 받는 가엾은 여인이여……. 습관화된 마음씨를 이제 와서 고치려고 해도, 때는 이미 늦었다. 살아 있을 때도 날 항상 미워했는데……. 지금 죽는 마당에서도 그래야 하다니!

간호사가 들어오고 베시가 그 뒤를 따랐다. 다정한 표정이라도 보게 되지 않을까 하는 마음으로 나는 반 시간 이상이나 더 머뭇거렸으나, 그런 빛은 찾을 수 없었다. 그리고 갑자기 혼수상태에 빠져든 그녀는 다시 의식을 회복하지 못했다. 결국 그날 밤 열두 시에 그녀는 세상을 떠났다. 눈을 감겨주는 사람들 가운데 나는 끼지 못했고, 딸들도 그 자리에 없었다.

이튿날 아침에 모든 것이 끝났다고 우리들에게 알려왔을 때는 이미 입관된 뒤였다. 엘리자와 나는 죽은 그녀를 보러 갔다. 큰 소리로 울음을 터뜨린 조지아나는 가볼 용기가 없다고 했다.

한때는 그렇게 건장하고 활동적이던 사라 리드의 유해가 뻣뻣이 그리고 조용히 누워 있었다. 부싯돌 같았던 그녀의 눈은 싸늘하고 뻣뻣한 눈까풀에 덮여 있었고, 이마와 개성이 강한 용모에는 아직껏 굽히지 않는 영혼의 흔적이 남아 있었다. 나에게는 그 시체가 이상하고 엄숙한 것으로 보여, 우울하고 괴로운 심정으로 바라보았다. 그것은 부드러운 감정이나 측은함, 희망이나 마음을 가라앉히는 안정감 따위들 중에서 그 어느 것 하나도 불러일으키지 않는 존재였다. 다만 그녀의 비통에 대해 — 나의 손실은 아니다. — 짜증나는 슬픔과, 이런 형태의 죽음이 주는 공포에 대한 눈물 없는 암담한 놀라움뿐이었다.

엘리자는 태연히 어머니의 주검을 바라보았다. 잠시 침묵이 흐르고 나서 그녀가 말했다.

"이런 체격이면 장수할 수도 있었을 텐데. 마음의 고생 때문에 생명이 단축된 거야."

잠깐 동안 그녀의 입가에 경련이 일었으나, 그것이 멎자 발길을 돌려 밖으로 나갔다. 나도 방을 나왔다. 우리는 둘 다 눈물 한 방울 흘리지 않았다.

22장
손필드로 돌아오다

로체스터 씨에게선 한 주일 동안의 휴가를 받았는데, 게이츠헤드를 떠나기도 전에 이미 한 달이 지났다. 장례식이 끝나자 곧 떠나려고 했으나, 조지아나가 런던으로 떠날 때까지 함께 있어달라고 간청했다. 조지아나는 누이동생의 장례식을 주관하고 가정 문제의 뒤처리를 하기 위해 런던에서 온 깁슨 아저씨의 초청을 받았던 것이다. 그녀는 엘리자와 둘만 남아 있는 것이 두렵다고 했다. 언니한테는 슬플 때 동정도 못 사고 무서울 때도 도움을 구하지 못했었는데, 자신이 멀리 떠나는데도 출발 준비조차 전혀 거들어주지 않는다고 징징거렸다. 그래서 나는 소심하고 이기적인 그녀의 우는 소리를 들어가며, 바느질을 한다든가 의복 챙기는 일을 도와주었다. 그런데 그녀는 내가 자신을 위해 일을 하는 동안에도 게으름만 피우고 있었다. 그 모습을 보며 나는 이렇게 생각하지 않을 수가 없었다.

'만약 내가 너와 영원히 같이 살아야 할 운명이라면 각자의 독자적인 입장에서 일을 시작해야겠다. 나는 시키는 대로 아무 말도 하지 않고 순종만 할 수는 없거든. 너한테는 일을 맡겨 억지로 시키든지 아니면 손도 대지 않고 내버려둘 거야. 그리고 쓸데없는 불평을 입 밖에도 내지 못하게 할 테야. 내가 이렇게 참아가면서 친절하게 일을 봐주는 것은 우리의 관계가 일시적이고 특히 지금은 슬픔에 싸여 있기 때문이야.'

마침내 조지아나를 떠나보내고 나니, 이번에는 엘리자가 한 주일 더 묵고 가라고 붙잡았다. 자신의 계획을 위해서는 시간과 정신집중이 필요하다는 것이었다. 그녀는 미지의 목적지를 향해 출발하기로 되어 있었는데, 하루 종일 방문을 잠그고 들어앉아서 트렁크에 짐을 싸고 서랍을 비우고 서류를 정리하느라 아무와도 얘기를 하지 않았다. 그러면서 가사를 돌보고 방문객을 접대하고 위로의 편지에 답장하는 일을 나에게 부탁하는 것이었다.

어느 날 아침 그녀는 나에게 이제 해야 할 일은 다 했다고 말하며 덧붙였다.

"너의 보람 있는 봉사와 분별 있는 행동에 대해 정말로 고맙게 생각해! 너 같은 사람과 함께 산다면 조지아나와 함께 있는 것과는 완전히 다를 거야. 너는 살아가는 데 필요한 일을 잘해서 아무에게도 부담을 주지 않고 있어." 그녀는 말을 계속했다.

"내일 아침에 나는 대륙으로 출발해. 릴리 근처의 수녀원에 가서 여생을 보낼 생각이야. 그곳에서 아무 구속도 받지 않고 조용히 살고 싶어. 당분간은 로마 가톨릭의 교리 연수와 그 운영 체계를 성심껏 공부해 보려고 해. 거의 그러리라고 생각되지만, 만약에 그것이 모든 것을 고상하고 정확하게 수행할 수 있는 체계라는 걸 확인한다면, 가톨릭 교리를 신봉하면서 수녀가 될 작정이야."

나는 그녀의 결심을 듣고도 놀라지 않았다. 또한 말리려고도 하지 않았다. '그렇게 살아가는 것이 너에게는 알맞을 거야.' 하고 나는 생각했다. '자신을 위해서도 좋을 테고.'

우리가 헤어질 때 그녀가 말했다.

"잘 가, 제인 에어. 너의 행복을 빌겠어. 너는 그런대로 철이 들었어."

이에 대해서 내가 대답했다.

"언니도 생각이 없는 것은 아니야. 그러나 언니 생각은 한 해만 지나고 나면 프랑스 수녀원 벽에 산 채로 갇히게 될 거야. 하지만 언니가 좋아서 선택한 길이니까⋯⋯. 나로서는 개입할 생각이 없어."

"네 말이 옳아." 그녀가 말했다.

이런 말을 나누고 우리는 각자 자기의 갈 길을 갔다.

그녀나 그녀의 동생에 대해 다시 언급할 기회가 없을 것으로 생각되므로 여기서 다음 사실을 밝혀두는 것이 좋으리라고 여겨진다.

조지아나는 도락을 즐기는 사교계의 돈 많은 남자와 유리한 결혼을 했고, 엘리자는 정말 수녀가 되었는데 지금은 수련기를 끝내고 자기의 총재산을 기부한 수녀원의 원장으로 있다.

기간이 길건 짧건 간에 집을 비웠다가 다시 돌아갔을 때, 다른 사람들은 어떤 기분을 가지게 되는지 나는 모르겠다. 나로선 그런 감정을 경험해 본 적이 없었기 때문이다. 다만 어릴 적에 긴 산책을 끝내고 게이츠헤드에 돌아왔을 때 춥고 우울한 상태에서 야단맞았을 때의 기분이라든가, 또는 로드 시절에 교회에 갔다가 학교로 돌아왔을 때 배불리 먹을 식사와 따뜻한 불이 그리웠는데도 이것들이 이루어지지 않았을 때의 기분을 경험했을 따름이다. 그런 귀가는 즐겁다든가 안온한 것은 아니었다. 돌아갈 곳에 가까워질수록 끌려가는 힘이 커지긴 하지만 자력처럼 스스로 끌리지는 않았다. 그랬으므로 손필드에 돌아가는 것이 어떤 건지 한 번 시험해 봐야겠다는 생각이 들었다.

여행은 지루하게 느껴졌다. 아니 몹시 지루했다. 하루에 50마일을 여행하고 하룻밤을 객사에서 묵고, 다음 날 또 50마일을 여행해야 했다. 처음 열두 시간 동안은 나는 이미 고인이 된 리드 부인 생각에 잠겨 있었다. 보기 흉하게 변색된 그녀의 얼굴이 보이는가 하면, 이상하게 변해 버린 목소리가 들리는 것 같았다. 장례식 날, 관, 영구차, 상복을 입은 소작인과 하인들의 행렬, — 친척은 극히 드물었다. — 입을 벌리고 있는 납골당, 침묵에 싸인 교회, 엄숙한 의식 등을 하나하나 떠올려보았다. 그리고 엘리자와 조지아나를 생각했다. 조지아나는 무도회에서 찬미의 대상이 될 것이고, 엘리자는 수녀원의 수녀가 될 거라는 생각이 들었다. 저녁 무렵이 되자 지금까지 떠올렸던 영상이 사라지고, 나의 생각이 방향을 바꾸었다. 이윽고 잠자리에 누웠을 때는 과거의 회상은 꺼져 버리고 앞으로 다가올 일들이 그려지는 것이었다.

지금 손필드로 가긴 하지만 앞으로 얼마나 더 있게 될지? 오래 있지 않을 것만은 확실했다. 그동안 페어팩스 부인에게서 편지가 왔었는데 집에 왔던 손님들은 다 돌아가고, 로체스터 씨도 3주 전에 런던에 갔으나 보름쯤 있으면 돌아올 것이라는 추측이었다. 새로 마차를 산다는 얘기로 봐서, 결혼 준비를 위해서 간 것 같다고도 했다. 부인 생각으로는 로체스터 씨가 잉그램 양과 결혼한다는 것이 좀 이상하게 생각되긴 하지만, 모든 사람들이 그렇게 생각하고 자기도 그렇게 봐왔기 때문에 멀지 않아서 결혼하는 것은 틀림없을 것 같다고 했다. 나는 마음속으로 생각했다. '나는 의심치 않고 있어.' 그다음에 '나는 어디로 가야지?'라는 의문이 뒤따랐다. 그러고 나서 밤새도록 잉그램 양의 꿈만 꾸었다. 새벽녘에 또렷이 기억되는 꿈을 꾸었는데, 잉그램 양이 손필드의 문을 잠가 나를 안에 들여보내지 않고 다른 길을 가리키는 것이었다. 로체스터 씨는 팔짱을 낀 채로 방관하고 있었는데, 어쩐지 나에게뿐 아니라 잉그램 양에 대해서도 비웃는 것 같은 표정이었다.

나는 페어팩스 부인에게 돌아갈 날을 정확히 알리지 않았었다. 밀코트까지 일부러 마차를 내보내는 것을 원치 않았기 때문이었다. 난 돌아가는 길을 조용히 걷고 싶었다. 6월의 저녁 여섯 시경, 짐을 마부한테 맡겨놓고 조지 여인숙을 빠져나온 나는 손필드로 향한 길을 걷기 시작했다. 이 길은 거의 들판 가운데로 나 있었는데, 이 시각에는 행인이 거의 없었다.

맑게 개이고 온화하긴 했으나 청명한 여름 저녁은 아니었다. 도중에 목초를 말리고 있는 일꾼들의 모습이 눈에 들어왔고, 푸른 하늘에는 드문드문 구름이 있었지만 내일의 쾌청을 약속해 주었다. 그 푸르름은 — 푸른 것이 보이는 곳에서는 — 안정되게 가라앉아 있었고, 구름층은 높고 희미했다. 서편 하늘에도 차갑게 느껴질 푸른빛은 없었다.

손필드가 점점 가까워짐에 따라 마음이 벅차오르기 시작했다. 너무 기뻤기 때문에 가던 길을 멈추고 그 기쁨의 의미가 무엇인지를 스스로에게 물어보기도 했다. 하지만 이내 이성을 일깨워서 지금 가고 있는 곳은 내 집이 아니며, 영원히 안주할 곳도 아니고, 다정한 친구가 찾아주기를 기다리는 곳도 아니라는 것을 이해시키려고 했다. '하기야 페어팩스 부인이 조용히 웃으며 맞아

주긴 하겠지. 그리고 아델도 보자마자 손을 잡고 깡충깡충 뛸 거야. 그러나 내가 생각하는 것은 이 두 사람이 아니야. 그는 나를 생각하고 있지 않을 거야.'

그러나 젊음처럼 고집이 센 것과 무경험처럼 맹목적인 것이 또 있을까? 비록 로체스터 씨가 나를 보건 안 보건 간에 내가 다시 그를 본다는 특권만으로도 기쁜 일이라고 나는 단정해 버렸다. '서둘러! 어서! 같이 있을 수 있는 한 같이 있는 거야. 2, 3일, 아니면 2, 3주 동안 같이 있다가 영원히 헤어지는 거야.' 그래서 나는 새로이 생겨나는 고민을 — 내 것이라고 생각되지 않고, 키우고 싶지도 않은 고민 — 묵살하고 발걸음을 재촉했다.

손필드 목장에서도 목초를 말리고 있었다. 정확히 말한다면, 내가 도착했을 때 일꾼들은 일을 끝내고 갈퀴를 어깨에 메고 집으로 돌아가려 하는 참이었다. 밭을 한두 고랑 지나서 길을 건너면 바로 거기에 손필드의 문이 있었다. 산울타리에는 장미가 흘러넘칠 듯 피어 있었지만 서둘러야 했기 때문에 꽃을 꺾을 시간이 없었다. 길 위에 무성하게 핀 들장미 옆을 지나자 돌이 놓인 좁은 돌층계가 나타났다. 그리고 로체스터 씨가 바로 거기에 앉아서 책을 펴놓고 연필로 무엇인가를 쓰고 있는 것이 보였다.

그는 유령이 아니었다. 순간적으로 나의 모든 신경이 일시에 풀리는 것 같아 한참 동안이나 자신을 억제할 수가 없었다. 도대체 어떻게 된 것일까? 그를 만났을 때 이렇게 몸이 떨리리라고는 생각 못했었다. 몸을 움직일 수만 있다면 되돌아가고 싶었다. 나는 완전히 바보가 되고 싶지 않았다. 집으로 들어가는 다른 길도 알고 있었으나, 그 길이 스무 개가 된들 지금 이 순간에 무슨 소용이 있겠는가! 그가 나를 보았던 것이다.

"오오! 결국 돌아왔군! 괜찮다면 이리 좀 와요." 그는 책과 연필을 치우면서 외쳤다.

물론 가야겠지만 어떻게 가는 것이 좋을지 알 수 없었다. 나는 스스로의 동작을 전혀 의식하지 못하고 다만 침착하게 보이려고만 노력했다. 특히 얼굴 근육의 움직임을 억제하려고 했으나 무례하게도 내 뜻을 거역하고 오히려 감추려는 것을 밖으로 드러내고 말았다.

"당신이 정말 밀코트에서 여기까지 걸어온 제인 에어인가? 맞지 않소? 큰길을 달려오는 게 아니라, 마치 꿈이나 그림자처럼 해질 무렵 자기 집 근처로 잠입한 거야. 그런데 지난 한 달 동안 어떻게 지낸 거요?"

"돌아가신 숙모 댁에 있었어요."

"당신다운 대답이군! 수호신이여, 나를 지켜주소서! 이 사람은 저세상인 죽은 사람의 나라에서 돌아와, 황혼에 나와 단둘이 만나 말을 하는 거야! 내게 용기가 있다면 이 요정이 실체인지 그림자인지 알아보기 위해 만져보겠는데! 아니, 차라리 늪 속의 푸른 도깨비불을 잡으려고 하는 편이 낫겠군! 게으름뱅이!" 그는 잠깐 쉬었다가 다시 말을 이었다.

"한 달이나 나가서 나를 까맣게 잊고 있었겠지? 틀림없이!"

그와 다시 만나는 것은 기쁜 일임에 틀림없었다. 하지만 그는 오래지 않아 내 곁에 있지 않을 것이라는 두려움과 나를 대수롭게 생각하지 않는다는 자각이 들자 그 기쁨은 곧 산산이 흩어졌다. 그렇긴 해도 로체스터 씨는 항상 — 적어도 나에게는 그렇게 생각되었다. — 행복감을 주는 풍부한 힘을 가지고 있었다. 때문에 나같이 갈 곳 없는 작은 새의 경우에는 그가 던져주는 빵부스러기를 맛보는 것만으로도 고마운 대접이 아닐 수 없었다. 그리고 그가 한 마지막 말은, 내가 그를 잊고 있는지 아닌지가 그에게는 중대한 의미를 갖고 있다는 마음을 비추는 향기로운 것이었다. 또 그는 손필드를 '나의 집'이라고 말했던 것이다! 정말 나의 집이라면 얼마나 좋겠는가!

그는 좀체 계단에서 일어서려고 하지 않았고, 나 또한 들어가게 해달라고 부탁하고 싶지 않았다. 나는 그에게 런던에 다녀오지 않았느냐고 물었다.

"아, 갔었어. 천리안을 가지고 있는 모양이지?"

"페어팩스 부인이 편지로 전해주셨어요."

"내가 왜 갔었는지도 말했소?"

"그럼요! 그 용건은 세상 사람이 다 아는걸요."

"마차를 구경해요, 제인. 그리고 그것이 로체스터 부인한테 어울릴는지, 자주색 쿠션에 기대고 앉으면 보이디시어 여왕처럼 보일지 평가해 줘요. 내 외모도 그녀와 어울릴 정도로 좀 훌륭했으면 좋았을 텐데……. 제인, 말해 봐요. 당신은 요정이니까 혹시 나를 미남으로 만드는 마법이라든가 영약 같은 것을 가르쳐줄 수 없겠소?"

"그건 마법으로도 불가능한 일이에요." 나는 그렇게 대답하고, 덧붙여서 마음속으로 생각했다. '애정이 넘치는 눈이 필요한 마법이지요. 이런 점에서 볼 때 당신은 충분히 미남이에요. 오히려 당신의 엄숙한 표정에는 아름다움 이상의 매력이 있어요.'

로체스터 씨는 때때로 내가 말하지 않은 나의 마음속을 이해할 수 없을 정도로 예리하게 알아차릴 때가 있었다. 지금의 경우만 해도 내가 아무 생각 없이 한 말에 대해서는 별로 관심을 보이지 않았지만, 극히 드물게 볼 수 있는 그만의 독특한 미소를 지으면서 나를 쳐다보았다. 그 미소는 보통 목적에 사용하기에는 너무나 소중한 것으로, 진실로 햇살과도 같은 감정의 표현이었다. 그가 지금 그것을 나에게 던져주고 있는 것이다.

"가요, 제인." 그는 돌층계를 지나갈 수 있도록 내게 자리를 비켜주면서 말했다.

"어서 들어가서 친구 집에서 지친 다리를 쉬도록 해요."

나는 아무 말 없이 그대로 할 수밖에 없었다. 돌층계를 넘어 조용히 그의 곁을 떠나려 했는데, 그때 하나의 충동이 나를 붙잡고 놓질 않았다. 하나의 힘이 나로 하여금 그를 돌아다보게 했으며, 또 입을 열게 했다. 내 속에 있는 그 무엇이, 본심과는 상관없이 나를 대신해서 말했다.

"당신의 친절에 대해 감사드려요, 로체스터 씨. 당신께 다시 돌아오니 이상할 정도로 기쁘군요. 당신이 어디 계시든 그곳이 나의 집이에요……. 나의 단 하나의 집이에요."

그러고 나서 내가 잽싸게 걸어 들어갔기 때문에 그로선 뒤쫓으려고 했어도 따라와 잡지 못했을 것이다. 아델은 나를 보자 거의 미칠 듯이 반가워했고,

페어팩스 부인은 보통 때와 다름없이 담담한 미소로 맞아주었다. 리어도 미소를 지었고, 심지어 소피까지도 다정하게 인사를 했다. 난 정말 기뻤다. 동료들한테 사랑을 받고, 내가 함께 있음을 그들이 기뻐한다고 느끼는 것처럼 행복한 것은 없다.

그날 밤 나는 미래에 관한 것에 대해서는 일체 눈을 감아 버렸고, 멀지 않은 이별과 장차 닥쳐올 슬픔의 경고에 대해선 귀를 막았다. 차를 마시고 나서 페어팩스 부인이 뜨개질감을 잡았을 때 나는 그 옆의 낮은 의자에 앉아 있었는데, 아델은 양탄자에 무릎을 꿇은 채 내게 바짝 기대고 있었다. 이처럼 서로의 애정이 황금빛 평화의 고리에 의해 이어져 있다는 생각이 들자, 나는 우리들이 각기 헤어지는 일이 없도록 해달라고 말없는 기도를 드렸다.

우리가 이렇게 앉아 있을 때 로체스터 씨가 아무 예고도 없이 불쑥 들어와서 가만히 바라보았다. 그가 우리의 다정한 광경을 보고 만족스러워하며 "노부인은 양딸이 돌아왔으니 이제 불만이 없을 것이고, 아델도 영국 아주머니가 예뻐서 깨물고 싶은 지경이군."이라고 말했을 때, 나는 그가 결혼을 한 후에도 우리들을 이대로 두고 보호해 주고 그가 있는 곳에서 추방하지 말아주었으면 하는, 내 처지로선 대담한 기원을 했다.

손필드로 돌아오고 나서 불안한 침묵이 보름이나 계속되었다. 막상 결혼에 대한 이야기는 한마디도 없었고, 뿐만 아니라 식을 준비하는 것 같지도 않았다. 나는 거의 매일 페어팩스 부인한테 결정된 사항을 들은 것이 없느냐고 물었는데, 그녀의 한결 같은 대답은 못 들었다는 것이었다. 한 번은 그녀가 실제로 로체스터 씨한테 언제 신부를 데려올 거냐고 물었지만, 그가 진지한 대답은 하지 않고 예의 독특하고도 이상한 표정을 지었기 때문에 그의 속셈을 알 수 없다고 했다.

그런데 한 가지 놀랄 만한 사실은, 가고 오는 여행길에 그가 잉그램 장원을 한 번도 방문하지 않았다는 것이다. 물론 그곳은 주 경계 지방에 있어서 20마일이나 떨어져 있긴 하지만 열렬히 사랑하는 사이라면 그것이 무슨 문제가 되겠는가? 로체스터 씨처럼 숙달되고 지칠 줄 모르는 기사라면 아침 식사 전에도 말을 달려갈 수 있는 거리였다. 나는 은근히 타무니없는 희망을 품기 시작했다. 즉 약혼은 파기되고 소문은 근거가 없었으며, 둘 중 하나가 혹은 두 사람 다 마음이 변한 게 아닌가 하는 것이었다.

　나는 슬프거나 험상스러운 기색이 나타나 있지는 않은가 하고 그의 얼굴을 살펴보았다. 그러나 예상과는 반대로 이처럼 밝고 유쾌한 표정을 전에는 본 적이 없을 정도였다. 그리고 나와 아델이 함께 있을 때, 어쩌다 내가 기운을 잃고 우울해하면 그는 각별히 신경 쓰는 듯 명랑하게 대했다. 일찍이 이렇게 나를 자주 찾아준 적도 없었고 친절히 대해준 적도 없었다.

　아아! 또 이렇게 내가 그를 사랑해 본 적도 없었다.

23장
뜻밖의 고백

화사한 여름 햇살이 전 영국에 내리쬐었다. 맑은 하늘과 빛나는 태양이 이토록 오랫동안 머물다니! 그중 하나만이라도 바다에 둘러싸인 이 나라를 찾아준다는 것은 극히 드문 일이었다. 마치 이탈리아의 맑은 날이 멋진 후조처럼 남쪽에서 날아와 앨비언(영국의 옛 이름.) 언덕 위에서 쉬는 것 같았다. 이제는 건초도 전부 거둬들였고, 손필드 주변의 들은 푸르게 빛나고 있었다. 길은 하얗게 타오르고 나무들은 검푸르게 무성했다. 녹음이 우거진 산울타리와 숲은 그 사이에 있는 풀 깎은 목장에 비치는 햇살과 좋은 대조를 이루었다.

세례자 요한 축제 전날 밤, 아델은 헤이로 가는 도중 한나절 동안 딸기를 따느라 지쳤는지 해가 지자 곧 잠자리에 들었다. 아이가 완전히 잠들 때까지 지켜보고 있다가 나는 아델의 곁을 떠나서 정원으로 나갔다.

이 시간은 스물네 시간 중 가장 기분 좋은 때이다. 대낮의 열기는 사라지고, 더위에 헐떡거리는 들판과 햇볕에 그은 산마루 위에 이슬이 서늘하게 내려 있었다. 태양이 진 곳에는 구름 한 점 없이 짙은 자줏빛이 번져 있었다. 한 언덕 꼭대기에서는 붉은 보석과 난롯불이 한데 엉켜서 타올라, 불길이 높고 넓게 그리고 지극히 부드럽게 중천에까지 떠올라 솟아 있었다. 동쪽 하늘에는 아름답고 검푸른 매력이며 겸허한 보석인 별이 하나 솟아 있었다. 멀지 않아서 달이 그 빛을 자랑하겠지만 아직은 지평선 밑에 있었다.

나는 무심코 포장된 길을 걸었다. 그런데 어디선가 은근하고 내가 잘 아는 냄새 — 담배 냄새 — 가 풍겨왔다. 주위를 둘러보니 서재의 창문이 한 뼘쯤 열려 있었다. 거기서는 내가 있는 곳이 보일 것으로 생각되어, 나는 과수원 쪽으로 걸어갔다. 숲이 우거지고 꽃이 만발해 있는 과수원 안에는 에덴동산처럼 숨기에 적당한 구석이 있었다. 한쪽은 높은 담이 있어서 가운 데뜰과 격리되었고, 반대편은 줄지어 있는 너도밤나무가 잔디밭을 가로막고 있었다. 과수원 안쪽의 낮은 산울타리는 쓸쓸한 들판과 경계를 이루었고, 양쪽에 월계수가 무성한 굽은 산책길이 있었다. 그 길은 밑동에 의자를 둘러놓은 칠엽수를 지나 울타리 쪽으로 통해 있었다. 그곳은 남의 눈에 띄지 않고 산책을 즐기기에 아주 적당했다. 나는 지금 막 솟아오른 달빛에 비친 광경에 매혹되어 과수원 위쪽의 꽃나무와 과수 사이를 헤매다가 문득 발길을 멈추었다. 다시금 향기의 경고를 받았기 때문이었다.

찔레꽃과 개사철쑥, 재스민, 패랭이꽃, 장미 등이 마음껏 저녁 향기를 내뿜고 있는 사이로 관목 냄새도 아니고 화초에서 나는 것도 아닌 새로운 향기가 섞여들었다. 그것은 — 내가 잘 알고 있는 — 로체스터 씨의 여송연 냄새였다. 나는 주위를 두리번거리며 귀를 기울였다. 익은 과일이 매달린 나무들이 보였고, 1킬로미터쯤 떨어진 숲속에서 나이팅게일이 우는 소리가 들렸을 뿐 인적은 느낄 수 없었다. 그런데도 향기는 가까이에 다가와 있었다. 나는 도망쳐야만 했다. 숲으로 통하는 작은 문 쪽으로 갔을 때, 로체스터 씨가 들어서는 것이 보였다. 나는 옆으로 피해서 넝쿨이 우거진 곳에 숨으며 그가 이곳에 오래 머물지는 않을 것이라고 생각했다.

하지만 그렇지가 않았다. 황혼은 나에게 뿐만 아니라 그에게도 즐거운 것인 듯했다. 그는 구즈베리 가지를 들어서 거기에 달린 자두만한 열매를 들여다보기도 하고, 담 근처에서 익은 버찌를 따기도 했다. 냄새를 맡으려는 지 아니면 꽃잎에 내린 이슬을 감상하는 것인지, 꽃송이에 허리를 굽히기도 하며 천천히 걸었다. 커다란 나방 한 마리가 내 곁을 날아 로체스터 씨의 발밑에 있는 풀 위에 앉았다. 그는 허리를 굽혀서 그것을 살펴보았다.

'지금 이쪽으로 등을 향하고 나방에게 정신이 팔려 있을 때 살짝 빠져나가면 들키지 않을 거야.' 나는 그렇게 생각하고 잔디가 있는 길 가장자리를 걸었다. 자갈길을 걷다가는 발소리가 들릴까 싶어서였다.

그는 내가 지나가야 할 지점에서 1, 2미터 떨어진 화단 사이에서 여전히 나방에 정신이 팔려 있는 것 같았다. 내가 걸음을 재촉해서 아직 높이 뜨지 않은 달빛이 정원에 그의 그림자를 길게 드리운 곳을 지나려고 할 때, 그가 돌아다보지도 않고 조용히 말했다.

"제인, 여기 와서 이걸 좀 봐요."

나는 순간적으로 너무도 깜짝 놀랐으나 그의 곁으로 다가갔다.

"이 날개를 좀 봐요. 이것을 보니 서인도의 곤충이 생각나는군. 영국에는 이렇게 크고 색깔이 화사한 밤의 방랑자는 드물거든. 저런! 날아가 버렸네." 그가 말했다.

나방은 이리저리 날더니 결국 사라져 버렸다. 나도 천천히 그곳을 떠나려고 했으나 로체스터 씨가 내 뒤를 따랐다. 작은 문이 있는 곳에 이르자 그가 말했다.

"돌아서요. 이런 아름다운 저녁에 그냥 들어앉아 있다는 것은 부끄러운 일이야. 지는 해와 뜨는 달이 이렇게 마주치는 때에 무심히 잘 수야 없지 않소."

나의 결점 중 하나는, 때로는 즉석에서 곧잘 응답을 하다가도 무슨 핑계라도 대려고 하면 입이 얼어 버리곤 하는 것이었다. 꼼짝 못할 궁지에 몰렸을 때 빠져나가려면, 묘한 문구라든가 그럴듯한 핑계가 절대적으로 필요한데 말이다. 이런 시각에 그늘진 과수원을 로체스터 씨와 단둘이서 걷는 것이 불편했는데, 뿌리치고 가야 할 이유가 머리에 떠오르지 않았다. 나는 이 자리를 빠져나갈 궁리를 하면서 느린 걸음으로 그의 뒤를 따랐는데, 그가 너무도 침착하고 진지했기 때문에 이쪽에서 당황한다는 것이 오히려 부끄럽게 생각되었다. 사심이 있다면 — 당장에 있든가 앞으로 있든 간에 — 그것은 나에게 국한된 것같이 여겨졌다.

"제인!"

둘이 월계수가 있는 산책길로 접어들어 낮은 울타리와 칠엽수 쪽으로 천천히 발길을 옮길 때 로체스터 씨가 입을 열었다.

"여름철의 손필드는 기분 좋은 곳이지?"

"네, 그래요."

"틀림없이 당신은 이 집에 대해 어느 정도 애착을 갖고 있을 거야. 당신은 자연의 아름다움을 볼 수 있는 안목도 있고, 다분히 애착심도 있으니까."

"정말로 애착을 느끼고 있어요."

"그리고 왜 그런지는 몰라도 바보 같은 아델에게도 애착을 느끼고 있는 것 같고, 그리고 또 단순한 페어팩스 부인한테도 그래."

"네, 방법은 달라도 두 사람한테 모두 애정을 느끼고 있어요."

"두 사람과 헤어지는 것은 슬픈 일이겠군?"

"당연하지요."

"안 됐는데!" 그는 이렇게 말하고 한숨을 짓더니 계속했다.

"인생은 항상 그렇기 마련이야. 마음에 드는 휴식처라고 생각하고 있는데, 곧 휴식시간이 끝났다고 나가라는 소리가 들려오기 일쑤니까."

"내가 떠나야만 하나요? 손필드를 떠나야 하나요?" 내가 물었다.

"그래야 하겠지, 제인. 미안해, 제인! 정말 그렇게 해줘야겠소."

그것은 크나큰 타격이었으나 달리 어쩔 수가 없었다.

"진군 명령이 떨어지면 곧 행동하도록 준비하겠어요."

"그 명령은 지금이야……. 바로 지금, 오늘 밤 그 명령을 내려야겠소."

"정말로 결혼하는 건가요?"

"그래. 언제나 영리했듯이 바로 맞혔군."

"곧 하나요?"

"곧 하겠소. 나의…… 에어 양. 당신은 기억하고 있겠지? 내가 노총각의 목에 신성한 올가미를 매고 거룩한 결혼 상태로 들어가고 싶다고 말했던 것을. 잉그램 양을 내 가슴에 안을 생각이라는 걸 말이오. 내가 말한 대로……. 잘 들어요, 제인! 나방을 찾으려고 다시 머리를 돌리지는 않겠지? 그것은 집으로 돌아가는 무당벌레였어. 내가 존경하는 신중한 태도로 — 책임감 있는 고용인의 입장에 알맞은 선견과 사려와 겸손으로 — 만약 내가 잉그램 양과 결혼할 경우에는 당신도 아델도 이 집에서 나가는 것이 좋겠다고 먼저 말한 것이 당신이었다는 사실을 기억해 주길 바라오. 그런 제안을 함으로써 내가 사랑하는 사람의 성격을 은연중에 비난한 데 대해서는 묵과하겠어. 그리고 정말 먼 데로 가면, 제인! 그때는 잊으려고 노력해야겠지. 그러나 거기에 내포돼 있는 지혜만은 마음에 새겨둘 작정이야. 어쨌든 아델은 학교에 보내야겠고, 그리고 당신은 새로운 일자리를 마련해야겠지."

"네, 곧 광고를 내겠어요. 그동안만은……." 내가 이어서 말하고 싶었던 것은 '새 일자리를 구할 때까지는 여기에 그대로 있을 수 있겠지요?'라는 것이었으나, 끝까지 말이 되어 나오질 않았다.

"한 달만 있으면 나는 신랑이 될 거야. 그동안은 나도 당신을 위해서 일자리와 거처할 곳을 찾아보기로 하겠소." 로체스터 씨가 말했다.

"고맙긴 하지만 폐를 끼쳐서……."

"아니, 미안해 할 것 없어! 당신처럼 고용인이 자기가 할 의무를 다했을 때는, 그리 힘들지 않은 원조라면 당연히 고용주에게 요청할 권리가 있다고 봐요. 사실은 앞으로 장모가 될 사람을 통해서 적당하다고 생각되는 곳이 있다는 말을 들었어. 아일랜드의 코노트에 있는 비터넛 가의 디오니시어스 오걸 부인의 다섯 딸 교육을 맡는 일이야. 당신이라면 아일랜드가 좋아질 거야. 거기 사람들은 다정하니까."

"멀리 떨어진 곳이군요."

"당신같이 영리한 아가씨라면 여행이 싫다든가 거리가 멀다고 불평하진 않을 테지."

"여행은 괜찮지만 너무 거리가 멀어요. 그리고 사이에 바다가 있고."

"어디와의 사이에, 제인?"

"잉글랜드와 손필드와 그리고……."

"그리고?"

"그리고 당신과의 사이에!"

나는 거의 무의식적으로 대답했는데, 말하고 나니 걷잡을 수 없이 눈물이 쏟아졌다. 그러나 옆에서 들릴 정도로 소리 내어 울지는 않았다. 오걸 부인이라든가 비터넛 가 따위를 생각만 해도 가슴이 싸늘해졌다. 나와 내 옆에 있는 남자와의 사이에 어쩔 수 없는 운명의 바다가 물결치고 있다는 것을 느끼게 되자 더욱 그랬다. 내가 필연적으로 사랑해야 할 사람과의 사이에 보다 넓은 바다 — 부와 계급과 관습 — 가 있다니⋯⋯.

"너무 멀리 떨어진 곳이에요." 나는 다시 말했다.

"그렇긴 하지. 당신이 아일랜드의 코노트 비터넛 가로 가게 되면 다시는 만나지 못하겠지? 그건 움직일 수 없는 사실이야. 나 자신은 아일랜드가 마음에 들지 않기 때문에 찾아가지는 않을 거야. 아무튼 우리는 좋은 친구였어, 제인! 그렇지?"

"그렇군요."

"친구라면 떠나기 전날 밤에는, 얼마 남지 않은 짧은 시간을 서로 떨어지지 않고 보내려고 하는 게 통례야. 이리 와요, 저 멀리 하늘에 별이 빛나기 시작했소. 반시간쯤 여행과 작별에 관한 것을 얘기하기로 해요. 여기 칠엽수 밑의 벤치에 평화롭게 앉아서⋯⋯. 앞으로 두 번 다시 이렇게 앉을 일은 없을 테지?" 그는 나를 앉히고 나서 옆에 앉았다.

"아일랜드는 먼 곳이야, 제인. 다정한 친구를 그런 곳으로 떠나보낸다는 것은 마음 아픈 일이지. 하지만 나로서는 그 이상 할 수 없으니 어떻게 돕지? 나한테 어쩐지 가족 같은 기분을 느낀 적은 없었소, 제인?"

이제 심장이 너무도 세차게 뛰어 가슴이 뻐근할 지경이었으므로 나는 아무 대답도 할 수가 없었다.

"왜냐하면⋯⋯." 그가 말했다.

"나는 가끔 당신에 대해 이상한 생각이 들거든. 특히 지금처럼 아주 가까이 있을 때는 마치 내 갈빗대 밑에 있는 현이 당신 몸의 같은 위치에 있는 현과 풀 수 없을 정도로 서로 얽혀 있는 것 같아. 그러나 우리들 사이에 파도치는 해협과 2백 마일의 드넓은 육지가 놓이게 되면 그것도 끊어져 버리겠지. 그렇게 될 경우, 나는 마음속으로 피를 토할 것 같은 조바심이 생길 거란 말이야. 하지만 당신은 나를 잊게 되겠지?"

"어떻게 그럴 수가 있겠어요! 아시다시피……." 나는 말을 이을 수가 없었다.

"제인, 숲속에서 나이팅게일이 우는 소리가 들리니 들어봐요!"

귀를 기울이고 있는 동안 나는 발작적으로 울음을 터뜨렸다. 지금까지는 겨우겨우 억제했지만 더는 참을 수가 없었다. 나는 괴로운 고민에 못 이겨 머리에서 발끝까지 전신을 떨었다. 겨우 진정했을 때 내 가슴속에서 외치는 말은, '내가 왜 태어났던가?', '손필드에는 왜 왔던가?' 따위의 말뿐이었다.

"이곳을 떠나는 것이 슬퍼서 그러는 거요?"

가슴속의 슬픔과 애정에 의해서 자극된 격정은 승리를 요구하고 완전한 지배력을 쟁취하려고 투쟁했다. 그리고 상대를 제압하고 정복하고 생존하고 일어서고, 마침내는 주인이 되는 권리와 발언할 권리를 주장했다.

"나는 손필드를 떠나는 게 슬퍼요. 이곳을 사랑해요. 여기서 충실하고 행복한 생활을 했기 때문이에요……. 적어도 한동안은 나는 여기서 짓밟히지도 않았고 위축되지도 않았어요. 비열한 정신과 함께 매장되지도 않았고 찬란하고 기운차고 고귀한 것들과 교제할 기회를 박탈당하지도 않았어요. 내가 존경하는 것, 그리고 내가 기쁨을 느끼는 것과 정면으로 얘기할 수가 있었어요. 독창적이면서 활기차고 너그러운 마음으로……. 그리고 당신을 알게 됐습니다. 로체스터 씨, 부득이 당신에게서 영원히 떠나야 한다고 생각하니, 공포와 고민에 사로잡히게 돼요. 이별이 필연적이라는 것은 알고 있지만, 이것은 마치 죽음의 필연을 지켜보는 것 같아요!"

"그런 필연이 어디 있다고 그러는 거요?" 그가 불쑥 물었다.

"어디라니오? 당신이 내 앞에 놓았지요."

"어떤 형태로?"

"잉그램 양……. 고귀하고 아름다운 여인……. 당신의 신부의 형태로서 말예요."

"나의 신부! 무슨 신부? 나는 신부가 없어!"

"그러나 가지게 돼요."

"그렇지, 가지게 돼!" 그는 마치 이를 악물듯 그렇게 뇌까렸다.

"그러니까 나는 가야만 해요. 당신도 그렇게 말했고요."

"아니야, 당신은 여기 있어야 해! 나는 맹세해. 그 맹세는 반드시 지켜질 거요."

"거듭 말하지만 나는 가야 해요! 나라는 존재가 아무것도 아닌 상태로 남아 있을 것 같아요? 나를 인형으로 생각하나요? 감정이 없는 기계처럼 먹던 빵을 빼앗기고 마시던 물을 빼앗기고도 참고 있으란 말입니까? 가난하고 신분이 미천하고 못생기고 몸이 작다고 해서, 나에겐 영혼도 감정도 없다고 생각하시나요? 잘못된 생각이에요! 나도 당신처럼 영혼과 감정을 지니고 있어요! 만약에 신이 나에게 어느 정도의 미모와 많은 재물을 부여했다면, 지금 내가 괴로운 심정으로 당신과 이별하는 것처럼 당신도 그만큼 괴로운 감정으로 작별하게 할 수 있었을 거예요. 나는 지금 관습이나 인습에 의거해서 당신과 얘기하고 있는 것이 아니에요. 육체를 통한 것도 아니고……. 당신의 정신에 호소하는 것은 오로지 나의 정신이에요. 마치 우리들이 무덤을 빠져나가 하느님 발아래에 평등하게 서 있을 때처럼……. 그리고 이렇게 우리가 서 있는 것처럼!" 나는 다소 과격한 어조로 대꾸했다.

"이렇게 우리가 서 있는 것처럼!" 로체스트 씨는 내 말을 되풀이했다. 그러더니 갑자기 나를 와락 껴안고 키스하며 덧붙였다.

"그래, 제인!"

"네, 그래요. 그러나 역시 그렇지 않아요. 당신은 결혼할 사람이에요. 자기보다 열등한 사람과 결혼한 거나 다름없는 사람이에요. 당신이 그녀를 정말로 사랑한다고는 믿지 않아요. 나는 당신이 그녀를 은연중에 경멸하는 것을 보고 들었어요. 그런 결혼을 나는 멸시해요. 그 점에서 나는 당신보다 낫다고 생각해요. 이젠 보내주세요!" 내가 말했다.

"어디로, 제인? 아일랜드로?"

"네, 아일랜드로 가겠어요! 마음속에 있는 말을 다 했으니까, 이제는 아무 데라도 갈 수 있어요."

"제인, 조용히 해요. 그렇게 어리석은 새처럼 몸부림쳐서 날개를 망치지 말아요."

"나는 새가 아니에요. 어떤 그물을 가지고도 나를 잡을 순 없어요. 나는 자유의사를 가진 독립된 인간이에요. 이제 나는 그 의지로 당신 곁을 떠나려는 거예요."

나는 다시 한 번 몸부림쳐서 그의 품을 벗어나 그 앞에 똑바로 섰다.

"당신의 그 의지가 당신의 운명을 결정지을 거요. 나는 당신에게 나의 손과 마음과 내 전 재산의 분할권을 제공할 거요." 그가 말했다.

"당신은 광대극을 벌이고 있고, 나는 거기에 대해서 다만 웃고 있을 따름이군요."

"일생 동안 당신이 내 곁에서 지내주기를 나는 간절히 바라오. 그래서 제2의 내가 되고, 지상에서 최고의 친구가 되어주길 원할 따름이오."

"그런 운명에 대해서 당신은 이미 선택한 것이 있으니, 그것을 고수하면 될 겁니다."

"제인, 잠깐만 좀 진정해요. 너무 흥분했소! 나도 진정할 테니까."

한 줄기 바람이 월계수 산책길을 따라 불어와서 칠엽수 가지 사이를 스치며 어딘지 모르는 곳으로 멀리 사라졌다. 지속적으로 들려오는 나이팅게일의 울음소리에 귀를 기울이고 있자니 다시 눈물이 났다. 로체스터 씨는 조용히 앉아서 다정하게 그리고 진지하게 나를 바라보고 있었다. 입을 열기까지는 오랜 시간이 걸렸다. 마침내 그가 입을 떼었다.

"내 곁으로 와요. 서로 얘기를 나누고 이해하도록 해요."

"당신 옆에는 이제 가지 않겠어요. 내 스스로 뿌리치고 나온 이상 돌아갈 수 없어요."

"그러나 제인, 나는 나의 아내로서 당신을 부르는 거요. 내가 결혼할 의사를 가진 사람은 오직 하나, 당신뿐이오!"

나는 아무 말도 하지 않았다. 나를 놀리는 것으로만 여겼던 것이다.

"제인, 어서 이리 와요. 내게로 가까이!"

"당신의 신부가 우리 사이에 서 있어요."

그러자 그는 일어나서 내게로 걸어왔다.

"내 신부는 바로 여기 있어. 나와 대등한 사람, 나를 꼭 닮은 사람은 여기 있어. 제인, 나와 결혼해 주겠소?" 다시 나를 끌어당기면서 그가 말했다.

나는 그때까지도 대답을 하지 않고 그에게서 빠져나오려 몸부림쳤다. 그의 말이 믿어지지 않았기 때문이었다.

"나를 의심하나, 제인?"

"그래요!"

"나를 믿을 수 없소?"

"그래요!"

"내가 거짓말쟁이로 보여? 나의 작은 회의주의자여! 어떻게 해서든지 납득시키고 말 거야. 당신도 잘 알다시피 잉그램 양한테 내가 무슨 애정을 갖고 있단 말인가? 전혀, 손톱만큼도 없어. 그럼 그녀가 나에게 애정을 갖고 있나? 아니, 조금도 없어. 내가 애써 증명한 대로였소. 내 재산이 소문난 액수의 3분의 1도 되지 않는다는 풍문을 퍼뜨려서 그녀의 귀에 들어가도록 했었지. 그러고 나서 그 결과를 보기 위해 방문해 봤더니, 그녀는 물론 그녀의 어머니도 비참한 생각이 들 정도로 냉대를 하더군. 나는 잉그램 양과 결혼할 생각도 없고 할 수도 없어. 오직 당신만……. 가끔 이 세상 사람으로 생각되지 않을 만큼 이상한 당신을 내 육신처럼 사랑하고 있어. 가난하고 신분도 미천하고 키가 작고 예쁘지도 않은 당신에게 진심으로 부탁하겠어. 제발 나를 남편으로 받아들여달라고." 그가 열을 올려가면서 말했다.

"어머나, 나를! 무슨 말씀이세요?" 그가 진지한 말투로 얘기하는, 그의 진의를 믿기 시작하면서 나는 소리쳤다.

"이 세상에서 당신밖엔 친구도 없고 — 그것도 당신이 나를 친구로 생각해 줄 경우이지만 — 당신이 준 돈 외에는 한 푼도 없는 나를요?"

"그래, 바로 당신이오, 제인! 나는 당신을 내 신부로 맞아야겠소. 완전히 내 사람으로. 그렇게 되어주겠소? 빨리 그렇게 한다고 대답해요."

"로체스터 씨, 얼굴을 보여주세요. 달빛을 향해서 얼굴을 돌려주세요."

"그건 또 왜?"

"당신의 표정을 읽고 싶어서예요, 얼굴을 돌려요!"

"자! 꾸겨지고 휘갈겨 쓴 페이지 정도로밖에 읽을 수 없을 거야. 하지만 빨리 읽어봐요, 참을 수 없으니까."

그의 얼굴은 흥분하여 홍조를 띠고 있었다. 표정이 강하게 움직이고 눈에는 이상한 광채가 번득였다.

"오오! 제인, 당신은 지금 나를 괴롭히고 있소! 꿰뚫는 듯한, 그러면서도 성실하고 관대한 눈초리가 나를 괴롭히고 있어!" 그가 외쳤다.

"어떻게 괴롭히겠어요? 만약에 당신이 지금 진실되고 당신의 구혼이 사실이라면, 당신을 대하는 나의 감정은 감사와 헌신의 심정뿐일 거예요. 이런 감정은 당신을 괴롭히지 않아요."

"감사라고!" 그가 외쳤다. 그러고 나서 미친 듯이 덧붙였다.

"제인, 정말 그렇다면 당장에 내 말을 받아들여줘. 에드워드……. 이렇게 내 이름을 부르고, '에드워드, 나는 당신과 결혼하겠어요.'라고 말해 봐."

"정말인가요? 진정으로 나를 사랑해요? 진심으로 내가 당신의 아내가 되어주길 바라나요?"

"진심으로 그렇소. 만약에 서약이 필요하다면, 맹세라도 하겠어."

"오, 그렇다면 당신과 결혼하겠어요!"

"에드워드라고 말해……. 나의 귀여운 아내여!"

"사랑하는 에드워드!"

"내 곁으로 와요. 아무 거리낌 없이 내 곁으로 와요." 그는 말하고 나서 자기 뺨을 내 뺨에 갖다 대고 가라앉은 목소리로 속삭였다.

"나를 행복하게 해줘요. 나는 당신을 행복하게 해줄 거요."

그리고 나서 그가 덧붙여 말했다.

"신이여, 용서하소서! 그리고 어느 누구도 나에 대해서 간섭 말기를……. 이 사람을 손에 넣은 이상, 놓칠 순 없어!"

"간섭할 사람이라곤 아무도 없어요. 내겐 방해할 친척도 없는걸요."

"그건 더할 나위 없이 좋은 일이군." 그가 말했다.

만약에 내가 그처럼 그를 사랑하고 있지 않았던들 환희에 넘치는 그의 말과 표정에서 난폭한 면을 발견했을 것이다. 그러나 그의 옆에 앉아 떠난다는 악몽에서 깨어나 순간 결혼의 천국으로 불려가게 되자, 난 가눌 수 없는 행복에 취해 있었을 따름이었다. 그는 몇 번이고 되풀이해서 행복한가를 물었고, 그때마다 나는 그렇다고 대답했다.

그가 중얼거렸다.

"이제 속죄하게 됐어. 속죄하게 된 거야. 내가 처음 이 사람을 만났을 때는, 이 사람에겐 친구도 없고 춥고 위안도 없었던 것이 아닌가? 앞으로 내가 이 사람을 지키고 돌봐주고 위안해 줄 것이 아닌가? 내 심장에는 사랑이 결여되고 내 결심에는 지속성이 없단 말인가? 신의 법정에서 죄는 사해질 것이다. 신은 내가 하는 일을 허락할 것으로 믿어. 이 세상의 판단 같은 것엔…… 구애되고 싶지 않아. 사람들의 입방아도 무시할 테야."

달이 아직 지지도 않았는데 우리는 완전히 어둠에 싸이게 되었다. 바로 옆에 있으면서도 서로의 얼굴을 분간할 수 없을 정도였다. 밤나무는 무엇이 그리 슬픈지 신음하고 있었으며, 월계수 산책길에선 바람이 일어 우리 쪽으로 휘몰아쳐 왔다.

"집으로 들어가야겠소. 어느새 날씨가 변했어. 새벽까지 있었으면 좋았을 텐데……." 그가 말했다.

'나도 당신과 함께라면…….' 하고 나는 생각했다. 생각뿐만 아니라 실제로 그렇게 말을 했는지도 모른다. 그 순간, 짙은 구름 사이에서 벼락 치는 소리가 들려왔다. 나는 부신 눈을 로체스터 씨의 어깨에 감출 생각뿐이었다.

느닷없이 비가 쏟아지기 시작했다. 우리가 현관에 들어섰을 때는 이미 전신이 흠씬 젖어 있었다.

그가 홀에서 내 숄을 벗기고 헝클어진 머리카락에서 물을 털어주고 있을 때 페어팩스 부인이 방에서 나왔다. 우리는 그녀가 있는 것도 모르고 있었다. 등잔불이 켜졌다. 시계는 막 열두 시를 알렸다.

"빨리 젖은 옷을 벗어요. 그리고 가기 전에…… 잘 자요, 나의 귀여운 사람!" 그가 말했다.

그는 계속해서 나에게 키스를 퍼부었다. 그의 품에서 빠져나와 마주치게 된 페어팩스 부인의 얼굴이 새파랗게 질려 있었다. 나는 그녀에게 미소를 지어 보이고는 그냥 2층으로 뛰어올라갔다. 변명은 다음 기회에 해야겠다고 마음먹었으나 막상 방에 와서 생각해 보니, 그녀가 지금 본 것을 일시나마 오해하지나 않을까 걱정되어서 마음이 괴로웠다.

그러나 곧 기쁨이 다른 모든 감정을 소멸시켰다. 바람이 제아무리 울부짖어도, 천둥이 가까운 곳에서 크게 울려도, 번갯불이 끊일 사이 없이 번쩍여도, 폭풍이 계속되는 두 시간 동안 비가 억수같이 쏟아져도, 나는 전혀 쓸쓸하거나 무섭지 않았다. 폭풍이 부는 동안 로체스터 씨는 세 번이나 내 방문 앞에 와서 내가 안전한가를 살펴보곤 했다.

다음 날 아침 내가 채 침대에서 일어나기도 전에, 아델이 달려와서 과수원 안쪽 구석에 있는 칠엽수가 어젯밤 벼락에 맞아 반쯤 쪼개졌다고 알려주었다.

24장
행복한 순간들

잠자리에서 일어나 옷을 입으며 어젯밤에 있었던 일을 생각하자 꿈이 아니었던가 느껴졌다. 다시 한 번 로체스터 씨를 만나서 사랑과 맹세의 말을 듣기 전에는 사실을 믿을 수가 없다는 생각이 들었다.

머리를 매만지며 거울 속 나 자신의 얼굴을 들여다보았는데, 이젠 못생겼다는 생각이 들지 않았다. 외모에는 희망이 비쳤고 얼굴에는 생기가 돌았으며 눈은 환희의 샘처럼 맑았다. 나는 서랍에서 검소하긴 하지만 깨끗한 여름옷을 꺼내 입었다. 이처럼 행복한 기분으로 옷을 입어본 적이 없었기 때문에, 이토록 잘 어울린다고 생각된 것 역시 처음이었다.

홀로 뛰어 내려갔을 때, 어젯밤 폭풍우에 뒤따른 눈부신 6월의 아침을 보고도 나는 놀라지 않았다. 열어놓은 유리문을 통해서 들어오는 공기를 느끼면서도 마찬가지였다. 내가 이렇게 즐거울 때는 자연도 틀림없이 즐거워하는 것 같았다. 거지 여인과 소년이 — 둘 다 얼굴이 창백하고 누더기 옷을 걸치고 있었다. — 복도를 걸어오고 있는 모습이 보이기에, 나는 달려가서 지갑 속에 들어 있던 돈을 전부 꺼내 — 3실링인가 4실링이다. — 주었다. 땅까마귀가 울부짖고 새들이 즐거운 노래를 불렀으나, 기쁨에 부푼 내 가슴만큼 즐겁고 음악적인 것은 다시없을 듯싶었다.

그때 페어팩스 부인이 슬픈 표정으로 창에서 얼굴을 내밀면서 엄숙한 어조로 "에어 양, 아침 식사예요."라고 말했기 때문에 나는 깜짝 놀랐다.

식사를 하는 동안 그녀는 아무 말도 없이 냉랭했으나, 진실을 말해 줄 수는 없었다. 나는 로체스터 씨가 해명할 때까지 기다릴 수밖에 없었고, 따라서 그녀도 기다려야만 했다. 먹을 만큼 먹고 나서 2층으로 올라가다가 공부방에서 나오는 아델과 마주쳤다.

"어디로 가지? 공부 시간인데."

"로체스터 씨가 유아실로 가라고 하세요."

"그분이 어디 계신데?"

"여기에요." 아이는 자기가 지금 막 나온 방을 가리켰다.

내가 들어서자 그가 일어났다.

"이리 와서 아침 인사를 해요." 그가 말했다. 나는 기꺼이 다가섰다. 내가 받은 것은 냉담한 언어나 악수가 아니라 포옹과 키스였다. 이렇게 진심으로 사랑받고 애무를 당하는 것이 오히려 한층 자연스럽게 생각되었다.

"제인, 당신은 피어나는 꽃처럼 온화하고 아름답군. 오늘 아침에는 더욱 아름다운데. 이것이 나의 창백한 작은 요정이었던가? 이것이 나의 겨자씨였던가? 보조개 팬 뺨과 장밋빛 입술과 비단결같이 부드러운 머리와 빛나는 갈색 눈을 가진 이 명랑한 아가씨가?" 그가 말했다.

독자여, 나의 눈은 푸른데 그의 잘못을 용서하기 바란다. 그에게는 내 눈이 새로 물들여진 것으로 보인 모양이다.

"네, 제인 에어예요."

"곧 제인 로체스터가 되는 거야." 그러고 나서 그가 덧붙였다.

"앞으로 4주일만 있으면 말이야! 제인, 그 이상은 단 하루라도 연기할 수 없어. 내 말 듣고 있는 거요?"

나는 듣고 있었으나 완전히 이해가 가지 않았다. 갑작스레 현기증이 났다. 그 통고가 나에게 전달한 감정은 기쁨을 동반했다기보다 그 이상으로 강한 무엇이 있었다. 마치 세차게 타격을 가하여 기절시키게 하는 듯한, 공포에 가까운 어떤 것이었다.

"붉던 얼굴이 창백해졌군, 제인. 왜 그러지?"

"나에게 새로운 이름…… 제인 로체스터를 주었기 때문이에요. 이상하게 생각돼요."

"그럴 거야, 로체스터 부인, 사랑스런 로체스터 부인……. 에드워드 페어팩스 로체스터의 소녀 같은 신부!" 그가 말했다.

"그럴 수는 없어요. 있을 법하지도 않아요. 이 세상에서는 누구나 완전한 행복을 누릴 수가 없어요. 나 역시 남들과 다른 운명을 타고 태어나지도 않았어요. 이런 일이 나한테 생기다니, 마치 동화 같은 이야기예요. 꿈만 같아요."

"그것을 나는 실현시킬 수 있고 실현시킬 작정이오. 바로 오늘부터 시작하는 거요. 오늘 아침에 나는 이미 런던의 은행에 편지를 띄워서 내가 보관시켜 놓은 보석…… 손필드의 여주인이 지녀야 할 귀금속들을 보내달라고 했어요. 앞으로 하루 이틀 사이에 당신 앞에 바칠 수 있을 거요. 내가 귀족의 딸과 결혼했을 때에 바쳐야 했을 모든 특권, 모든 존경을 모두 당신에게 바칠 생각이오."

"오오! 보석 걱정은 안 하셔도 돼요! 그런 얘기라면 듣고 싶지도 않아요. 제인 에어에게 보석은 어울리지 않고, 오히려 이상해요. 갖지 않는 것이 차라리 나을 거예요."

"아니, 나는 당신 목에 다이아몬드 목걸이를, 이마에는 보석 밴드를 둘러주고 싶소. 당신 얼굴에 잘 어울릴 거야. 자연은 그 이마에 고귀한 태생이라는 낙인을 찍었으니까 말이오, 제인. 그리고 이 아름다운 손목에는 팔찌를, 요정 같은 손가락에는 반지를 끼워줄 테야."

"안 돼요, 생각을 돌리세요. 화제를 바꿔서 다른 얘기를 해요. 마치 내가 미인인 것처럼 대하지 말아주세요. 나는 볼품없이 생긴 퀘이커교도 같은 가정교사예요!"

"내 눈에는 당신만이 미인이야. 내 마음에 꼭 드는 미인이야. 섬세하고 꿈과 같은."

"빈약하고 보잘것없다는 뜻이겠죠. 지금 당신은 꿈을 꾸고 있어요. 아니라면…… 나를 놀리는 거예요. 제발 비꼬진 말아주세요!"

"나는 세상 사람들에게 당신이 미인이라는 것을 알릴 작정이오."

그는 말을 계속했으나 나는 불안한 생각이 들었다. 왜냐하면 그가 속고 있든지, 아니면 나를 속이려 하는 것이라고 생각되었기 때문이었다.

"나의 제인에게 벨벳과 레이스로 된 옷을 입히고 머리에는 장미꽃을 달아 줄 테야. 내가 가장 소중하게 생각하는 머리 위에는 가장 고귀한 베일을 씌워주고."

"그렇게 하면 나를 몰라볼 거예요. 당신이 좋아하는 제인이 아니라 어릿광대 옷을 입은 원숭이라든지, 남의 날개를 빌린 여치에 지나지 않을 겁니다. 성장한 미인으로서의 자신의 모습을 보느니 차라리 무대 의상으로 분장한 로체스터 씨의 모습을 보는 편이 나을 거예요. 나는 당신을 사랑하고 있지만 당신을 미남이라고 하지는 않아요. 아첨하기에는 너무나 사랑하거든요. 그러니 칭찬하지 말아주세요."

그는 나의 항의에는 아랑곳없이 자기의 생각을 추진시켰다.

"오늘이라도 밀코트로 데리고 갈 테니 스스로 옷을 선택하도록 해야겠어. 아까 말한 대로 우리는 4주 내에 결혼하는 거야. 결혼식은 저기 떨어져 있는 교회에서 조용히 올리고 싶어. 식이 끝나면 곧 런던으로 가는 거야. 그곳에 얼마 동안 체류하다가 내 보석을 태양에 좀 더 가까운 곳인 프랑스의 포도원이라든가 이탈리아의 들판으로 옮겨갈 생각이야. 옛날 얘기에 나오는 유명한 곳과 현대 역사에 나오는 이름 있는 곳을 두루두루 보게 되겠지! 그리고 도시생활을 맛보게 해서, 다른 사람들과 정당하게 비교하여 자신의 가치를 인식시킬 작정이야."

"내가 여행을 한다고요? 더구나 당신과?"

"파리, 로마, 나폴리, 그리고 플로렌스, 베니스, 비엔나에 체류하게 될 거야. 내가 방랑했던 모든 곳을 당신도 걸어보게 할 작정이거든. 어디든 나의 발자국이 닿았던 곳에 요정 같은 당신의 발자국도 닿게 할 생각이야. 10년 전에 나는 혐오와 증오와 분노를 벗삼아 유럽 전역을 반미치광이가 되어서 돌아다녔지. 그렇지만 이제야말로 천사를 위안자로 벗 삼아서, 상처가 가신 깨끗한 몸으로 다시 그곳을 방문할 생각이야."

나는 그를 보고 웃었다.

"나는 천사가 아니에요. 또한 죽을 때까지 그렇게 되진 못할 거예요. 나는 그저 나일 뿐이에요. 로체스터 씨, 나한테 무언가 천상의 것을 기대해서는 안 돼요. 당신이 그런 것을 얻을 수 없다는 것은, 내가 당신한테서 그런 것을 얻을 수 없는 것과 마찬가지입니다. 나는 당신에게 그런 것을 기대하고 있지 않아요."

"그렇지만 나에 대해서 어떤 것을 예상하고 있지?"

"당분간은 지금의 당신 그대로일 거예요. 잠깐 동안. 그리곤 냉정해지고 변덕스러워지고 엄격해져서, 당신의 비위를 맞추기가 무척 어려워질 테지요. 그러나 내게 익숙해지면 다시 나를 좋아하게 되겠지요. 사랑하는 것이 아니라 좋아하는 거예요. 당신의 애정의 불꽃은 잘해야 여섯 달 정도 지속될 거예요. 남자들이 쓴 책에서 그 정도가 남편의 정열이 지속되는 기간이라는 것을 알았어요. 그러나 최소한 친구로서 또는 동반자로서 당신의 미움을 사고 싶지는 않아요."

"미움을 산다고? 다시 좋아지게 된다고! 나는 몇 번이고 당신을 다시 좋아할 거야. 나는 당신 입을 통해서 내가 당신을 좋아할 뿐만 아니라, 진실과 정열과 불변의 마음으로 당신을 사랑한다는 것을 말하게 할 거야."

"그러나 당신은 변덕스런 면이 있잖아요?"

"외양만 가지고 나를 유혹하려고 생각하는 여자들에 대해선 그렇지. 그 여자들에게 영혼도 정신도 없다는 것을 발견했을 때, 그들이 평범하고 보잘 것없고 바보스럽고 성미가 고약하다는 것을 내가 보게 되었을 때, 나는 당장에 악마처럼 변해요. 그러나 맑은 눈과 사람을 감동시키는 언어와 불같은 영혼과 꺾여 버릴망정 굽히지 않는 성격에 대해서는 — 유순하면서도 한결 같은 — 나는 언제나 부드럽고 성실했어."

"그런 성격의 소유자를 만났었나요? 그리고 사랑해 봤나요?"

"지금 사랑하고 있소."

"그렇지만 나 이전에는요? 그리고 내가 그 까다로운 기준에 어느 정도 합당한지요?"

"당신을 닮은 사람을 만난 적은 없었소. 제인, 당신은 내 마음에 들었고 나를 사로잡았어. 당신은 복종하는 것같이 보이는데, 나는 그 순종이 마음에 들었어. 보드라운 명주실 타래를 손가락에 감고 있노라면 팔에서 심장으로 감흥이 전달되는 것을 느낄 수가 있지. 나는 영향을 받고 있어. 정복당한 거야. 그 영향력이야말로 말할 수 없이 감미롭고, 내가 당하고 있는 정복은 내가 획득한 어떤 승리보다도 큰 마력을 지니고 있어. 왜 웃지, 제인? 그 이해할 수 없는 신비로운 표정은 무엇을 의미하지?"

"나는 이런 것을 생각하고 있었어요. — 이런 생각을 한 데 대해서 용서를 빌겠어요. 그러나 무심코 생각했어요. — 헤라클레스와 삼손과 그들을 유혹한 미녀들……."

"이 꼬마요정 같은!"

"조용히! 당신이 지금 하신 말씀은 현명하지 못해요. 그 두 사나이가 현명하게 행동하지 못한 것처럼. 그러나 만약에 그들이 결혼했더라면, 틀림없이 남편으로서의 위엄으로 구혼자로서 연약했던 점을 보완했을 겁니다. 당신도 그렇지 않을까 걱정돼요. 앞으로 일 년 뒤에 내가 무엇을 원했을 때 그것이 당신 생각에 거슬리든가 마음에 들지 않을 경우, 당신이 어떻게 대해 줄지 나는 그걸 모르겠어요."

"지금 당장에 부탁해 봐, 제인. 소원을 받아들일 작정이니까."

"정말 그렇다면 부탁하겠어요. 나의 소원은 항상 준비되어 있으니까요."

"말해 봐요! 그러나 그런 표정으로 나를 바라보면서 웃으면 원하는 것이 뭔지 알아보지도 않고 들어주겠다고 어리석게 약속하게 될 거야."

"그런 걱정은 할 필요가 없어요. 내 소원은 단 하나, 보석을 가지러 사람을 보내지 말아달라는 것뿐이에요. 그리고 장미 화관을 그만둬 주세요. 그런 것을 하려면 차라리 당신이 갖고 있는 손수건 가장자리에 금으로 레이스를 두르세요."

"차라리 '순금에다 도금'을 하는 것이 낫겠다는 말이로군. 알아듣겠소. 그렇다면 당신의 소원을 받아들이기로 하지…… 우선은 말이오. 은행에 부탁한 것은 취소하기로 하겠어. 그런데 당신은 아직 내게 아무것도 부탁하지 않았어. 선물을 취소했을 따름이야. 따로 소원을 말해 봐요."

"그렇다면 어떤 점에 집중되어 있는, 나의 호기심을 만족시켜 주세요."

그는 당황하는 눈치였다.

"뭔데? 그게 대체 뭐요? 호기심이라면 위험한 부탁인데…… 무슨 소원이든 들어주겠다고 약속하지 않은 것이 다행이군……" 그가 말했다.

"소원을 들어주신다고 해서 위험할 것은 없어요."

"말해 봐요, 제인. 당신은 아마 무슨 비밀을 탐지하고 싶은 모양인데, 그것보다는 차라리 내 영토의 반을 달라고 했으면 좋겠소."

"아하수에로스 왕이로군요! (〈구약〉 에스더서에서 아하수에로스 왕이 왕비 에스더에게 국토의 반을 주었다는 이야기.) 당신의 영토 반이 나에게 무슨 소용이 있겠어요? 토지에 투자해서 이익을 보려는 유태인 고리대금업자로 보이시나요? 난 다만 당신의 모든 것을 알고 싶어요. 나를 진정한 마음의 벗으로 생각한다면 비밀을 감출 필요가 있을까요?"

"들려줄 가치가 있는 것이라면 무엇이든 말하지. 그러나 필요 없는 부담은 질색이야! 독을 바라지는 말아요. 이브처럼 나에게 힘겨운 부탁은 하지 말아줘!"

"왜 안 되지요? 정복당하길 바라고, 그렇게 되는 것이 기쁘다고 하지 않았어요? 당신의 고백을 이용해서 지금이라도 곧 달래고 애원하는 것이 바람직하지 않겠어요? 필요한 경우에는 울기도 하고 화도 내고. 내 능력을 시험하기 위해서라도 말예요."

"그렇다면 해봐요, 결과는 뻔할 테니까."

"그래요? 당신이 손들고 말 거예요. 왜 당신은 그렇게 무서운 얼굴을 하지요! 그것이 결혼하고 나서의 당신 얼굴이 아닐까요?"

"만약 그렇다면 기독교인으로서 나는 물의 요정이거나 불의 요정인 당신과 교제를 끊을 거요. 그런데 묻고 싶은 게 뭔지 말해 봐요!"

"당신은 정중하지 못한데요. 나는 아첨하는 것보다 무뚝뚝한 것이 차라리 좋아요. 천사인 것보다 인간인 것이 좋고요. 내가 알고 싶은 것은, 왜 나에게 당신이 잉그램 양과 결혼한 거라는 거짓을 믿게 하려 한 건가요?"

"그것뿐이오? 됐소, 그 정도라면!" 그는 미간을 펴고 마치 위험을 피하게 되어 기쁘다는 듯이 웃으면서 내 머리를 쓰다듬었다.

"이젠 털어놓아도 좋을 거야. 당신이 조금 화를 낼진 몰라도……. 당신이 화가 나면 정말 불의 요정이 될 것이라고 생각하지만, 어젯밤 당신이 운명을 거역하고 자기의 신분이 나와 대등하다고 주장했을 때, 차가운 달빛 속에서 당신은 불처럼 타고 있었어. 제인, 나로 하여금 구혼하게 한 것은 당신이었소." 그가 말했다.

"물론 그랬어요. 그런데 요점을 말해 주세요. 잉그램 양은요?"

"그러지. 내가 잉그램 양한테 구혼하는 체한 것은, 내가 당신한테 열중한 것처럼 당신도 나한테 열중해 주었으면 하는 생각에서였어. 그 목적을 달성하기 위해서는 질투만이 최선의 동맹자로 여겨졌기 때문이야."

"어쩌면! 그런 연기를 한다는 것은 심히 수치스럽고 불명예스러워요. 잉그램 양의 감정은 전혀 생각하지 않다니!"

"그녀의 감정은 단 하나, 거만에 집중되어 있소. 그런 건 한번 꺾어놓을 필요가 있거든. 질투했었소, 제인?"

"그런 것은 상관하지 말아요, 로체스터 씨. 그리고 다시 한 번 진실한 대답을 해주세요. 잉그램 양이 당신의 거짓된 태도에 대해 고심하리라곤 생각하지 않았나요? 배반당했다고까지 생각하지 않을까요?"

"천만에! 앞에서도 말했지만 오히려 그녀가 나를 버린 거야. 나에게 재산이 없다는 것을 알자, 그 즉시 정열이 식었어. 아니 꺼졌지."

"당신은 기묘하게 모략적인 생각을 갖고 있군요. 로체스터 씨, 당신의 신조는 어떤 면에서는 기괴하다고도 할 수 있어요."

"내 신조는 세련되지 못했어. 그래, 다른 사람을 의식하지 않았기 때문에 좀 비뚤어졌을 거야."

"다시 한 번 진심으로 묻겠어요. 나 자신이 조금 전까지도 겪었던 고통을 다른 사람이 겪는다는 생각 없이, 내게 보장된 이 거대한 행복을 받아들여도 좋을까요?"

"당연하지, 나의 귀여운 아가씨! 나에게 당신만큼 순수한 애정을 보여준 사람은 이 세상에 없었어. 당신은 애정에 대한 믿음인 기분 좋은 향유를 내 영혼에 끼얹고 있어, 제인."

나는 어깨에 놓인 그의 손에 입술을 댔다. 나는 그를 극진히 사랑했다. 무슨 말을 해야 할지……. 말로는 형용할 수 없을 정도였다.

"더 물어봐요. 당신의 간청을 받고, 거기에 응하는 것도 나의 기쁨이야." 그가 말했다.

"페어팩스 부인에게 당신의 뜻을 전해주세요. 어젯밤 우리들이 홀에 있는 것을 보고 그녀는 충격을 받았어요. 내가 그녀를 만나기 전에 설명해 주세요. 그녀 같은 선량한 부인한테 오해받는 것은 괴로워요."

"방에 가서 모자를 쓰고 와요. 오늘은 같이 밀코트에 가야겠어. 제인, 그녀는 당신이 사랑 때문에 온 세상을 버리고도 후회하지 않으리라고 생각하고 있을까?" 그가 말했다.

"내가 자신의 신분도 그리고 당신의 신분도 잊고 있다고 생각하겠지요."

"신분! 신분! 당신의 신분은 내 마음속에 있는 거야. 지금이라도 또는 앞으로라도 당신을 모욕하는 사람이 있으면 목을 조를 거야. 자, 가요!"

나는 서둘러서 옷을 갈아입고 있다가, 로체스터 씨가 페어팩스 부인의 방에서 나오는 소리를 듣자 급히 아래층으로 내려갔다. 노부인은 일과인 성경을 읽던 중이었던 듯싶은데, 로체스터 씨의 통고 때문에 중단된 성경 읽기를 이미 잊은 것같이 보였다. 아무것도 장식되지 않은 맞은편 벽을 응시하는 그녀의 눈에는, 뜻하지 않은 소식을 듣고 조용한 마음이 흐트러지는 기색이 보였다. 나를 보자 그녀는 용기를 내어 억지로 미소를 지으면서 두세 마디 축하의 말을 해보려고 했으나, 미소가 이내 사라지고 말도 나오지 않는 것 같았다. 그녀는 책 위의 안경을 치우고 성경을 덮고 나더니 책상에서 의자를 뒤로 밀어냈다.

"깜짝 놀랐어요. 뭐라고 말해야 좋을는지 모르겠네요, 에어 선생. 설마 꿈은 아니겠지요? 혼자 앉아 있으면 가끔 몽롱해져서 있지도 않은 일을 생각할 때가 있어요. 몽롱한 가운데 15년 전에 죽은 남편이 들어와 옆에 앉아서, 그전에 하던 대로 '엘리스'라고 부르는 소리를 들은 것이 한두 번이 아니지요. 그런데 로체스터 씨가 당신한테 구혼한 것은 사실인가요? 나를 보고 웃지 말아요. 5분쯤 전에 주인이 들어와서, 앞으로 한 달 내에 당신이 그의 부인이 된다는 이야기를 한 것 같아서 그러는데……." 그녀가 말했다.

"내게도 그런 말을 했어요."라고 나는 대답했다.

"그런 말을 했다고요! 당신은 그를 믿어요? 그리고 승낙했나요?"

그녀가 멍하니 나를 쳐다보았다.

"생각지도 못했던 일이로군요. 그분은 자만심이 강해요. 로체스터 가문 전체가 그렇지요. 적어도 그의 아버지는 돈을 좋아했어요. 로체스터 씨는 신중한 분으로 알려져 왔고……. 정말 당신과 결혼할 생각인지?"

"그렇게 말했어요."

나의 전신을 훑어보는 그녀의 눈에서 내가 읽을 수 있었던 것은, 이 수수께끼를 풀 만한 강력한 매력을 나한테서 찾지 못했다는 사실이었다.

"나로선 알 수 없는 일이야! 그렇지만 당신이 그렇게 말하니 사실이겠지요. 장차 어떻게 될는지 나로선 알 수 없는 일이에요. 정말 모르겠군요. 이런 경우에는 지체와 재산이 서로 어울리는 것이 바람직한데……. 게다가 나이도 20년이나 차이가 있어요. 그분은 당신의 아버지뻘이나 돼요!" 그녀가 계속 말했다.

"그렇지 않아요, 페어팩스 부인! 조금도 아버지 같지 않아요. 둘이 같이 있는 것을 본다면 아무도 그런 생각을 하지 않을 거예요. 로체스터 씨는 스물다섯 정도로 젊게 보이고, 실제로 그렇게 젊어요." 나는 순간 짜증이 나서 소리쳤다.

"당신이 그분과 결혼하려는 것은 정말로 애정에서 우러난 생각인가요?" 하고 그녀가 물었다.

그녀의 냉담과 의심이 몹시 서운하게 느껴져, 내 눈에 눈물이 고였다.

"당신을 슬프게 해서 미안해요. 그러나 당신은 나이도 젊고 남자와의 교제도 없었으므로 조심해 주었으면 했어요. 속담에도 있지 않아요. '빛난다고 모두가 반드시 황금은 아니다.' 이런 경우에는 당신이나 내가 기대했던 것과는 다른 형태가 되지 않을까 걱정이 돼요." 부인이 계속 말했다.

"왜 그렇지요! 내가 무슨 괴물인가요? 로체스터 씨가 나의 마음에서 움트는 애정을 받아들일 수 없다는 건가요?"

"그런 건 아니에요. 당신은 조금도 나무랄 데가 없어요. 최근에 와서는 더욱 훌륭해졌어요. 로체스터 씨가 당신을 좋아한 것도 사실이에요. 당신이 그의 마음에 들 거라는 생각이 들어 항상 주의 깊게 봤어요. 하지만 그분이 각별히 당신을 좋아하는 것이 걱정되어, 당신을 위해서 조심하라고 말해 줄까 하는 생각이 들 때도 있었어요. 그러나 잘못될 가능성에 대해 말하는 것이 싫었지요. 그런 얘기라도 비추면 당신은 펄쩍 뛰면서 기분이 나빠할 거라고 생각했어요. 또한 당신은 매우 신중하고 분별력이 있어서 스스로를 잘 지킬 수 있으리라 믿어 왔으니까요. 어젯밤에는 집을 온통 찾아도 당신이 보이지 않고 주인도 없었는데, 열두 시가 되어서 함께 돌아오는 것을 보고 얼마나 마음이 아팠는지 몰라요."

"그렇다면 이제는 걱정하지 않아도 좋아요. 모든 일이 잘된 것이니, 이제 충분해요." 나는 참을 수 없는 기분으로 말했다.

"끝까지 모든 것이 잘되었으면 좋으련만⋯⋯. 그러나 내 말을 믿어줘요. 아무리 조심해도 지나친 조심이란 없어요. 로체스터 씨를 멀리하도록 노력해요. 그분뿐만 아니라 자신에 대해서도 마음을 놓지 말아요. 그런 신분에 있는 신사가 가정교사와 결혼하는 사례는 극히 드물답니다." 하고 그녀가 말했다.

나는 화가 났다. 그때 마침 아델이 뛰어 들어왔다.

"나도 데리고 가요! 나도 밀코트에 데리고 가요. 로체스터 씨는 안 된다고 해요. 새 마차에는 자리가 많은데도……. 나도 데리고 가게 부탁해 줘요, 선생님." 아델이 소리쳤다.

"부탁해 보자, 아델." 나는 아델과 함께 방에서 나왔다. 우울한 훈계자의 옆을 떠나는 것이 다행스러웠다. 마차는 이미 준비되어 빙 돌아서 정문 앞으로 오고 있었고, 로체스터 씨는 보도를 천천히 걸어왔다. 그 주위를 맴돌듯하며 파일럿이 따라오고 있었다.

"아델이 같이 가도 괜찮겠지요?"

"안 된다고 했어. 어린아이는 집에 있는 게 좋아! 당신만 가요."

"제발 데리고 가요, 로체스터 씨. 그렇게 하는 것이 좋겠어요."

"아니야, 오히려 방해가 돼."

표정도 목소리도 근엄했다. 문득 페어팩스 부인의 차가운 경고와 음침한 의혹이 되살아났다. 무엇인가 눈에 보이지 않는 막연한 것이 나의 희망을 가리고 있었다. 나는 더 이상 고집을 부리지 않고 기계적으로 그를 따르기로 했다. 나를 부축해서 마차에 태워줄 때 그가 내 얼굴을 들여다보았다.

"왜 그러지? 얼굴에 수심이 가득한데. 정말 아델을 데리고 가고 싶소? 집에 두고 가는 것이 마음 놓이지 않는가?" 그가 물었다.

"정말 데리고 갔으면 해요."

"그러면 빨리 가서 모자를 갖고 와, 번갯불처럼 빨리!" 아델을 향해서 그가 소리쳤다.

그녀는 될 수 있는 한 재빨리 명령에 복종했다.

"오늘 아침 한 번쯤 방해된다고 해서 별문제는 없을 테니까. 멀지 않아서 당신을 ― 당신의 사상과 언어를 그리고 당신 자체를 ― 완벽한 나의 것으로 만들어 한평생 요구할 것이니까." 그가 말했다.

아델은 그의 팔에 안겨서 마차에 오른 다음 감사의 뜻으로 나에게 키스를 했다. 로체스터 씨는 자기 옆쪽 구석에 아이를 앉혔다. 아델은 거기서 내가 앉은 쪽을 바라보았는데, 지금 같은 기분으로 그에게 말을 속삭이든가 무엇을 물어볼 용기가 생기지 않을 것 같았다.

"아델을 이쪽으로 오게 해요. 거기 있으면 당신에게 방해가 되겠어요. 이쪽에는 자리가 충분해요." 내가 부탁했다.

마치 강아지라도 안아 건네듯이 그가 아델을 넘겨주었다. "곧 학교로 보내야겠어." 하고 말하는 그의 얼굴에는 미소가 흐르고 있었다.

아델은 그 말을 듣고 '선생님과 헤어져서' 학교에 가느냐고 물었다.

"그래. 선생님과 헤어져서 말이다. 왜냐하면 나는 선생님과 함께 달나라에 갈 작정이거든. 거기 가서 화산 꼭대기에 있는 하얀 골짜기의 동굴을 찾아서, 선생님은 나하고 단둘이 사는 거야." 그가 대답했다.

"그럼 선생님은 먹을 것이 없어서 굶어죽을 거예요." 하고 아델이 말했다.

"내가 아침저녁으로 감로를 거두지. 달나라의 들과 산은 감로가 넘쳐서 하얗거든."

"선생님은 또 몸을 녹이고 싶을 거예요. 불은 어떻게 마련하지요?"

"달나라의 산에서는 저절로 불이 솟고 있어. 추워지면 선생님을 산꼭대기로 데리고 가서 분화구 옆에 눕게 하면 돼."

"오오! 무시무시하고 기분 나빠! 옷이 다 찢어질 거예요. 새 옷은 어떻게 마련하지요?"

로체스터 씨는 당황하는 빛을 보였다.

"흠, 너라면 어떻게 하겠니, 아델? 머리를 짜서 좋은 방법을 생각해 봐. 하얀색이나 분홍빛 구름을 옷 대신으로 하면 어떨까? 게다가 무지개를 잘라내면 아름다운 스카프가 될 거야."

"선생님은 지금 그대로가 훨씬 좋은데요. 그리고 달나라에 아저씨와 둘이만 있으면 싫증이 날 거예요. 내가 선생님이라면 아저씨와 함께 가지 않겠어요." 아델이 결론을 내리듯이 말했다.

"선생님은 가겠다고 했어. 굳게 약속한걸."

"그러나 선생님을 달나라에 데리고 갈 수는 없어요. 가는 길이 없잖아요. 모두 공기뿐이라, 아저씨도 선생님도 날아갈 수는 없잖아요?"

"아델! 저 들판을 봐라." 마차는 손필드의 문을 나와 밀코트로 가는 평탄한 길을 가볍게 달리고 있었다. 비로 인해 길가의 먼지는 가라앉고, 좌우의 낮은 산울타리와 높이 솟은 나무들이 파랗게 되살아난 것 같았다.

"아델! 저 들판을 2주일쯤 전의 어느 날 저녁때 혼자 걷고 있었어. 네가 과수원의 목초지에서 내가 건초 만드는 것을 도와주던 바로 그날 저녁이야. 건초를 긁어모으기에 지쳐서 돌계단에 걸터앉아 수첩과 연필을 꺼내가지고 지난날의 불행했던 일이라든가 앞날의 행복에 대한 소원 같은 것을 적고 있었어. 햇볕은 수첩에서 사라졌지만 분주히 연필을 놀리고 있을 때에 무엇인가가 언덕길을 걸어 내려와 나한테서 멀지 않은 곳에 서 있는 것을 느꼈어. 나는 그것을 바라보았지. 얇은 베일을 머리에 쓴 작은 그것에게 옆으로 오라고 손짓을 했더니 내 무릎 근처에 와서 섰어. 나는 그것에게 말을 건네지 않았고 그것도 나한테 말이 없었는데, 나는 그것의 눈을 읽었고 그것도 나의 눈을 읽었단다. 둘의 말없는 대화는 이런 것이었어. '나는 요정인데 요정의 나라에서 왔어요.'라고 그것이 말했어. 오게 된 목적은 나를 행복하게 만들기 위해서라는 거야. 요정과 함께 이 세상을 떠나 조용한 곳으로 — 예컨대 달나라 같은 곳 — 가야만 한다면서, 언덕 위에 떠오르고 있는 초승달 쪽으로 머리를 돌렸어. 그리고 우리가 살게 될 설화석고 동굴과 은빛 계곡에 관한 얘기를 해줬어. 가고 싶긴 하지만 아까 네가 말했던 것처럼 날개가 없어서 못 간다고 나는 말했지. 그러자 요정이 말했어. '그런 걱정할 것 없어요! 이 증표만 있으면 모두 곤란을 제거할 수 있어요.' 이렇게 말하면서 예쁜 금반지를 하나 꺼냈어. '그것을 당신 왼손 새끼손가락에 끼어보세요. 그러면 나는 당신 것이 되고, 당신은 나의 것이 돼요. 우리 함께 이 세상에서 날아가 저곳에 우리의 천국을 만들어요.' 그리고 요정은 다시 한 번 달을 향해서 머리를 끄덕했어. 아델, 그 반지는 금화로 변해서 지금 내 바지 주머니에 들어 있단다. 그렇지만 곧 다시 반지로 바꿀 작정이야."

"그렇게 되면 선생님은 어떻게 되지요? 요정 같은 건 나하고 상관없어요. 아저씨가 달나라에 데리고 가는 것은 선생님이라고 하지 않았어요?"

"선생님이 바로 요정이란다." 그는 수수께끼 같은 말을 중얼거렸다. 그래서 나는 아델에게 그런 놀림에 속지 말라고 타일러주었다. 그러나 아델은 순수한 프랑스 사람다운 회의 정신을 발휘해 로체스터 씨를 '정말 거짓말쟁이'라고 단정하고 그의 '요정 얘기'는 믿지 않겠다면서 요정 같은 것은 없고, 만일 있다 해도 그의 앞에 나타날 리가 없으며, 반지를 준다든가 달나라에서 함께 살자고 하지는 않았을 것이라고 단언했다.

밀코트에서 보낸 몇 시간은 나에겐 어느 정도 괴로운 시간이었다. 로체스터 씨는 억지로 나를 직물상점으로 끌고 가서, 옷감을 대여섯 벌 고르라고 명령했다. 나는 그렇게 하고 싶지 않아서 다음으로 미루자고 했지만 그는 안 된다며 당장 하라고 했다. 결국 내가 끈기 있게 속삭이며 애원한 결과 두 벌로 낙착되었으나, 이번엔 그것을 자신이 선택하겠다고 했다. 그의 눈길이 화려한 옷감들 사이를 방황하고 있을 때, 나는 조마조마한 마음으로 그를 지켜봐야 했다. 마침내 그의 시선이 멈춘 곳은 눈부신 자수정 색깔의 명주 옷감과 최고급 분홍색 비단 옷감이었다. 그런 걸 산다는 것은 마치 금관과 은 모자를 동시에 구입하는 격이어서, 나로서는 도저히 입을 수 없다고 다시금 속삭여서 애원했다. 그러나 그는 돌처럼 완고했기 때문에 검소한 검은 비단과 자주색이 곁들여진 회색 명주로 대치하도록 납득시키는 데 여간 애를 먹지 않았다.

"당분간은 그것으로 괜찮겠지. 그러나 이제 화단처럼 화려한 모습으로 만들 거야."라고 그가 말했다.

그런 다음에 보석상점에서 그를 끌어내고 나니, 마음이 좀 홀가분했다. 그가 많은 물건을 사줄수록 나는 어리둥절하고 모욕감을 느껴 뺨이 달아올랐다. 다시 마차에 오르자 나는 열이 나고 피곤해서 뒤에 기대고 있었다. 그때, 그동안에 일어난 명암이 교차되는 여러 가지 사건 때문에 완전히 잊고 있던 일이 생각났다. 나의 숙부 존 에어가 리드 부인한테 보냈던 편지, 즉 나를 양녀로 맞아 유산 상속인으로 하겠다는 그의 의도가 적힌 편지에 대한 생각이었다.

'그것이 이럴 때 도움이 될 텐데.' 나는 생각해 보았다. '조금이라도 좋으니 자활할 수 있는 수입이 있다면……. 로체스터 씨에 의해서 인형처럼 입혀주는 대로 옷을 입는다든가 제2의 다나에가 되어 매일같이 황금의 소나기를 맞고 앉아 있다는 것은 참을 수가 없어. 집에 가는 길로 마데이라에 편지를 내서, 존 숙부한테 내가 곧 결혼할 것이며 상대가 어떤 남자라는 것을 알려야겠다. 만약 나에게 언젠가 로체스터 씨의 재산을 불려줄 전망이 있다면, 지금 이렇게 도움을 받고 있는 것이 덜 괴로울 거야.'

이런 생각이 들자 — 그것을 나는 그날 어김없이 실행했다. — 어느 정도 부담감이 덜어져서 그의 눈을 다시금 쳐다볼 용기가 생겼다. 그의 눈은 내가 얼굴을 돌렸음에도 불구하고 내 시선을 끈질기게 찾고 있었다. 그는 미소를 지었다. 그것은 마치 기분 좋을 때 술탄(회교국의 군주.)이 황금과 보석으로 치장한 노예를 바라볼 때 던지는 것과도 같이 생각되었다. 계속해서 내 손을 더듬는 그의 손을, 나는 있는 힘을 다해 꽉 잡아서 물리쳤다.

"그런 얼굴 하지 말아요. 그런 표정을 짓는다면 나는 끝까지 로드에서 입고 온 옷들만 입겠어요. 결혼식 때도 지금 입고 있는 이 보라색 줄무늬 옷을 입을 거예요. 진주 빛 회색 명주로는 당신 잠옷을 만들고, 검은 비단으로는 조끼를 몇 개든 만드세요." 내가 말했다.

그는 어린애처럼 웃고 나서 손을 비볐다.

"당신을 바라보고 당신 말을 듣고 있으면 정말 재미있어! 독창적이라고나 할까, 신랄하다고 할까? 영양의 눈, 천사의 자태, 그밖에 터키 황제의 후궁들을 모두 다 준다 해도 이 어린 영국 아가씨 한 사람과 바꿀 순 없어!" 그가 외치듯이 말했다.

"나는 후궁을 대신할 생각이라곤 털끝만큼도 없어요! 그러니 나를 그처럼 생각하지는 말아주세요. 그런 것이 좋으시다면 지금이라도 당장 이스탄불 시장으로 가서, 여기서는 마음 놓고 쓸 수 없는 여분의 돈을 넉넉히 주고 노예를 사세요." 동양 얘기가 나오자 내 마음이 자극되었다.

"그러면 내가 인육의 톤수와 까만 눈의 종류를 흥정하고 있을 때, 당신은 뭘 하지?"

"노예로 팔린 사람들, 특히 당신의 후궁들에게 자유를 설득시킬 전도사로 나설 준비를 하겠어요. 그래서 반란을 일으킬 거예요. 당신은 결국 우리들 손에 결박된 것을 알아차리게 될 거예요. 그리고 나는, 전제군주가 일찍이 인정하지 않았을 정도로 관대한 헌장에 당신이 서명할 때까지는 절대로 석방을 인정하지 않겠어요."

"아주 기꺼이 당신의 자비에 맡기지, 제인."

"로체스터 씨, 그런 눈으로 애원한다면 자비를 베풀 수 없어요. 그런 얼굴을 하고 있는 한 억지로 헌장을 인정하셔도, 석방되어서 제일 먼저 할 일은 틀림없이 조건을 지키지 않는 걸 거예요."

"제인, 어떻게 해달라는 거야? 교회에서 올리는 결혼식 이외에 다른 사사로운 절차를 강요할 생각인가? 특별한 조건을 제시하는 것 같은데? 어떤 것인지 한 번 말해 봐요."

"나는 다만 편한 마음을 가지고 싶어요. 여러 가지 은혜로 부담을 지우지 말아주세요. 셀린 바렌스에 관해 하신 말 기억하세요? 당신이 준 다이아몬드라든가 캐시미어 옷 말예요. 나는 영국에 있는 당신의 셀린 바렌스가 되고 싶진 않아요. 언제까지나 아델의 가정교사로 행동하겠어요. 그것으로 의식주가 보장되고, 게다가 연봉 30파운드를 받거든요. 그 돈으로 옷을 장만할 수 있으니까, 당신이 내게 줄 것은 오직……."

"오직 뭐야?"

"당신의 호의예요. 그러므로 또 내가 당신께 호의를 베풀게 된다면, 빚은 없어지는 거예요."

"천성적으로 쌀쌀한 오만과 순수한 자존심에 관한 한, 당신을 당할 사람은 없을 거요." 그가 말했다. 마차는 손필드에 가까워지고 있었다.

"오늘은 나와 함께 식사를 할 수 없을까?" 문 앞까지 왔을 때 그가 물었다.

"미안하지만 안 되겠어요."

"왜 '미안하지만 안 되겠어요'지? 대체 이유가 뭐요?"

"지금까지 당신과 식사를 같이 한 적이 없었어요. 그러므로 지금도 역시 그럴 이유가 없다고 생각해요. 앞으로는…….."

"앞으로는 뭐야? 말을 중단하길 좋아하네."

"앞으론 해야 되겠지요."

"식사 상대하기를 두려워하다니, 내가 무슨 사람 잡아먹는 괴물이라도 되오?"

"그런 문제는 생각해 보지도 않았어요. 아무튼 앞으로 한 달 동안은 전과 같이 하겠어요."

"가정교사로 종사하는 노예 상태를 당장 그만둬요!"

"정말 죄송하지만 그렇게 할 수는 없어요. 당분간 그대로 계속하겠어요. 지금까지의 습관대로 하루 종일 당신 옆에 있는 건 삼가겠으니 나를 보고 싶으면 밤에 불러주세요. 그러면 가지요. 그러나 다른 때는 안 돼요."

"담배를 한 모금 피우든지, 코담배 냄새를 한 번 맡았으면 좋겠는데, 제인. 이럴 때 어색한 입장을 면하고 아델이 말하듯 '체면을 지키기 위해서' 말이야. 그러나 잘 들어요, 이 속삭임! 지금이 당신의 전성시대야. 이 작은 폭군이여! 멀지 않아서 내 시대가 돌아올 거야. 당신을 놓치지 않기 위해서 일단 손에 넣은 이상 이렇게 사슬에 묶어두는 거야. — 그러면서 그는 자기의 시곗줄을 만졌다. — 그렇지, '아름다운 내 사랑이여! 그대를 내 가슴에 두르리! 내 보석을 잃지 않기 위해!'" 마차에서 내릴 때 그가 나를 부축하면서 말했다.

다음에 아델을 안아서 내려주었는데, 그때 나는 안으로 들어가서 재빨리 2층으로 올라갔다.

밤이 되자 그는 어김없이 나를 불렀다. 난 그를 위해 시간 보낼 준비를 하고 있었다. 함께 앉아서 이야기하는 것으로 모든 시간을 보내고 싶지 않았기 때문이었다. 나는 그가 노래 부르기를 좋아하는 것도 알고 있었고, 그의 아름다운 목소리도 잊지 않았다. 나는 노래도 형편없었고, 그의 까다로운 판단에 의할 것 같으면 악기 다루는 솜씨도 보잘것없었지만 듣는 것만은 좋아했다. 낭만적인 황혼이 푸른 별 박힌 깃발을 창가에 드리우자, 나는 일어나서 피아노 뚜껑을 열며 제발 노래를 한 곡 들려달라고 청했다. 그는 나에게 변덕쟁이 마녀라고 하면서 다음에 부르겠다고 사양했으나, 난 지금이 다시없을 좋은 기회라고 강력히 주장했다.

"내 목소리를 좋아하오?" 그가 물었다.

"몹시요." 곧바로 반응을 보이는 그의 허영심을 조장하고 싶은 생각은 없었지만, 한 번쯤은 기쁘게 칭찬해 주어도 괜찮을 것 같았다.

"그러면 당신은 반주를 해요."

"좋아요, 해보겠어요."

나름대로 잘하려고 노력을 해봤지만, 나는 곧 앉았던 자리에서 쫓겨나고 '서툴다'는 낙인이 찍혔다. 이것이야말로 원하던 것이었다.

그가 자리에 앉아서 반주를 시작하자, 나는 창가의 의자에 가서 앉았다. 내가 조용한 숲과 희미한 잔디밭을 바라보고 있을 때, 부드러운 음성의 노랫소리가 아름답게 들려왔다.

불타는 가슴에 느끼는
진정한 사랑,
혈관에 여울져
생명의 조수를 이룬다.
찾아주는 것은 나날의 소망
이별은 괴로워!
오는 발길 늦어지면
나의 심장 얼어만 가고.
사랑하고 사랑받으며

나만이 아는 꿈을 꾸었노라.
그 행복 찾아서
눈먼 사람 되어 뒤따랐다.

그와 나 사이 넓은 들판
오솔길도 없어라.
대양의 푸른 물결
무섭게 파도쳐 오고.
황야의 숲속에
도둑이 다닌 길,
우리의 마음을 갈라놓은 것은
힘과 권력과 슬픔과 분노.
위험과 조소가 무슨 소용인가!
운명과도 싸우리라!
위협도 고통도 경고도
당당히 물리치리.

나의 고통 무지갯빛처럼 사라지고
나는 꿈처럼 달렸다.
소나기와 공명의 아들이
눈앞에 찬란히 나타났다.
어두운 고뇌의 구름 사이에 빛이 있어
부드럽고 엄숙한 기쁨을 비춘다.
아무리 무서운 재난 가까워도
이제 나는 두려울 것 없으리.
이 행복한 순간 거칠 것이 없어라.
온갖 것 다 뿌리쳤을망정

복수의 날개를 펼치고
사납고 날쌔게 달려들어도.
거만한 증오가 나를 눕히고
권력이 나를 방해할지라도,
분노의 난폭한 힘은
영원한 적을 물리쳐 버리리.

나의 사랑, 진실한 손을
나의 손에 얹고
부부의 신성한 맹세를 하네,
우리의 생을 결합시키기 위해.
나의 사랑 입을 맞추어 맹세하며
같이 살고 함께 죽기를,
이제 행복을 얻었노라.
사랑하고 사랑을 받는!

그는 일어나서 내게로 다가왔다. 상기된 얼굴에서 눈이 사냥매처럼 빛났으며, 얼굴 전체에 따스한 애정이 넘치고 있었다. 나는 잠깐 움츠러들었으나 곧 기운을 되찾았다. 나는 감미로운 애정 표현은 원하지 않았으나 지금은 그 위험에 빠져 있었다. 방어할 무기를 마련해야겠다는 생각에서 나는 혀를 가다듬고 그의 귀에 거슬리는 말을 했다.

"그는 누구와 결혼하는 거죠?"

"귀여운 당신이 그런 말을 묻는 것은 이상한데?"

"어째서요! 나는 극히 자연스럽고 필요한 질문이라고 생각하는데요? 그는 미래의 아내와 함께 죽는다고 했어요. 그런 이교도적인 생각은 무엇을 뜻하는 거죠? 나라면 함께 죽을 생각은 없어요. 이것은 알아주셔야 해요."

"오오, 그가 간절히 원하고 바라는 것은 함께 살겠다는 것뿐이야! 당신

같은 사람은 죽지 않으니까."

"틀림없이 죽어요. 때가 되면 결국 나도, 그리고 그 사람도 죽을 권리가 있어요. 그러나 그 순간이 올 때까지 기다려야 마땅해요. 서둘러서 남편을 따라 죽음을 맞이할 수는 없어요."

"제멋대로 그런 생각을 한 그를 용서해 줘요. 그를 용서해 줘요. 그를 용서한다는 뜻에서 내게 키스해 줄 수 없겠소?"

"안 돼요, 용서해 주세요."

난 '고집쟁이'라는 말에 덧붙여서 말하는 소리를 들었다.

"다른 여자라면 그처럼 처절한 연가를 들으면 골수까지 녹아 버렸을 거요."

나는 원래 성격이 고집스러우며, 앞으로도 종종 그런 현상을 발견하게 될 거라고 말해 주었다. 그리고 앞으로 4주 동안 내 성격에 난폭한 면도 보여주겠다고 다짐했다. 또한 취소할 시간적인 여유가 있을 때에, 어떤 계약을 했다는 것을 충분히 알아두는 것이 좋으리라고 경고했다.

"마음을 가라앉히고 좀 더 이성적인 얘기를 할 순 없을까?"

"좋으시다면 그렇게 하겠어요. 하지만 지금 내가 하고 있는 것이 이성적이라고 자부하는데요?"

그는 안타깝다는 듯 '흥!' 하고 콧소리도 내고 투덜거리기도 했다. '잘 됐어. 마음대로 불평하고 짜증을 내봐요. 당신과 같이 살아가려면 이것이 가장 좋은 방법일 거예요. 입으로 표현할 수 없을 정도로 당신을 좋아해요. 그러나 감상의 구렁텅이에 빠지고 싶진 않아요. 그래서 응답이라는 바늘로 당신을 그 심연에서 멀리하게 하고, 뿐만 아니라 그 예리한 바늘의 도움으로 우리의 사랑을 위해 당신과 나 사이의 거리를 유지하는 거예요.'라고 나는 생각했다.

내가 조금씩 그의 마음을 자극하자 그는 결국 상당히 화가 난 듯 방 한쪽으로 물러났다. 그래서 나는 자연스럽게 그리고 여느 때나 다름없이 정중한 태도로 "안녕히 주무세요." 하고 인사를 한 다음 옆문을 통해 방을 나왔다.

이렇게 시작한 방법은 약혼 기간 중 계속해서 성공을 거두었다. 물론 그는 다소 기분 나빠하면서 화도 냈지만 대체로 기쁘게 여기는 것 같았다.

다른 사람들 앞에서는 전처럼 공손하고 조용했을 뿐 그 외의 행동은 할 필요가 없었다. 내가 그를 거역하고 괴롭히는 것은 다만 밤의 대화 때뿐이었다. 시계가 일곱 시만 치면 그는 어김없이 사람을 보내왔다. 이제는 내가 그 앞에 나서도 '나의 사랑이여!', '귀여운 당신!' 따위의 달콤한 얘기는 입 밖에 내지 않았고, 나에게 주어지는 최상의 호칭은 '화를 돋우는 인형'이라든가 '얄미운 꼬마 요정', '꼬마 도깨비', 또는 '요정이 놓고 간 아이'라는 것들이었다. 그리고 또 애무 대신에 얼굴을 찌푸리고, 손을 쥐어주는 것이 아니라 팔을 꼬집고, 뺨에 키스를 하는 것이 아니라 귀를 비틀었다. 지금은 그것이 좋았다. 지나치게 다정히 대하는 것보다 이처럼 난폭한 것이 오히려 내 마음에 들었다.

페어팩스 부인도 나의 이런 태도를 인정하고 있다는 사실을 나는 알고 있었다. 나를 걱정하는 그녀의 불안은 이제 사라졌다. 그러는 동안에 로체스터 씨는 나 때문에 여위어 뼈와 가죽만 남았다면서, 지금 내가 하는 행동에 대해 얼마 지나지 않아 보복하겠다고 위협했다. 나는 그의 협박을 듣고 혼자 웃었다. '현재 나는 당신을 이성적으로 억제할 수 있어요.'라고 나는 생각했다. '그러므로 앞으로도 틀림없이 그렇게 할 수 있으리라고 믿어요. 한 가지 방법이 효과를 상실하면 다른 방법을 생각하면 되지요.'

생각은 그렇지만 실상 수월한 일은 아니었다. 그를 애태우기보다는 즐겁게 해주고 싶은 생각이 문득문득 고개를 들곤 했던 것이다. 미래의 남편은 내게 있어 전 세계, 아니 그 이상의 것이었다. 마치 천국의 희망과도 같은 것이었다. 그와 나 사이에는 종교적인 사념이 끼어 있었다. 그때 나는 신의 모습을 볼 수 없었고, 다만 신의 창조물인 한 인간에게 정신이 팔려 그를 나의 우상으로 생각했었다.

25장
둘로 찢긴 면사포

약혼의 달은 지나가고, 최후의 시간도 셀 수 있을 정도로 임박했다. 다가오는 결혼 날을 연기할 수는 없었다. 이미 준비는 다 되어 있었다. 적어도 나의 경우에는 더 할 것이 없었다. 내 여행 가방들은 자물쇠로 잠기고 끈에 묶인 채 나의 작은 방 벽에 나란히 놓여 있었다. 내일 이 시간이면 이것들은 멀리 런던으로 운반되고, 나도 그렇게 될 것이다. — 신의 뜻에 거역하는 것이 아니라면 — 아니, 그건 내가 아니라 나도 아직 알지 못하는 제인 로체스터이겠지. 넉 장의 네모진 꼬리표가 아직 내 서랍에 들어 있었는데, 로체스터 씨가 손수 한 장 한 장에다 '런던 호텔, 로체스처 부인'이라고 적은 것이다. 나는 그것을 내 손으로 붙일 수도 없었고 남한테 시킬 생각도 들지 않았다.

로체스터 부인! 그런 사람은 아직 이 세상에서 존재하지 않는다. 내일 아침 여덟 시가 지나고 나서야 태어나는 것이다. 그 사람이 이 세상에 태어난다는 확신이 설 때까지 기다려서, 그 이름을 주기로 하자. 화장대 맞은편에 있는 서랍 속에는 그 사람 것으로 되어 있는 옷이, 나의 로드 시대로부터의 검은 옷과 밀짚모자 대신에 들어 있는데, 그것으로 충분하다. 혼례식 의상인 진주색 예복이나 주인이 바뀐 옷걸이에 걸려 있는 안개같이 엷은 베일은, 아직은 내게 속한 물건이 아니었다. 나는 서랍을 닫아 그 속의, 마치 살아 있는 영혼 같은 옷을 보이지 않게 감추었다. 그것은 밤 아홉 시에 어두운 내 방에서 흡사 도깨비불 같은 희미한 빛을 발하고 있었다.

"나는 너를 그대로 내버려두겠다, 하얀 환영이여!" 나는 이렇게 혼자 말했다.

"나는 열이 난다. 바람 소리다 들려오는데, 밖에 나가 바람을 쐐야겠다."

열이 나는 것은 준비에 분주했기 때문이 아니고, 또 커다란 변화를 — 내일부터 시작되는 새로운 생활 — 의식해서만도 아니었다. 이 늦은 시각에 어두운 뜰로 걸음을 재촉한 것은 그 두 가지 사정이 겹쳐서 나의 기분을 초조하게 흥분시킨 탓도 있겠지만, 그보다도 내 마음에 영향을 끼친 이유는 따로 있었다. 나는 이상하게 불안한 생각이 들었다. 나로서 이해할 수 없는 일이 일어나고 있는 것 같았으며, 내가 아니고서는 아무도 느끼지도 못하고 보지도 못하는 것 같았다.

그 일이 일어난 것은 어젯밤이었다. 로체스터 씨가 외출해서 아직 돌아오지 않았을 때 — 그는 30마일 가량 떨어진 곳에, 두세 개의 농장이 있는 작은 영지에 볼일이 있어서 갔다. 그가 계획하고 있는 영국 출발에 앞서서 정리해야 할 일이 있었던 것이다. — 나는 그의 귀가를 기다리고 있었는데, 마음의 짐을 덜고 나를 괴롭히는 수수께끼의 해답을 듣고 싶은 생각이 간절했다.

'독자여! 그가 돌아올 때까지 기다려 주기 바랍니다. 그가 돌아와 내게 비밀을 털어놓을 때, 독자도 그 비밀을 듣게 될 테니까요.'

나는 바람을 피해서 과수원 쪽으로 갔다. 남쪽에서 바람이 하루 종일 심하게 불어왔으나 비는 한 방울도 오지 않았다. 저녁 무렵이 되자 바람이 한층 더 심해져, 한쪽으로 쏠린 나무들은 몸부림조차 치지 못했다. 구름이 남쪽 끝에서 북쪽 끝으로 줄달음질치며 하늘을 뒤덮어서, 7월의 그날에 푸른 하늘이라고는 전혀 볼 수 없었다.

허공의 우렛소리에 시름을 발산시키며 바람 속을 뛰어가면, 광폭한 쾌감을 느낄 수가 있었다. 월계수 산책길을 내려가던 나는 밤나무 잔해와 마주쳤다. 줄기 한가운데가 쪼개져서 보기에도 섬뜩한 나무가 검게 그은 채로 우뚝 서 있었다. 쪼개진 반 조각은 그대로 줄기에 붙어 있었는데, 밑동과 뿌리가 실해서 갈라지지 않았기 때문이다. 그러나 수액이 통하지 않아 양쪽 가지가 시들어 있었다. 아마도 금년 겨울 폭풍에는 그중 한쪽이나 양쪽이 다 쓰러질지도 모를 일이었다.

"너희들은 꼭 붙어 있길 잘했다." 괴물처럼 커다랗게 쪼개진 조각에, 생명이 있어 말을 알아듣기라도 하는 것처럼 나는 말했다.

"검게 상처는 입었을망정 충실하고 성실한 뿌리에 달라붙어 있기 때문에, 거기서 솟아오르는 삶의 감각이 너희들에게 아직 남아 있을 거야. 그러나 파란 잎새를 돋게 할 수는 없을 테지. 그리고 너희들의 가지에 새들이 집을 짓고 노래하는 소리도 듣지 못하고……. 너희들의 환희와 애정의 시간은 이제 끝났어. 그러나 완전히 버림받은 것은 아니야. 서로에게 노후를 동정해 줄 상대가 있으니까."

그것을 쳐다보고 있을 때 나무가 쪼개진 사이로 달이 한순간 얼굴을 내밀었다. 핏빛 같은 달의 표면이 구름에 반쯤 가려져 있었다. 그러다가 순간적으로 내게 쓸쓸한 시선을 던지고 나서, 다시 어두운 구름 뒤로 숨어 버렸다. 그때 손필드 일대에는 바람이 잠시 멎었으나, 저 멀리 숲과 개천 위에서는 윙윙대는 비탄의 소리가 들려왔다. 그것을 듣고 있자니 슬퍼져서 나는 다시 뛰기 시작했다.

나는 과수원 속을 여기저기 헤매며 풀 사이에 떨어진 사과를 주워 모아서, 익은 것을 골라 집으로 가지고 와서 저장실에 두었다. 그리고 서재로 가서 난롯불이 피워져 있는지 살펴보았다. 비록 여름이긴 하지만 이렇게 음산한 밤에 로체스터 씨가 돌아왔을 때 난로에 불이 피워져 있는 것을 보면 기뻐할 것을 알고 있었기 때문이다. 조금 전에 피워져서 잘 타고 있는 난롯가에 그의 안락의자를 가져다놓고, 그 옆에 바퀴 달린 테이블을 끌어다놓은 나는 커튼을 친 다음 양초를 가져오게 해서 언제든지 불을 켤 수 있도록 만반의 준비를 마쳤다. 그리고 나니 더욱 조바심이 생겨서, 가만히 앉아 있을 수도 집 안에 있을 수도 없었다. 방 안에 있는 작은 시계와 홀에 있는 큰 시계가 동시에 열 시를 쳤다.

"왜 이렇게 늦으실까? 정문까지 나가봐야지. 마침 달빛도 비치니 먼 데까지 보일 거야. 마중을 나가면 그만큼 초조한 시간을 단축시킬 수 있을 거야." 나는 중얼거렸다.

정문을 뒤덮은 높은 나뭇가지는 바람에 울고, 멀리까지 바라보이는 길은 좌우가 조용할 뿐 사람의 그림자라고는 비치지 않았다.

길을 바라보고 있는 동안 어느새 내 눈엔 어린아이처럼 눈물이 고였다. 기다림에 지친 눈물이었다. 달은 이제 자기 방으로 숨고 두꺼운 구름으로 커튼을 쳐 버려서, 주위가 이내 암흑으로 변하며 거센 바람을 타고 비가 몰아치기 시작했다.

"돌아오셔야 할 텐데! 어서 돌아오셔야 해!" 어떤 불길한 예감이 들어서 나는 이렇게 외쳤다. 네 시나 다섯 시까지는 그가 돌아올 줄 알았는데, 이렇게 늦어지고 있는 것이다. 무엇이 그를 붙들고 있을까? 혹시 사고라도? 어젯밤의 일이 다시 머리에 떠올랐다. 나는 그것이 재앙의 경고라고 해석되었다. 나의 희망은, 실현되기에는 너무 거대한 것이 아닌가 하는 생각도 들었다. 이 며칠 동안 행복을 너무나 많이 맛봤기 때문에, 나의 운명은 절정을 넘어 이제 내리막길에 접어든 것이 아닐까 하는 생각도 밀려왔다.

'그냥 집에 돌아갈 수는 없어.'라고 나는 생각했다. '그이가 이 비에 외출하셨는데, 나 혼자 난롯가에 앉아 있을 수는 없어. 마음을 괴롭히기보다는 차라리 팔다리를 피곤하게 하는 편이 나을 거야.'

나는 재빨리 걸었으나 멀리까지 갈 필요는 없었다. 4분의 1마일쯤 갔을 때 말발굽 소리가 들려오며 전속력으로 말을 달리는 사람이 있었던 것이다, 그 옆으로 개가 달렸다. 드디어 메스로와를 타고 파일럿을 대동한 그가 나타났다. 달이 하늘에 푸른 들을 개척하고 엷은 빛을 펼치며 달리고 있었다. 그가 모자를 벗어 머리 위로 흔들었다. 나는 달려가서 그를 맞았다.

"자! 내 도움을 받아야 해, 알겠지. 내 장화 끝을 밟고 양손을 내밀어요. 그리고 올라타요!" 그가 손을 뻗쳐 안장에서 몸을 굽히며 말했다.

나는 시키는 대로 했다. 너무 기뻐서 몸까지 가벼웠다. 그 앞에 올라탄

나는 마중 나와 준 데 대한 감사의 마음에서 우러나오는 그의 키스를 받았다. 그는 우쭐거리는 마음을 억제하면서 물었다.

"무슨 일이 있었나, 제인? 이 시각에 나를 마중 나오다니……. 무슨 잘못된 일이라도?"

"아니에요, 당신이 돌아오시지 않는 줄 알았어요. 그러자 집 안에서만 기다릴 수가 없더군요. 더구나 이렇게 비바람이 치는데."

"정말 대단한 풍우야! 당신의 몸에서 인어처럼 물이 흐르고 있군. 내 망토로 몸을 감싸요. 제인, 열이 있는 것 같은데, 뺨과 손이 뜨거워. 다시 한 번 묻겠는데, 무슨 일이 있었소?"

"아무렇지 않아요. 이제는 무섭지도 슬프지도 않고요."

"그렇다면 지금까진 무섭고 슬펐는가?"

"어느 정도는요. 멀지 않아 전부 얘기하겠어요. 그러나 당신은 내가 괴로워한 것을 웃어넘길 거예요."

"내일이 지나면 마음껏 웃겠어. 그러나 그때까지는 참아야지. 아직 당신은 완전히 내 손아귀에 들어온 것이 아니니까. 지난 한 달 동안 뱀장어처럼 미끄러웠고 들장미처럼 가시 돋친 것이 당신이었지. 어디를 만져도 가시로 찔렀는데, 이제는 길 잃은 양처럼 내 품에 안기게 되었어. 당신은 우리를 벗어나서 목자를 찾고 있었지, 제인?"

"당신을 보고 싶었어요. 그러나 자만하지는 마세요. 이제 다 왔어요, 내려주세요."

나를 포장된 길 위에 내려주고 존에게 말을 넘겨준 로체스터 씨는 나를 따라 홀로 들어서며 곧 마른 옷으로 갈아입고 서재로 오라고 했다. 내가 2층으로 올라가려고 하자 다시 나를 붙잡고 곧 돌아오겠다는 약속을 받아냈다. 그리고 5분도 못 되어 나는 그와 함께 있게 되었다. 그는 저녁을 먹고 있었다.

"앉아서 같이 먹어요, 제인. 신의 뜻에 거슬리는 것이 없다면, 당분간 이것이 손필드에서 하는 식사로는 마지막에서 두 번째일 거야."

나는 그의 옆에 앉았으나 먹지는 않겠다고 말했다.

"앞으로 있을 여행 때문에 그러는 건가, 제인? 런던에 갈 생각을 하니 식욕마저 달아났소?"

"오늘 밤은 앞날 같은 것은 전혀 보이지 않아요. 그리고 머릿속에 무슨 생각이 있는지도 모르겠어요. 이 세상의 모든 것이 현실이 아닌 것만 같아요."

"나를 제외하고 말이지? 나는 이처럼 실재하고 있소. 자, 만져 봐요."

"아뇨, 당신이야말로 무엇보다도 환상 같은 존재예요. 꿈만 같아요."

그는 웃으면서 손을 내밀어 내 눈에 갖다 대고는 "이것이 꿈이란 말이야?" 하고 물었다. 그는 길고 굵은 팔뚝뿐만 아니라, 살집 좋고 근육이 단단한 억센 손을 갖고 있었다.

"그래요, 만져 봐도 역시 꿈같아요." 나는 얼굴에서 그의 손을 내리며 대답했다.

"벌써 저녁 식사를 끝냈나요?"

"끝냈어, 제인."

초인종을 눌러서 식기들을 치우도록 하고, 다시 둘만 남게 되자 나는 난롯불을 키우고 나서 그의 무릎 밑에 있는 낮은 의자에 앉았다.

"자정이 다 되었어요." 내가 말했다.

"그렇군. 결혼식 전날 밤에 둘이서 밤을 새자고 약속했던 것 기억하나?"

"약속했어요. 그러므로 한두 시간이라도 약속을 지키겠어요."

"준비는 다 끝냈소?"

"완전히."

"나도 다 됐어. 모든 걸 다 처리했어. 내일은 교회에서 돌아오는 길로, 30분 이내에 손필드를 떠나는 거야."

"좋아요."

"어쩌면 그렇게 근사한 미소를 띠면서 좋다고 하지, 제인! 양쪽 뺨이 타는 것 같은데! 눈은 왜 그리 빛나지! 어디 몸이라도 불편한 건 아닌가?"

"괜찮은 것 같아요."

"괜찮은 것 같다고? 도대체 왜 그러는 거요? 기분을 말해 봐요."

"그렇게 할 순 없어요. 말로 내 기분을 표현하는 것이 힘들어요. 다만 이 순간이 영원히 계속됐으면 해요. 다음 순간에 어떤 운명이 닥쳐올지 누가 알아요?"

"그건 일종의 우울 증세야. 당신은 지금 지나치게 흥분했거나 과로했어."

"당신은 완전히 평온하고 행복한가요?"

"평온하냐고? 아니야. 그러나 행복해. 마음속 깊이."

그의 얼굴에서 행복의 표시를 찾아보기 위해 나는 얼굴을 들고 바라보았다. 그의 얼굴이 붉게 상기되어 있었다.

"나를 믿어줘요, 제인. 자신을 억압하는 걱정거리가 있으면 깨끗이 털어놓고, 마음을 가볍게 가져요. 두려울 것이 뭐가 있소? 내가 좋은 남편이 못될 것 같아서 그러는 거요?"

"그런 것과는 전혀 관계가 없어요."

"이제부터 시작될 새로운 신분이 두려워서 그러오? 아니면 새 생활이 두려워서?"

"아니에요."

"나는 통 알 수가 없는데, 제인. 슬프고 격렬한 당신의 표정과 어조는 나를 어리둥절하게 하고 괴롭히고 있어. 설명을 해줬으면 좋겠소."

"그렇다면 들어주세요. 어젯밤에 집을 비웠지요?"

"그렇지, 아! 그건 알고 있어. 내가 없는 동안에 무슨 일이 있었다는 것은 짐작이 돼. 대수로운 것은 아니겠지만, 그 일 때문에 마음이 산란한 거지? 말해 봐요. 아마 페어팩스 부인이 뭐라고 했겠지? 아니면 하인들이 수군거리는 소리를 들었거나……. 당신의 예민한 자존심이 상처라도 받은 건가?"

"아니에요."

이때 시계가 열두 시를 쳤다. 탁상시계의 은방울 소리와, 괘종시계의 귀에 거슬리는 진동소리가 끝나기를 기다렸다가 나는 말문을 열었다.

"어제 하루 종일 할 일이 많아서, 나는 몹시 바쁜 가운데서도 행복했어요.

당신이 생각하는 것처럼 새로운 지위와 신분 같은 것에 대해 난 걱정한다든가 마음 쓰지 않아요. 오직 당신을 사랑하고 있기 때문에, 같이 살 수 있다는 희망을 가지는 것을 영광으로 생각해요. 지금은 애무를 말아주세요. 방해받지 않고 말하게 해주세요. 어제만 해도 나는 신을 믿고, 모든 것이 당신과 나를 위해서 잘되어 간다고 생각하고 있었어요. 어제는 날씨도 좋고 또 대기도 하늘도 평온했기 때문에 당신의 안전하고 유쾌한 여행을 의심하지 않았어요. 나는 차를 마시고 나서 당신을 생각하며 한동안 산책을 했어요. 산책하는 동안 당신이 내 곁에 있는 것으로 생각하니, 실제로 당신이 없다고 해도 조금도 쓸쓸하지 않았어요. 그리고 내 앞에 전개될 생활은 — 당신의 생활이기도 한 — 과거의 생활보다 훨씬 폭넓고 활동적일 거라고 생각되었어요. 그것은 마치 시내를 흐르는 좁은 여울과 그것이 흘러들어간 깊은 바다와도 같은 걸 거예요. 철학자들이 이 세상을 쓸쓸한 황야라고 지칭한 까닭을 알 수 없었어요. 나한테는 장미꽃처럼 향기로웠기 때문이지요. 저녁때가 되어 대기가 쌀쌀해지고 하늘에 구름이 덮이자 나는 집으로 들어왔어요. 그러자 막 도착한 웨딩드레스를 보라고 소피가 2층에서 나를 부르더군요. 상자에 들어 있는 드레스 밑에는 당신이 보내주신 선물도 있었어요. 당신의 귀족 취미에 알맞은, 런던에서 보내온 베일이었어요. 나는 내가 보석을 거절했기 때문에 나 모르게 그 값에 맞먹는 값진 물건을 보낸 거라고 생각했지요. 그것을 펼쳐보고 나는 미소를 지으면서 당신의 귀족 취미라든가, 서민 신부를 귀족 부인의 옷으로 감싸주려는 당신의 노력을 어떻게 놀려줄까 생각해 봤어요. 그래서 내 머리에 쓰려고 직접 만든, 수를 놓지 않은 사각의 비단 레이스를 당신한테 갖고 가서 아무것도 내세울 거라곤 없는 나에게는 이것이면 충분하지 않겠느냐고 물어보려 했어요. 그러면 당신이 어떤 얼굴을 하리라는 것은 물론 짐작할 수 있지만요. 그러자 당신의 격렬한 평등론과, 자기로서는 부호나 귀족과 결혼해서 재산을 늘린다든가 지위를 높일 생각은 없다고 주장하는 거만스러운 말이 귀에 들리는 것만 같았어요."

"어쩌면 내 마음을 그렇게 잘 알지? 베일에는 자수 말고 또 뭐가 있었나?

그렇게 슬픈 얼굴을 하고 있는 것을 보니, 독이 아니면 단검이라도 있었던 모양이지?" 로체스터 씨가 내 말을 중단시키고 나서 말했다.

"아니에요, 베일의 우아하고 아름다운 것 이외에는 페어팩스 로체스터의 오만뿐이었어요. 그리고 악마를 보는 것이 익숙해 있었기 때문에 그것이 조금도 두렵지가 않았어요. 그런데 날이 어두워지자 바람이 일기 시작했어요. 어젯밤에도 바람이 불었거든요. 지금처럼 세차게 부는 것은 아니었지만, 음산하고 슬픈 소리를 내는 것이 몹시도 무시무시했어요. 당신이 집에 계셨으면 했지요. 이 방에 들르기는 했으나 주인 없는 의자와 불 없는 난로가 내 마음을 더욱 쓸쓸하게 했어요. 잠자리에 들어서도 한동안은 잠을 이룰 수가 없었지요. 이상하게도 불안한 생각이 나를 억압하는 거예요. 바람은 더욱 거세어졌는데 그 속에서 가라앉은 슬픈 소리가 내 귀에 들려오는 것 같았거든요. 처음에는 그것이 실내인지 밖인지 분간할 수 없었지만, 바람이 잠깐 멈출 때마다 애처롭게 되풀이되곤 했어요. 마침내는 그것이 먼 데서 들려오는 개 짖는 소리라고 생각하고, 그 소리가 멎자 그때서야 나는 마음을 놓았어요. 그리고는 잠이 들었는데, 어둡고 무서운 밤이 꿈에 펼쳐졌어요. 당신이 함께 있었더라면 하는 생각은 여전한데, 우리를 격리시키려는 그 무엇이 있는 것 같은 이상한 생각이 드는 거예요. 나는 처음엔 알지 못할 구부러진 길을 걷고 있었는데, 한 치 앞도 분간할 수 없을 정도의 어둠 속이었어요. 그 속에서 어린아이를 맡아가지고 비를 맞고 있었어요. 아주 어리고 약해서 걸을 수 없는 아이였는데, 내 차가운 팔에 안겨서 떨며 비명을 지르는 소리가 들려왔어요. 당신이 길에서 멀리 떨어져 계신다고 생각되었기 때문에 나는 빨리 따라가려고 갖은 애를 다 썼어요. 그러나 몸이 움직이질 않고, 당신 이름을 부르는 내 목소리도 분명하지 않게 사라지곤 했어요. 당신은 점점 더 멀어져만 갔고요."

"아직도 그 꿈이 당신을 사로잡고 있는 거요, 제인? 이렇게 내가 옆에 있는데도? 신경과민이야! 꿈속의 슬픔일랑 잊어버리고 현실의 행복이나 생각해요! 당신은 나를 사랑한다고 했지, 제인. 나는 그것을 결코 잊지 않을 것이고, 당신은 그것을 부인할 수 없을 거야. 그 말은 당신 입술로 분명히 했어. 그것은 너무나 엄숙한 사상이었고 그러면서도 감미로운 음악과도 같았어. 나를 사랑하고 있소, 제인? 다시 말해 줘."

"사랑해요. 사랑해요, 진심으로."

"그러나 이상해. 지금 그 말은 나의 가슴을 아프게 찌르고 있어. 아마도 당신이 종교적으로 너무도 진지하게 말했기 때문일 거야. 그리고 나를 바라보고 있는 시선이 신념과 진실과 헌신의 극치였기 때문일 거야. 마치 천사라도 옆에 있는 것 같아서 나로선 몸 둘 바를 모르겠어. 심술궂은 얼굴을 해 봐요, 제인. 당신은 표정을 지을 줄 아니까. 사납고 수줍고 짜증나게 하는 미소를 지어보란 말이야. 나를 미워한다고 말해 봐. 나를 놀려서 화나게 해. 나를 감동시키는 일이라면 뭐든지 해봐. 나는 슬퍼지기보다는 차라리 화를 내고 싶어." 몇 분 동안 침묵을 지키고 있다가 그는 이렇게 말했다.

"내 얘기가 끝나고 나면, 만족할 만큼 놀리고 화나게 하겠어요. 그러니까 끝까지 들어주세요."

"나는 다 얘기한 것으로 생각했는데!"

나는 머리를 저었다.

"뭐야! 또 있어? 그러나 대수롭지 않은 걸 거야. 미리 말해 두지만 나는 믿지 않겠소. 자, 말해 봐."

그의 침착하지 못한 태도와 조바심하는 거동이 나를 놀라게 했으나, 나는 얘기를 계속했다.

"나는 또 다른 꿈을 꾸었어요. 손필드 홀이 온통 폐허가 되어 박쥐와 부엉이가 몰려와서 사는 꿈이었어요. 당당하게 보였던 집 정면에 남은 것이라고는 뼈대만 남은 벽뿐이었어요. 그런데 그것도 금방이라도 쓰러질 것만 같았어요. 나는 달밤에 잡초가 우거진 집터를 방황하다가 부서진 대리석 난로에 발이 걸리기도 하고, 또는 떨어진 처마 조각에 넘어질 뻔하기도 했어요. 나는 그때까지도 모르는 아이를 숄에 감싼 채 안고 있었어요. 그것을 어디다 놓을 수도 없었고, 팔이 아무리 빠질 것처럼 저려 와도 안고 있어야만 했어요. 그때 저 멀리 길가에서 말발굽 소리가 들려와, 난 틀림없이 당신일 거라고 생각했어요. 당신은 몇 년 동안 먼 나라로 여행을 떠나는 길이라더군요. 나는 당신을 한 번이라도 더 볼까 해서 위험을 무릅쓰고 미친 듯이 벽 위로 기어 올라갔어요. 발밑에서는 돌이 굴러 떨어지고, 붙잡은 넝쿨은 뿌리가 뽑히고, 아이는 무서워서 내 목을 껴안아 나는 숨이 막힐 지경이었지요. 마침내 꼭대기까지 올라갔지만 당신은 하얀 길에 까맣게 점으로 보이더니 점점 사라져갔어요. 바람이 거세게 불어서 서 있을 수가 없었어요. 나는 좁은 벽 위에 걸터앉아 무서워하는 아이를 무릎에 놓고 달랬지요. 그러다가 내가 마지막으로 당신의 모습을 보려고 몸을 앞으로 굽히는 순간 벽이 무너지면서 어린아이가 무릎에서 떨어지고, 나도 균형을 잃고 떨어졌어요. 그리고 잠에서 깨어났어요."

"제인, 그것이 다지?"

"아뇨! 모두가 서두이고, 얘기는 지금부터예요. 눈을 번쩍 뜨자 어떤 빛에 눈이 부셨어요. 나는 아침 햇살이리라고 생각했었지요! 그러나 착각이었어요. 그것은 촛불이었어요. 그래서 이번엔 소피가 들어온 것으로 생각했어요. 화장대 위에 불빛이 비치고 있었는데, 내가 잠자리에 들기 전에 웨딩드레스며 베일을 넣어 두었던 벽장문이 열려 있었고 거기서 옷이 스치는 소리가 들려왔어요. 나는 '소피, 뭘 하고 있어?'라고 물었어요. 그런데 아무 대답도 없는 거예요. 자세히 보니, 벽장 안에서 사람 그림자가 촛불을 치켜들고 옷걸이에 걸려 있는 옷을 살피고 있었어요. 나는 다시 '소피! 소피!'라고 외쳤으나 여전히 아무 대답도 없었어요. 나는 침대에서 일어나 앉아 몸을 앞으로 숙이고 봤어요. 처음에는 놀라고 다음엔 공포에 싸였는데, 그다음엔 피가 얼어붙는 것 같았어요. 로체스터 씨, 그것은 소피도 아니고 리어도 아니고 페어팩스 부인도 아니었어요. 그리고 그때도 그렇고 지금도 단언하지만, 그것은 그 괴상한 그레이스 풀도 아니었어요."

"그중의 한 사람이겠지." 그가 나의 말을 중단시켰다.

"아니에요, 절대 그렇지 않다고 장담할 수 있어요. 내 눈앞에 선 모습은 지금까지 손필드에서 본 그 누구의 모습도 아니었어요. 그 키와 윤곽이 나로서는 처음 보는 사람이었어요."

"그것을 설명해 봐요, 제인."

"그 사람은 키와 몸집이 매우 큰데다 검고 짙은 머리를 길게 늘어뜨린 여자였어요. 무슨 옷을 입었는지는 자세히 알 수 없으나 길게 늘어진 하얀 옷이었어요. 그것이 잠옷인지 수의인지도 분간할 수가 없었어요."

"얼굴을 봤소?"

"처음에는 보이지 않았어요. 그런데 그 여자가 옷걸이에 걸어놓은 내 베일을 벗겨가지고 한참 들여다보더니 자기 머리에 쓰고 거울 쪽으로 향했어요. 그때 어두운 장방형의 거울에 비친 그 여자의 얼굴을 봤어요."

"어떻게 생겼어?"

"무서워서 소름이 끼치는 형상이었어요. 오오! 그런 얼굴은 처음 봤어요! 보통 얼굴이 아닌…… 아주 잔인해 뵈는 것으로, 빨갛고 동그란 눈이며 검게 들뜬 얼굴은 정말 잊어버리고 싶은 모습이었다고요!"

"유령의 얼굴은 대개 창백한데, 제인."

"그 얼굴은 자줏빛이었어요. 입술은 부르터서 까맣고, 이마에는 깊은 주름이 지고 충혈된 눈 위에는 새까만 눈썹이 치켜 올라가 있었어요."

"계속 말해 봐요."

"그것은 잔인한 독일 유령인…… 흡혈귀였어요!"

"오오! 그것이 대체 무슨 짓을 했어?"

"무시무시한 얼굴에서 베일을 벗더니 두 조각으로 찢어서 방바닥에 집어던지곤 짓밟았어요."

"그러고는?"

"커튼을 걷고 밖을 내다보더니, 새벽이 다가왔다는 것을 알아챈 듯 촛불을 들고 문 쪽으로 걸어갔어요. 그런데 내 침대 옆을 지날 때 잠깐 걸음을 멈추고 끔찍스런 눈초리로 나를 응시했어요. 촛불을 내 얼굴에 바싹 갖다대더니 눈앞에서 불을 껐어요. 그 무서운 얼굴이 내 얼굴 위에서 비칠 때까지는 나에게 의식이 있었으나, 그 뒤에는 정신을 잃고 말았어요. 태어나서 두 번, 단 두 번 난 공포 때문에 의식을 잃었어요."

"의식을 회복했을 때는 누가 옆에 있었소?"

"아무도 없었어요. 다만 날이 밝아 있었을 따름이에요. 나는 일어나서 머리와 얼굴을 물로 축이고 냉수를 한 모금 들이켰어요. 몸이 지치기는 했지만 병이라고는 생각되지 않았기 때문에, 그 이야기를 당신 이외에 다른 사람에게는 하지 않기로 마음먹었어요. 그러니 그 여자가 누군지, 어떤 사람인지 말해 주세요."

"신경이 지친 탓으로 보이는 환상에 지나지 않아. 틀림없이! 나의 소중한 보물인 당신을 세심하게 다루어야겠어. 당신같이 예민한 신경을 가진 사람을 거칠게 다룰 순 없거든."

"어느 정도 그렇긴 하지만 분명 신경 착각은 아니었어요. 그것은 현실이었어요. 실제로 있었던 일이에요."

"그전에 꾼 꿈도 현실이었나? 손필드 홀이 폐허인가? 극복할 수 없는 장애물에 의해서 우리가 헤어져야만 했던가? 내가 눈물도 흘리지 않고 작별 인사도 없이 당신을 떠나려고 한단 말이오?"

"아직은……."

"그러면 앞으로 내가 그럴 거란 말이오? 우리를 떨어지지 못하도록 결합시켜줄 날이 이미 시작되고 있어. 일단 결합되면 그런 마음의 공포 같은 것은 절대로 다시 없을 거야. 내가 보증할 수 있어."

"마음의 공포라고요! 그렇게 생각할 수만 있다면 좋겠어요. 그 무서운 침입자에 대한 비밀을 당신마저 설명해 줄 수 없다면, 정말 그렇게 생각하고 싶어요."

"나로서는 설명을 할 수 없어요, 제인. 그것은 확실히 현실이 아닐 거야."

"그러나 아침에 일어나서 낯익은 물건들을 바라보며 용기와 위안을 되찾으려고 방 안을 둘러봤는데, 양탄자 위에, 내가 본 것이 실제적인 것이었음을 증명해 주는…… 위에서부터 정확히 두 조각으로 찢어진 베일이 있었어요!"

로체스터 씨는 깜짝 놀라서 몸을 떠는 것 같았다. 그는 갑자기 두 팔로 나를 껴안았다.

"고마운 일이오! 어젯밤 당신한테 훼방꾼이 왔었다 해도 손해 본 게 베일 뿐이란 것은! 아아, 무슨 일이 일어났을지도 몰랐는데!" 그가 소리쳤다.

그는 숨을 짧게 쉬면서 내가 숨이 막힐 정도로 꼭 껴안았다. 몇 분 동안 침묵이 계속되었고, 마침내 원기를 되찾은 그가 말을 계속했다.

"제인, 거기에 대해선 설명을 하지. 그것은 반은 꿈이고, 반은 현실이었어. 당신 방에 여자가 들렀던 것은 사실이야. 그 여자는 그레이스 풀이었소. 틀림없이. 당신도 그 여자를 괴상하다고 했지? 지금까지 당신이 본 것만으로도 그렇게 생각할 만해. 그 여자가 나한테 어떤 짓을 했지? 그리고 메이슨에게는? 당신은 비몽사몽간에 그 여자가 들어와서 무슨 짓을 하는 걸 봤던 거야. 그러나 당신은 열이 있어서 헛소리를 하는 상태였으므로 그것이 마치 흡혈귀같이 보였던 거지. 흐트러진 긴 머리카락이라든가 들뜬 검은 얼굴이라든가 크게 보이는 키는, 꿈의 결과에서 온 상상에 불과할 거야. 심술궂게 베일을 찢은 것은 현실이었어. 그 여자가 할 만한 짓이지. 왜 그런 여자를 집에 두고 있는지, 당신이 궁금해 할 것도 알고 있어. 우리가 결혼하고 나서 한 해가 지나면 얘기하겠어. 그러나 지금은 안 돼. 납득할 수 있겠소, 제인? 이번 사건에 대한 나의 해답을 받아들일 수 있겠소?"

나는 생각해 봤지만 사실 그런 해답밖에 나올 수가 없으리라고 여겨졌다. 나로서는 실상 납득이 되지 않았으나 그를 편하게 해주려고 납득한 것처럼 보이려고 애를 썼다. 어쨌든 나 자신도 한숨 놓이는 기분이 되어 미소로써 대답을 대신해 주었다. 이미 한 시가 훨씬 넘은 시각이었으므로 그만 가서 자려고 일어났다.

"소피가 유아실에서 아델과 함께 자고 있지?"

내가 초에 불을 켤 때 그가 물었다.

"네, 그래요."

"아델이 자는 침대에 여분이 있을 거야. 오늘 밤엔 그 애와 함께 자도록 해요, 제인. 당신이 말한 그 사건으로 인해 신경이 흩어진 것도 무리가 아닐 거야. 당신을 혼자 자도록 하고 싶지가 않아. 유아실로 간다고 약속해 줘요."

"그렇게 하겠어요."

"그리고 문을 안으로 꼭 잠가요. 2층에 올라가거든 내일 아침에 시간 맞춰 깨워 달라는 핑계로 소피를 깨워요. 여덟 시까지는 옷도 입고 식사도 끝내야만 하니까. 우울한 생각이나 쓸데없는 걱정은 씻어 버려요, 제인. 바람이 잦아들어 부드러운 속삭임으로 변한 것이 들리지? 유리창에 휘몰아치던 빗소리도 그치고. 자, 봐요. ― 그는 커튼을 걷었다. ― 이 얼마나 아름다운 밤인가!"

정말 아름다운 밤이었다. 하늘은 맑게 개었고, 서쪽에서 불어오는 바람에 몰려 흰 구름이 줄지어 동쪽으로 달리고 있었다. 달빛이 평화롭게 비쳤다.

"지금 나의 제인은 어떤 기분이지?" 내 시선에 신경을 쓰면서 로체스터 씨가 물었다.

"아주 고요해요."

"그러면 오늘 밤엔 이별이라든가 슬픈 꿈을 꾸지 않고 기쁨에 넘치는 행복한 결혼의 꿈을 꿀 거야."

이 예언은 반만 적중했다. 슬픈 꿈은 꾸지 않았으나 기쁜 꿈을 꾼 것도 아니었다. 왜냐하면 난 한숨도 자지 않았기 때문이다. 그저 아델을 안고 자는 것을 지켜보면서 날이 새기를 기다리고 있었다.

해가 솟아오르자 나도 일어났다. 아델 옆을 떠날 때 그 애가 매달리던 것을 나는 지금도 기억하고 있다. 그 애의 작은 손을 내 목에서 떼어놓으며 키스해 줄 때 형용할 수 없는 감정이 북받쳐 나는 그만 울고 말았는데, 흐느끼는 소리가 그 애의 잠을 깨울까 두려워서 서둘러서 그 옆을 떠났던 일들이……. 그 애는 지난날의 내 상징처럼 생각되었고, 이제 성장한 내가 얼굴을 대하려는 그는 내가 예측할 수 없는 미래의 전형처럼 느껴졌다.

26장
결혼식의 불청객

일곱 시에 소피가 옷 입는 것을 도와주러 왔다. 그 일엔 정말 오랜 시간이 걸렸고, 늦어진다고 생각되자 로체스터 씨는 짜증이 나서 서두르라고 사람을 보내왔다. 바로 그때 소피는 내 머리에 브로치로 베일을 — 결국 사각형의 장식이 없는 것이었다. — 씌우고 있었다. 나는 될 수 있는 한 빨리 그녀로부터 빠져나가려고 했다.

"잠깐만! 거울을 좀 보세요, 아직 한 번도 안 봤잖아요." 그녀가 프랑스어로 외쳤다.

그래서 나는 문까지 갔다가 되돌아섰다. 긴 드레스에 베일을 쓴 여자가 눈에 띄었는데, 그것이 나 같지 않고 마치 처음 보는 사람처럼 느껴졌다.

"제인!" 그가 부르는 소리에 나는 거의 달리다시피 내려갔다. 층계 밑에서 기다리던 로체스터 씨가 반갑게 맞아주며 말했다.

"너무 꾸물거려서 난 머리끝까지 화가 났소."

그는 나를 식당으로 데리고 가서 뚫어지게 훑어보았다.

"백합처럼 우아해. 나의 자랑일 뿐만 아니라 내 눈이 갈망하던 당신이야!"

그러고 나서 식사할 시간이 10분밖에 여유가 없다며 그는 초인종을 눌렀다. 최근에 고용한 하인 한 사람이 나타났다.

"존은 마차 준비를 하고 있는가?"

"네, 그렇습니다."

"짐은 아래층으로 내려왔나?"

"지금 내려오고 있는 중입니다."

"그러면 자네는 교회로 가서 우드 목사와 서기가 도착했는지 보고 오게."

독자도 알고 있겠지만, 교회는 바로 정문 밖에 있었으므로 심부름 갔던 하인은 곧 돌아왔다.

"우드 목사님은 예복을 입고 예배실에 계십니다."

"마차는?"

"말을 매고 있어요."

"교회 갈 때는 필요 없지만, 갔다 와서는 바로 떠날 수 있도록 해둬. 모든 짐을 실어서 묶어놓고, 마부는 제자리에 앉아 있으라고 하게."

"알겠습니다."

우리를 부축하고 안내할 신랑신부의 들러리도 없거니와 친척조차 없이 로체스터 씨와 나 단둘뿐이었다. 페어팩스 부인은 우리들이 지나가는 것을 홀에서 보고만 서 있었다. 나는 말이라도 건네고 싶었으나 내 손은 꼭 붙들려서, 쫓아가기 힘들 정도로 끌려가고 있었다. 로체스터 씨의 얼굴은 무슨 일이 있든 1초도 더 지체할 수 없다는 표정이었다. 나는 이런 표정으로 결혼식을 올리러 가는 신랑은 세상에 다시 또 없을 것이라고 생각했다. 한 가지 목적에 마음을 집중시키고 험상스러운 눈썹 밑으로 불꽃을 튀겨내는 듯 단호한 결의를 보이는…….

그날은 개었는지 흐렸는지, 지금은 기억조차 없다. 보도를 걸어서 내려갈 때도 내 눈에는 하늘도 땅도 보이지 않았다. 내 마음은 눈과 함께 로체스터 씨의 몸 안에 들어가 있는 것만 같았다. 그렇게 둘이서 걸어가고 있을 때 그는 눈에 보이지 않는 뭔가를 향해 무서운 시선을 던지고 있었는데, 나는 그것이 뭔가를 알고 싶었다. 그는 어떤 상념에 빠져 그것에 저항하고 있는 듯 보였다.

교회 문 앞에서 걸음을 멈추고 나서야 그는 내가 숨을 헐떡거리는 것을 알아차렸다.

"내 사랑이 잔인한가? 내게 기대서 잠깐 숨을 돌려요, 제인." 그가 말했다.

나는 지금도 그때 내 앞에 우뚝 솟은 고색창연한 교회와 그 첨탑 위를 날고 있던 땅까마귀 떼와 그 뒤로 멀리 붉게 물든 아침 하늘을 기억한다. 푸른 무덤들과 낯선 두 사나이가 낮은 언덕 위를 배회하다가 이끼 낀 비석의 비문을 읽던 것도 잊히지 않는다. 내가 그들을 보게 된 것은, 그들이 우리를 보자 교회 뒤로 돌아갔기 때문이다. 틀림없이 그들은 교회의 옆 통로로 들어와서 식에 참석하려니 생각했다. 로체스터 씨는 그들을 눈치채지 못하고 내 얼굴만을 들여다보고 있었는데, 아마 그 순간 내 얼굴에는 핏기가 없었을 것이다. 이마에서는 땀이 솟아나고 뺨과 입술은 내가 생각하기에도 싸늘했다. 이윽고 내가 숨을 돌릴 수 있게 되자, 그는 내 팔을 잡고 천천히 교회 현관을 향해 좁은 길을 걸어 올라갔다.

우리는 조용하고 검소한 교회로 들어섰다. 목사는 하얀 예복을 입고 낮은 제단에서 기다리고 있었고, 옆에는 서기가 있었다. 구석 한쪽 모퉁이에서 두 그림자가 움직이고 있을 뿐 주위엔 정적이 깃들어 있었다. 내 추측이 그대로 적중했다. 그들은 우리보다 먼저 교회 안에 들어와 지금은 로체스터가의 납골당 옆에 서서 우리 쪽으로 등을 향한 채 난간 너머로 오래된 비석을 바라보고 있었다. 그 대리석 앞에서는 무릎을 꿇고 있는 천사가 내란 때 마스튼 황야에서 전사한 데이머드 로체스터와 그의 아내 엘리자베드의 유해를 지키고 있었다.

우리는 제단 앞쪽의 난간 앞에 자리를 잡았다. 뒤에서 조심스러운 발소리가 들려왔기 때문에 어깨 너머로 돌아봤더니 낯선 사나이 중의 한 사람이 ─ 확실히 신사였다. ─ 제단 쪽으로 다가오고 있었다.

예식이 시작되었다.

결혼의 의미에 대한 설명이 끝나자, 목사는 한 걸음 우리 앞으로 다가서면서 로체스터 씨에게 약간 몸을 굽혀 말했다.

"모든 마음속의 비밀이 밝혀지는 무서운 심판의 날에 대답할 때처럼, 그대들에게 합법적인 결혼에 장애가 되는 것이 있다면 이 자리에서 고백할 것을 요구하고 명령하는 바입니다. 하느님의 뜻에 의하지 않은 배우자는 하느님에 의해서 결합된 것이 아니며, 아울러 합법적이 아니라는 것을 알고 있을 것입니다."

그는 관습에 따라서 잠시 말을 중단했다. 이 선언 뒤에 오는 정적이 어떤 대답에 의해서 깨지는 일은 없을 것이다. 목사는 기도서에서 눈을 떼지 않은 채로 잠깐 그대로 있다가 다시 계속했다.

"그대는 이 여인을 아내로 삼겠습니까?" 그러면서 목사는 이미 로체스터 씨에게 손을 뻗치고 있었다.

그 순간 바로 옆에서 또렷한 남자의 음성이 들려왔다.

"이 결혼은 이루어질 수 없습니다. 장애가 있다는 것을 선언합니다."

목사는 머리를 들고 발언자를 바라보며 멍하니 서 있었다. 서기도 마찬가지였다.

로체스터 씨는 마치 발밑에서 지진이라도 일어난 것처럼 약간 휘청했으나, 이내 균형을 되찾고 얼굴과 눈을 돌리지 않은 채로 말했다.

"그대로 진행시켜 주십시오."

그의 굵고 낮은 목소리가 그치자 무거운 침묵이 흘렀다.

"지금 주장한 내용에 대해 진부를 가리지 않고는 진행시킬 수 없습니다."

"이 식은 성립될 수 없을 거요! 나는 주장을 뒷받침할 증거를 갖고 있소. 이 결혼에는 해결할 수 없는 장애가 있습니다!" 뒤에서 외침이 들려왔다.

로체스터 씨는 듣고는 있었으나 개의치 않는 듯 내 손을 꼭 쥔 채 미동도 하지 않고 의젓하게 서 있었다. 그의 얼굴은 약간 창백하긴 했지만 당당했고, 눈은 아직 빛나고 있었으나 그 밑바닥에는 노기가 깔려 있었다.

우드 목사는 당황한 것 같았다.

"그 장애라는 것이 어떤 성질의 것입니까? 아마도 충분히 극복할 수 있는…… 변명할 수 있는 것이겠지요?" 목사가 물었다.

"그렇게 되지 못할 것입니다. 해결할 수 없다고 말했는데, 그것은 숙고 끝에 한 말입니다."

발언자는 앞으로 걸어 나와 난간에 기댔다. 그는 한마디 한마디를 분명하고 침착하고 끈질기게, 그러면서도 낮은 목소리로 말을 계속했다.

"그 장애라는 것은, 로체스터 씨가 이미 기혼자라는 사실입니다. 그에겐 지금 살아 있는 아내가 있습니다."

천둥에도 꼼짝 않던 내 신경이 그의 낮은 목소리에 떨리기 시작했다. 나의 피는 서리에서도 불꽃에서도 느끼지 못했던 충격을 그의 말에서 느꼈다. 그러나 난 정신을 가다듬어 충격을 억제했다. 나는 로체스터 씨를 쳐다보면서, 그도 나를 바라보게 했다. 그의 얼굴 전체는 창백한 바위였으나 눈만은 불꽃이요, 부싯돌 같았다. 그는 아무것도 부인하지 않았고, 모든 도전을 받아들이는 것 같았다. 다만 아무 말 없이 내 허리에다 팔을 감고 나를 자기 옆에 못 박아 두었다.

"당신은 누구요?" 그가 침입자에게 물었다.

"나는 브리그즈라는 사람으로 런던 ○○가에 개업하고 있는 변호사요."

"당신은 나한테 아내가 있었다는 것을 강요할 생각이요?"

"아내가 있었다는 것이 아니라 있다는 것을 기억해 주길 바랄 따름이오. 당신은 인정하지 않아도 법은 인정할 거요."

"어디, 설명을 해봐요……."

"좋습니다." 브리그즈 씨는 침착하게 주머니에서 종이를 한 장 꺼내들더니 공문서를 읽듯이 콧소리로 읽었다.

『서기 00년 10월 20일 — 5년 전의 날짜 — 잉글랜드의 ○○ 주 손필드 홀과 ○○ 주 펀딘 장원의 에드워드 페어팩스 로체스터는 자메이카의 스페니시타운 교회에서 상인 조너스 메이슨과 크리올(서인도의 혼혈아.)인 그의 아내 앙투아네트의 딸이며 본인의 여동생인 버더 앙투아네트 메이슨과 결혼할 사실을 확인하고 증명할 수 있음. 결혼 기록은 위 교회의 등기부에 게재되어 있으며, 본인은 그 사본을 현재 지참하고 있음. — 리처드 메이슨.』

"그것이 사실을 말하는 증명서라면, 내가 결혼했었다는 것은 증명할 수 있을지 모르나 내 아내로 되어 있는 여인이 아직 살아 있다고는 증명할 수 없는 거요."

"3개월 전까지도 살아 있었지요." 변호사가 여전히 침착하게 대답했다.

"그것을 어떻게 알지요?"

"그 사실을 말하는 증인이 있습니다. 그 사람에 대해서는 당신도 반박할 수 없을 것입니다."

"그 증인을 대보시오, 못 한다면 그냥은 두지 않을 거요."

"우선 그 증인을 출두시키지요……. 지금 여기 와 있습니다. 메이슨 씨, 앞으로 나와 주세요."

로체스터 씨는 그의 이름을 듣자 이를 부드득 갈았다. 그리고 경련을 일으킨 듯이 전신을 떨었다. 나는 분노가 아니면 절망의 발작적인 진동이 그의 전신에 퍼지는 것을 고스란히 느낄 수 있었다. 지금까지 뒤에서 서성거리고 있던 제2의 낯선 사나이가 앞으로 다가섰고, 창백한 얼굴이 변호사의 어깨 너머로 보였다. 바로 메이슨 그 사람이었다. 로체스터 씨는 고개를 돌리고 그를 노려보았다. 그의 눈은 지금 핏빛으로 충혈되어 있고, 올리브빛의 뺨과 창백한 이마는 가슴속에서 타고 있는 불빛을 받고 있는 것처럼 빛나고 있었다. 갑자기 로체스터 씨는 몸을 움직여서 억센 팔을 번쩍 쳐들었다. 그러자 메이슨이 겁에 질려 힘없이 살려달라고 외쳤다. 로체스터 씨의 얼굴에는 차가운 경멸의 빛이 보이더니, 마치 초목이 해충에 의해 시들 듯 일순 그의 격정이 가라앉았다. 다만 메이슨에게 무슨 말을 하고 싶으냐고 물었을 따름이었다.

거의 들을 수 없는 대답이 메이슨의 입에서 흘러나왔다.

"분명히 말하지 않으면 죽여 버릴 테다! 다시 한 번 묻는데, 너는 무슨 말을 하고 싶은 거지?"

"잠깐만! 잠깐만! 당신은 지금 성스러운 자리에 있다는 것을 잊지 마시오." 목사가 제지시켰다. 그리고는 메이슨을 향해 조용히 물었다.

"이분의 부인이 살아 있는지 아닌지를 알고 있습니까?"

"기운을 내요. 그리고 분명히 말해 봐요." 변호사가 재촉했다.

"그녀는 지금 손필드 저택에 살아 있습니다." 앞서보다는 분명한 목소리로 메이슨이 말했다.

"거기서 지난 4월에 봤습니다. 나는 그녀의 오빠입니다."

"손필드 홀이라고요! 그럴 수는 없어! 내가 이 지방에서 얼마나 오래 살았는데. 지금까지 손필드 저택에 로체스터 부인이 살고 있다는 얘기는 못 들었소." 목사가 소리쳤다.

나는 쓴웃음이 로체스터 씨의 입가에 떠오르는 것을 보았다. 그러고 나서 그가 중얼거렸다.

"그렇지요, 맹세코! 그런 것을……. 그런 이름의 여자를 아무한테도 알려지지 않도록 해두었거든요." 그는 10분정도 혼자 생각에 잠겨 있다가 마침내 결심이 선 듯 말문을 열었다.

"그만하면 충분해! 총구에서 나오는 총알처럼 당장에 모든 것을 털어놓지. 우드 목사님! 기도서를 덮고 예복을 벗으세요. 존 그린! 밖으로 나가요. 오늘 결혼식은 취소하겠소."

서기인 존 그린은 영문을 몰라 하면서도 시키는 대로 했다.

로체스터 씨는 대담하게 아무 거리낌 없이 말을 계속했다.

"중혼이란 치욕적인 일이지! 그런데도 불구하고 나는 이중 결혼을 할 생각이었소. 운명의 술책에 넘어갔는지, 아니면 신의 섭리의 제약을 받았는지……. 아마 후자일 거요. 지금의 나야말로 악마나 다를 바가 없을 테니까. 여기 계신 목사님도 인정하겠지만 준엄한 신의 심판을 받아 마땅할 겁니다. 여러분, 나의 계획은 산산조각이 났습니다. 변호사와 의뢰인의 진술은 사실입니다. 나는 이미 결혼했고, 내가 결혼한 여자는 아직도 살아 있습니다! 우드 목사님은 저 저택에 로체스터 부인이 살고 있다는 말을 들은 적이 없다고 했는데, 그래도 괴상하고 미친 사람이 감시 하에 간호를 받고 있다는 풍문은 아마 여러 차례 들었을 것입니다. 그것이 나의 이복 여동생이라는 말도 있었을 것이고 또는 내가 버린 정부라는 소문도 있었을 겁니다. 지금 비로소 말하지만 그녀는 내가 15년 전에 결혼했던 버더 메이슨이라는 여인입니다. 그리고 지금 여기서 창백한 안색으로 수족을 떨며 남성으로서 비참하도록 당당한 모습을 보여주고 있는 저 용감한 신사의 여동생입니다. 기운을 내, 딕! 나를 무서워할 것 없어! 자네를 때리느니 차라리 여자를 때리겠네. 버더 메이슨은 미친 여자이며 광기 있는 가문의 딸이지요. 3대에 걸쳐 백치와 미치광이가 산출된…… 크리올인 그녀의 어머니도 미친데다 술주정뱅이를 겸했었지요! 그녀의 딸과 결혼하고 나서 알게 된 사실이오. 그때까지는 가정의 비밀을 입 밖에 내지 않았거든요. 그런데 버더는 효녀답게 어머니의 두 가지 면을 고스란히 물려받았어요. 나는 정말 매력 있는 상대를 골라잡은 셈이지요. 순결하고 영리하고 정숙한…… 내가 얼마나 행복할지는 여러분이 충분히 상상할 수 있을 것입니다. 굉장한 일들을 겪었지요! 내가 당한 훌륭한 경험을 알아준다면 다행이겠지만! 그러나 이 이상 설명이 필요 없습니다. 브리그즈 씨! 우드 목사님, 메이슨, 우리 집으로 가서 풀 부인이 간호하고 있는, 소위 내 아내란 여자를 만나주길 바랍니다! 내가 어떻게 속아서 어떤 여자와 결혼했는지를 보시고 난 후, 내게 끔찍스런 계약을 폐기하고 인간다운 공감을 요구할 권리가 있는지 없는지를 판단해 주기를 바랍니다. 그리고 이 아가씨는……." 그는 나를 쳐다보며 말을 이었다.

"목사님과 마찬가지로 이 구역질나는 비밀에 대해서는 아무것도 모르고 있습니다. 이 아가씨는 모든 것이 공정하고 합법적인 것으로만 생각했을 뿐, 자신이 이미 미치고 야수화한 여인과 결혼했던 가련한 남자의 사기 결혼 함정에 빠지리라고는 꿈에도 생각하지 않았을 겁니다! 자, 모두 갑시다, 나를 따라서!"

아직도 나를 꼭 붙잡은 채 그는 교회에서 나왔다. 세 남자가 우리의 뒤를 따랐다. 현관 앞에는 마차가 세워져 있었다.

"마구간으로 가져다줘, 존. 오늘은 필요 없으니까." 로체스터 씨가 엄하게 말했다.

우리가 들어서자 페어팩스 부인과 아델, 소피 그리고 리어가 다가와서 축복해 주려고 했다.

"뒤로 돌아가…… 모두들! 축하는 다 필요 없어! 축하가 필요한 것은 누구지? 나는 아니야! 축하는 15년이나 늦었어." 그가 외쳤다.

그는 여전히 내 손을 잡고 계단을 올라가면서 남자들에게 따라오라고 했다. 우리는 2층 계단을 올라 복도를 지나서 3층으로 갔다. 작고 검은 문이 로체스터 씨의 열쇠에 의해서 열려지고, 우리는 커다란 침대와 조각이 새겨진 옷장 옆으로 벽걸이가 걸려 있는 방으로 안내되었다.

"이 방을 기억하고 있겠지, 메이슨? 자네가 물리고 찔린 데가 여기니까." 로체스터 씨가 말했다. 그가 벽걸이를 걷자 두 번째 문이 보였다. 그 문을 열고 들어선 창이 없는 방에서는 높고 튼튼한 철창으로 둘러싸인 벽난로에서 불이 타고 있고, 천장에는 등잔이 쇠줄로 드리워져 있었다. 그레이스 풀은 벽난로 쪽으로 몸을 굽히고 냄비에 무엇인가를 끓이고 있는 중이었고, 방 저쪽 어두운 구석에서 왔다 갔다 하는 그림자 하나가 보였다. 그것이 야수인지 인간인지 언뜻 봐서는 아무도 분간할 수가 없을 것 같았다.

그건 짐승처럼 네 발로 걷는 것 같았는데, 달려들 기세로 으르렁거리긴 했으나 몸에는 옷을 걸쳤고 억센 갈기털 같은 머리카락 사이로 이마와 얼굴이 보였다.

"잘 잤어, 풀! 별일 없나? 환자는 오늘 어떤가?" 로체스터 씨가 물었다.

"고맙습니다. 참을 만합니다. 화를 내긴 하지만 난폭하게 굴지는 않습니다." 끓는 냄비를 조심스럽게 벽난로 선반 위에 올려놓으면서 그레이스가 대답했다.

그러자 구석 쪽에서 사나운 소리가 들려왔기 때문에 그녀의 호의적인 보고는 거짓말이라는 사실이 바로 드러났다. 옷을 입힌 하이에나가 일어나더니 뒷발로 섰다.

"아, 주인님을 보고 있어요! 피하시는 게 좋겠어요!" 그레이스가 소리쳤다.
"잠깐 동안이야. 그레이스, 잠깐만 있게 해줘."

"그러면 조심하세요! 제발 조심하세요!"

광인은 울부짖으면서 흐트러진 머리카락을 양쪽으로 풀어헤치고 방문자들을 난폭하게 노려보았다. 나는 그 자줏빛의 들뜬 얼굴을 기억해 냈다. 풀이 앞으로 다가섰다.

"물러서! 지금 칼은 가지고 있지 않겠지? 나도 조심하고 있어." 로체스터 씨가 그녀를 옆으로 밀어제치면서 말했다.

"뭘 갖고 있는지 알 수가 없어요. 매우 교활하거든요. 지혜로는 감춘 것을 찾을 수가 없어요."

"어서 여기를 뜨는 것이 좋겠어." 메이슨이 속삭였다.

"마음대로 해!" 그의 매부가 쏘아붙였다.

"조심하세요!" 그레이스가 외침과 동시에 로체스터 씨는 나를 자기 등 뒤로 숨겨주었다. 광인은 눈 깜짝할 사이에 달려들어서 로체스터 씨의 목을 움켜쥐고 뺨을 물었다. 그녀는 남편인 그와 비슷한 체격이었고, 싸우는데도 남자 못지않은 실력으로 골격이 건장한 그를 몇 번이나 질식시킬 수 있을 정도였다. 그는 그녀를 때려눕힐 생각은 없는 듯, 다만 맞잡고 씨름을 할 따름이었다. 그가 마침내 그녀의 팔을 꽉 잡아 눌렀다. 그러고는 그레이스 풀이 재빨리 내민 끈으로 그녀의 팔을 묶고, 옆에 있던 또 하나의 끈으로 의자에 결박했다.

로체스터 씨는 방관자 쪽을 향해 씁쓸하고 외로운 미소를 지어 보이며 말했다.

"이것이 소위 나의 아내입니다. 내가 즐길 수 있는 부부간의 유일한 포옹은 이런 거요. 그리고 심심풀이로 하는 애무랍니다! 그래서 이 사람을 내 것으로 만들 생각이었지요." 그러면서 그는 손을 내 어깨 위에 얹었다.

"지옥의 어귀에 엄숙한 태도로 서서 악마가 날뛰는 것을 침착히 보고 있는 이 아가씨를 말입니다. 지독한 레구(스튜의 일종.)를 먹고 난 후의 압가심으로 이 아가씨가 필요했던 겁니다. 목사님, 그리고 브리그즈 씨, 이 사람들의 차이점을 봐주세요! 맑은 눈과 저 충혈된 눈, 이 얼굴과 저 가면을……．

이 날씬한 몸매와 저 무지막지한 체구를! 그러고 나서 복음을 설교하는 목사님과 법을 다루는 당신이 나를 판단해 주시오. 다만 '그대가 하는 심판에 자신도 심판받도다!'(〈마태복음〉 7장 2절)라는 구절만은 잊지 마시오! 자! 나갑시다. 나는 이 보물을 가둬두어야겠습니다."

우리는 함께 그 방에서 나왔다. 로체스터 씨는 그레이스 풀에게 무엇인가를 지시하기 위해 잠깐 뒤에 처졌다. 변호사가 계단을 내려오면서 나에게 말을 걸었다.

"아가씨는 이제 모든 비난에서 완전히 벗어났습니다. 메이슨 씨가 마데이라로 돌아가서 이 얘기를 전하면 숙부님은 매우 다행스러워 할 겁니다……. 만약에 살아 있다면."

"나의 숙부요! 숙부가 어떻게 되셨어요? 숙부님을 알고 계시나요?"

"메이슨 씨가 알고 있습니다. 에어 씨는 오래전부터 펀샬에서 메이슨 씨 점포와 거래가 있었지요. 아가씨와 로체스터 씨 사이에 결혼 얘기가 있다는 편지를 숙부님이 받았을 때, 마침 메이슨 씨가 자메이카로 돌아가던 길에 건강 회복을 위해 마데이라에 체재하고 있었어요. 그때 두 분이 우연히 만나게 되었지요. 그래서 에어 씨가 편지 내용을 말했어요. 왜냐하면 여기 있는 의뢰인이 로체스터라는 신사를 안다는 걸 숙부님이 알고 있었기 때문이죠. 아가씨도 상상되겠지만 메이슨 씨가 놀라고 당황해서 진상을 털어놨던 겁니다. 그분의 쇠약함과 병의 진행 과정으로 봐서 회복하기는 힘들 것으로 짐작됩니다. 그러나 함정에 빠진 조카를 구출하기 위해 스스로 영국으로 달려올 수 없었기 때문에, 메이슨 씨에게 일각의 지체도 없이 허위 결혼을 저지시키도록 간절히 부탁했던 것입니다. 숙부님은 메이슨 씨한테 가서 도움을 받으라고 했지요. 나는 급히 일을 서둘러서 시간에 댈 수가 있었습니다. 아가씨도 잘된 일이라고 고맙게 생각하겠지요. 아가씨가 마데이라에 도착하기 전에 숙부님이 돌아가시리라는 것이 이렇게까지 확실하지 않다면 메이슨 씨와의 동행을 권하겠으나, 사정이 이러니 에어 씨로부터나 혹은 에어 씨에 관한 소식이 있을 때까지는 이대로 영국에 있는 것이 좋을 겁니다."

그러고 나서 변호사는 메이슨 씨에게 물었다.

"여기에서 더 지체할 필요가 있을까요?"

"아니, 아니오. 가도록 합시다." 불안스러운 대답이었다.

그래서 그들은 로체스터 씨와 작별 인사를 하기 위해 기다리지도 않고 그대로 홀 문밖으로 나갔고, 목사는 뒤에 남아서 오만한 그의 교구민인 로체스터 씨에게 두세 마디 훈계와 비난의 말을 하고는 자기의 의무를 끝내고 돌아갔다.

그가 돌아가는 소리를 들은 것은 내가 방으로 돌아와 방문을 닫고 서 있을 때였다. 나는 아무도 들어오지 못하도록 문고리를 걸었다. 울음도 탄식도 나오지 않았다. 그러기엔 나는 너무나 멍했다. 그저 기계적으로 웨딩 드레스를 벗고, 어제 이것을 입는 것도 마지막이라고 생각했던 나사 가운을 입었다. 난 테이블에 팔을 대고 그 위에 머리를 얹고는 생각에 잠겼다. 지금까지는 다만 듣고 보고 움직일 뿐, 또 사건이 속출하고 연이어 사실이 폭로되는 것을 지켜볼 뿐이었지만 이제는 나름대로 생각해 볼 때였다.

지극히 조용한 아침이었다. 미친 사람과의 광적인 장면을 제외하고는 모든 것이 조용했다. 교회에서의 사건도 소란스러운 것은 아니었다. 격노의 폭발도 없었고, 언성을 높여서 논쟁도 하지 않았고, 다투는 일도, 공방의 격돌도, 눈물도, 흐느낌도 없었다. 두세 마디의 말로 결혼의 이의가 받아들여졌다. 로체스터 씨의 입을 통해서 솔직히 사건의 진실을 인정하는 말이 나오고, 산 증거의 현장이 공개되었다. 그러자 모든 것이 끝났다. 나는 여느 때와 마찬가지로 내 방에 있었다. 겉으로 보기엔 조금도 변한 게 없는 그전의 나 자신으로! 아무것도 나를 해치거나 상처를 내거나 불구로 만들지 못했다.

그러나 어제의 제인 에어는 어디 갔는가? 그녀의 인생은 어디 있는가? 그녀의 전도는 어찌될 것인가?

열렬한 희망에 부풀었던 아가씨, 제인 에어는 거의 행복한 신부가 될 뻔했지만 다시 괴롭고 쓸쓸한 소녀로 돌아갔다. 그녀의 인생은 퇴색되고 전도는 황량한 것이었다. 크리스마스의 혹한이 한여름에 찾아들고, 백설이 흩날리는 12월의 폭풍이 6월에 몰아쳤다. 익은 사과에 얼음이 박히고 눈발은 장미꽃을 짓밟아 버렸다. 어젯밤까지만 해도 꽃이 만발했던 오솔길이 눈으로 덮여 보이지 않고, 열두 시간 전에 열꽃이 만발했던 오솔길이 눈으로 덮여 보이지 않고, 열두 시간 전에 열대지방의 숲처럼 잎새를 나부끼고 향기를 뿜던 숲이 지금은 겨울철 노르웨이의 송림처럼 희고 황량하게 뻗쳐 있었다.

나의 희망은 송두리째 사라졌다. 어제는 그처럼 꽃을 피우고 부풀었던 가슴속의 희망은 이제 굳어서 흙빛으로 변한 시체가 되어 다시는 소생할 가망이 없어 보였다. 나는 또 자신의 애정에 대해 생각했다. 그것은 그의 것으로, 그가 창조한 감정이었다. 그건 지금 차가운 요람 속에서 앓고 있는 어린아이처럼 내 가슴속에서 떨고 있었다. 병들고 고뇌에 사로잡혀 있었다. 로체스터 씨의 팔을 찾을 수도 없었고 그의 가슴으로부터 따사로움을 기대할 수도 없었다. 오오, 나의 애정은 다시 그에게로 향할 수 없게 되었다. 사랑이 상처를 받고 믿음이 파괴됐기 때문에! 로체스터 씨는 내게 있어서 그전의 그가 아니었다. 내가 생각했던 그가 아니라는 것을 알았기 때문이다.

그가 나쁘다거나 나를 배반했다고 생각하고 싶진 않았다. 그러나 때 묻지 않은 진실이라는 덕성이, 그에 대한 나의 관념으로부터 사라졌기 때문에 나는 그의 곁을 떠나야만 했다. 하지만 언제, 어떻게, 어디로 갈 것인지 아직 알 수가 없었다. 그가 나한테 진실한 애정을 가질 수 없었다고 생각되었다. 그렇다, 일시적인 정열에 지나지 않았던 것이 벽에 부딪쳤던 것이다. 그는 이제 나를 요구하지 않을 것이다. 나는 그의 앞을 지나는 것조차 무서워해야 할 것이다. 오오, 왜 나는 그처럼 눈이 어두웠던가! 내 행위는 어쩌면 그렇게 나약했었는가!

나의 눈은 감겨져 있었다. 소용돌이치는 암흑이 나를 감싸고, 회상은 어둡고 소리치는 물결이 되어 다가왔다. 나는 자포자기 상태로 이완된 채 물 빠진 해안에 누워 있는 것 같은 기분이었다. 먼 산에서부터 둑을 넘어 흐르는 격류가 밀려닥치는 것을 느꼈으나 난 기운이 없었으므로 다만 죽기를 기다리며 누워 있었을 따름이었다. 그때 단 하나의 관념만이 내 몸에서 꿈틀

거리며 소리 없이 고동쳤다. 소리 없는 말들이 기도가 되어 빛 하나 비추지 않는 내 마음속을 방황하고 있었으나, 그것을 입 밖으로 낼 기력조차 내게는 남아 있지 않았다. '나를 멀리하지 마소서! 환란은 다가오고, 구원해 줄 이 없으니……'

격류가 접근했으나 나는 그것을 피하기 위해 신에게 애원하지 않았다. 그것은 넘치는 기운으로 나를 압도했다. 의지할 데 없는 나의 인생, 잃어버린 나의 애정, 이루어지지 않은 나의 소망, 짓밟힌 나의 성의, 이런 모든 의식이 묵직한 덩어리가 되어 내 머리 위에서 어지럽게 흔들리고 있었다. 이 괴로운 시간을 적절히 표현할 방도는 없다. 진실로 '홍수가 밀려와서 나의 영혼에 도달하도다. 나는 깊은 수렁에 빠졌도다. 바닥에 발이 미치지 않는다. 나는 깊은 물에 빠져, 홍수 내 위를 지나도다.'라는 〈시편〉의 한 장면 그대로였다.

27장
산산이 부서진 행복

몇 시나 되었는지 머리를 들고 주위를 살피다가 서쪽으로 기울어진 태양이 벽에 빛을 뿌리는 것이 눈에 들어왔다. 그때 나는 앞으로 어떻게 했으면 좋을까를 내 마음에 물어보았다.

여기에 대한 내 마음의 대답은 당장에 손필드를 떠나야 한다는 것이었다. 하지만 너무도 단호하고 두려운 것이었기 때문에 나는 귀를 막았다. 내겐 지금 그런 일을 당해낼 만한 용기가 없었다. 내가 에드워드 로체스터의 아내가 되지 못한 것은 내 슬픔 중에선 가장 작은 것이라고 나는 단언했다. 화려한 꿈에서 깨어나 그것이 모두 헛된 것이라는 사실을 알았을 때는, 그건 참을 수 있고 능히 극복할 수 있는 두려움이었다. 그러나 당장에 그의 곁을 떠나야만 한다는 것은 참을 수가 없었다. 그것은 불가능한 일이었다.

그러나 그때 내 속에서는 그것이 가능하다고 주장하는 소리가 들렸고, 나는 스스로의 결의와 대적했다. 앞으로 내 눈앞에 닥쳐올 고통을 피할 수 있도록 차라리 내가 약해졌으면 하는 생각이 들었다. 폭군이 된 양심은 정열의 목덜미를 쥐고 너의 작은 발은 아직도 수렁에 빠져 있다고 비웃으면서 자기의 무쇠 같은 팔로 고통의 심연에 빠뜨리겠다고 장담했다.

"그러면 여기서 빠져나가게 해줘!" 나는 소리쳤다.

"누가 나를 좀 도와줘!"

'아니야, 자신의 힘으로 빠져나가는 거야. 아무도 도와주지 않을 거야.

스스로 하는 거야. 오른쪽 눈을 도려내고 오른팔을 절단하는 거야. 자신의 심장을 희생물로 삼고 스스로 사제가 되어 의식을 행하는 거야.'

이처럼 냉혹한 재판관의 위협에서 오는 고독감과, 이토록 위압적인 목소리로 가득 찬 침묵 속에서 공포를 느끼며 나는 벌떡 일어섰다. 순간 현기증이 일었다. 그제야 비로소 내가 흥분과 공복으로 병적 상태라는 것이 느껴졌다. 그날은 아침도 먹지 않았기 때문에 하루 종일 음식물을 입에 대지 않은 셈이었다. 이런 괴로움에 처해 있으면서도, 나는 이렇게 오랫동안 방 안에 있는데도 기분이 어떠냐고 묻는다든가 아래층으로 내려오라고 사람도 보내지 않는 것이 이상하게 느껴졌다. 심지어 아델도 문을 두들기지 않을 뿐더러 페어팩스 부인마저도 나를 찾지 않는다는데 생각이 미쳤다. "운이 쇠진하면 친구한테도 버림을 받는 법이지."라고 중얼거리면서 나는 문고리를 벗기고 방 밖으로 나갔다. 그런데 무엇엔가 걸려서 넘어지고 말았다. 아직 현기증이 나고 시야가 희미하며 다리가 말을 듣지 않기 때문이었다. 바로 균형을 잡을 수가 없어 그대로 주저앉으려는 순간 어디선가 뻗어 나온 팔이 나를 붙잡았다. 얼굴을 들어 바라보니, 나를 받치고 있는 것은 로체스터 씨였다. 그는 내 방 문턱 너머에 의자를 갖다놓고 앉아 있었던 것이다.

"마침내 나오고야 말았군. 오랫동안 앉아서 기다리며 귀를 기울이고 있었소. 그런데 움직이는 소리 하나 없고 흐느끼는 소리조차 들을 수 없었소. 죽음 같은 정적이 5분만 더 지속됐더라면 강도처럼 자물쇠를 부수었을 거요. 그렇게 당신은 나를 피할 작정인가? 방에 틀어박혀서 혼자 슬퍼하다니! 차라리 나한테 달려들어 비난해 주었으면 했어. 당신은 정열가잖소? 한바탕 소동을 벌일 것으로 생각했소. 뜨거운 눈물의 비는 이미 각오했던 거지만, 다만 그것이 내 가슴에 뿌려지길 바랐을 뿐이오. 하지만 무장한 마룻바닥과 당신의 손수건이 그것을 받았소. 아니야, 내 잘못이었어. 당신은 울지 않았소! 뺨이 창백하고 눈이 움푹 들어가긴 했지만 눈물 자국은 없어. 그러나 가슴속으로 피눈물을 흘렸겠지? 제인, 왜 한마디도 비난의 말을 하지 않는 거야? 신랄하고 가슴을 찌르는 비수 말이야. 감정을 찢어내고 분노를 일으키는 비난을 왜 하지 않소? 당신은 내가 앉혀놓은 대로 조용히 앉아서 다만 지친 눈으로 나를 바라볼 뿐이로군. 제인, 이렇게 당신을 상심시킬 생각이 아니었소. 자식처럼 귀엽게 자기 빵을 먹이고 자기 차를 마시게 하고 품에 안아서 기르던 새끼 양을 실수로 죽인 사나이도, 내가 저지른 피나는 실책만큼은 후회하지 않을 거야. 제발 나를 용서해 줄 수 없을까?" 그가 말했다.

독자여! 나는 그 자리에서 바로 그를 용서하고 말았다. 그의 눈에는 후회의 기색이 너무나 역력했고, 그의 어조에는 진실한 슬픔이 담겨져 있었으며, 그의 태도에는 남자다운 힘이 넘치고 있었다. 뿐만 아니라 표정과 몸짓에 변함없는 사랑이 깃들어 있었다. 그래서 나는 모든 것을 용서했지만, 말로 한다든가 표면에 나타낸 것이 아니라 마음속으로 용서한 것이다.

"당신은 나를 악한으로 생각하겠지, 제인?" 그가 괴로워하며 물었다.

내가 계속 침묵을 지키고 있었던 건, 나의 의지력 때문이 아니라 너무도 지쳐 있었기 때문이었다.

"네."

"그렇다면 엄격하고 신랄하게 말해 봐요. 나를 욕하고 꾸짖어 줘!"

"그럴 수가 없어요. 지친데다 기운이 없어요. 물을 좀 주세요."

그는 경련하듯이 한숨을 짓고 나서, 나를 안은 채 아래층으로 내려갔다. 희미한 내 눈에는 모든 것이 구름처럼 보여 처음에는 어떤 방으로 나를 데려갔는지 몰랐다. 비록 여름이기는 하지만 내 방이 얼음구덩이처럼 싸늘했기 때문에, 그 방에 들어서자 불을 지핀 것처럼 훈훈하게 느껴졌다. 그는 내 입술에 포도주를 가져다 댔다. 나는 그것을 마시고 원기를 회복했다. 그리고 그가 권하는 것을 먹고 나니 정신이 들었다. 나는 서재의 그의 의자에 앉아 있었고, 그는 바로 곁에 있었다. '심한 고통을 받지 않고 이 세상을 하직할 수 있다면 좋겠어.' 나는 생각했다. '그러면 나를 로체스터 씨에게서 떼어내기 위해 노력하지 않아도 좋을 텐데. 아무래도 그이와는 헤어져야 하지만, 실상은 떠나고 싶지 않아……. 떠날 수가 없어.'

"기분이 좀 어떻소, 제인?"

"훨씬 좋아졌어요. 곧 회복되겠지요."

"포도주를 한 모금 더 마셔요, 제인."

나는 시키는 대로 했다. 그러자 그는 테이블 위에 잔을 놓고 앞에 서서 주의 깊게 나를 응시했다. 그러더니 갑자기 감정이 북받치는 듯 알 수 없는 소리를 외치면서 돌아섰다. 그가 다시 내게로 돌아서서 마치 키스라도 할 듯 몸을 숙였으나, 나는 그를 외면하며 옆으로 밀어제쳤다.

"제인! 왜 그러지?" 그가 숨을 몰아쉬며 외쳤다.

"그래, 알겠어! 버더 메이슨의 남편에게는 키스를 허락하지 않겠다는 거겠지? 내 팔에는 안길 사람이 따로 있고, 포옹은 다른 사람에게나 적당하다는 거지?"

"어쨌든 내가 안길 여지도 없고, 나한테 요구할 권리도 없어요."

"어째서 그렇지? 달리 얘기할 필요도 없어. 내가 대신 대답을 하지, 나에게는 이미 아내가 있기 때문이라고……. 어때, 내 말이 맞지?"

"그래요."

"정말 그렇게 생각한다면, 당신은 내게 대해 몸서리쳐지는 견해를 가져야만 될 거요. 즉 당신은 나를 간악한 음모를 꾸민 악인으로 간주해야 할 거란 말이오. 일부러 파놓은 함정에 당신을 빠뜨려 당신의 명예를 짓밟고, 자존심을 빼앗기 위해 마음에도 없는 애정을 가장한 비열하고 저속한 방탕자라고 봐야 할 것이오. 여기에 대해 어떻게 생각하지? 할 말이 없을 거요. 우선 당신은 지금 현기증을 일으키고 있어서 숨 쉬는 것이 고작이고, 다음으로 당신은 아직 나를 비난하고 저주할 마음의 준비가 되어 있지 않아요. 게다가 눈물의 샘이 넘칠 지경이라 많은 얘기를 하면 그것이 흘러내릴 정도요. 지금 당신으로서는 비난하고 싸울 기분이 아닐 거요. 오로지 어떻게 행동할까 하는 생각뿐이고……. 대화 따윈 소용없는 짓이라고 믿고 있지. 당신 기분을 이해할 수 있을 것 같아. 그래서 나는 경계하고 있소."

"당신한테 거슬리는 행동은 하고 싶지 않아요." 나는 그렇게 말했지만 목소리에 기운이 없어서, 그 이상 계속하지 않는 것이 좋겠다고 생각했다.

"당신 말의 의미에서가 아니라 내 입장에서 볼 때, 당신은 지금 나를 파멸로 이끌려는 것이오. 당신이 나를 기혼자라고 말하는 것은 당연해. 내가 결혼했었기 때문에 나를 피하고 멀리하려는 거야. 조금 전만 해도 키스를 거절했소. 나와는 완전히 상관없이, 다만 아델의 가정교사로만 이 지붕 밑에서 살아가려는 거지. 내가 어떤 다정한 말을 한다 해도, 그리고 당신의 감정이 다시 나에게 쏠린다 해도 당신은 이렇게 말할 거요. '자칫했으면 저 남자의 정부가 될 뻔했어. 저 남자한테는 얼음이나 바위처럼 대해야만 해.' 그래서 얼음이나 바위가 되어 버릴 거야."

나는 목소리를 가다듬고 침착하게 대답했다.

"내 주위의 것은 모두 변했어요. 따라서 나도 변해야만 해요. 그 점에 대해서는 의심할 여지가 없어요. 감정의 동요와 추억의 연상과 끊임없는 투쟁을 회피하는 방법은 한 가지밖에 없어요! 그건 아델에게 새 가정교사를 정해 주는 거예요."

"오오! 아델은 학교에 가게 되어 있어. 그것은 이미 결정되었소. 그리고 소름끼치는 이 손필드 저택에 대한 연상과 추억으로 당신을 괴롭힐 생각은 없어. 이 저주받은 곳, 야간의 막사(야간이 약탈을 일삼아 여호와를 어겨서 그 일족이 살해되었다는 〈구약성경〉의 이야기로, 곧 '저주받은 집'을 말함.), 하늘을 향해 산송장의 무시무시함을 반사하는 거만한 원형 지붕, 우리가 상상할 수 있는 악마의 대군보다도 더 지독한 진짜 악마가 살고 있는 이 좁은 돌 지옥……. 제인, 당신을 이곳에 둘 순 없소. 그리고 나도 여기 있지 않겠소. 끔찍스런 유령이 나오는 집에 당신을 불러들인 내가 잘못이었어. 실은 당신을 만나기 전부터 난 이 집의 비밀을 아는 모든 사람들에게 일체 입을 다물고 있도록 해두었소. 게다가 그런 동거인이 있다는 사실을 알게 되면, 아델을 맡을 가정교사가 오지 않을 것으로 생각했었지. 또한 그 광인을 다른 곳으로 옮기려던 계획도 뜻대로 되지 않았어. 펀딘 장원에 이곳보다 인가에서 훨씬 많이 떨어진 고가(古家)가 있기는 하지만, 숲속에 있으므로 건강에 좋지 않을 것 같아서 양심상 실천할 수 없었는데, 만약 실천했더라면 안전하게 감출 수가 있었겠지. 아마 습기에 찬 벽은 그 골칫덩어리를 내게서 곧 제거해 주었을 거야. 악인은 각자 자기의 악을 지니고 있게 마련인데, 내 경우에는 간접적인 살해조차도 할 수 없었소. 사실 미친 여인을 당신 옆에 감춘다는 것은 어린아이를 외투에 감싸서 유퍼스(자바 부근의 섬에서 자생하는 독 있는 나무.) 밑에 잠재우는 거나 다름없었소. 그 악마 근처에는 독이 흘러내리고 있었어. 언제나 그랬지. 이젠 손필드 저택을 폐쇄할 작정이오. 현관은 못질을 하고 아래층 창들은 판자로 막을 생각이야. 풀에게 연봉으로 2백 파운드를 주어, 당신이 내 아내라고 부르는 그 무서운 여인과 같이 살게 하는 거야. 그레이스는 돈만 준다면 무슨 일이든지 하거든. 그리고 그림스비 정신병동의 감시원으로 있는 그녀 아들을 불러오게 해서 같이 있게 할 작정이야. 그렇게 하면 그녀의 말상대도 되고, 광인이 발광을 하면 옆에서 도와줄 수도 있겠지. 악마한테 홀려서 한밤중에 사람을 태워 죽이려 한다든가 칼로 찌른다든가 뼈에서 살을 깎아내리려고 할 때……."

"당신……."

나는 그의 말을 중단시켰다.

"그 불행한 여인에 대해 털끝만큼도 동정심을 갖고 있지 않군요. 다만 증오심과 집요한 반감을 가지고 있을 따름이에요. 너무 잔인해요……. 그러니 미칠 수밖에 없었겠지요."

"제인, 나의 다정한 사람. 당신이 지금 무슨 말을 하고 있는지 자신도 모르고 있소. 당신은 나를 오해하고 있는 거야. 내가 그녀를 미워하고 있는 것은 미쳤기 때문이 아니야. 만약에 당신이 미쳤다면, 그렇다고 해서 내가 당신을 미워할 것 같소?"

"물론 그러리라고 생각해요."

"그건 잘못 생각한 거야. 거기에 대해서는 나를 모르고 있는 거요. 그리고 내가 얼마만큼 사랑의 능력을 가지고 있는지도 모르고. 당신의 어떤 작은 한 부분도 나의 것과 마찬가지로 소중하단 말이야. 아플 때나 병들었을 때나 똑같이! 당신의 마음은 나의 보석이며, 설령 그것이 깨진다 하더라도 나에겐 역시 보석이거든. 당신이 미쳤다 해도 당신을 껴안을 것은 내 두 팔이야. 이것은 광인을 구속하는 복장이 아니야. 그 여자가 오늘 아침에 한 것처럼 짐승처럼 덤벼들어도, 나는 당신을 포옹으로 맞을 거야. 최소한 억제할 수 있을 정도로 애무하겠지. 그 여자에게 몸서리친 것처럼 당신을 피하지는 않을 것이고, 당신의 마음이 가라앉게 되면 나 이외에는 감시인도 간호사도 없을 거야. 당신이 내게 미소를 보내지 않는다 해도 나는 끈기 있게 당신을 보살필 것이며, 당신의 눈이 나를 알아보지 못한다 해도 나는 당신의 눈만을 바라볼 거야……. 아, 그런데 내가 왜 이런 말도 안 되는 생각을 하고 있지? 당신을 손필드에서 떠나보낼 말을 생각하고 있었는데……. 난 준비가 다 되었소. 내일 아침이라도 떠나줘요. 이 지붕 밑에서 단 하룻밤만 더 참아주길 바랄뿐이오. 제인, 그러면 이곳의 비참함과 공포와는 영원히 작별이야! 갈 곳은 있소. 거기에는 증오할 추억도 반갑지 않은 침입자도 없고, 그리고 허위와 비방도 없는 안전한 피난처야."

"아델을 데리고 가주세요. 그 애는 당신의 말상대가 될 수 있을 거예요." 나는 그의 말을 중단시키며 말했다.

"그건 무슨 말이오, 제인? 아델은 학교에 보낸다고 하지 않았소. 내게 무슨 소용이 있어서 어린아이를 데리고 간단 말이오? 그 애는 내 아이가 아니야. 프랑스 무희의 사생아이지. 왜 그 애를 내세워 나를 괴롭히는 거지?"

"당신은 은거할 뜻을 비쳤어요. 은거와 고독은 쓸쓸한 거예요. 당신으로선 지나치게 지루할 거예요."

"고독! 고독! 이제 설명을 해야만 하겠군. 당신의 얼굴에 어떤 표정이 떠오르든 나는 개의치 않겠소. 당신도 나와 고독을 함께하는 거야. 이제 알겠소?" 그가 짜증스럽게 말했다.

나는 머리를 가로저었다. 그가 몹시도 흥분하고 있었기 때문에, 무언으로 거부 표시를 하는 것조차 어느 정도의 용기가 필요했다. 그는 방 안을 잰걸음으로 돌아다니다가 한자리에 우뚝 서더니 한참 동안 험상궂은 눈으로 나를 쳐다보았다. 나는 그의 시선을 피해서 난로를 응시하고 있었는데, 침착한 태도를 가장하고 그대로 유지하려 애썼다.

"제인의 성격에 고장이 생겼군. 명주실 타래가 지금까지는 잘 풀렸는데, 언젠가는 엉킬 것으로 짐작은 했었소. 그리고 마침내 그렇게 됐고. 억울한 일, 분개할 일, 그리고 말할 수 없이 시끄러운 일이 생길 거야! 난 맹세코 삼손의 최후의 힘을 다해서 엉킨 것을 부스러기처럼 부수고 말겠소!" 표정으로 미루어 예상했던 것과는 달리 침착한 목소리로 그가 말했다.

그는 다시 걷기 시작했다가 갑자기 멈춰 섰다. 이번에는 바로 내 앞이었다.

"제인! 그 이유를 듣겠소? — 그는 허리를 굽히고 입술을 내 귀 밑에 갖다 대었다. — 듣지 않겠다면 폭력을 쓸 거요."

그의 목소리는 쉬어 있었고, 그의 표정은 참을 수 없던 속박의 사슬이 끊겨, 이제 막 무모한 짓을 감행하려는 남자의 그것으로 보였다. 만약 그가 다음 순간에 또 하나의 광적인 충격을 받았더라면, 나로서는 그를 어찌할 도리가 없었을 것이다.

지금 이 순간이, 지나가고 있는 시간의 전부이다. 뿌리치거나 도망치거나 무서워하는 동작을 보이기만 한다면, 그때는 운명이 정해질 것이다. 그의 운명도……

하지만 나는 전혀 두렵지 않았다. 나를 지탱하는, 그리고 그에게 영향을 미칠 수 있는 나 자신의 내적인 힘을 의식했기 때문이다. 이 운명의 갈림길은 위험하긴 했으나 전혀 매력이 없는 것도 아니었다. 마치 인디언이 통나무배를 타고 격류를 헤치며 나아갈 때의 기분과도 같은 것이리라.

나는 그의 손에 잡힌, 비틀린 손가락을 빼고 나서 조용히 말했다.

"앉으세요. 하고 싶어 하시는 말을 다 듣겠어요. 사리에 맞는 것이건 아니건 간에."

그는 조용히 앉았으나 곧 입을 열지는 않았다. 나는 그동안 눈물을 보이지 않으려고 무진 애를 써야 했다. 그가 나의 우는 얼굴을 보고 싶어 하지 않으리란 것을 알고 있었기 때문이었다. 하지만 이제는 마음대로 눈물을 흘리는 것이 오히려 좋으리라고 생각했다. 내 눈물에 그가 당황한다면 그것은 더욱 바람직한 일이다. 그래서 나는 마음껏 흐느꼈다.

그러자 이내 진정하라고 간청하는 그의 소리가 들렸다. 그러나 나는 그가 격한 감정으로 있는 한 그럴 수는 없다고 대답했다.

"나는 화내지 않고 있어, 제인. 너무나 당신을 사랑하고 있을 따름이야. 작고 창백한 얼굴을 그렇게 굳히고 냉혹한 표정을 짓고 있으니, 나로서는 참을 수가 없어. 자! 울음을 그치고 눈물을 닦아요."

부드러워진 그의 목소리는 감정이 가라앉은 것을 말해 주었으므로 나도 울음을 그쳤다. 그러자 그가 이번에는 머리를 내 어깨 위에 얹으려고 했다. 나는 그것을 용납하지 않았다.

"제인! 제인! 그렇다면 나를 사랑하지 않는 건가? 당신이 소중히 생각했던 것은 단지 나의 지위와 나의 아내라는 신분뿐이었던가? 내가 당신의 남편이 될 자격이 없다고 생각하는 지금에 와서는, 두꺼비나 원숭이라도 보듯 나를 피하는 건가?" 그는 나의 온 신경을 전율시키는 비통한 어조로 뇌까렸다.

이 말에 내 가슴은 찢어지는 것 같았으나, 내가 무엇을 할 수 있고 무슨 말을 할 수 있으랴! 그때는 당연히 아무것도 하지 않고 아무 말도 하지 않았어야만 했다. 그러나 나는 그의 감정을 조각냈다는 죄책감에 사로잡혀 있었기 때문에, 내가 상처를 낸 곳에 약을 발라주어야 한다는 생각을 억제하질 못했다.

"나는 진정으로 당신을 사랑해요. 전보다 더……. 그러나 그런 감정을 나타내든가 거기에 도취될 수는 없어요. 이것이 마지막이에요."

"마지막이라고, 제인! 어째서? 나하고 함께 살면서 매일 얼굴을 마주치고, 더구나 나를 사랑하고 있으면서 그렇게 냉정한 태도를 가질 수 있으리라고 생각하오?"

"아니오. 그럴 수는 없을 거예요. 그러므로 방법은 하나밖에 없어요. 하지만 내가 말하면 당신은 화를 낼 거예요."

"오오, 말해 봐요! 내가 화를 내면 당신은 우는 재주가 있잖아?"

"로체스터 씨, 나는 당신 곁을 떠나야만 해요."

"얼마나 말이오, 제인? 머리를 가다듬기 위해서 2, 3분? 약간 흐트러졌으니까, 얼굴이 달아올랐으니까 세수를 하려고?"

"나는 아델과 손필드로부터도 떠나야 해요. 일생 동안 당신을 떠나야 해요. 낯선 곳에 가서 새로운 생활을 시작해야겠어요."

"물론 그래야지. 그래야 한다고 내가 말하지 않았소. 나와 헤어져야 한다는, 말도 안 되는 소리는 듣지 않은 것으로 하겠어. 내 몸의 일부분이 되겠다는 말이겠지? 새로운 생활을 하겠다는 것은 좋은 생각이오. 당신을 나의 아내로 맞을 생각에는 변함이 없어. 나는 결혼하지 않은 몸이야. 당신을 로체스터 부인으로 만들겠어. 명실 공히 말이오. 당신과 내가 살아 있는 한 내 마음이 향하는 곳은 오직 당신뿐이야. 남 프랑스에 있는 내 집에, 지중해 근처에 있는 하얀 별장으로 당신을 데려가겠어. 거기서 행복하고 안전하고 순수한 생활을 하는 거야. 내가 당신을 유혹해서 악으로 이끈다든지, 당신을 정부로 삼을 것이라는 따위의 걱정은 하지 말아요. 왜 당신은 머리를 흔들지? 제인, 이제 사리를 분별해야 해요. 그렇게 하지 않으면 나는 정말 미쳐 버릴 거야."

그의 목소리와 손이 떨고 있었고, 커다란 콧구멍은 벌렁거렸으며, 눈은 빛나고 있었다. 그러나 나는 단호하게 말했다.

"당신 부인은 살아 있어요. 그것은 당신이 오늘 아침에 인정한 사실이에요. 만약에 내가 당신과 같이 살게 된다면 나는 당신의 정부가 되는 거예요. 그렇지 않다고 부정하는 것은 궤변에 지나지 않는…… 허위예요."

"제인, 원래 나는 성미가 팔팔한 남자야. 당신은 그것을 잊고 있어. 나는 참을성도 없고, 냉정하고 침착하지도 못해. 나와 당신을 위한 자비라고 여겨 손끝으로 내 맥을 짚어보고 얼마나 고동이 심한가 봐요. 조심해요!"

그는 팔뚝을 걷어붙이고 나한테 내밀었다. 뺨과 입술이 거의 잿빛으로 변해 있었다. 나는 몹시 당황했다. 그가 그토록 싫어하는 저항으로 인해 그를 이처럼 동요하게 한 것은 잔인하다고 생각되었다. 하지만 그의 뜻에 복종한다는 것은 별문제였다. 인간이 최악의 궁지에 몰렸을 때 구원을 청하는 "신이여, 도와주소서!"라는 말이 저절로 내 입에서 튀어나왔다.

"나는 바보야! 내가 결혼하지 않았다고 계속 주장하고 있으면서 아직 그 이유도 설명하지 않고 있었어. 그 여자의 성격이라든가 지옥과 같은 결혼 생활에 얽힌 사정을 당신이 모르고 있다는 사실을 잊고 있었어. 그렇지, 당신도 모든 사실을 알게 되면 틀림없이 나와 같은 생각을 갖게 될 거야! 내 손 위에 손을 좀 올려 봐요, 제인! 눈으로 보는 것뿐만 아니라 접촉함으로써 당신이 옆에 있다는 증거를 갖기 위해서…… 그러면 간단하게 진상을 말해 주지. 들어주겠소?" 갑자기 로체스터 씨가 외치듯이 말했다.

"좋아요, 몇 시간이라도."

"몇 분이면 돼, 제인. 나는 우리 집의 장남이 아니고, 내게 형이 있다는 사실을 들어서 알고 있었나?"

"페어팩스 부인이 언젠가 얘기해 준 기억이 있어요."

"그리고 아버지가 욕심쟁이였다는 것도?"

"그랬던 것으로 알아요."

"그래서 제인, 아버지는 재산을 분배하지 않으려고 결심했던 거야. 재산을 나누어서 나한테 마땅한 몫을 주려고 하지 않았어. 전 재산을 모두 형인 롤랜드에게 상속해 주기로 마음먹었지만, 아버지는 나머지 아들 하나가 거지가 된다는 것도 참을 수 없었던 거야. 그래서 나를 부자와 결혼시켜 여유 있는 생활을 시키려고 계획하던 차에 마침 적절한 혼처를 찾아냈어. 서인도의 농장주이며 상인인 메이슨 씨는 아버지의 옛 친구였는데, 그가 대단한 재산가라는 것을 알고 아버지는 세심히 조사를 했어. 그 결과 메이슨 씨에게는 아들 둘과 딸이 하나 있다는 것을 알았고, 또한 딸이 결혼할 때 3만 파운드의 지참금을 줄 예정이라는 말을 메이슨 씨한테서 듣고서 아버지는 매우 만족했지. 내가 대학을 나오자 이미 정해 놓은 혼처에 장가들기 위해 자메이카로 보내졌던 거야. 아버지는 그녀의 돈에 대해서는 한마디도 하지 않고 다만 그녀의 미모가 스페니시타운의 자랑거리라고 했어. 그래,

그것은 거짓말이 아니었어. 그녀는 블랑슈 잉그램처럼 키가 크고 머리는 검고 체구가 당당한 미인이라는 것을 알게 되었지. 그녀의 가족들은 명문가의 출신인 나를 붙잡으려 했고, 그녀 또한 그랬어. 아름답게 성장한 그녀의 모습을 여러 연회장에서 나의 눈에 띄도록 애써 보여주었어. 그녀는 내게 교태를 부리며 내 마음을 사려고 온갖 매력과 재주를 발휘했어. 그녀와 사귀는 남자들은 그녀를 동경하고 나를 부러워하는 것 같았어. 나는 흥분되어 눈이 멀고 감정이 격했었지. 그때는 아무것도 모르는 애송이였으므로 나도 그녀를 사랑한다고 생각했어. 사교계의 어리석은 경쟁이라든가 젊음의 열망과 경솔과 맹목에 정신을 잃게 되면 어리석은 일을 저지르기 마련이야. 그녀의 가족은 나를 치켜 올리고 경쟁자는 나를 화나게 했어. 그녀는 나를 유혹하는 와중에서 나의 입장도 분별하지 못했고, 나는 엉겁결에 결혼한 몸이 되었어. 아아, 그 일을 생각하면 너무도 수치스러워! 그리고 자신을 모욕하는 슬픔에 사로잡혔지. 나는 그녀를 사랑하지도 존경하지도 않고, 심지어 그녀가 어떤 여자인지도 알지 못했어. 그녀의 성질 가운데 단 하나라도 장점이 있는지조차 알지 못했어. 그녀의 마음이나 태도에선 겸손이나 자비나 세련됨을 찾아볼 수가 없었거든. 그런데도 나는 그녀와 결혼했던 거야……. 나라는 인간은 야비하고 천한 두더지 눈을 가진 사내였어. 무슨 일을 저지른다 해도 이보다 더 큰 죄는 없을 거야. 아아, 그런데 지금 내가 누구와 얘기하고 있다는 것을 잊어서는 안 되는데……. 신부 어머니를 나는 보지도 못했어. 죽은 줄만 알고 있었지. 신혼여행을 끝내고 나서야 비로소 뭔가 잘못되었다는 것을 알게 됐어. 그 어머니는 미쳐서 정신병원에 감금되어 있었던 거야. 그리고 남동생은 완전히 말을 못하는 백치였어. 또 하나 오빠가 있었는데, 당신이 본 리처드 메이슨이 그 사람이야. 그만은 미워할 수가 없어. 왜냐하면 상냥한 마음씨를 갖고 있는 그는 가엾은 누이동생에게 항상 관심을 보였으며, 한때는 나를 충견처럼 따르기도 했거든. 그러나 언젠가는 그도 미워하게 될 거야. 어쨌든 나의 아버지와 형 롤랜드는 그 사실을 모두 알고 있었으나 3만 파운드에 눈이 어두워서 나를 지옥의 구렁텅이로 몰아넣은 거지. 하지만 그런 사실을 감춘 데 대해 그들을 비난할 수 있을지는 모르지만, 그렇다고 아내에게 책임을 돌릴 수는 없었어. 그녀의 타고난 성격이 나와는 다르고, 성품이 저속하고 편협되고, 높은 곳으로 올라가거나 크게 뻗을 가능성이 없다손 치더라도……. 그녀와는 단 하룻밤, 아니 단 한 시간도 즐거울 수 없다는 사실을 알게 되었고, 내가 어떤 화제를 꺼내든 그녀로부터 야비하고 케케묵은 대답밖에 듣지 못해 우리 사이에 대화를 할 수 없다는 사실을 알게 되었어. 또 그녀는 과격하고 이치에 맞지도 않게 화를 냈어. 그녀의 어리석고 혹독한 명령은 하인들이 당해낼 수 없을 정도여서 조용한 가정을 가질 수 없다고 생각했을 때도 나는 자신을 억누르고 있었어. 비난도 삼가고 불평도 하지 않았지. 오직 후회와 증오를 조용히 되씹으며 심한 반감을 억제하고 있었던 거야. 제인, 이렇게 시시한 얘기를 자세히 해서 당신을 괴롭힐 생각은 없어. 하지만 내가 꼭 해야 할 말을 단도직입적으로 하겠어. 나는 위층에 있는 여자와 4년을 살았는데, 그동안 그녀는 나를 너무도 괴롭혔어. 그녀의 특성은 놀랄만한 속도로 진행되고 발전하여 악습이 확고부동해졌어. 그것을 제지하려면 난폭하게 다루어야만 했는데 나로서는 도저히 그럴 수가 없었어. 어쩌면 그처럼 어린아이 같은 지능에 그런 거대한 성벽을 갖고 있는지! 그런 성벽 때문에 내가 받은 저주는 말할 수 없이 끔찍한 것이었어! 악명 높은 어머니의 딸인 버더 메이슨은, 술주정뱅이에다 행실이 좋지 않은 아내의 남편으로 나를 결박시켜 가지고 온갖 소름 끼치는 수치와 괴로움을 겪도록 휘둘렀다. 그동안에 형이 죽고 4년이 지나자 아버지도 돌아가셨어. 그래서 나는 부자가 된 거야. 하지만 일찍이 보지 못했던 야비하고 불순하고 타락한 인간이 나라는 인간과 결합되어, 법률과 사회로부터 나의 일부분으로 불리게 된 것을, 어떠한 법적 수단을 취해도 제거할 수 없었지. 왜냐하면 의사들이 그 여자를 정신병자로 판정 내렸기 때문이야. 그녀의 무절제로 인해 정신병은 예상외로 급속도로 발전했어. 제인, 내 얘기가 듣기 싫겠지. 기분 좋지 않은 얼굴이군. 못 다한 얘기는 뒤로 미루기로 할까?"

"아니에요, 지금 전부 말해 주세요. 당신이 가엾군요. 진심으로 그렇게 생각돼요."

"제인, 남이 가련하게 생각해 준다는 것은 더할 나위 없이 화가 나는 모욕적인 선물을 받는 것과 같아. 그런 건 냉정하고 이기적인 마음에서 우러나는 거짓 동정이야. 그것은 남의 불행을 듣고 느끼는 비열한 자기만족과, 마음의 고통과 불행을 참아온 사람을 무지하다고 경멸하는 마음이 혼합된 거야. 그런데 당신이 말하는 동정은 그런 것이 아니야. 제인. 지금 이 순간 당신 얼굴에 가득 찬 감정은 그런 것이 아니야. 당신 눈에 넘치고 있는 것은, 당신의 뛰는 가슴은, 내 손 속에서 떨고 있는 것은 그런 게 아니야. 다정한 당신, 당신의 가련한 마음은 사랑을 낳고 있는 어머니의 고통이야. 그 고통이야말로 신성한 정열을 출산하는 진통이지. 나는 그것을 받아들이겠어, 제인. 그 아이를 자유롭게 태어나도록 해요……. 내 팔은 그 아이를 받기 위해 기다리고 있어."

"얘기를 계속하세요. 아내가 미쳤다는 것을 알고 어떻게 했나요?"

"제인, 나는 절망의 낭떠러지로 다가섰었지. 자존심 조각만이 나의 심연 사이에 놓여 있었어. 세상 사람들의 눈으로 본다면 나는 확실히 더러운 치욕에 둘러싸여 있었어. 그러나 나 자신의 눈에는 깨끗하게 보이려고 결심했어. 끝까지 그녀의 죄에 물들지 않으려고 했고, 그녀의 정신적인 결함과 관련을 맺지 않기로 했어. 그러나 사회에서는 나의 이름과 신분을 그녀와 관련시키려고 했어. 그때만 해도 나는 매일 그녀의 얼굴을 보고 그녀의 목소리를 듣고 있었지. 기가 막힐 일이지만 그녀의 입김이 내가 숨 쉬는 공기에 섞여 있었을 뿐만 아니라 한때는 내가 그녀의 남편이었다는 사실도 잊을 수가 없었어. 그것을 생각한다는 것조차 그때나 지금이나 말할 수 없이 불쾌한 일이야. 그리고 그녀가 살아 있는 한 나는 보다 훌륭한 아내의 남편이 될 수 없다는 것을 알고 있었고, 또한 그녀가 나보다 5년 연상이긴 하지만 — 그 가족과 내 아버지는 나이에 대해서도 나를 속였다. — 정신은 약할망정 몸은 건강해서 거의 나와 마찬가지로 오래 살 것이 분명했어.

그래서 스물여섯의 나이에 난 이미 희망을 잃은 인간이 되어 버렸지. 어느 날 밤 나는 그녀가 울부짖는 소리에 잠이 깨었어. ── 의사가 정신병자라고 선언하고 나서는 물론 감금해 두었었다. ── 지독스럽게 무더운 서인도의 밤이었는데, 그 지방에 흔히 있는 태풍 전야의 상태 같은 때였어. 침대에서 잘 수가 없어서 나는 일어나 창문을 열었어. 공기는 마치 유황 증기 같았고, 기분을 상쾌하게 해주는 거라곤 아무것도 없었어. 모기가 날아들어 음산한 소리를 내었고, 그곳까지 들려오는 파도소리는 지진처럼 둔하게 울렸지. 해상에는 검은 구름이 뒤덮였고 파도 사이로 지는 달은 작열하는 포탄처럼 폭풍 기미가 보이는 하계에 핏빛 같은 마지막 시선을 던지고 있었어. 그런 분위기와 광경에 나는 육체적인 영향을 받았는데, 더구나 귀는 아직껏 외치고 있는 미친 사람의 저주로 가득 차 있었어. 마치 악마의 증오 같은 어조로, 표현할 수조차 없는 더러운 말로 내 이름을 부르는 것이었어! 진짜 매춘부도 그런 말은 하지 못했을 거야. 두 방이나 떨어져 있었지만 나는 그 한마디 한마디를 다 들을 수가 있었어. 서인도 주택의 얇은 칸막이는 늑대소리 같은 그녀의 울부짖음을 차단하지 못했거든. 마침내 나는 숙고하기 시작했어. '이 생활은 지옥이야. 이것은 지옥의 대기이고 저것은 그 끝없는 심연에서 들려오는 부르짖음이야! 이곳에서 나 자신을 구출할 권리가 내겐 있어. 이 무서운 고통은 지금 내 영혼을 괴롭히는 무거운 육체가 없어짐과 동시에 사라지겠지. 광신자가 말하는 유황불 지옥이 나에게는 조금도 무섭지 않아. 현재의 상태보다 더 나쁜 미래는 없을 거야…… 신이여! 나를 이곳에서 벗어나게 하여 당신의 나라로 가게 해주소서!' 나는 탄환이 장전된 두 자루의 권총이 들어 있는 트렁크 앞에서 무릎을 꿇고 뚜껑을 열었어. 자살할 생각이었지. 그러나 그것도 순간뿐이었어. 정신이 돈 것이 아니기 때문에, 자기 파괴의 의지와 계획을 세우게 한 절망적인 위기가 다음 순간에 사라졌기 때문이야. 유럽으로부터의 신선한 바람이 바다를 건너서 열어놓은 창으로 불어들었어. 갑자기 폭풍이 일고 억수같이 비가 쏟아지고 천둥이 울리고 번갯불이 비치더니 다시금 대기가 맑아졌어. 그때 한 가지 생각이 떠올라서 나는 결심을 했어. 정원의 빗물이 떨어지는 오렌지나무 밑과 비에 젖은 석류나무와 파인애플 사이를 걸으면서, 눈부신 열대의 새벽이 다가왔을 때 나는 이런 판단을 내렸어. 제안……. 내 말을 들어봐요. 그것이 그때 나의 위안이었고 나에게 올바른 길을 제시한 참된 지혜였어. 유럽에서 불어오는 상쾌한 바람은 생기를 되찾은 나뭇잎 사이에서 속삭였고, 대서양은 영광된 자유의 포효를 지르고 있었어. 오랫동안 메말라 타고 있던 내 가슴은 파도소리에 부풀어 혈기왕성하게 뛰고 내 생명은 부활을 갈망했으며 영혼은 신선한 호흡에 굶주려 신음하고 있었어. 그러다가 희망이 소생하는 것을 본 거야. 새 생활의 가능성을 느낀 거지. 정원 구석의 꽃으로 뒤덮인 아치문을 통해서, 나는 하늘보다도 푸른 바다를 바라보았어. "가거라!" 하고 희망이 외쳤어. '그리하여 다시 유럽에서 사는 거야. 거기서는 네가 어떤 치욕적인 이름을 갖고 있는지도 모를 것이며, 어떤 더러운 짐을 지고 있는지도 모를 거야. 미친 사람을 영국으로 데려가서 적당한 간호와 경계를 하며 손필드에 가둬두는 거야. 그러고 나서는 마음 내키는 대로 여행을 하며 새로운 인연을 맺는 거야. 지금까지 너의 오랜 고통을 무시하고 네 이름을 더럽히고 너의 명예를 짓밟고 너의 청춘을 어둡게 한 저 여인은 너의 아내가 아니고, 또 너도 그녀의 남편이 아니야. 다만 그녀를 안전하고 안락하게 해줘. 그녀의 비열을 은밀한 장막 속에 감춰두고 그녀의 곁을 떠나는 거야!' 나는 그 암시대로 행동했지. 아버지와 형은 나의 결혼에 관한 것을 주변 사람들한테 알리지 않았어. 왜냐하면 이미 결혼한 결과에 대해 증오를 느꼈고, 상대방 가족들의 성격과 체질로 미루어 내 앞에는 저주받을 장래가 펼쳐질 것이 뻔했기 때문에, 결혼을 알리는 첫 번째 편지에서 난 그것을 비밀에 붙여줄 것을 강력히 요구했었거든. 또한 아버지 역시 자신이 택한 내 아내의 추문으로 인해 그녀를 며느리로 인정하기가 부끄러웠으므로 내 결혼을 공포하기는 커녕 나와 마찬가지로 아예 숨기고 싶었던 거야. 그래서 나는 영국으로 그녀를 옮겨 왔어. 괴물을 동반한 항해였기 때문에 몹시 두려웠으나 손필드까지 데려와서 3층에 가두고 나니 다소 마음이 놓였어. 그로부터 그녀는

10년 동안이나 그 비밀의 구석방을 야수의 굴, 악마의 집으로 삼고 살아왔어. 간호인을 택하기가 무척 힘들었지. 믿을 만한 사람을 구해야만 했으니까. 그녀가 비명이라도 지르면 모든 비밀이 탄로 나거든. 그러다가 때로는 며칠이나 몇 주간 제정신이 들 때도 있는데, 그때는 나한테 쉴 새 없이 욕지거리를 퍼붓는 거야. 마침내 그림스비 정신병동에서 그레이스 풀을 소개받아 이리로 고용해 왔어. 메이슨이 찔리고 물어 뜯기던 날 밤 상처를 치료해 준 그레이스와 외과의 카터만이 내가 비밀을 털어놓은 사람들이야. 하긴 페어팩스 부인도 무엇인가 의심은 하고 있을 테지만, 사실을 정확히는 모르고 있어. 대체로 그레이스는 훌륭한 간호인이야. 때로는 고질화된, 그리고 불쾌한 직업으로 인해 으레 따르기 마련인 결점 때문에 자신이 불침번이라는 사실마저 잊어버리고 잠들어 버리는 때도 가끔 있기 하지만. 3층의 미치광이는 교활하기 짝이 없어서, 지키는 사람이 잠깐만 한눈을 팔아도 그 기회를 놓치지 않거든. 당신도 알다시피 한번은 자기 오빠를 찌르고 나서 칼을 감춘 일이 있었고, 열쇠를 입수했다가 밤중에 빠져나온 일도 두 번 있었지. 처음에는 침대에 누워 있는 나를 태워 죽이려 했었고, 당신을 찾아가서 공포에 질리게 한 것이 두 번째야. 지금도 당신을 지켜준 신에게 감사하지만, 그때 그녀는 웨딩드레스를 보고 격분했던 거야. 그 옷을 보자, 신부 시절의 기억이 어렴풋이 떠올랐겠지. 그런데 그것이 어떤 일을 저질렀는지도 모른다는 생각만 해도 치가 떨려. 오늘 아침에도 내 목을 조르며 덤벼들었던 그녀가 당신의 침대 위를 검고 붉은 얼굴로 넘겨다봤다는 생각만으로도 등골이 오싹해……."

"그녀를 이곳에 숨겨놓고 나서 당신은 어떻게 했어요? 어디 가셨어요?" 그가 말을 잠깐 중단했을 때 내가 물었다.

"어디 갔느냐고, 제인? 나는 도깨비불로 모습을 바꿨지. 3월에 부는 바람의 요정처럼 정처 없이 방황했어. 대륙으로 건너가서 여러 나라를 돌아다녔어. 나의 염원은 오로지 내가 사랑할 수 있는 선량하고 총명한 여성을 찾는 것이었어. 손필드에 두고 온 난폭한 야수와 대조되는……."

"그러나 결혼할 수는 없잖아요."

"나로선 결혼할 수 있으며, 당연히 결혼해야 한다고 확신하고 있었어. 당신을 속인 것처럼 속이려는 것이 내 본뜻은 아니었어. 있는 그대로를 다 털어놓고 떳떳하게 청혼할 생각이었어. 사랑하고 사랑받는 자유를 갖는 것이 당연하다고 생각했기 때문에, 비록 내가 저주받은 무거운 짐을 지고 있긴 하지만 내 입장을 이해하고 기꺼이 나를 받아들여줄 여성이 반드시 있을 것을 의심하지 않고 있었어."

"그래서요?"

"제인, 당신이 뭔가를 열심히 알고 싶어 할 때는 언제나 나를 미소 짓게 해. 조바심하고 있는 새처럼 눈을 뜨고 상대방의 대답이 시원치 않으면 그의 마음을 읽으려고 안달을 하거든. 내가 말하기에 앞서 '그래서요?'라는 말이 무슨 뜻인지 말해 줘. 그건 당신이 즐겨 쓰는 짧은 말이지만, 나로 하여금 무한한 얘기를 지껄이게 해왔어. 왜 그런지 나로서도 알 수 없지만."

"그러고 나서 어떻게 했는지를, 질문하는 말이에요. 계획은 순조롭게 진행되었는지요? 어떤 결과를 가져왔나요?"

"잘 알겠어. 무엇이 알고 싶은지……."

"마음에 드는 사람을 찾았는지, 그 사람한테 결혼을 청했는지, 상대방은 뭐라고 대답했는지, 그것이 알고 싶은 거예요."

"마음에 드는 사람을 만났는지, 그리고 그 사람한테 구혼했는지에 대해서는 답할 수 있겠지만, 어떤 대답을 얻었는지에 대해서는 앞으로 운명의 책에 기록될 거야. 10년이란 긴 세월을 이 나라의 수도에서 저 나라의 도시로 방황했어. 어떤 때는 성 페테르부르크에, 파리엔 좀 자주, 때로는 로마와 나폴리에, 그리고 플로렌스에 닿아 방황했어. 돈은 충분하고 명문이라는 여권을 가지고 있기 때문에 사교계를 마음대로 택할 수가 있었지. 어떤 모임에서도 나를 거부하지는 않았어. 나는 영국의 귀부인, 프랑스의 백작 부인, 이탈리아의 귀부인, 독일의 백작 부인들 사이에서 이상적인 여성을 찾아 헤맸어. 그러나 허사였지. 가끔 순간적이나마 내 꿈의 실현을 알리는 듯한 시선을 포착하여, 어조를 듣고 자태를 볼 때가 있긴 했지만 그 꿈은 얼마 안 가 깨어지곤 했어. 정신적으로나 육체적으로 완전무결함을 추구하고 있었다고 생각하진 말아줘. 다만 나에게 적합한 상대, 저 크리올의 여인과 대조적인 상대를 갈망했을 뿐이야. 그러나 헛된 갈망이었지. 설령 내가 자유로운 처지라 해도 이미 결혼의 위험과 공포와 불쾌함을 알고 있었기 때문에, 그 여인들 가운데서는 구혼하고 싶은 생각이 드는 사람을 하나도 찾아볼 수가 없었어. 결국 난 실망해서 다시 자포자기했지. 바람을 피우려고 했으나 방탕할 수는 없었어. 그것은 내가 싫어했던 짓이고, 지금도 싫어하는 거야. 그건 서인도의 크리올 멧살리나(Messalina: 로마 황제 클라우디우스의 셋째 황후. 음란한 생활로 유명함.)나 할 짓이야. 방탕과 그녀에 대한 뿌리 깊은 증오는 쾌락을 추구하는 동안에도 나를 억압했어. 난행에 가까운 향락은 그 어느 것이나 그녀와 그녀의 악덕에 접근하는 것이라고 생각되었기 때문에, 나는 그것을 더욱 삼갔어. 그러나 고독한 생활에 질려 첫 번째로 택한 것이 셀린 바렌스였어. 돌이켜보면 스스로 생각해도 부끄러운 일이었지. 그녀가 어떤 여자였는지, 나와의 관계가 어떻게 끝났는지에 대해서는 당신도 이미 알고 있을 거야. 그 뒤엔 또 두 여인과 사귀었어. 히야친타라는 이탈리아 여인과 클라라라는 독일 여인이었는데, 모두 미인으로 명성 높은 여자들이었어. 하지만 2, 3주 지나고 나니 그들의 아름다움이 나에게는 아무 소용도 없게 되었지. 히야친타는 분별력이 없고 난폭해서 석 달이 지나자 지쳐 버렸고, 클라라는 정직하고 얌전하긴 했으나 백치처럼 둔하고 감동이 없어서 내 취향에 전혀 맞지 않았어. 그런데 제인, 지금 당신 얼굴을 보니 나를 매정한 방탕자로 보고 있는 것 같군. 그렇지?"

"기분이 좋지 않아요. 그렇게 차례로 정부를 바꿔가며 생활하고 나서도 뉘우치지 않았나요? 마치 그러는 게 당연한 것처럼 얘기하고 있군요?"

"나한테는 그래. 그러나 좋아하지는 않았어. 비굴한 생활 태도였지. 다시는 되풀이하고 싶지 않아. 정부를 갖는다는 것은 노예를 사는 것 다음으로 나쁜 짓이야. 정부와 노예는 그들의 천성과 지위 때문에 비열하기 마련인데,

그들과 가까이 사귀게 되면 자연스럽게 이쪽도 타락하게 돼. 지금 나는 셀린, 히야친타, 클라라와의 동거생활을 기억조차 하기 싫어."

나는 그 말에서 진실성을 느꼈고, 거기서 확실한 추리를 할 수가 있었다. 즉 내가 어떤 핑계로든, 어떠한 정당화로든, 또는 어떤 유혹으로든 그 여인들의 후계자가 되어 그의 정부가 될 정도로 자신을 잊고 지금까지 마음에 새겨온 모든 교훈을 잊는다면, 그가 언젠가는 지금 그 여자들을 더럽다고 회상하는 것과 똑같은 감정으로 나를 생각할 것이란 사실이었다. 하지만 나는 마음으로만 생각했을 뿐 입 밖에 내지는 않았다. 느끼는 것으로 충분했으며, 이것이 내가 시련에 처했을 때 나를 도와줄 수 있도록 간구했다.

"자! 제인, 왜 '그래서요?'라고 또 묻지 않지? 내 얘기는 아직 끝나지 않았는데…… 나를 몹시도 비난하고 있는 것이 틀림없군. 하지만 이제 정말로 중요한 얘기를 해야겠어. 지난 1월에 모든 더러운 생활을 청산하고, 쓸데없는 방랑과 고독한 생활의 결과에서 오는 쓰라린 마음만 안은 채 모든 인간, 특히 여성에 대해 시들한 생각을 가지고 영국으로 돌아왔어. 지적이고 성실하며 사랑에 넘치는 여자란 단지 꿈에 지나지 않는다는 사실을 알았기 때문이지. 그 추운 날 오후에 나는 손필드 저택이 보이는 데까지 말을 타고 왔지. 소름 끼치는 곳! 나는 거기서 일말의 평화도 즐거움도 예기하지 않았어. 그러다가 헤이로 가는 길의 돌층계에 어떤 작은 것이 앉아 있는 것을 보았어. 나는 그 맞은편에 있는 버드나무 옆을 지날 때처럼 무심코 지나쳤지. 그것이 장차 나에게 어떤 의미가 되리라는 예감조차 없었지. 좋은 의미든 나쁜 의미든 간에 나의 인생을 심판해 줄 여성이 겸손한 태도로 기다리고 있다는 것을 나의 내심은 전혀 느낄 수가 없었으니까. 메스로와가 넘어지고, 그것이 다가와서 도와주겠다고 했을 때도 나는 알지 못했어. 어린아이 같은 가냘픈 모습! 마치 홍방울새가 내 발밑에 날아와서 작은 날개를 나에게 기대려고나 하는 줄 알았어. 내 험상궂은 얼굴에도 그것은 피하려고 하지 않고, 이상하게도 끈기 있게 또 당당하게 날 바라보면서 말을 붙이는 거야. 나는 그 손의 도움을 받아야만 했어. 그래서 그 연약한 어깨를 짚었을 때 순간적으로 뭔가 새로운 것이, 싱싱한 생기와 의식이 나의 체내에 스며들었어. 이 요정이 내게 소속되어 있다는 것을, 나의 집에 산다는 것을 알게 된 건 다행스런 일이었어. 그렇지 않았더라면 이것이 내 손을 벗어나 어두컴컴한 생울타리 밑으로 사라지는 것을 봤을 때 나는 무척 실망했을 거야. 그날 밤 나는 당신이 집으로 들어오는 소리를 들었어, 제인. 아마 내가 당신을 생각하며 기다리고 있으리라고는 짐작도 못 했었겠지? 이튿날은 당신이 복도에서 아델과 놀고 있는 것을 30분가량이나 지켜봤어. 물론 내 모습은 드러내지 않고. 지금도 잊히지 않는데, 그날은 눈이 와서 밖에 나갈 수가 없었지. 나는 내 방문을 조금 열어놓았기 때문에 당신 말소리도 들을 수 있었고 동작도 볼 수가 있었어. 한동안 당신의 표면상 주의는 아델에게 향해 있었으나 마음은 딴 곳에 있는 것같이 느껴졌어. 그런데도 당신은 끈기 있게 아델을 상대로 얘기하고 즐겁게 해주었어. 그러다가 겨우 그 애가 곁을 떠나자 이내 깊은 생각에 잠겨서 복도를 거닐기 시작했어. 가끔 창가를 지나면서 밖에 내리는 눈을 바라보기도 하고 바람 소리에 귀를 기울였다가 다시 천천히 거닐면서 꿈을 꾸고 있었어. 아마도 그 백일몽은 어두운 것이 아니었으리라 생각해. 때때로 당신 눈에는 기쁜 빛이 스쳤고 얼굴에는 온화한 흥분이 깃들어 있었는데, 그건 결코 슬프거나 화나고 우울한 생각을 나타내는 것이 아니었어. 오히려 당신 표정은 청춘의 혼이 날개를 펼치고 희망의 비상을 시도하며 이상의 천국으로 오르고 있음을 나타내고 있었어. 홀에서 하인들한테 말하는 페어팩스 부인의 목소리에 꿈에서 깨어났던 당신, 그때 어쩌면 그처럼 자신에게 묘한 미소를 지었지? 제인! 당신의 미소에는 많은 것이 내포되어 있었어. 그것은 대단히 예민한 것이고, 자신의 방심 상태를 멸시하는 것 같았어. '나의 아름다운 환상은 모두 멋진 것이지만 그것이 절대로 실현될 수 없다는 것을 잊어서는 안 돼. 내 머릿속에는 장밋빛 하늘과 꽃이 만발한 푸른 에덴동산이 있지만 밖에는 피할 수 없는 험난한 길이 펼쳐져 있고, 주위에는 부딪쳐야 할 무서운 폭풍이 있다는 것을 나는 알고 있어.'라고 말하는 것 같더군. 당신은 곧 아래층으로 내려가서 페어팩스 부인에게 할 일이 있느냐고 물어봤지. 매주 하는 가계부 계산 같은 것이었다고 생각돼. 나는 당신이 보이지 않자 짜증이 나기 시작했어. 초조해하면서 당신을 내 방으로 부를 수 있는 날 밤을 기다렸지. 내가 보기에 당신은 괴팍한 성격을 갖고 있는 것으로 생각되었는데, 나는 그것을 깊이 파고들어가서 좀 더 잘 알고 싶었어. 그날 당신은 수줍어하는 것 같으면서도 대담한 표정과 태도로 내 방에 들어왔지. 괴상한 복장을 하고 말이야. 하긴 지금도 그렇지만. 나는 말을 시켰고, 곧 당신한테는 여러 가지 기묘한 대조가 있다는 것을 알게 되었어. 당신의 복장과 태도는 규칙으로 제한된 엄격한 것이어서 겉으로 보기에는 수줍은 것 같으나 타고난 세련미가 엿보였으며, 사람들 앞에 나서 본 적이 없었기 때문에 혹 버릇없는 일을 저질러서 자신이 가련하게 보이지나 않을까 몹시 두려워하는 눈치였지. 그러나 말을 건넸을 때는 상대방의 얼굴을 날카롭고 대담하게 빛나는 시선으로 보았으며, 그 시선에는 통찰력과 위력이 있었어. 날카로운 질문에 대해서도 즉각 솔직하게 대답을 했고. 우리는 당장에 친해진 것 같았어. 당신과 험상궂은 얼굴의 나 사이에 공감대가 존재한다고 느꼈던 것일 거야, 제인. 즐거운 기분으로 당신 태도가 평온해지는 것을 보고 나는 놀랍게도 그렇게 생각했어. 나의 까다로운 성미에 당신은 놀라지도 두려워하지도 않더군. 물론 당황하지도 않았고 불쾌한 기색도 보이지 않았어. 때때로 당신은 나를 쳐다보면서 나로선 설명할 수 없는 단순하면서도 총명한 미소를 지었는데, 나는 내가 본 것에 대해 만족도 하고 자극도 받았어. 자꾸만 보고 싶었지. 하지만 당신과는 오랫동안 거리를 두고 사귀었으며 자리를 같이하는 일이 드물었어. 그건 나 자신이 지적인 미식가로서 이 진귀하고 유쾌한 사람과 친구가 된다는 만족감을 두고두고 맛보고 싶었기 때문이야. 또한 이 꽃을 사양하지 않고 손에 넣는다면 금방 시들어, 신선한 매력이 사라지지 않을까 불안해져서 난 마음을 조였어. 그때는 그것이 잠깐 피었다가 져버리는 꽃이 아니라, 부서지지 않는 보석에 새겨진 찬란한 꽃이라는 것을 모르고 있었던 거지. 그리고 내가 당신을 피하면 당신이 나를 찾을까 하는 궁금증을 갖고 있었는데, 당신은 나를 찾지 않았어. 당신은 그저 공부방에 묻혀 있다가 우연히 마주치게 되면 실례가 되지 않을 정도로 인사를 하고 지나치곤 했어. 그 당시 당신의 표정은 뭔가 깊은 생각에 잠겨 있는 듯했지. 제인, 병이 아니었으니까 침울해 보이지는 않았어. 그러나 희망도 없고 현실적인 즐거움도 없었기 때문에 들떠 있을 수는 없더군. 나는 마침내 당신이 나를 어떻게 생각하고 있는지, 도대체 내가 안중에 있는지를 알아봐야겠다고 작정했어. 당신이 얘기할 때면 눈동자에 즐거움이 깃들어 있고 태도가 상냥했으므로 사교적인 면을 찾아볼 수 있었어. 그래, 당신을 울적하게 한 것은 너무 조용한 공부방과 당신의 지루한 생활이었어. 나는 당신한테 친절하게 대하기로 마음먹었어. 그러자 당신의 감정이 자극되었는지 표정이 부드러워지고 말씨가 순해지더군. 내 이름이 당신 입술에서 즐거운 어조로 불릴 때, 나는 참으로 기뻤다오. 그때 나는 당신과 우연히 마주치는 것이 여간 즐겁지 않았어, 제인. 하지만 당신은 이상하게 주저하는 빛을 보이더군. 약간은 당황하면서 의아스러운 시선으로 나를 바라보곤 했어. 나의 들뜬 기분이 어떤 것인지, 내가 주인 역할을 해서 엄해질 것인지 혹은 친구 역할을 해서 친근해질 것인지를 당신으로선 알지 못했기 때문일 거야. 그때의 나는 당신이 매우 좋아졌기 때문에 실상 주인 역할은 할 수 없게 되어 있었어. 내가 다정하게 손을 뻗으면 당신의 젊고 동경에 찬 얼굴에 빛나는 행복의 빛이 떠올랐기 때문에, 그럴 때면 불쑥 당신을 껴안고 싶은 심정을 억제하느라고 무척 애를 먹었었지."

"그때 얘기는 그만두세요." 나는 살짝 눈물을 닦으면서 그의 말을 중단시켰다. 그것은 내게 고통을 주는 말이었다. 내가 해야 할 일을, 그것도 서둘러서 해야 할 일임을 알고 있었기 때문에, 이 같은 회상이라든가 감정의 설명은 나를 점점 곤혹스럽게 만들 뿐이었다.

"할 필요가 없겠지, 제인. 현재 상태가 이렇게 뚜렷한데 그리고 미래가 이처럼 밝은데, 과거 일을 생각할 필요가 어디 있겠소?" 그가 말했다.

나는 이 들뜬 단어을 듣는 순간 몸서리를 쳤으나, 그는 계속 말했다.

"지금 내가 어떤 입장에 처해 있는지 알 거야. 그렇지? 청년기와 장년기를 반은 비참하고 반은 고독한 가운데서 지내고 나서야, 나는 비로소 진정으로 사랑할 상대를 발견했어. 바로 당신을 찾아낸 거야. 당신은 나와 한마음을 가진 사람이며, 보다 나은 내 자신이고 나의 착한 천사야. 나는 강한 애정으로 당신한테 묶여 있어. 그래서 내 마음속에는 강렬하고 진지한 정열이 생성되었어. 이 정열은 당신에게 기울어져, 당신을 나의 중심과 생명의 원천으로 끌어들이고 내 존재로 당신을 감싸고 강력한 불꽃으로 타올라 당신과 나를 하나로 융합시키는 거야. 내가 당신과 결혼하기로 마음먹은 것은 이 사실을 느끼고 알았기 때문이야. '너에겐 이미 아내가 있지 않느냐?'고 하는 것은 날 조롱하는 말에 지나지 않아. 나에겐 소름 끼치는 악마가 있을 따름이라는 것은 당신도 아는 사실이야. 당신을 속인 것은 내 잘못이었지만, 그것은 완강한 당신 성격이 염려됐기 때문이었어. 편견이 일찍 뿌리를 내릴까봐 걱정되었지. 위험한 비밀을 털어놓기 전에 당신을 안전하게 손에 넣을 생각이었는데, 어쨌든 비겁한 방법이었지. 우선적으로 당신의 고결한 성품과 관대한 마음에 호소했어야만 좋았을 텐데. 내 괴로운 생애를 있는 그대로 털어놓고, 보다 높고 보다 가치 있는 생활을 갈망한다는 것을 설명하고, 성실하게 마음으로 사랑하고, 또한 성실하게 마음으로 사랑받겠다는 결심, ― 아니, 이 말은 약해. ― 굽히지 않는 기개를 보였어야만 했어. 그리고는 나의 진실한 맹세를 받아들이도록, 또한 당신도 맹세하도록 애원해야 할 걸 그랬어. 제인, 이제 그것을 해줘."

잠깐 침묵이 흘렀다.

"왜 아무 말도 없는 거요, 제인?"

나는 하나의 시련을 겪고 있었다. 빨갛게 불이 달구어진 쇠 손가락이 내 생명의 급소를 쥐고 있었다. 고투와 암흑과 불꽃의 무서운 순간이었다! 이 세상의 누구도 지금 내가 사랑받는 것 이상으로 사랑받기를 원하지는 못했을 것이다. 이처럼 사랑해 주는 사람에게 나는 절대적인 숭배를 했다. 그러나 나는 사랑과 우상을 버려야만 했다. 하나의 엄한 말이 나로선 감당하기 힘든 의무를 말하는 것이었다. '떠나라!'

"제인, 내가 당신한테 무엇을 원하고 있는지는 알고 있겠지? 이것만 약속해 주면 족하겠어. '나는 당신의 아내가 되겠어요, 로체스터 씨!' 라고."

"로체스터 씨, 나는 당신의 아내가 될 수 없어요."

다시 오랫동안 침묵이 계속됐다.

"제인!" 그가 입을 열었다. 나를 슬프게 하고 불길한 공포로 돌처럼 싸늘하게 만드는 조용한 음성이었다. 그것은 마치 이제 막 일어나려는 사자의 숨결과도 같았다.

"제인! 당신은 이 세상을 이 길로 살아가고, 나는 저 길로 가란 말인가?"

"그래요."

"제인, 지금 그 생각으로 있는 거요?" 그는 허리를 굽혀 나를 껴안았다.

"그래요."

"지금?" 내 이마와 뺨에 가볍게 키스를 하며 그가 계속 말했다.

"그래요." 나는 그의 팔을 재빨리 그리고 완전히 벗어나면서 대답했다.

"오오, 제인! 이건 너무하오! 이건 죄악이야! 날 사랑한다는 게 죄악은 아닐 텐데……."

"당신한테 복종하면 죄악이 돼요."

험상궂은 표정이 그의 눈썹을 찌푸리게 하고 얼굴을 스쳐갔다. 그는 일어났으나 억제하고 있었다. 나는 의자등받이에 손을 얹은 채 몸을 지탱하고 있었으나 온몸이 떨리는 공포에 사로잡혔다. 그러나 마음만은 확고했다.

"잠깐만, 제인! 당신이 가고 난 뒤의 무서운 내 삶을 생각해 봐. 당신과 더불어 모든 행복이 산산이 찢어지고 말 거야. 그렇게 되면 남는 것이 뭐야? 차라리 내게 저 교회 묘지에 있는 시체한테로 가라고 해. 어떻게 하면 좋지, 제인? 어디로 발길을 돌려야 희망이 있지?"

"내가 하는 대로 하세요. 신과 자신을 믿는 거예요. 하늘을 믿어요. 그곳에서 다시 만나기를 희망해요."

"정말로, 진심으로 내 소원을 들어줄 수 없다는 건가?"

"그래요."

"그렇다면 내게 비참하게 목숨을 부지하다 죽으라고 저주해 줘!" 그의 목소리가 높아졌다.

"나는 당신이 죄 없이 살다가 조용히 죽음을 맞이하기를 원해요."

"그건 나한테서 사랑과 순결을 빼앗아 가는 거야. 당신은 나를 다시 정열에서 육욕으로, 참에서 악덕으로 몰아넣는 거야."

"로체스터 씨, 나 자신이 그런 운명을 갖고 싶지 않은 것과 마찬가지로 당신에게도 권할 수 없어요. 우리들은 노력하고 인내하기 위해서 이 세상에 태어난 거예요. 나뿐만 아니라 당신도 그렇게 해주세요. 내가 당신을 잊기 전에 당신이 나를 잊어버릴 거예요."

"그것은 나를 거짓말쟁이라고 욕하는 거야. 나의 명예를 손상시키는 말이야. 내 마음은 변하지 않는다고 말했는데도, 당신은 내 앞에서 곧 변할 거라고 손가락질하고 있어. 당신 판단에 오해가 있든지 아니면 견해에 심술궂은 점이 있다는 것을 행동으로 입증하고 있어! 친구를 절망으로 추방하는 것이 인간 법칙을 위반하는 것보다 낫다는 건가? 나와 함께 살아간다고 해서 분개할 친척이나 지인이 당신에게는 없잖아?"

그것은 사실이었다. 그가 말을 하고 있을 때, 내 양심과 이성도 스스로를 배반하면서 그의 애원을 거부하는 것은 죄악이라고 나를 책망하고 있었다. 양심과 이성은 감정만큼 고조되어 있었고, 감정은 미친 듯이 부르짖었다. '승낙해! 그의 비참함을 생각해 봐. 그의 위험도 생각하고, 혼자 남게 될 그의 모습을 생각해. 앞뒤를 가리지 않는 그의 성질과 절망 뒤에 올 무모한 행동을 생각해 봐. 그를 위로하고 구하고 사랑해 줘. 당신을 사랑하므로 당신의 사람이 되겠다고 고백해. 누가 이 세상에서 너를 염려해 주겠니? 누가 네 행동 때문에 가슴 아파하겠어?'

그러나 나는 굴복하지 않았다. '내 일은 내 자신이 돌볼 거야. 의지할 데가 없을수록 나는 더욱 자신을 존중하는 거야. 나는 신이 부여하고 인간이 인정한 법칙을 지켜나갈 거야. 그것은 준엄한 것이기에 침범할 수 없어. 만약에 내가 개인적인 편의를 위해서 그것을 깬다면 그 가치는 어떻게 되겠어?

그것은 가치 있는 거야. 이제 와서 그것을 믿을 수 없다면 나는 올바른 정신이 아니야. 지금까지 쌓아올린 견해와 이미 다져놓은 결의만이 지금의 내가 지켜야 할 도리야. 여기에 내 발을 디디고 서 있는 거야.'

로체스터 씨는 내 얼굴에서 내 결의를 읽었다. 그의 분노는 극에 달했다. 그는 나에게 다가와서 팔을 잡더니 다음에는 허리를 잡았다. 그가 타는 듯한 눈으로 뚫어지게 보는 순간, 나의 육체는 난로의 열풍을 쏘인 보리그루처럼 힘이 쭉 빠졌다. 그러나 정신적으로는 아직 침착함을 유지하고 있었는데, 그 때문에 끝내 안전하다는 확신을 가질 수가 있었다. 인간의 혼은 다행히 눈이라는 통역자를 가지고 있는 것이다.

나는 그의 눈을 들여다보았다. 그의 무서운 얼굴을 바라보다가 나는 무심코 한숨을 내쉬었다. 그가 붙잡아서일 뿐 아니라 나는 정말로 기진맥진했다.

그는 이를 부드득 갈며 말했다.

"지금까지 이렇게 연약하면서 이토록 완강한 사람은 처음이야! 내 손아귀에서 한 줄기의 갈대로밖에 느껴지지 않는 존재가!" 그는 나를 흔들었다.

"이 엄지와 집게손가락으로 꺾을 수도 있을 텐데…… 하지만 꺾고 짓밟는 것이 무슨 소용이 있단 말인가? 이 눈을 봐. 단호하고 격렬하고 자유로운 빛이 비치는 눈을…… 용기 이상의 것이 단호한 승리감을 지니고 내게 도전하고 있어. 이 난폭하고 아름다운 야수는 잡을 수가 없어! 그 약한 감옥을 부숴봤자 난폭한 죄수를 놓칠 따름이야. 주거의 정복자는 될지 몰라도, 내가 그 집의 소유자라고 자처하기도 전에 집주인은 이미 천국에 가 있을 거야. 하지만 내가 필요한 것은 의지와 정열과 덕과 순결을 갖춘 영혼인 당신이야. 억지로 붙잡는다면 마치 연기와도 같이 내 손에서 빠져나갈 테지…… 내가 당신의 향기를 맡기 전에 당신은 사라지고 말겠지. 오오! 내게 와줘요, 제인, 제발 내게로 와줘요!"

그는 잡고 있던 나를 놓아준 다음 물끄러미 쳐다보고만 있었다. 그 표정은 미친 듯이 붙잡혀 있을 때보다 더 대항하기가 힘들었다. 그러나 이제 와서 굴복하는 것은 바보짓이다. 나는 그의 분노에 동요하지 않고 교묘히 떼어버린 채, 그의 슬픔에서 빠져나와야만 했다.

나는 문 쪽으로 물러섰다.

"가는 거야, 제인?"

"네, 가겠어요."

"나를 버리고?"

"네."

"나한테 와주지 않겠어? 나를 위로하고 도와주는 사람이 되지 않겠어? 나의 깊은 사랑도 나의 비통한 심정도 미친 듯한 나의 기원도 당신에게는 아무 상관이 없단 말이오?"

그의 목소리에는 형용할 수 없는 슬픔이 깃들어 있었다. 그런 그에게 '난 가야 돼요!' 하고 단호하게 대답하기란 여간 힘든 일이 아니었다.

"제인!"

"로체스터 씨!"

"그렇다면 가요……. 동의하겠어. 그러나 이것만은 잊지 말아요, 당신은 나를 고통 속에 빠뜨려 두고 간다는 것을. 당신 방으로 돌아가서 내가 말한 것을 곰곰 생각해 보고 나서, 내가 겪는 고통에 눈길을 돌리고…… 내 처지를 생각해 줘."

그는 돌아서서 무릎을 꿇고 소파 위에 얼굴을 묻었다.

"오오! 제인, 나의 희망…… 나의 생명!"

고뇌의 소리가 그의 입술에서 마구 튀어나왔다. 그러고는 가라앉은 굵은 흐느낌이 이어졌다.

나는 이미 문에까지 와 있었다. 그러나 독자여! 나는 다시 발길을 돌리지 않을 수 없었다. 물러날 때와 마찬가지로 단호하게. 난 그의 옆에 무릎을 꿇고 그의 얼굴을 내 쪽으로 돌렸다. 그리고 그의 뺨에 키스하고 머리를 쓰다듬어주었다.

"신의 축복이 사랑하는 당신에게 있기를! 위험과 악으로부터 당신을 지켜

주고, 인도해 주고, 위로해 주고……. 지금까지 나에게 베풀어준 친절에 대해 충분한 보답이 있기를!"

"당신의 사랑이야말로 최상의 보답이야." 그가 대답했다.

"그것이 없어지고 나면 내 가슴은 찢어질 거야."

열기가 그의 얼굴로 솟구치고 눈에 불꽃이 일더니, 그는 벌떡 일어나서 두 팔을 벌렸다. 그 순간 나는 포옹을 피하고 방을 나왔다.

'안녕히 계세요!' 그를 떠날 때 가슴속에서 우러나는 나의 외침이었다. '영원히…… 안녕히 계세요!'라는 절망적인 덧붙임이 있었다.

그날 밤 나는 잠을 이룰 생각이 없었으나 자리에 눕자마자 잠이 들었다. 꿈속에서 나는 어린 시절로 끌려갔다. 게이츠헤드의 붉은 방에 누워서 꿈을 꾸었는데, 이상한 공포에 떨고 있는 꿈이었다. 먼 옛날에 나를 기절시켰던 빛이 환상 속에 찾아와서 벽을 미끄러져 올라가더니 어두운 천장 한가운데서 흔들거리며 멈춰 있는 것 같았다. 내가 머리를 들고 올려다보자 천장은 분해되어 높고 희미한 구름이 되었고, 그 빛은 지금 막 구름을 벗어나려는 달빛 같았다. 나는 무슨 선언이라도 그 표면에 적혀 있을 것으로 기대하며 달이 뜨기를 지켜보고 있었다. 달이 이처럼 스스로 구름을 헤치고 나온 일은 일찍이 없었다. 마치 기적처럼 손 하나가 까만 구름 속으로 뻗치더니 구름을 헤치는 것이었다. 그러자 달이 아니고 하얀 인간의 모습이 빛나는 이마를 지상으로 향하고 푸른 하늘에서 빛나고 있었다. 그것은 계속 나를 응시하며 내 영혼에게 말을 건넸다. 그 목소리는 무한히 먼 곳에서 들려오는 것이지만 지극히 가까운 곳에서 속삭이는 것처럼 내 가슴을 울려왔다.

"나의 딸이여, 유혹에서 벗어나라!"

"어머니, 그렇게 하겠어요." 몽환 상태에서 나는 그렇게 대답했다.

아직 한밤중이었으나 7월의 밤은 짧았기 때문에 곧 날이 새었다. '어차피 해야 할 일이라면 빨리 하는 것이 좋겠다.'고 생각하며 나는 자리에서 일어났다. 옷은 입은 채로였다. 어젯밤에 신발만을 벗었던 것이다. 내가 소품들을 챙기고 있을 때, 며칠 전에 로체스터 씨가 억지로 준 진주 목걸이가 눈에 떴다. 그것은 내 것이 아니었다. 공중으로 사라진 환상의 신부 것이었으므로 그냥 놓아두었다. 그 밖의 것들을 한데 싼 다음 20실링이 든 지갑을 — 내가 가지고 있는 것은 그것뿐이었다. — 주머니에 넣었다. 밀짚모자의 끈을 매고 숄에 핀을 꽂은 나는 보따리와 아직 신어서는 안 될 신발을 들고 내 방을 조용히 빠져나왔다.

"잘 있어요, 친절한 페어팩스 부인!" 그녀의 방문 앞을 지나면서 나는 속삭였다.

"잘 있어, 귀여운 아델!" 유아실을 힐끗 쳐다보면서도 그랬다. 안에 들어가서 안아주고 싶은 생각이 들었으나 그럴 순 없었다.

로체스터 씨의 방 앞을 멈추지 않고 지나치려고 했으나 그의 방 앞에 이르렀을 때 일순간 심장의 고동이 멎었기 때문에 걸음을 멈출 수밖에 없었다. 방주인은 초조하게 실내를 왔다 갔다 했는데, 내가 귀를 기울이고 있는 동안에도 몇 번이나 한숨을 쉬었다. 내가 원하기만 한다면 이 방 안은 일시적이지만 천국이 될 것이다. 들어가서 이렇게 말하기만 하면……

'로체스터 씨! 나는 당신을 사랑하며 죽을 때까지 같이 살겠어요.' 그러면 환희의 샘물이 나의 입술에서 솟아오르겠지! 나는 이런 생각을 했다.

지금 잠 못 이루고 있는 그는 초조하게 날이 새기를 기다리고 있는 것이다. 아침이면 사람을 나한테 보내겠지만…… 그땐 나는 이미 없을 것이다. 그는 버림받고 사랑이 짓밟힌 것으로 느끼고는, 고민 끝에 자포자기하게 될 것이다. 내 손은 손잡이 쪽으로 움직였지만 나는 결연히 손을 내리고 소리 없이 걸어갔다. 쓸쓸하게 아래층으로 내려온 나는 어떻게 해야 할 것인지를 알고 있었기 때문에 기계적으로 움직였다.

나는 주방으로 가서 옆문 열쇠를 찾은 다음 물을 마시고 빵을 조금 먹었다. 아마 먼 길을 걸어야만 할 것이고, 최근에 쇠약해진 몸이 지쳐서는 안 되겠다는 생각에서였다. 문을 열고 밖으로 나가니 뜰에는 희미한 새벽빛이 깃들어 있었다. 정문은 잠겨 있었지만 옆문은 빗장만 가로질러 있었으므로 그리로 빠져나가서 소리 안 나게 닫아두었다. 이제 나는 완전히 손필드에서 벗어난 것이다.

들판 저쪽 1.5킬로미터쯤 떨어진 곳에 밀코트와는 반대쪽으로 통하는 길이 있었다. 걸어본 적은 없었지만 가끔 관심을 가지고 어디로 통하는 곳일까 하고 생각했던 길이었다. 나는 그쪽으로 발길을 옮겼다. 이제 와선 여러 가지를 생각할 필요가 없었다. 온 길을 되돌아볼 필요도 없거니와 앞길을 바라볼 필요도 없었다. 과거나 미래에 생각을 돌릴 수가 없었던 것이다. 전자는 감미로운 것인 동시에 슬픈 기록이기 때문에 그 한 줄만 읽어도 용기가 꺾이고 기운이 빠질 것이며, 후자는 무서운 공백이었다.

해가 솟은 뒤에도 나는 들판과 산울타리와 좁은 길의 언저리를 걷고 있었다. 아름다운 여름 아침이었고, 집을 나올 때 신었던 신발이 곧 이슬에 젖었던 것이 기억된다. 그러나 나는 떠오르는 태양에도 미소 짓는 하늘에도, 잠에서 깨어나는 모든 대자연에도 눈길을 돌리지 않았다. 아름다운 풍경을 지나서 처형대로 끌려가는 사람은 갈가에서 웃음 짓는 꽃 같은 것은 생각지 않고, 단두대와 도끼날과 뼈와 혈관의 절단과 최후에 가서 입을 열고 기다리고 있을 묘혈만을 떠올리기 마련이다. 나도 쓸쓸한 도피와 의지할 곳 없는 방랑만을 생각했다.

오오! 그리고 두고 온 것을 생각했다. 생각하지 않을 수가 없었다. 지금쯤 그는 자기 방에서 떠오르는 해를 바라보며, 내가 자기에게 가서 자기와 함께 남아 자기의 것이 되리라고 말해 주기를 기다리고 있을 것이다. 나도 그의 것이 되고 싶었다. 되돌아가고 싶은 생각이 간절했다. 아직 늦은 건 아니다. 그에게 버림받았다는 고통을 주고 싶지 않았다. 아직 내가 떠나 버렸다는 사실은 알려지지 않았을 것이다. 돌아간다면 그를 위안하는 사람이 될 수 있고, 그의 만족이 될 수 있고, 또 불행과 파멸에서 그를 구할 수도 있을 것이다.

아아! 그가 자포자기할 것이라는 불안이 왜 이처럼 나에게 죄책감을 주는 건가. 이것은 내 몸을 망치는 것보다 더 나쁜 것으로, 그 말은 가슴에 가시 돋친 화살을 꽂아주는 것이었다. 빼려고 하면 더욱 살이 찢어지고, 생각을 깊이 하면 참을 수 없이 괴로웠다. 새들이 숲과 나무 사이에서 지저귀기 시작했다. 그들은 사랑의 상징이다. 그런데 나는 무엇인가? 아픈 가슴과 도의를 지키려는 피나는 노력에 얽혀 허우적거리는 자신에 대해 혐오를 느꼈다. 아무리 스스로를 정당화해도 아무 위안이 되지 않았고 얻는 것도 없었다. 나는 사랑하는 사람을 해치고, 상처를 내고, 그를 버리고 떠나왔다. 내 눈으로 봐도 자신이 미워졌다. 그러나 돌아갈 수는 없는 일이었다.

　틀림없이 신이 나를 인도해 줄 것이다. 나 자신의 의지와 양심에 대해서 말할 것 같으면, 전자는 심한 고통에 의해서 짓밟히고 후자는 질식당하고 있었다. 혼자 길을 걸으면서 나는 미친 듯이 울었다. 그러나 정신착란이라도 일으킨 듯 걸음을 재촉하던 나는 몸속에서 시작된 피로가 사지로 번져서 그만 쓰러지고 말았다. 젖은 풀 위에 얼굴을 박고 한참 동안 누워 있을 때 문득 이대로 아무도 모르게 죽지나 않을까 하는 불안이 밀려왔다. 어쩌면 희망일지도 모르지만. 나는 겨우 몸을 쳐들고서 손과 무릎으로 기듯이 일어났다. 그러고 나서 단호한 열의로써 다시 길 위에 오르려고 했다.

　나는 그전에 우선 생울타리 밑에 주저앉아 휴식을 취했다. 그렇게 한동안 앉아 있다 보니 바퀴소리가 들려오고 멀리서 역마차가 다가오는 것이 보였다. 그것이 가까이 왔을 때 나는 일어나서 손을 들었다. 마차가 서자, 난 어디까지 가느냐고 행선지를 물었다. 마부는 멀리 떨어진 곳, 로체스터 씨가 잘 알지 못하리라 생각되는 고장의 이름을 말했다. 마차 삯은 30실링이라고 했는데, 내가 20실링밖에 없다고 하자 그렇게라도 태워주겠다고 했다.

　친절한 독자여! 그때 내가 느낀 그런 감정을 결코 느끼는 일이 없기를! 내 눈에서 흐른 것과 같은, 가슴을 찢는 듯한 눈물을 당신의 눈에서 흘리는 일이 없기를! 그때 내 입에서 튀어나온 것과 같은 절망적인 고뇌의 기도를 신에게 드리는 일이 없기를! 왜냐하면 나처럼 사랑하는 사람의 악의 앞잡이가 되는 것을 두려워하지 않기 위해서.

3부

28장
정처 없는 길

그로부터 이틀이 지난 후의 여름 저녁, 마부는 나를 위트크로스라는 곳에 내려놓았다. 내가 낸 돈으로는 그 이상 데려다줄 수 없다는 것이었다. 나는 이 세상에서 한 푼도 가지지 못한 고아 신세가 되었다. 마차가 이미 1마일이나 갔을 만할 때 생각난 것인데, 안전하다고 믿고 마차 구석에 놓아두었던 보따리를 잊어버리고 내렸던 것이다.

위트크로스는 거리도 마을도 아니고 네 길이 마주치는 곳에 돌기둥이 하나 서 있을 따름이었다. 이것을 하얗게 칠한 것은 먼 곳에서나 어두운 밤에도 잘 보이게 하기 위해서일 것이다. 돌기둥 꼭대기에는 네 개의 방향 지시표가 붙어 있었고, 거기 적혀 있는 것에 의하면 가장 가까운 거리가 10마일 떨어진 곳에 있었다. 가장 먼 곳은 20마일 이상이었다. 귀에 익은 거리의 이름에 의해서 지금 내가 내린 곳이 어디라는 것을 알 수 있었다. 이 황야는 땅거미가 진 산에 둘러싸인 북방 쪽의 중앙부였다. 뒤쪽 양편에는 넓은 황야가 있고 발밑의 깊은 계곡 저편에는 산맥들이 물결치고 있었다. 통행인이 없는 것으로 봐서 이 근처에는 인구가 적다는 것을 알 수 있었다.

길은 동서남북으로 하얗고 넓고 쓸쓸하게 뻗쳐 어떤 쪽이나 황야를 가로질렀는데, 길 가장자리까지 히스가 무성했다. 지금 나는 아무한테도 내 모습을 보이고 싶지 않았다. 처음 보는 사람은, 확실히 내가 길을 잃고 갈 곳도 없이 이정표 밑에서 서성거리고 있는 것을 수상하게 생각할 것이다.

누가 물어보기라도 하면 나로서는 의심을 살 만한 대답밖에는 할 수 없는 입장이었다. 지금 나의 형색은 인간사회와 하등의 관련이 없게 보여, 나를 보고 친절한 마음이나 호의를 가지는 사람은 아무도 없을 것이었다. 나에게 는 오직 만물의 어머니인 자연이 있을 뿐 다른 아무도 없었다. 나는 그녀의 가슴을 더듬어서 휴식을 구해야 했다.

나는 곧바로 히스 숲으로 걸어갔다. 갈색 황야의 가장자리에 깊게 고랑이 팬 분지 쪽으로 계속 가려면 무릎까지 무성한 히스를 헤쳐 나가야 했다. 몇 군데의 구부러진 모퉁이를 돌고 나서, 나는 구석진 곳에 있는 까맣게 이끼 낀 화강암 밑에 자리 잡고 앉았다. 주변은 경사진 황야로, 화강암은 내 머리 위에 솟아 있고 그 너머로 하늘이 보였다.

여기서도 마음이 가라앉기까지는 한동안 시간이 걸렸다. 방목하는 소가 가까이 오지나 않을는지, 사냥꾼이나 밀렵자에게 들키지나 않을까 하는 막연한 공포에 온몸이 떨렸다. 황야에 바람이 일어도 들소가 달려오는 것인 가 하고 놀라서 쳐다보고, 새떼들이 소리를 내어도 혹시 나쁜 사람이 아닌가 하고 두려웠다. 그러나 모든 것이 근거 없다는 것을 알게 되자, 어둠이 짙어감 에 따라 주위의 정적에 의해 마음도 가라앉았다. 지금까지 나는 생각할 능력도 없이 다만 공포에 떨면서 귀를 기울이고 지켜봤을 따름이었지만, 이제는 생각할 능력을 되찾았다.

어떻게 해야 할까? 어디로 가야 할까? 아아, 감당하기 힘든 질문이었다. 아무것도 할 수 없고 어디로도 갈 수 없는 나로서는, 인간이 사는 곳까지 가려면 지쳐서 떠는 다리로 먼 길을 걸어야 하고, 하룻밤 잠자리를 위해서는 냉정한 자비를 간청해야 할 것인데, 도대체 어떻게 해야 좋을지 알 수가 없었다.

나는 히스를 만져보았다. 말라 있는 그것은 여름 볕을 받았기 때문에 아직 따스했다. 하늘은 티 없이 맑게 개어 있어, 바위 틈 바로 위로 별이 하나 빛나는 게 보였다. 이슬이 내리기는 했지만 오히려 기분 좋은 것이었다. 미풍조차 불지 않아 자연은 내게 자비롭고 호의에 가득 차 있는 것으로 여겨졌다. 세상 사람들은 나를 버렸으나 자연만은 나를 사랑하는 것이다! 사람들에게서 불신과 거절과 수모만 받아왔던 나는 자식이 어머니를 대하는 것처럼 자연에 기댔다. 아직 빵도 한 조각 남은 것이 있었다. 오늘 낮에 지나친 거리에서 잊어버리고 남아 있던 최후의 1페니로 사서 먹다 남은 것이었다. 히스 사이로 홍옥처럼 잘 익은 월귤나무 열매가 여기저기에서 빛나고 있는 것이 보였다. 나는 그것을 한 줌 따다가 빵과 함께 먹었다. 은둔자의 식사로 만족스럽지는 못해도 우선 심한 허기증은 달랠 수 있었다. 나는 기도를 하고 나서 눈을 좀 붙여보려고 했다.

바위 주변에 무성한 히스 위에 누우니 실상 밤기운이 침범할 수 있는 면적은 얼마 안 되었다. 난 숄을 두 겹으로 겹쳐서 이불 대신 덮었다. 이끼 낀 흙덩이가 베개 구실을 했다. 이런 잠자리에 눕자 적어도 초저녁에는 추운 줄을 몰랐다.

슬픈 생각만 아니었더라면 휴식은 거의 만족할 만한 것이었다. 슬픔은 상처 난 곳과 내부의 출혈을, 끊어진 줄을 탄식하는 것이었다. 로체스터 씨와 그의 운명을 생각하고, 나는 괴로운 동정심이 느껴져 몸을 덜덜 떨면서 흐느껴 울었다.

심적 고통에 지친 나는 일어나 앉아 무릎을 꿇었다. 밤은 깊어가고 별이 총총 떠 있을 뿐, 주위는 아무 일도 없는 듯 고요했다. 공포를 느끼기에는 너무나 조용한 밤이었다. 우리들은 신이 어느 곳에나 존재하고 있는 것으로 알고 있는데, 그 존재가 가장 강렬하게 느껴지는 것은 바로 그의 창조물이 굉장한 모습으로 우리의 눈앞에 전개될 때이다. 또 우리들이 신의 무한성과 전능, 편재성을 가장 똑똑히 읽을 수 있는 것은 그가 창조한 세계가 침묵 속에 운행되는 구름 없는 밤하늘에서이다.

나는 로체스터 씨를 위해 기도드리려고 무릎을 꿇었던 것이다. 얼굴을 들자 눈물어린 눈에 아름다운 은하가 보였다. 그토록 많은 별들이 희미한 빛을 남기고 공간을 달리는 것을 보자, 새삼 신의 권위와 힘을 느낄 수 있었다. 나는 자신이 창조한 것을 구원하는 신의 힘을 굳게 믿었다. 대지는 멸망하는 일이 없고, 대지에서 자라고 있는 인간 역시 멸망하지 않는다는 것을 확신하고 있었다. 나의 기도는 감사로 변했다. 생명의 근원은 영혼의 구원자이기도 하다. 로체스터 씨는 안전할 것이다. 그는 신의 것이며, 신은 그를 보호할 것이다. 나는 다시 언덕의 품에 안긴 채 곧 잠이 들어 슬픔을 잊었다.

그러나 이튿날에는 무서운 결핍이 찾아왔다. 새들이 둥지를 떠난 지 훨씬 뒤에, 벌들이 상쾌한 아침 이슬에 젖은 히스의 꿀을 모으러 오고 나서도 훨씬 뒤에, 아침의 긴 그림자가 짧아지고 태양이 대지와 하늘을 가득 채우고 났을 때 나는 일어나 주위를 살펴보았다.

어쩌면 이렇게 조용하고 멋진 날씨인가! 멀리 뻗친 황야는 황금의 사막처럼 보였다. 도마뱀이 바위로 기어오르는 것이 보이고, 벌들이 월귤나무에서 분주히 단 꿀을 빨아먹고 있었다. 지금 나는 여기서 충분한 영양분과 영원한 집을 가질 수 있는 도마뱀이나 꿀벌이 되었으면 싶었다. 그러나 나는 인간이 므로 인간의 욕망을 갖고 있고, 그것을 충족시킬 아무것도 없는 곳에 언제까지나 머물러 있을 수는 없었다.

나는 일어나서 내가 누웠던 자리를 돌아보았다. 앞으로 아무 희망도 없는 내가 그 순간 생각한 것은, 어젯밤 내가 잠이 들었을 때 신이 나의 영혼을 데려갔더라면 좋았을 거란 사실뿐이었다. 이 지친 몸이 죽음으로써 더 이상 운명과 싸울 것을 면하고, 이제 조용히 평화롭게 황야의 흙이 되었으면 하는…… 그러나 생명은 모든 요구, 고통, 책임과 함께 내 마음대로 할 수 없는 것이었다. 무거운 짐은 운반되어야 하고 결핍은 충족되어야 하며 고통은 인내하고 책임은 이행되어야만 하는 것이었다. 나는 출발했다.

다시 위트크로스로 가는 길로 접어들자, 이미 중천에 높이 솟아 뜨거워진 햇볕을 피해 그늘진 길을 따라 나는 오랫동안 걸었다. 참을 수 없을 정도로 피로했기 때문에 잠깐 쉬는 게 좋을 거라고 생각될 때까지 걸었다. 그러다가 심신에 오는 마비상태에 저항을 하지 못하고 가까이 있는 돌에 털썩 주저앉았다. 그런 중에 난 문득 종소리를 들었다. 교회의 종소리였다.

나는 한 시간 이상이나 주위의 광경에 눈길을 돌리지 못했는데, 지금 바라보니 낭만적인 언덕 사이로 작은 마을과 첨탑이 보였다. 오른쪽 계곡은 목장과 보리밭과 숲으로 이루어졌는데, 반짝이는 물줄기가 짙고 엷은 녹색 들판과 누렇게 익은 보리밭과 검은 숲과 태양이 쬐는 목초지 사이를 꼬불꼬불 돌아서 흐르고 있었다. 덜커덩거리는 바퀴소리가 들려서 길 앞을 바라봤더니, 산더미처럼 짐을 실은 마차가 힘들게 언덕을 기어오르고 있었으며, 두 마리의 소와 그것을 몰고 가는 사나이가 보였다. 인간생활과 인간의 노동이 멀지 않은 곳에 있었던 것이다. 나도 무슨 일을 해서든지 다른 사람들처럼 충실하게 살아야만 한다는 생각이 강하게 들었다.

나는 오후 두 시쯤 마을에 도착했다. 하나뿐인 골목 뒤쪽에 창가에다 빵을 진열해 놓은 작은 가게가 하나 있었다. 허기를 면할 수만 있다면 어느 정도 생기를 되찾을 수 있으련만! 그렇지 않고서는 앞으로 더 갈 수가 없을 것 같았다. 인간들 사이로 돌아오게 되자, 갑자기 체력과 원기를 되찾고 싶은 생각이 들었다. 마을 한가운데서 굶주림 때문에 정신을 잃는다는 것은 수치스러운 일이라고 느껴졌다. 빵과 바꿀 물건을 가진 것이 없을까 하고 나는 생각해 보았다. 내 목에는 비단 숄이 감겨 있고 손에는 장갑을 끼고 있었다. 사람이 극한 상태에 이르면 어떤 일을 하는지 나는 그때까지 모르고 있었다. 과연 내 물건을 받아줄지 의문이지만, 나로선 시도해 볼 수밖에 없었다.

가게 안에는 여자 혼자 있었다. 점잖은 옷차림을 보고 지체가 높은 부인이라고 생각했는지, 여주인이 정중하게 앞으로 다가섰다. 그녀가 "무엇을 드릴까요?" 하고 물었을 때 나는 부끄러웠다. 입 속에서 준비했던 말이 차마 나오지 않았다. 다만 지쳤기 때문에 좀 쉬게 해달라고 부탁했을 따름이었다. 손님이라고 생각했던 기대에 어긋났는지, 여자는 다소 쌀쌀맞게 내 청을 들어주었다. 한쪽 의자에 털썩 주저앉자 울고 싶은 충격이 북받쳤으나, 그런 감정을 나타내기엔 장소가 적당치 않아 억지로 참았다.

"이 마을에 재봉사라든지 바느질하는 사람이 있을까요?"

"네, 두세 사람……. 필요할 만큼 있지요."

나는 이제 극한상태에 도달한 것이다. 곤궁과 직면해 있을 뿐 아니라 친구도 돈도 없는 처지다. 무엇이든지 해야만 했다.

"혹시 이 근처에서 하인을 구하는 댁은 없을까요?"

"글쎄요, 모르겠는데요."

"이 고장 사람들은 주로 무슨 일을 하나요?"

"더러는 밭일을 하고, 올리버 씨가 경영하는 바늘공장이라든가 주물공장에서 일하는 사람이 많지요."

"올리버 씨는 여자종업원도 채용하나요?"

"아녜요, 남자들이 하는 일이니까."

"그러면 여자는 무슨 일을 하지요?"

"잘 모르겠는데요. 이런 일도 하고 저런 일도 하지요. 가난한 사람은 무엇이든지 해야만 하니까." 그녀는 내 질문을 귀찮게 생각하는 듯한 투로 대답했다.

실상 나에겐 꼬치꼬치 캐물을 권리가 없었다. 이웃인 듯한 사람이 두어 명 들어오자 내가 앉은 의자가 필요할 것 같았다. 나는 가게에서 나왔다. 큰길을 지나면서 집들을 바라봤지만 어느 한 곳 들어갈 구실이나 동기가 없었다. 나는 걸어갔다가는 다시 돌아 나오곤 하면서 한 시간 이상이나 이 거리를 방황했다. 그러다가 몹시 지치고 심한 허기증이 몰려와 옆길로 돌아서 생울타리 밑에 앉았다. 그러나 몇 분 지나지 않아서 다시 일어났다. 무언가 힘이 될 만한 것을, 적어도 그것을 가르쳐줄 사람을 찾아야만 했기 때문이다.

골목길 막다른 곳에 아담한 집이 보였는데, 정원에는 예쁜 꽃이 만발해 있었다. 나는 그 집 앞에서 발을 멈췄다. 무슨 용무로 하얀 현관문에 다가가서 눈부시게 닦여진 손잡이를 두드리나……, 이 집 사람들이 나를 도와주도록 어떻게 관심을 갖게 할 것인가를 생각하며 나는 가까이 가서 무작정 현관문을 두드렸다. 온화한 얼굴에 옷을 깨끗이 입은 젊은 부인이 문을 열었다. 나는 절망적인 심정과 목숨이 끊어져가는 몸이 아니고서는 도저히 낼 수 없는, 비참할 정도로 낮고 더듬거리는 목소리로 혹시 하녀가 필요하지 않느냐고 물었다.

"필요 없습니다. 우린 하녀를 두지 않아요." 그녀가 대답했다.

"그렇다면 일자리 구할 만한 곳을 알려주실 수 없을까요? 이 고장에 처음 와서 아는 사람이 없습니다. 일자리가 필요한데, 무슨 일이나 할 수 있습니다." 나는 계속해서 말했다.

그러나 그녀는 나를 생각해 주는 것도 아니고, 일자리를 구해 주려고도 하지 않았다. 뿐만 아니라 나의 인간성과 신분과 하는 말까지 의심하는 것 같았다. 그녀는 머리를 흔들면서 "미안하지만 그런 건 모르겠어요."라고 대꾸하며 곧바로 문을 닫았다. 지극히 조용하고 정중하긴 했으나, 어쨌든 나는 쫓겨나고 말았다. 좀 더 시간을 끌었더라면 빵 한 조각이라도 달라고 부탁해 봤을 터인데……

집을 찾아갔다가는 쫓겨나고, 다시 찾아갔다가 또 쫓겨나면서 나는 그저 방황했다. 남에게 도움을 청할 입장도 아니고 자신의 고독한 운명에 관심을 기대할 권리가 없다는 의식 때문에 스스로에 대해 증오감마저 생겼다.

이렇게 굶주린 개처럼 떠도는 동안에 오후 시간도 많이 지나갔다. 들판을 지나던 내 눈앞에 문득 교회의 첨탑이 보였다. 나는 그쪽으로 발길을 서둘렀다. 묘지 가까운 정원 한가운데에 작지만 잘 지은 집이 있었다. 틀림없이 목사관일 것이다. 그제야 친구도 없는 낯선 곳에 온 사람이 목사의 소개와 도움으로 일자리를 구한다는 게 생각났다. 일자리 구하는 사람을 도와주는 것은, 적어도 조언을 해 주는 것은 목사의 의무일 것이다. 여기라면 조언을 요구할 권리가 있을 것 같았다.

난 새롭게 용기를 냈다. 최후의 여력을 다해서 그 집에 이르러 주방문을 두드렸다. 늙은 부인이 문을 열었다. 나는 이 집이 목사관이냐고 물었다.

"그렇습니다."

"목사님은 계시나요?"

"아니오."

"곧 돌아오실까요?"

"외출하셨어요."

"멀리 가셨나요?"

"그리 멀지는 않아요. 3마일 정도지요. 아버님이 갑자기 돌아가셨다는 소식을 듣고 가셨어요. 지금 마시 엔드에 계시는데, 앞으로 보름쯤은 거기 계실 거예요."

"댁에 부인이라도 계신가요?"

"아니오. 나밖엔 없어요. 나는 가정부입니다."

독자여! 나는 당장에라도 쓰러질 것 같았지만, 그러나 그녀에게 도움을 청할 수는 없었다. 아직 거지는 아니었기 때문이다.

다시 발을 끌며 나는 물러섰다. 그리고는 다시 한 번 숄을 잡고, 또 한 번 작은 가게의 빵을 생각했다. 오오, 한 조각만이라도! 굶주린 고통을 덜기 위해 한 입만이라도! 나는 본능적으로 다시 마을 쪽으로 발길을 돌려서 그 가게를 찾아 안으로 들어갔다. 그 여자 외에 다른 사람들도 있었으나 나는 용기를 내서 부탁해 보았다.

"이 숄을 받고 빵 한 개 줄 수 있겠어요?" 그녀는 수상한 눈으로 나를 보았다.

"곤란한데요, 그렇게 팔아본 적은 없어요." 나는 미친 듯이 반개라도 좋으니 달라고 했으나, 그녀는 역시 거절했다.

"그 숄을 어디서 입수했는지 누가 알아요?"

"그럼 이 장갑을 받아주겠어요?"

"아뇨! 이곳에서는 장갑 같은 건 쓸데가 없어요."

독자여! 이런 것을 자세히 말한다는 것은 불쾌한 일이다. 지난날의 경험을 회상하는 것은 즐거운 일이라고 말하는 사람도 있으나, 지금 얘기하고 있는 그때 일을 생각하면 나는 참을 수 없이 괴롭다. 육체적인 고통을 수반한 정신적인 전락을 스스로 얘기하는 것보다 더한 비참함이 또 있을는지……

난 나를 거절한 사람들을 아무도 비난하지 않았다. 그것은 당연히 예상했던 일이며, 어쩔 수 없었던 일이라고 생각한다. 일반 거지도 때로는 의심을 받는데, 옷을 잘 입은 거지가 의심을 받는 것은 더욱 당연한 일이다. 물론 내가 바랐던 것은 일자리이긴 하지만 누가 나에게 선뜻 일자리를 줄 의무가 있단 말인가. 내 숄과 빵을 바꿔주려 하지 않았던 여자만 해도, 그 제안이 기분 나쁘고 손해가 된다고 생각했다면 그녀의 잘못이 아니다. 이제 이야기를 줄여야겠다. 더 생각하기도 끔찍하다.

해가 지기 조금 전에 나는 어떤 농가 앞을 지나고 있었는데, 열어놓은 문턱에 한 농부가 앉아서 치즈 바른 빵을 먹고 있었다. 나는 무의식적으로 걸음을 멈추고 말을 건넸다.

"그 빵 한 조각만 주실 수 없습니까? 몹시 배가 고파 그러는데요." 그는 깜짝 놀라서 쳐다보더니 아무 말도 하지 않고 자기 빵을 크게 잘라 주었다. 그는 나를 거지로 본 게 아니라 괴상한 여자라고 생각했을 것이다. 나는 그 집에서 보이지 않는 곳까지 와서 자리 잡고 앉아 그것을 먹었다.

남의 지붕 밑에서 잔다는 것은 바람직하지 않은 일이므로 나는 앞서 말했던 숲속에서 잠자리를 구했다. 그러나 그날 밤은 휴식을 취할 수가 없었다. 땅이 습하고 공기가 차가웠기 때문이다. 뿐만 아니라 침입자가 몇 번 내 곁을 지나가곤 해서 여러 번 잠자리를 옮겨야만 했다. 새벽이 가까워지자 비가 왔다. 비는 이튿날도 하루 종일 계속 내렸다.

독자여! 이튿날 있었던 일에 대해 자세한 설명을 부탁하지 말아줘요. 다만 전날과 마찬가지로 자리를 구하러 다녔고, 전날과 마찬가지로 거절당했고, 전날과 마찬가지로 굶주렸을 뿐이니까.

그런 중에도 단 한 번 입에 먹을 것이 들어갔다. 한 농가 입구에서 소녀가 식은 죽을 돼지우리에 쏟으려는 것을 보고 내가 물었다.

"그걸 나에게 주지 않겠니?" 소녀는 나를 쳐다보더니 "엄마! 죽을 달라는 여자가 있어."라고 안쪽에 대고 외쳤다.

"그래, 거지면 줘라. 돼지도 달가워하지 않을 거니까." 안에서 대답하는 소리가 들렸다.

소녀가 죽 덩어리를 내 손에 넘겨주자마자 나는 허겁지겁 먹었다.

비 내리는 황혼이 짙어올 때, 나는 한 시간 이상이나 걷고 있던 쓸쓸한 길에서 걸음을 멈췄다.

"이젠 기운이 다 빠져 버렸어. 더는 못 가겠어. 오늘 밤엔 잠자리조차 없단 말인가? 비가 이렇게 오는데 젖은 땅바닥에서 자야 한단 말인가! 아무도 나를 맞아주지 않을 테니까, 그럴 수밖에 없겠지. 이토록 굶주리고 기절할 것처럼 춥고 쓸쓸하게 모든 희망이 좌절되다니! 생각만 해도 무서워. 이런 상태가 계속되면 아침이 오기 전에 죽게 될 거야. 왜 내가 죽음과 빨리 타협을 하지 못하는 거지? 왜 내가 가치 없는 생명을 유지하려고 이처럼 몸부림치는 거지? 그것은 로체스터 씨가 살아 있다는 사실과, 굶주림과 추위로 인해 죽는다는 것은 인간 본연의 품성으로서 쉽사리 받아들일 수 없다는 것을 내가 알고 있고 또 믿기 때문이야. 오오, 신이여! 좀 더 살게 해주소서! 도와주고, 나를 인도해 주소서!" 나는 혼자 쉴 새 없이 중얼거렸다.

눈물어린 나의 시선은 희미하게 안개 낀 풍경을 정처 없이 더듬고 있었다. 마을에서 멀리 떨어진 곳이라고만 생각되었다. 샛길과 옆길을 지나서 나는 다시 황야가 있는 지대로 가까이 갔다. 개간되었다고 말할 수 없을 정도로 황폐해서 거의 곡식을 산출하지 못한 듯한 몇 뙈기의 밭이 나와 어두운 언덕 사이에 놓여 있었다.

'그렇다! 거리나 사람들이 많이 지나가는 곳에서 죽느니보다는 저기서 죽으리라.' 하고 나는 생각했다. '빈민원의 관 속에 들어가서 거지들 묘지에서 썩느니보다는 까마귀나 갈까마귀의 — 만약 이 지방에 갈까마귀가 있다면 — 배를 불려주는 것이 훨씬 나으리라.'

그래서 나는 언덕 쪽으로 발길을 옮겼다. 이제는 안전하다고까지는 못하더라도 최소한 몸을 숨길 수 있을 정도로 움푹 팬 곳을 찾는 일만 남아 있었다. 그러나 황야의 표면은 평평한 듯했다. 골풀과 이끼가 무성한 늪지대는 파랗고, 마른 땅에 히스만이 자라 있는 곳은 까맣게 보였다. 이미 날이 어두워지기 시작했으나 이런 변화는 식별할 수가 있었다. 그러나 해가 지는 데 따라서 빛깔도 희미해졌기 때문에 빛과 그림자로만 구별되었다.

황량한 풍경 속에 꺼져가는 어두운 언덕과 황야의 변두리를 방황하던 내 눈길에 저 멀리 습지와 언덕 사이의 어렴풋한 곳에서 반짝거리는 빛이 보였다. 그 순간 도깨비불이라 곧 사라질 것으로 생각했으나, 그것은 전혀 움직이지 않았다. '그렇다면 막 타기 시작한 화롯불인가?' 하고 나는 의아 하게 생각했다. 그것이 크게 번지는가를 계속해서 바라봤으나 번지지 않았으며, 커지지도 또 작아지지도 않았다. '인가의 촛불인지도 모르겠어.' 하고 나는 추측했다. '설사 그렇다고 해도 거기까지 갈 수는 없다. 너무 멀어. 그것이 1야드의 거리 안에 있은들 무슨 소용이 있단 말인가? 문을 두드린다 해도 또다시 면전에서 닫아 버릴 것을……'

나는 서 있던 자리에 주저앉아 땅바닥에 얼굴을 댔다. 한참 동안 그대로 누워 있자니 밤바람이 언덕과 내 위를 스쳐서 먼 곳으로 사라졌다. 비는 계속 내려서 살까지 젖어들었다. 내 몸이 단단히 얼어 움직여지지 않는다 해도, 죽음의 무감각상태가 된다 해도 비는 계속내릴 것이다. 내가 그것을 느끼지 못할지라도……. 그러나 아직 살아 있는 내 육체는 차가운 비에 떨고 있었다. 마침내 나는 다시 일어섰다.

불빛은 아직 그대로였다. 빗속에서 희미하긴 했으나 꺼질 줄을 몰랐다. 나는 다시금 걷기 시작하여 지친 다리를 천천히 그쪽으로 끌고 갔다. 불빛에 이끌려 비탈진 언덕을 넘고 넓은 습지대를 지나갔다. 습지대는 겨울이라면 통과할 엄두를 내지 못할 것이다. 물론 한여름인 지금도 흙탕물을 튀기고 있어 위험했지만 말이다. 그곳에서 두 번이나 넘어졌지만 나는 일어나서 기운을 냈다.

불빛은 버림받은 나의 희망이었다. 무슨 일이 있어도 거기까지 가야만 했다. 습지대를 지나니 황야에 흰 줄이 보였다. 가까이 가보니 길이었고, 그 길은 곧바로 예의 불빛과 이어져 있었다. 불빛은 나무들 사이에 있는 무덤 같은 데서 비쳐오고 있었는데, 어둠 속에서 보이는 형태와 잎새로 봐서 전나무 같았다. 가까이 가자 나의 별은 사라졌다. 나와 그것 사이에 방해물이 있었던 것이다. 나는 앞에 있는 검은 물체를 더듬으려고 손을 뻗쳤다. 거칠고 낮은 돌담이었다. 그 위에는 말뚝 같은 것이 박혀 있고 안에는 가시투성이의 높은 생울타리가 있었다. 계속 더듬어 가자 희끄무레한 것이 눈앞에 나타났다. 문이었다. 손을 대니 돌쩌귀가 움직였다. 양쪽에는 시커멓고 무성한 나무가 있었는데, 감탕나무 아니면 주목 같았다.

문으로 들어서서 나무 사이를 지나니 집 그림자가 검고 길게 나타났다. 길잡이가 되었던 불빛은 보이지 않고, 주위가 캄캄했다. 모두들 자는 것일까? 틀림없이 그러리라고 생각하면서 현관문을 찾아 모퉁이를 돌았는데, 다정했던 빛이 다시 비쳐왔다. 그것은 지면에서 1피트 가량 떨어져 있는 마름모꼴의 작은 유리창에서 비치는 것이었다. 들창 주변에는 담쟁이덩굴 같은 식물의 덩굴이 무성해서, 창이 더욱 작게 보였다.

허리를 굽혀서 창을 가리고 있는 나뭇잎을 헤치자 안이 훤히 들여다보였다. 모래를 깐 마루가 보였고, 하얀 식기를 여러 줄로 늘어놓은 호두나무 찬장이 이글이글 타는 석탄 불빛을 빨갛게 반사하고 있었다. 시계와 전나무 식탁과 몇 개의 의자도 보였다. 나의 길잡이가 되었던 것으로 생각되는 촛불이 테이블 위에서 타고 있었는데, 그 옆에선 무뚝뚝해 보이기는 하지만 주위의 모든 것과 마찬가지로 깔끔해 보이는 여인이 양말을 짜고 있었다. 나는 그런 것들을 다만 호기심을 가지고 바라보았다.

별로 신기한 것은 없으나 내 관심을 끈 것은 난롯가에서 안락하게 불을 쬐며 조용히 앉아 있는 젊고 우아한 두 여인이었다. 한 사람은 낮은 흔들의자에 앉아 있고 또 한 사람은 더 낮은 의자에 앉아 있었는데, 둘 다 상복차림이었고 그 검소한 옷이 아름다운 목과 얼굴을 더욱 돋보이게 했다. 덩치 크고 늙은 포인터가 한 여인의 무릎에 머리를 기대고 있었고, 또 한 여인의 무릎에는 까만 고양이가 안겨 있었다.

이런 검소한 주방에 그런 숙녀들이 있다는 것은 이상한 일이었다! 도대체 그들은 누구일까? 테이블 옆에 있는 늙은 부인의 딸들은 아닌 듯했다.

노파는 시골사람 같았는데, 젊은 여인들은 정숙하고 교양이 있어 보였다.

나는 일찍이 그런 얼굴을 본 적이 없었다. 자세히 볼수록 그녀들의 얼굴에서 친근감이 느껴졌다. 그러나 그들을 아름답다고 말할 순 없었는데, 아름답다고 하기엔 얼굴이 너무나도 창백하고 침통해 보였던 것이다. 더구나 머리를 숙이고 책을 읽는 모습은 엄숙하다고까지 할 수 있을 정도였다.

두 사람 사이에 있는 탁자 위에는 또 하나의 촛불과 두툼한 책이 두 권 놓여 있었는데, 번역할 때 사전을 찾는 것처럼 각기 손에 쥔 작은 책과 대조해 보곤 했다. 불이 타고 있는 방은 한 폭의 그림인 양 조용했고, 모든 사람의 모습은 그림자처럼 간혹 너울거렸다. 그렇기 때문에 벽난로의 받침쇠에서 석탄재가 떨어지는 소리며 어두운 구석에 있는 시계의 초침소리까지도 들을 수 있었다. 심지어는 늙은 부인이 뜨개질하는 바늘의 부딪치는 소리도 들리는 것 같았다.

"이것 봐, 다이애나." 책에 정신이 팔렸던 한 여인이 말했다.

"프란츠와 늙은 다니엘이 밤에 같이 있는데, 프란츠가 공포에 사로잡혀 눈을 뜨게 됐던 꿈 얘기를 해주는 거야. 자, 들어봐!" 그녀는 낮은 목소리로 무엇인가를 읽었는데, 나로서는 한마디도 알아들을 수가 없었다. 프랑스어도 아니고 라틴어도 아닌, 내가 알 수 없는 언어였기 때문이었다. 그리스어인지 독일어인지 구별조차 할 수 없었다.

"여기가 중요해." 다 읽고 난 쪽이 말했다.

"마음에 들었어." 읽는 것을 듣고 있던 다른 여인이 얼굴을 들고 불을 바라보면서 들은 것을 한 줄 한 줄 반복했다. 훗날 나는 그것이 무슨 뜻이며 무슨 책인가를 알았다. 그러므로 그 문구를 여기에 인용하려고 한다.

"'그때 누군가가 별 밤이 어떤가를 바라보려고 나타나다.(Da trat hervor Einer, anzusehen wie die Sternen Nacht.)' 멋져! 정말 멋져!" 그녀는 검고 움푹 들어간 눈을 빛내며 외쳤다.

"이리하여 희미하게만 보였던 웅장한 대천사의 모습이 적절히 눈앞에 그려진 거야! 이 한 줄이 과장된 백 페이지의 말보다도 가치가 있어. '분노의 저울대로 그 생각들을 저울질하고, 그 업적은 나의 격분의 중량으로 달아보다.(Ich wage die Gedanken in der Schale meines Zoenes und die Wwerke mitden gewichte meines Grimms.)' 정말 근사해!"

둘은 다시 조용해졌다.

"그런 말을 하는 나라가 어디 있나요?" 그때까지 뜨개질을 하고 있던 늙은 부인이 얼굴을 들고 물었다.

"그런 나라가 있어, 해너. 영국보다 훨씬 큰 나라야. 거기서는 이 말만 해."

"나로선 어떻게들 서로 알아듣는지를 모르겠어요. 아가씨들 중 누구나 그 나라에 가면 그들이 하는 말을 알아들을 수 있나요?"

"조금은 알 수 있겠지, 전부는 몰라도……. 우리는 해너가 생각하는 것처럼 그렇게 영리하지 못해서 말도 못 하고, 사전이 없으면 책도 읽을 수 없어."

"독일어가 아가씨들에게 무슨 소용이 있지요?"

"언젠가는 독일어를 가르치려고 해. 처음 배우는 사람들에게 말이야. 그러면 지금보다 훨씬 많은 돈을 벌 수 있거든."

"그렇겠지요. 그러나 공부는 그만하세요, 오늘은 충분히 했으니까요."

"그렇게 하지. 나는 이제 피곤해. 메리는?"

"나도 몹시 피곤해. 사전을 선생으로 삼아 외국어를 배운다는 것은 참으로 어려운 일이야."

"그래, 더구나 난해하고 훌륭한 독일어 같은 어학 공부는 말이야. 그런데 세인트 존은 언제 돌아오지?"

"틀림없이 곧 돌아올 거야. 지금 정각 열 시거든." 벨트에서 작은 금시계를 꺼내 보았다.

"비가 많이 오는군. 해너, 응접실의 난롯불을 좀 봐 주겠어?" 늙은 부인이 일어나 문을 열었기 때문에 복도가 흐릿하게 보였다. 곧이어 불길을 돋우는 소리가 나더니, 그녀가 되돌아왔다.

"아가씨들!" 그녀가 말했다.

"지금 이 시각에 저 방에 가는 것은 정말 싫어요. 빈 의자가 구석에 놓여 있는 것이 보기만 해도 쓸쓸해요."

그녀는 앞치마로 눈 주위를 닦았다. 조금 전만 해도 재잘거리던 두 여인은 금방 슬픈 표정을 지었다.

"그러나 그분은 여기보다 훨씬 좋은 곳에 가셨어요." 그녀가 계속해서 말했다.

"다시 이 세상에서 와주기를 바라서는 안 돼요. 더구나 그렇게 안락하게 돌아가셨으니 더 바랄 것이 없지요."

"우리들 얘기를 하지 않으셨다지?" 둘 중 한 여성이 말했다.

"그럴 사이가 없었어요, 아가씨. 아버님은 눈 깜짝할 사이에 돌아가셨어요. 그러니까 보름 전이지요. 전날과 마찬가지로 조금은 괴로워하시는 것 같았지만 대단한 건 아니었지요. 세인트 존이 당신들 중의 누구를 불러오게 할 거냐고 물었더니, 그분은 조용히 웃었어요. 다음 날 머리가 무겁다며 누웠는데, 그대로 깨어나시지 않았어요. 오빠가 방에 들어갔을 때는 이미 몸이 굳어져 있었답니다. 아가씨들! 그분이야말로 오랜 가문의 마지막 후손다운 분이었어요. 아가씨들도 세인트 존 도련님도 그분과는 다른 것 같아요. 어머니는 당신들과 같은 점이 많았고, 학문도 있었죠. 메리 아가씨가 꼭 닮으셨지요. 다이애나 아가씨는 아버지를 닮은 편이고요." 내겐 그 두 여성이 꼭 닮아 보였기 때문에 이 늙은 하녀가 — 지금에 와서는 그러리라고 짐작이 가지만.— 어떤 점을 다르다고 보는지 알 수가 없었다. 둘 다 피부가 하얗고 날씬했으며, 기품과 지성미를 풍기는 얼굴이었다. 다만 한 사람은 머리 색깔이 더 검었고 땋은 것도 약간 달랐다. 메리란 여성의 연한 갈색 머리는 양쪽으로 갈라서 땋아져 있었고, 다이애나의 검은 머리채는 굵은 곱슬머리로 목덜미를 가렸다.

시계가 열 시를 쳤다.

"저녁 생각이 나겠지. 세인트 존 도련님이 돌아와도 그럴 거고." 해녀가 말했다.

그녀가 식사 준비에 착수하자 아가씨들도 일어났다. 응접실로 들어가려는 것 같았다. 지금까지 나는 그들을 지켜보며 그들의 태도와 대화에 흥미를 느끼고 있었기 때문에 나의 비참한 신세를 어느 정도 잊고 있었다. 하지만 이제 다시 그 생각이 되살아났다. 전보다도 더 쓸쓸하고 절망적으로 느끼게 된 것은 피차의 대조적인 상황 때문일 것이다. 이 집 사람들에게 소리를 질러서 내게 관심을 갖게 하는 것과 내가 굶주려서 고생한다는 것이 진실임을 믿게 하는 것, 그리고 방황하고 있는 이에게 휴식처를 마련해 달라고 설득한다는 것은 불가능할 것만 같았다. 손으로 입구를 더듬어서 주저하는 마음으로 문을 두드렸을 때, 나는 다시금 휴식처를 구한다는 것은 한낱 환상에 지나지 않음을 느꼈다. 해녀가 문을 열었다.

　"무슨 용건이오?" 손에 든 촛불로 내 얼굴을 비쳐보면서 늙은 부인이 놀란 목소리로 물었다.

　"아가씨들에게 드릴 말씀이 있는데요."

　"아가씨들에게 드릴 말이 있으면 나한테 해요. 어디서 왔죠?"

　"이 고장에 처음 온 사람입니다."

　"이런 시간에 무슨 용건이오?"

　"창고든 어디든 간에 하룻밤 재워주셨으면 하고……. 먹을 빵을 조금만 주셨으면 합니다." 내가 두려워했던 그대로, 해녀의 얼굴에는 의아해하는 빛이 떠올랐다.

　"빵은 한 조각 줄 수 있지만……. 그러나 방랑하는 사람을 재울 수는 없어요." 한참 동안 머뭇거리고 난 뒤에 그녀가 말했다.

　"아가씨들께 한마디만 하게 해줘요."

　"안 돼, 그럴 수는 없어. 아가씨들이 무엇을 해줄 수 있단 말이오? 이 시간에 방황하는 건 좋지 않아."

　"그렇지만 여기서 쫓겨나면 어디로 가지요? 어떻게 하면 좋아요?"

　"오오, 어디로 가야 할지, 어떻게 해야 할는지는 자신이 알아서 해야 해. 다만 나쁜 일만은 하지 말아요. 내가 할 말은 그것뿐이야. 여기 1페니가 있으니 가지고 가."

"1페니 가지고는 먹을 수도 없고, 게다가 지쳐서 더는 걸을 수가 없어요. 제발 문을 닫지 말아주세요. 제발 닫지 말아줘요."

"비가 들이쳐서 닫아야 해."

"아가씨들께 말해 줘요. 만나게 해주세요."

"절대로 안 돼. 정신이 나간 여자 아니야? 그렇지 않고서야 이렇게 소란을 피울 수가 있나. 빨리 가!"

"여기서 쫓겨나면 죽을 수밖에 없어요."

"죽지는 않아. 뭔가 좋지 않은 일을 꾸미고 있는 거야. 그래서 이런 밤중에 남의 집 주위를 배회하고 있는 거지. 이 근처에 강도라든가 그런 패거리들이 있으면 이 집에는 우리들뿐만 아니라 남자도 있고 개도 있고 총도 있다고 일러줘." 그렇게 말하면서, 정직하긴 하지만 융통성이 없는 하녀는 문을 닫고 빗장을 질러 버렸다.

이것이 절정이었다. 격렬한 고통으로 가슴이 찢어지는 것처럼 요동쳤다. 이제는 정말 지쳐서 단 한 발짝도 옮겨놓을 수가 없었다. 나는 비에 젖은 문 앞 계단에 주저앉으며 신음했다. 설움이 북받쳐 두 손을 비틀면서 흐느껴 울었다. 오오, 이 죽음의 망령! 오오, 공포 속에 다가오는 이 최후의 순간! 이 고독! 인간으로부터의 추방! 투숙할 곳뿐만 아니라 인내가 발붙일 곳조차 없어진 것이다.

"죽는 길밖에 없다. 나는 신을 믿어 왔어. 이제 조용히 그분의 뜻을 기다려야지."라고 나는 중얼거렸다.

"사람은 누구나 죽지만……. 당신이 여기서 굶어죽는다면 그것은 천명을 다하지 못한 죽음이 되오. 이렇게 죽는 것이 모든 사람의 운명은 아니오." 하는 소리가 바로 옆에서 들려왔다.

"그런 말씀을 하시는 건 누구신지요?" 나는 뜻하지 않은 목소리에 놀라며 물었다.

내 처지는 어떤 일이 생겨도 구원의 희망을 가질 수 없는 상태였다. 사람 그림자가 옆에 있었지만 어떤 사람인지, 캄캄한 밤인데다 내 시력이 약해져서 분간할 수가 없었다. 새로 나타난 사람은 내 물음에 대답 없이 요란스럽게 문을 두드렸다.

"세인트 존이신가요?" 안에서 해너가 외쳤다.

"그래! 그래, 빨리 열어."

"이런 기분 나쁜 밤에 얼마나 비에 젖고 추웠겠어요! 어서 들어오세요. 아가씨들이 걱정을 하고 있다고요. 그리고 근처에 악당들이 배회하고 있답니다. 조금 아까만 해도 여자 거지가 와서 ─ 아직 가지 않았군! ─ 거기 누워 있었어요. 일어나! 이 염치없는 것아! 가지 못해!"

"조용히 해, 해너! 이 여자에게 할 말이 있어. 당신은 이 여자를 내쫓는 것으로 임무를 다했지만, 이번에는 내가 안으로 들여보내는 것으로 내 임무를 하게 해줘. 나는 밖에서 당신이 하는 말도 듣고 이 여자가 하는 말도 다 들었어. 아마 특별한 사정이 있을 거야. 한번 들어봐야겠어. 자! 일어나서 안으로 들어가요."

나는 사력을 다해서 겨우 그가 권하는 대로 움직일 수 있었다. 곧 나는 그 깨끗하고 밝은 주방으로 들어갔다. 떨면서 난로 옆에 서 있다 보니 순간 현기증이 나면서 자신이 극도로 쇠진하고 비바람에 지쳤다는 것이 의식되었다. 두 아가씨와 그들의 오빠인 세인트 존과 늙은 하녀가 나를 응시하고 있었다.

"세인트 존, 누구예요?" 누구인지 묻는 소리가 들렸다.

"모르겠어. 문밖에서 만났어."

"얼굴이 몹시 창백해요." 해너가 말했다.

"흙빛인 것이 죽은 사람 얼굴 같군." 누군가가 덧붙였다.

"곧 쓰러질 것 같아요. 어서 앉혀요." 실제로 머리가 빙빙 돌고 다리가 휘청거렸다. 그대로 주저앉는데 의자가 받쳐졌다. 아직 의식은 잃지 않았지만 한동안 말을 할 수가 없었다.

"물을 조금 마시면 정신을 차리겠지. 해너! 물을 가져와요. 뼈와 가죽뿐이야. 어쩌면 이렇게 마르고 핏기가 없담!"

"유령 같아!"

"병 때문일까, 아니면 굶어서 그럴까?"

"굶어서 그럴 거야. 해너, 그거 우유인가? 이리 줘. 그리고 빵을 좀 주고." 다이애나는 — 내게 허리를 굽혔을 때 앞에 늘어진 긴 곱슬머리를 보고 그녀라는 것을 알았다. — 빵을 잘라서 우유에 담갔다가 내 입에 넣어주었다. 그녀의 얼굴이 내 얼굴 가까이에 있었는데, 연민의 정이 어려 있었으며 가쁜 숨소리에는 동정이 담겨 있었다. 그녀가 무심코 한 말에도 깊은 정이 깃들어 있었다.

"먹어요!"

"그래요, 먹어요." 메리도 다정하게 되풀이했다. 그리고 나서 그녀는 내 모자를 벗기고 머리를 들어주었다. 나는 그들이 주는 것을 처음에는 기운 없이, 그러다가 허겁지겁 먹었다.

"처음에는 너무 많이 먹지 않도록 좀 참게 하는 것이 좋을 거야." 하고 세인트 존이 말했다.

"그만 됐어." 그는 우유잔과 빵 접시를 치웠다.

"조금만 더, 세인트 존. 더 먹고 싶어 하는 눈을 봐요."

"지금 더 주면 안 돼. 이젠 말할 수 있는지, 이름을 물어봐." 입이 열릴 것 같아서 나는 대답했다.

"내 이름은 제인 엘리어트입니다." 혹시라도 발각될 것이 두려워서 난 가명을 쓸 생각을 하고 있었다.

"어디 살고 있으며, 친척이나 친구는 어디 있어요?" 나는 잠자코 있었다.

"아는 사람을 불러줄까?" 나는 머리를 옆으로 흔들었다.

"자신의 처지를 설명해 줄 수 있겠어?" 일단 내가 이 집에 들어오고 또 이 집 사람들과 얼굴을 맞댄 이상, 이제는 추방된 자도 아니고 방랑자도 아니고 넓은 세상에서 버림받은 것도 아닌 것 같은 생각이 들었다. 그래서 난 거지 같은 행색을 집어치우고 본연의 태도와 성격을 되찾기로 했다.

나는 다시 한 번 자신의 처지를 생각하고 세인트 존이 설명을 요구했을 때 — 당장 대답하기에는 너무 지쳤기 때문에 — 약간의 간격을 두고 말했다.

"오늘 밤에는 자세한 것을 다 얘기할 수 없어요."

"그렇다면, 우리가 뭘 해주기를 바라나요?" 그가 물었다.

"아무것도."라고 나는 대답했다. 쇠약한 나의 몸에선 간단한 대답밖에는 나오지 않았다.

다이애나가 말을 받았다.

"당신 말은, 이제 당신이 필요한 것은 충족됐으니까 이 비오는 밤에 다시 황야로 내쫓아도 좋다는 뜻인가요?" 나는 그녀를 쳐다보았다. 그녀의 얼굴에는 연민과 선의가 넘치는 것 같았다. 나에게 불쑥 용기가 솟았다. 내가 그녀의 다정한 눈길에 미소를 보내며 말했다.

"나는 아가씨를 믿고 있어요. 설령 내가 주인 없이 떠도는 개라 해도, 아가씨는 나를 오늘 밤 난롯가에서 내쫓지 않을 거예요. 그래서 나는 조금도 걱정하지 않고 있어요. 마음 내키는 대로 해주고 도와주세요. 그러나 지금 자세한 설명을 못 하는 점을 용서해 주세요……. 숨이 가빠요……. 길게 말을 하면 기절할 것만 같아요." 세 사람은 모두 나를 쳐다보고 있었으나 아무 말도 하지 않았다.

"해너! 우선 쉬게 하고, 지금은 아무것도 묻지 말아요. 10분쯤 지나면 다시 우유와 남은 빵을 줘요. 메리와 다이애나는 응접실로 가서 이 문제를 의논하자." 세인트 존이 말했다.

그들은 물러났다. 누군지는 모르겠지만, 조금 있다가 한 아가씨가 돌아와서 낮은 목소리로 무엇인가를 해너에게 지시했다. 아늑한 난로 앞에 앉아 있자, 몽롱한 현기증이 엄습해 왔다. 난 하녀의 도움으로 겨우 2층으로 올라갈 수 있었다. 비에 젖은 옷이 벗겨지고, 곧 따뜻하고 보송보송한 침대가 나를 맞아주었다. 나는 신에 대해 감사했고, 노곤한 가운데 은총의 기쁨을 맛보면서 잠이 들었다.

29장
리버즈 남매와의 만남

그 뒤로 사흘 동안의 기억은 몽롱하다. 그 사이에 몇 가지 감각만을 느낄 수 있었을 뿐, 구체적인 상념과 행위는 전혀 생각나지 않는다. 마치 내가 좁은 방의 작은 침대 위에 붙어 있는 듯 돌처럼 꼼짝도 않고 누워 있었는데, 거기서 떨어지면 죽을 것만 같았다. 시간의 경과도 — 아침에서 낮으로, 또 낮에서 밤으로 — 느낄 수가 없었다. 누군가가 이 방에 드나드는 것은 보았지만 누구인지 알 순 없었고, 누가 가까이 와서 말을 건네면 그것을 알아들을 수는 있었으나 대답은 할 수가 없었다. 입을 여는 일도 팔다리를 움직이는 일도 모두 불가능했다. 하녀인 해너가 다른 사람보다 자주 들렀는데, 그녀가 올 때마다 내 마음은 긴장되곤 했다. 그녀는 나를 쫓아내고 싶을 것이다. 나의 인격과 사정을 이해하지 않고 나에 대한 편견을 가지고 있을 터이므로. 다이애너와 메리는 하루 한두 차례 들렀다. 그들은 내 침대 옆에서 이런 말을 속삭였다.

"이 사람을 불러들인 것은 잘한 일이었어."

"정말 그래. 밤새도록 밖에 있었더라면 틀림없이 아침에는 문밖에서 죽어 있었을 거야. 무슨 일을 겪어온 사람일까?"

"이만저만한 고통이 아니었을 거야. 수척하고 창백한 방랑자인 것으로 봐서!"

"말하는 것을 보면 무식한 것 같지는 않아. 벗어놓은 옷도 흙탕물이 튀기고 젖긴 했지만 해진 곳도 없고 고급이었어.”

“특징이 있는 얼굴이야. 살이 빠져 여위기는 했지만 마음에 들어. 원기를 회복하고 건강해지면 좋은 인상을 주는 얼굴이 될 거야.”

그들이 주고받는 대화 가운데서 단 한마디도 나에게 베푼 친절을 후회한다든가 나를 의심하는 말은 없었으므로 나는 안심이 되었다.

세인트 존은 한 번 찾아왔다. 그는 나를 보면서 혼수상태가 계속되는 것은 장기간에 걸친 지나친 과로의 결과이며, 의사를 불러올 필요까지는 없고 오히려 이대로 두는 것이 좋을 거라고 말했다. 무슨 일이 있었는지 모르지만 모든 신경이 극도로 긴장해 있기 때문에 당분간은 조용히 쉬게 하는 것이 필요할 거라는 말도 했다. 병은 없으므로 일단 회복에 접어들면 급속도로 좋아질 거라고 그는 믿고 있는 듯했다. 이런 견해를 낮은 목소리로 몇 마디 말하고 나서, 한참 있다가 그는 다변의 비판가와는 거리가 먼 익숙지 못한 어조로 덧붙였다.

“평범한 얼굴은 아니야. 속된 점도 없고, 타락한 점도 찾아볼 수 없어.”

“그것뿐만이 아니에요. 솔직히 말해서, 오빠! 나는 이 가련한 사람한테 마음이 끌렸어요. 언제까지나 도와줬으면 좋겠어요.” 다이애나가 말했다.

“그렇겐 안 될 거야. 이 젊은 아가씨는 주위의 친구들과 오해가 생겨서, 분별없이 그들을 떠나왔을 거야. 이 아가씨가 완고하지 않다면 그들한테로 되돌려 보낼 수 있을 테지. 그러나 얼굴의 강한 선으로 봐서 쉽게 받아들여질진 모르겠어.” 그는 한동안 나를 바라보며 서 있다가 덧붙여 말했다.

“영리한 인상을 주긴 하나, 결코 아름다운 얼굴은 아니야.”

“지금 앓고 있는 거예요, 세인트 존.”

“앓고 있든 건강하든 간에, 용모가 아름다운 건 아니야. 이 얼굴엔 우아함과 미의 조화가 없어.”

사흘째 되던 날은 좀 나아졌고, 나흘 만에는 말도 할 수 있었다. 또한 몸도 움직일 수 있었으며, 침대에서 일어나기도 하고 돌아눕게도 되었다.

그날 저녁때라고 생각되는데, 해너가 죽과 토스트를 가져다주어 나는 맛있게 먹었다. 훌륭한 식사였다. 지금까지 입에 넣은 것은 화끈거리는 맛이 나서 기분이 좋지 않았으나 이것은 그런 맛이 없었다. 그녀가 물러가자 난 기운이 꽤 생기고 되살아난 것 같은 기분이 들었다. 그래서 이제는 휴식도 그만두고 몸을 움직이고 싶은 생각이 간절해졌다. 일어나고 싶었으나 당장 걸칠 옷이 없었다. 땅바닥에 누워서 자고 늪에 빠지곤 해서 젖고 흙투성이인 옷밖에 없었기 때문이다. 그런 것을 입고 은인 앞에 나타나야 할 생각을 하니 부끄러웠던 것이다.

그러나 그건 나의 기우였다. 침대 옆 의자 위에 깨끗이 세탁해서 말린 내 옷이 놓여 있었던 것이다. 검은 비단 드레스는 벽에 걸려 있었는데, 진창에 빠졌던 흔적도 없어지고 비를 맞아 쭈글쭈글했던 것도 말끔히 다림질이 되어 있었다. 양말과 신발까지 깨끗이 손질되어 있었다. 방 안에는 세면대가 설치되어 있고, 머리를 손질할 빗과 브러시도 준비되어 있었다.

아직도 기운이 없긴 했으나 나는 5분마다 쉬어가며 옷을 갈아입었다. 무척 여위었기 때문에 옷이 헐렁했지만 보기 흉한 곳은 숄로 감추었다. 그리하여 다시 한 번 깨끗하고 눈에 거슬리지 않는 모습을 한 나는 난간에 매달리다시피 돌층계를 내려가 좁고 천장이 낮은 복도를 지나서 주방으로 갔다.

주방에는 새로 만드는 빵 냄새와, 활짝 핀 불의 온기가 가득했다. 해녀는 막 빵을 굽고 있는 참이었다. 잘 알려진 사실이지만 교육에 의해 다져지고 비옥해지지 못한 사람의 마음에서 편견을 제거한다는 것은 지극히 어려운 일이다. 그것은 마치 돌 틈에 난 잡초처럼 확고하게 뿌리를 내리고 있기 때문이다. 사실 처음에 해녀는 몹시도 냉담하고 완고했지만, 요즈음은 다소 누그러져 있었다. 내가 옷을 단정하게 입고 나타난 것을 보자 그녀는 미소마저 지었다.

"어쩌면, 일어났군!" 그녀가 말했다.

"이제 괜찮아? 괜찮으면 난로 옆에 있는 내 의자에 앉아요." 나는 그녀가 가리키는 흔들의자에 걸터앉았다. 그녀는 가끔 나를 곁눈질로 쳐다보면서 바쁘게 움직이더니, 오븐에서 빵을 꺼내며 불쑥 물었다.

"여기 오기 전에 계속 구걸하고 다녔어?"

그 순간 나는 분개했으나 화를 내봤자 소용없는 일일 것이다. 또한 실제로 그녀의 눈에는 거지로 보였을 것이라고 생각되었기 때문에 조용히 그러나 똑똑히 힘주어 대답했다.

"나를 거지로 생각했다면 잘못이에요. 당신이나 이 집 아가씨들과 마찬가지로 나는 거지가 아니에요."

잠깐 있다가 그녀가 말했다.

"나는 이해할 수가 없어. 집도 없고 돈도 없잖아."

"집도 없고 돈도 없다고 해서 모두 당신이 말하는 것 같은 거지가 된다는 법은 없어요."

"배운 것이 있나?"

"네, 많이."

"하지만 기숙학교에 다닌 건 아니지?"

"기숙학교에 8년 있었어요."

내 말을 듣고 그녀는 두 눈을 크게 떴다.

"그런데 왜 혼자 못 살아가지?"

"지금까지 혼자 살아왔지만, 앞으로도 혼자 살아갈 겁니다. 그 구즈베리 열매는 뭘 하려는 거죠?" 그녀가 구즈베리 열매가 든 광주리를 꺼내놓는 것을 보고 내가 물었다.

"파이를 만들려고."

"이리 줘요, 고를 테니."

"아니야, 아무 일도 하지 마."

"그러나 뭣이든지 해야지요. 이리 줘요."

그녀는 내 말대로 했다.

"그러면서 옷을 버리면 안 될 테니까." 그렇게 말하며 해녀는 깨끗한 수건을 가져다 내 드레스 위에 펼쳐놓았다.

"하녀가 하는 일은 서툴겠군. 손을 보면 알 수 있어. 재봉 일이라도 했나?"

"아니에요, 틀렸어요. 내가 무엇을 했던 간에 관심을 갖지 말아줘요. 그런데 이 댁 성함은 어떻게 되나요?"

"어떤 사람은 '마시 엔드'라고 하고, 어떤 사람은 '무어 하우스'라고 말해."

"그리고 이 집에 살고 있는 신사를 세인트 존이라고 부르나요?"

"아니야, 그분은 여기 살고 있지 않아. 잠깐 머물고 있는 중이야. 그가 살고 있는 집은 모튼의 자기 교구에 있어."

"여기서 2, 3마일 떨어진 마을이죠?"

"그래."

"거기서 뭘 하는데요?"

"목사님이셔." 목사관에서 목사를 만나게 해달라고 부탁했을 때, 늙은 가정부가 했던 대답이 기억났다.

"그러면 이 집이 그분 부친의 집인가요?"

"그렇지. 아버지 리버즈 씨가 여기 사셨어. 그리고 전에는 그의 할아버지도, 또 증조할아버지도 사셨지."

"그렇다면 그분 이름은 세인트 존 리버즈 씨인가요?"

"그래요, 세인트 존은 세례명이야."

"누이동생들은 다이애나 리버즈와 메리 리버즈이겠군요?"

"그렇지."

"그들의 부친께서 돌아가신 거죠?"

"3주일 전에 갑자기 돌아가셨어."

"어머니는 안 계시나요?"

"마님은 훨씬 전에 돌아가셨지."

"이 댁에 온 지 오래됐습니까?"

"30년이나 됐어. 그들 세 사람을 내가 다 길렀거든."

"당신이 정직하고 충실한 사람이라는 건 그것으로 증명됩니다. 그 점은 칭찬할 만합니다. 불손하게 나를 거지라고 했지만."

그녀는 다시 놀라는 눈으로 나를 쳐다보더니 말했다.

"아가씨에 대해서는 내가 잘못 생각했던 것 같아. 그러나 악당들이 많이 돌아다니고 있어. 아무튼 용서해 줘."

"더구나…… 떠돌이 개도 내쫓을 수 없는 그런 밤에 나를 내쫓으려고 했어요." 나는 준엄한 어조로 말을 계속했다.

"그래, 그것은 지나쳤어. 그러나 나로선 그럴 수밖에 없잖아? 나보다도 아가씨들을 걱정했거든. 가엾게도 그들에게는 나밖에 도와줄 사람이 없어. 무슨 일이든 조심해야지."

나는 한동안 무거운 침묵을 지켰다.

"나를 나쁘게만 생각하지 마." 그녀가 다시 말했다.

"그러나 그렇게 생각하지 않을 수가 없어요. 그 이유를 말하지요. 나한테 잠자리를 거절했다든가 협잡꾼이라고 해서가 아니라, 당신은 조금 전에 돈도 없고 집도 없다는 것으로 나를 조소했었죠. 지금까지 이 세상에 살아온 사람 가운데서 가장 훌륭한 사람도 나처럼 가난했어요. 당신도 기독교인이 라면 가난을 죄악으로 생각해서는 안 돼요."

"그래, 그건 내가 잘못한 거야. 세인트 존도 그렇게 말했고, 나도 잘못이라 는 것을 알았어. 이제 아가씨에 대한 생각은 지금까지 가졌던 것과는 완전히 달라졌어. 아가씨는 정말 좋은 사람 같아."

"그러면 좋아요. 용서하겠으니 악수해요."

그러자 그녀는 밀가루 투성이에다 굳은살이 박인 손으로 내 손을 잡았다. 다시금 마음에서 우러나오는 미소가 그녀의 얼굴에 떠오르고, 그때부터 우리는 친구가 되었다.

해너는 말하기를 좋아하는 듯했다. 내가 구즈베리 열매를 고르고 그녀는 파이에 필요한 반죽을 만들면서도 돌아가신 주인 부부에 관한 얘기며, 그녀 가 '아이들'이라고 부르는 젊은 사람들의 얘기를 자세히 들려주었다.

돌아가신 리버즈 씨는 검소하긴 하나 훌륭한 신사며 드물게 보는 명문가의 출신으로, 마시 엔드 저택에서 줄곧 살아왔다는 것이다. 그리고 해너는 이렇게 단언했다.

"건축된 지 2백 년은 됐어. 모튼 계곡에 있는 올리버 씨의 저택에 비하면 초라하고 작게 보이겠지만, 그러나 빌 올리버의 아버지는 뜨내기 제침업자에 지나지 않았어. 리버즈 가문은 헨리 왕조 대부터 신사 계급이었고, 모든 교회 사무실의 등록부를 보면 금방 알 수 있어."

그러고는 다음과 같은 얘기를 계속했다.

"돌아가신 주인은 이웃 사람들과 마찬가지로 사냥이라든가 농장이라든가 그런 일을 하는 데 여념이 없었어."

하지만 부인은 그와 달랐다는 것이다. 독서를 좋아하고 공부를 많이 했는데, '아이들'은 그런 어머니를 닮았다고 했다. 이 근처에는 그런 아이들이 없을 것이며 과거에도 없었을 것이란다. 세 아이가 다 말을 하게 되면서부터 공부를 좋아했고, 언제나 그들은 독학으로 공부를 했다는 것이다. 세인트 존은 대학을 나와 목사가 될 생각이었고, 딸들은 학교를 나오면 곧 가정교사 일을 할 생각이었다고 했다.

왜냐하면 어려서부터 그들이 들은 얘기는, 전에 리버즈 씨가 신용했던 사람이 파산을 해서 재산상의 많은 손해를 봤기 때문에 자녀들한테 재산을 나눠줄 여력이 없어졌고, 그들은 자립해야 한다는 것을 알게 되었다. 그래서 그들은 집에 있는 일이 거의 없었지만, 지금은 아버지가 돌아가셨기 때문에 2, 3주 동안 체재하고 있다는 것이다. 그러나 그들은 마시 엔드와 모튼과 주변의 황야를 무척 좋아했고, 런던이나 그 밖의 큰 도시에도 가 있던 적이 있었지만 항상 태어난 곳이 좋다고 말하곤 했다. 그리고 그들은 사이가 좋아서 결코 싸우는 일이 없다는 것이다. 이처럼 화목한 가정이 또 어디 있겠느냐고 해너는 반문했다.

구즈베리 열매 고르는 일을 끝내자, 나는 두 아가씨와 오빠가 지금 어디 있느냐고 물었다.

"모튼까지 산책을 나갔는데, 이제 반시간 정도 있으면 차를 마시러 돌아올 거야."

그들은 해너가 예측했던 시간보다 앞당겨 돌아왔다. 주방의 문을 열고 들어온 세인트 존은 나를 보자 단지 머리만 조금 숙였을 뿐 그대로 지나쳤다. 하지만 두 자매는 걸음을 멈췄고, 메리는 두세 마디 조용한 말로 내가 계단을 내려올 정도로 건강해져서 기쁘다고 말했다. 다이애나는 내 손을 붙잡고 머리를 흔들었다.

"내려와도 좋다는 내 허락이 있을 때까지 기다려야 해요." 그녀가 말했다.

"아직 얼굴빛이 좋지 않고 몹시 여위었어! 가엾게도! 가엾은 사람이야!"

다이애나는 내 귀에다 비둘기 소리 같은 다정한 목소리로 속삭였다. 그녀는 바라보는 사람에게 호감을 갖게 하는 눈을 지니고 있었다. 얼굴 전체에 매력이 있다고 느껴졌다. 메리도 역시 지적이며 아름다웠으나 다소 수줍어하는 표정이고, 태도는 다정했지만 보다 초연해 보였다. 다이애나는 표정과 말투에 일종의 권위가 있어 의지가 강한 것이 분명했다. 내 성질로는, 그녀가 지니고 있는 것 같은 확고한 권위에 복종하면서 즐거움을 느낀다. 스스로의 양심과 자존감이 허용하는 한, 활발한 의지 앞에는 머리를 숙이는 것이다.

"그런데 당신은 이곳에 무슨 용무가 있지요? 이곳은 당신이 올 데가 아니에요. 메리와 나는 가끔 주방에 오는 일이 있지만 그것은 집에 왔을 때 한번쯤 그래 보고 싶어서 하는 것이고……. 당신은 손님이니까 응접실로 가야 해요." 다이애나가 계속 말했다.

"나는 여기 있는 것이 좋아요."

"천만에요. 해너가 부산을 떨면 밀가루를 뒤집어쓰게 돼요."

"그리고 불도 당신한테 너무 뜨거워요." 메리가 끼어들었다.

"그렇고말고. 자! 시키는 대로 해요." 다이애나는 그때까지 내 손을 잡고 있었는데, 나를 일으켜서 방으로 안내했다.

"여기 앉아 있어요. 우리들은 숄과 모자를 벗고 차 준비를 하겠어요. 이 황야의 작은 집에서 우리가 할 수 있는 하나의 특권이거든요. 우리가 마음 내킬 때 식사를 준비한다든가, 또는 해너가 술을 담근다든가, 세탁이

나 다리미질을 할 때 우리가 일하는 것 말이에요." 응접실 소파에 나를 앉히면서 다이애나가 말했다.

그녀들은 나와 세인트 존만을 남겨두고 나갔다. 세인트 존은 책인가 신문인가를 들고 나의 맞은편에 앉아 있었다. 나는 우선 그 방을, 그러고는 거기 있는 사람을 살펴보았다.

응접실은 작은 편이며 가구도 검소했지만 깨끗하고 정돈되어 있었기 때문에 호감을 주었다. 구식 의자가 잘 닦여 빛나고 호두나무로 만든 테이블은 거울과도 같았다. 기묘한 고풍의 지난 시대 남녀 초상화가 벽에 걸려 있었고, 유리문이 달린 찬장에는 몇 권의 책과 옛날 도자기 세트가 들어 있을 뿐, 그밖에 특별한 장식물이라고는 없었다. 현대풍의 가구로는 옆 테이블 위에 놓여 있는 두 개의 문갑과, 장미목으로 만들어진 부인용 손상자가 있을 따름이었다. 그러나 모든 것이, 융단과 커튼을 포함해서 오래 사용되었어도 잘 보존되어 있었다.

세인트 존은, 벽에 걸린 오래된 초상화처럼 조용히 앉아 읽는 책에서 눈을 떼지 않고 있었기 때문에 쉽게 관찰할 수가 있었다. 그가 인간이 아니고 조각이라 해도 이보다 쉽게 관찰할 수는 없었으리라. 그는 젊고 — 28세 내지 30세가량이었다. — 키가 크고 몸매가 늘씬했다. 얼굴에는 사람의 시선을 끄는 면이 있었는데, 그리스 사람 같은 윤곽에 균형이 잡혔고, 콧날이 선 고전적인 코에 입과 턱은 아테네인의 그것과도 같았다. 영국 사람으로서 그렇게 전형적인 고대의 얼굴을 닮은 사람은 극히 드물다. 자신의 얼굴이 그처럼 조화가 잡혀 있기 때문에 나의 균형 잡히지 않은 얼굴을 봤을 때 어느 정도 놀라는 것도 무리는 아닐 것이다. 그의 크고 푸른 눈이 갈색 속눈썹 밑에서 빛나고 있었고, 상아 같은 하얀 이마에는 머리카락이 한 가닥 자연스럽게 흘러내려 있었다.

독자여! 이것은 온화한 한 폭의 초상화가 아닐까 싶다! 그러나 이렇게 표현되는 장본인은 온화하고 감수성 풍부한 사람이라는, 아니 온화한 성격의 소유자라는 인상을 주지 않았다. 그는 지금 조용히 앉아 있지만 코와 입과 이마 주위에 흐르고 있는 그 무언가가, 그의 마음속에 초조하고 까다롭고 격렬한 것이 있다는 사실을 나타내 주고 있었다. 그는 동생들이 돌아올 때까지 한마디 말이 없었고 내게 눈길을 돌리지도 않았다. 다이애나는 차 준비를 하느라고 드나들다가 오븐에서 구운 케이크를 꺼내어 내게 갖다 주었다.

"이걸 먹어요. 배가 고플 거야. 해너의 말로는 아침 이후 죽 한 그릇밖엔 먹지 않았다면서."

나는 그것을 거절하지 않았다. 식욕이 되살아나서 뭐든 몹시 먹고 싶었기 때문이었다. 그때 리버즈 씨가 읽던 것을 덮어놓고 테이블로 다가와 의자에 앉더니, 그림 같은 푸른 눈으로 나를 응시했다. 그의 응시 속에는 형식을 벗어난 솔직성과 끈질긴 탐색이 엿보였다. 지금까지 내게 시선을 돌리지 않은 것은 주저했기 때문이 아니라 어떤 숨은 의도에서 그랬다는 것을 말해 주었다.

"몹시 배가 고팠군요?" 그가 물었다.

"그렇습니다." 간단한 질문에는 간단히, 솔직한 질문에는 솔직히 대답하는 것이 나의 방법이며 본능적인 나의 태도였다.

"미열로 2, 3일 굶은 것은 당신을 위해 좋은 일이야. 이제는 먹어도 좋아요. 그러나 절제는 해야겠지."

"언제까지나 폐를 끼치면서 얻어먹고 있지는 않을 거예요." 나의 서툴고도 무례한 대답이었다.

"그래서는 안 되겠지." 그의 냉담한 대답이었다.

"친척이나 친구의 주소를 알려주면 내가 편지를 띄울 테니까, 집으로 돌아갈 수 있을 거요."

"솔직히 말하지만, 나에게는 집도 아는 사람도 없어요."

세 사람은 내 얼굴을 쳐다보고 있었으나 불신하는 것 같지는 않았다. 그들의 시선에는 의아해 하는 기색은 없고 오히려 강한 호기심을 갖고 있는 듯했다. 특히 아가씨들이 더 그런 것 같았다. 세인트 존의 눈은 문자 그대로 표현한다면 맑았지만, 상징적으로는 이해하기가 곤란한 눈이었다. 자신의 생각을 나타내는 대행자라기보다는, 마치 다른 사람의 생각을 탐지하는 도구로써 그것을 사용하는 것 같았다. 그랬으므로 그 눈의 예리함과 신중함의 결함은, 사람을 격려하기보다는 당황케 하는 데 적절했다.

"당신이 말하려는 뜻은……. 어떤 관계와도 일체 단절되었다는 건가요?" 그가 말했다.

"그렇습니다. 살아 있는 사람과의 관계는 전혀 없습니다. 영국의 어느 집에도 들어가겠다고 요구할 권리가 없습니다."

"당신 나이로서는 이상한 일인데!"

이때 그의 시선이 바로 앞의 테이블 위에 얹힌 나의 손에 닿는 것을 느꼈다. 거기서 무엇을 찾을 수 있을까? 그러자 그의 말이 곧 탐색의 뜻을 설명해 주었다.

"결혼은 하지 않았군요. 아직 독신입니까?"

다이애나가 웃었다.

"이 아가씨는 열일곱이나 여덟밖에 되지 않았을 거야, 세인트 존." 그녀가 말했다.

"네, 이제 곧 열아홉이 되지만, 아직 결혼하지 않았습니다."

나는 얼굴이 상기되는 것을 느꼈다. 결혼이라는 말을 듣자 괴로운 마음을 산란하게 하는 생각이 떠올랐기 때문이었다. 그들은 내가 당황해 하고 감정이 격해진 것을 눈치채고, 다이애나와 메리는 붉어진 내 얼굴에서 시선을 피함으로써 난처한 입장을 구해 주었다. 그러나 동생들보다 냉담하고 엄격한 오빠는 자신이 불러일으킨 슬픔이 내 얼굴을 상기시켰을 뿐만 아니라 눈물을 자아내게 할 때까지 나를 뚫어지게 바라보고 있었다.

"지금까지 어디 살고 있었지요?" 그러고 나서 그가 물었다.

"너무 꼬치꼬치 묻는 거 아니야, 세인트 존?" 메리가 낮은 목소리로 속삭였으나, 그는 테이블에 기대며 다시 한 번 엄격하고 예리한 눈으로 나를 쏘아보면서 대답을 요구했다.

"내가 살고 있던 장소와 같이 살던 사람들의 이름은 비밀에 붙여 두겠습니다."라고 나는 간단히 대답했다.

"내 생각에 당신의 희망이라면, 세인트 존이나 그 밖의 누구한테도 말하지 않을 권리가 당신한테 있다고 봐요." 다이애나가 말했다.

"그러나 당신과 당신의 지금까지의 경력에 대해 아무것도 알지 못하고서는 당신을 도울 수가 없어요. 지금 당신은 도움이 필요하지요? 그렇지 않나요?" 그가 말했다.

"필요합니다. 진정한 자선가가 내가 할 수 있는 일을 마련해 주기를 바랍니다. 그 보수로는 내가 근근이 살아갈 수만 있으면 족합니다."

"나 자신이 진정한 자선가인지는 몰라도 그토록 목적이 정직하다면 힘이 닿는 데까지 알아보도록 하지요. 그러니까 우선 어떤 일을 해왔는지, 무슨 일을 할 수 있는지 말해 봐요."

나는 차를 한 모금 마셨다. 그러자 술을 들이켠 거인처럼 기운이 생기고 쇠퇴했던 신경에 새로운 자극이 되어서 세세히 따지는 재판관에게 대담하게 의견을 말할 수 있었다.

"리버즈 씨!" 그렇게 부른 다음, 나는 나를 쳐다보는 그를 향해 수줍어하지 않고 말했다.

"당신과 동생분들은 내게 구원의 손길을 뻗쳐주었습니다. 위대한 인간만이 할 수 있는 인간애를 보여주셨어요. 여러분의 고귀한 손길로 인해서 나는 구원되었습니다. 이토록 은혜를 받았으므로 어떤 감사를 요구해도 응하겠습니다. 그러므로 어느 정도 나의 비밀을 요구해도 괜찮습니다. 당신들이 건져준 방랑자의 내력을 나 자신이 느끼는 마음의 평화와, 나를 비롯한 여러 사람의 정신과 육체의 안전을 손상하지 않는 범위 내에서 말하지요. 나는 목사의 딸로서 고아입니다. 양친은 내가 그분들을 알아볼 나이가 되기도 전에 돌아가셨습니다. 나는 보호자에 의해 양육되다가 자선기관에서 교육을 받았습니다. 그 기관의 이름도 말하겠지만, 나는 그곳에서 학생으로 6년, 선생으로 2년을 보냈지요. ○○ 주의 로드 기숙학원입니다. 그곳에 관해서는 들은 적이 있겠지요, 리버즈 씨? 현재는 로버트 브로클허스트 씨가 회계주임이지요."

"브로클허스트 씨에 관해서는 풍문을 들었어요. 그리고 그 학교를 가본 적도 있습니다."

"가정교사로 일하기 위해 일 년 전쯤 나는 로드를 떠났어요. 좋은 자리였으므로 즐거웠지요. 하지만 그 집을, 이 집에 오기 4일 전에 떠나야만 했어요. 내가 떠난 이유에 대해서는 설명할 수도 없고 또한 그럴 필요도 없어요. 설령 말한다 해도 아무 소용없는 일이고, 위험할 뿐더러 믿어지지도 않을 거예요. 나에게 무슨 실책이 있었던 것은 아니에요. 당신들 세 사람과 마찬가지로 죄를 지은 일은 하나도 없어요. 그러나 정말 비참했는데, 이 상태는 당분간 계속되겠지요. 낙원으로 생각되었던 집에서 나를 추방한 재난은 세상에 드문 기괴하고 무서운 일이었어요. 나의 탈출 계획을 수행하기 위한 두 가지 점은 신속한 비밀이었으므로 그 두 가지를 확실히 하기 위해서는 작은 보따리 하나뿐, 모든 소지품은 남겨두고 올 수밖에 없었답니다. 그런데 서두르고 마음이 산란하다 보니 그만 보따리도 위트크로스까지 오는 마차 속에 놓고 내리게 된 거예요. 그래서 이곳까지 완전히 빈손으로 왔지요. 두 밤을 밖에서 자고, 실내라곤 들어가 보지도 못하고 이틀을 헤맸어요. 그동안 입에 음식을 넣어본 것은 단 두 번이었습니다. 리버즈 씨! 당신이 이 집 문 앞에서 구해 준 것은, 내가 기아와 피로와 절망으로 거의 죽기 직전이었어요. 그리고 동생들이 해준 일도 나는 다 알고 있어요. 혼수상태에 빠져 있긴 했으나 무감각상태는 아니었거든요. 동생들의 자발적이고 진심으로 베풀어준 동정에 대해서도, 당신의 복음주의적인 자신에 대해서와 마찬가지로 감사를 해야겠어요."

"더 말을 시키지 않는 것이 좋겠어요, 세인트 존." 다이애나가 말했다.

"흥분하면 좋지 않을 거예요. 자! 소파로 가서 앉아요, 엘리어트!" 가명을 듣는 순간 나는 자신도 모르게 약간 놀랐다. 나의 새 이름을 잊고 있었던 것이다. 리버즈 씨는 빈틈없는 사람이라 그것을 곧 눈치챘다.

"당신 이름이 제인 엘리어트라고 했지요?" 그가 물었다.

"그렇게 말씀드렸습니다. 지금은 그렇게 불러주었으면 좋겠지만, 본명이 아니기 때문에 서투르게 들립니다."

"본명은 말할 수 없나요?"

"네. 나는 무엇보다는 발각되는 것이 두려워요. 그래서 발각될 만한 것은 피하고 싶어요."

"그대로 좋다고 생각해요." 다이애나가 말했다.

"오빠, 이젠 쉬도록 해줘요."

그러나 세인트 존은 한참 생각하고 나서 침착한 태도로 여전히 예리한 질문을 던졌다.

"당신은 우리한테 오래 기댈 생각은 없겠지요? 가능한 한 빨리 동생들의 동정이나 특히 나의 자선이 필요 없게 되기를 바라지요? 독립하고 싶지요?"

"네, 그렇습니다. 이미 그렇게 말했던 대로입니다. 무슨 일을 해야 하는지 그리고 어떻게 하면 일자리를 구할 수 있을 것인지 가르쳐주세요. 지금 내가 원하는 것은 그뿐입니다. 그것이 된다면 여기서 내보내주세요. 가야 할 곳이 보잘것없는 오막살이라도 좋습니다. 하지만 그때까지는 여기 있게 해주세요. 다시 또 의지할 곳 없는 설움을 당하고 싶지 않아요."

"여기 있어요." 손을 내 머리 위에 얹으면서 다이애나가 말했다.

"찬바람에 쫓겨서 창으로 날아 들어온 굶주린 새를 기쁜 마음으로 소중히 보살피듯이 말입니다. 나로서도 당신이 자활할 수 있도록 해주고 싶은 생각이 더욱 강해졌기 때문에 그렇게 하도록 노력하지요. 그러나 내가 할 수 있는 범위는 좁다는 것을 미리 알아 두시오. 나는 가난한 시골 교구의 목사에 지나지 않으므로 내 도움 역시 빈약하기 짝이 없을 겁니다. 당신이 만일 보잘것없는 일을 멸시한다면, 내가 할 수 있는 도움보다 효과적인 것을 찾아봐요."

"이 아가씨는 자기가 할 수 있는 것으로서 정직한 일이면 무슨 일이든지 기꺼이 하겠다고 이미 말했어요." 하고 다이애나가 나를 대변해 주었다.

"그리고 세인트 존, 이 사람은 지금 도와줄 사람을 선택하지 않고 있어요. 오빠같이 무뚝뚝한 사람도 참을 수 있을 거예요."

"재봉사라도 되겠어요. 침모라도 좋고, 그것조차 할 수 없으면 하녀나 어린아이 보는 일이라도 하겠어요."

"좋아요." 세인트 존은 침착하게 말했다.

"그런 각오라면 내가 시간 나는 대로 가능한 방법으로 도와줄 것을 약속 하지요."

그리고 나서 그는 차 마시기 전에 읽던 책을 다시 읽기 시작했다. 나는 곧 물러났다. 현재의 내 체력이 허락한 범위만큼 많은 얘기를 하며 오래 앉아 있었던 것이다.

30장
무어 하우스 사람들

　함께 있을수록 나는 무어 하우스의 사람들이 좋아졌다. 2, 3일 지나자 하루 종일 앉아 있어도 괜찮았고, 때로는 산책을 해도 좋을 정도로 건강해졌다. 다이애나와 메리가 하는 일에 가담하기도 했고, 그들이 원하는 대로 얘기도 했으며, 때와 장소를 가려서 그들을 도울 수도 있었다. 그들과의 교제에서 나는 생기를 되찾는 기쁨을 맛볼 수 있었는데, 이것은 내가 태어나서 처음 경험하는 것이었고, 취미와 감정과 신조가 완전히 합치되는 데서 오는 기쁨이었다.

　그들이 읽는 것은 나도 읽고 싶었고, 그들이 즐기는 것은 나도 즐겁게 해주었다. 또 그들이 인정하는 것을 나도 존중했다.

　그들은 이 동떨어져 있는 집을 매우 사랑했는데, 나 또한 이 회색의 고풍스러운 건물에 강하고 영속적인 매력을 느꼈다. 이 건물은 지붕이 낮고 창살 달린 들창에 벽은 무너져갔다. 현관까지의 양쪽 길에는 해묵은 전나무가 산에서 불어오는 바람 때문에 굽어져 자라고 있었다. 정원에는 주목과 감탕나무가 무성해서 어두컴컴했는데, 거기에서는 추위를 이겨낼 식물만이 꽃을 피울 정도였다.

　그들은 집 뒤와 주변의 자줏빛 들판과 계곡을 이룬 분지에도 애착을 느끼고 있었다. 집에서 분지까지는 마차가 다닐 수 있는 자갈길이 있었는데. 처음에는 고사리가 우거진 곳을 돌았고, 다음에는 히스가 무성한 쓸쓸하고 작은 목초지 사이로 통해 있었다. 거기에는 회색 양떼가 순한 새끼들과 함께 풀을 뜯고 있었다. 그들은 열정적인 사랑으로 이 풍경에 매달려 있었고, 나로서도 그 감정을 이해할 수 있었다. 뿐만 아니라 그 힘과 진실에 대해 매력을 느꼈고, 이 적막에서 어떤 성스러운 기운마저 맛보았다.

나는 굽어진 윤곽을 바라보는 것을 즐겼다. 또한 이끼와 히스 꽃과 야생화로 수놓인 초원과, 햇빛에 빛나는 고사리와, 부드러운 빛깔의 화강암이 산재해 있는 산마루와 그 기슭의 갖가지 색깔을 즐겼다. 그곳은 정말 순수하고 감미로우며 풍부한 환희의 원천이었다. 질풍과 순풍, 흐린 날씨와 갠 날씨, 일출과 일몰, 달밤과 어두운 밤…… 이런 것들이 그들과 똑같이 나에게도 가슴 설레게 했다. 그들의 마음을 황홀하게 했던 것과 같은 매력으로 내 마음도 사로잡았던 것이다.

그리고 무엇보다도 우리들은 마음이 맞았다. 그들은 나보다 재능을 많이 갖추고 있었으며 독서도 많이 했는데, 나는 열심으로 그들의 앞선 지식의 길을 뒤쫓았다. 그들이 빌려준 책을 탐독하고, 낮에 읽은 것을 밤에 토론하는 것은 내게 더할 나위 없는 즐거움이었다. 사상과 사상이 접촉하고 의견과 의견이 만나서 우리는 완전히 하나로 일치되었다.

우리 셋 중 가장 뛰어나고 지도자격인 사람은 다이애나였다. 그녀는 육체적으로도 나보다 훨씬 뛰어난 미모에다 활력이 넘쳤다. 초저녁에는 나도 한동안 말참견을 할 수 있었지만 시간이 지남에 따라 기운이 지치게 되면, 나는 다이애나의 발밑에 놓여 있는 의자에 앉아 그녀의 무릎에 머리를 기대고, 그녀와 메리가 번갈아가면서 내가 무심코 꺼냈던 화제를 철저하게 규명하는 것을 귀 기울여 듣곤 했다.

다이애나는 내게 독일어를 가르쳐주겠다고 했다. 나도 그녀에게 배우고 싶은 생각이 들었다. 교사라는 역할은 그녀를 만족시키고 또한 적격이었는데, 나 역시 즐겁고 마음에 들었다. 우리들의 성격은 조금도 빈틈없이 일치했다. 서로의 우정이 굳게 결속되어 있기 때문이었다.

그들은 내가 그림을 그릴 수 있다는 것을 알자, 연필과 화구를 마련해 주었다. 내가 그들보다 앞선 단 한 가지 그림 그리는 기술은, 그들을 놀라게 하고 그들의 마음을 끌었다. 메리는 몇 시간이고 내 옆에 앉아서 지치지도 않고 지켜보곤 했다. 그러다가 결국 그림 공부를 시작해서, 가르치기 편하고 이해력이 빠른 성실한 학생이 되었다. 이렇게 서로가 즐기는 동안에 며칠이 몇 시간처럼, 몇 주가 며칠처럼 지나가 버렸다.

하지만 나와 그들 사이에 형성된 자연스럽고 급속도로 진전된 애정이 세인트 존에게는 미치지 않았다. 나와의 사이가 아직 서먹서먹한 이유 중 하나는, 그가 집에 있는 시간이 비교적 드물기 때문이었다. 그는 시간의 대부분을 교구 안에 여기저기 흩어져 있는 환자라든가 가난한 사람을 방문하는 데 할당했다. 어떠한 날씨도 목사로서의 그의 순회를 막지 못했다. 날씨가 맑든 비가 오든 그는 아침 학습을 끝내는 대로 모자를 쓰고 아버지가 기르던 늙은 포인터 칼로를 데리고 사랑과 의무의 사명을 — 그가 어떤 것에 치중하는지는 모르겠다. — 다하기 위해 집을 나서곤 했다. 가끔 일기가 나쁜 날이면 동생들이 말릴 때도 있었지만, 그러면 그는 쾌활하다기보다는 근엄한 미소를 띠면서 이렇게 말하는 것이었다.

"바람이 불고 비가 좀 온다고 해서 이런 쉬운 일을 중지할 정도로 나태해지면, 어떻게 내가 계획하는 장래를 준비할 수 있겠어?"

이런 질문에 대한 다이애나와 메리의 한결 같은 대답은 한숨과 몇 분 동안의 슬픈 명상이었다.

이렇게 집을 비우는 일 이외에도 그와의 친교에 방해가 되는 것이 또 하나 있었다. 그는 털어놓지 않은 무언가에 항상 마음을 쓰면서, 깊은 생각에 잠겨 있는 것 같았다. 그는 목사로서 해야 할 일에 열중했고, 그의 생활과 습관에는 비난할 점이 하나도 없었다. 그러면서도 성실한 기독교인이나 실천적인 자선가가 당연히 누릴 수 있는 정신적인 안정과 내면적인 만족을 즐기지 못하고 있는 듯했다. 가끔 밤중에 창가의 책상 앞에 앉아 있을 때도 책을 읽든가 쓰는 일을 하는 것이 아니라, 턱을 괴고 깊은 생각에 잠겨 있곤 했다. 하지만 그럴 때 그의 마음이 혼란스럽고 흥분해 있다는 것은, 계속해서 그의 눈이 커졌다 작아졌다 하는 것으로 미루어 짐작할 수 있었다.

뿐만 아니라 자연도 그에게는 동생들처럼 기쁨의 보고만은 아닌 것 같았다. 그는 꼭 한 번 나에게 거친 언덕에 대한 강한 매혹과 더불어서 자기 집의 검은 지붕과 회색 벽에 대한 애착심을 말한 적이 있었다. 하지만 그러한 감정을 드러낸 어조에는 기쁨보다 우울함이 짙게 배어 있었다. 그는 마음의 위안을 주는 정적을 찾아 황야를 헤매는 것 같지도 않았다. 황야가 주는 갖가지 평화로운 기쁨에 대해 말한 적이 거의 없었던 것이다.

그는 말수가 적었으나, 얼마 후에 나는 그의 정신을 평가할 기회를 갖게 되었다. 처음으로 그가 모튼의 자기 교회에서 설교하는 것을 듣고 비로소 그의 재능을 알게 된 것이다. 그때 설교한 것을 적고 싶었으나, 나로서는 너무나 벅찬 일이었다. 그 설교가 나에게 준 감명조차 충실하게 전하는 것이 힘들 정도이니 말이다.

그것은 천천히 시작되었다. 실제로 음성의 전달과 높이에 관한 한 그의 설교는 최후까지 조용했다. 강렬하면서도 엄격하게 억압된 열의가 뚜렷한 억양 속에서 생동감을 불러일으켰는데, 그건 압축되고 응결된 것이 발산하는 엄청난 힘이었다. 설교자의 그 힘에 의해서 사람들의 가슴이 떨리고 마음이 놀라서 주위가 조용하질 않았다. 시종일관 비통한 분위기여서 마음을 위로하는 부드러움은 느끼지 못했다. 엄격한 칼뱅주의적인 교리의 인용이 자주 있었는데, 그런 것을 언급할 때마다 그 말 하나하나가 마치 사형을 선고할 때의 판결처럼 가혹하게 들렸다. 설교가 끝났을 때, 나는 그의 말에서 보다 선하고 보다 조용하며 보다 열린 감정을 느낀 것이 아니라 이루 형용할 수 없는 슬픔을 맛보았다. 왜냐하면 ─ 다른 사람들은 어떻게 생각하는지 모르겠지만 ─ 지금 내가 귀를 기울여 듣던 변설은 실망의 몽롱한 잔재가 가라앉은 곳에서 끊임없는 동경과 불안한 갈망이 충동하여 내뿜는 열기처럼 여겨졌기 때문이다.

내 생각에, 세인트 존 리버즈는 틀림없이 순수한 생활을 하고 양심적이며 열의에 차 있긴 하지만 모든 지각을 초월한 하느님의 평안을 얻지 못하고 있었다. 그것은 마치 내가 깨어진 우상과 잃어버린 낙원에서 비롯된 괴로움과 슬픔 — 최근에 와서는 생각하지 않기로 했지만, 끊임없이 나를 따라다니며 무자비하게 괴롭히는 — 을 마음속에 감춰둔 채 마음의 평화를 못 찾는 거나 다름없었다.

이럭저럭하는 사이에 한 달이 지나갔다. 다이애나와 메리는 곧 무어 하우스를 떠나 상류층 사람들이 살고 있는 남부 잉글랜드의 큰 도시로 가게 되어 있었다. 그러면 그들은 지금과는 많이 다른 생활환경을 접하게 될 것이다. 가정교사가 된 두 사람은 각각 유복하고 거만한 가족들에게 한낱 보잘것없는 고용인으로 간주될 것이며, 그들이 지니고 있는 본질적인 장점은 드러나지도 않은 채 다만 요리사의 솜씨나 하녀들의 취미 정도로 취급받게 될 것이다.

세인트 존은 나를 위해서 구해 주겠다고 약속했던 일자리에 대해 아직 아무 말도 없었다. 하지만 다이애나와 메리가 이 집에서 떠나게 되었으니, 이제는 내가 무슨 일자리라도 가져야 하는 긴급 상황에 놓이게 된 것이다. 어느 날 아침 2, 3분 동안 세인트 존과 둘이만 응접실에 있게 되자, 나는 용기를 내어 창가로 가서 — 그와 같이 신중을 기하는 사람의 침묵을 깬다는 것은 언제나 힘든 일이다. — 말을 꺼내려고 했다. 그런데 그가 먼저 입을 열어서 나의 수고를 덜어주었다.

내가 가까이 가자 그가 머리를 들고 물었다.

"나한테 무슨 할 말이라도?"

"네, 내가 일할 만한 자리가 있는지 알고 싶어요."

"3주일 전에 당신을 위해서 어떤 일을 생각해 봤어요. 그러나 당신은 이 집에 필요하고 또한 행복해 보였어요. 그리고 동생들도 확실히 당신한테 마음이 끌렸고, 당신과 사귐으로써 전에 없이 기쁨을 느끼고 있더군요. 그런데 그들이 마시 엔드를 떠나게 되어 있으니까, 당신과 헤어져야만 할 때까지는 당신들의 우정을 방해하고 싶지 않았던 거요."

"그런데 그들은 사흘 후면 떠납니다."

"그래요. 그들이 떠나고 나면 나도 모튼에 있는 목사관으로 돌아갈 작정이오. 해너도 나를 따라서 가게 되므로 이 고옥은 당분간 잠기게 되지요."

나는 그가 먼저 말한 화제를 다시 꺼낼 것으로 생각하고 2, 3분 기다렸으나 그는 다른 생각에 잠겨 있는 것 같았다. 그의 표정으로 보아, 나와 나의 일에 관한 것이 아니라 딴 것을 생각하는 듯했다. 나는 나 자신에게 필연적으로 대두한 절실한 문제에 그를 다시 끌어들일 수밖에 없었다.

"당신이 생각했다는 일자리는 어떤 것인지요, 리버즈 씨? 지금까지 게으름을 피운 것이 그 일에 지장이 없으면 좋을 텐데요."

"그런 건 없어요. 그 일은 주는 나와 받는 당신만이 결정지을 문제예요."

그는 다시 입을 다물었다. 말을 계속하고 싶지 않은 듯했다. 나는 짜증과 조바심이 나서 한두 번 몸을 움직인 다음, 뜨겁고 애절한 시선을 그에게 보냄으로써 입으로 말한 것과 같은 감정을 수월하게 전했다.

"그렇게 서두를 필요는 없어요. 솔직히 말해서 바람직한 것도 아니고 유익한 것도 못 됩니다. 설명에 앞서 우선 내가 확실히 말해 두었던 주의를 기억해 주세요. 사실 내가 당신을 돕는다는 것은 마치 맹인이 절름발이를 돕는 격이었습니다. 나는 가난합니다. 아버지의 부채를 갚고 나니 나에게 돌아오는 세습 재산은 이 무너져가는 주택과 뒤꼍에 있는 상처투성이의 전나무들과 전면에 있는 주목과 감탕나무, 무성한 황야처럼 메마른 토지가 조금 있을 따름입니다. 나는 이름도 없는 사람입니다. 리버즈는 오래된 가문이지만 세 사람밖에 남지 않은 후손 중에서 둘은 남의 고용살이를 하며 살아야 하고, 또 하나는 고국에서 버림받은 인간이라고 생각하고 있습니다. 살아서 뿐만 아니라 죽어서까지도 그런 운명을 영광으로 생각하고 있는데, 그럴 수밖에 없습니다. 그리고 나 자신도 회원의 한 사람으로 되어 있는 악과 싸우는 교회가 육친들로부터 떠나야 한다는 십자가 지는 날을, '일어나서 나를 따르라.' 하고 외치는 날을 열망하고 있습니다." 그가 말했다.

세인트 존은 마치 설교라도 하듯이, 낮고 굵은 목소리로 뺨이 하얗게 되어서 눈을 빛내며 이 말을 했다. 그는 말을 계속했다.

"나는 이렇게 가난하고 이름도 없는 사람이므로 당신한테 마련해 줄 수 있는 일도 빈약하고 보잘것없는 것일 수밖에 없습니다. 당신은 그것을 품위를 떨어뜨리는 것이라고 생각할 수도 있겠지요. 당신의 습관은 누가 보더라도 세련된 것이고, 당신의 취미는 이상에 기울어져 있으니까요. 또한 당신은 지금까지 적어도 교육받은 사람들과 교제해 왔다는 것을 난 알고 있습니다. 그러나 이 일은 우리 인간을 향상시키는 일이지, 품위를 추락시키는 것이 아니라고 생각합니다. 앞서 말한 바 있지만, 그리스도인들을 위해서 맡겨진 농경지가 메마르고 개간하기 힘들면 힘들수록, 노력의 보답이 빈약하면 빈약할수록 그 명예는 더욱 고귀한 것입니다. 그런 상태에서 그의 운명은 개척자의 운명일 수 있습니다. 복음서의 최초 개척자는 사도들이었고, 그들의 우두머리는 구세주 예수였습니다."

"그래서요? 계속하세요." 그가 말을 중단했을 때 내가 말했다.

그가 나를 쳐다보았다. 그러면서 마치 내 용모와 윤곽이 책에 적힌 글자이기나 한 듯이 천천히 읽으려고 했다. 그리고 그는 거기서 얻은 결론 중에서 그 일부만을 다음과 같은 말로 나타냈다.

"당신은 내가 권하는 일자리를 받아들여서 얼마 동안 계속할 것으로 알고 있습니다. 그러나 그것이 영구적이 아니라는 것은, 내가 이 옹색하고 편협된, 마치 은둔생활과 같은 영국의 시골 목사직을 영원히 계속할 수 없는 것과 마찬가지일 것입니다. 당신의 성질 가운데는 종류는 다르지만, 나의 그것과 비슷하게 안일에 거역하려는 성분이 있습니다."

"설명해 주세요." 다시 그의 말이 그쳤을 때 나는 재촉했다.

"설명하지요. 나의 제안이 아무리 빈약하고 구속하는 것이라고 느껴져도 들어주세요. 이제 나는 아버지가 돌아가셨기 때문에 자유롭게 행동할 수 있습니다. 나는 앞으로 모튼에 오래 머물러 있지 않을 예정입니다. 앞으로 일 년 이내에 이곳을 떠날 생각입니다. 그러나 있는 동안만은 이 지방의 향상을 위해서 노력할 작정이지요. 2년 전 처음 취임했을 때는 모튼에 학교가 없었습니다. 가난한 사람들의 자녀들은 진보의 희망마저 가질 수 없었던 겁니다. 그래서 나는 남자아이들을 위해 학교를 세웠습니다. 이제 여자아이들을 위해 또 하나의 학교를 세울 예정이고, 그 목적을 위해 건물을 하나 빌렸습니다. 거기에 부속된 것으로, 여선생이 사용할 두 칸짜리 집도 함께 빌렸지요. 봉급은 연봉 30파운드입니다. 주택에는 이미 어떤 부인의 호의로 간소하지만 충분한 가구를 마련해 두었습니다. 그 부인은 우리 교구의 유일한 부자인, 바늘공장과 주물공장의 주인 올리버 씨의 외동딸입니다. 그분이 구빈원에서 고아를 한 사람 데려다가 교육비와 의복비를 지출하는 일을 맡겼는데, 그것은 교육하는 일에 바쁜 교사가 주택과 학교의 잡무를 감당할 시간적인 여유가 없을 것이라는 이유에서입니다. 이런 조건을 가진 학교의 교사직을 맡아주시겠어요?"

그는 설명에 이어 갑작스런 질문을 했다. 이 제안에 대해서 분개하는, 아니면 적어도 경멸의 뜻이 담긴 거절을 당하진 않을까 해서 지레 겁을 먹고 있는 것 같았다. 그는 나의 생각과 기분을 어느 정도 짐작은 하지만 잘 알고 있지는 못했기 때문에 그 일자리가 나한테 어떻게 생각될지를 몰랐던 것이다.

실상 그것은 보잘것없는 자리였다. 그러나 어쨌든 왜소한 내 몸을 감쌀 수 있고, 내게 필요한 안전한 피난처가 될 수 있을 것 같았다. 그것은 힘든 일이긴 하지만 유복한 집 가정교사보다는 독립적이다. 남한테 복종해야 한다는 것은 이제 신물이 난다. 이 자리는 천한 것이 아니고 가치 없는 것도 아니다. 정신적인 품위를 손상시키는 것은 더욱 아니다. 나는 금방 결심했다.

"제안에 대해 감사드립니다, 리버즈 씨. 기꺼이 받아들이겠습니다."

"그러나 내 말을 충분히 알아들었는지요? 볼품없는 시골학교이며 학생들은 한결같이 가난합니다. 모두가 소작인의 자녀들이고, 잘해야 자작농의 딸들입니다. 또한 뜨개질, 바느질, 읽기, 쓰기, 셈하기 등 일체를 가르쳐야 합니다. 그런데 당신의 교양은 어떻게 하지요? 당신 마음의 대부분을 점령하고 있는 정서와 취미 말입니다." 그가 다시 물었다.

"필요할 때가 오기까지 간직해 두지요. 그대로 남아 있을 거예요."

"그러면 받아들인 것이 무엇인지 알겠지요?"

"네."

그는 비로소 미소를 지었는데, 이번에는 슬프고 쓸쓸한 것이 아니라 마음속에서 우러나는 만족스런 미소였다.

"교무는 언제부터 시작하나요?"

"내일 목사관으로 가는데, 당신 사정이 허락한다면 다음 주에 개교하겠습니다."

"좋아요. 그렇게 해주세요."

그는 일어나서 거닐다가 조용히 나를 쳐다보더니 머리를 흔들었다.

"무슨 문제가 있습니까? 리버즈 씨?"

"당신은 모튼에 오래 머물러 있지 않을 것입니다. 단연코!"

"어째서요? 왜 그런 말을 하세요?"

"당신 눈에서 그것을 읽을 수가 있어요. 그것은 평탄하고 무사한 인생행로를 약속해 주는 눈이 아니에요."

"나는 야심 같은 것은 없어요."

'야심'이라는 말에 그가 깜짝 놀랐다.

"아니야. 어떻게 야심이라는 걸 생각했소? 누가 야심을 가졌단 말이오? 나는 내가 그렇다는 것을 알고 있으나, 그것을 어떻게 당신이 알아냈지요?"

"나는 내 얘기를 하고 있었어요."

"당신이 야심이 없다면, 당신은……." 그는 입을 다물었다.

"나는, 뭐예요?"

"정열적이라고 말하려고 했어요. 그러나 그 말에 대해 오해가 있을 것 같고 불쾌하게 생각할 것 같았어요. 내가 말하려는 것은, 남을 사랑하고 동정하는 마음이 당신을 강하게 지배하고 있다는 거예요. 당신은 한가한 시간을 고독 속에서 보낸다든가, 자극이 없는 단조로운 노동을 오랫동안 하면서 만족하진 않을 것으로 생각해요. 마치 내가……." 그는 숨을 한 번 크게 내쉬고 힘을 주면서 덧붙여 말했다.

"늪 속에 묻히고 산속에 갇혀, 신이 부여한 천성을 배반하고 하늘이 준 능력을 마비시키면서 스스로 무용지물로 되어가는 것에 만족하지 않는다는 겁니다. 나 자신이 자기모순에 빠져 있다는 것을 알겠지요. 천한 직업에도 만족하라고 설교하고, 나무꾼이나 물장수도 신에게 봉사하는 천직이라고 정당화하는 성직자인 나는, 사실은 미칠 정도로 초조하기 짝이 없습니다. 나의 성벽과 신조를 어떻게 해서든지 조화시켜야겠는데⋯⋯."

그는 방에서 나갔다. 이 짧은 시간에 나는 그에 대해 지난 한 달 동안에 걸쳐 알게 된 것보다 더 많은 것을 알게 되었다. 그렇긴 해도 역시 그에게는 모를 점이 많았다.

다이애나와 메리 자매는 오빠와 집을 떠날 날이 가까워짐에 따라 점점 슬퍼하고 말이 없어졌다. 둘 다 평상시와 다름없이 태연하려고 했으나, 그들이 싸워야 할 슬픔은 정복되지도 않고 감추어지지도 않았다. 이번 이별은 지금까지 경험해 온 것과는 다르다는 것을 다이애나가 암시했다. 아마도 세인트 존과는 오랜 이별이 될 것이며, 어쩌면 일생을 두고 못 만나게 될 헤어짐인지도 모르겠다는 것이었다.

"오빠는 오랫동안 계획했던 결심 때문에 모든 것을 희생시키려는 거예요. 보다 절실한 육친에 대한 애정까지도⋯⋯. 제인, 세인트 존은 태연한 얼굴을 하고 있어도 생명 속에 열병을 감추고 있어요. 당신은 오빠를 유순한 사람으로 생각하겠지만, 어떤 면에서는 죽음처럼 가혹해요. 그런데 그보다 더 나쁜 것은, 오빠를 설득시켜서 가혹한 결정을 번복하도록 하는 것을 내 양심이 허락하지 않는 거예요. 나는 순간이나마 이 일 때문에 오빠를 책망할 수가 없어요. 그것은 정당하고 고귀하고 기독교인다운 행동이니까요. 그런데도 역시 마음이 괴로워요." 다이애나가 말했다.

그녀의 아름다운 눈에서 눈물이 쏟아졌다. 메리는 하던 일을 멈추고 머리를 숙였다.

"이제 우리한테는 아버지가 없어요. 좀 있으면 집도 오빠도 없게 돼요."라고 다이애나가 속삭였을 때 마침 작은 사건이 일어났다. 그것은 마치 설상가상이란 속담을 증명해 주는 것과도 같았다. 그리고 그들의 고통에, 뜻하지 않았던 실수 때문에 가지게 되는 것 같은 짜증을 더해 주려고 운명이 고의로 그렇게 한 것 같았다.

세인트 존이 편지를 읽으며 창 앞을 지나 방으로 들어왔다.

"존 외삼촌이 돌아가셨어."라고 그가 말했다.

두 자매는 놀라는 빛을 보였다. 그러나 충격을 받는다든지 괴로워하는 것은 아니었다. 이 소식은 슬프다기보다 의미심장한 것임을 그들의 눈에 담고 있었다.

"돌아가셨어요?" 다이애나가 되풀이했다.

"그래." 그녀는 오빠의 얼굴에 탐색하는 시선을 보냈다.

"그래서 어떻게 됐어요?" 그녀는 낮은 목소리로 물었다.

"그래서 어떻게 되나니, 다이애나? 그래서 어떻게 됐냐고? 아무것도 아니야, 읽어봐." 그는 대리석처럼 표정에 변화 없이 대답했다. 그리고는 그녀의 무릎 위에 편지를 던지듯 내려놓았다.

다이애나는 재빨리 읽고 나서 메리한테 넘겼고, 메리는 묵묵히 읽고는 오빠한테 되돌렸다. 그런 다음 세 사람은 서로 마주 보며 미소를 지었는데, 매우 쓸쓸하고 우울해 보이는 미소였다.

"아멘! 우리는 이대로 살아갈 수 있어." 한참 후에 다이애나가 말했다.

"어쨌든 이 일 때문에 지금보다 더 못 살게 되지는 않을 거야." 메리가 덧붙였다.

"다만 어떻게 됐을 수도 있었는데, 하는 상상을 강요해 줄 따름이지. 그리고 지금 상태와 그것과의 대조가 엄청나게 차이 난다는 것을 실감시켜." 리버즈 씨가 말했다.

그는 편지를 접어서 서랍 속에 넣고 다시 방에서 나갔다.

몇 분 동안 아무도 입을 열지 않았다. 그러다가 다이애나가 나한테로 향했다.

"제인, 당신은 우리들과 우리의 비밀에 대해 의아하게 생각하겠지? 그리고 외삼촌이라는 근친이 돌아가셨는데, 이 정도밖에 슬퍼하지 않는 것을 보고 우리를 매정한 인간으로 볼 거야. 그러나 우리는 외삼촌을 본 일도 없고 어떤 분인지 알지도 못해요. 그는 어머니의 동생인데, 오래전에 아버지와 다투었대. 아버지에게 파산을 초래하게 한 투기에, 재산의 대부분을 투입하도록 권고한 사람이 바로 외삼촌이었기 때문이지. 그들은 서로가 책망을 하고 화가 나서 헤어지고는, 다시 화해하지 않았어요. 외삼촌은 뒤에 번창하는 일에 손을 대게 되어서 2만 파운드가량 번 것 같아요. 결혼도 하지 않았고, 가까운 친척이라야 우리와 우리 정도의 친척이 또 한 사람 있을 뿐이었어요. 아버지는 항상 외삼촌이 우리들한테 재산을 남겨줌으로써 자신의 과오를 보상할 것이라는 생각을 가지고 계셨어요. 그런데 저 편지에 의하면 유산을 한 푼도 남김없이 또 하나의 친척에게 주고, 다만 30기니를 리버즈 3남매에게 분배해서 기념으로 반지를 사게 하라는 거예요. 물론 그는 자기 마음대로 할 권리가 있지요. 그러나 그런 통지를 받고 나니 순간이나마 우울해요. 메리와 나는 천 파운드씩만 받아도 부자라고 생각할 것이고, 세인트 존에게도 그 정도의 돈이면 한층 보람 있는 일을 하도록 할 수 있었을 테니까."

이런 설명을 마치자 얘기는 그것으로 끝나고, 그들 3남매는 더 이상 그 문제를 거론하지 않았다.

이튿날 나는 마시 엔드를 떠나 모튼으로 향했다. 그리고 그다음 날 다이애나와 메리는 멀리 B시를 향해 떠났다. 리버즈 씨와 해너는 일주일 후에 목사관으로 돌아갔다. 이리하여 고풍스런 옛집은 잠가두게 되었다.

31장
모튼 학교 교사가 되다

마침내 내가 다시금 정착하게 된 나의 집은 매우 작은 곳이었다. 흰 벽과 모래 바른 바닥으로 된 작은 방에는 칠을 한 의자 네 개와 테이블 한 개, 시계, 두세 개의 접시와 델프트산 찻잔이 들어 있는 찬장이 있었다. 2층에는 식당만한 크기의 침실이 있었는데, 전나무로 된 침대와 얼마 안 되는 내 옷가지를 넣기에는 충분한 옷장이 있었다. 친절하고 세심한 친구 덕분에, 필요하다고 생각되는 것은 거의 다 갖춰졌고 옷가지도 늘어났다.

지금은 저녁 무렵이다. 하녀 일을 맡고 있는 고아에게 오렌지를 한 개 선물로 주어서 보내고, 지금 나는 혼자서 난롯가에 앉아 있었다.

오늘 아침에 마을학교가 개교했다.

학생은 20명이었다. 그중 세 명만이 글을 읽을 수 있을 정도였고, 쓴다든가 계산을 할 수 있는 학생은 단 한 사람도 없었다. 뜨개질을 할 수 있는 학생이 몇 명 되고, 바느질을 조금 하는 학생이 두셋 되었다. 그들의 말은 완전히 이 지방 사투리 일색으로, 지금으로선 그들과 나 사이에 상대방의 말을 이해하기가 곤란할 정도였다.

개중에는 무지할 뿐만 아니라 행실이 거칠고 억세서 손을 댈 수 없는 아이가 있는가 하면, 얌전하고 배우려는 의욕을 가져 내 마음에 드는 학생도 있었다.

나는 이런 소박한 옷을 입은 농민의 아이들도 명문가의 혈통을 이어받은 아이들에 못지않은 품성을 가질 수 있으며, 타고난 장점과 세련됨과 총명함과 친절의 싹이 출신이 좋은 아이들과 마찬가지로 그들의 마음 가운데서 움트고 있을지도 모른다는 사실을 잊어서는 안 된다고 다짐했다. 나의 의무는 이 싹을 성장시키는 일이고, 이 직책을 완수할 수 있다면 틀림없이 보람과 기쁨을 느끼게 될 것이라고 생각했다. 앞으로 나에게 전개될 생활이 즐거울 것이란 기대는 크게 하지 않고 있지만, 마음을 조종하고 능력을 정당하게 행사한다면 하루하루 살아가는 보람은 틀림없이 느낄 수 있을 것이다.

오늘 아침과 오후에 휑뎅그렁하고 초라한 교실에서 보낸 시간은 나에게 즐거움과 만족을 주었던 것일까? 나는 아니었다고 솔직히 대답해야겠다. 나는 어느 정도 처량하단 생각이 들었고, 어리석게도 격이 떨어진 것 같은 기분이었다. 사회생활이라는 계단에서 향상되기보다 오히려 한 계단 내려서는 것이 아닌가 하는 의심마저 생겼다. 주위에서 들리는 것이나 보이는 것이 하나같이 무지와 빈곤과 조잡이라는 실상을 확인하면서 나는 어이없게도 실망했다. 그러나 이런 감정 때문에 자신을 지나치게 증오한다든가 경멸해서는 안 되며, 그런 감정이 잘못이라는 것을 알았다는 것 자체가 커다란 진보가 아니겠는가. 이것을 극복하도록 노력하리라. 내일이면 어느 정도 억제할 수 있을 것이며, 2, 3주만 지나면 완전히 정복되고, 그리고 2, 3개월 뒤에는 아마도 학생의 진보와 향상의 변화를 보고 흡족함을 느낄 것이다.

갑자기 나 자신에게 한 가지 질문을 해야겠다는 생각이 들었다. 어떤 것이 나은 건지? 유혹에 굴복하여 정열에 마음을 빼앗기고, 괴로운 노력이나 몸부림도 없이 비단 같은 함정에 빠져 그것을 덮은 꽃에서 잠이 들고, 남국의 화려한 별장에서 깨어나는 로체스터 씨의 정부로서 프랑스에 거주하며 대부분의 시간을 그와의 애정으로 황홀하게 보내는 것과, 현재 내가 처한 상황 가운데서…….

그는 확실히 나를 사랑해 주었다. 그처럼 나를 사랑해 줄 사람은 앞으로 또다시 없을 것이며, 아름다움과 청춘과 우아함으로 포장된 그처럼 감미로운 말도 다시는 듣지 못할 것이다. 다른 누구에게도 나에게 그런 매력이 있다고 느껴지지 않을 터이므로. 그는 나를 사랑하고 그것을 자랑스럽게 생각했었다. 그것 역시 다른 누구에게서도 바랄 수 없는 일이다. 그런데 나는 지금 어디를 방황하며 무엇을 지껄이며 더구나 무엇을 생각하고 있단 말인가?

아아, 그렇다! 도의와 법률을 준수하며, 마음이 흩어졌던 한때의 광기어린 충동을 배척했던 것이 옳았다는 생각이 든다. 신은 올바른 길로 나를 인도해 주었다. 이처럼 나를 옳은 길로 인도해 준 신에게 다시금 감사한다.

나는 저녁 기도를 끝내고 일어나 문 쪽으로 가서, 추수기의 석양과 집 앞의 조용한 들판을 바라보았다. 이곳은 학교와 마찬가지로 마을에서 반마일 정도 떨어진 곳이다. 새들이 하루의 마지막 노래를 부르고 있었다.

> 대기는 부드럽고 이슬은 향기롭다.

풍경을 바라보고 있는 내내 행복하다고 생각했는데도, 눈물을 흘리고 있는 자신을 발견하고 난 깜짝 놀랐다. 왜 그럴까? 사랑하는 사람과의 관계를 단절한 무서운 운명과, 다시는 만날 수 없는 그를 생각했기 때문이었다. 그리고 아마 지금쯤은 바른 길로 되돌아오게 할 희망조차 없을 정도로 멀리 벗어난 절망적인 비애와, 파멸적인 분노에 빠져 있을 그를 생각했기 때문이다. 그것은 내가 도피한 결과에 의한 것이다. 나는 그런 생각을 하면서 아름다운 저녁 하늘과 쓸쓸한 모튼 계곡에서 얼굴을 돌렸다.

내가 쓸쓸하다고 한 것은, 지금 바라보고 있는 계곡에는 교회와 반쯤 숲에 가려진 목사관과 그 뒤 저쪽으로 멀리 있는 빌 저택의 지붕만이 보일 뿐 다른 건조물이라곤 하나도 보이지 않기 때문이다.

나는 눈을 감고 돌로 된 문기둥에 머리를 기대고 있다가, 집의 작은 뜰과 목장 사이에 있는 쪽문 근처에서 무슨 소리가 나기에 머리를 들었다. 개 한 마리가? 리버즈 씨의 늙은 포인터 칼로가 코끝으로 문을 밀고 있었다. 그리고 세인트 존은 팔짱을 끼고서 문에 기대어 눈썹을 찌푸린 채 기분이 언짢은 듯 근엄한 시선으로 나를 바라보고 있었다. 나는 들어오라고 말했다.

"아니, 들어갈 수 없어요. 동생들이 당신을 위해서 보낸 작은 보따리를 갖고 왔어요. 속에는 화구와 연필과 종이가 들어 있을 겁니다."

나는 그것을 받으러 다가섰다. 고마운 선물이었다. 내가 가까이 갔을 때 그가 내 얼굴을 뚫어지게 바라보는 것을 느꼈다. 내 눈에는 눈물 자국이 있는 게 완연했다.

"첫날 일이 생각했던 것보다 힘들었나요?" 그가 물었다.

"아니에요! 그와는 반대로, 조금 지나면 학생들도 잘 따라올 수 있을 거라고 생각되었어요."

"그러나 이 시설, 이 집이나 이 가구는 예상 밖이었겠지요? 정말 초라하기 짝이 없습니다. 그러나……."

내가 그의 말을 중단시켰다.

"이 집은 깨끗하고 비바람도 능히 견뎌낼 거예요. 가구도 충분해요. 고맙게만 생각하고 있을 뿐 조금도 실망하지 않아요. 나는 카펫이라든가 소파라든가 은 식기가 없는 것을 아쉽게 생각하는, 그런 바보나 쾌락주의자가 아녜요. 뿐만 아니라 5주 전만 해도 나에게는 한 푼도 없었어요. 그때는 집도 없는 신세였는데, 이제는 아는 사람도 있고 집도 있고 일자리도 있어요. 신의 고마움, 친구의 친절, 관대한 운명에 대해 놀랄 따름이에요. 불평 같은 것은 하지 않아요."

"그러나 쓸쓸해서 우울하지요? 당신 뒤에 있는 이 작은 집은 어둡고 텅 비어 있으니까."

"아직 조용한 기분을 즐길 틈이 없었고, 쓸쓸해서 참지 못할 정도로 시간적인 여유가 없었습니다."

"잘됐어요. 입으로 말하고 있는 만족을 마음으로도 느끼기를 바라요. 어쨌든 당신의 양식이 가르쳐주겠지만, 롯의 아내(〈구약〉 창세기 19장, 아브라함의 조카며느리로 소돔에서 도망 나오는 도중 뒤를 돌아보았기 때문에 소금기둥이 되었다.)처럼 지레 불안에 떨 필요는 없어요. 나와 만나기 전에 어떤 것을 남겨두고 왔는지는 알 수 없지만, 뒤를 돌아보고 싶은 유혹은 깨끗이 단념하도록 권합니다. 최소한 몇 달 동안만이라도 이 길로 착실히 나가주시오."

"나로서도 그렇게 할 작정입니다."

세인트 존은 말을 계속했다.

"성품에 제동을 걸고 천성의 방향을 교정한다는 것은 지극히 힘든 일이지만, 나의 경험으로 봐서 불가능한 것만은 아니라는 것을 알고 있습니다. 신은 우리에게 자기의 운명을 개척할 힘을 어느 정도 부여하고 있습니다. 그래서 우리의 정력이 얻을 수 없는 영양을 요구하는 것같이 보일 때나 우리의 의지가 갈 수 없는 길을 찾아서 몸부림칠 때도 우리는 영양실조 때문에 굶주릴 필요가 없습니다. 맛보고 싶었던 금단의 열매와 같은 강력한, 그리고 보다 순수한 다른 마음의 영양물을 찾으면 됩니다. 또한 운명이 우리를 가로막은 길과 같은 곧바른 넓은 길을, 비록 그것이 험난할지라도 모험심 가득한 발걸음을 위해서 개척하면 됩니다. 일 년쯤 전에는, 나도 성직에 발을 들여놓은 것이 잘못이었다는 생각에서 몹시 비참했었습니다. 항상 변함없는 의무가 죽고 싶을 정도로 지루했지요. 나는 이 세상에서 보다 활동적인 생활, 보다 자극적인 일, 예술가나 저술가나 웅변가의 운명 같은, 말하자면 목사의 임무와는 반대되는 것을 동경하고 있었습니다. 그렇지요! 정치가, 군인, 영광의 신도, 명성의 열애자, 권력에 대한 갈망자의 심장이 나의 제의 밑에서 요동치고 있었어요. 나는 나의 생활이 비참하기 때문에 길을 바꾸든가 아니면 죽어야겠다고 생각했었지요. 암흑과 투쟁의 기간이 지나고 나자 광명이 비치고 구원이 찾아왔습니다. 구속되었던 나의 생활은 갑자기 끝없는 평야로 펼쳐졌고, 나의 능력은 일어나서 있는 힘을 다해 날개를 뻗고 시야 밖으로 날아가라는, 천상으로부터의 소리를 들을 수가 있었습니다. 신은 내게 사명을 맡겼던 것입니다. 그 사명을 멀리까지 갖고 가서 충분히 전파하려면 군인, 정치가, 웅변가들이 지녀야 하는 자격인 기술과 힘, 용기와 웅변이 필요했던 거지요. 왜냐하면 훌륭한 선교사에게는 이런 요소가 모두 집중되어 있기 때문입니다. 나는 선교사가 되기로 결심했고,

그 순간부터 정신상태가 일변했습니다. 모든 능력을 구속했던 족쇄는 녹아 없어지고, 다만 괴로운 고통은 남았지만 속박은 사라졌습니다. 그 고통은 시간만이 치유할 수 있겠지요. 내 결심에 대해서는 아버지가 반대하셨지만, 아버지가 돌아가신 지금 싸워야 할 친권자는 아무도 없습니다. 몇 가지 일을 해결하고 모튼 교구의 후임자가 결정되면, 한두 가지의 감정적인 얽힘을 송두리째 뽑아내든가 절단하고 나서…… 나는 유럽을 떠나 동양으로 갈 작정입니다."

그는 독특하게 가라앉은, 그러나 박력 있는 목소리로 이렇게 말했다. 말을 끝내자, 그는 지는 해를 바라보고 있었다. 나도 그것을 바라보았다. 그와 나는 들판에서 쪽문으로 향하는 소로에 등을 향하고 있었다. 계곡에서 흐르는 물소리만이 그때 그 장소에서 마음을 가라앉히는 유일한 소리였다. 그러므로 마치 은방울 굴리는 것 같은 아름다운 목소리가 들려왔을 때 우리들이 깜짝 놀란 것은 당연한 일이었다.

"안녕하세요, 리버즈 씨. 그리고 칼로! 당신의 개가 당신보다 친구를 빨리 알아봐요. 내가 들판 저쪽에 왔을 때 벌써 귀를 세우고 꼬리를 흔들었어요. 그런데 당신은 아직까지도 내게 등을 보이고 있군요."

그것은 사실이었다. 리버즈 씨는 그 음악적인 목소리를 처음 들었을 때 마치 벼락이 머리 위의 구름을 쪼개놓은 것처럼 놀랐으나, 그 말이 끝나고 나서도 말을 건넨 사람이 놀라게 했던 때와 같이 한 팔을 문에 올려놓고 서쪽을 바라보는 자세 그대로 서 있었다. 그는 마침내 신중하게 얼굴을 돌렸다. 하나의 환상이 그의 옆에 생겨난 것 같았다.

그로부터 1미터 이내의 거리에 순백의 옷을 입은 젊고 우아한 모습의 여인이 나타났다. 약간 뚱뚱한 편이긴 하지만 윤곽이 아름다웠다. 그녀는 허리를 굽혀 칼로를 쓰다듬어 주고 나서 머리를 들었다. 긴 베일을 젖히자 그의 눈앞에는 완벽할 정도로 아름다운 얼굴이 빛났다. 완벽한 아름다움이란 물론 다소 지나친 표현이긴 하지만, 일찍이 엘비언(Albion: Great Britain의 옛 이름, 후에 England의 뜻으로 쓰였음.)의 온화한 기후가 빚어보지 못할 만큼 아름다운 얼굴이었다. 또한 윤기 있는 미풍과 안개 때문에 흐린 하늘이 낳아보지도 못하고 길러보지도 못할 만큼 청초한 장미와 백합의 색깔이 이 경우에 그 말을 정당화시켜 주었다. 참으로 모든 매력에 부족함이 없고, 어떤 결함도 찾을 수가 없었다.

이 젊은 여성은 균형 잡히고 섬세한 용모를 지니고 있었다. 특히 눈은 아름다운 그림에서나 볼 수 있는 형태와 색깔을 갖춰, 크고 검게 빛나고 있었다. 부드러운 매력으로 눈을 한층 더 아름답게 해주는 길고 그늘진 속눈썹, 윤곽을 뚜렷이 드러내는 검은 눈썹, 색조와 빛깔로 활기차게 빛나는 아름다움에 안정감을 더해 주는 희고 매끄러운 이마, 달걀처럼 싱싱하고 매끈한 뺨, 빨갛게 건강미가 넘치는 아름다운 입술, 흠 하나 없이 빛나는 고른 이와 작은 보조개가 있는 턱, 숱이 많은 머리채 등등 이상적인 미를 실현시키기 위해 배합된 모든 장점을 그녀는 전부 다 지니고 있는 듯했다.

그녀를 보고 나는 감탄하고 찬미했다. 자연은 확실히 그녀를 편애하여 창조한 것이다. 그리하여 거의 그렇듯이 계모처럼 인색하게 선물을 준 것이 아니라 할머니처럼 아낌없이 풍부한 선물을 했던 것이다.

이 지상의 천사를 세인트 존 리버즈는 어떻게 생각하고 있을까? 그가 얼굴을 돌려 그녀를 응시하는 것을 보았을 때, 나는 이런 질문을 자신에게 던지고 거기에 대한 대답을 그의 얼굴에서 찾아내려고 했다. 하지만 그는 이미 이 미의 요정에게서 눈길을 돌려 쪽문 곁에 무성한 데이지 쪽을 바라보고 있었다.

"아름다운 저녁이긴 하지만 혼자서 외출하기에는 늦은 시간이군요." 세인트 존은 이미 봉오리를 오므린 하얀 꽃을 발로 슬쩍 밟으면서 말했다.

"아, 나는 지금 막 S시에서 돌아오는 길이에요. 아버지께서 목사님이 학교를 여셨고 새로 선생님이 오셨다는 말씀을 하셔서, 차를 마시자마자 선생님을 만나보려고 계곡을 달려왔어요. 이분이 선생님이신가요?" 그녀가 20마일 정도 떨어진 큰 도시 이름을 대면서 말을 한 후, 나를 가리키면서 물었다.

"그렇습니다." 세인트 존이 대답했다.

"모튼이 마음에 들 것 같습니까?" 묻는 말씨며 태도가 약간 유치하긴 하지만 솔직하고 순진한 것이 마음에 들었다.

"그러리라 생각해요. 좋아할 이유가 많거든요."

"학생들이 기대했던 것처럼 열심이던가요?"

"대단히요."

"집은 마음에 들었어요?"

"꼭 들었어요."

"내가 가구를 잘 챙겼는지 모르겠네요."

"정말 잘되어 있었어요."

"시중들 아이로 앨리스 우드를 정한 것은요?"

"정말 잘한 일이었어요. 공부도 가르칠 만하고, 꼭 필요한 존재예요."

그때 나는 이 여자가 상속인인 올리버 양이라는 것을 알았다. 자연의 선물뿐만 아니라 부의 혜택까지 받았으니, 어쩌면 그토록 행복한 별자리에서 태어났을까?

"가끔 와서 가르치는 것을 도와주겠어요. 이따금씩 방문하는 것은 기분전환이 될 거예요. 나는 기분전환을 좋아하거든요. 아, 리버즈 씨! S시에서는 정말 재미있었어요. 어젯밤, 아니 오늘 새벽 두 시까지 춤을 추었지요. 폭동이 있은 이후로 제○○연대가 주둔하고 있는데, 장교들은 이 세상에서 가장 멋진 사람들이에요. 이 고장의 칼이나 가위 장수 같은 젊은이들은 비교도 안 돼요." 그녀가 덧붙여서 말했다.

세인트 존의 아랫입술이 튀어나오고 윗입술이 잠깐 일그러지는 것 같이 보였다. 그녀가 웃으면서 이런 보고를 하고 있을 때 그의 입은 꼭 닫혀 있었는데, 얼굴 아래쪽이 보통 때와는 달리 근엄하고 모가 나 보였다. 그는 데이지 꽃에서 시선을 들어 그녀에게로 돌렸다. 웃음기 없이, 탐색하는 것 같은 의미 있는 시선이었다.

그녀는 다시 웃음으로 대했는데, 그 웃음은 그녀의 젊음과 장밋빛 얼굴,

귀여운 보조개, 맑은 눈과 너무도 잘 어울렸다.

그가 말없이 서 있자, 그녀는 다시 칼로를 쓰다듬어주었다.

"가없은 칼로만이 나를 좋아하거든. 그는 친구한테 무뚝뚝하고 서먹서먹하게 굴지 않아. 말만 할 수 있다면 이렇게 가만있지만은 않을 거야."

젊고 엄격한 주인 면전에서 그녀가 천성적인 우아한 태도로 허리를 굽혀서 개의 머리를 쓰다듬어주자, 주인의 얼굴이 빨개지는 것을 나는 보았다. 근엄하던 눈이 갑자기 불에 녹은 듯, 억제할 수 없는 감정이 흔들리는 것이었다. 이렇게 얼굴이 벌겋게 달아오르자, 그녀가 여자로서 미인인 것처럼 그는 남자로서 미남이었다. 마치 강압에 의한 긴박을 이겨내지 못하게 된 그의 커다란 심장이, 의지를 배반하고 자유를 얻으려고 활발히 뛰는 것처럼 그의 가슴이 오르내렸다. 그러나 그는 단호한 기수가 앞발을 들고 일어선 말을 억제하듯이 그것을 억제하고 있는 듯했다. 어쨌든 그녀의 다정한 태도에 대해 그는 말로나 동작으로 아무런 반응도 보이지 않았다.

"아버지 말씀이, 당신은 요즈음 우리 집에 들르지 않는다고 하더군요. 빌 저택과는 발을 끊기로 했나요? 아버지는 오늘 저녁 혼자 계시고, 몸도 편지 않아요. 나와 함께 가서 만나주시지 않겠어요?" 얼굴을 들면서 올리버 양이 말을 계속했다.

"올리버 씨를 방문하기에는 적당한 시간이 아니라고 생각돼요." 세인트 존이 대답했다.

"적당한 시간이 아니라고요! 나는 오히려 적당한 시간이라고 생각해요. 아버지는 지금 말상대가 필요할 시간이에요. 공장은 문을 닫고 할 일이 없을 때거든요. 리버즈 씨! 함께 가도록 해요. 왜 당신은 늘 서먹서먹해하고 우울해 있지요?" 그의 침묵으로 인해서 생긴 틈을 그녀는 자신의 대답으로 메꾸었다.

"참, 내가 잊고 있었군요! 내가 들떠서 정신이 없었어요! 용서해 주세요. 나하고 얘기하고 싶지 않은 이유가 당신에게 충분히 있다는 것을 그만 깜빡 잊고 있었어요. 다이애나와 메리가 떠나고 무어 하우스를 닫았으니 당신은 정말 쓸쓸할 거예요. 참 안됐어요. 하지만 제발 오늘은 나와 함께 가서 아버지를 만나주세요." 그녀는 마치 커다란 충격이라도 받은 듯이 아름다운 곱슬머리를 흔들면서 외쳤다.

"오늘 저녁에는 안 되겠어요. 로저먼드 양. 오늘 저녁에는⋯⋯."

세인트 존은 자동인형처럼 말했다. 이렇게 거절하는 데 얼마나 많은 노력이 필요한지는 자신만이 알 수 있을 것이다.

"그처럼 완강히 거절하시니 나는 가야겠군요. 더 있을 필요가 없지요. 이슬도 내리기 시작했고요. 그럼 안녕히 주무세요!"

그녀가 손을 내밀자, 그는 잠깐 손을 잡았을 뿐이었다.

"안녕히 주무세요!"

메아리치듯이 낮고 공허한 목소리로 나에게도 되풀이하고 나서 그녀는 돌아섰다. 그러나 잠시 후에 다시금 돌아섰다.

"혹시 어디 편찮으세요?" 그녀가 물었다.

하긴 그런 질문을 할만 했다. 그의 얼굴은 그녀가 입은 옷 색깔처럼 창백했던 것이다.

"괜찮습니다."

그는 이렇게 잘라 말해 버리고는 머리 숙여 인사를 하고 문을 떠났다. 그녀는 한쪽 길로 가고 그는 또 다른 길로 갔다. 요정처럼 가벼운 걸음걸이로 들판을 걸어가면서 그녀는 두 번 머리를 돌려 그의 뒷모습을 바라봤다. 그러나 그는 한 번도 돌아보지 않고 성큼성큼 걸어갔다.

다른 사람의 고통과 희생의 광경을 보자, 지금까지 자신만을 생각하던 생각이 밖으로 돌려졌다. 다이애나와 메리는 오빠를 죽음과도 같이 움직이지 않는다고 형용했었는데, 그것은 결코 과장된 말이 아니었다.

32장
아름다운 로저먼드 올리버

나는 성의를 다해 적극적으로 마을학교 일을 계속했다.

처음에는 정말 힘이 들었지만 온갖 노력을 다한 끝에 학생들과 그들의 성격을 파악할 수 있었다. 그렇게 하기까지는 상당한 시간이 걸렸다. 그때까지 교육을 전혀 받아본 적이 없어서인지, 학생들의 능력이 잠들어 있어 겉으로 보기에는 모두가 우둔하게 생각되었다. 그러나 얼마 지나지 않아 내가 잘못 생각했다는 것을 깨닫게 되었다.

그들 사이에도 교육받은 사람들과 마찬가지로 차이가 있었는데, 내가 그들을 알고 그들이 나를 알게 되자 그 차이가 현저하게 커졌다. 일단 나와 나의 말과 나의 규칙과 방법에 대한 그들의 놀라움이 가셔지자, 우둔하게만 보였던 아이들 중 몇몇의 눈이 예민해지기 시작했다. 또 많은 학생들이 고맙게 생각하고 다정한 성품을 보여주었다. 그리고 그들 가운데 뛰어난 능력뿐만 아니라 타고난 정숙함과 자존감을 갖고 있는 학생이 적지 않다는 것을 발견하게 되었다. 나도 그들에 대해 호의와 함께 보람을 느끼게 되었지만, 아이들은 아이들대로 몸을 깨끗이 하고 규칙적으로 학과를 배우고 조용하고 질서 있는 예의범절을 몸에 붙이는 데 기쁨을 느끼는 듯했다. 몇 아이는 그 진보가 매우 빨랐기 때문에 나 자신도 놀랄 정도였다. 나는 아이들을 보면서 거짓 없는 행복한 자부심을 느꼈다. 또한 개인적으로는 그중의 우수한 학생들을 좋아하게 되었으며 그들도 나를 좋아했다.

학생들 가운데는 농부의 딸들도 섞여 있었는데 그들은 거의 성숙한 소녀들이었다. 그들은 읽기와 쓰기와 재봉을 할 수 있었으므로, 초보적인 문법과 지리와 역사, 자수 같은 것을 가르쳤다. 나는 그들에게서 존경할 만한 성격과 지식욕에 불타면서 향상을 바라는 소망을 찾아볼 수 있었고, 몇 번 그들의 집에 초대되어 유쾌한 시간을 보내기도 했다. 그때 그들 부모의 소박한 친절을 받고, 그들의 감정을 세심하게 살피면서 나는 기쁨을 느꼈다. 이런 일은 그들에게 익숙하진 않았으나, 그들을 즐겁게 해주고 또한 유익한 것이었다. 왜냐하면 그들에게 스스로가 높아진 것도 같고 자신도 대접받을 가치가 있는 인간이라는 자부심을 불러일으켰기 때문이었다.

나는 이 지방에서 유명인사가 된 것 같은 생각이 들었다. 외출만 하면 언제 어느 곳에서든 마음에서 우러나는 인사를 받고 다정한 미소로 환영을 받았다. 그것이 비록 하급 노동자의 존경에 지나지 않을망정, 여러 사람의 존경을 받으며 살아간다는 것은 '기분 좋은 햇볕을 받으며 조용히 앉아 있는 것'과도 같은 것이었다. 내 마음속의 조용한 감정이 햇볕을 받아 움이 트고 꽃을 피우는 것 같았다. 나의 생애에서 이 기간 동안은 낙담해서 기분이 울적했다기보다는 감사하는 마음으로 부풀어 있던 시절이었다.

독자여! 모든 것을 낱낱이 털어놓겠다. 이처럼 평온하고 유익한 생활 속에서 낮에는 하루 종일 학생들에게 존경받을 일에 몰두하고, 밤에는 만족한 생각으로 독서와 그림 그리기를 하곤 했다. 하지만 한밤중에는 괴상한 꿈을 자주 꾸었는데, 대개가 마음을 산란하게 하는 이상스러운 꿈, 소란스러운 꿈, 폭풍과 같은 꿈들이었다. 특히 모험과 위험과 낭만적인 사건이 곁들인 기이한 장면의 한가운데서 숨이 막힐 듯한 무서운 위기를 맞닥뜨릴 때마다 번번이 로체스터 씨를 만나는 꿈을 자주 꾸는데, 그럴 적마다 그의 팔에 안겨서 그의 목소리를 듣고 그를 마주 바라보며 그의 손과 뺨을 쓰다듬고 그를 사랑하고 그의 사랑을 받는 감정을 맛보는 것이었다. 그렇다! 그의 옆에서 일생을 같이하고 싶은 희망이 처음처럼 강렬하게 되살아나는 것이었다.

그리고 나서 잠에서 깨어나면 지금 나 자신이 처해 있는 상황을 생각하면서 커튼이 없는 침대에서 일어나 앉곤 했다. 그때의 조용하고 어두운 밤은 나의 절망적인 발작을 목격하고, 격정이 폭발하는 소리를 듣는 것이었다. 그러다가도 아홉 시가 되면 규칙적으로 학교 문을 열고 다시 평온한 마음으로 돌아가서 그날의 일을 착실하게 수행할 준비를 했다.

로저먼드 올리버 양은 약속대로 가끔씩 찾아왔다. 그녀의 학교 방문은 대개 아침 승마 길이었는데, 말을 탄 하인을 거느리고 교문 앞까지 달려오곤 했다. 자줏빛 승마복에, 뺨을 스치고 어깨에 길게 드리워진 머리카락 위에 검은 벨벳 캡을 우아하게 쓴 그녀의 모습이야말로 표현조차 할 수 없을 정도로 아름다웠다. 그녀는 그런 모습으로 교실 안에 들어와서 현혹된 시골 아이들이 앉아 있는 줄 사이를 미끄러지듯이 걸어 다녔다.

그녀의 방문은 대개 매일 있는 리버즈 씨의 교리문답 과목이 있을 때였고, 그럴 적엔 이 방문객의 예리한 시선이 젊은 목사의 심장을 꿰뚫지나 않을까 걱정될 정도였다. 보지 않아도 일종의 본능 같은 것이 있어서, 입구와는 다른 방향을 바라보고 있다가도 그녀만 나타나면 그의 얼굴이 붉어지고 표정이 대리석처럼 굳어지면서 미묘한 변화를 일으켰다. 근육의 움직임이나 빛나는 시선보다도 정지 그 자체가 억압된 열정을 일층 강하게 나타낼 수 있음을 그때 나는 알았다.

물론 그녀는 자신의 능력을 알고 있었다. 실제로 그는 그것을 그녀한테 숨길 수 없었기 때문에 감추지도 않았다. 그녀가 다가와서 말을 건네고 격려하는 달콤한 미소를 그의 얼굴에 보내면, 그는 그리스도교적인 금욕주의자이기는 하지만 손이 떨리고 눈이 불타는 것이었다. 입술을 움직이는 것은 아니었으나 그의 비장하고 단호한 표정은 이렇게 말하는 것 같았다. '나는 당신을 사랑하고, 당신은 나한테 호의를 갖고 있다는 것을 알고 있습니다. 내가 입을 열지 않는 것은 성공을 절망시키기 때문에 그러는 것이 아닙니다. 나의 심장을 바친다면 당신은 기꺼이 받아줄 것으로 생각합니다. 그러나 내 심장은 이미 신성한 제단 위에 놓였고 그 주변에는 불이

준비되어 있습니다. 이제 곧 심장은 타서 희생의 제물이 되겠지요.'

그럴 때면 그녀는 실망한 어린아이처럼 입술을 내밀곤 했다. 우울한 구름이 그녀의 밝은 표정에 그림자를 던지면 그녀는 그의 손에서 자기 손을 서둘러 빼고, 그의 영웅적이고 순교자적인 용모에 향해져 있던 얼굴을 불쾌한 기분으로 돌렸다. 이렇게 그녀가 돌아설 때 세인트 존은 틀림없이 온 세상을 버리는 한이 있더라도 그녀의 뒤를 따라가서 다시 부르고 싶은 생각이 간절했을 것이다.

하지만 그는 천국에 가는 다른 하나의 기회도 놓칠 생각이 없었으며, 그녀와 사랑의 낙원을 이루기 위하여 영원한 낙원으로 가는 희망도 진실로 버리고 싶지 않을 것이다. 그리고 그는 타고난 모든 본성을 — 방랑자, 수도사, 시인, 목사로서 — 단 하나의 정열에 묶어둘 수는 없었을 것이다. 또는 빌 저택의 응접실과 그들의 평화를 위해서 험난한 선교의 전장을 버릴 수도 없고 버릴 생각도 없었을 것이다. 그는 말이 없었지만, 내가 그의 비밀 속으로 파고들었을 때 그에게서 찾아낸 것들이었다.

이제 올리버 양은 때로 나의 작은 집도 찾아오게 되었고, 나는 그녀의 비밀과 거짓 없는 성격을 알게 되었다. 교태가 있긴 하나 매정하진 않고, 고집을 부릴 적도 있지만 어리석은 이기주의자는 아니었다. 또한 제멋대로 성장했지만 버릇이 못된 것도 아니었다. 참을성이 없는 대신 명랑하고, 자만심이 강하긴 하지만 거울을 보면 볼수록 아름답게 보이므로 굳이 뽐내려고도 할 필요조차 없었다. 또한 후하면서도 재산을 자랑하지 않았고, 순진하고 총명하고 명랑하고 쾌활하지만 문제를 깊이 생각하는 성격은 아니었다.

한마디로, 나와 같은 여성의 입장에서 냉정하게 관찰해도 그녀에게는 심각한 흥미를 불러일으키게 한다든가 강한 인상을 가지게 하는 요소가 없었다. 말하자면 세인트 존의 동생들이 지니고 있는 마음과 그녀의 그것과는 다른 종류였다. 그럼에도 불구하고 나는 아델을 좋아했던 것만큼이나 그녀가 좋아졌다. 다만 매력적인 어른 친구보다 직접 가르친 아델에게 더욱 친밀한 애정을 느낀다는 것은 두말할 나위가 없을 것이다.

그녀는 나에게 사랑스러운 변덕을 부리기도 했다. 나에게 리버즈 씨를 닮았다고 하면서, "다만 당신은 착하고 귀여운 사람이긴 해도 그의 10분의 1만큼도 아름답지 못해요. 하긴 그이는 천사이니까요."라고 말했다. 그러면서 그와 마찬가지로 착하고 영리하고 어른스럽고 확고부동한 면이 있다고 덧붙였다. 시골 선생이 된 것은 '조화의 장난'이라고 말했으며, 나의 전력을 알 수만 있다면 재미있는 이야기라도 꾸밀 수 있을 것이라고 장담했다.

어느 날 저녁 그녀는 어린 소녀처럼 아무 생각 없이, 그러나 불쾌감을 주지 않는 호기심을 발동시켜 주방의 찬장이며 식탁 서랍을 뒤졌다. 처음에는 프랑스어 책 두 권과 쉴러 책 한 권, 독일어 문법책과 사전을 찾아냈다. 그리고 다음에는 화구와 천사처럼 아름다운 소녀를 그린 스케치와 모튼 계곡과 주위의 황야에서 그린 여러 가지 풍경화를 발견했다. 그것을 보고 그녀는 놀라서 그 자리에 꼼짝도 못 하고 서 있다가 다음 순간 환희에 몸을 떨었다.

"이 그림들을 당신이 그렸어요? 프랑스어와 독일어를 알고 있어요? 당신은 정말 멋져! S시에서 제일가는 우리 학교 선생님보다도 잘 그렸어요. 아버지한테 보여드리게 내 초상화도 한 장 그려주겠어요?"

"물론이지요." 나는 흔쾌히 대답했다. 이처럼 완벽하고 찬란한 모델을 그린다고 생각하니 예술가로서의 감흥을 느낄 수 있었다. 그때 그녀는 팔과 목이 노출되어 있는 검푸른 비단 드레스를 입고 있었다. 유일한 장식물은 갈색 머리뿐이었는데, 그 자연스러운 곱슬머리가 우아하게 어깨 위에서 물결치고 있었다.

나는 고급 화지를 한 장 꺼내서 정성껏 그녀의 윤곽을 그렸다. 거기에 채색할 것을 생각하니 가슴이 뛰었으나 날이 이미 저물었기 때문에, 난 다음 날 다시 와서 모델이 되어달라고 부탁했다.

그녀가 내 얘기를 자기 아버지에게 늘어놓았는지, 이튿날 밤에는 올리버 씨가 직접 딸과 함께 찾아왔다. 그는 키가 크고 다부진 용모를 지닌 반백의 중년신사였는데, 옆에 있는 그의 아름다운 딸은 마치 고탑 옆에 피어난 화려한 꽃 같았다. 올리버 씨는 무뚝뚝하고 거만한 사람처럼 보였지만 나한테는 지극히 친절하게 대해 주었으며, 로저먼드의 초상 스케치가 마음에 든다면서 그것을 꼭 완성시켜달라고 부탁까지 했다. 그러면서 다음 날 저녁 시간을 빌 저택에서 보내도록 하라고 초대했다.

나는 초대에 응하여 다음 날 저녁에 빌 저택을 찾아갔다. 듣던 대로 크고 훌륭한 저택으로, 소유자가 부유하다는 것을 충분히 나타내고 있었다. 내가 있는 동안 로저먼드는 마냥 즐거워했고 그녀의 아버지는 친절했다. 차를 마시고 나서 얘기를 시작했는데, 그는 모튼 학교에서의 나의 근무 상황에 대해 입에 침이 마르도록 극구 칭찬을 했다. 그리고 그가 보고 들은 바로 판단할 것 같으면, 내가 그 고장에 있는 것은 과분할 정도여서 곧 좋은 자리를 찾아 떠나지나 않을까 걱정이 된다고 덧붙였다.

"정말이에요!" 로저먼드가 외쳤다.

"이분은 명문가의 가정교사가 되기에 충분해요, 아버지."

하지만 나는 속으로 이 지방의 어떤 명문가로 가는 것보다도 지금 있는 대로가 훨씬 좋다고 생각했다. 올리버 씨는 리버즈 씨와 그의 가문에 대해 존경하는 마음으로 얘기했다. 이 근방에서는 가장 오래된 명문으로 그 선조는 부유하여 한때는 모튼 전체가 그의 소유였다고 했다. 지금도 그 가문의 대표자가 마음만 있다면 이 지방 최고의 가문과 인연을 맺을 수 있을 것이라고 말했다. 또한 그만한 인품과 훌륭한 재능을 갖춘 청년이 선교사로 외국을 떠돌 계획을 세운다는 것은 애석한 일이며 귀중한 생명을 버리는 것이나 마찬가지라고도 말했다. 이런 얘기로 미루어보아, 로저먼드의 아버지는 딸이 세인트 존과 결혼하는 것을 적극 소망하는 것 같았다. 올리버 씨로서는 청년 목사의 출신과 오래된 가문과 현재의 성직이, 재산 없는 것을 충분히 보충한다고 생각하는 것 같았다.

2월 5일, 휴일이었다. 나의 작은 하녀는 나를 도와 집 안을 구석구석 청소하고 나서, 사례로 1페니를 받아가지고 만족해하며 집을 나갔다. 마루며 쇠창살이며 의자며, 내 주변의 모든 것이 티끌 하나 없이 빛났다. 나도 몸치장을 하고 나서 이제부터 오후 시간을 마음 내키는 대로 보낼 생각을 하고 있었다.

독일어 번역을 몇 페이지 하는 데 한 시간을 보내고 나서, 나는 팔레트와 화필을 꺼냈다. 번역보다는 쉬운 작업이어서 한층 마음이 가라앉기 때문에 로저먼드 올리버의 초상을 완성하는 일에 착수했다. 머리 부분은 이미 완성되어 있었으므로, 배경에 색깔을 칠하고 옷 주름에 그림자를 지게 하고 아름다운 입술에 색깔을 입히고 머리카락 여기저기에 부드러운 웨이브를 만들고 하늘빛 눈까풀 밑의 속눈썹을 좀 더 검게 하는 일만 남아 있었다. 이런 세밀한 일을 완성하는 데 몰입하고 있을 때, 느닷없이 노크하는 소리가 들렸다. 곧 문이 열리고 세인트 존 리버즈가 들어왔다.

"휴일을 어떻게 보내는지 보려고 왔습니다. 울적한 기분으로 있는 것은 아니겠지요? 그렇지 않군, 잘됐어요. 그림을 그리고 있는 동안은 쓸쓸하지 않겠지요. 지금까지 놀라울 정도로 잘해 왔지만, 나는 아직 마음이 놓이지 않았어요. 저녁에 심심풀이로 읽으라고 책을 한 권 갖고 왔지요." 그는 말하면서 테이블 위에 새로운 출판물 한 권을 놓았다.

그것은 시집으로 근대 문학의 황금시대였던 당시의 독자에게 가끔 주어지던 가치 있는 작품의 하나였다. 아아! 현대의 독자는 그때만큼 혜택 받지 못하는 것이다. 그러나 용기를 내자! 비난과 불평으로 시간을 보낼 생각은 없다. 시가 죽지 않고 천재가 사멸하지 않고, 그리고 금력이 그 둘을 제압하거나 구속할 힘을 갖고 있지 않다는 것을 나는 알고 있다. 시와 천재는 언젠가는 다시, 그 생명과 그 존재와 그 자유와 힘을 주장할 것이다. 하늘에서 조용히 휴식을 취하고 있는 시와 천재의 두 천사여! 그대들은, 비열한 인간들이 그대들을 파멸시켰다며 승리를 자랑하고, 연약한 인간들이 그것을 탄식할 때도 미소 짓고 있었다. 시는 파멸되었단 말인가? 천재는 추방되었단 말인가? 아니다! 그들은 살아 있을 뿐만 아니라 실제로도 군림해서 스스로 설 땅을 회복하고 있는 중이다. 무한히 뻗은 그들의 신성한 영향력 없이는 당신들은 당신들 자신의 비열함이라는 지옥으로 추락할 것이다.

내가 정신없이 《마미온》(Marmion: 월터 스콧(Walter Scott)의 장편시.)에 정신이 팔려 있을 때, 세인트 존은 허리를 굽혀 나의 그림을 살펴보고 있더니 갑자기 꼿꼿이 일어섰다. 그러나 아무 말도 하지 않았다. 나는 얼굴을 들어 그를 쳐다보았으나 그는 내 시선을 피했다. 그렇지만 나는 그의 생각을 너끈히 알 수 있었으며, 그의 감정을 똑똑히 읽을 수가 있었다. 그 순간만은 내가 그보다 침착하고 냉정한 것같이 느껴졌고, 내가 우위에 서 있었기 때문에 가능하면 그에게 친절을 베풀고 싶었다.

'그렇게도 의젓하고 자제력이 있으면서도……' 나는 생각했다. '그는 자신에게 무거운 짐을 지우고 있어. 모든 감정과 고통을 마음속에 감춰 두고, 표현하거나 고백하지 않고 있어. 그가 결혼하지 않을 것으로 생각하고 있는 저 아름다운 로저먼드의 얘기를 해주면 틀림없이 도움이 될 거야.'

나는 우선 "앉으세요, 리버즈 씨." 하고 말했다. 그러나 언제나처럼 그는 그렇게는 할 수 없다고 말했다. 나는 다시 생각했다. '좋으시다면 서 있어요. 그러나 아직 보내지는 않겠어요. 고독은 당신에게도 내 경우와 마찬가지로 좋지 않아요. 당신의 숨은 비밀의 샘을 발견해서 동정의 향유를 한 방울이라도 부어넣을 수 있는 구멍을 대리석 같은 가슴에서 찾아볼 생각이에요.'

"그 초상화가 닮았는지 모르겠어요?" 내가 불쑥 물었다.

"닮다니! 누구와 말입니까? 아직 자세히 보지 않았는데요."

"보셨잖아요, 리버즈 씨."

너무 갑작스럽고 무뚝뚝하게 말했기 때문에 그는 깜짝 놀라서 내 얼굴을 쳐다보았다. '아직 이 정도는 아무것도 아니에요. 당신의 그 정도 완고함에 는 당황하지 않아요. 속속들이 파고들 테니까.' 나는 속으로 중얼거리고 나서 계속 말을 했다.

"당신은 주의 깊게 똑똑히 봤어요. 그러나 한 번 더 본다고 비웃지는 않겠어요." 나는 일어나 그에게 그림을 넘겨주었다.

"잘 그린 그림이군요. 부드럽고 선명한 색채입니다. 우아하고 정확한 수법이고요." 그가 말했다.

"그래요, 그건 알겠어요. 그런데 닮은 것은? 누구를 닮았어요?"

다소 주저하는 빛으로 그가 대답했다.

"올리버 양이라고 생각되는데요."

"물론이죠. 알아맞히니 상으로 이 그림을 정확히 복사해서 당신에게도 한 장 드리기로 약속하겠어요. 이 선물을 당신이 받는다는 전제하에 말입니다. 당신이 가치 없다고 생각하는 것을 만드는 데 시간과 노력을 낭비하고 싶지는 않으니까요."

그는 그림을 계속 응시했다. 오래 보고 있으면 있을수록 그림을 꼭 붙들고 싶고, 그것을 탐내는 것 같았다.

"정말 닮았는데! 특히 눈이 잘 그려졌어. 색채도 광선도 표정도 완벽해. 미소를 짓고 있군!"라고 그가 중얼거렸다.

"똑같은 그림을 가지면 기쁘겠어요, 아니면 마음이 언짢겠어요? 그걸 말해 주세요. 당신이 마다가스카르나 희망봉이나 또는 인도로 갔을 때 이것을 기념품으로 갖고 가신다면 위안이 되겠어요, 아니면 이것을 볼 때마다 마음이 상하면서 고통스러운 기억이 상기될까요?"

그는 슬그머니 눈을 위로 치켜떴다. 그러더니 결단을 내리지 못하고 불안해하는 마음으로 나를 힐끔 보았다. 그리고 나서 다시 그림을 훑어보았다.

"이것을 갖고 싶은 것은 사실입니다. 그렇게 하는 것이 깊고 현명한 처사인지는 별문제로 하고."

로저먼드가 그를 정말 좋아하고, 그녀의 아버지도 결혼을 반대하고 있지 않다는 것을 알고 있었기 때문에 나는 — 나의 사상은 세인트 존의 생각만큼 고상하지 못하다. — 마음속으로 두 사람이 결혼했으면 좋겠다는 생각이 들었다. 만약에 그가 올리버 씨의 막대한 재산의 소유주가 된다면, 열대의 태양 밑에 가서 그의 천재성을 시들게 하고 정력을 낭비하는 일보다 훨씬 가치 있는 일을 할 수 있을 것이라고 생각되었다. 그러한 견해를 가지고 나는 대답했다.

"내 생각 같아서는, 지금 당장 이 그림의 주인공을 손에 넣는 것이 사려

깊고 현명한 처사라고 봅니다."

이때는 이미 그가 의자에 앉아, 그림을 자기 앞의 테이블 위에 놓고 두 손으로 턱을 받치고는 넋을 잃은 듯 바라보고 있었다.

나는 지금 같은 상황에선 내가 어떤 대담한 말을 해도 그가 화를 낸다든지 충격을 받지 않으리라는 것을 알고 있었다. 자신이 접근하기 힘든 것으로 생각했던 화제에 대해 이렇게 솔직하게 말을 걸면, 그가 그것을 새로운 기쁨이며 예기치 않았던 구원이라고 느낀다는 것도 알고 있었다. 말없는 사람들에게는 개방적인 사람들보다도 더 감정이나 슬픔을 솔직하게 토로케 하는 것이 필요할 때가 있다. 아무리 근엄하게 보이는 금욕주의자일지라도 결국은 인간이다. 선의로 대담하게 그들의 '침묵의 바다'에 뛰어든다는 것은 때로는 그들에게 친절을 베푸는 것이 될 수도 있다.

"확실히 그녀는 당신을 좋아해요. 그리고 그녀의 아버지도 당신을 존경하고 있어. 그녀는 정말 상냥해요. 조금 분별력이 떨어지긴 하지만. 그러나 당신은 그녀 몫까지 두 사람분의 분별력을 지니고 있잖아요. 그녀와 결혼하는 것이 좋겠어요." 그가 앉은 의자 뒤에 서서 내가 말했다.

"그녀가 정말 나를 좋아하고 있어요?" 그가 담담하게 물었다.

"그럼요, 정말 좋아해요. 다른 누구보다도. 언제나 당신 얘기뿐이에요. 그렇게 좋아하면서 이야기하는 화제는 또 없었어요."

"그런 말을 들으니 기쁘군요. 정말 그래요. 15분만 더 계속하세요."

그렇게 말하면서 그는 실제로 시간을 재기 위해 회중시계를 꺼내 테이블 위에 올려놓았다.

"그런 식으로 얘기를 해서 무슨 소용이 있어요? 듣고 나선 반격의 철퇴를 준비하든가, 자신의 마음을 결박할 더 강한 쇠사슬을 마련할 텐데······." 하고 내가 말했다.

"그런 매정한 생각일랑 하지 마세요. 사실 내가 이렇게 굴복해서 마음이 녹고 있다는 것을 생각해 보세요. 인간적인 애정이 내 마음속에서 샘처럼 솟아나, 그토록 신중하게 노력해서 준비한 선량한 의도와 자기희생적인 계획의 씨를 뿌려온 모든 밭을 흡족하게 적시려 하고 있습니다. 그리고 지금 그 감미로운 홍수의 범람 속에서 새싹이 침수되어 달콤한 독에 의해 부패되어 가고 있습니다. 지금 나는 빌 저택의 응접실에서 아내인 로저먼드 올리버와 함께 소파에 누워 있는 내 모습을 상상하고 있습니다. 그녀는 고운 목소리로 나한테 속삭이고, 당신의 기교로 그토록 아름답게 그린 그 눈이 나를 응시하고 있으며, 산호와도 같은 입술은 미소를 머금고 있습니다. 그녀는 나의 것, 나는 그녀의 것! 현재의 생활과 현세는 나를 만족시킬 수 있습니다. 조용히! 아무 말도 하지 마세요. 내 마음은 지금 기쁨으로 가득 차 있습니다. 나의 모든 생각은 도취해 있습니다. 내가 정한 시간을 조용히 보내게 해주세요."

나는 그의 뜻대로 했다. 회중시계는 계속해서 짤깍거렸고, 그의 숨소리는 가쁘지만 가라앉아 있었다. 나는 아무 말도 않고 서 있었다. 이렇게 조용한 가운데 5분이 지났을 때, 그는 시계를 도로 집어넣고 그림을 밑으로 내려놓으면서 일어나더니 난롯가에 섰다.

"이 짧은 시간 동안 몽상과 망상에 사로잡혀 있었습니다. 나는 관자놀이를 유혹의 가슴 위에 놓고, 자청해서 목을 유혹하는 꽃의 멍에 밑에 넣고 유혹의 술잔을 맛보았던 겁니다. 하지만 베개는 타는 듯 뜨거웠고 화환에는 독사가 숨어 있었으며 술은 쓴맛을 지니고 있었어요. 유혹의 약속은 허사였고…… 그 선물은 거짓입니다. 나에게는 그 모든 것이 환히 들여다보입니다." 라고 그가 말했다.

그 말을 듣고, 나는 놀라서 그를 바라보았다.

"참 이상해요. 내가 이처럼 로저먼드 올리버를 첫사랑의 정열로 열렬하게 사랑하고, 또한 그 상대는 더할 나위 없이 아름답고 우아하고 매혹적입니다. 그럼에도 불구하고 그녀는 좋은 아내가 될 수 없습니다. 나에게는 적당한 상대가 아니라는 것을 결혼해서 일 년도 못 되어 발견하게 될 테니까요. 3개월 동안의 환희 뒤에는 일생 동안 따라붙을 후회가 기다리고 있다는 생각이, 냉정하고 균형 잡힌 의식 속에서 작용하고 있어요. 나는 그걸 알 수 있습니다." 그가 말했다.

"정말 이상하군요!" 나는 이렇게 외칠 수밖에 없었다.

"내 마음 가운데 있는 무엇인가는 그녀의 매력에 대해 강렬한 반응을 보이지만, 또 다른 무엇은 그녀의 결점에 대해 깊이 신경을 쓰고 있습니다. 그것은 내가 동경하는 것에 그녀가 공감하지 못하고, 내가 계획하는 것에 그녀가 협력할 수 없다는 점입니다. 로저먼드가 수난자가 되고 일꾼이 되고 여자 선교사가 될 수 있을까요? 아니, 선교사의 아내가 될 수 있을까요? 아니오! 그럴 수는 없지요!"

"당신이 꼭 선교사가 돼야 할 필요는 없잖아요? 그런 계획을 포기할 수도 있을 텐데요."

"포기해요? 나의 사명을? 나의 위대한 사업을? 천사의 집을 위해 지상에 놓은 초석을 말입니까? 인류를 향상시키고, 무지의 세계에 지식을 운반하고, 전쟁을 평화로, 속박을 자유로, 미신을 종교로, 지옥의 공포를 천국의 희망으로 대처하는…… 그렇게 빛나는 사업에 모든 것을 바치는 사람 중의 일원이 되겠다는 나의 포부를 포기하란 말입니까? 그것을 포기해야만 되겠습니까? 그것은 지금 내 혈관 속을 흐르고 있는 피보다도 소중합니다. 그것이야말로 오로지 내가 진정으로 바라는 것이며, 지금 이렇게 살아가는 보람이자 이유입니다!"

한참 뒤에 내가 입을 열었다.

"올리버 양은 어떻게 하고요? 그녀의 슬픔과 사랑에 대해서는 아무 관심도 없단 말입니까?"

"올리버 양은 언제나 많은 구혼자와 아첨하는 사람들로 둘러싸여 있습니다. 한 달도 되기 전에 나에 대한 생각은 그녀의 마음속에서 씻길 것입니다. 아마도 나에 대한 것을 까맣게 잊고, 나보다도 훨씬 더 행복하게 해줄 사람과 결혼할 테지요."

"당신은 그렇게 냉정하게 말하고 있지만, 감정의 갈등 때문에 고민하고 있어요. 몹시 수척해 보여요."

"아니에요. 약간 몸이 말랐다면 계획이 아직 확정되지 않아서 걱정되기 때문이에요. 출발이 자꾸만 늦어지는군요. 그렇게도 기다리고 있는 후임자가 3개월 전에 부임할 수 없다는 통지를 오늘 아침에 보내왔어요. 아마이 3개월이라는 것도 6개월로 연기되겠지요."

"올리버 양이 교실에 나타나면 당신은 언제나 몸을 떨고 얼굴을 붉혀요."

다시 놀라움이 그의 얼굴을 스쳐갔다. 웬 여자가 이토록 대담하게 말하리라고는 상상조차 못했다는 표정이었지만, 나로서는 이렇게 말하는 게 마음 편했다. 상대가 남자건 여자건 간에 성격이 강하고 용의주도하고 세련된 사람과 얘기할 때는 의례적인 겸손의 장벽을 넘어 신뢰의 문으로 들어가서, 그들 마음의 난롯가에 자리 잡고 앉아 얘기해야만 마음이 놓였기 때문이다.

"당신은 괴상한 사람이오. 겁도 없고, 보는 눈이 예리할 뿐만 아니라 심장도 강하거든. 그러나 내 감정을 어느 정도는 오해하고 있다고 생각해 주기 바라오. 당신은 내 감정을 실제보다 깊고 강한 것으로 생각하고, 나의 정당한 요구 이상으로 나를 동정하고 있어요. 올리버 양 앞에서 얼굴을 붉히고 몸을 떨었을 때, 나는 자신을 가련하다고 생각지 않았어요. 오히려 자신이 약한 것을 경멸하고 있었지요. 부끄러운 일이지만, 단지 육체의 열병 정도로 생각합니다. 다시금 분명히 밝혀두는데, 절대 영혼의 격동은 아닙니다. 내 영혼은 광란하는 바다 속에 깊이 가라앉은 암석처럼 확고부동합니다. 나를 내 모습 그대로, 냉정하고 엄격한 사람으로 봐주세요." 그가 말했다.

내가 믿을 수 없다는 듯이 웃자, 그가 말을 이었다.

"당신은 억지로 내 비밀을 실토시켰어요. 그래서 이제는 당신의 수중에 들어갔지요. 어쨌든 나는 본래의 내 상태 그대로 있을 따름입니다. 그리스도 교가 인간의 결함을 덮어준다는 피로 정화된 법의를 벗은, 냉정하고 엄격하며 야심적인 인간입니다. 온갖 감정 중에, 내게 있어서는 육친에 대한 감정만이 변함없는 힘을 가지고 있습니다. 나를 이끄는 것은 이성이지 감정이 아닙니다. 나의 야심은 한이 없어요. 보다 높은 곳으로 오르고 싶고, 남보다 많은 일을 하고 싶은 생각으로 가득합니다. 나는 인내와 불굴의 노력과 근면과 재능을 존중합니다. 그것들은 인간이 위대한 목적을 달성하고 높은 곳으로 올라가는 수단이기 때문입니다. 나는 당신이 가는 인생의 길을 관심 갖고 지켜보고 있는데, 그것은 당신이 부지런하고 질서정연하고 활동력이 왕성한 여성이라고 생각하기 때문입니다. 결코 당신이 지금까지 경험한 일이라든가 현재 고생하고 있는 것을 가련하게 생각하기 때문이 아닙니다."

"당신은 자신을 단지 이교적 철학자로 설명하려 하는군요." 내가 말했다.

"아닙니다. 나와 자연신교의 철학자 사이에는 차이점이 있습니다. 즉 나는 신앙을 잘못 사용했어요. 나는 이교의 철학자가 아니고 그리스도교의 철학자입니다. 예수 그리스도 종파의 신봉자입니다. 예수의 제자로서, 그 순결하고 자비롭고 온정에 넘치는 교리를 내 것으로 삼고 있습니다. 나는 그것을 옹호하고 전파할 것을 맹세합니다. 어렸을 때부터 독실한 신자였기 때문에 종교가 내 본래의 성질을 이처럼 계발한 거지요. 종교는, 육친에 대한 애정의 작은 봉오리를 박애라는 커다란 그림자를 던지는 나무로 성장시켰습니다. 야생의 가는 뿌리를 인간 정의가 아닌 신의 정의로 배양시켰던 것입니다. 하찮은 자신을 위해서 힘과 명성을 얻으려던 야심을, 주님의 왕국을 넓히고 십자가의 깃발을 위해 승리를 거두겠다는 야심으로 바꿔주었습니다. 종교는 이런 것들을 내게 가르치고 베풀어주었습니다. 근본 재료를 잘 이용하고 타고난 성품을 잘라서 가꾸고 훈련시켰던 것입니다. 그러나 종교는 타고난 성질을 근절시키지는 못했으며, 앞으로도 이 필멸의 존재가 영생의 존재로 변화할 때까지는 근절되지 않을 겁니다."

말을 끝낸 다음 그는 테이블 위 팔레트 옆에 놓여 있던 모자를 집어 들었다. 그러고는 다시 한 번 초상화를 바라보았다.

"그녀는 정말 아름다워. 이 세상의 장미라는 별명이 적합한 이름이야!" 그가 중얼거렸다.

"이것과 똑같은 것을 당신을 위해서 그럴까요?"

"그게 무슨 소용이 있겠어요? 필요 없습니다."

그림을 그리다가 멈출 때 화지를 더럽히지 않으려고 덮는 얇은 종이를 그림 위에 덮던 그가, 그 흰 종이에서 무엇을 봤는지 갑자기 잡아채듯이 집어가지고 가장자리를 유심히 들여다보았다. 그러고 나서 이해할 수 없는 기이한 시선을 내게 던졌다. 마치 나의 모습, 나의 얼굴, 나의 옷 등을 하나도 놓치지 않고 마음에 간직해 두려는 것 같은 시선이었다. 그러나 그 모든 것은 전광석화와도 같이 빠르게 스치고 지나갔다. 그는 금방이라도 말을 할 듯이 입을 열려다가, 다시 입을 다물어 버렸다.

"왜 그러세요?" 하고 내가 물었다.

"아무것도 아닙니다."

그는 대답을 한 다음 다시 종이를 덮으면서 그 가장자리를 조금 뜯어내는 것이었다. 그러고는 자른 조각을 장갑 속에 넣고는 재빨리 머리를 끄덕거리더니, "안녕히!"라는 말을 남기고 사라졌다.

"어머나! 눈에 가리개를 씌우겠네요!" 나는 이 지방의 표현 방식으로 크게 외쳤다.

그가 가 버리고 나자 나는 종이를 살펴보았다. 화필의 색조를 보기 위해 펼쳐둔 두세 군데 거무스름한 얼굴이 있을 뿐, 다른 아무것도 없었다.

나는 1, 2분 동안 이 수수께끼 같은 일을 생각해 봤으나 풀릴 것 같지도 않았고, 또한 그리 중요한 것 같지도 않아서 곧 잊어버리고 말았다.

33장
드러난 진실

세인트 존이 떠날 때쯤부터 내리기 시작한 눈은 휘몰아치는 폭설이 되어 밤새 계속 퍼부었다. 그리고 이튿날은 살을 에는 듯한 바람이 코앞을 분간할 수 없을 정도로 눈을 몰아왔다. 저녁 무렵에는 계곡에 눈이 산더미처럼 쌓여 통행이 불가능할 정도였다.

나는 덧문을 닫고 문 밑으로 눈발이 새어들지 못하도록 매트로 막아놓은 다음 불을 활짝 피워놓고, 둔하게 들려오는 폭풍 소리에 거의 한 시간쯤 귀를 기울이고 있었다. 그러다가 촛불을 켜놓고 《마미온》을 꺼내서 읽기 시작했다.

> 노램의 험준한 성벽에
> 광활하게 흐르는 깊고 맑은 튀드 강
> 쓸쓸히 서 있는 체비어트 산맥에 해는 졌다.
> 층층이 솟아 있는 탑과 궁전
> 그 주변을 에워싼 성벽은
> 이제 황금빛으로 물들어 있다.

나는 곧 시에 도취해서 폭풍을 잊었다.

한순간 요란스러운 소리가 들려왔을 때, 나는 바람에 문이 흔들리는 소리일 거라고 생각했다. 그러나 포효하는 암흑의 폭풍 속에서 문을 열고 나타나 내 앞에 선 것은 세인트 존 리버즈였다. 커다란 체구를 감싼 그의 외투가 빙하처럼 하얀 덩어리로 보였다. 이 밤에, 더구나 눈이 쌓인 계곡을 건너 손님이 오리라고는 예상을 못했으므로 나는 깜짝 놀랄 수밖에 없었다.

"무슨 불길한 소식이라도 있나요? 무슨 일이 있었어요?" 하고 나는 황급히 물었다.

"아뇨. 왜 그렇게 놀라기를 잘 하지요, 당신은?"

외투를 벗어 문 위에 걸면서 그가 오히려 반문했다. 그리곤 들어올 때 흐트러진 매트를 침착하게 다시 밀어놓고 발을 굴러 장화의 눈을 털어냈다.

"깨끗한 마루를 더럽혔군요. 한번쯤은 용서해 주세요. 여기까지 오는데 꽤 애를 먹었어요. 허리까지 닿는 눈구덩이에 빠지기도 했어요. 눈이 아직 부드러워서요." 난롯가로 다가서서 손을 쬐며 세인트 존이 말했다.

"그런데 왜 오셨지요?" 나는 다시 이렇게 물을 수밖에 없었다.

"손님한테 하는 질문치고는 너무 퉁명스러운데요. 그러나 이왕 물었으니 간단히 대답하지요. 실은 당신과 얘기를 좀 하려고 왔습니다. 말없는 책과 텅 빈 방에 지쳐서요. 게다가 어제 반만 들었던 얘기를 계속해서 듣고 싶은 생각이 간절해 참을 수가 없었어요."

세인트 존은 의자에 앉았다. 난 어제 그가 취했던 묘한 행동을 기억해 내고는 혹시 그의 정신에 이상이 있는 것이나 아닌지 약간 걱정되었다. 만약에 그가 미쳤다면 침착하고 곱게 미친 것이다. 눈으로 인해 젖은 머리카락이 이마에서 뒤로 젖혀지고, 슬픈 사실이지만 피곤과 연민의 흔적이 역력히 새겨진 창백한 이마와 뺨이 불빛에 비쳐진 지금만큼, 그의 얼굴이 아름다운 대리석 조각처럼 보인 적은 없었다.

나는 그가, 내가 이해할 수 있는 것을 말해 주길 기다리고 있었다. 하지만 그는 손으로 턱을 받치고 손가락을 입에 댄 채 뭔가 생각에 잠겨 있었다. 그의 손이 얼굴과 마찬가지로 여윈 것을 보고 나는 새삼 놀랐다. 무심결에 측은한 생각이 솟구치며 가슴이 뭉클해졌다. 나는 먼저 말을 건네지 않을 수가 없었다.

"다이애나와 메리가 돌아와 함께 왔으면 좋았을 텐데요. 혼자 오는 것은 정말 좋지 않아요. 더구나 당신은 자신의 건강에 대해 너무 무관심해요."

"그렇지 않아요. 필요할 땐 건강에 조심하지요. 지금은 아주 건강합니다. 나의 어디가 좋지 않아 보이나요?"

그는 가벼운 마음으로 부담 없이 대꾸했는데, 적어도 그의 생각으로는 내 걱정이 불필요한 기우라는 말을 하는 것이었다. 나는 입을 다물었다.

세인트 존은 윗입술에 댄 손가락을 천천히 움직였고, 눈은 빨갛게 타고 있는 난로를 꿈꾸듯이 응시하고 있었다. 무언가 말을 붙여야만 하겠다는 절박한 생각이 들어서, 나는 그에게 당신 등 뒤의 문틈으로 찬바람이 들어오지 않느냐고 물었다.

"아니, 아니." 그가 약간 짜증스럽게 짧은 대답을 했다.

'좋아요.' 나는 속으로 중얼거렸다. '말하고 싶지 않으면 그대로 조용히 있어요. 당신한테 신경 쓰지 않고 나는 책이나 읽을 테니까.'

촛불의 심지를 자르고 나서 나는 다시 《마미온》을 읽기 시작했다. 잠시 후 그가 몸을 움직이자, 나의 시선이 그의 동작에 쏠렸다. 그는 모로코가죽 표지의 수첩에서 편지를 꺼내가지고 말없이 읽고 나더니 접어 넣고는 다시 생각에 잠겼다. 이런 수수께끼 같은 사람을 앞에 놓고는 시를 음미할 수도 없고 그렇다고 잠자코 있기도 쑥스러워서, 그가 거절해도 할 수 없는 일이라고 생각하며 나는 또다시 말을 붙였다.

"최근 다이애나나 메리한테서 소식이 있었나요?"

"일주일 전에 보여드린 편지가 온 뒤에는 아직 소식이 없습니다."

"당신의 준비가 달라진 것은 없겠지요? 생각보다 빨리 영국을 떠나게 되었다든가……."

"그런 건 없는 것 같습니다. 그런 가능성은 나한테 오히려 지나친 행운이라 실현성이 없습니다."

나는 화제를 바꾸어 학교와 학생들에 관한 것을 말하려고 했다.

"메리 개러트 어머니의 병이 나아져서, 그 애는 오늘 아침부터 학교에 나오고 있어요. 그리고 내주부터는 공장 근처에서 여학생 넷이 새로 오게 되어 있습니다. 눈이 오지 않았으면 오늘 왔을 텐데."

"그래요!"

"올리버 씨가 두 학생의 비용을 대기로 했어요."

"그래요?"

"크리스마스 때는 그분이 비용을 대어 전교생에게 잔치를 베풀 생각이라는군요."

"알고 있어요."

"당신이 제안했나요?"

"아니오."

"그러면 누가?"

"그 따님이겠지요, 아마!"

"그분다운 일이에요. 마음씨가 착해요."

"그래요."

다시 말이 끊겨서 공백 상태로 돌아갔다. 시계가 여덟 시를 치는 소리에 그는 정신이 든 듯, 꼬았던 다리를 풀고 똑바로 앉아서 나를 바라보았다.

"잠깐만 독서를 멈추고, 난롯가로 가까이 오세요."

나는 가까이 다가갔고, 그가 이야기를 시작했다.

"나는 얘기의 결말을 듣고 싶어서 초조했다고 말했는데, 잘 생각해 보니 내가 말을 하고 당신이 듣는 게 좋으리라고 생각돼요. 그리고 얘기를 시작하기 전에, 이것은 당신에게 진부하게 느껴지리라는 것을 미리 말해 두는 것이 좋을 듯하군요. 그러나 진부한 얘기라도 새로운 입을 통해서 들을 때는 어느 정도 신선함을 되찾을 때가 있지요. 다시 말해 두지만, 얘기가 진부하건 신기하건 간에 그 자체는 간단합니다. 20년 전에 어떤 가난한 목사가, 우선은 그의 이름을 거론하지 맙시다. 부잣집 딸과 사랑에 빠졌습니다. 그녀 역시 그를 사랑했기 때문에 주위 사람들은 곧 그녀와 인연을 끊었습니다.

2년이 채 못 되어 경솔했던 이 두 사람은 모두 이 세상을 하직하고 한낱 싸늘한 비석 밑에 조용히 눕게 되었습니다. 나는 그 무덤을 봤습니다. 그것은 놀라운 발전을 이룩한 공업도시 ○○ 주의 심한 매연으로 검어진, 낡은 대교회당을 둘러싼 묘지의 일부를 점거하고 있었지요. 그들은 딸아이를 하나 남겼는데, 그 아이는 태어나자마자 자비의 무릎에 안기게 되었습니다. 하지만 오늘 밤 내가 맞아야 했던 눈보라만큼이나 냉혹한 자비였지요. 자비는 의지할 데 없는 아이를 부유한 외가 쪽 친척한테 보냈던 것입니다. 이제 이름을 말해야겠군요. 아이는 게이츠헤드의 리드 부인이라는 외숙모의 손에 의해 양육되었습니다. 놀라시는군요. 무슨 소리라도 들렸습니까? 아마 학교 건물 서까래에 쥐가 기어 올라가는 소리일 겁니다. 학교로 개축하기 전에는 창고였는데, 창고에는 으레 쥐가 득실거리기 마련이지요. 다시 얘기를 계속하지요. 리드 부인은 그 고아를 10년 동안 양육했습니다. 아이에게 그것이 행복했는지 어떤지는 들은 바가 없어서 알 수 없으나, 10년이 지나자 리드 부인은 그 고아를 당신이 알고 있는, 당신도 오랫동안 있었던 로드 학교로 보내 버렸습니다. 그곳에서의 그녀의 경력은 훌륭했던 것 같습니다. 당신과 마찬가지로 학생에서 선생이 되었으니까요. 또한 그녀와 당신과는 많은 유사점이 있기 때문에 나도 정말 놀랐습니다. 그러다가 그 아이는 가정교사가 되려고 그곳을 떠났습니다. 그 점도 당신의 운명과 같지요. 어쨌든 그녀는 로체스터라는 분이 후견인으로 되어 있는 아이의 교육을 맡게 되었습니다."

"리버즈 씨!" 나는 그의 말을 중단시켰다.

"당신 기분은 짐작됩니다. 그러나 잠깐만 참아주세요. 내 얘기는 곧 끝납니다. 끝까지 들어주세요. 로체스터 씨의 인격에 대해서는 아는 바가 없으나, 다만 한 가지 알고 있는 것은 그가 예의 젊은 여성에게 열렬히 구혼을 했고, 막 성단으로 향하려는 순간 그에게는 미친 전처가 살아 있다는 사실이 드러났다는 겁니다. 그 뒤에 그의 행동과 요청이 어떤 것이었는지는 다만 추측에 맡길 수밖에 없는데, 그 가정교사의 안부를 알아야 할 사건이 생겼을 때는 그녀가 이미 그곳을 떠난 후였다는 것입니다. 언제 어디로 어떻게 없어졌는지는 아무도 모릅니다. 그녀는 손필드 저택을 아무도 모르게 빠져나왔던 것입니다. 그녀가 간 곳을 아무리 수소문해 봐도 허사였습니다. 그 지방 일대를 샅샅이 찾아봤으나 그녀에 관한 정보조차 얻을 수 없었습니다. 그러나 그녀를 찾아야 한다는 것은 중대하고도 긴급을 요하는 일이었으므로 모든 신문에 광고를 냈고, 나 자신도 브릭스 변호사에게 이상 말한 내용의 편지를 받았습니다. 묘한 얘기가 아닌가요?"

"이것만 말해 주세요. 당신은 그만큼 알고 있으니까 틀림없이 알려줄 수 있으리라고 생각합니다. 로체스터 씨는 지금 어떻게 되었나요? 어디서 어떻게 살고 있나요? 무엇을 하고 있나요? 무사한가요?" 내가 말했다.

"로체스터 씨에 관해서는 전혀 아는 바 없습니다. 편지에는 앞서 말한, 그의 위선적이고 불법적인 계획만이 적혀 있을 따름입니다. 당신은 오히려 그 가정교사의 이름과, 그리고 그녀가 긴급히 나타나야만 할 필요성에 대해 우선적으로 물어야 할 것입니다."

"그렇다면 손필드 저택에는 아무도 가지 않았던가요? 아무도 로체스터 씨는 만나지 않았나요?"

"그런 것 같습니다."

"하지만 로체스터 씨에게 편지는 했었겠지요?"

"물론이지요."

"로체스터 씨는 뭐라고 했어요? 그분의 편지는 지금 누가 갖고 있나요?"

"브릭스 씨 말에 의하면, 그의 조회에 대한 답장은 로체스터 씨가 쓴 것이 아니라 어떤 부인이 한 것인데, '엘리스 페어팩스'라고 서명이 되어 있답니다."

등골이 오싹해지고 가슴이 마구 뛰었다. 그렇다면 내가 가장 두려워했던 일이 실제로 일어났단 말인가! 그렇다면 그는 영국을 떠나 절망에 사로잡혀 앞뒤를 가리지 않고 대륙의 옛집을 찾고 있을 것이다. 심한 고통을 위해서는 어떤 마취제를, 그리고 강렬한 정을 위해서는 어떤 대상을 거기서 찾고 있는지? 나로서는 스스로의 이런 물음에 대답할 용기가 없었다. 오오, 가엾은 나의 사랑! 한때는 나의 남편이 될 뻔했던 사람! '나의 다정한 에드워드'라고 불렀던 사람!

"그는 틀림없이 나쁜 사람이었을 거예요." 리버즈 씨가 말했다.

"당신은 그에 대해 알지 못하니까, 그 사람에 대한 평을 삼가세요!" 나는 격양된 어조로 반박했다.

"알겠습니다. 그런데 사실 나는 지금 그 사람보다 다른 사람 생각으로 머리가 꽉 차 있습니다. 내 얘기를 끝내야겠어요. 당신이 그 가정교사의 이름을 묻지 않기 때문에 내가 스스로 말해야겠군요. 그대로 앉아 있어요. 여기 있습니다……. 중요한 내용은 문서화한 것을 보는 것이 가장 바람직하지요." 그가 조용히 말했다.

그러고 나서 그는 다시 신중하게 수첩을 꺼내가지고 속을 뒤적거렸다. 그 안에 급히 찢은 종잇조각 하나가 떨어졌다. 그 종이의 질과 거기에 묻은 푸르고 붉은 주홍색의 흔적으로 봐서, 초상화를 덮었던 얇은 종이에서 뜯어낸 조각임을 바로 알 수 있었다. 나는 일어나서 그것을 눈앞에 가까이 대고 들여다보았다. 인도 잉크로 내가 쓴 '제인 에어'라는 글자였다.

"브릭스 씨는 제인 에어라고 적어 보냈고, 광고에서도 제인 에어를 찾고 있습니다. 나는 제인 엘리어트를 알고 있었지요. 솔직히 말해서 의아스럽게 생각은 하고 있었지만 확정적인 단서를 잡게 된 것은 어제였어요. 당신은 그것을 자신의 이름으로 인정하고, 가명을 부인하겠습니까?"

"네, 그런데 브릭스 씨는 지금 어디 있나요? 그분은 로체스터 씨에 대해 자세히 알고 있겠지요?"

"브릭스 씨는 런던에 있습니다. 그가 로체스터 씨에 대해 잘 알고 있는지는 모르겠습니다. 그의 관심은 로체스터 씨에게 있는 것이 아닙니다. 지금까지도 당신은 쓸데없는 것만 추궁하고 중요한 것은 잊고 있습니다. 브릭스 씨가 왜 당신을 찾고 있는지, 당신에게 무슨 용무가 있는지, 당신은 아직 묻지 않고 있어요."

"그렇군요. 대체 무슨 용무입니까?"

"당신의 숙부인 마데이라의 에어 씨가 돌아가시면서 전 재산을 당신에게 물려주었기 때문에 당신은 이제 부자가 되었다는 것을 알리기 위해서입니다. 단지 그것뿐이며 그밖에는 아무것도 없습니다."

"내가요? 내가 부자가 됐다고요?"

"그래요. 당신은 부자가 됐습니다. 많은 유산을 상속받게 되었지요."

침묵이 흘렀다.

"물론 당신은 자신의 신분을 밝혀야만 됩니다. 그것은 조금도 힘든 일이 아니에요. 증명만 되면 곧 재산이 당신 것으로 됩니다. 그건 영국 국채로 되어 있답니다. 브릭스 씨가 유언장과 상속에 필요한 서류를 갖고 있어요."

세인트 존이 무겁게 말했다.

이리하여 새로운 카드가 펼쳐졌다! 독자여! 눈 깜짝할 사이에 한 여성이 가난한 시골 선생에서 큰 부자가 된다는 것은 멋진 일이다. 정말 멋진 일이다.

그러나 난 곧 그것이 기쁜 일일 수만은 없다는 사실을 알게 됐다. 인생을 살아가는 데는 보다 더 감흥에 넘치고 환희에 도취하는 기회가 있는 것이다. 지금 이 사건은 실제적이며 현실적인 사회문제로서, 정신적인 것과는 아무 상관도 없는 것이다. 이것에 관한 연상은 단단하고 건실한 것이며, 그 표현이 또 그러하다. 아무리 큰 재산을 물려받게 됐다는 말을 들어도, 제대로 된 인간이라면 좋아서 날뛰며 만세를 부르지는 않을 것이다! 오히려 책임과 사무를 생각하게 마련이다. 확고한 만족의 기분 위에 신중한 배려심이 생겨서, 스스로를 억제하고 엄숙한 얼굴로 자기의 행복을 숙고하게 될 것이다.

뿐만 아니라 유산이라든가 상속이라는 건 죽음이나 장례식과 연관된 말들이다. 소문으로만 듣고 있던 숙부가 죽은 것이다……. 나의 유일한 혈육이었는데, 그가 이 세상에 있다는 것을 알게 된 후로 언젠가는 만날 수 있으리라는 희망을 갖고 있었는데……. 이제는 그 생각마저 못 하게 되었다.

숙부는 자기가 생전에 애써 벌어 모은 돈을 나에게만 주었다. 나와 더불어

같이 즐길 가족들에게 준 것이 아니라, 고독한 나한테만 준 것이다. 이것은 확실히 나에게 주어진 커다란 은혜다. 독립할 수 있다는 것은 기쁜 일이다. 그렇다! 나는 그것을 느낄 수가 있다. 이런 생각을 하니 가슴이 부풀어 올랐다.

"마침내 미간을 펴게 됐군요. 메두사(그리스 신화에 나오는 괴상한 여자로서 그 시선과 마주치는 사람은 돌로 변해 버린다고 함.)가 당신과 마주쳐서, 당신이 돌이 되어가는 듯한 생각이 드는군요. 얼마 정도의 재산가가 되는지 알고 싶지 않아요?" 리버즈 씨가 말했다.

"어느 정도의 재산인가요?"

"오오, 약간 되지! 드러내서 말할 수는 없을 정도예요. 한 2만 파운드 되겠지요……. 그것이 뭐 대단합니까?"

"2만 파운드요?" 그 말을 듣자 나는 다시금 놀랐다. 기껏해야 4, 5천 파운드 정도일 거라 생각하고 있었던 것이다. 그 말을 듣는 순간 사실 나는 숨이 막혔다.

지금까지 한 번도 그처럼 유쾌하게 웃어본 적이 없는 세인트 존이 나를 보며 웃고 있었다.

"당신이 살인을 하고 그 죄가 발각되었다는 사실을 내가 전했더라도, 그처럼 놀라는 얼굴을 하진 않았을 거예요."

"막대한 돈이에요……. 뭔가 잘못된 것이 아닐까요?"

"잘못된 것이라곤 아무것도 없어요."

"가령 숫자를 잘못 읽었다든가……. 2천 파운드인지도 몰라요!"

"숫자가 아니라 문자로 적혀 있어요. 이만이라고."

나는 또 한 번, 평범한 식욕을 가진 사람이 백 명분의 음식을 차려놓은 식탁 앞에 혼자 앉은 기분이 들었다.

그때 리버즈 씨가 일어나서 외투를 입었다.

"이렇게 눈보라가 치는 밤이 아니면 해너를 보내서 말동무라도 시킬 텐데……. 혼자 두고 가자니 몹시 안타깝게 생각되는군요. 하지만 해너는 눈길을 나처럼 걸을 수가 없어요. 다리가 짧거든요. 슬프겠지만 당신은 혼자 있을 수밖에 없겠어요. 잘 자요."

그가 문을 열려고 했다. 그러나 그 순간 내 머리에 떠오르는 생각이 있었다.

"잠깐만!" 나는 소리쳤다.

"왜요?"

"무슨 이유로 브릭스 씨가 내 일 때문에 당신에게 편지를 했는지, 어떻게 해서 그가 당신을 알게 됐는지, 그리고 이처럼 세상에서 동떨어진 곳에 살고 있는 당신이 나를 찾아내는 데 도움이 되리라고 어떻게 생각을 했는지, 나로서는 아무것도 이해할 수가 없어요."

"오, 나는 목사니까! 목사한테는 미묘한 문제를 가지고 상담하러 오는 사람이 많거든요." 그는 다시 문에 손을 대었다.

"아니에요, 그것만으로는 납득이 가질 않아요." 나는 소리쳤다. 실상 즉석에서 설명한 이치에 닿지 않는 대답은, 나의 호기심을 가라앉히는 것이 아니라 오히려 북돋아주었다.

"정말 이상해요. 그 문제에 대해서 좀 더 알아야겠어요." 내가 덧붙여서 말했다.

"다음 기회에 말하지요."

"안 돼요, 오늘 밤에 하세요! 오늘 밤에! 지금 이 자리에서 들어야겠어요."

그가 문 쪽에서 얼굴을 돌렸을 때, 나는 그와 문 사이에 끼어들었다. 그는 몹시 곤혹스러운 듯 보였다.

"모든 것을 다 털어놓을 때까지는 갈 수 없어요." 내가 단호하게 말했다.

"지금은 하지 않는 것이 좋겠어요."

"아녜요, 지금 해야 돼요! 꼭 해주세요!"

"다이애나나 메리한테 듣는 것이 나을 텐데요."

이렇게 거절당하자 나는 더욱 열을 올렸다. 이제야말로 꼭 들어야 했다. 지체 없이! 나는 그 뜻을 말했다.

"나는 앞서 말한 대로 고집이 센 인간입니다. 그러므로 설득시킬 수 없을 겁니다."

"나도 고집이 센 여자예요. 쉽게 발뺌하지 못할 거예요."

"그리고 나는 냉정합니다. 어떤 열정도 받아들이지 않습니다."

"나는 반대로 뜨겁게 타고 있어요. 불은 얼음을 녹여요. 저기 있는 난롯불은 당신 외투의 눈을 녹였어요. 그 증거로, 물이 흘러내려서 마루가 비오는 날의 길바닥처럼 됐어요. 잘 닦은 주방을 더럽힌 죄와 잘못을 용서받으려면, 내가 알고 싶어 하는 것을 말해 주세요. 리버즈 씨."

"그렇다면 내가 항복했습니다. 열의라고까지는 할 수 없어도 그 인내심에. 마치 계속되는 빗물에 돌이 닳듯이……. 어쨌든 그것은 조만간에 당신이 알아야 할 문제이니까요. 당신의 이름은 제인 에어지요?"

"물론이죠. 그 문제는 이미 해결된 것입니다."

"내가 당신과 성이 같다는 것은 아마 모르고 있었겠지요? 나의 세례명이 세인트 존 에어 리버즈라는 것을?"

"전혀 몰랐어요! 지금 생각하니 당신이 빌려준 책에 이니셜인 'E'가 적혀 있었어요. 그러나 그것이 무슨 이름을 뜻하는 것인지 물어보진 않았어요. 그런데 그게 어떻다는 거예요? 설마……."

나는 말을 중단했다. 그 순간 구체화되어 강한 확실성을 가지고 나한테 밀어닥친 하나의 사념을 받아들일 용기가 없었으며, 차마 입 밖에 낼 수가 없었던 것이다. 여러 가지 사례가 서로 꼭 맞아떨어져 하나의 선을 이루었다. 지금까지 고리가 뒤섞여 있던 사념의 쇠사슬이 팽팽히 당겨져, 모든 고리가 완전하게 연결되는 데 결함이 없었다. 세인트 존의 말을 기다릴 것도 없이 나는 본능적으로 그 사정을 직감할 수 있었다. 그러나 독자에게까지 직관적인 이해를 기대할 수는 없기 때문에. 그의 설명을 되풀이해야겠다.

"나의 어머니 성은 에어였습니다. 남자 형제가 둘이 있었는데 그중 한 사람은 목사로서 게이츠헤드의 제인 리드 양과 결혼했고, 또 한 사람은 마데이라 펀샬의 상인으로서 고인이 된 존 에어 씨입니다. 브릭스 씨는 에어 씨의 변호사이기 때문에 지난 8월에 우리들에게 숙부의 죽음을 알리고,

숙부와 아버지가 다투고 나서 화해를 하지 않았기 때문에 숙부는 우리를 무시하고 전 재산을 목사였던 형의 딸인 고아에게 상속했다고 전해 왔던 것입니다. 브릭스 씨는 또 편지로 2, 3주 전에 그 여 상속인이 행방불명이라는 사실을 알려오면서, 우리가 그녀의 행방을 아는지 물었던 것입니다. 나는 우연히 종잇조각에 적힌 이름을 보고 그 사람을 찾아낼 수 있었지요. 그다음은 당신도 알고 있는 대로입니다."

말을 마치고 그는 다시 가려고 했으나 나는 문에다 등을 댔다.

"나한테도 한마디 하게 해 주세요. 잠깐만 숨을 돌리고 생각할 여유를 주세요."라고 내가 말했다.

그러고 나서 입을 다물자, 그는 손에 모자를 들고 침착한 태도로 내 앞에 섰다. 나는 다시 말했다.

"당신의 어머니가 나의 아버지의 누님이란 말이지요?"

"그렇습니다."

"그러면 나의 고모가 되시는군요?"

그는 머리를 숙였다.

"나의 숙부 존이 바로 당신의 숙부 존이군요? 내가 존 숙부의 형의 딸인 것처럼, 당신과 다이애나와 메리는 존 숙부의 누이의 자녀들이란 말이지요?"

"바로 그렇습니다."

"그렇다면 당신들 세 사람은 나의 사촌이고, 우리들 피의 반은 그 근원이 같단 말이죠?"

"우리들은 서로 사촌간입니다."

나는 그를 유심히 바라보았다. 나는 한 사람의 자랑스럽고 사랑할 만한 오빠와 두 언니를 찾은 것이다! 두 언니들의 뛰어난 자질은 나와는 관계없는 남이라고 생각했을 때도 내 마음에서 애정과 경모의 정을 불러일으켰다.

내가 젖은 땅에 무릎을 꿇고 무어 하우스의 낮은 창문을 통해서 호기심과 절망이 뒤섞인 괴로운 마음으로 들여다보았던 두 여인은 나의 사촌이었던 것이다. 그리고 문 앞에서 거의 빈사상태에 있던 나를 발견한 당당한 젊은 신사도 나의 혈연이었다. 고독한 방랑자에게는 참으로 영광된 발견이고, 이것이야말로 크나큰 재산이 아닐 수 없다. 마음의 재산이다! 순수하고 따뜻한 애정의 광맥이다! 그 묵직한 황금의 선물과는 다르다. 그것은 그것대로 환영할 만한 재산이긴 하지만 그 무게 때문에 마음이 무거워진다. 그러나 이것은 빛나고 마음이 가벼워지는 축복이다.

나는 갑작스러운 기쁨에 손뼉을 쳤다. 맥박이 마구 뛰고 혈관은 부풀어 올랐다.

"오오, 나는 기뻐요! 나는 진심으로 기뻐요!" 나는 어린애처럼 소리쳤다.

세인트 존은 미소를 지었다.

"당신은 중요한 것을 소홀히 생각하고, 대단치도 않은 것을 추구한다고 내가 말한 적이 있지요? 많은 재산이 손에 들어왔다고 했을 때는 침통한 얼굴을 하더니, 대단치도 않은 것을 가지고는 지나칠 정도로 흥분하고 있어요." 그가 말했다.

"그것이 무슨 말이에요? 당신에겐 대단치 않은지 모르겠어요. 당신은 동생들이 있으니까 사촌이 필요하지 않을 거예요. 하지만 내겐 아무도 없었는데 이제는 세 사람의 친척이, 당신은 끼기 싫다면 성인이 된 두 사람이 내 앞에 태어났어요. 다시 한 번 말하지만 나는 참으로 기뻐요."

나는 방 안을 잰걸음으로 서성거렸다. 내가 받아들이고 이해하고 처리하기가 곤란할 만큼 빠른 속도로 여러 가지 생각이 떠올랐기 때문에 숨이 막힐 것 같아 걸음을 멈췄다. 이렇게도 하고, 또 저렇게도 해야겠다는 생각과 곧 실현해야겠다는 등 여러 생각들이 오갔기 때문이다.

나의 생명을 구해 준 사람들을 지금까지의 나는 무력하게 사랑해 왔으나, 앞으로는 내가 그들의 힘이 될 수 있을 것이다. 그들은 멍에를 메고 있는데, 이제 내가 그들을 자유롭게 해줄 수 있을 것이다. 나의 자립과 부는 또한 그들의 것도 될 수 있는 것이었다. 우리는 이제 넷이 아닌가! 2만 파운드를 나누면 각기 5천 파운드 씩 분배될 것이다. 그것이면 지나칠 정도로 충분하다. 정당한 일을 할 수 있고, 각자가 행복해질 수 있으리라. 재산도 이젠 나의 짐이 되지 않는다. 이것은 단지 재화의 유산이 아니라, 곧 생명이요, 희망이요, 환희의 보석이다.

이런 생각들이 나를 엄습했을 때 내가 어떤 얼굴을 하고 있었는지는 알 수 없으나, 리버즈 씨가 내 뒤에 의자를 갖다놓고 나를 앉히려고 하고 있는 것을 알았다. 그는 마음을 가라앉히라는 충고도 했다. 나는 마음이 혼란스러워져 그의 손을 뿌리치고 다시 서성이기 시작했다.

"내일 다이애나와 메리한테 편지를 띄워주세요." 내가 말했다.

"급히 돌아오라고 하세요. 다이애나는 1천 파운드만 있어도 부자로 생각할 거라고 말한 적이 있었어요. 각기 5천 파운드씩이면 그들은 행복할 수 있을 거예요."

"물을 한 잔 주어야겠는데, 어디 있습니까? 마음을 가라앉히세요." 그가 말했다.

"괜찮아요! 그리고 유산이 당신에겐 어떤 영향을 미치지요? 당신을 영국에 붙잡아두고, 올리버 양과 결혼을 하게 해서 평범한 사람으로 주저앉게 하는 건가요?"

"당신은 제정신이 아니오, 머리가 혼란해졌어요. 너무 뜻밖의 소식을 들었기 때문에 자신도 억제할 수 없을 정도로 흥분해 있어요."

"리버즈 씨! 아녜요, 나는 올바른 정신이에요. 오해하고 있는 것은, 아니 오해하는 체하고 있는 것은 당신이에요."

"좀 더 자세히 설명해 주면 이해할는지도 모르겠습니다."

"설명이라고요! 무슨 설명이 더 필요하겠어요? 문제의 금액 2만 파운드를 숙부의 네 조카에게 나누어주면 각각 5천 파운드씩 돌아간다는 것을 모르겠단 말씀이세요? 내가 바라는 것은 누이동생들에게 편지를 내서 재산을 취득하게 됐다는 사실을 알려달라는 겁니다."

"당신이 취득했다는 것을 말이지요?"

"이 문제에 대한 나의 생각은 이미 말씀드린 대로입니다. 달리 생각할 도리가 없어요. 나는 극도의 이기주의자도 아니고, 맹목적으로 불공평한 사람도 아니며, 악마처럼 은혜를 모르는 것도 아닙니다. 그리고 나는 집과 가족을 가지려고 마음먹었습니다. 무어 하우스가 마음에 드니 그곳에서 살겠어요. 또 다이애나와 메리를 사랑하기 때문에 일생 동안 그들과 같이 지내겠어요. 5천 파운드를 갖는 것은 즐겁고 필요한 일이지만, 2만 파운드는 괴롭고 짐이 될 것입니다. 뿐만 아니라 법률상으로는 그것이 내 것일지 몰라도 도의상으로는 그렇지 않습니다. 그러므로 나에게 짐이 되는 부분을 나누는 것이죠. 이 문제에 대해서는 반대도 없고 의논도 할 필요가 없다고 생각해요. 서로가 합의해서 결정만 하면 됩니다."

"그것은 첫째, 충동적 행위입니다. 이런 문제에 대해서는 며칠을 두고 심사숙고한 뒤에 결정해야만 당신의 말이 효력이 있을 겁니다."

"오오! 나의 성의를 의심한다면 그런대로 마음은 편할 겁니다. 하지만 사리의 정당성은 인정하겠지요?"

"그 정당성은 인정합니다만, 그러나 모든 인습과는 상치됩니다. 뿐만 아니라 전 재산은 당신의 권리에 속하는 것입니다. 숙부가 자기 힘으로 벌어 모은 재산입니다. 자기 마음에 드는 사람에게 주는 것은 그의 자유입니다. 숙부는 그것을 당신에게 주었습니다. 결국 정당성의 면에서 볼 때에도 당신의 소유가 인정되는 것입니다. 당신은 깨끗한 양심으로 그것이 완벽하게 자신의 것이라고 주장해도 마땅합니다."

"나에게는 그것이 양심의 문제인 동시에 감정의 문제입니다. 나는 스스로의 감정을 만족시켜야겠어요. 지금까지 이런 기회를 가져본 적이 없었습니다. 당신이 아무리 일 년 넘게 의논하고 반대하고 나를 괴롭혀도, 이 순간에 포착한 기쁨을 — 한편으로는 은혜를 갚고, 한편으로는 일생을 통한 친구와 가족을 얻는 — 버릴 수는 없습니다."

"당신이 지금 그런 생각을 하는 것은 재산을 갖는다는 것이 어떤 것인지 알지 못하고, 또한 그것을 즐긴다는 것이 무엇인지 모르는 까닭입니다. 2만 파운드라는 돈이 어떤 중요성을 지니고 있는 것인지, 그것으로 인해 사회적으로 얼마나 높아질 수 있는지, 앞날이 어떻게 전개될 것인지, 당신은 짐작조차 못 하고 있습니다. 당신은……."

"당신도요! 당신도 내가 얼마나 혈육의 애정에 굶주려 있는가를 상상 못 할 겁니다. 나에게는 집도 없었고 가족도 없었습니다. 이제야말로 그런 것을 가져야 되겠다고 생각하고, 가질 작정입니다. 나를 누이동생으로 인정하고 받아주는 것이 싫진 않겠지요?" 나는 그의 말을 중단시키고 말했다.

"제인, 물론 나는 당신의 오빠가 될 생각이에요. 동생들도 당신의 언니가 되어주겠지……. 당신의 정당한 권리를 그토록 희생하는 조건 없이도."

"오빠라고요? 그래요, 천 리나 먼 곳에 떨어져 있고! 언니라고요? 그들은 남한테 혹사를 당하고! 그런데 나는 혼자 부유해서 일도 않고, 가질 자격도 없는 재산으로 배불리 먹고! 당신들은 한 푼도 없고! 말할 수 없이 훌륭하고 평등한 우애로군요! 밀접한 결합이군요! 다정한 접촉이군요!"

"그러나 제인, 가족적인 유대와 가정적인 행복은 당신이 생각하는 것과는 다른 방법으로도 실현될 수 있는 겁니다. 결혼을 할 수도 있지요."

"쓸데없는 말씀이에요! 결혼 같은 건 하고 싶지 않아요, 절대로!"

"그건 지나친 말입니다. 앞뒤 가리지 않고 충동적으로 하는 단언은, 당신이 흥분하고 있다는 증거입니다."

"지나친 얘기가 아니에요. 나 자신의 감정과, 결혼이란 생각만 해도 반감을 일으킨다는 것을 나는 잘 알고 있습니다. 애정으로 나를 대하려는 사람이 없을 것이며, 단지 투기의 대상이 되고 싶지도 않습니다. 그리고 나는 동정심이 없는, 나와는 근본적으로 다른 이질적인 사람을 원하지 않습니다. 내가 원하는 것은 친구라는 감정이 통할 수 있는 종류의 인간입니다. 또 한 번 오빠가 되어주겠다고 말해 주세요. 당신이 그렇게 말해 줄 때 나는 정말 행복해요. 될 수 있으면 되풀이해 주세요. 진심으로요."

"그렇게 할 수 있으리라고 생각합니다. 내가 항상 동생들을 사랑해 왔다는 사실은 알고 있겠지요? 그리고 그것이 무엇에 기반을 두고 있는 것인지도 알고 있을 겁니다. 그것은 다름 아닌 그들의 덕성에 대한 존경과 그들의 재능에 대한 감탄입니다. 당신도 신념과 이성을 지니고 있습니다. 그리고 취미와 습성도 다이애나나 메리와 닮은 데가 있습니다. 당신이 옆에 있다는 것은 항상 기꺼운 일입니다. 당신과의 대화에서 나는 이미 유익한 위안을 받을 수 있었습니다. 나는 마음속으로 당신을 자연스럽게 막냇동생으로 받아들일 여유가 있었던 것 같습니다."

"고맙습니다. 오늘 밤은 이것으로 만족하겠어요. 그러면 이제 돌아가 주세요. 이 이상 오래 있으면 당신은 또 무슨 의심스러운 생각을 해내서 나를 괴롭게 할 거예요."

"그러면 이제부터 학교는 어떻게 하겠어요, 제인. 문을 닫아야겠네요?"

"아니에요. 대신 올 사람을 구할 때까지는 그대로 머물러서 아이들을 가르치겠어요." 그는 찬성을 뜻하는 미소를 지었다.

우리는 악수를 나누고, 그는 돌아갔다.

유산에 관해서는, 내 생각대로 해결하기 위해 그 뒤로 내가 얼마나 많은 노력을 기울이고 그들과 의논을 했는지 모른다. 하지만 그 과정이나 내용을 여기에 자세히 적을 필요는 없을 것 같다.

그것은 대단히 힘든 일이었지만 나의 결심이 확고했고, 그들도 재산을 공평하게 나눠야 한다는 내 마음을 변경시킬 수 없음을 인정했다. 뿐만 아니라 자기들도 내 입장이 된다면 내가 원하는 것처럼 했으리란 사실에 공감했기 때문에 이 문제를 중재 재판에 넘기기로 합의를 보았다. 선정된 법관은 올리버 씨와 또 한 사람의 유능한 법률가였는데, 둘 다 나의 의견에 동조해서 내 주장을 관철시킬 수 있었다. 양도 증서가 작성되고, 세인트 존과 다이애나와 메리와 나는 각각 똑같이 적지 않은 재산을 소유하게 되었다.

34장
세인트 존의 청혼

모든 일이 해결된 것은 크리스마스가 가까워질 무렵이었다. 이 세상을 떠들썩하게 하는 축제의 계절이 다가오자 나도 이제 모든 학교와 손을 끊게 되었다. 그러나 빈손으로 끊지는 않으려고 마음먹었다. 행운은 마음뿐만 아니라 손에도 여유를 안겨주었다. 손에 들어온 것이 넉넉할 때 그중의 일부를 희사한다는 것은 비정상적인 흥분 상태에 있는 감정에 돌파구를 마련해 주는 것이다. 나는 학생들의 대부분이 나를 좋아한다고 평상시에 느껴왔었는데, 이제 떠나게 되니 그 생각이 더욱 절실했다. 학생들은 그 감정을 한층 강하게 나타냈다. 나는 그들의 소박한 마음속에 내가 자리 잡고 있다는 것을 알았을 때 깊은 만족감을 느낄 수 있었다. 그래서 앞으로 일주일에 한 번쯤은 찾아와 한 시간 정도는 가르치겠다고 약속했다.

이제는 60명을 헤아리는 학생들이 학급별로 줄을 지어 내 앞을 지나는 것을 보고, 문을 잠근 다음 열쇠를 손에 쥐고 대여섯 명의 대표 학생들과 따로 작별의 말을 나누고 있을 때 세인트 존이 나타났다. 그들은 영국의 소농 계급에서 찾아볼 수 있는, 교양 있고 존경받을 만큼 겸양의 덕을 갖춘 지식이 풍부한 소녀들이다. 실상 이것은 다소 과분한 칭찬이긴 하지만, 실제로 영국의 소농 계급은 유럽 어떤 나라의 농민보다도 교육을 많이 받고 행실이 바르고 자존심이 강하다. 그 뒤에 나는 프랑스의 농촌 여성과 독일의 농촌 여성을 만날 기회가 있었는데, 그들 중에서 최고의 교양을 갖춘 사람들도 모른 여학생들과 비교해 봐도, 무지하고 조잡스럽고 어리석은 것같이 느껴질 정도였다.

"한때의 노력에 대해 보람이 있었다고 생각합니까? 젊어서 한때 좋은 일을 했다는 것은 기쁜 일이 아니겠습니까?" 학생들이 나가자 세인트 존이 말했다.

"확실히 그래요."

"겨우 2, 3개월에 지나지 않는 일이었지만! 인류를 신에게로 갱생시키는 일에 일생을 보낸다는 것은 정말로 보람 있는 생애가 아니겠어요?"

"그렇지요. 그러나 나로서는 영원히 계속할 수는 없어요. 이제 나는 남의 능력을 계발시키기보다 자신의 것을 계발시키고 싶어요. 지금이 그렇게 할 수 있을 때라고 봐요. 나의 몸과 마음을 다시 학교로 불러들일 생각은 하지 마세요. 나는 학교를 빠져나와서 충분한 휴식을 갖고 싶어요." 하고 내가 대답했다.

그의 표정은 근엄했다.

"이제 무엇을 한다고요? 갑작스럽게 열을 내는 이유가 뭡니까? 무엇을 한다는 거예요?"

"활동적이 된다는 겁니다. 가능한 한 활동적으로. 우선 해너에게 휴가를 주고, 다른 사람을 고용해서 당신의 뒷바라지를 시키면 안 될까요?"

"해너가 필요한가요?"

"네. 함께 무어 하우스에 가야겠어요. 다이애나와 메리가 일주일 후면 돌아올 테니까, 그들을 위해 모든 것을 정돈해야겠어요."

"알겠어요. 난 여행이라도 떠나지 않는가 생각했어요. 그건 좋은 일이군요. 해너와 함께 가도록 해요."

"그러면 내일까지 떠날 준비를 하도록 일러주세요. 그리고 이건 교실 열쇠입니다. 집 열쇠는 내일 아침에 드리겠어요."

그는 열쇠를 받았다.

"열쇠를 돌려주는 것이 기쁜 모양인데, 그 까닭을 모르겠군요. 왜냐하면

이 일을 그만두고 장차 하려는 것이 무엇인지 나로서는 알지 못하기 때문입니다. 당신은 인생을 살아가는 데 어떤 계획과 어떤 목적과 어떤 야심을 갖고 있지요?" 하고 그가 말했다.

"우선 내가 해야 할 첫 번째 일은 무어 하우스의 침실부터 지하실까지 청소를 하는 겁니다. 밀랍과 기름을 가지고 헝겊으로 윤이 나도록 닦을 거예요. 그리고 의자와 테이블과 침대와 융단을 정확하게 배치하고, 당신이 파산할 정도로 각 방의 난로에 석탄을 마음껏 땔 작정입니다. 끝으로 당신 동생들이 돌아오기 전 이틀 동안 해너와 나는, 당신처럼 익숙하지 못한 사람은 들어도 알 수 없겠지만, 달걀을 깨는 일, 건포도를 고르는 일, 양념을 가는 일, 크리스마스 케이크의 밀가루 반죽을 하는 일, 민스파이의 재료를 다지는 일 등 그 밖의 주방 일을 할 것입니다. 요컨대 나의 목적은 다음 목요일까지 다이애나와 메리를 위해 만반의 준비를 갖추는 일입니다. 그러고 나서 야심이라면 그들이 돌아왔을 때, 더할 수 없을 만큼 이상적인 환영을 하는 겁니다." 세인트 존은 미소를 지었지만, 만족해하는 빛은 아니었다.

"우선은 그렇게 하는 것이 좋겠지요. 그러나 진심으로 하는 말인데, 처음의 쾌활한 기분이 가시고 나면 당신은 가정적인 애정이라든가 가사의 즐거움이 아닌 보다 높은 것을 원하리라고 생각됩니다." 그가 말했다.

"지금 말한 것이 이 세상에서 최고의 것이지요!" 하고 나는 그의 말을 중단시켰다.

"아니에요, 제인. 이 세상은 목적 달성의 장소가 아니에요. 그렇게 하려고 하면 안 돼요. 휴식 장소도 아니고, 게으름을 피워도 안 돼요."

"나는 그와는 반대로 열심히 일할 작정인데요."

"제인, 당분간은 그대로 허용하겠어요. 두 달 동안의 유예를 주겠어요. 새로운 환경을 맛보게 하고 늦게 발견한 가족의 매력을 즐길 수 있도록 하기 위해서. 그 뒤에는 무어 하우스라든가 모튼이라든가 자매간의 교제라든가 풍부한 문명생활에서 오는 이기적인 안일이라든가 감각적인 기쁨을 초월해서, 높은 곳에 눈을 돌려주기를 바라겠어요. 그리하여 다시 한 번 당신의 정열이 당신을 조용히 침잠해 있지 않도록 해주기를 희망해요."

나는 놀란 얼굴로 그를 바라보았다.

"세인트 존! 그런 말씀은 실례예요. 나는 여왕처럼 만족하고 싶은데, 나를 안절부절못하게 만드시는군요! 그 목적이 뭔가요?" 나는 말했다.

"신이 당신에게 보관시켜 놓고 언젠가는 엄밀한 결산을 요구하게 될 그 능력을 유익하게 활용하려는 것이 그 목적입니다. 제인, 나는 앞으로 주의 깊게, 조심스러운 마음으로 지켜볼 거예요. 그 점을 경고해 둡니다. 평범한 가정적 향락에 몸을 던지는 지나친 열정을 억제하세요. 그렇게 집요하게 육체의 인연에 매달리지 말아요. 당신의 지조와 굳은 정열을 보다 적절한 목적을 위해서 간직해 줘요. 보잘것없는 일상적인 일에 낭비하지 말고. 내 말 듣고 있소, 제인?"

"네. 그런데 무슨 의미인지를 잘 모르겠어요. 난 행복해질 수 있는 충분한 이유를 갖고 있다고 생각해요. 그렇기 때문에 꼭 행복해지겠어요. 그럼 안녕히 가세요!"

무어 하우스에서 나는 확실히 행복했고, 열심히 일했다. 해너도 그랬다. 발칵 뒤집히고 소란스러운 가운데 털고 쓸어내고 요리하는 것을 바라보고 있던 해너가 넋을 잃을 정도였다. 실질적으로 가장 심했던 하루 이틀 동안의 혼란이 지나고 나서, 서서히 질서가 잡혀가는 것은 즐거운 일이었다. 나는 새로운 가구를 마련하기 위해 S시에 다녀왔다. 사촌들은 내 마음대로 방을 꾸며도 좋다고 전권을 위임했기 때문에, 그 목적을 위해서 일정한 금액을 배정해 두었었다.

일상생활의 거점인 거실과 침실은 대부분 그전대로 두었다. 다이애나와 메리는 스마트한 현대식보다는 그전의 소박한 테이블과 의자와 침대를 다시 대하면 더 기뻐할 것이라고 생각되었기 때문이다. 그러나 그들이 돌아왔을 때 무엇인가 감명을 주기 위해서는 새로운 것도 필요했다. 빛깔이 짙은 멋진 카펫과 커튼, 정성껏 선택한 고풍스런 도자기와 동으로 된 장식품의 배열, 화장대의 새 커버와 거울, 그리고 화장 상자가 그 목적을 달성시켜

주었다. 그런 것들은 지나치게 화려하지 않아도 신선함을 주었다. 예비 객실과 침실은 오래된 마호가니 가구와 진홍빛 가구로 새로 장식했다. 복도에는 두꺼운 천을 깔고 계단에는 카펫을 깔았다. 모든 것을 끝냈을 때, 바깥은 한겨울의 불모와 황야의 쓸쓸함이 극에 달해 있는 데 비해 무어 하우스의 실내는 밝음과 쾌적함의 기운이 가득 차 있었다.

마침내 분주한 목요일이 다가왔다. 그녀들은 해질 무렵에 도착하기로 되어 있었기 때문에, 어둡기 전에 아래 위층의 난로를 피워놓고 주방을 정돈해 놓았다. 그런 다음 해너와 내가 옷을 갈아입고 나니 그런 대로 가족들을 맞이할 준비가 된 것 같았다.

가장 먼저 도착한 것은 세인트 존이었다. 모든 것이 정돈될 때까지는 집에 오지 말아달라고 부탁했었는데, 온 집 안이 먼지투성이인데다 이것저것 벌려놨을 때 방문해서 보고는 몸서리 쳐졌을 것이다. 그가 왔을 때 나는 주방에서 케이크가 되어가는 과정을 지켜보느라 정신이 없었다.

난롯가로 다가오면서 그가 물었다.

"마침내 하녀 일에 만족하게 됐나요?"

나는 거기에 대한 대답으로 내 노동의 결과를 같이 돌아보고자 그를 겨우 설복시켰다. 그는 내가 차례로 문을 열어 보이면 다만 인사치레로 들여다볼 뿐이었다. 아래 위층을 다 돌아보고 나서 그는 짧은 시일에 이처럼 꾸미려면 몹시 피곤할 것이라고 말했을 뿐, 기뻐하거나 칭찬하는 말은 한마디도 하지 않았다.

이 침묵은 나를 실망시켰다. 나는 내 임의대로 집 안을 바꿨기 때문에 그가 소중하게 여겼던 옛 모습이 사라져서 섭섭해 하는 것이 아닌가 하는 생각이 들어 기운 없는 어조로 물었다.

"천만에요, 오히려 옛 추억이 될 만한 것에는 세심한 주의를 기울였군요." 그가 대답했다. 거기에 대해서는 오히려 그 가치 이상으로 배려를 했다고 말하며, 이처럼 가구를 배열하는 데 시간이 얼마나 걸렸냐고 물었다. 그리고 책의 소재도 물었다.

내가 서가를 가리키자, 그는 거기서 책을 한 권 꺼내더니 항상 하던 대로 창가의 자리로 가지고 가서 읽기 시작했다.

독자여! 나는 사실 그것이 마음에 들지 않았다. 세인트 존은 선량한 사람이었지만, 자신을 냉철한 사람이라고 말했을 때 그가 진실을 말한 것임을 새삼 느꼈었다. 인간미라든가 인생의 즐거움 같은 것은 그의 매력의 대상이 되지 못했다. 평화로움도 그의 마음을 붙잡지 못했다. 문자 그대로 그는 높은 이상만을 지향하며 살고 있었다. 확실히 그는 선한 것과 위대한 것을 갈구하고 있었다. 그리고 쉬려고도 하지 않고, 주위에 있는 누가 쉬려 하는 것도 용서하지 않았다. 독서에 열중하고 있는 하얀 돌처럼 조용하고 창백한 그의 이마를 봤을 때, 나는 순간적으로 그는 좋은 남편이 될 것 같지도 않고, 그의 아내가 되는 것은 고통스러울 거라는 느낌이 들었다.

나는 영감으로 올리버 양에 대한 그의 애정의 성격을 짐작할 수 있었는데, 그것은 그의 말대로 감각적인 애착에 지나지 않는 것이었다. 그리고 그 애착이 자신에게 열병적인 영향력을 끼치는 데 대해 그는 자신을 경멸하며, 그것을 떨쳐 버리려고 노력했다. 또한 그 애착이 영원히 자신이나 그녀의 행복을 가져올 수 있을까를 의심하고 있다는 것을 알 수 있었다.

그는 자연이 만들어낸 영웅과 입법자와 정치가와 정복자와 같은 소재로 만들어진 것 같았다. 그는 위대한 사업이 기댈 수 있는 견고한 보루일 수는 있지만, 난롯가에서는 격에 맞지 않는 한낱 차갑고 거추장스러운 기둥에 지나지 않을 것 같았다. '이 객실은 그의 영역이 아니야.'라고 나는 생각했다. '히말라야 산맥이라든가 캐퍼족이 사는 숲, 아니면 질병이 만연한 기니 해변의 습지대가 그에게는 적합한 곳이야. 그가 평온한 가정생활을 기피하는 것도 무리는 아니야. 안온한 가정은 그가 있을 데가 아니야. 거기서는 그의 능력이 침체되고 뻗을 수도 없으며 가치를 발휘할 수도 없어. 그가 지도자로서 또는 우월한 사람으로서 말하고 행동할 수 있는 곳은, 용기가 시험되고 정력을 소비하고 불굴의 정신이 요청되는 투쟁과 위험의 장소야. 이 난롯가에서는 명랑한 인간이 그를 압도하고 말 거야. 그가 선교사의

직업을 택한 것은 옳은 일이야. 나는 이제야 그것을 알았어.'

"아가씨들이 오고 있어요! 저기 와요!" 객실의 문을 열면서 해너가 소리쳤고, 동시에 늙은 칼로가 기쁜 듯이 짖어댔다. 나는 밖으로 뛰어나갔다. 밖은 어두웠으나 마차 바퀴 소리가 들렸다. 해너가 초롱에 불을 켰다. 마차가 문 앞에 서자 마부가 문을 열었다. 처음에는 한 사람만 보였으나, 이내 또 한 사람이 마차에서 내렸다. 다음 순간 나는 얼굴을 그들의 모자 밑에 묻었다. 처음에는 메리의 부드러운 뺨에, 다음에는 다이애나의 머리카락에 뺨을 비볐다. 그들은 웃으면서 내게 키스를 하고, 다음에는 해너에게 키스했다. 그러고는 좋아서 미쳐 날뛰는 칼로를 쓰다듬어 주고 나서, 모두들 서둘러 집 안으로 들어갔다.

그들은 먼 길을 마차에 흔들리며 왔기 때문에 몸이 뻐근하고 밤공기를 쐬어서 추웠으나 피곤한 기색을 보이지 않았다. 활짝 핀 난롯불을 쬐자 얼어붙었던 얼굴들이 화끈 달아올랐다. 마부와 해너가 짐을 들여놓을 동안 그들은 세인트 존을 찾았다. 마침 그때 그는 객실에서 나오고 있었다. 동생들이 그의 목을 끌어안자 그들에게 각각 키스를 하고 한두 마디 환영의 말을 하고는, 묻는 말에만 대답하면서 한동안 그대로 서 있었다. 그러고 나서 객실로 오겠느냐고 묻고, 마치 피난처로 도망이라도 가듯이 그곳에서 벗어났다.

나는 촛불을 켜들고 그들을 2층으로 안내하려고 했지만, 다이애나는 우선 마부의 접대에 관한 것을 지시해야 한다고 했다. 그것이 끝나자 둘은 내 뒤를 따랐다. 자기들 방의 새로운 벽걸이와 새 카펫과 짙은 빛깔의 자기 화병들을 보고 그들은 황홀해했다. 그리고는 아낌없이 찬사의 뜻을 나타냈다. 내가 정돈하고 마련한 것이 그들 마음에 들었고, 그들의 즐거운 귀가에 생생한 매력을 더해 주었다고 느껴지자 나는 말할 수 없이 기뻤다.

평화로운 저녁이었다. 기쁨에 들뜬 사촌들의 수다스러운 이야기에 세인트 존의 침묵은 오히려 감추어졌다. 그도 역시 동생들과의 만남을 기뻐했지만, 그들의 열정과 넘쳐흐르는 기쁨에 전적으로 공감하는 것은 아닌 듯했다.

나는 그가 다음 날에는 좀 조용해 줬으면 하고 바라고 있다는 것을 알아차렸다. 차를 마시고 나서 한 시간쯤의 단란한 시간이 절정에 달했을 때, 누군가 현관문을 두드리는 소리가 들렸다. 해너가 나가보고 돌아오더니, 사정을 설명했다.

"모처럼의 이 귀중한 시간에 불쌍한 아이가 찾아와서, 도련님께서 죽어가는 어머니를 한 번 만나주셨으면 좋겠다고 부탁을 합니다."

"어디 사는데, 해너?"

"위트크로스 언덕 위, 약 4마일 되는 곳입니다. 가는 길은 온통 황야와 늪지대뿐이지요."

"간다고 전해 줘."

"가지 않는 것이 좋겠어요. 어두울 때 가기에는 너무 위험해요. 늪지대에는 사람이 갈 수 있는 길이라곤 전혀 없어요. 더구나 이렇게 추운 밤에…… 지금껏 없었던 찬바람이 불어요. 내일 아침에 간다고 하는 것이 좋겠어요."

그러나 그는 이미 복도로 나가서 외투를 입고 있었다. 한마디의 거부와 한마디의 불평도 없이 그는 서둘러 떠났다. 그때가 아홉 시였다. 그러고 나서 자정이 넘어서야 돌아온 그는 몹시 시장하고 피곤해 보였으나 출발할 때보다 더 행복해하는 것 같았다. 의무를 수행하고, 노력을 다하고, 자신의 자제력을 시험하고 나서 보람을 느꼈던 것이다.

그 뒤 일주일 동안, 그는 무던히 참고 있는 것으로 생각되었다. 크리스마스 주간이었다. 우리는 따로 정한 일 없이 다만 가족적인 기쁨을 마음껏 즐기고 있었다. 황야의 공기, 가족적인 평온, 충족한 생활의 서막이 다이애나와 메리의 마음에 선약처럼 활력을 불어넣어 주어, 그들은 하루 종일 즐거워했다. 그들은 화제가 끊이지 않았다. 더구나 재치 있고 간결하고 독창적인 화제여서, 나도 그들의 말에 귀를 기울이며 함께 어울리는 것이 무엇보다도 즐거웠다. 세인트 존은 우리들이 이렇게 즐기는 것을 탓하지는 않으나, 의식적으로 피하곤 했다. 그는 집에 있는 일이 거의 없었다. 교구는 넓은데다 인가가 드물어서 환자와 가난한 사람들을 심방하느라 매일같이 바빴다.

어느 날 아침 식사 때, 다이애나는 뭔가 생각하는 기색을 보이더니 그에게 물었다.

"계획은 아직 변하지 않았나요?"

"변하지 않고, 변할 수도 없어."라고 그가 대답했다. 그리고 계속해서 영국을 출발하는 것은 내년으로 결정했다고 말했다.

"그러면 로저먼드 올리버는?"

메리가 입 속으로 중얼거린 것이, 불쑥 입 밖으로 나온 것 같았다. 왜냐하면 이 말이 표현되었을 때, 다시금 입 안으로 불러들이고 싶은 듯한 몸짓을 했기 때문이었다. 세인트 존은 손에 들고 있던 책을 ― 그는 식사 도중 책을 읽는 비사교적인 습성을 갖고 있었다. ― 덮고 얼굴을 들었다.

"로저먼드 올리버는 그랜비 씨와 결혼하게 되어 있어. S시에서 가장 훌륭한 가문인데다 가장 존경받는 프레데릭 그랜비 경의 손자이지. 어제 그녀의 아버지한테서 들었어."

동생들은 서로 쳐다보더니 다음에는 내게로 시선을 돌렸다. 우리 셋은 그의 얼굴을 바라보았다. 그러나 그의 얼굴은 거울처럼 맑고 담담했다.

"그 결합은 틀림없이 급하게 서두른 거예요. 서로 알고 나서 얼마 되지 않을 거예요." 다이애나가 말했다.

"두 달 됐어. 10월에 S시에서 있었던 자선무도회에서 만난 거야. 그러나 그처럼 결혼에 지장이 될 조건이라곤 하나도 없고, 모든 점이 바람직한 결합이라면 우물쭈물할 필요도 없지. 프레데릭 경이 그들에게 선물로 준 S시의 저택이 수리되어 그들을 맞아들이게 되면 결혼식을 올리게 될 거야."

이 소식을 듣고 나서 처음으로 세인트 존이 혼자 있는 것을 발견했을 때, 난 그 사실이 슬픔을 안겨주었느냐고 그에게 묻고 싶은 생각이 들었다. 그러나 그는 동정이 필요한 것 같지 않고, 또 나 자신 그를 동정할 용기가 생기지 않았다. 뿐만 아니라 물어보려고 했던 생각조차 부끄럽게 느껴졌다.

근래 들어 나는 그와 거의 대화를 하지 않았다. 그의 침묵에 다시 얼음이 얼고 나의 솔직성은 그 밑에 얼어붙기 때문이었다. 그는 나를 누이동생으로 대하겠다던 약속을 지키지 않았다. 항상 우리 사이에 냉정하고 서먹한 기운이 가로놓여 있었기 때문에 육친의 정이 뿌리를 내릴 수가 없었다. 지금은 친척으로 인정되어 한 지붕 밑에서 살고 있지만, 우리 사이는 내가 시골학교 선생으로 있을 때보다 더욱 멀어져가는 느낌이 들었다. 전에 속마음을 털어놓던 것을 생각하면, 나로선 지금 그의 낙담을 이해할 수가 없었다.

사정이 그랬었기 때문에, 그가 몸을 숙이고 있던 책상에서 갑작스레 머리를 들고 다음과 같은 말을 했을 때 나는 적잖게 놀랐다.

"제인, 싸움은 끝났고 나는 승리를 거둔 거요."

그 말에 놀란 나는 곧바로 대답을 할 수가 없었다. 한참동안 머뭇거리고 있다가 내가 대답했다.

"그러나 당신은 승리의 대가를 지나치게 많이 지불한 정복자의 위치에 있는 것 아닌가요? 다시 한 번 이런 일이 있으면 파멸하지 않을까요?"

"그렇지는 않으리라고 봐요. 설령 그런 일이 있다 해도 대수로운 것은 아니요. 또 한 번 그런 승리를 위해 싸우는 일은 없을 겁니다. 싸움의 결과는 결정적이에요. 내가 갈 길은 이제 확고합니다. 이에 대해 나는 하느님께 감사드려요!"

그렇게 얘기하고 나서, 그는 다시 책으로 돌아가 침묵을 지켰다.

우리 셋이 같이 나누는 행복이 자리를 잡고 일상생활이 전처럼 공부하는 습관으로 되돌아가게 되자, 세인트 존도 집에 머물러 있는 시간이 많아졌다. 때로는 우리 모두가 한방에서 몇 시간을 함께 있을 때도 있었다. 메리는 그림을 그리고, 다이애나는 계획대로 백과사전을 통독하고 있었으며, 나는 독일어 공부에 여념이 없었다. 그는 나름대로 독특하고 신기한 학문에 골몰해 있었다. 그건 동양의 어떤 언어 공부였는데, 그의 계획에 반드시 필요한 것으로 여겨졌다.

그처럼 공부를 하면서 조용히 앉아 있다가도, 때때로 그의 푸른 눈은 기이하게 보이는 문법책을 떠나서 이리저리 방황하다가, 강한 호기심에 차서 공부하고 있는 우리들에게로 돌려졌다. 그러다가 시선이 마주치면 피했다가 다시 우리들의 테이블을 더듬는 것이었다. 무슨 까닭인지 알 수가 없었다. 그리고 또 나에게는 그다지 중요하다고 생각되지 않는 일인데, 한 주일에 한번 모튼 학교에 갈 때 그는 항상 즐거운 얼굴을 했다. 나는 그 이유를 알 수가 없었다. 만약에 알기가 불순해서 눈이나 비가 온다든가 바람이라도 심하게 불면 그의 동생들이 말렸는데, 그럴 때면 그는 한사코 동생들의 의견을 무시하며 날씨 같은 데 구애받지 말고 임무를 수행해야 된다고 주장했는데, 그 이유도 알 수가 없었다.

"제인은 너희들이 생각하는 것처럼 약한 인간이 아니야. 우리들 중의 누구에게도 지지 않을 정도로, 산바람도 소나기도 그리고 눈보라도 당해낼 수 있어. 체질이 건강하면서 순응적이란 말이야. 그래서 다른 어떤 건장한 사람보다도 기후 변화에 용이하게 대처할 수 있어." 그는 이렇게 말하곤 했다.

그래서 때로는 몹시 피곤하고 비바람을 맞고 돌아와서도 불평을 할 수가 없었다. 왜냐하면 불평을 하면 그가 불쾌해할 것이 뻔하고, 어떤 경우라도 불굴의 정신만이 그를 기쁘게 하고 그 반대는 그가 싫어했기 때문이다.

그런데 어느 날 오후에는 집에 있어도 좋다는 허락을 받았다. 내가 감기에 걸려 있었기 때문이었다. 그의 동생들이 나 대신 모튼에 가고 집에 없었다. 나는 쉴러를 읽고 있었고, 그는 괴상한 동양의 두루마리를 판독하고 있었다. 번역을 연습문제로 바꾸었을 때, 나는 우연히 시선을 그에게로 돌렸다가 내가 파란 눈의 감시를 받고 있었다는 사실을 알게 되었다. 그 파란 눈이 얼마나 오래 어디서 어디까지 몇 번이고 주시해온 것인지, 나로서는 알 수 없는 일이었다. 어쨌든 그 시선이 너무도 예리하고 냉철한 것이어서 그 순간 미신적인 생각마저 떠올랐다. 한방에 무시무시한 상대와 함께 있는 것 같은 느낌이 들었던 것이다.

"제인, 무엇을 하고 있지?"

"독일어 공부를 하고 있어요."

"독일어 같은 건 집어치우고, 힌두스탄 말을 배워요."

"진심으로 하는 말은 아니겠지요?"

"꼭 그렇게 해주기를 진심으로 바라고 있어. 그 이유를 얘기하지."

그는 이유를 설명하기 시작했다. 그가 공부하고 있는 언어는 힌두스탄어 인데 진도를 나감에 따라서 자꾸만 기초를 잊게 된다는 것이었다. 따라서 초보 지식을 배울 학생이 있으면 그를 가르치는 동안에 다시 기초를 떠올릴 수 있어 도움이 되겠다는 얘기였다. 그 대상을 선정하는 데 나를 택할 것이냐 동생 중의 누구를 하나 택할 것이냐의 문제를 가지고 그는 오랫동안 망설였 다고 했다. 그런데 세 사람 중에서 내가 제일 공부에 끈기가 있는 것으로 보여, 내게 부탁한다는 거였다. 이제 출발도 3개월밖에 남지 않았으므로 그리 오랜 시간 희생을 하지 않아도 되니 자기한테 호의를 베풀 수 없느냐고 물었다.

세인트 존과 같은 사람에게는 쉽게 거절을 표할 수 없는 법이다. 슬픈 일이건 기쁜 일이건 일단 그의 마음에 인상 지워진 것은, 깊이 새겨져서 영원히 사라지지 않으리란 것이 그에 대한 나의 결론이었다. 결국 나는 그렇게 하겠 다고 승낙했다. 다이애나와 메리가 돌아왔을 때, 다이애나는 자기의 학생이 오빠한테로 돌아앉았다는 것을 알게 되었다. 그녀는 웃었다. 다이애나도 메리도, 오빠가 자기들을 설득시킬 수 없었으리라는 일치된 의견을 가지고 있었다.

거기에 대해 그는 조용히 대답했다.

"그건 나도 알고 있어."

나는 또 그가 부지런하고 끈기 있고 엄격한 선생이라는 사실도 알게 되었 다. 그는 내가 좋은 성적을 보여주길 기대했던 것인데, 내가 그 기대를 충족시 켜주자 그만의 독특한 표현으로 칭찬해 주었다. 어쨌든 그는 점차 나에 대해 일종의 영향력을 갖게 되었으며, 내가 갖는 마음의 자유는 그에 비례해 서 줄어들었다. 그의 칭찬과 주목에 대해선 무관심할 수 없었고, 오히려 중압감 같은 것이 느껴졌다. 그가 옆에 있으면 나는 자유롭게 말도 할 수 없고 웃을 수도 없었다. 왜냐하면 쾌활함은 — 적어도 나에게 있어서는 — 그에게 불쾌감을 안겨준다는 것을, 본능이 집요하게 일러주고 있었기 때문이다. 성실한 마음가짐과 일에 대한 열성만이 그를 기쁘게 한다는 사실을 나는 너무도 잘 알고 있었기 때문에, 그 앞에서는 다른 데 마음을 둔다든지 다른 것을 추구하려고 해도 뜻대로 되지가 않았다. 마치 심장이 얼어버리는 것 같은 마력에 걸려 그가 '가라.'고 하면 가고, '오라.'고 하면 옆으로 갔다. 그러나 나는 예속을 바라지 않았으므로 나에게 무관심해주었으면 하는 생각을 몇 번이나 했다.

어느 날 밤 자리에 들기 전 우리 세 여성이 잘 자라는 인사를 하며 그의 주위에 서 있을 때, 그는 늘 하던 대로 두 동생에게는 키스를 하고 나한테는 손을 내밀었다. 그때 다이애나가 장난기 어린 기분으로 — 그녀만이 오빠의 의지에 지배되지 않았다. 그녀의 의지도 다른 의미에서 오빠와 마찬가지로 강했다. — 속삭였다.

"세인트 존! 오빠는 항상 제인을 셋째 동생이라고 하면서도 그렇게 대하지를 않아요. 이제 제인에게도 키스를 해줘야 해요."

그러면서 그녀는 나를 그의 쪽으로 밀었다. 나는 몹시 당황하며, 그 순간만은 그녀를 귀찮은 존재로 생각했다. 그때 세인트 존은 머리를 숙여 그리스인처럼 생긴 얼굴을 내 얼굴과 같은 높이로 가까이하고, 꿰뚫는 듯한 시선으로 나를 바라보면서 뺨에 키스를 했다. 대리석 키스라든가 얼음 키스라는 말은 있을 수 없겠지만, 만일 있다면 성직자인 사촌오빠의 키스가 아마 그 부류일 것이다. 그러나 실험적인 키스는 있을지도 모르겠는데, 그의 것이 바로 그런 것이었다. 키스가 끝나자, 그는 그 결과를 알려고 나를 가만히 응시했다. 하지만 그것이 나를 감동시키지 못했으므로 난 얼굴을 붉히지 않았다. 어쩌면 약간 창백했을 것이다. 그것은 나의 족쇄에 봉인이라도 찍는 것 같은 기분이었기 때문이다. 그 뒤로 그는 그 의식을 잊어버리는 일이 없었는데, 내가 태연하게 받아들였기 때문에 그것이 그에게는 하나의 매력으로 느껴졌던 것 같다.

나는 매일 그를 좀 더 기쁘게 해줄 일이 없을까 하고 생각했다. 그러나 그렇게 함으로써 나 자신의 성격이 반쯤 상실되고 재능은 반쯤 질식되고 취미는 본래의 방향으로 비뚤어지고 타고난 사명과는 아무 관계도 없는 일을 억지로 강요당한다는 생각이 나날이 강해졌다. 그는 나를 훈련시켜서 내가 결코 도달할 수 없는 높은 곳으로 끌어올려질 것을 바라고 있었다. 그가 너무도 높게 설정한 기준에 오르려는 것은 내게 있어 끊임없는 고행이었다. 또한 그건 나의 균형 잡히지 못한 이목구비를 그의 조화되고 고전적인 용모로 고친다든지, 나의 표변하는 녹색 눈에 바다처럼 푸르고 엄숙한 그의 눈빛을 지니게 하려는 것과 마찬가지로 불가능한 것이었다.

실상 지금 나를 구속하고 있는 것은 그의 지배력뿐만은 아니었다. 그 무렵에 나는 걸핏하면 슬퍼지곤 했는데, 가슴속에 병이 침식해서 행복의 근원을 파먹고 있기 때문이었다. 그것은 불안이라는 이름의 병이었다.

독자여! 이런 위치와 운명의 변화 속에서, 내가 로체스터 씨를 잊고 있다고 생각하지나 않는지……? 아니다, 나는 잠시도 그를 잊은 적이 없었다. 그를 생각하는 마음은, 햇빛에 의해서 사라질 안개처럼 허망한 것도 아니고 바람에 의해서 없어질 모래 위의 초상도 아니었다. 그것은 석판에 새겨진 이름으로서 그 글자를 새긴 대리석이 남아 있는 한 소멸할 수 없는 운명에 있는 것이다. 그의 소식을 알고 싶은 열망은 언제 어디서든 내 뒤를 따르고 있었다. 모튼에 있을 때도 집에 돌아가면 매일 밤 그것을 생각했고, 지금 무어 하우스에서도 잠자리에 들면 그 생각이 떠올랐다.

유언장에 관한 일로 브리스 씨와 필요한 서신을 주고받고 있을 때 로체스터 씨의 현주소와 건강상태에 관해서 아는 바 없느냐고 문의해 봤으나, 세인트 존이 추측했던 대로 그는 로체스터 씨에 관해 아무것도 모르고 있었다. 결국 나는 페어팩스 부인에게 편지를 보내어 그 일에 대해 알려달라고 부탁을 했다. 그렇게 하면 내 목적이 달성될 것으로, 틀림없이 회신이 있을 것으로 확신하고 있었다. 2주일이 지나도 회답이 없어 나는 두렵고 초조했다. 매일같이 우편물이 배달되었으나 두 달이 지나도록 아무것도 없자, 나는 고통스러운 불안에 사로잡혔다.

처음에 보낸 편지가 닿지 않았을지도 모르므로 나는 다시 편지를 띄웠다.

새로운 희망이 새로운 노력에 뒤따랐고, 그 희망도 처음과 마찬가지로 몇 주 동안 지속되었다. 그러나 그 후부터는 빛을 잃고 흔들리기 시작했다. 단 한 줄도, 단 한 마디도 내게 전달된 것이 없었던 것이다. 헛된 기대 속에서 그 후 반년쯤 지나자 나의 희망은 완전히 사멸되고, 암담하게만 느껴졌다.

내 주변에는 아름다운 봄이 빛나고 있었으나 그것을 즐길 수가 없었다. 여름이 다가오자 다이애나는 내 건강을 염려하고 안색이 좋지 않다면서 모두들 해변에 가자고 제의했다. 그러나 세인트 존이 반대했다. 내게는 그런 것이 필요한 게 아니라 일이 필요하다는 주장이었다. 현재의 내 생활에는 목적이 없으므로 목표를 세우는 일이 필수적이라는 것이었다. 그 결함을 보충이라도 할 생각인지, 그는 힌두스탄어 학습시간을 연장하고 빨리 끝낼 생각으로 한층 열을 올렸다. 하지만 나는 바보처럼 대항할 생각도 못 했다. 아니, 대항할 수가 없었다.

어느 날 나는 보통 때보다 우울한 기분으로 공부를 시작했다. 이렇게 의기소침해진 것은 마음 아픈 실망을 맛보았기 때문이었다. 아침에 해너가 편지가 왔다고 하기에 마침내 기다리던 편지가 온 것으로 단정하고 아래층으로 달려갔다. 브릭스 씨에게서 온 사무적인 편지였다. 기대가 어긋나자 눈물이 흘렀다. 그리고 지금 인도의 필경사가 적어놓은 괴상한 글자와 장식 서체의 글을 읽자니, 눈물이 다시 쏟아졌다. 세인트 존은 자기 옆에 와서 읽으라고 나를 불렀다. 그렇게 하려고 했으나 목소리가 나오지 않았고, 울음에 섞여서 말이 되지도 않았다. 그때 응접실에 있던 사람은 그와 나뿐이었다. 다이애나는 객실에서 노래 연습을 하고, 메리는 정원 손질을 하고 있었다. 청명하고 미풍이 불어오는 아름다운 5월의 갠 날이었다.

내가 이렇게 감정이 격해 있는데도, 상대방은 놀라는 빛도 보이지 않고 그 원인을 묻지도 않았다. 다만 이렇게 말할 따름이었다.

"제인, 마음을 가라앉힐 때까지 2, 3분 기다리기로 하지."

그리고 나서 내가 발작을 억제하고 있는 동안 책상에 기대어, 마치 의사가 과학자의 눈으로 예상했던 환자의 위기를 바라보듯 끈기 있게 앉아 있었다.

나는 울음을 그치고 눈물을 닦고 나서, 오늘 아침에는 몸이 좀 불편하다고 중얼거리며 공부를 시작해서 완전히 끝내는 데 성공했다.

세인트 존은 내 책과 자기 책을 치워놓고 책상 서랍을 잠근 다음 말했다.

"자, 제인! 나하고 산책을 해요."

"다이애나와 메리를 부르겠어요."

"아니야, 오늘 아침에는 상대가 한 사람이면 족해. 그것도 당신이어야만 돼. 외출할 준비를 하고 주방으로 나가서 마시 글렌 쪽으로 통하는 길로 가시오. 내가 곧 뒤따라갈 테니까."

나는 중용이라는 것을 모른다. 지금까지 나와 반대되는 고압적이고 엄격한 성격의 사람과 사귈 때도 절대적인 복종과 단호한 반항의 중간에 중용이 있다는 것을 모르고 살아왔다. 때로 화산처럼 맹렬한 반항을 폭발시키기 직전까지 충실하게 복종한 적도 있었다. 현재의 입장으로서는 반항할 충분한 이유도 없었고 그럴 기분도 아니었기 때문에 나는 세인트 존의 지시에 순종하기로 했다. 그리고 10분 후에 나는 그와 나란히 계곡의 쓸쓸한 길을 걷고 있었다.

산들바람이 히스와 골풀 향기를 싣고 언덕너머 서쪽에서 불어왔다. 하늘은 구름 한 점 없이 파랗고 계곡을 흐르는 시내는 봄비로 물이 불었는데, 태양으로부터 황금빛을, 하늘로부터는 사파이어 빛을 받아 반짝이면서 천천히 흐르고 있었다.

길에서 갈라져 우리가 걸어 들어간 곳에는 이끼처럼 부드럽고 선명한 녹색 초원이 있었는데, 거기에는 작고 흰 꽃이 점점이 빛나고 노란색 꽃은 별처럼 반짝였다. 이렇게 걷는 동안에 우리는 산에 완전히 감싸이게 되었다.

"여기서 쉬어요." 마치 계곡의 수비군처럼 늘어서 있는 암석에 이르자 세인트 존이 말했다.

정면으로 바라보이는 곳에는 계곡이 폭포가 되어 흐르고 있고, 좀 더 먼 곳에는 산이 푸른 풀과 꽃을 벗어던지고 히스 옷에 장식으로 암석을 걸쳤을 뿐이었다. 그 산은 황량하다기보다는 음산했고, 청신한 감보다는 울적한 느낌을 안겨주었다. 그곳에서 산은 고고하게 희망과 침묵의 최후의 피신처를 필사적으로 지키려 하고 있었다.

나는 적당히 자리 잡고 앉았다. 세인트 존이 바로 내 옆에 와서 섰다. 그는 산길을 바라본 다음 계곡을 내려다보았다. 그의 시선은 한동안 시냇물을 따라 방황하다가 다시 돌아와서 물에 비친 구름 한 점 없는 하늘로 향했다. 그러더니 그는 모자를 벗어서 미풍에 머리카락을 나부끼게 하며 이마에 바람을 쐬었다. 마치 지금 이 고장의 수호신과 서로 교감하며 무엇인가에 작별을 고하는 것만 같았다.

"다시 이 광경을 보게 되겠지. 갠지스 강에서 잠이 들었을 때 꿈속에서……. 그리고 더 먼 미래에 또 하나의 영원한 잠이 나를 찾아왔을 때, 보다 어두운 강가에서!" 그는 불쑥 자기의 생각을 말로 나타냈다.

기이한 애정이 담긴 말이다! 조국에 대한 엄숙한 애국자의 정열이다! 그는 내 옆에 앉았다. 반시간 정도, 우리는 아무 말도 하지 않았다.

침묵의 시간이 지나자 그가 다시 입을 열었다.

"제인, 나는 6주일 후면 떠나요. 6월 20일에 출항하는 동인도 항로의 배에 선실을 예약했소."

"신의 가호가 있을 거예요. 당신은 신을 위해서 일하고 있으니까." 내가 대답했다.

"그래요. 거기에 나의 영광과 환희가 있지요. 나는 조금도 과오가 없는 주님의 종이오. 벌레처럼 연약한 인간의 결함투성이 법칙이나 그릇된 인간의 지배를 받고 떠나는 것이 아니란 말이오. 나의 왕, 나의 입법자, 나의 주인은 전지전능한 신입니다. 내 주위의 모든 사람이 같은 깃발 아래 모여서 같은 사업을 하기 위해 정열을 불태우지 않는 것이 난 이상해요."

"모든 사람이 당신처럼 힘을 갖고 있으리라곤 생각되지 않아요. 약한 인간이 강한 인간과 함께 행진하기를 바란다는 것 자체가 어리석으니까요."

"나는 연약한 사람은 부르지도 않고 염두에도 두지 않아요. 이 일을 할 만한 자격이 있고 능력을 갖춘 사람에게만 외친단 말이오."

"그런 사람은 수가 적고 찾아내기도 힘들 거예요."

"사실이오. 그러나 그런 사람들을 발견했을 때는 그들을 분기시키고 노력하도록 격려하죠. 그러면서 그들의 능력이 어떤 것인지, 왜 그것이 주어졌는지, 하늘나라의 사명이 무엇인지를 그들의 귀에 전달합니다. 그리고 하늘이 선정한 그들의 지위를 제공해 줄 수 있도록 하는 것이 정당한 일이지요."

"그들에게 실제로 임무를 담당할 자격이 있다면, 그들 자신의 마음이 그것을 먼저 알지 않겠어요?"

갑자기 무서운 마력이 나를 감싸고 덤벼드는 것 같은 느낌이 들었다. 그러더니 무엇인가 절대적인 명령이 내려져 그 마력을 정지시킬 것 같은 느낌에 휩싸여 나는 나도 모르게 몸을 떨었다.

"당신의 마음은 뭐라고 말하고 있소?" 세인트 존이 물었다.

"나의 마음은 침묵을 지키고 있어요. 그저 침묵을 지킬 따름이에요." 나는 여전히 떨면서 대답했다.

"그러면 내가 다시 말해야겠군요. 제인, 나와 같이 인도에 가줘요. 나를 도와서 같이 일할 상대로 말이오……." 그가 냉정하고 가라앉은 목소리로 말했다.

계곡과 하늘이 빙빙 돌고, 언덕이 물결처럼 오르락내리락했다. 마치 하늘로부터의 소명을 듣는 듯한 기분이었다. 그리고 눈에 보이지 않는 사신이 마케도니아의 사신과 함께 와서, '우리를 도와라!' 하고 외치는 것 같았다. 하지만 나는 사도가 아니었으므로 내 눈에는 그 사신이 보이지 않았고, 내 귀에는 그 소명의 소리가 들리지 않았다.

"아아, 세인트 존! 나를 용서해 줘요." 내가 외쳤다.

자기의 의무로 생각하는 것을 실천하기 위해서는 자비도 용서도 없는 사람에게 나는 호소했던 것이다.

그가 계속 말했다.

"신과 자연은 당신을 선교사의 아내로 만들 생각이었소. 그 증거로, 신과 자연이 당신에게 부여한 것은 아름다운 용모가 아니라 정신적 재능이었어요.

당신이 세상에 태어난 것은 노동을 위해서이지 애정을 위해서가 아닙니다. 그러므로 선교사의 아내가 되어야 해요. 그렇게 될 겁니다. 내가 그렇게 만들 작정입니다. 난 당신이 내 아내가 되길 요구합니다. 나의 기쁨을 위해서가 아니라 신께 봉사하기 위해서 말입니다."

"나는 그 일에 적합하지도 않고, 그런 사명을 갖고 있지도 않습니다."

그는 이런 반대에 봉착할 것을 이미 계산에 넣고 있었던 것처럼 화도 내지 않았다. 그가 등 뒤의 바위에 기대어 팔짱을 낀 채 얼굴빛 하나 변하지 않고 있는 것으로 봐서, 그는 오래 지속될 반대를 각오하고 있는 것 같았다. 마지막 승리는 자기 것임을 믿으면서 최후의 결말을 볼 때까지 지속적인 인내심을 보이리라는 것을 나는 알 수 있었다.

"제인, 겸손이라는 것은…… 그리스도교가 지닌 미덕의 기초입니다. 당신이 임무에 적합하지 않다고 하는 것은 옳은 말이오. 하지만 누군들 적합하겠어요? 소명을 받은 사람일지라도 일찍이 자신이 적합하다고 믿은 사람이 있었겠어요? 예를 들어, 나 같은 사람도 보잘것없는 존재예요. 성바오로와 마찬가지로 나는 나 자신을 일급의 죄인이라고 인정합니다. 그러나 죄의식 때문에 좌절되지는 않을 거예요. 나는 나를 인도해 주는 신이 권세가 있을 뿐만 아니라 정당하다는 것을 알고 있어요. 위대한 일을 성취하기 위해 연약한 인간을 선택했을 때, 무궁한 신의 뜻은 적절하지 못한 수단을 끝까지 보충해 줄 것이라 믿어요. 나처럼 생각해요, 제인. 그리고 나처럼 믿어요. 당신에게 기대라고 하는 곳은 만세 반석(〈마태복음〉 16장 18절 참조)입니다. 당신의 인간적인 약한 점을 그것이 받쳐줄 거란 것을 의심해서는 안 돼요." 그가 말했다.

"나는 전도생활이라는 것을 이해할 수가 없어요. 전도의 노고를 연구해 보지도 않았고요."

"그 점에 대해서는 미력하지만 내가 당신에게 필요한 원조를 할 수 있습니다. 당신에게 지속적으로 과업을 맡기고 옆에서 도와줄 수 있어요. 처음 시작할 때 그렇게 하면, 당신은 나 못지않게 강해지고 익숙해져서 나의 원조가 필요 없게 될 겁니다. 나는 그러한 당신의 능력을 믿습니다."

"그러나 나의 힘이, 그것을 해낼 나의 힘이 어디에 있을까요? 나는 그것을 느낄 수가 없어요. 지금 이렇게 당신이 말하고 있어도 내 마음속에서는 대답하는 것도 없고 움직이는 것도 없어요. 이 순간 내 마음은 햇빛조차 비치지 않는 토굴 속과 같다는 것을 알아주었으면 해요. 토굴의 밑바닥에서 족쇄에 결박되어 떨고 있는 하나의 공포, 나로서는 불가능한 것을 해야 한다고 강요당하고 있는 공포가 있을 따름이에요."

"당신 대신 내가 대답하겠으니, 들어봐요. 나는 처음 당신을 만났을 때부터 계속 주목해 왔어요. 그리고는 10개월 동안이나 연구의 대상으로 삼았어요. 그동안 여러 가지 방법으로 당신을 시험해 보았지요. 그래서 어떤 것을 보고 무엇을 끌어냈는지 알아요. 학교생활에서는 자신의 적성에 맞지 않는 일이라 하더라도 착실하고 올바르게, 또 유능하고 재치 있게 처리하는 것을 봤어요. 학생들을 적절히 통솔하고 그들의 마음을 붙잡았지요. 그리고 갑자기 부자가 되었다는 소식을 들었을 때 당신의 평온한 마음가짐은 데마스의 죄악(〈2티모테오〉 4장 10절 참조)에 마음이 물들지 않았다는 것을 보여주었고, 결코 부는 당신을 지배할 수 없다는 것을 말해 주었어요. 자신의 재산을 4등분해서 그 하나만을 취하고 나머지 셋을 포기하여 정의가 요구하는 대로 결정짓는 단호한 태도에선 희생의 격정과 흥분에 대해 기뻐하는 정신을 찾아볼 수 있었지요. 또한 내 요청에 따라 지금까지 흥미를 갖고 있던 공부를 외면하고 내가 관심을 갖고 있다는 이유로 다른 연구를 받아들이는 순종에서, 그리고 그 이후로 지칠 줄 모르고 계속하는 근면성과 힘든 일에 부딪쳤을 때도 약해지지 않는 용력과 끈기에서, 나는 내가 지금까지 찾고 있던 자질의 전부를 발견했어요. 제인, 당신은 순수하고 부지런하고 욕심 없고 용감하고, 그리고 대단히 온순하며 또한 의지가 굳셉니다. 자신에 대해 의심을 품지 마세요. 나는 당신을 전적으로 믿고 있습니다. 인도의 여러 학교의 지도자로서, 인도 여성들의 조언자로서 당신의 협조는 내게 무한히 귀중한 것이 될 겁니다."

그의 설득은 천천히 그러면서도 착실히 진행되었는데, 그건 마치 쇠로 된 수의가 내 몸을 차츰차츰 죄어오는 것과도 같았다. 눈을 감고 있어도 그가 말한 최후의 몇 마디는, 지금까지 막힌 것으로만 생각되었던 전도를 어느 정도 명확하게 보여주었다. 나의 임무라는 것은 막연하고 지극히 산만 한 것으로만 생각되었었는데, 그가 얘기를 해나가는 동안에 굳어지고 그의 손으로 반죽되어서 하나의 뚜렷한 형체를 이루게 되었다. 그는 대답을 기다 렸고, 나는 대답할 용기가 생길 때까지 15분쯤 생각할 여유를 달라고 했다.

"좋아요." 그는 대답하고 일어나서 산길을 조금 걸어 올라가 히스가 무성한 곳에 누웠다.

나는 생각에 잠겼다.

'그가 내게 바라는 것은, 나로서 할 수 있는 일이다. 그 점은 그렇게 보고 인정해야 할 거야. 말하자면, 살아갈 수만 있다면 말이다. 그러나 인도의 태양 밑에서는 내 생명이 오래 지속되지 않을 것 같은 생각이 들어. 하지만 그것이 무슨 상관있겠어? 거기에 관해 그는 아무 관심도 갖지 않고 있는데. 내가 죽게 되면 그는 태연하게 경건한 마음으로 나를 만든 신에게 맡기겠지. 그건 눈으로 보듯이 확실해. 내 경우에 있어서 영국을 등지고 떠난다는 것은, 사랑하지만 허무해진 고장을 떠나는 것과 다름없어. 로체스 터 씨도 없고, 설사 있다 하더라도 그것이 나에게 무슨 희망이 되겠어? 내가 할 일은 그가 없이도 살아가는 거야. 이처럼 터무니없는 변화 따위를 기다리 듯 하루하루를 지연시키고 있는 것은 내가 어리석고 약한 탓이겠지. 언젠가 세인트 존이 말했던 것처럼, 나는 인생을 살아가는 데 있어서 잃어버린 것을 대치할 무엇을 찾아야 할 것이다. 그가 지금 나한테 권하고 있는 일은 인간이 택할 수 있는, 아니 신이 정해 줄 수 있는 가장 영광된 것이 아닐까? 그것이야 말로 뿌리째 뽑혀진 애정과 짓밟힌 희망에 의해 생겨난 공백을 고결한 각고 와 숭고한 수확으로 메울 수 있는 가장 적합한 사업이 아니겠는가?'

나는 그렇게 하겠노라고 대답할 수밖에 없다고 생각했다. 그런데도 몸이 떨렸다.

'아아! 내가 만약 세인트 존과 결합한다면 그건 자포자기한 것이며, 인도에 간다면 스스로의 생명을 재촉하는 일이 될 테지. 영국을 떠나 인도로 가고, 인도를 떠나 무덤으로 가는 동안 무엇으로 내 빈 가슴을 메울 수 있을까? 아아, 나는 알고 있어. 이것도 눈앞에 보듯이 확실해. 세인트 존을 만족시키기 위해서는 근육이 아프도록 노력해야 할 거야. 또한 그가 기대하는 원의 중심점에서 원주에 이르기까지 내가 정말 그와 함께 간다면, 그가 시키는 희생적인 일을 한다면, 나는 그것을 절대적인 것으로 생각하고 감당해 낼 거야. 제단에 모든 것을 바칠 생각으로, 몸과 마음을 완전한 희생물로……. 하지만 그는 결코 나를 사랑하지는 않을 거야. 그러나 나는 자신을 기어이 인식시키고야 말겠지. 일찍이 내게서 찾아보지 못했던 정열을, 그리고 상상조차 하지 못했던 지능을 보여주면서……. 그렇다, 나는 그 못지않게 열심히, 불평 없이 일을 할 거야. 그렇다면 그의 요구에 동의할 수 있을 것이다. 단 하나의 조건, 단 하나의 무서운 조건만 제외한다면……. 그것은 그가 나에게 아내가 되어달라고 간청하면서도 남편으로서의 애정을 갖고 있지 않다는 거다. 그는 마치 맞은편 골짜기에서 거품을 일으키는 시냇물 밑에 우뚝 서 있는 거인 같은 암석처럼 비정한 인간이다. 그가 나를 소중히 여기는 것은 병사가 무기를 소중히 여기는 것이나 다를 바가 없다. 그것뿐이다. 때문에 그와 결혼하지 않는 것이 나로서는 조금도 애석할 게 없다. 그런데 그의 뜻대로 결혼식을 거행할 수 있을까? 그로부터 결혼반지를 받고, 여러 가지 형태의 사랑을 감당하고, 그 결핍되어 있는 정신을 견뎌낼 수 있을까? 그가 보여줄 사랑의 표현 하나하나가 희생이라고 의식하면서 참을 수 있을까? 그런 순교는 나에게 너무나 가혹하다. 나는 그러한 고난을 받을 수가 없어. 동생으로서는 동반할 수 있어도 아내로서는 그럴 수가 없어. 그에게 내 뜻을 전해야 해.'

나는 언덕 쪽을 바라보았다. 그는 마치 쓰러진 원주처럼 누워 있었는데, 내 쪽으로 향한 얼굴에서 눈만이 예리하게 빛나고 있었다.

그가 천천히 일어나서 내게로 다가왔다.

"부담 없이 간다면, 당신을 따라서 인도에 가겠어요."

"당신 대답에는 설명이 필요해요. 알아듣지 못하겠어요."

"당신은 지금까지 나의 사촌오빠였고, 나는 당신의 사촌동생이었어요. 그런 관계를 지속시키고 싶어요. 그러므로 결혼은 하지 않는 것이 좋겠어요."

그는 고개를 가로저었다.

"이런 경우에 사촌남매 관계로는 부적당해요. 당신이 친동생이라면 문제가 다르겠지만, 당신을 데리고 가면서 아내를 구하라는 건 아니겠지요. 우리의 결합은 결혼에 의해 성화되고 굳어지지 않은 한 성립될 수가 없어요. 그 밖의 어떤 방법을 취해도 실질적으로 지장이 있게 마련이에요. 그 점을 이해 못 하겠어요, 제인? 좀 생각해 봐요. 당신의 우수한 분별심이 당신을 인도해 줄 거요."

나는 곰곰이 생각했다. 나의 분별력이 어느 정도의 것인지는 몰라도, 그것이 지시하는 바에 의하면 역시 우리는 서로 부부로서의 애정을 느낄 순 없었다. 따라서 결혼해서는 안 된다는 것이었다.

"세인트 존, 나는 당신을 오빠로 생각하고 있어요. 당신도 나를 누이동생으로 생각해 줘요. 이대로 좋아요." 나는 그렇게 말했다.

"그렇게는 할 수 없어. 할 수 없는 일이오. 그렇게는 안 돼요. 당신은 나와 함께 인도에 간다고 했어요. 잊지 말아요, 자신이 말한 것을." 그는 예리한 어조로 단호하게 말했다.

"조건부였어요."

"좋아요, 좋아. 중요한 점은 나와 함께 영국을 떠난다는 것, 앞으로 내가 하는 일에 협조한다는 것, 여기에는 반대하지 않아요. 당신은 이미 쟁기에 손을 댄 것이나 마찬가지이므로 이대로 물러선다는 건 당신의 절개와 지조가 용서하지 않을 겁니다. 다만 한 가지 목표만 직시하면 돼요. 어떻게 하면 맡은 일을 보다 성공적으로 수행할 수 있을까 하는. 흥미나 감정, 사상, 소망, 계획 등을 단순화하고, 모든 생각을 한 가지 목적에 투입하세요. 위대한 주님의 사명을 효과적으로 수행한다는 목적에 말입니다. 그렇게 하기 위해서는 보좌역이 필요한데, 오빠로서는 안 되고 남편이어야만 돼요. 나로서도 동생은 필요 없어요. 내게 필수적인 것은 아내입니다. 살아 있는 동안 적절하게 영향을 미칠 수 있고, 죽을 때까지 절대적으로 소유할 수 있는 유일한 협력자가 필요한 거요."

그의 말을 듣고 나는 몸서리를 쳤다. 골수에까지 그의 영향력이 미치는 기분이었고, 나의 전신이 헤어날 수 없이 얽매이는 것 같은 생각이 들었다.

"그렇다면 내가 아닌 다른 사람을 찾아보세요. 세인트 존, 당신 마음에 꼭 드는 사람을 찾으세요."

"나의 목적에 꼭 맞는 사람 말이지요. 나의 천직에 맞는! 다시 한 번 말하지만, 내가 동반하고 싶은 사람은 보잘것없고 단순한 세속적 이기심을 가진 인간이 아니라 전도사입니다."

"그렇다면 나는 그 전도사의 일에 온 정열을 쏟겠어요. 당신이 원하는 것은 그것뿐이지, 제가 아니잖아요. 그것은 곡식의 낟알에 깍지나 껍질을 첨가하는 것과 마찬가지예요."

"그렇게는 안 돼요. 그래서도 안 되고. 신이 반쪽의 헌신을 만족하리라고 생각하나요? 신이 다목적의 희생물을 받아들일 것 같습니까? 내가 추구하는 것은 하늘의 길이고, 당신을 참가시키는 것은 하느님의 깃발 아래입니다. 신을 위해서 나는 반만의 충성을 받아들일 수가 없습니다. 전체가 아니면 안 돼요."

"오오, 나는 신에게 나의 마음을 바치고 싶어요. 그런데 당신은 그것을 바라지 않고 있어요." 내가 말했다.

독자여! 내가 이 말을 할 때의 어조며 거기 수반되는 감정에, 숨겨진 빈정거림이 없었다고 단언할 순 없을 것이다. 나는 지금까지 세인트 존을 은근히 두려워하고 있었다. 왜냐하면 그를 이해한다는 것이 불가능했기 때문이었다. 그의 얼마만큼이 성인이고 얼마만큼이 범인인지 이제까지는 분간할 수가 없었는데, 바로 지금의 대화에서 여러 가지가 드러나고 내 목전에서 성격이 분석되어 가고 있었다. 나는 그의 결점을 발견하고 마음에 간직했다.

지금 히스가 무성한 언덕에 서 있는 잘생긴 모습의 그를 바라보면서, 나는 나와 마찬가지로 결점이 있는 사람의 발밑에 있다고 생각했다. 그의 냉정과 횡포를 감쌌던 베일이 벗겨진 것이다. 그의 마음속의 불완전을 감지하자 용기가 솟구쳤다. 나는 대등한 사람과 같이 있는 것이다. 함께 토론도 할 수 있고, 또 마음 내키면 저항도 할 수 있는······.

내가 마지막 말을 한 다음부터 그는 침묵을 지켰다. 그때 나는 용기를 내서 그의 얼굴을 보았다. 나를 보고 있던 그의 눈에는 엄청난 놀라움과 강렬한 의혹이 짙게 깔려 있었다. '빈정거리고 있어. 나한테 말이야.'라고 그 눈이 말하는 것 같았다. '과연 그것은 무엇을 뜻하는 것일까······.', '이것은 엄숙한 문제라는 것을 잊지 않기로 해요.'

그가 말했다.

"경솔히 생각한다든가 경솔하게 말을 한다는 것은 죄 받을 일입니다. 제인, 당신은 신에게 마음을 바치고 싶다고 했는데, 그것이 사실이라는 걸 나는 믿어요. 내가 원하는 것은 그것뿐이오. 당신의 관심을 인간에게서 이탈시켜 신에게로 향한다면, 지상에서의 주님 나라 발전만이 당신의 최대 기쁨이 될 겁니다. 또한 그 목적을 추진시키는 일이라면 무엇이든 기꺼이 할 수 있을 겁니다. 우리가 결혼해서 육체적으로나 정신적으로 결합하면, 당신이나 나의 노력에 더할 수 없는 힘이 될 거란 것도 알게 될 테지요. 그 결합이야말로, 인류의 운명과 의도에 영원히 합치되는 성격을 부여하는 유일한 선택입니다. 그러므로 여러 잡다한 생각, 감정의 사소한 분쟁이나 얽힘, 개인적인 성향의 갖가지 단계, 종류, 힘, 감정 등에 관한 주저 따위는 내다버리고 당장에 결합을 서둘러야 합니다."

"내가요?" 나는 짧게 물었다.

아름답게 조화를 이루고 있으나 조용한 엄숙함이 깃들어 이상스런 공포를 자아내는 얼굴을 바라보면서, 그리고 당당하기는 하지만 밝다고는 할 수 없는 이마, 맑고 깊고 예리하긴 하지만 결코 온화하다고는 할 수 없는 눈, 그리고 큰 키와 위압적인 체구를 살펴보면서 나는 그의 아내가 된 자신의 모습을 그려보았다.

'아아, 그렇게는 될 수 없다. 그의 보좌역이고 친구라면 만사가 잘될 것이다. 그런 자격이라면 함께 대양을 건너리라. 그런 임무라면 그와 함께 동양의 태양 밑에서, 아시아의 사막에서 일하리라. 그의 용기와 헌신과 활력을 숭배하고, 그와 경쟁도 하리라. 그의 지배에 순종하며, 그의 뿌리 깊은 야심에 미소를 보내리라. 그의 그리스도교적인 면과 인간적인 면을 구별해서, 전자를 마음으로 존경하고 후자를 너그럽게 용서하리라. 하지만 이 자격만을 가지고 그와 결합한다면, 틀림없이 나는 때때로 고통 받게 될 것이다. 다만 나의 몸은 멍에를 메고 구속을 받겠지만 마음은 자유로울 것이다. 자신의 순결을 지켜서 때로는 거기에 기대고, 쓸쓸할 때는 천성적으로 노예화되지 않은 감정과 대화를 나누리라. 내 마음속에는 오직 내게만 속해 있는 공간이 있으며, 그곳만은 결코 그가 발을 들여놓을 수 없을 것이다. 그곳에선 정서가 발랄하고 안전하게 성장할 것이며, 그의 준엄한 성격도 그것을 시들게 하지는 못할 것이다. 또한 군대 같은 행진으로도 결코 짓밟지 못할 것이다. 그러나 그의 아내로서는 항상 옆에 있어야 하고, 조심해야 하고, 구속을 받기 때문에 내 본연의 불은 낮춰야만 할 것이다. 하지만 감금된 불꽃이 내장을 태워도 소리조차 못 지를 것이니, 이건 나로서는 참을 수 없는 일이 될 것이다.'

생각이 여기에 미치자, 내가 소리쳤다.

"세인트 존!"

"왜요?" 그가 냉정하게 대답했다.

"다시 말하지만 당신의 동료 선교사로 간다면 따르겠지만, 아내로서는 가지 않겠어요. 나는 당신과 결혼해서 당신의 일부가 될 순 없어요."

"무슨 일이 있어도 나의 일부가 되어줘야 합니다. 그렇게 될 수 없다면, 지금까지 이야기는 모두 허사입니다. 아직 서른도 되지 않은 내가, 열아홉 살의 처녀를 어떻게 결혼도 하지 않고 인도로 데려갈 수 있겠어요? 우리가 어떻게 항상 함께 있을 수 있겠느냐고요? 때로는 인가에서 떨어져 있기도

하고, 때로는 야만족들 틈에 끼어 살아야 할 텐데……. 결혼도 하지 않고……." 그가 집요하게 말했다.

"할 수 있어요. 그런 경우에서는 내가 당신의 친동생일지라도, 또는 당신과 같은 남자 목사라 해도 마찬가지일 거예요." 나는 잘라서 말했다.

"당신이 내 친동생이 아니라는 것이 곧 알려질 것입니다. 당신을 친동생이라고 소개할 수는 없지요. 그런 생각을 가졌다가는 둘 다 불리한 의혹을 사게 될 뿐이오. 그리고 또 당신에겐 활기에 넘치는 남성적 두뇌가 있긴 하지만 마음은 역시 여성적이에요. 그렇기 때문에 잘되지 않을 거예요."

"아녜요." 약간 경멸감을 느끼며 나는 단호하게 대꾸했다.

"잘될 겁니다. 나는 여자의 마음을 갖고 있지만, 당신에 대해서는 그렇지 않아요. 당신에게는 동지적인 신의를 갖고 있을 따름입니다. 원한다면 전우로서의 솔직성과 성실성과 우애를 가질 수도 있지요. 그리고 성직자에 대한 신자로서의 존경과 순종이 있을 뿐이에요. 걱정할 것 없어요."

"바로 그것이 내가 원하는 바입니다. 내가 원하는 게 그거예요. 나아갈 길에 장애가 있겠지만 제거해야 합니다. 제인, 나와 결혼해도 후회하지 않을 거예요. 거기에 대해서는 믿어줘요. 우리는 꼭 결혼해야 해요. 되풀이해서 말하겠지만 다른 방법은 없으며, 결혼하게 되면 당신이 봐도 옳았다고 생각할 정도로 애정이 생길 거예요." 그가 간곡한 어조로 말했다.

"당신의 애정관을 나는 경멸해요. 당신이 보여주는 거짓 애정을 나는 경멸해요, 세인트 존. 이런 말을 해야 하는 것 자체를 경멸하겠어요."

나는 벌떡 일어나서 바위에 기댔다. 그리고는 그 앞에 서서 이렇게 말할 수밖에 없었다.

그는 나를 뚫어지게 바라보면서 그 아름다운 입술을 깨물었다. 화난 것인지 놀란 것인지, 아니면 다른 생각을 하고 있는지 헤아릴 수가 없었다. 그는 얼굴 표정을 자신의 뜻대로 지을 수가 있기 때문이었다.

"당신에게서 그런 말을 들으리라고는 전혀 생각 못 했습니다. 나는 멸시당할 일을 하지 않았고, 그런 말을 한 적도 없다고 생각해요."

나는 그의 신사적인 어조에 감동되고 침착한 태도에 위압당했다.

"그런 말을 해서 미안해요. 세인트 존, 그러나 내가 이렇게 불쑥 얘기하게 된 데는 당신 잘못도 있어요. 당신은 우리가 원칙적으로 의견을 달리하고 있는 화제를 꺼낸 거예요. 애정이라는 말 자체가 우리 둘 사이에는 불화의 사과(트로이 전쟁의 원인이 되었다는 그리스 신화.)이었어요. 진정한 애정을 추구한다면 우리가 어떻게 해야 돼요? 어떻게 그게 느껴지겠어요? 오빠, 결혼할 생각은 그만둬요. 잊어주세요."

"안 됩니다. 그것은 나의 숙원이며, 위대한 목적을 달성하기 위한 하나의 초보적인 계획입니다. 그러나 지금은 더 이상 추구하지 않겠습니다. 난 내일 캠브리지로 떠납니다. 거기에는 작별 인사를 해야 할 친구가 많거든요. 한 보름쯤 집을 떠나게 될 타인데, 그동안에 내 의견을 잘 생각해 봐요. 만약에 거역한다면, 당신이 내가 아닌 신을 거역한다는 사실을 잊지 말아요. 신은 나라는 매개물을 통해 당신에게 고귀한 인생행로를 열어준 겁니다. 다만 나의 아내로서 한 발 내딛기만 하면 돼요. 나의 아내가 될 것을 거부한다면, 영원히 이기적인 안일과 실속 없는 길을 걸어야만 할 겁니다. 그렇게 되면 신앙을 부정하는 이교도보다 더 악한 무리로 간주된다는 사실을 명심해요."

그는 말을 끝마쳤다. 그리고 돌아서며 다시 한 번 시를 읊듯 말했다.

"강을 바라보고 언덕을 바라보라."

그러나 이번에는 그의 감정이 가슴속에 갇혀 있었다. 나는 그것을 들을 가치가 없는 존재였다. 집으로 돌아오는 길에 그의 쇳덩이 같은 침묵 속에서 나에 대한 그의 감정을 읽을 수 있었다. 복종을 얘기했는데 저항을 당했을 때 준엄하고 독재적인 기질을 가진 사람이 느끼는 실망, 자기로서는 공감할 수 없는 견해가 타인에게 있다는 것을 발견한 꼿꼿하고 융통성 없는 판단력을 가진 자의 비난의식……. 다시 말해 일개 남성으로서 강압적으로라도 나를 복종시키려고 했으나, 나의 고집에 대해 그토록 인내하고 내게 반성과 후회의 시간을 많이 준 것은 그가 단지 진실한 기독교인이기 때문이었다.

그날 밤 그는 두 동생과 키스를 하고, 나와는 악수하는 것조차 잊은 것이 당연하다고 생각한 듯 아무 말도 하지 않고 방에서 나갔다. 그에 대한 애정은 조금도 없었으나 우정만은 강했기 때문에, 명백히 무시되었다는 생각이 들어 눈물이 나올 정도로 가슴이 아팠다.

"세인트 존과 싸웠지, 제인? 황야를 산책하는 동안에 말이야. 뒤따라가 봐요. 오빠는 당신이 따라올 것으로 알고 복도에서 기다리고 있어요. 오빠가 사과할 거예요." 다이애나가 말했다.

이런 때에 나는 별로 자존심을 내세우지 않는다. 위신을 지키기보다는 편안한 마음을 갖고 싶었으므로 나는 급히 뒤쫓아 갔다. 그는 계단 밑에 서 있었다.

"안녕히 주무세요, 세인트 존."

"잘 자요, 제인." 그가 조용히 대답했다.

"그러면 악수를 해주세요." 내가 덧붙여서 말했다.

그때 그가 나의 손가락에 준 감각이 어쩌면 그토록 차갑고 무기력하던 지……. 그는 그날 있었던 일을 낱낱이 기분 나쁘게 생각하고 있었던 것이다.

그의 얼어붙은 마음은 내가 성실함을 보여도 녹지 않을 것이며, 눈물을 흘려도 움직이지 않을 것이다. 그와의 사이에는 행복한 화해가 있을 수 없었다. 밝은 미소나 관대한 언어도……. 그런데도 그는 기독교인다운 인내심과 침착성을 갖고 있었기에 내가 용서를 빌자 자기는 화나는 일을 오래도록 기억하는 성미가 아니며, 또한 감정이 상한 일도 없었기 때문에 용서할 것도 없다고 대답했다.

그가 그렇게 대답하고 내 옆을 지나칠 때, 난 차라리 나를 때려눕혀주었으면 하는 생각이 들었다.

35장
허공에서 들려온 목소리

　이튿날 그는 캠브리지로 출발할 예정이었으나 떠나지 않았고, 일주일 후로 출발을 연기했다. 그동안에 그는 선량하긴 하지만 준엄한, 양심적이긴 하지만 앙심을 가진 인간이 자기를 화나게 한 자에게 어떤 가혹한 벌을 가할 수 있는지를 내게 보여주려는 것 같았다. 적의가 담긴 행위는 전혀 하지 않고, 비난하는 따위의 말도 한마디 하지 않은 채 나로 하여금 자기 관심 밖에 있다는 것을 느끼게 했던 것이다.

　그렇다고 세인트 존이 기독교인답지 않게 복수심을 가지고 있다는 것은 아니다. 그럴 힘이 충분히 있다손 치더라도, 그는 내 머리카락 하나도 다치지 않았을 것이다. 타고난 성품으로 보든가 그의 신념으로 봐서 복수 따위의 비열한 수단으로 스스로를 만족시키기엔 그는 너무 고상했다. 그는, 자기와의 애정을 경멸한다고 한 내 말을 용서해 주기는 했으나, 살아 있는 동안에 결코 잊지 않을 것이다. 그가 내 쪽으로 향했을 때 그와 나 사이의 공기에는 항상 그 말이 떠돌고 있다는 것을, 나는 그의 표정에서 읽을 수 있었다.

　그러나 그는 나와의 대화를 피하지는 않았다. 언제나처럼 매일 아침이면 나를 불러서 함께 공부할 정도였다. 나는 그의 마음 가운데 숨어서 도사리고 있는 비열한 성격을 보고, 알려지지도 않고 부여되지도 않은 향락을 순수한 기독교인이 즐기는 것이 아닌가 하는 생각마저 했다. 외면상의 언동은 전과 다름없지만 모든 행위와 언어에서 전에 그가 보여주었던, 엄격하지만 매력을 지녔던 나에 대한 관심과 칭찬의 요소를 기술적으로 축출해 냈다. 그의 눈은 차갑게 빛나는 푸른 보석이고 혀는 단지 말을 하는 기계일 뿐, 그 이상의 것은 아니었다.

그리고 이런 것이 나에게는 모두 세련되고 멈출 줄 모르는 고문이었다. 그것은 분노의 불꽃을 천천히 태우는 것이며, 나를 괴롭히고 압박하는 비겁함의 연속이었다. 만약에 그의 아내가 된다면, 태양조차 비치지 않는 깊은 수원처럼 순수한 이 선량한 남자는 나를 죽이고야 말 것이다. 내 혈관에서 피를 한 방울도 흘리지 않고, 그의 수정 같은 양심에 범죄의 흔적도 묻히지 않고……. 그의 마음을 달래려고 시도할 때면 더욱 그런 생각이 들었다. 그는 내 슬픔에 응답하는 감정 따위는 전혀 보이지 않았고, 사이가 서먹해져도 조금도 괴로워하지 않았으며, 화해할 생각은 더구나 없는 듯했다.

한 번이 아니라 여러 번, 하염없이 흐르는 내 눈물이 우리가 들여다보고 있는 책 위에 떨어져도 그는 아무런 반응도 보이지 않았으며, 그러는 중에도 동생들에겐 평상시보다 한층 다정하게 대했다. 마치 냉정한 것만으로는 추방과 감금을 충분히 납득시키기가 힘들다고 생각했음인지, 대조에 역점을 두는 것 같았다. 그리고 이것도 악의에서가 아니라 도덕적인 신념에서 그렇게 했을 것이다.

그가 집을 떠나기 전날 저녁, 해질 무렵쯤에 나는 우연히 그가 정원을 거닐고 있는 것을 보게 되었다. 그러자 지금은 서먹한 사이지만 어쨌든 그는 나의 생명을 구해 주었고 또한 가까운 친척이라는 생각이 들어서, 우애를 회복할 최후의 시도를 해야겠다는 생각이 불쑥 들었다. 나는 밖으로 나가서 정문에 기대고 서 있는 그의 앞으로 다가가 단도직입적으로 요점을 말했다.

"세인트 존, 당신이 아직도 내게 화를 내고 있어서 몹시 괴로워요. 다시 친해져요."

"우린 친하다고 생각하는데요." 냉정한 대답이었다.

그리고 내가 다가갈 때까지도 떠오르는 달을 계속해서 응시했다.

"아니에요, 세인트 존. 우리는 전처럼 친하지 않아요. 그건 당신도 알고 있어요."

"친하지 않다고? 그건 오해예요. 나는 당신한테 조금의 악의도 없고, 오직 선의뿐입니다."

"나는 당신을 믿어요, 세인트 존. 당신은 누구에게나 악의를 가질 수 없는 분이에요. 그러나 우리는 친척이니까, 다른 사람들에게 보여주는 일반적인 것보다 나에겐 더 많은 애정을 보여줘야 해요."

"물론이죠. 당신의 요구는 정당한 것이며, 나는 당신을 남이라고 생각하지 않아요." 그가 말했다.

이처럼 냉정하고 침착하게 하는 말은 나를 괴롭히고 곤혹스럽게 하기에 충분했다. 그때 자존심과 분노의 속삭임에 귀를 기울였더라면 나는 당장에 그의 곁을 떠났을 것이다. 하지만 언제나 마음 한구석에서 그보다 더 강한 감정이 작용했다. 나는 사촌오빠의 재능과 신념을 마음속 깊이 존경하고 있었다. 그의 우애는 내게 소중한 것이었고, 그것을 잃는다는 것은 참을 수 없이 고통스런 일이었으므로 그것을 되찾으려는 노력을 포기할 수 없었다.

"이대로 작별해야 하나요? 세인트 존, 이렇게 나를 못 본 체하고 그대로 인도에 가야 하나요? 한마디 다정한 화해의 말도 없이……."

그는 달에서 시선을 거둔 다음 나에게로 돌렸다.

"제인, 당신을 두고 인도로 떠난다고? 당신은 인도에 가지 않나요?"

"당신과 결혼하지 않으면 못 간다고 하지 않았던가요?"

"그렇다면 나와 결혼하지 않겠단 말인가요? 아직도 결심을 망설이고 있는 거요?"

독자여! 이토록 냉정한 사람의 차가운 질문은 공포를 안겨준다는 사실을 나처럼 절실하게 느낄 수 있겠는가! 또한 눈사태 같은 분노의 힘이 얼마나 크고, 얼어붙은 바다도 깨뜨릴 수 있는 거대한 힘이 불쾌한 심정 내부에 자리하고 있다는 것을 아는가…….

"아니에요, 당신과 결혼은 할 수 없어요. 내 결심을 지키겠어요."

눈사태는 움직여서 조금 전진했으나, 아직 소리를 내며 굴러 떨어지지는 않았다.

"다시 한 번 묻겠는데, 도대체 무엇 때문에 거절하는 겁니까?"

"전에는 당신이 나를 사랑하지 않았기 때문이고, 이제는 당신이 나를 미워하기 때문이라고 대답하겠어요. 당신과 결혼하면 결국 당신은 나를 죽일 거예요. 지금도 나를 죽이고 있어요."

그의 얼굴과 뺨이 파랗게 질렸다.

"내가 당신을 죽일 것이고, 지금도 죽이고 있다고? 그런 말은 참으로 입 밖에 낼 수 없는 난폭하고 여성답지 않은 허위의 언어입니다. 그런 말을 한다는 것은 불행한 정신 상태를 증명해 주는 것이며, 견책을 받아 마땅합니다. 일곱 번씩 일흔 번을 용서하는 것이 인간의 의무이기는 하나, 그러한 말은 용서될 수 없다고 봅니다."

이제 내가 할 말은 끝났다. 전에 감정을 상하게 했던 흔적을 그의 마음에서 씻으려고 했던 것이, 오히려 지울 수 없는 또 하나의 상처를 그 표면에 더욱 깊게 새기고 말았던 것이다.

"이젠 나를 정말로 미워하겠지요? 당신과 화해하려고 했으나 허사였어요. 오히려 당신을 영원히 적으로 만들었다는 것을 알았어요." 내가 말했다.

이 말은 진실을 건드린 것이기 때문에 더욱 좋지 않았다. 새로운 상처를 입은 그의 핏기 없는 입술이 잠깐 동안 경련을 일으켰다. 내가 자극한 쇳덩이 같은 분노였다. 나는 속이 뒤틀리는 것 같았지만, 그의 손을 잡으며 말했다.

"당신은 내 말을 오해하고 있어요. 내겐 당신을 슬프게 한다든지 괴롭힐 생각이 조금도 없어요. 정말이에요."

그는 쓴웃음을 지으며 단호하게 내 손을 뿌리쳤다.

"그렇다면 약속을 저버리고, 인도에는 절대로 가지 않겠단 말이지요?"

약간 사이를 두고 그가 물었다.

"아니에요. 당신의 조수로서는 가겠어요."

오랜 침묵이 이어지는 동안 그의 마음 가운데서는 인간적인 격정과 천부의 덕이 심한 격투를 벌였을 터이지만, 나로선 짐작할 수조차 없었다. 그의 눈에 이상스런 빛이 떠오르고 얼굴엔 심상치 않은 그림자가 스쳐갔다.

그가 마침내 입을 열었다.

"앞서도 말했다고 생각되지만, 당신 나이의 독신 여성이 나 같은 독신 남자와 외국에 간다는 건 어리석은 일입니다. 다시는 그런 계획을 입 밖에 내지 말도록 설명했던 적도 있어요. 당신이 다시금 같은 말을 한다는 것은 섭섭한 일입니다. 당신을 위해서도."

나는 그의 말을 중단시켰다. 무엇보다도 그의 구체적인 책망은 내게 용기를 주었다.

"양식을 지니도록 하세요, 세인트 존. 그건 상식에 벗어난 말이에요. 내 말에 충격을 받은 것처럼 꾸미는 거예요. 사실은 충격 받지 않으면서도……. 당신의 훌륭한 머리는 내 말을 오해할 만큼 어리석지도 않고, 잘난 체하지도 않을 거예요. 다시 한 번 말하지만, 진정한 소원이라면 당신의 조수는 될 수 있을지언정 아내가 될 생각은 없습니다."

다시 그의 얼굴은 납빛처럼 창백해졌으나, 격정은 억제되고 있었다. 그는 힘주어서 조용히 대답했다.

"아내가 아닌 조수는 내게도 필요 없습니다. 결론은 나와 같이 갈 수 없다는 얘기로군요. 그러나 당신의 요청이 본심에서 우러난 것이라면, 내가 런던에 체류하는 동안 결혼한 선교사로서 그 아내가 조수를 필요로 하는 사람이 있는지 알아보지요. 당신은 재산이 있으니까 협회의 후원을 받을 필요가 없고, 따라서 계약을 파기했다든가 참가하기로 된 대열에서 이탈했다는 불명예스러운 비난도 받지 않을 겁니다."

그러나 나는, 독자 여러분도 알다시피 정식으로 계약한 적도 없고 어떤 대열에 참가하겠다는 약속을 한 일도 없으므로 그런 말을 한다는 것은 지나치게 가혹한 횡포라고 생각했다. 그래서 나는 반박하듯이 대답했다.

"이 경우에 있어서 불명예라든가 계약의 파기라든가 이탈이란 말은 가당치 않아요. 내가 반드시 인도에 가야 한다는 의무, 더구나 모르는 사람과 함께 가야 할 의무 같은 것은 전혀 없습니다. 다만 당신과 함께라면, 당신을 존경하고 믿고 그리고 누이동생으로서 당신을 사랑하기 때문에 가려고 했던 거예요. 하지만 한 가지 확실한 것은, 언제 누구와 그곳에 가든 나는 그런 기후에서 오래 살지 못할 거란 사실입니다."

"아아, 당신은 지금 자신의 일을 걱정하는군요." 그는 입술을 일그러뜨리며 말했다.

"그래요. 신은 내던지라고 내게 생명을 주신 게 아니에요. 당신 소원대로 한다는 것은 자살에 가깝다고 생각돼요. 뿐만 아니라 영국을 떠날 확고한 결심을 하기 전에, 여기서 할 수 있는 더욱 유익한 일을 찾아보려고요."

"무슨 뜻인가요?"

"설명해 봤자 소용없을 거예요. 오랫동안 참고 견뎌온 의문이 하나 있어요. 무슨 수단을 쓰든 그 의문을 풀지 않고서는 아무 데도 갈 수 없습니다."

"당신 마음이 어디로 향하고 무엇에 집착하는지 알만 합니다. 당신의 관심사는 이 세상 법에 위배될 뿐 아니라, 무엇보다도 신의 법에 위배되는 거예요. 이미 오래전에 분쇄했어야 마땅합니다. 지금 그런 말을 하는 것 자체가 수치인 겁니다. 당신은 지금 로체스터 씨를 생각하는 거죠?"

바로 그것이었다. 나는 침묵으로 그 사실을 인정했다.

"로체스터 씨를 찾을 생각인가요?"

"그분이 어떻게 됐는지 꼭 알아야겠어요."

"그렇다면 내가 해야 할 일은 기도드릴 때 당신을 생각하고, 신이 당신을 버리지 않도록 정성껏 기원하는 것뿐이겠군요. 나는 당신을 선민의 한 사람으로 생각했어요. 그러나 하느님의 눈은 사람과 다르지요. 그분의 뜻대로 이루어질 것입니다."

그는 정문을 열고 밖으로 나가더니 계곡 쪽을 향해 걷기 시작했다. 드디어 그의 모습이 시야에서 사라졌다.

객실로 돌아와서 보니, 다이애나가 창가에 서서 깊은 생각에 잠겨 있었다. 그녀가 나보다 훨씬 키가 컸다. 그녀가 내 어깨에 손을 올려놓고 허리를 굽혀 내 얼굴을 들여다보았다.

"제인! 요즘 마음이 흔들리고 있는 듯하고, 안색도 좋지 않은 것 같아요. 무슨 일이 있었지? 세인트 존과의 문제를 내게 말해 줄 수 없어? 여기서 30분가량 당신들을 바라보고 있었어요. 이 같은 내 행동을 용서해 주겠지? 한참 동안 나도 알 수 없는 여러 가지 것을 상상해 보았어. 세인트 존은 좀 이상한 사람이야." 다이애나가 말했다.

그녀가 말을 그쳤으나 나는 아무 대답도 하지 않았다. 그러자 그녀가 다시 말을 이었다.

"오빠는 제인에게 무슨 다른 생각을 가지고 있는 것이 틀림없어. 일찍이 아무한테도 보이지 않았던 주목과 관심을 갖고 당신을 특별히 대해 왔어. 왜 그랬을까? 그는 당신을 사랑하나 봐……. 그렇지, 제인?"

나는 그녀의 차가운 손을 나의 뜨거운 이마에 갖다 댔다.

"아니에요, 다이애나! 전혀."

"그렇다면 무엇 때문에 항상 오빠의 눈길이 당신의 뒤를 따르고, 그렇게 자주 둘이만 있고 싶어 하고, 언제나 당신을 옆에 두려고 할까요? 메리와 나는, 오빠가 당신과 결혼할 것을 바라고 있다는 결론을 내렸어요."

"그래요, 나더러 아내가 되어 달라는 거예요."

그 말에 다이애나가 손뼉을 치면서 말했다.

"그야말로 우리가 바라던 일이고 생각했던 대로야! 오빠하고 결혼하는 거지, 제인? 그렇게 되면 오빠는 영국에 머물러 있을 거예요."

"그게 아니에요, 다이애나. 나한테 결혼을 신청한 것은, 인도에서 고생을 같이할 수 있는 협력자로서예요."

"뭐라고! 오빠가 당신을 인도로 데려간다고?"

"그래요."

"미쳤어! 거기 가면 당신은 석 달도 못 살아요, 틀림없이. 당신을 보낼 순 없어요. 승낙하지 않았지, 제인?" 다이애나가 소리쳤다.

"결혼을 거절했어요."

"그래서 오빠가 저렇게 침울하군."

"몹시 그래요. 나를 용서해 줄 것 같지 않아요. 그러나 동생으론 따라가겠다고 했어요."

"그런 말을 하다니 어리석은 일이야, 제인. 당신이 해야 할 일이 어떤 것인지 생각해 봐요. 과로의 연속이에요. 강한 사람도 쓰러질 텐데, 그런 몸을 해가지고……. 세인트 존은 알다시피 불가능한 것을 당신에게 시키려는 거예요. 아무리 더워도 쉴 시간도 주지 않을 거예요. 그리고 불행하게도, 내가 알기로 당신은 오빠가 시키는 일이라면 등골이 빠지는 한이 있더라도 하려고 해요. 그나마 당신에게 결혼을 거절할 용기가 있었다니 놀랍군요. 그렇다면 오빠를 사랑하고 있지는 않군, 제인?"

"남자로서는."

"그래도 오빠는 미남이에요."

"그리고 나는 보다시피 못생기고, 다이애나. 그러니까 우리는 어울리지 않아요."

"못생겼다고, 당신이? 천만에! 캘커타에 가서 불볕을 쬐기에는 지나치게 여릴 뿐만 아니라 너무 아름다워요."

그러고 나서 그녀는 다시, 오빠와 함께 갈 생각일랑 버리라고 열심히 설득시키는 것이었다.

"꼭 그렇게 할게요. 조금 전만 해도 목사의 조수로 봉사하겠다고 했더니 내가 건실하지 못하다고 비난해서 충격을 받았어요. 결혼하지 않고 같이 간다는 것은 온당치 않은 행위라고 생각하는 것 같아요. 마치 내가 처음부터 그분을 오빠였으면 하는 생각이 없었고, 또 지금까지 오빠로 생각하지 않은 것처럼 말예요." 내가 대답했다.

"오빠가 당신을 사랑하지 않는다는 것을 어떻게 알았나요, 제인?"

"그것은 오빠한테 묻는 것이 좋을 거예요. 나와 결혼하는 것은 자신을 위해서가 아니라 성직을 위해서라고, 내게 몇 번이나 되풀이해서 주지시켰어요. 나는 노동을 위해서 태어난 것이지, 사랑을 위해 태어난 것이 아니래요. 틀림없이 그렇겠지요. 그러나 내 생각엔, 사랑하기 위해서 태어난 것이 아니라면 결혼하기 위해서 태어난 것도 아닐 거예요. 어딘가에 필요한 도구로밖에 봐주지 않는 남성과 일생을 같이 지낸다는 것은 우습지 않아요, 다이애나?"

"참을 수 없을 거예요, 부자연스럽고…… 말도 안 돼요!"

"그리고…… 지금은 그분한테 동생으로서의 애정만 갖고 있지만, 만약에 억지로 그의 아내가 된다면 나는 비정상적인 애정을 피할 수 없이 갖게 될 거라고 생각해요. 왜냐하면 그분은 재능도 있고 잘생기고 언어나 행동에 항상 영웅적인 멋이 깃들어 있기 때문이지요. 그렇게 됐을 때 내 운명은 한층 더, 말할 수 없이 비참해질 거예요. 그분은 내게 사랑받고 싶은 생각이 없기 때문에 내가 그런 감정이라도 표시한다면 그런 건 불필요한 것이고, 내게도 어울리지 않는 쓸데없는 것이라는 사실을 알리려고 할 거예요. 틀림없이 그러리라고 생각해요." 내가 계속해서 말했다.

"그러나 세인트 존은 착해요."

"착하고 위대한 분이죠. 그러나 자기만의 높은 이상을 추구하느라 평범한 사람들의 감정이라든가 요구 같은 것은 무자비하게 잊어버려요. 그러므로 보잘것없는 사람들은 그분이 전진할 때 짓밟히지 않도록 재빨리 피하는 게 좋을 거예요. 아! 그가 돌아왔어요. 나는 저쪽으로 갈게요, 다이애나."

그가 마당에 들어서는 것을 보고 나는 서둘러서 2층으로 올라갔다.

그러나 저녁 먹을 때는 그와 다시 마주칠 수밖에 없었다. 식사 때 그는 언제나처럼 침착한 태도를 취했다. 나는 이제 그가 내게 할 말이 없을 것이며, 또한 결혼에 대한 계획을 포기한 것으로 믿고 있었다. 그러나 다음에 일어난 일은, 두 가지 생각이 다 잘못이었다는 것을 말해 주었다.

그는 평상시와 같은 태도로, 특히 최근에 줄곧 취하는 예절 바른 태도로 말을 꺼냈다. 틀림없이 그는 내가 그에게 불러일으켰던 분노를 가라앉히기 위해 성령의 도움을 간구했을 것이며, 그렇기 때문에 나를 용서한 것으로 믿고 있었다. 기도 전에 읽은 성경 봉독에서 그는 〈묵시록〉 3장을 택했다. 귀를 기울이고 그의 입술에서 흘러나오는 성경 구절을 듣는다는 것은 어느 때나 즐거운 일이었다. 그가 신의 계시를 전할 때처럼, 그 목소리가 아름답고 낭랑하게 울릴 때도 없다. 그리고 그의 태도가 소박하다는 것이 새삼스럽게 깊은 인상을 주었다.

오늘 밤 그는 커튼을 걷은 창을 등지고 가족들에게 둘러싸여 — 5월의 달빛이 비쳤기 때문에 촛불이 필요 없었다. — 두꺼운 성경에다 상반신을 굽히고 앉아 새로운 천국과 새로운 땅의 환상을 묘사하고, 어떻게 신이 와서 인간과 함께 살게 되고, 어떻게 인간의 눈물을 닦아주었는지를 설명했다. 그리고 나서 그 이전의 것은 이미 종언을 고한 것이므로 이제는 죽음도 슬픔도 눈물도 고통도 없게 된다고 전했다. 그때 그의 목소리는 더욱 장엄하게 들렸고, 그의 태도는 더욱 큰 감명을 안겨주었다.

하지만 다음과 같은 말이 그의 입에서 나왔을 때, 나는 이상한 전율을 느꼈다. 특히 시선을 내게로 돌리고 어조에 가벼운 변화를 가져오게 해서 말할 때는 더욱 그랬다.

"이기는 자는 모든 것을 이어받을 것이다. 나는 그의 신이 되고, 그는 나의 아들이 되리라. 그러나……"

이 구절을 그는 천천히, 아주 또박또박 읽었다.

"두려워하는 자, 그리고 믿지 않는 자는 유황불이 이글대는 못에서 심판받을 것이다. 이것은 제2의 죽음이니라!"

이것으로 나는 세인트 존이 나를 위해 어떤 운명을 두려워하고 있는지 알았다. 열정이 깃든 조용하고 억제된 승리감이, 이 장의 마지막 구절을 읽는 그의 봉독을 특색 지었다. 읽고 있는 그는 이미 자기 이름이 신이 기록하는 어린양의 생명서에 적힌 것으로 생각하고, 지상의 왕자들은 영광과 명예를 가져온 도시에 초대될 시간을 목마르게 기다리고 있는 것이었다. 그리고 그 도시는 신의 영광이 비치고, 신의 아들인 그리스도가 빛기 때문에, 태양도 달도 비칠 필요가 없는 곳이었다.

성경 봉독에 뒤이은 기도에서 그는 온갖 정력을 다 쏟는 엄숙한 열의를 보였다. 그것은 마음속 깊은 곳에서 우러나온 신과 맞서는 기도였는데, 하나의 정복을 결심하는 것이었다. 약한 자를 위하여 힘을 빌고, 안락한 우리에서 빠져나와 방황하는 자에게는 인도를, 세상에서 육체의 꾐을 받아 좁은 길에서 벗어난 자를 위해서는 마지막 시간까지 바른 길로 돌아올 것을 기원했다. 그는 불 속에서 타는 나뭇가지를 구해내듯 참으로 열렬하게 그런 은혜를 바라고 요청했다. 성스러운 의식은 어디까지나 엄숙한 것이었다. 처음 그 기도에 귀를 기울였을 때 나는 놀랐었는데, 그것이 점점 가열되자 감동하고 마침내 위압당했다. 그가 자신의 목적이 위대하고 옳다는 것을 마음 깊이 느끼고 있기 때문에, 그의 간구를 듣고 있는 제삼자도 그렇게 느낄 수밖에 없었다.

기도가 끝나자 각자 헤어졌다. 그는 다음 날 아침 일찍 떠나게 되어 있었다. 다이애나와 메리는 그와 키스를 하고 방으로 돌아갔다. 오빠의 귀엣말에 대한 응답일 것이다. 나는 손을 내밀고 즐거운 여행이기를 바란다고 말했다.

"고마워요, 제인. 앞서도 말했지만 한 보름 후에는 캠브리지에서 돌아오겠어. 그러므로 아직 생각할 시간적인 여유가 있어요. 내가 인간적인 자존심에 귀를 기울인다면 다시 결혼 얘기를 꺼내지 않겠지만, 나의 의무에 귀를 기울이기 때문에 최초의 목적을 고수하고, 또 신에게 영광을 돌리기 위해 무슨 일이나 하겠어요. 주님은 인내심이 강했는데, 나도 그럴 작정입니다. 신의 노여움을 살 대상으로 만들어서 당신을 멸망시킬 수는 없어요. 그러니 회개하고 결심해요. 아직 시간이 있는 동안에. 그리고 낮에 일하라고 하신 말씀을 기억하세요. '밤이 되면 아무도 일할 수 없다.'고 경고하셨습니다. 이 세상의 좋은 것을 간직한 '부자'의 운명을 생각해 보세요. 신이 당신한테 '빼앗을 수 없는 선'을 택할 수 있는 능력을 부여하시기를!"

마지막 말을 할 때 그는 내 머리 위에 손을 얹었다. 열을 띠었으나 조용한 말이었다. 그의 얼굴은 연인을 대하는 남자의 그것이 아니고, 방황하는 양을 부르는 목사의 표정이었다. 아니, 지켜야 할 책임이 있는 영혼을 바라보는 수호천사의 표정이라고 하는 것이 더욱 적절할 것이다.

재주가 있는 사람은 감정이 있든 없든, 광신자이건 야심가이건 폭군이건 간에, 진실하기만 하다면 능히 사람을 정복하고 지배할 수 있는 순간을 가지기 마련이다. 나는 세인트 존을 존경하는 마음을 가지게 됐다.

나는 내가 오랫동안 피해 오던 점에 나를 몰아넣은 그에게 강한 외경심을 갖게 됐다. 그리하여 그와의 투쟁을 중지하고, 그의 의지의 흐름에 따라 그의 존재의 심연에 떨어져서 자신의 존재를 잊어버리고 싶은 유혹에 사로잡혔다. 지금 내가 받고 있는 마음의 고통은, 형태는 다르다 해도 전에 다른 사람에게서 받았던 것 못지않게 괴로운 것이었다. 두 번 다 나는 어리석었다. 그때 굴복했더라면 도를 벗어나는 과오를 범했을 것이고, 이제 굴복한다면 판단을 잘못한 것이 될 것이다.

이제 모두가 지나고 난 오늘에 와서 시간이라는 조용한 매개물을 통해 그때의 위기를 돌이켜보면 그렇게 생각되지만, 그때는 나의 어리석음을 느끼지 못했었다.

나는 거룩한 성직자의 손 밑에서 꼼짝도 못 하고 있었다. 나의 거부는 잊혀지고, 공포는 정복되고, 격투는 마비되었다. 불가능이, 즉 세인트 존과의 결혼이 급속도로 가능해지고 있었다. 모든 것이 일순간에 바뀌어졌다. 종교가 부르고, 천사가 손짓하고, 신이 명령하고, 생명이 두루마리처럼 말리고, 죽음의 문이 열려서 영원을 보여주고, 거기 있는 평화와 행복이 이 세상의 모든 것을 즉시 희생해도 좋다는 생각을 갖게 했다. 어두운 방 안에는 온갖 환상이 가득 차 있었다.

"이제 결심이 섰습니까?"

그가 조용히 물었다. 부드러운 어조였다. 나를 가만히 끌어당기는 그 부드러움! 힘보다도 더욱 강한 잠재력! 세인트 존의 분노에는 대항할 수 있지만, 그의 친절에는 갈대보다 더 나약해질 수밖에 없었다. 그러나 그런 순간에도 내겐, 지금 내가 순종한다 해도 전에 반항했던 것에 대해 언젠가는 후회하게끔 응징당하리라는 생각이 들었다. 그의 성질은 한 시간의 엄숙한 기도로써 변한 것이 아니라, 다만 고조되어 있을 따름이었다.

"확실히 알게 되면 결심하겠어요. 당신과 결혼하는 것이 신의 뜻이라는 것을 납득만 할 수 있다면, 당장에라도 결혼한다고 약속하겠어요. 앞으로 어떤 일이 있을지라도!" 내가 대답했다.

"나의 기도가 이루어졌어!" 세인트 존이 소리쳤다.

그러고는 마치 내가 자기 것으로 확인이라도 된 듯 손으로 내 머리를 세게 눌렀다. 그리고 사랑이라도 하는 듯한 팔로 나를 안았다. 나는 지금 '하는 듯'이라고 말하는데, 그 차이에 대해서 나는 너무도 잘 알고 있으며, 사랑받는다는 것이 어떻다는 것을 이미 느낀 바 있었기 때문이다.

하지만 이제는 나도 그와 마찬가지로, 사랑이라는 것을 문제 삼지 않고 의무에 대해서만 생각하고 있었다. 나는 아직 구름에 싸인 마음속의 어두운 환상과 싸우고 있었다. 나는 옳은 것을, 다만 그것만을 하려고 진심으로 열렬히 바랄 뿐이었다.

"보여주세요, 내가 갈 길을!"

나는 하느님한테 간청했다. 지금까지는 분명히 흥분 상태에 있었으나, 그다음에 일어난 것이 흥분의 결과인지는 독자에게 맡기겠다.

온 집 안이 조용했다. 세인트 존과 나를 제외하고는 온 식구가 잠에 든 것으로 생각되었다. 한 자루밖에 없는 촛불도 다 타고, 방 안에는 달빛이 가득했다. 내 심장의 고동은 빠르고 격해 있어 뛰는 소리가 들릴 정도였다. 그러다가 갑자기 심장이 멎고 거기에 형용할 수 없는 감정이 생겨나서 심장을 뚫고 머리로, 다음에는 전신으로 전달되었다. 그 감정은 실로 예리하고 기이하고 놀라운 것으로, 거기 소환되어 잠을 깨게 하는 작용을 했다. 그에 비하면 지금까지의 감각 활동은 한낱 동면에 지나지 않는 것이었다. 잠에서 깨어난 감각은 눈과 귀를 기울이게 했으며, 뼈에 붙은 살이 떨고 있었다.

"뭐가 들려? 무엇을 봤어?" 세인트 존이 날카롭게 물었다.

아무것도 보이지는 않았으나, 어디선가 외치는 소리가 들려왔다.

'제인! 제인! 제인!'

그리고 소리는 곧 사라졌다.

"오오, 신이여! 저것은 무슨 소리인가요?" 나는 숨을 죽였다.

'저곳은 어디입니까?'라고 외쳤는지도 모르겠다. 방도 집 안도 정원도 아닌 것 같았다. 공중에서 들려오는 것도 아니고 땅속에서 들려오는 것도 아니었으며 머리 위에서 들리는 것도 아니었다. 확실히 들려오긴 했지만, 어디에서 무엇으로부터 들려온 것인지는 영영 알 수 없는 일이었다!

그러나 그것은 인간의 목소리……. 귀에 익은, 사랑하는, 그리고 잊을 수 없는…… 에드워드 페어팩스 로체스터의 목소리였다. 고통에 짓눌려 슬픔 속에서 미친 듯이 다급하게 뱉어내는 소리였다.

"지금 나가요! 기다려요! 나가고 있어요!" 나는 소리쳤다.

나는 문으로 달려가서 복도를 바라보았다. 어두웠다. 정원으로 달려갔다. 텅 비어 있었다.

"어디인가요?" 내가 외쳤다.

저 멀리 있는 마시 계곡의 언덕이 희미하게 응답해 왔다. '어디인가요?' 나는 귀를 기울였다. 전나무 사이로 바람이 소리를 내고 빠져나갔다. 주위는 온통 황야의 쓸쓸함과 한밤중의 정적에 싸여 있었다.

"물러가라, 미신이여! 이것은 너의 속임수도 아니고 너의 마술도 아니다. 자연이 한 일이다. 이것은 기적이 아니고, 자연이 감응해서 참모습을 보여준 것이다!"

미신의 환상이 정문 근처의 주목나무 옆에서 검게 치솟을 때, 내가 외쳤다.

나는 뒤쫓아 와서 나를 붙잡으려는 세인트 존을 뿌리쳤다. 이제는 내가 우위에 설 차례였다. 내 모든 힘이 활발하게 활동을 개시했다. 나는 그에게 아무것도 묻지 말고 아무 말도 하지 말라고 명령했다. 어서 곁을 떠나달라고도 했다. 나는 혼자 있어야만 했고, 혼자 있고 싶었다. 그는 내 말에 순응했다. 상대에게 확고한 명령을 할 활력이 있을 때는 복종하기 마련인 것이다.

나는 침실로 돌아가 문을 잠그고 나서 무릎을 꿇고 내 식으로 기도를 올렸다. 그러자 신에게 접근한 느낌이었고, 나의 영혼은 감사하는 마음으로 그 발밑으로 달려가 엎드렸다. 나는 감사 기도를 끝내고, 일어서며 결심을 굳혔다. 그리고는 아무 두려움 없이 광명에 넘쳐, 다만 새벽을 기다리는 마음으로 자리에 누웠다.

36장
진정한 사랑을 찾아서

나는 새벽녘, 막 동이 트기 시작할 무렵에 자리에서 일어났다. 그리고는 잠깐 집을 비울 것을 생각하고, 옷장과 서랍 속에 든 내 물건들을 정리하는 데 한두 시간을 소비했다. 그러는 동안 세인트 존이 자기 방에서 나오는 소리가 들렸다. 예상대로 그의 발소리는 내 방의 문밖에서 멎었다. 그가 문을 두드리지나 않을까 걱정되었으나, 그러지는 않고 단지 종이쪽지 하나를 문 밑으로 들여보냈을 뿐이었다. 거기엔 다음과 같은 내용이 적혀 있었다.

『어젯밤 당신은 너무 서둘러서 떠났습니다. 조금만 더 머물렀었더라면 그리스도의 십자가와 천사의 관에 손을 얹었을 텐데! 보름 후 내가 돌아올 때까지는 확고한 결심이 되어 있기를 바랍니다. 그동안 유혹에 빠지지 않도록 경계하고 기도를 게을리 하지 않도록 기원합니다. 어쨌든 당신의 정신은 기꺼이 받아들일 것이나 육체가 약합니다. 당신을 위해 끊임없이 기도드리겠습니다.

당신의 세인트 존으로부터.』

나는 마음속으로 대답했다.
'나의 마음은…… 올바른 것을 기꺼이 행하고, 나의 육체는 신의 뜻이라면 완벽히 수행할 만큼 강합니다. 이 의문의 구름을 헤치고 출구를 찾아

탐지하고 더듬어서 명확한 광명의 근원을 찾을 만큼 강하답니다.'

6월 초하루의 아침 하늘은 구름에 덮여 흐리고 쌀쌀했다. 빗방울이 유리창에 부딪쳤다. 현관문이 열리더니 세인트 존이 밖으로 나가는 소리가 들렸고, 이어서 그가 뜰을 지나가는 것을 창을 통해 볼 수 있었다.

그는 안개 자욱한 황야를 걸어 위트크로스 쪽으로 향하고 있었다. 거기서 역마차를 만나게 될 것이다.

나는 생각했다.

'두세 시간 뒤에는 나도 당신처럼 그 길을 걸을 거예요. 나도 위트크로스에서 마차를 기다려야 해요. 영국을 아주 떠나기 전에 꼭 만나서 얘기할 사람이 있어요.'

아침 식사 때까지는 아직 두 시간 가량의 여유가 있었다. 그동안 나는 방 안을 거닐기도 하고, 이처럼 계획을 바꾸게 된 동기였던 목소리에 대해 곰곰이 생각하며 시간을 보냈다. 나는 스스로 경험한 내면의 감동을 회상했다. 기이하기 짝이 없는 모든 것을 기억할 수 있었기 때문이었다. 다시금 들었던 목소리를 되생각해 보았다. 대체 그것이 어디서 들려왔을까 궁금했지만 역시 알 수 없었다. 결국 외계에서 들려온 것이 아니라, 나의 내부에서 들린 거라고 여겨졌다. 또한 그것은 단지 신경이 가져온 감응, 즉 환상이 아닌가 하고 생각해 봤다. 하지만 나로선 이해할 수도, 믿을 수도 없었다.

그보다는 오히려 영감인 것 같았다. 그 기이한 감정의 충격은 마치 바오로와 실라스의 감옥을 뒤흔든 지진과도 같이 내 영혼의 감옥 문을 열고 결박을 풀어주었다. 그리하여 잠든 영혼을 깨웠는데, 영혼은 분기해서 일어나 놀란 나의 귀에, 뛰고 있는 나의 심장에, 그리고 나의 마음을 꿰뚫고서 세 번 외쳤던 것이다. 나의 마음은 두려워하거나 떨지도 않고 짐이 되는 육체를 벗어나, 부여되었던 어떤 특권을 성취했을 때처럼 환희를 느꼈다.

나는 묵상을 마치면서 생각했다.

'이제 곧 어젯밤 나를 불렀던 목소리의 주인공에 대해 다소간 알게 될 것이다. 편지를 띄워봤으나 아무 소용이 없었는데, 이젠 직접 가서 보리라.'

나는 아침 식사 때, 다이애나와 메리에게 여행을 떠날 생각인데 적어도 나흘은 걸릴 것 같다고 말했다.

"혼자서, 제인?" 그들은 거의 동시에 물었다.

"그래요. 요즘 어떤 친구에 대해 궁금증이 생겨 매우 괴로워요. 직접 보든지 소식을 듣고 와야겠어요."

그때 그들이 내겐 자기들밖에 친구가 없는 것으로 알고 있었다고 말했더라도 무리는 아니다. 사실 나는 가끔 그렇게 얘기했던 것이다. 그러나 그들은 타고난 성품이 고왔기 때문에 그런 말은 하지 않았고, 다만 다이애나가 여행할 만큼 몸이 건강한지를 물었을 뿐이었다. 그녀가 내 안색이 좋지 않다고 걱정했을 때, 나는 다만 마음이 초조할 뿐 그 밖에는 아무 걱정도 없고 그것도 곧 가셔질 것이라고 대답했다.

그다음의 모든 준비는 수월했다. 여러 가지 질문과 추측의 공세를 받지 않았기 때문이다. 내가 지금은 계획을 확실히 설명할 수 없다고 하자, 그들은 현명하게 내 무언의 계획에 동조하며 나의 자유행동을 허락해 주었다. 내가 그녀들과 같은 상황에 있었어도 역시 그렇게 했을 것이다.

나는 오후 세 시에 무어 하우스를 떠나, 네 시에는 위트크로스라고 적힌 표지판 밑에 서서 나를 손필드로 데려다줄 역마차를 기다리고 있었다. 쓸쓸한 도로와 황량한 언덕의 정적 속에서, 가까이 다가오고 있는 마차 소리를 듣고 있었다. 일 년 전의 어느 여름날 저녁, 바로 이 장소에서 그 얼마나 쓸쓸하고 희망도 목적도 없이 서 있었던가! 달려온 마차는 손짓을 하자 바로 앞에서 멈췄다. 이번에는 운임으로 전 재산을 내놓지 않아도 좋았다.

다시 손필드로 향하는 길로 접어들자, 나는 마치 집으로 되돌아가는 통신용 비둘기와도 같은 기분이 들었다.

서른여섯 시간의 여행이었다. 화요일 오후에 위트크로스를 출발한 역마차는 목요일 아침 일찍, 말에게 물을 먹이기 위해 길거리의 주막에 멈춰 섰다. 그 주막을 중심으로 사방의 푸른 울타리며 넓은 들판이며 낮은 목초지인 언덕이 — 모튼의 험한 중북부 황무지에 비하면, 참으로 지세가 순탄하고 푸르렀다! — 마치 낯익은 얼굴처럼 눈에 들어왔다. 그렇다, 나는 이 지방 경치의 특징을 알고 있었다. 틀림없이 마차는 목적지 근처에 와 있는 것이다.

"여기서 손필드까지는 얼마나 되나요?" 나는 주막 주인에게 물었다.

"꼭 2마일입니다. 들판 저쪽으로."

나의 여행은 끝난 것이다. 마차에서 내린 나는 여행용 가방을 주막 주인에게 맡기고, 찾으러 올 때까지 보관을 부탁했다. 마부에겐 운임을 주어 흡족하게 해준 다음 나는 천천히 걷기 시작했다. 아침 햇살이 주막집 간판에 비쳤는데, 거기에 금빛으로 로체스터 가의 문장이 찍혀 있는 게 보였다. 순간 내 가슴은 두근거렸다. 이미 로체스터 영지에 들어와 있었던 것이다. 그러나 다음 순간 마음이 어두워졌다. 한 가지 생각이 떠올랐기 때문이다.

'어쩌면 그는 영국 해협 건너 저쪽에 있을지도 몰라. 설사 내가 서둘러서 가고 있는 손필드에 있다 해도 그의 옆에 누가 있을 것인가? 아마 그의 미친 아내가 있을 거야. 내가 그와 무슨 관계가 있단 말인가? 그에게 말을 붙이고 얼굴을 대할 용기조차 없을 거야. 이건 공연한 헛수고야. 더 가지 않는 것이 오히려 좋을 거야.'

마음의 훈계자는 계속 다그쳤다.

'주막에서 알아봐. 지금 알고 싶어 하는 것을 다 말해 줄 거야. 의심도 풀어주고, 다시 저 사나이한테 가서 로체스터 씨가 지금 집에 있는가를 물어봐.'

그 제안은 분별 있는 것이긴 했지만, 자신에게 강요할 수는 없었다. 절망적인 대답이 무서웠기 때문이었다. 의심을 연장시킨다는 것은 희망을 연장시키는 것이니까. 희망의 별이 비치는 손필드 저택을 다시 볼 수 있을지도 모른다. 내 앞에는 울타리를 넘어가는 층계가 보였다. 그리고 들판이 있었는데, 그곳을…… 손필드를 도망쳐 나온 날 아침에 원한의 추적을 당하고 죄책감을 느끼면서, 아무것도 보이지 않고 아무것도 들리지 않는 상태로 나는 미친 듯 달렸던 것이다. 이제 어떤 길로 갈 것인지 미처 결정도 하기 전에 나는 이미 들판 한가운데 와 있었다.

어찌나 빨리 걸었던지!

때로는 어찌나 뛰었던지!

잊히지 않는 숲을 한 번 보려고 얼마나 기대했는지!

낯익은 나무들과 그 사이사이 보이는 목장과 언덕을 어떤 기분으로 대했던 것인지!

마침내 숲이 나타났다. 땅까마귀 떼가 새까맣게 모여 앉아 시끄럽게 우는 소리가 새벽의 정적을 깨뜨렸다. 이상한 환희가 솟아났다. 나는 발길을 재촉했다. 또 하나의 들판을 가로지르자 소로 끝에 가운데뜰의 담이 있고 뒤꼍으로 창고가 보였다. 집 정면은 아직 숲에 가려서 보이지 않았다.

나는 이렇게 마음먹었다.

'우선 현관부터 보리라. 거기에서라면 당당한 흉벽이 눈에 들어올 것이며, 그의 방 창문도 볼 수 있을 것이다. 그는 아침 일찍 일어나니까 아마 창가에 서 있을지도 모른다. 아니, 아마 과수원이나 정원을 거닐고 있을지도 모른다. 아니야, 나는 지금 잠꼬대를 하고 있어. 지금 이 순간 그는 피레네 산맥에서 떠오르는 태양을 보고 있든지, 아니면 조수의 간만이 없는 남해의 태양을 바라보고 있을지도 몰라.'

나는 과수원의 낮은 쪽 담을 끼고 가다가 모퉁이를 돌았다. 바로 거기에 문이 있었는데, 돌 공을 얹은 두 개의 돌기둥을 지나면 목초지로 통하게 되어 있다. 한쪽 편 돌기둥 뒤에서 저택의 전면이 환히 바라보였기에, 나는 어느 침실에서든 덧문을 열었을지 몰라 조심스레 얼굴을 내밀어 바라보았다.

흉벽과 들창과 긴 정면을 이곳에서는 손에 잡힐 듯 바라볼 수 있었다. 머리 위에서 날고 있는 땅까마귀들이 이렇게 바라보고 있는 나를 감시하는 것 같았다. 까마귀들은 나를, 처음에는 겁쟁이더니 점점 용감해진다고 생각했을 것이다. 나는 처음에는 힐끔 보고, 다음에는 오랫동안 뚫어져라 바라보았다. 그러고 나서는 숨었던 곳에서 나와 목초지를 통해 건물 앞으로 가서 걸음을 멈추고 한동안 응시했다. '처음에는 무엇 때문에 겸손한 체했을까?' 까마귀들은 아마 이렇게 물었을지도 모르겠다. '그런데 이번에는 왜

저렇게 대담하지?'

독자여, 이런 장면을 상상해 보라!

한 남자가 사랑하는 여인이 이끼 낀 둑에서 잠이 들어 있는 것을 발견한다. 그는 소리 내지 않고 살금살금 다가서서 걸음을 멈추었으나 그녀가 움직였다고 느껴지자 뒤로 물러선다. 들키고 싶지 않기 때문이다. 주위에서는 아무 소리도 들리지 않는다. 그는 다시 다가가서 얇은 베일이 얼굴에 덮여 있는 그녀에게 몸을 굽힌다. 그는 베일을 들추고 더욱 몸을 숙인다. 그의 눈은 미의 신과 마주칠 것을 기대한다. 그의 시선이 얼마나 고착되었던지! 얼마나 가슴이 설레었던지! 조금 전만 해도 손가락 하나 대기가 무서웠던 그녀의 몸을 어쩌면 그렇게 갑자기 힘껏 껴안았던지! 어쩌면 그렇게 큰 소리로 이름을 부르고, 미친 듯이 바라봤던지! 이렇게 안고 외치고 바라보는 것은, 무슨 소리를 내든 또는 무슨 동작을 하든 그녀가 잠에서 깨어날 염려가 없기 때문이다. 그는 그녀가 단잠을 자고 있는 것으로 생각했었다. 그러나 그녀는 돌처럼 굳어져 있었다.

나는 당당한 저택을 설레는 마음으로 보았던 것이다. 하지만 눈앞에 드러난 것은 시커먼 폐허뿐이었다. 정문의 기둥 뒤에 숨어서 두려워할 필요도, 침실의 덧문이 열렸는지 걱정할 필요도 없었다!

보도나 자갈길에 사람 발소리가 들리지 않는지 신경 쓸 필요 또한 없었다! 잔디밭도 정원도 모두 짓밟히고 황폐해져 있었다. 현관문이 커다랗게 입을 벌리고 있고, 정면은 언젠가 꿈에서 본 대로 조개껍질처럼 벽만 높게 남은 것은 것이 곧 부서질 것만 같았다. 또한 유리가 없는 창은 마치 구멍을 숭숭 뚫어놓은 형상이었다. 지붕도 흉벽도 굴뚝도 없이, 모든 것이 붕괴되어 있었다.

주위에는 죽음의 침묵과 인적 없는 황야의 정적뿐이었다. 이곳으로 보냈던 편지가 회답이 없는 것은 오히려 당연한 일이었다. 교회의 납골당에 편지를 낸 것이나 다를 바 없는 상황이었으므로.

연기에 검게 그은 돌들이 이 건물의 붕괴 운명을 말해 주었다. 큰 화재를 당했던 것이다. 왜 불이 났을까? 무슨 까닭이라도 있는 것이 아닐까? 회벽과 대리석과 목조 부분 이외에 소실된 것은 또 무엇이 있는지? 재산과 인명 피해는? 만약에 있었다면 대체 누가? 그러나 여기서는 아무도 대답할 수 없는 무서운 질문이었다.

산산이 조각나고 그은 벽 주변과 내부를 거닐면서, 나는 이 재난이 최근에 일어난 게 아니라는 사실을 느낄 수 있었다. 여러 번에 걸쳐 눈보라가 아치에 들이치고, 유리 없는 창에 수없이 겨울비가 뿌려졌을 것으로 짐작되었다. 여기저기로 떨어진 서까래와 축축한 쓰레기 더미 사이에 봄의 식물인 잔디와 잡초가 자라고 있었다.

아아! 불행한 이 폐허의 소유자는 어디 있단 말인가? 어느 곳에서 어떤 운명에 처해 있는가? 내 시선은 무심코 울타리 정문 근처에 있는 회색의 교회 쪽으로 향했다. 그리고 자신에게 물었다. '그분은 데이머드 로체스터 씨와 함께, 저 좁은 대리석 집에 있는 것일까?'

이 질문에 대해 답을 얻을 수 있는 곳은 아까 그 주막뿐이라고 생각되었기 때문에, 나는 급히 그곳으로 발길을 돌렸다. 주인이 손수 내 아침 식사를 준비해 가지고 왔다. 나는 몇 가지 물어볼 것이 있으니 문을 닫고 앉으라고 말했다. 하지만 어떻게 말문을 열어야 좋을지 알 수가 없었다. 그의 입을 통해 나올 대답이 너무도 두려웠기 때문이었다.

"손필드 저택을 물론 알고 있겠지요?" 나는 마침내 입을 열었다.

"그럼요, 아가씨. 거기서 살았던 적도 있는 걸요." 주인은 품격을 갖춘 중년 남자였다.

"그래요?" 그러나 내가 있을 때는 아니었다. 나는 그를 본 적이 없었던 것이다.

"나는 그전 주인의 집사였답니다." 그가 덧붙였다. 그전 주인이라! 나로선 필사적으로 피하려던 일격을 강타당한 기분이었다.

"그전 주인이라고요? 돌아가셨나요?" 나는 숨 가쁘게 물었다.

"내가 말씀드린 것은 지금 주인 에드워드의 부친입니다." 그가 설명했다.

나는 안도의 숨을 쉬었다. 다시 피가 돌기 시작했다. 그 말로서 에드워드가…… 나의 로체스터 씨가 — 어디에 있든 신의 축복이 있기를! — 살아 있는 것만은 확실했다. 즉 '현재의 주인'인 것만은 틀림없는 일이었다. 너무도 기쁜 소식이다! 그제야 앞으로 하는 말은 무슨 말이든 비교적 침착하게 들을 수 있을 것 같았다. 무덤 속에 있는 것이 아닌 이상, 설사 지구의 반대쪽에 있다 해도 마음 놓고 들을 수 있을 것이다.

"로체스터 씨는 지금 손필드 저택에 살고 계신가요?"

으레 어떠한 대답이 나오리란 걸 알면서도 난 그렇게 물었다. 어디 살고 있느냐는 직접적인 질문은 뒤로 돌리고 싶었던 것이다.

"아닙니다, 아가씨. 거기에는 지금 아무도 살고 있지 않습니다. 이 근처에는 처음이신 것 같군요. 그렇지 않다면 지난가을에 있었던 일을 들어서 알 텐데요. 그때 손필드 저택은 완전히 폐허가 됐지요. 마침 추수기에 그렇게 타 버렸습니다. 무서운 재난이었지요! 엄청나게 많은 재산을 하나도 건지지 못하고 몽땅 태웠습니다. 화재가 일어난 것은 한밤중이었는데, 밀코트에서 미처 소방차가 오기도 전에 건물 전체가 하나의 불꽃이 되었답니다. 무서운 광경이었지요. 내 눈으로 똑똑히 봤어요."

"한밤중이라고요! 왜 불이 났는지도 알고 계시나요?" 내가 물었다.

그렇다, 그것은 손필드에 있어서는 운명의 시각이다.

"아가씨! 거기에 대해서는 모두들 수군거리지요. 그러나 실은 의심할 나위도 없이 명확한 일입니다. 아가씨는 모르고 있겠지만……."

의자를 식탁으로 가깝게 끌면서, 그는 낮은 목소리로 말을 계속했다.

"그 집에는 한 부인이…… 말하자면 미친 여인이 유폐되어 있었지요."

"그런 비슷한 말을 들은 적은 있어요."

"그 부인은 엄중히 갇혀 있었답니다. 모두들 몇 년 동안 그런 부인이 있는지조차 몰랐을 정도였으니까요. 그 집에 그런 사람이 있다는 소문만 들었을 뿐 아무도 본 일이 없고, 그 장본인이 누구인지는 추측조차 할 수 없었지요. 소문으로는 에드워드 씨가 외국에서 데려왔다는데, 그분이 젊었을 때 건드린 여자일 거라는 말들이 있었습니다. 그런데 일 년쯤 전에 매우 기묘한 일이 있었지요."

이제 나는 자신의 이야기를 듣는구나 하는 생각이 들었으므로 화제를 돌리려고 했다.

"그런데 그 부인은요?"

"그 부인은 로체스터 씨의 아내였다는 사실이 드러났어요! 그것도 극히 기묘한 사건이 계기가 돼서 발각된 것입니다. 그 집에는 젊은 여자 가정교사가 있었는데, 그 여자한테 로체스터 씨가……."

"그런데 화재는?"

나는 또 다시 말을 돌리려고 했다.

"그 얘기는 차차 하지요. 로체스터 씨가 가정교사에게 홀딱 반했대요. 하인들 말로는 그런 연애는 본 적이 없었으며, 잠시도 떨어지지 않으려고 뒤를 따라다녔을 정도라니까요. 모든 걸 하인들이 지켜봤던 것인데, 대개 하인들은 그런 짓을 하게 마련이지요. 어쨌든 로체스터 씨는 무엇보다도 아가씨를 소중히 여겼다는 거예요. 그런데 그분 이외에는 아무도 그녀를 미인이라고 생각하는 사람이 없었답니다. 모두들 하는 말이, 키가 작고 마치 어린아이 같았대요. 내 눈으로 본 적은 없으나, 하녀인 리어가 하는 말을 들은 일이 있습니다. 리어는 그녀를 무척 좋아했다고 하더군요. 그리고 로체스터 씨는 40이 거의 다 되어 가는데 그녀는 겨우 스물 정도였지요. 그런 연배의 남자가 젊은 처녀한테 반하게 되면, 귀신한테 홀린 것같이 되기 마련이죠. 그런데 그분은 그 처녀와 결혼할 생각이었답니다."

"거기에 관한 것은 다음에 듣기로 하고, 지금은 화재에 관한 것을 자세히 들어야 할 필요가 있습니다. 그 미친 로체스터 씨의 부인이 화재와 관계가 있다고 생각하지는 않았나요?"

"아가씨! 맞습니다. 불을 낸 사람은 바로 그 여인인 것이 확실합니다. 그녀에게는 풀이라는 시중을 들어주는 여인이 붙어 있었답니다. 그런 역할을 맡기에 알맞은 아주 믿을 만한 여인이었는데, 단 한 가지 결점이 있다면 대개 간호사나 시중드는 사람들이 그렇듯이 술병을 감추어 두고 몰래 조금씩 마시는 거였대요. 몹시 힘든 일이니까 그럴 만도 하지요. 뿐만 아니라 위험하기 짝이 없는 일이었어요. 왜냐하면 풀이 술을 마시고 잠이 들면 악마같이 교활한 미친 여자가 풀의 주머니에서 열쇠를 꺼내가지고 방에서 빠져나와 마음 내키는 대로 집 안을 돌아다니면서 무슨 짓을 저지를지 모르기 때문입니다. 한번은 자고 있는 로체스터 씨를 태워죽일 뻔한 일도 있었다는 거예요. 그러나 거기에 대해서는 잘 모릅니다. 그런데 불이 났던 날 밤에는 자기 옆방 벽걸이에 불을 지르고 아래층으로 내려가 전에 가정교사의 방이었던 곳으로 달려가서 — 느낀 바가 있어서 그녀를 미워했던 것 같습니다. — 그 방 침대에 불을 질렀던 것입니다. 다행히 침대에는 아무도 없었습니다. 가정교사는 두 달 전에 가출했는데, 로체스터 씨는 마치 그녀가 이 세상에 하나밖에 없는 보물이라도 되는 듯 백방으로 찾아봤으나 전혀 소식을 들을 수 없었지요. 그래서 그는 난폭해졌습니다. 극한의 절망에서 온 결과지요. 원래는 그런 성격의 사람이 아니었지만, 그녀를 잃고 나서 그렇게 되었던 것입니다. 그리고 그 후로 혼자만 있으려고 했지요. 가정부였던 페어팩스 부인도 먼 곳에 있는 친구 집으로 보냈습니다. 그러나 죽을 때까지의 연금을 보장해서 보낸 것은 정말 잘한 일이었지요. 그럴 만한 이유가 충분합니다. 아주 훌륭한 부인이었으니까요. 또 데려다 키우던 여자아이 아델은 학교로 보냈고요. 아무튼 로체스터 씨는 모든 사람들과 일체 교제를 끊고 세상을 버린 은둔자처럼 집에 틀어박혀 있었지요."

"그래요! 영국을 떠나시지 않았던가요?"

"영국을 떠나요? 천만에요! 정문을 넘은 일도 없었답니다. 그러나 예외적으로 밤이 되면 유령처럼 정원과 과수원을 배회했는데, 내가 듣기에는 꼭 정신 나간 사람같이 생각되었어요. 왜냐하면 보잘것없는 어린 가정교사에게 실연당하기 전까지는, 그처럼 원기 왕성하고 용감하고 늠름한 신사는 일찍이 볼 수 없었거든요. 그분은 다른 사람들처럼 술이나 도박이나 경마를 즐기지 않았어요. 미남이라고는 할 수 없지만 누구 못지않은 용기와 의지를 갖고 있었습니다. 나는 그분을 어렸을 때부터 잘 알고 있어요. 나로서는 에어라는 가정교사가 그 집에 가기 전에 바다에라도 빠졌더라면 하는 생각을 몇 번이나 해봤어요."

"그렇다면 불이 났을 때, 로체스터 씨는 집 안에 있었단 말입니까?"

"그럼요. 집 전체가 불길에 싸였을 때 하인들을 깨워 구출하고 나서 미친 아내를 감금실에서 구해내기 위해 다시 다락방으로 올라가셨지요. 그때 모두들 부인이 지붕 꼭대기에 있다고 소리를 쳤어요. 미친 여인은 거기 서서 두 팔을 휘두르며 1마일 밖에서도 들릴 만큼 큰 소리로 외치고 있었습니다. 나는 이 눈으로 그것을 보기도 하고 듣기도 했습니다. 그녀는 체구가 큰 여인으로 검고 긴 머리카락을 갖고 있었는데, 그것이 바람에 날리면 물결치는 것같이 보였습니다. 로체스터 씨는 여러 사람이 보는 가운데서 천장 문을 통해 지붕으로 올라갔습니다. 우리는 '버데!'라고 부르는 소리를 들었지요. 그리고 그가 부인에게 접근하는 것이 보였습니다. 그때 미친 부인이 소리를 지르며 뛰어 오르는가 했는데, 다음 순간 보도 위로 떨어져 버렸습니다."

"그럼 죽었습니까?"

"죽었냐고요? 당연하지요. 보도가 뇌장과 피로 물들었으니, 생명이 붙어 있을 수 없었지요."

"오오, 끔찍해라."

"그렇게 말하는 것도 당연합니다. 정말 소름 끼치는 장면이었어요." 그는 흠칫 몸을 떨었다.

"그러고 나서는요?" 나는 재촉해서 물었다.

"그러고 나서 저택은 몽땅 타 버렸지요. 지금은 벽이 몇 군데 남아 있을 뿐입니다."

"그밖에 죽은 사람이 또 있나요?"

"없었지만 차라리 있었던 편이 나을 뻔했지요."

"무슨 뜻인가요?"

"에드워드 씨가 가엾지요! 그렇게 되리라고는 꿈에도 생각 못 했었는데!

처음 결혼을 비밀에 붙이고, 그 아내가 살아 있는데 다른 아내를 얻으려는데 대한 공정한 심판이라고 말하는 사람도 있지만, 나로서는 그분이 가엾게만 생각돼요."

"살았다고 하지 않았어요?"

"네네, 살아 있지요. 그러나 오히려 돌아가신 편이 좋았으리라고 생각하는 사람이 많아요."

"왜요? 어째서? 지금 그분은 어디 있어요?"

나는 다시 섬뜩한 생각이 들었다. 그래서 다그쳐 물었다. 그리곤 그가 대답할 틈도 주지 않고 또다시 질문을 던졌다.

"영국 안에 있나요?"

"네네, 영국에 있어요. 영국을 떠날 수도 없을 겁니다……. 지금은 움직일 수가 없으니까요. 눈이 전혀 보이지 않습니다. 그래요, 에드워드 씨는 전혀 앞을 못 보게 되었어요." 마침내 그가 말하고야 말았다.

오오! 가슴이 찢어지는 이 고통이여!

나는 좀 더 심한 것이 아닌가, 혹시 미치지나 않았나 하고 두려워했었다. 그랬으므로 다시 기운을 내서 왜 그런 재난을 당했냐고 물었다.

"다만 용감했던 탓이죠, 아가씨. 보는 사람에 따라서는 지나친 친절로 인한 무모한 행동이라고도 할 수 있겠지요. 그 당시 한 사람도 남기지 않고 모두 밖으로 나갈 때까지 그는 집을 떠나지 않았던 것입니다. 미친 부인이 흉벽에서 뛰어내리고 난 다음 그분이 계단까지 내려왔을 때 굉장한 소리를 내며 집 전체가 내려앉은 거예요. 여럿이 끌어내보니 목숨은 붙어 있었으나 전신이 엉망진창이었어요. 대들보가 어느 정도 몸을 보호할 수 있게끔 떨어지긴 했지만, 그랬어도 한쪽 눈이 빠져나가고 한쪽 손이 으깨어져 있었어요. 할 수 없이 외과의 카터 씨가 절단할 수밖에 없었지요. 그 후 다른 한쪽 눈마저 염증을 일으켜서 시력을 잃게 되었고, 지금은 정말 의지할 데 없는 신세가 됐어요……. 장님에다 불구의 몸으로."

"어디 있나요? 그분은 지금 어디 살고 있어요?"

"펀딘이라는 곳에 있습니다. 30마일쯤 떨어진 그의 농장 안 저택에서 살고 있는데, 무척 쓸쓸한 곳이죠."

"누구와 함께 있는데요?"

"늙은 존과 그의 아내뿐이죠. 다른 사람은 두려고 하지도 않아요. 몸이 몹시 쇠약해졌다는 얘기를 들었어요."

"그곳까지 타고 갈 마차 같은 것이 없을까요?"

"이륜마차가 있습니다, 아가씨. 아주 훌륭한 마차입니다."

"그렇다면 곧 준비시켜 주세요. 당신의 마부가 오늘 안으로 나를 펀딘에 데려다주면, 평상시 요금의 두 배를 당신과 마부에게 지불하겠습니다."

37장
다시 만난 로체스터

펀딘의 저택은 깊은 숲속에 있는 꽤 오래된 건물로서 그리 큰 저택이 아니고, 건축물 자체도 대단한 것이 아니었다. 전에 나는 그곳에 대해 들은 적이 있었다. 로체스터 씨는 가끔 그곳에 관해 얘기를 한 적이 있었고, 때로는 찾아가기도 했다. 그의 선친이 수렵장으로 마련했다는 곳이었다. 사실 그때 로체스터 씨에겐 다른 사람에게 빌려줄 생각도 있었지만, 교통이 불편하고 건강에도 좋지 않은 고장이고 해서 적당한 사람을 찾을 수가 없었다. 그래서 펀딘에는 별다른 가구도 없고, 다만 수렵기에 머무를 수 있도록 몇 개의 방과 생활에 필요한 도구가 갖춰져 있을 따름이었다.

내가 그 집에 도착한 것은, 슬픈 하늘과 차가운 바람과 계속되는 보슬비가 인상에 남는 저녁 무렵의 일몰 직전이었다. 약속대로 두 배의 운임을 주어서 마차와 마부를 돌려보내고, 나는 마지막 1마일을 걸어서 갔다. 근처에 도달할 때까지 집 같은 것은 눈에 띄지 않을 정도로 나무가 울창해서 낮에도 어두컴컴할 것 같았다. 화강암 기둥 사이의 철문이 입구를 말해주는 것이라 생각하고 그곳을 통해 들어갔더니, 나무가 무성해서 더욱 어두워졌다. 풀이 돋아난 오솔길이 마치 숲속의 복도처럼 하얗게, 마디가 있는 나무밑동 사이와 가지가 엉킨 아치 밑을 통해 아래쪽으로 뻗어 있었다. 곧 건물이 있을 것으로 생각하고 그 길을 따라 내려갔지만, 오히려 점점 더 멀어지는 것만 같았다.

내가 방향을 잘못 잡아서 길을 잃은 것이 아닌가 생각되었다. 나는 이제 숲속의 어둠뿐만 아니라 자연의 어둠 속에 감싸였다. 다른 길이 없나 하고 주위를 살펴봤으나 전혀 눈에 띄지 않았다. 서로 얽힌 가지들과 기둥 같은 나무밑동과 무성한 여름 수목의 잎새뿐, 사방을 둘러봐도 달리 트인 곳이 없었다.

나는 계속 걸어 나가 마침내 수목이 적은 길로 접어들었다. 그 앞쪽에 울타리가 나타나더니 드디어 집이 보였다. 이런 어둠 속에서는 수목과 거의 분간할 수 없을 정도로 낡은 벽은 습기가 차고 푸르렀다. 빗장뿐인 정문으로 들어가 빈터 한가운데 서서 보니, 숲이 반원형으로 건물을 둘러싸고 있을 뿐 꽃도 없고 화단도 없었다. 다만 넓은 자갈길이 잔디밭을 감싸고 당당한 삼림의 틀에 박혀 있었다. 건물 정면에는 두 개의 박공이 보였고, 들창은 격자로 된 작은 것이었다. 현관문도 폭이 좁았고, 한 계단만 올라가면 들어갈 수 있었다. 주막 주인이 말한 대로 그곳 전체가 '몹시 쓸쓸한 곳'으로서 평일의 교회보다도 조용했다. '이런 곳에 정말 사람이 살고 있을까?' 나는 의아스럽게 생각했다.

그렇다! 사람이 살고 있었다. 움직이는 소리가 들렸던 것이다. 예의 좁은 현관문이 열리더니 누군가가 안에서 나오는 기척이 있었다.

현관문이 천천히 열리고 어둠 가운데로 사람 그림자가 나타나더니 계단 위에 섰다. 모자를 쓰지 않은 남자였다. 그는 비가 오는지 알아보려는 듯 손을 뻗었다. 어둡긴 했어도 나는 즉시 그가 누구인지를 알아볼 수 있었다. 오, 그는 다름 아닌 에드워드 페어팩스 로체스터였다.

나는 걸음을 멈추고 숨을 죽인 채 그를 지켜보았다. 그에게 들키지 않고 그를 살피려고 했다. 아아, 그러나 그에겐 어차피 보일 리가 없다! 이 꿈 같은 재회에서 기쁨은 고통에 의해 억압되었다. 입에서 튀어나오는 목소리를 억제하고 달려려는 발걸음을 정지시키는 것은 나로서 그리 힘들지 않았다.

체구는 전이나 다름없이 건강하고 늠름한 모습이었고 자세도 곧바르고 머리도 검었다. 아직 그의 얼굴은 변하지도 않았고 여위지도 않았다. 지난

한 해 동안의 슬픔이 아무리 컸을망정 그의 체력을 악화시킬 수도, 넘치는 혈기를 고갈시킬 수도 없었던 것이다. 그러나 그의 표정에는 변화가 뚜렷했다. 그것은 절망적이고 극심한 고통에 사로잡혀 접근하기조차 위험한, 학대받으며 사슬에 묶인 야수를 연상시켰다. 인간의 잔인성에 의해 황금 빛깔의 테를 두른 눈알을 빼앗기고 우리에 갇힌 독수리는, 마치 시력을 잃은 삼손처럼 보였다.

독자여! 과연 내가 눈이 멀어 난폭해진 그를 두려워할 것이라고 생각하는지? 만약 그렇게 생각한다면 나를 너무도 몰라주는 것이다. 내게는 오직 그의 바위 같은 이마와 그 밑에 있는 꼭 다문 입술에 키스해야겠다는 가냘픈 희망만이 슬픔과 함께 떠올랐다. 그러나 아직 그럴 수는 없다. 아직은 말을 건네지 않으리라.

그는 한 계단 내려서서 손으로 더듬으며 천천히 잔디밭 쪽으로 다가갔다. 그의 활달하던 걸음걸이는 어디 갔단 말인가? 그는 어디로 발길을 돌려야 할지 모르겠다는 듯이 걸음을 멈추고는, 보이지 않는 눈으로 열심히 하늘과 반원형을 이룬 숲 쪽을 바라보았다. 그에게는 모든 게 암흑뿐이라는 것을 옆에서 봐도 알 수 있었다.

그는 오른손을 뻗었다. ― 절단되었다는 왼손은 가슴속에 넣고 있었다. ― 주위에 무엇이 있는지 알고 싶은 듯했다. 그러나 손에 닿는 것은 공허뿐이었다. 결국 더듬기를 단념한 그는 팔짱을 끼고 모자도 없는 맨머리에 비를 맞으며 묵묵히 서 있었다. 바로 그때 존이 나와서 그의 옆으로 다가갔다.

"제 팔에 기대시겠어요? 소나기가 오기 시작했어요. 안으로 들어가시는 게 좋을 텐데요." 그가 말했다.

"내버려둬." 그가 대답했다.

존은 내가 있는 것을 눈치채지 못하고 다시 안으로 들어갔다. 그러자 로체스터 씨는 주위를 걸어보려고 하는 것 같았으나 허사였다. 발이 말을 듣지 않는 것이었다. 그는 더듬더듬 집 안으로 들어가서 문을 닫았다.

내가 현관으로 다가가서 문을 두드리자, 존의 아내가 열어주었다.

"메리, 잘 있었어?"

내 말에 그녀는 마치 유령이라도 만난 듯 펄쩍 뛰었다.

"정말로 당신인가요? 이렇게 늦게 외딴 곳에 찾아온 것은……." 이렇게 숨차게 말하는 그녀에게, 나는 손을 잡음으로써 대답을 대신했다.

그러고 나서 그녀의 뒤를 따라 주방으로 갔더니, 빨갛게 달아오른 난로 옆에 존이 앉아 있었다.

나는 두 사람에게, 내가 손필드를 떠나고 난 후에 일어났던 얘기를 듣고 로체스터 씨를 만나러 왔노라고 대강 말했다. 그런 다음 마차를 돌려보낸 주막에 가서 거기 맡겨두고 온 여행용 가방을 가져다 달라고 존에게 부탁했다. 그런 다음 모자와 숄을 벗고서 오늘 밤 여기서 묵을 수 있는지를 메리한 테 물었다. 바로 그때 응접실에서 벨소리가 울렸다.

"들어가거든 그분에게 뵙고 싶다는 사람이 찾아왔다고 말해 줘요. 내 이름은 밝히지 말고."

"만나려고 하시지 않을 거예요. 일체 면회를 사절하고 있어요."

그녀가 돌아왔을 때, 난 급히 그가 뭐라고 하더냐고 물었다.

"이름과 용무를 말하라고 하셨어요." 그녀가 말했다. 그러고 나서 유리잔 에다 물을 따라 촛불과 함께 쟁반 위에 놓았다.

"그 일 때문에 불렀나요?" 내가 물었다.

"네. 눈은 보이지 않지만 언제나 어두워지면 촛불을 가져오라고 하세요."

"쟁반을 이리 줘요, 내가 갖고 갈 테니까."

나는 그녀로부터 쟁반을 받아들었다. 손에 든 쟁반이 흔들리고 유리잔의 물이 엎질러졌다. 심장은 크게 소리 내어 갈빗대를 두드려댔다. 메리가 문을 열어주어 내가 안으로 들어가자, 그녀는 조용히 그 문을 닫았다.

응접실은 우울한 분위기에 싸여 있었다. 난로에는 한참 전부터 내버려둔 불꽃이 겨우 명맥을 유지한 채 타고 있었는데, 눈이 먼 방주인은 높다란 구식 맨들피스에 머리를 기대고 마치 불꽃을 바라보고 있는 것 같은 모습이 었다. 애견 파일럿은 잘못해서 밟히지나 않을까 걱정하며 방해가 되지 않도록 방 한구석에 몸을 웅크리고 있었다. 그 순간 내가 들어서자, 파일럿은 귀를 쫑긋 세우더니 끙끙대면서 나에게 뛰어올랐다. 그런 바람에 하마터면 쟁반을 떨어뜨릴 뻔했다. 나는 쟁반을 테이블 위에 놓고 파일럿의 머리를 가볍게 쓰다듬어 주고 나서 조용히 "앉아!"라고 명령했다. 로체스터 씨는 기계적으로 뒤돌아보며 무슨 소동이 일어났는지 알아보려고 했다.

"물을 줘, 메리." 그가 말했다.

나는 물이 반밖에 남지 않은 잔을 들고 그의 옆으로 다가섰다. 아직껏 흥분 상태에 있는 파일럿은 벌떡 일어나 내 뒤를 따랐다.

"무슨 일이야?" 그가 물었다.

"앉아! 파일럿." 내가 다시 말했을 때, 그는 물을 입으로 가져가던 동작을 멈추고 귀를 기울이는 것 같았다.

"메리야?"

"메리는 주방에 있어요." 내가 대답했다.

그는 재빨리 손을 내밀었으나, 내가 어디 서 있는지 몰랐기 때문에 닿지가 않았다.

"누구야? 당신은, 누구야?" 마치 보이지 않는 눈으로 보려는 듯이 그가 다그쳤다. 아무 소용없는 마음 아픈 노력이었다!

"대답해! 다시 말해 봐!" 고압적인 큰 소리로 그가 명령했다.

"좀 더 드시겠어요? 물을 반이나 엎질렀어요."

"누구야? 누구야? 누가 말하고 있는 거야?"

"파일럿은 나를 반겼어요. 존도 메리도 내가 찾아온 것을 알고 있어요. 조금 전에 막 도착했어요." 하고 내가 대답했다.

"오오, 신이여! 내가 이 무슨 망상에 사로잡혀 있담? 이 무슨 아름다운 광기가 발작했지?"

"망상이 아니에요……. 광기가 아니에요. 당신의 정신 상태는 망상을 가지기에는 너무나 건전하고, 당신의 건강은 광기를 발작하기에는 너무 강합니다."

"말하고 있는 사람은 어디 있어? 다만 목소리뿐이란 말인가? 오오! 나한테는 보이질 않아. 만져봐야겠어. 그렇지 않고서는 심장이 멎고 머리가 터져버릴 것 같아. 상대가 무엇이든, 그것이 누구든 만져볼 수 있는 것이기를……. 그렇지 않고서는 살 수가 없어!"

그는 손을 내밀어 허공을 더듬었다. 나는 그 손을 끌어당겨 두 손으로 꼭 잡았다.

"바로 그녀의 손가락이야! 그녀의 작고 가느다란 손가락! 그렇다면 그녀의 다른 많은 것도 있을 거야." 그가 외쳤다.

그의 억센 손이 내 손을 뿌리치고 나의 팔을 잡았다. 나의 어깨…… 목…… 허리도. 나는 그에게 엉키면서 끌려갔다.

"제인인가? 아니면 무엇인가? 제인의 몸이야……. 크기도 그렇고."

"그리고 제인의 목소리예요. 그 모두가 여기 있어요. 심장도 함께. 당신에게 축복이 있기를! 정말 다시 당신 곁에 있다는 것이 기뻐요." 내가 덧붙여 말했다.

"제인 에어! 제인 에어!" 그가 외치는 것은 다만 이것뿐이었다.

"그래요, 나는 제인 에어예요. 당신을 찾아낸 거예요! 이제 당신한테로 돌아왔어요."

"정말이오? 살아 있는? 살아 있는 나의 제인이오?"

"나를 만지고 있잖아요? 당신은 나를 힘껏 안고 있어요. 나는 시체도 아니고 공기처럼 텅 빈 것도 아니에요."

"살아 있는 나의 다정한 사람! 이것은 틀림없는 그녀의 팔다리이고, 이것은 그녀의 얼굴이야. 그러나 그런 처참한 변을 당하고, 이런 축복을 받을 수는 없어. 꿈일 거야. 지금 이렇게 안고 있듯이 그녀를 안고 있는 꿈을 꾼 적이 있었는데, 이것도 그와 같은 꿈일 거야. 이렇게 그녀와 입을 맞추며, 그녀가 나를 사랑하는 것으로 믿게 하고 내 곁을 떠나지 않는다고 안심시켰던, 그런 꿈이야."

"오늘부터 절대로 당신 곁을 떠나지 않겠어요."

"절대로 떠나지 않는다고 환상이 말하고 있군! 그러나 항상 그랬듯이 깨어나 보면 허망한 꿈이어서, 난 낙심하고 자포자기했었어……. 나의 생활은 어둡고 쓸쓸하고 절망적이었어. 나의 영혼은 목말라 있는데도 마실 것이 금지되고, 내 마음은 굶주렸는데도 먹을 것이 주어지지 않았어. 지금 내 가슴에 안겨 있는 아름답고 슬픈 꿈이여! 그대도 그대의 자매들이 전에 도망쳐 버린 것처럼 가 버리겠지……. 그러나 가기 전에 내게 입을 맞춰줘요! 안아줘요, 제인!"

"그렇게 해요……. 그렇게 하겠어요!"

나는, 한때는 빛났었으나 지금은 잃어버린 그의 눈에 입술을 댔다. 이마의 머리카락을 헤치고 거기에도 입술을 댔다. 갑자기 그는 정신이 들어 모든 게 사실이라는 신념을 갖는 것 같았다.

"당신이야, 제인? 정말 돌아왔단 말이지?"

"그래요."

"그렇다면 어떤 개천에 시체가 되어 누워 있는 것은 아니지? 알지 못하는 사람들 틈에 끼어 애태우면서 방황하는 것은 아니지?"

"아니에요. 나는 이제 독립할 수 있는 사람이 되었어요."

"독립할 수 있다고! 그건 무슨 뜻이오, 제인?"

"마데이라의 숙부가 5천 파운드를 유산으로 남겨주셨어요."

"아아! 그것은 실무적인 얘기로군! 현실적이고! 그런 것은 절대로 꿈꾸지 않을 거야. 뿐만 아니라 그녀가 아니고는 들을 수 없는 다정하고 발랄하고 신랄한 목소리야. 그것은 시든 내 마음을 격려하고 생기를 불어넣고 있어. 뭐라고, 제인! 독립한 여성이라고? 돈 많은 여성이라고?" 그가 외쳤다.

"아주 돈이 많아요. 만약에 당신과 함께 사는 것을 허락하지 않으시면, 바로 옆에 내 돈으로 집을 지을 수도 있어요. 밤 같은 때 말상대가 그리우면 내 방에 찾아와도 좋아요."

"그러나 이제 당신은 부자니까, 당신과 사귀고 싶어 할 사람이 많을 거야. 틀림없이 나 같은 불구자와 사귀는 것을 꺼릴 거야."

"말씀드린 대로 나는 돈이 많을 뿐만 아니라 독립할 수 있는 사람이에요. 내 뜻대로 살아갈 수 있는 몸이지요."

"그렇다면 내 집에 있을 수도 있단 말인가?"

"물론이죠, 좋으시다면. 난 당신의 이웃이 되고 간호사가 되고 가정부가 될 수 있어요. 당신은 외로워요. 상대가 되어드려야 해요. 책도 읽어드리고 같이 산책도 하고 옆에 앉아 있기도 하고 뒷바라지도 해서 당신의 눈이 되고 손이 되겠어요. 그런 우울한 얼굴은 이제 하지 마세요. 내가 살아 있는 한, 당신을 혼자 쓸쓸하게 하진 않겠어요."

그는 대답이 없었다. 모든 것을 잊은 듯 매우 심각해 보였다. 그리고는 한숨을 쉬고, 뭔가 말할 듯 입을 반쯤 열었다가 다시 다물었다. 나는 약간 당황했다. 아마도 내가 인습적인 형식을 무시했기 때문에, 그도 세인트 존과 마찬가지로 나의 무분별을 온당치 않은 것으로 생각하고 있는 것 같았다.

물론 내가 말한 것은, 그가 나를 아내로 열망하고 결혼을 청해 올 것을 예상했기 때문이었다. 입 밖에는 내지 않았으나 적지 않은 기대 속에, 그가 당장 결혼해 달라고 부탁할 것을 생각하면서 난 가슴을 떨고 있었다.

하지만 나는 그것을 암시하는 말도 듣지 못했고, 뿐만 아니라 그의 표정이 어두워졌기 때문에 나는 갑자기 내가 잘못했다는 생각과 함께 바보 같은 짓을 했다고 느껴져서 그의 팔에서 빠져나오려고 했다. 그러나 그는 나를 다시금 꼭 껴안았다.

"아니야, 아니야, 제인! 가면 안 돼. 아니야! 나는 당신을 만지고, 당신의 목소리를 듣고, 당신이 있어 주는 데서 오는 크나큰 기쁨을 느꼈어요. 이 기쁨을 놓칠 수는 없어. 나에게는 기쁨이란 없었어. 이제야말로 당신을 내 것으로 만들어야 해. 세상 사람들은 웃겠지. 내게 지독한 이기주의자라고 손가락질하겠지……. 하지만 그것이 어쨌다는 거야! 나의 영혼이 당신을 요구하고 있어. 이것은 꼭 성취돼야 해. 그렇지 않으면 영혼은 나의 생명에 치명적인 복수를 하게 될 거야."

"물론이에요, 항상 당신과 함께 있겠어요."

"그렇지만 함께 있다는 것을 당신과 나는 서로 다른 뜻으로 생각하고 있어요. 당신은 아마 나의 손과 의자 가까이에서 친절한 간호사로서 내 뒷바라지를 할 수 있겠지. 당신은 고운 마음씨와 친절한 정신을 갖고 있기 때문에, 나를 가엾게 생각하고 자신을 희생하려는 거야. 그런 결심을 한 것으로 생각돼. 나는 당연히 그것으로 충분하다고 생각해야 할 거야. 지금의 처지로는 나는 당신에 대해 아버지 같은 감정을 가져야겠지. 그렇지 않겠어? 자, 말해 봐요."

"좋으실 대로 생각하세요. 그것이 좋으시다면 간호사가 되는 것만으로도 만족하겠어요."

"그러나 언제까지나 나의 간호사일 수는 없어, 제인. 당신은 젊었으니까…… 언젠가는 결혼을 해야지."

"결혼에 관해서는 생각지 않고 있어요."

"생각해야 돼요, 제인. 내가 옛날의 나라면 오직 내게만 관심을 갖도록 하겠지만……. 그러나 이처럼 불구의 몸으로선!"

그는 다시 절망에 빠졌다. 그렇지만 나는 반대로 명랑해지고 새로운 용기가 샘솟았다. 지금 그가 한 말로서 문제가 어디 있는지를 알게 되었고, 그것은 내겐 아무런 장애가 될 것이 없었기 때문이었다. 지금까지 해오던 조바심 나는 염려에서 완전히 해방된 느낌이었다. 나는 쾌활한 어조로 말을 계속했다.

"이제 누군가가 당신을 다시 인간으로 복귀시켜야 할 때가 되었다고 생각해요."

숱이 많은 그의 긴 머리카락을 가르며 내가 덧붙여 말했다.

"당신은 사자나 그와 비슷한 야수로 변해 버리신 것 같아요. 당신에게는 황야에서 쫓기는 맹수를 닮은 점이 있어요, 확실히! 또 당신의 머리카락은 독수리의 깃털을 연상시켜요. 손톱도 새의 발톱처럼 자랐는지, 아직 보지 않아서 모르겠지만."

"이 팔에는 손도 없고 손톱도 없어. 이것은 한낱 그루터기에 지나지 않아……. 보기에도 섬뜩한! 그렇게 생각되지 않아, 제인?" 절단된 팔을 불쑥 내게 보이면서 그가 말했다.

"그것을 보니 슬퍼져요. 그리고 눈과…… 이마의 불에 덴 자국을 보니 더 슬퍼져요. 그런데 가장 곤란한 것은, 이런 모든 것에도 불구하고 나는 당신을 사랑하고, 당신을 소중히 하고 싶은 위험에 빠지고 있다는 거예요."

"내 팔과 화상 입은 얼굴을 보면 불쾌하게 여길 것으로 생각했었어, 제인."

"그랬어요? 그런 말씀 마세요. 당신의 판단력을 무시해야 할 말을 하지 않도록 해요. 잠깐만 놓아주세요, 불을 일으키고 난로바닥을 좀 쓸어야겠어요. 불을 일으키면 알 수 있나요?"

"오른쪽 눈으로는 빛나는 불빛을 볼 수 있어요, 빨갛게 타는……."

"그러면 촛불은요?"

"안개처럼 보이지, 빛나는 구름처럼."

"제가 보여요?"

"안 보이는데, 나의 요정은……. 그러나 목소리를 듣고 몸을 더듬을 수 있는 것이 더할 나위 없이 고마워요."

"저녁 식사는 언제 하시나요?"

"저녁은 먹지 않기로 했어."

"그러나 오늘은 드셔야 해요. 나는 배가 고파요. 당신도 그럴 거예요, 단지 잊고 있을 따름이지."

메리를 불러서 방을 좀 더 깨끗이 차우도록 지시한 다음 나는 손수 간단한 식사를 준비했다. 나의 마음은 흥분해 있었고, 식사 중에도 그리고 끝나고 나서도 오랫동안 아무 부담 없이 얘기를 나누었다.

그와 함께 있으면 번거로운 조심성이라든가, 명랑한 마음의 억제가 필요 없었다. 그와는 마음이 일치한다는 것을 알고 있기 때문에 함께 있으면 아주 편안했다. 그리고 나의 일거일동이 모두 그에게는 위안이고 격려였다. 기쁜 자각이다! 나의 심신이 생기와 광명을 맛보았다. 그의 앞에서는 내가 완전히 소생하고, 내 앞에서는 그가 소생한다. 눈은 멀었으나 이제 그의 얼굴에는 미소가 보이고 이마에는 기쁨이 내비쳤다. 표정도 한결 부드럽고 따사로웠다.

저녁 식사를 마치자, 그는 지금까지 내가 어디에서 무엇을 하고 있었으며, 어떻게 찾아왔는지 등등 여러 가지 질문을 했다. 그러나 나는 극히 부분적인 대답만 했다. 밤이 깊었기 때문에 자세한 얘기는 할 수도 없었지만 그의 심금을 건드리고 싶지 않았다. 그의 마음 가운데 새로운 감정의 샘을 파고 싶지 않았던 것이다.

지금 나의 유일한 목적은 그를 다만 즐겁게 하는 일뿐이었다. 앞에서도 말했지만 확실히 그는 쾌활해졌다. 그러나 그것은 발작적인 것에 지나지 않았다. 잠깐 동안의 침묵으로 대화가 단절되면 그는 즉시 침착성을 잃고, 내 손을 찾으며 이름을 부르는 것이었다.

"당신은 철저하고 인간적인 사람이오, 제인? 그것이 확실하지?"

"의식적으로 그렇게 생각하고 있어요, 로체스터 씨."

"아무리 그렇다손 치더라도 이렇게 어둡고 쓸쓸한 밤에, 외로운 나의 난롯가에 불쑥 나타나다니……. 내가 손을 내밀어 하녀에게서 물 잔을 받으려고 했을 때, 그것을 준 것이 당신이었어. 존의 아내가 대답하리라 생각하고 물었던 것인데, 당신 목소리가 들렸어."

"메리 대신 쟁반을 가지고 들어왔기 때문이에요."

"당신과 이렇게 시간을 보내고 있는 동안에도 유령에 홀린 것만 같아. 과거 수개월 동안 내가 지내온 어둡고 쓸쓸하고 절망적인 생활을 누가 알아줄 수 있을까? 그동안 나는 아무것도 하지 않고 아무 기대도 없고 밤과 낮의 구별도 없었어. 느낄 수 있는 것은 다만 불이 꺼졌을 때의 한기와 식사를 잊었을 때의 굶주림뿐이었어. 그리고 끝없는 슬픔과 나의 제인을 다시 보고 싶다는 갈망의 헛소리뿐이었지. 당신을 다시 보고 싶다는 생각은 잃어버린 시력을 되찾고 싶다는 생각보다도 더 강렬했어. 당신이 내 옆에 와서 나를 사랑한다는 것은 있을 수 없는 일이야. 갑자기 온 것처럼 갑자기 가는 것은 아닌지? 내일이면 다시 사라지는 것이 아닌지……."

그의 산란한 마음과는 동떨어진 평범하고 실제적인 대답이, 이런 정신 상태에 있는 그에게는 가장 좋은 방법이며 마음을 안정시킬 힘이 되리라고 생각되었다. 나는 그의 눈썹을 손가락으로 만지고 나서 그은 눈썹을 전처럼 짙고 검게 만들도록 치료해 보자고 제의했다.

"그런 일을 해서 무슨 소용이 있겠어, 귀여운 사람! 운명의 시간이 오면 다시 나를 버리고 가겠지? 그림자처럼 어떻게 어디로 가는지 알 길조차 없이……. 그리고 다시 눈에 띄지 않을 것을!"

"주머니 빗을 갖고 있나요?"

"무엇을 하려고, 제인?"

"헝클어진 까만 머리카락을 빗겨드리려고요. 가까이서 보니 놀라울 정도예요. 나더러 요정이라고 했지만, 당신이야말로 브라우니(brownie: 영국과 스코틀랜드의 민담에 나오는 작고 부지런한 요정이나 꼬마 도깨비.)예요."

"소름 끼쳐, 제인?"

"그래요, 당신은 언제나 그런걸요."

"흥! 마음껏 돌아다니다 와서도 그 고약한 말씨는 고치지 못했군."

"그래도 좋은 사람들과 같이 있었어요. 당신보다 훨씬 좋은, 백 배나 좋은 사람들이에요. 당신이 아직 가져보지 못한 사상과 견해를 갖고 있으며, 더할 나위 없이 세련되고 품격 높은 사람들이에요."

"어떤 사람들인데?"

"그렇게 몸을 비틀면 머리털이 빠져요. 하기야 그렇게 되면 내가 실재한다는 것을 의심치는 않겠지만."

"누구와 같이 있었소, 제인?"

"오늘 밤엔 말할 수 없어요. 내일까지 기다려주세요. 말을 중단한다는 것은, 그 말을 마저 하기 위해 내일 아침 식탁에 나타난다는 보증이 되니까요. 그때는 물 한 잔만 가지고 난롯가에 나타나는 것이 아니라, 베이컨은 물론 달걀을 가지고 올 거예요."

"요정으로 태어나 인간으로 자라난 사람! 지난 10개월 동안 겪은 고생을 말끔히 씻어주는군. 만약에 사울이 당신을 다윗 대신으로 삼았더라면 하프의 도움 없이도 악령을 쫓아 버렸을 텐데."

"자! 이제 당신의 마음도 가라앉았어요. 나는 이만 자러 가겠어요. 사흘 동안의 여행으로 몹시 지쳤어요. 안녕히 주무세요."

"잠깐만, 제인. 당신이 있던 곳에는 여자만 있었던 거요?"

나는 웃으면서 빠져나와 2층으로 올라가는 동안 계속 웃었다.

나는 기쁘게 이런 생각을 했다.

'바람직한 생각이야! 앞으로 한동안은 그를 놀려줌으로써 우울증을 가시게 하는 거야.'

다음 날 아침 일찍 일어난 그가 이 방 저 방 돌아다니는 소리가 들렸다. 메리가 아래층으로 내려가자, 질문하는 소리가 이어졌다.

"에어는 집에 있나? 어느 방에 재웠소? 방은 건조한가? 일어났어? 필요한 것이 없는지 알아봐. 그리고 언제 아래층으로 내려오는지도 물어보고."

아침 식사 시간이라고 생각되자 나는 아래층으로 내려가서 방으로 살짝 들어갔다. 내가 곁에 있다는 것을 느끼지 못했을 때 가만히 그를 바라보았다. 활기 넘치는 정신이 육체의 결함에 굴복된 것을 본다는 건 가슴 아픈 일이었다. 그는 조용하긴 했으나 초조한 모습으로 분명히 무엇인가를 기다리고 있었다. 지금은 정상적으로 돌아간, 슬픔의 윤곽이 뚜렷이 나타나 있는 그의 얼굴은 마치 꺼진 불이 다시 켜지기를 바라는 등잔과도 같았다. 참으로 가슴 아픈 일이다! 그러나 생기 넘치는 밝은 표정이 될 수 있도록 불을 켜는 것은 그 자신이 아니다. 다른 사람이 해줘야 할 일이다! 나는 명랑하고 태연하려고 애썼으나, 이 강자의 무력한 모습을 보자 가슴이 찢어지는 것 같았다. 하지만 짐짓 쾌활하게 말을 건넸다.

"활짝 개인 청명한 날씨예요. 비가 그치고 태양이 비쳐요. 우리 조금 있다가 산책 나가요."

그의 얼굴이 금방 환히 빛났다. 내가 기쁨을 불러일으킨 것이다.

"오오! 당신이 정말 거기 있군, 나의 종달새! 이리 와요. 가 버리지 않았군,

사라지지 않았어. 한 시간쯤 전에 산 너머 높은 상공에서 당신 친구 한 마리가 지저귀는 소리를 들었는데, 나에게는 솟아오르는 태양이 빛이 없는 것처럼 그 노래도 음악은 아니었어. 지상의 모든 선율이, 내 귀에는 제인의 혀에 집중되어 있는 것 같아. 내가 느낄 수 있는 모든 햇빛은 오직 당신에게 있어."

나에게 기댄다는 선언을 듣자 내 눈에 눈물이 고였다. 마치 왕자인 독수리가 붙잡혀 매어져서 참새에게 먹이를 구해다 줄 것을 간청하는 것 같았다. 그러나 헤프게 눈물만 흘리고 있을 순 없었다. 급히 눈물을 닦은 다음 나는 아침 식사 준비에 착수했다.

오전 중의 시간은 거의 밖에서 보냈다. 그를 이끌고 습한 숲속에서 밝은 들판으로 나갔다. 나는 거기가 얼마나 밝고 푸른가를, 꽃과 생울타리가 얼마나 싱싱하게 보이는가를, 하늘이 얼마나 눈부실 정도로 푸른가를 설명해 주었다. 그늘진 곳에 있는 마른 그루터기를 찾아 앉자, 그는 나를 자기 무릎에 앉혔다. 그도 그렇고 나 역시 떨어져 있는 것보다 가까이 있는 것이 이렇게 행복한데 어떻게 거절할 수 있겠는가. 파일럿이 우리 옆에 웅크리고 있을 뿐 사방이 조용했다. 그가 갑자기 나를 껴안으며 외쳤다.

"매정한, 이 매정한 도망자야! 오오, 제인! 당신이 손필드에서 도망친 것을 알고 미친 듯 찾아봤지만, 찾지 못했을 때의 내 참담함! 그리고 당신 방을 살펴보고 나서 돈이든가 돈이 될 만한 물건을 갖고 나가지 않았다는 것을 알았을 때의 내 기분이 어땠겠어! 내가 선사한 진주 목걸이도 상자에 그대로 들어 있었고, 당신의 여행용 가방은 신혼여행을 위해 준비했던 대로 끈으로 묶이고 자물쇠가 잠긴 채였어. 사랑하는 사람이여! 난 당신이 어떻게 될 것인가를 자신에게 물어보았어. 실제로 무슨 일을 겪었는지, 지금 말해 봐요."

그가 몹시 다그쳤기 때문에 나는 지난 한 해 동안 경험했던 일들을 이야기하기 시작했다. 그에게 모든 걸 속속들이 이야기한다면 필요 없는 고통을 줄 터이므로, 사흘 동안의 굶주린 방랑에 대해서는 적당히 얼버무렸다.

하지만 내 입에서 나온 대수롭지 않은 말도 상상 이상으로 그의 마음을 갈기갈기 찢었다.

살아갈 방책도 세우지 않고 집을 나간 것은 잘못이었고, 자기한테 나의 의도를 전했어야 했다고 그는 말했다. 모든 것을 자기한테 털어놓았더라면, 자기로서도 무리하게 나를 정부로 만들진 않았을 것이란 얘기였다. 또한 너무 큰 절망에 지쳐 난폭하게 보였을는지는 몰라도, 실은 나에게 군림한 폭군이 되기에는 너무나 절실하게 나를 사랑했다고 말했다. 그리고 친구도 없는 이 넓은 세상에 몸을 던지는 나를 보느니보다는, 차라리 자기의 전 재산을 내게 주고 그 대가로 한 번의 키스조차 요구하지 않았으리란 것이었다. 또한 내가 틀림없이 자기에게 고백한 이상의 고통을 겪었을 것이라고 그는 말했다.

"내가 겪은 고통이 아무리 심했어도, 기간은 짧았어요." 하고 나는 대답했다. 그러고 나서 어떻게 해서 무어 하우스에 있게 되었고, 어떻게 교사가 되었는지 등을 얘기했다. 그러고는 순서에 따라 유산 상속과 친척 발견에 관한 것을 이야기했는데, 물론 이야기의 진전에 따라 세인트 존 리버스란 이름이 가끔 나왔다. 그러고는 내 이야기가 끝나기 무섭게 그의 이름이 등장했다.

"세인트 존이 사촌오빠란 말이지?"

"네."

"그의 이야기를 가끔 했는데, 당신은 그를 좋아했는가?"

"정말 좋은 사람이에요. 좋아질 수밖에 없어요."

"좋은 사람이라고? 그건 존경할 만한 50대의 행실이 방정한 남자란 말인가? 아니면 무슨 뜻으로?"

"세인트 존은 이제 스물아홉이에요."

"프랑스 사람의 말을 빌린다면, '아직 풋내기'로군. 키가 작고 아둔하고 못생겼겠지? 좋은 사람이라는 것도 덕이 있다는 뜻이 아니라, 고작 악행을 하지 않는다는 말이지?"

"지칠 줄 모르고 활동하는 인간이지요. 위대하고 숭고한 행위야말로 그의 생의 목적이고요."

"그러면 그의 두뇌는? 조금 모자라는 편이 아닐까? 사람이 좋긴 해도, 그의 말을 들으면 어깨를 움츠리고 싶겠지?"

"거의 말이 없어요. 언제나 요점만을 말해요. 머리는 일류급이지요. 감수성이 강하다고는 말할 수 없지만, 정력이 넘치고 있어요."

"그렇다면 유능한 사람인가?"

"정말 유능해요."

"충분한 교육을 받았고?"

"세인트 존은 깊이가 있는 완전한 학자예요."

"그의 태도가 취미에 맞지 않는다고 그랬던 것 같은데……? 꼼꼼하고 샌님 같은가?"

"그의 태도에 대해서는 말한 적이 없어요. 나의 취미가 나쁜 것이 아니었더라면 그의 취미와 일치했을 거예요. 그는 세련되고 침착하고 신사적이죠."

"그의 모습은? 그것에 대해서는 뭐라고 했는지 잊어버렸는데……. 하얀 넥타이를 숨이 막힐 정도로 졸라매고 굽이 높은 편상화를 신은 목사겠지?"

"세인트 존은 옷맵시가 있어요. 미남이고요. 키가 크고 피부가 하얀데다 눈이 푸른, 그리스 조각 같은 얼굴 모습이에요."

그는 혼잣말로 "제기랄!" 하고 중얼거리더니 나를 향해 물었다.

"당신은 그가 좋았어, 제인?"

"네. 좋아했어요, 로체스터 씨. 아까도 그런 질문을 하셨어요."

물론 나는 상대방의 마음을 헤아릴 수 있었다. 그는 지금 질투심에 사로잡혀 괴로워하고 있는 것이다. 그러나 그 고통은 좋은 결과를 가져왔다. 악마같은 우울증의 이빨로부터 잠시나마 빠져나올 수 있었던 것이다. 그래서 나는 얼마 동안 그 질투심을 잠재우지 않기로 했다.

"내 무릎에는 더 오래 앉고 싶지 않겠지, 제인?"

기대하지 않았던 그의 질문이었다.

"어째서요, 로체스터 씨?"

"지금 당신이 그린 그림은, 형언할 수 없는 대조를 암시해 주었어. 당신의 말은 우아한 아폴로의 모습을 아름답게 그렸어. 그 사람은 당신의 상상 속에 자리 잡고 있어. 키가 크고 피부가 하얀데다가 푸른 눈을 가진 그리스인의 모습으로. 그런데 실제로 보고 있는 것은 벌컨(Vulcan: 그리스 신화에서 불과 대장일의 신.)과 같은 사나이야. 갈색의 어깨가 넓은 대장장이에다가 눈까지 멀어 버린……."

"나는 그렇게 생각해 본 적이 없어요. 그러나 당신은 정말 벌컨 같군요."

"자! 내려앉아요. 그러나 내리기 전에 — 그리고 나서 그는 더욱 힘을 주어 나를 안았다. — 한두 마디 묻는 말에 대답해 줘요."

"무슨 질문인데요, 로체스터 씨?"

"세인트 존은 당신이 사촌동생이라는 것을 알기 전에, 모튼의 학교 선생을 시켰던가?"

"네."

"그를 가끔 만날 수 있었소? 가끔 그가 학교로 찾아왔나?"

"매일 찾아왔어요."

"당신 방침에 찬성했소, 제인? 당신은 재주가 있으니까, 방침이 훌륭했을 거야."

"찬성했어요. 네, 그래요."

"처음엔 당신에게 있으리라 생각 못 했던 것을, 그는 많이 발견했을 거야."

"그건 모르겠어요."

"당신은 학교 근처 작은 집에 살고 있었다고 했는데, 그곳에도 찾아온 적이 있는지?"

"가끔 왔어요."

"밤에도?"

"한두 번." 거기서 말이 중단되었다가 잠시 후에 다시 이어졌다.

"서로 사촌 간이라는 것을 알고 나서, 그와 그의 누이동생들과 얼마나 오래 지냈지?"

"5개월 동안요."

"리버즈는 집에서 여자들과 보내는 시간이 많았나?"

"거실은 그 사람과 우리들의 서재였는데, 창가에는 그가 앉고 우리는 늘 테이블에 앉았어요."

"그는 열심히 공부를 했소?"

"무척이나요."

"무엇을?"

"인도의 힌두스탄어를요."

"그동안에 당신은 무얼 하고?"

"처음에는 독일어를 배웠어요."

"그가 가르쳐주었소?"

"그는 독일어를 몰라요."

"그는 아무것도 안 가르쳐주었나?"

"내게 힌두스탄어를 조금 가르쳤지요."

"리버즈가 당신에게 인도 말을 가르쳐주었다고?"

"네, 그래요."

"그의 여동생들에게도?"

"아니에요."

"당신에게만?"

"네, 내게만 가르쳤어요."

"당신이 배우고 싶다고 했나?"

"아니에요."

"그가 가르치고 싶었군?"

"네."

다시 침묵이 계속됐다.

"왜 그렇게 하고 싶었을까? 당신에게 인도어가 무슨 소용이 있다고?"

"그는 나를 인도로 데려갈 생각이었어요."

"아! 이제 문제의 핵심을 파악할 수 있겠어. 당신과 결혼할 생각이었군?"

"내게 구혼을 했어요."

"거짓말이야! 나를 괴롭히기 위해 꾸며낸 경솔한 말이야!"

"아뇨, 말 그대로 사실이에요. 수차에 걸쳐서 구혼했는데, 마치 옛날의 당신처럼 완고하게 자기 생각을 관철시키려고 했어요."

"에에! 다시 말하지만, 내 곁을 떠나도 좋아요. 같은 말을 계속 되풀이해야 하오? 내려앉으라고 몇 번이나 말했는데, 왜 그래도 무릎에 앉아 있지?"

"여기 앉아 있는 것이 편해서 그래요."

"아니야, 제인. 편할 리가 없어. 당신 마음속에는 내가 있는 것이 아니라 당신의 사촌오빠인 세인트 존이 있는 거야. 오오! 이 순간까지도 귀여운 제인은 완전히 나만의 것인 줄 알았는데! 내 곁을 떠나 있어도 당신은 나를 사랑하고 있을 것으로만 믿고 있었어. 그것만이 커다란 고통 속에서도 유일한 즐거움이었지. 이렇게 우리가 오래 떨어져 있는 동안 나는 이별의 뜨거운 눈물을 흘리고 있었는데, 당신이 다른 사람을 사랑하고 있으리라곤 생각조차 못 했어! 그러나 이것은 쓸데없는 비탄이야. 제인, 내 곁을 떠나줘요. 가서 리버즈와 결혼해!"

"그렇다면 나를 떨어뜨리세요. 밀어 보내세요. 내 발로는 당신 곁을 떠나지 않겠어요."

"제인, 나는 언제나 당신의 어조가 마음에 들어요. 지금도 희망을 불러일으키고 진실을 말해 주고 있어. 그 말을 들으니 일 년 전으로 되돌아간 것 같소. 당신이 새로운 인연을 맺었다는 사실조차 잊게 하고……. 그러나 나는 바보가 아니야. 자, 가요!"

"어디로 가란 말이에요?"

"당신 마음대로……. 당신이 택한 남편과 함께……."

"그 사람이 누군데요?"

"잘 알고 있으면서……. 세인트 존 리버즈이지."

"그는 남편이 아니에요, 앞으로도 그럴 수 없고요. 그는 나를 사랑하고 있지 않아요. 나도 역시 그렇고. 그가 사랑하는 사람은 로저먼드라는 아름다운 여인이랍니다. 그가 나와 결혼하자는 것은 단지 내가 선교사의 아내로 적당하다고 생각하기 때문이에요. 그런데 그녀는 그렇지 못하거든요. 그는 선량하고 위대하긴 하지만 지나치게 엄격해서 냉정하기가 마치 빙산 같아요. 그는 당신과는 다른 사람이에요. 그의 곁에 있으면, 그와 가까이 있으면, 조금도 즐겁지가 않아요. 그는 내게 아무런 애정도 느끼지 않고 있어요. 다만 그가 필요한 약간의 정신적인 특질을, 내가 갖고 있다고 보는 거지요. 그런데도 내가 당신 곁을 떠나서 그에게로 가야 하나요?"

나는 무심코 몸을 떨면서, 눈은 멀었지만 사랑하는 사람을 본능적으로 힘껏 껴안았다. 이윽고 그의 얼굴에 미소가 떠올랐다.

"제인, 정말이오? 리버즈와의 관계는 정말 그런 거야?"

"절대적으로 그런 거예요. 그러니까 질투할 것 없어요! 당신을 조금 놀려드리고 싶었던 거예요. 그래서 슬픔을 다소라도 덜어드리려고……. 화내는 게 슬퍼하는 것보다 나으리라고 생각했기 때문이죠. 당신이 나의 사랑을 원한다면, 내가 당신을 얼마나 사랑한다는 것을 곧 알게 될 거예요. 그리고 자부심을 가지고 만족할 수 있을 겁니다. 나의 마음은 당신 거예요. 난 당신의 소유물이에요. 만약 운명에 의해서 내 몸이 당신 곁을 떠나는 한이 있더라도, 내 마음은 영원히 당신 곁에 남을 수밖에 없어요!"

나에게 키스했을 때, 괴로운 생각으로 그의 얼굴은 다시 어두워졌다.

"아무것도 뵈지 않는 나의 눈! 불구인 몸!" 그는 고통스럽게 속삭였다.

그의 마음을 가라앉히기 위해서, 나는 그를 쓰다듬어주었다. 그의 심경을 짐작할 수 있었기 때문에 대신 말해 주고 싶었으나, 용기가 생기질 않았다. 잠깐 동안 그가 얼굴을 돌리고 있을 때, 그의 감은 눈에 눈물이 맺혔다가 뺨으로 흘러내리는 것이 보였다. 내 가슴은 다시금 찢어지는 것 같았다.

"나는 손필드 과수원에 있는 벼락 맞은 밤나무와 다를 바가 없어. 그 밤나무에게 무슨 권리가 있어서 싱싱한 인동덩굴에게 상처투성이의 몸뚱이를 감싸달라고 명령할 수 있겠소?" 그가 마침내 입을 열었다.

"당신은 상처투성이가 아니에요. 벼락 맞은 나무도 아니고……. 당신은 푸르고 생기에 넘쳐 있어요. 초목은 당신의 부탁이 있건 없건 당신의 뿌리 주변에 무성하게 자라날 거예요. 당신이 던진 커다란 그늘을 즐기기 위해서지요. 초목은 자라서 당신에게 기대고, 당신이 안전하게 받쳐줄 수 있기 때문에 당신한테 감기는 거죠."

그는 다시 미소 지었다. 마침내 그를 위안시킬 수 있었던 것이다.

"당신은 친구 얘기를 하고 있군, 제인?"

"그래요, 친구 얘기예요." 나는 약간 주저하며 대답했다. 나 자신으로선 친구 이상의 뜻을 가지고 한 말이지만 달리 무슨 말을 해야 할지 몰랐기 때문이었다. 그러나 그가 나를 도와주었다.

"아아, 제인! 내게 진실로 필요한 건 아내야."

"그래요?"

"그래, 이상한가?"

"물론이죠, 전에는 그런 얘길 한 적이 없었거든요."

"반가운 소식이 아닌가?"

"사정에 따라서는……. 당신이 택하는 사람이 문제예요."

"그 선택은 당신이 하는 거야, 제인. 나는 당신이 정해 주는 대로 하겠어."

"그러면 말해 봐요, 당신이 이 세상에서 가장 사랑하는 사람을."

"나는 나를 가장 사랑하는 사람을 선택할 작정이야. 제인, 나와 결혼해 주겠소?"

"네, 그럴 거예요."

"손을 잡고 이끌어야 할 눈먼 사람과?"

"네."

"항상 뒷바라지를 해줘야 할 스무 살 연상인 사람과?"

"네."

"정말이오, 제인?"

"물론이지요. 정말이에요."

"오오, 귀여운 사람이여! 당신에게 신의 축복과 은총이 있기를!"

"로체스터 씨, 지금까지 내가 선행을 한 적이 있다면, 성심껏 부끄럽지 않은 기도를 올렸다면, 올바른 희망을 가졌다면 이것은 거기에 대한 보답일 거예요. 당신의 아내가 된다는 것은, 내겐 이 지상 최고의 행복입니다."

"당신은 희생을 낙으로 알고 있어요."

"희생이라고요! 내가 무슨 희생을 해요! 내 감정의 굶주림에 식량을 얻고, 기대가 충족된 거예요. 나의 가장 중요한 것을 팔로 감싸고, 내가 사랑하는 것에 입을 맞추고, 내가 믿는 것에 기댈 수 있는 이 특권을 어찌 희생이라고 할 수 있겠어요? 정말 그렇다면 나는 희생을 즐기는 거예요."

"그리고 나의 질환을 참아야 하고. 제인, 내 불구를 용서해 주어야 해."

"그런 건 상관없어요. 당신이 주는 사람, 보호하는 사람의 역할 이외에는 모든 것을 경멸하던 독립된 상태에 있을 때보다, 오히려 내가 필요한 입장에 있을 때 당신을 더욱 사랑하게 돼요."

"지금까지 나는 도움을 받는다든지 인도되는 것을 싫어했어. 그러나 앞으로는 그럴 수 없다는 생각이 들어. 내 손이 고용인의 손에 잡히는 것이 싫었지만, 당신의 작은 손가락에 잡히는 것은 기분 좋은 일이야. 하인들을 들볶는 것보다는 혼자 있는 것이 마음 편했는데, 당신이 곁에 있어 다정하게 보살펴준다면 더할 나위 없는 삶의 기쁨이지. 당신은 내 마음에 꼭 들거든. 나도 당신의 마음에 들까?"

"내 마음 속속들이."

"그렇다면 기다릴 필요 없어. 곧 결혼을 해야지. 지체할 것 없이 우린 한 몸이 되는 거야, 제인. 허가가 나는 대로 곧 결혼해요."

그의 표정도 어조도 심각했다. 천성적인 조급한 성품이 드러난 것이다.

"로체스터 씨, 깜빡 잊고 있었는데 태양은 이미 머리 위를 지나고, 파일럿은 점심을 먹으러 갔어요. 시계를 보여주세요."

"앞으로는 당신이 가지고 있어요. 내겐 필요 없으니까."

"네 시가 가까워졌군요. 시장하지 않으세요?"

"사흘 후로 결혼 날을 정했어, 제인. 아름다운 의상이라든가 보석 같은 것은 필요 없어…… 그런 건 모두 아무런 가치도 없는 거야."

"햇빛이 빗물을 깨끗이 말렸어요. 바람도 그치고, 몹시 더워요."

"제인, 알고 있어? 내가 지금 당신의 진주 목걸이를 목에 걸고 있는 것을…… 나의 단 하나인 보물을 잃어버린 날부터, 한시도 떼어놓지 않고 지니고 있던 거야."

"숲 샛길로 돌아가요. 거기가 제일 그늘이 짙어요."

그는 내 말에 귀를 기울이지 않고 자기 생각에만 몰두해 있었다.

"제인! 당신은 나를 신앙심이 없는 사람이라고 생각하겠지만, 지금이야말로 내 마음은 자비로운 신에 대한 감사로 가득 차 있어. 신은 인간이 보는 것처럼 보지 않고, 인간이 심판하는 것처럼 심판하지 않아. 나는 과오를 저질렀어. 순결한 꽃을 더럽힐 뻔했지. 청초한 꽃에 악의 입김을 불어넣으려고 했던 거야. 하지만 전능한 신은 나에게서 그것을 빼앗았고, 나는 반항심이 생겨서 신의 섭리를 저주하고 도전했었어. 그 결과 심판은 계속되어 나는 죽음의 계곡을 걸어야만 했지. 신의 응징은 가혹한 것이어서 한 번 당하고 나니 나의 거만은 영원히 꺾이고 말았어. 당신도 알다시피 나는 체력에 누구 못지않은 자신을 갖고 있었지만, 이제 와서는 어린아이처럼 누군가의 손에 끌려 다녀야만 해. 최근에 와서, 극히 최근에서야 나는 나의 비운 속에서 하느님의 손길을 볼 수 있었고 그것을 인정하게 됐어. 그래서 회개하고 무릎을 꿇고 싶은 심정이었어. 나는 그때부터 가끔 기도를 드리게 됐는데, 지극히 간단하지만 나의 진심을 털어놓는 정성어린 것이었어. 며칠 전, 아니 셀 수도 있어. 바로 나흘 전이야. 지난 월요일 밤 갑자기 우울한 기분이 들었어. 비탄이 광란으로 바뀌고 슬픔이 우울증으로 변했어. 그 어디서도 당신을 찾을 수 없기 때문에 이미 죽은 것으로만 생각하고 있었지. 그런데 그날 밤 늦게…… 아마 열한 시에서 열두 시 사이일 거야. 쓸쓸한 잠자리에 들기 전에 나는 신을 향해서, 당신의 뜻이라면 나를 이 세상에서 불러 제인을 다시 만날 수 있는 그곳으로 이끌어달라고 애원했었지. 그때 나는 내 방의 열어놓은 창가에 앉아 있었는데, 상쾌한 밤공기를 쏘이자 마음이 가라앉았고, 별이 보일 리는 만무였으나 안개같이 희미하게 보이는 것으로 미루어 달이 뜬 것이 분명했어. 나는 더욱 당신이 그리워졌어, 제인. 오오, 난 몸과 마음을 바쳤어! 나는 고뇌와 겸손한 마음으로 신에게 이만했으면 나의 쓸쓸함과 번민과 고통이 충분한 것이 아니냐고 물었어. 그리고 다시는 즐거움과 평화를 맛볼 수 없는 것이냐고도 물었지. 당연히 인내해야 할 모든 것을 스스로도 인정하지만 앞으로는 더 못 참을 것 같다고 애소했어. 그때 내 소원의 전부가 무심코 입에서 튀어나왔어. '제인! 제인! 제인!' 하고!"

"그 말을 큰 소리로 외쳤었나요?"

"그래, 제인. 누가 들었더라면 나를 미쳤다고 생각했겠지. 그 정도로 힘껏 소리쳤거든."

"그리고 그것이 지난 월요일 밤, 자정 가까이였다고 그랬지요?"

"그래요, 하지만 시간 같은 것은 문제가 아니고, 그 뒤에 일어났던 일이 이상해. 나를 환상에 사로잡혔다고 하겠지만, 사실 어느 정도의 환상은 내 심장 속에 자리 잡고 있어. 그러나 이것은 진실이었어. 내가 그 말을 들은 것만은 사실이야. 내가 '제인! 제인! 제인!' 하고 소리쳤을 때, 하나의 목소리가 — 어디서 들리는 것인지는 알 수 없으나 누구의 것인지는 알 수 있는 — '가겠어요, 기다려 주세요!' 라고 대답하고, 다음 순간 바람결에 '어디 있어요?' 하는 말이 속삭이듯 들려왔어. 가능하다면 이 목소리가 나의 마음에 계시한 상념과 영상을 말하고 싶으나, 어떻게 표현할 방법이 없군. 보다시피 이 펀딘 숲에 싸여 있어서 소리는 둔하게 들리고 메아리 없이 사라지거든. 그런데 '어디 있어요?' 하는 물음은 산 속에서 들려오는 것 같았어. 왜냐하면 산에서 메아리치는 것이 들렸기 때문이야. 그 순간 서늘한 바람이 불어서 이마를 스치는 것 같았고, 어딘가 황량한 곳에서 나와 제인이 만나고 있다는 생각이 들었어. 틀림없이 우리들의 영혼이 만난 거야. 당신은 그 시각에 아무 의식도 없이 잠들어 있었겠지, 제인? 아마 그때 당신의 영혼은 내 영혼을 위로하기 위해 당신의 몸을 떠나 방황하고 있었던 걸 거야. 그것은 당신의 목소리였어. 내가 이렇게 살아 있는 것이 확실한 것처럼, 그것은 당신 목소리에 틀림없었어!"

독자여! 내가 이상한 목소리를 들은 것도 월요일 밤, 한밤중이었다. 그 목소리야말로 내가 대답했던 말이었다. 그때 나는 로체스터 씨의 말에 귀를 기울였으나, 아무 응답이 없었다. 이 우연의 일치를 다른 사람에게 전한다든가 의논하기에는, 소름 끼치고 신비로운 것으로 느껴졌다. 만약 거기에 대해 내가 말한다면, 로체스터 씨의 마음에 필연적으로 심각한 인상을 주게 될 것이다. 그렇게 되면 그의 마음은 고민 끝에 자칫 우울해질 터이므로, 초자연적인 그림자를 던지지 않는 것이 좋으리라 여겨져서 나는 입 밖에 내지 않고, 마음속으로만 곰곰이 생각해 보았다.

"어젯밤 느닷없이 당신이 찾아왔을 때, 나는 그것이 단지 목소리요 환상에 지나지 않는다고 믿었어. 전에도 그랬듯이 심야의 속삭임이라든가 산울림으로서 정적과 허무로 되돌아갈 것으로 생각했었지. 그렇다고 해서 당신이 이상하게 생각하면 안 돼. 이제 나는 신에게 감사할 따름이오! 그런 것이 아니라는 걸 알게 됐으니……. 다만 신에게 감사할 뿐이야!"

그는 무릎에서 나를 내려놓고 일어나서 보이지 않는 눈을 땅으로 향하고는 묵도를 올렸다. 나는 기도의 마지막 구절만을 들을 수 있었다.

"……심판하는 가운데서도 자비를 잊지 않으신 신께 감사합니다. 지금까지 살아온 것보다 훨씬 깨끗한 삶을 살아갈 수 있도록 힘을 주시옵기를 주님께 간절히 빕니다!"

그리고 나서 그는 손을 내밀었다. 나는 그 다정한 손을 잡아 한참 동안 입에 댔다가, 어깨 위에 올려놓았다. 나는 그보다 키가 훨씬 작았기 때문에, 안성맞춤의 받침대 구실을 했다. 우리는 숲 사이로 접어들어 집으로 발길을 돌렸다.

38장
함께 가는 길

독자여! 마침내 나는 그와 결혼했다. 조용한 결혼식을 올린 것이다. 그와 나, 그리고 목사와 서기뿐이었다.

교회에서 돌아오자 나는 주방으로 들어갔다. 메리가 점심 준비를 하고 있고, 존은 나이프를 닦고 있었다.

"메리! 오늘 아침에 로체스터 씨와 결혼했어."

가정부와 그녀의 남편은 약간 둔한 편이었으므로 언제나 마음 놓고 놀랄 만한 소식을 전할 수가 있었다. 그리고 억양 높은 감탄이나 수다스러운 말에 귀찮아할 걱정도 없었다. 메리는 얼굴을 들고 불에 굽고 있던 두 마리의 닭고기에 소스를 끼얹던 국자를 쥔 채로 3분가량 뚫어지게 나를 바라보았다. 나이프를 닦던 존의 손도 그만한 시간 동안 아무 움직임이 없었다. 그러더니 메리는 다시 요리 냄비로 허리를 굽히면서 중얼거렸다.

"결혼했어요? 세상에! 당신이 주인님하고 함께 나가는 것을 보긴 했지만, 결혼하러 교회에 가시는 줄은 몰랐어요." 그러고 나서 다시금 소스를 끼얹기 시작했고, 존은 입이 찢어질 정도로 히죽이 웃고 있었다.

"꼭 그렇게 되리라고 메리한테도 얘기했었죠." 그가 말했다.

"나는 에드워드 도련님의 — 존은 오래전부터 이 집 하인이었으므로, 가끔 주인의 이름을 세례명으로 부르곤 했다. — 성품을 잘 알고 있지요. 오래 기다리진 않으리라고 생각했어요. 어쨌든 참으로 잘된 일입니다. 축하

해요, 선생님!" 그러면서 공손히 앞머리에 손을 대고 경의를 표했다.

"고마워요, 존. 로체스터 씨가 당신과 메리에게 이것을 전하라고 했어요."

나는 그의 손에 5파운드짜리 지폐를 쥐어주고는 인사말을 기다릴 것도 없이 주방에서 나왔다. 주방 문 앞을 지나칠 때 다음과 같은 말이 들려왔다.

"주인님을 위해서는 어떤 귀부인보다도 그녀가 적임자야. 그녀는 미인이라고는 할 수 없어도 밉진 않거든. 게다가 성품이 아름답지."

나는 곧 무어 하우스와 캠브리지에 편지를 띄워서 내 일을 알리며, 그렇게 된 이유를 자세히 설명했다. 다이애나와 메리는 무조건 내가 한 일에 찬성했다. 다이애나는 밀월여행을 할 시간적인 여유를 주겠지만, 그것이 끝나는 대로 곧 찾아오겠다는 답장을 보내왔다.

"그때까지 기다리지 않는 것이 좋을 거야, 제인. 기다리면 너무 늦어. 우리들의 밀월은 전 생애를 통해서 지속될 것이며, 당신이나 나의 무덤에서만 그 빛이 기울어질 테니까."

내가 편지를 읽어주자 로체스터 씨가 이렇게 말했다.

세인트 존이 어떻게 내 소식을 받아들였는지는 알 수 없었다. 내가 소식을 전한 편지에 끝내 회답이 없었던 것이다. 그런데 6개월이 지난 다음 의외로 내게 편지가 왔다. 거기엔 로체스터 씨의 이름은 물론 결혼에 관한 내용은 단 한마디도 없었다. 그저 담담한 것이었으며, 엄숙한 가운데도 다정한 혈육의 정이 다소나마 엿보였다.

그 후에도 그는 자주는 아니지만 꾸준히 편지를 보내와 나의 행복을 바랐으며, 또 이 세상에서 신이 없이 살거나 지상의 것만을 생각하는 내가 아니라는 것을 믿고 싶다고 했다.

독자여! 당신은 귀여운 아델을 까맣게 잊지는 않았는지……? 나는 그 아이를 잊지 않고 있었다. 결혼한 후에 곧 로체스터 씨에게 아델의 학교를 방문해 보겠다고 했더니, 흔쾌히 승낙했다. 거기서 다시 만났을 때 그녀가 좋아하는 모습은, 나를 진하게 감동시켰다. 그녀는 안색이 좋지 않고 좀 야위어 보였다. 그 학교의 규칙은 그 나이 또래의 아이들에겐 지나치게 엄격하고, 학습도 과중했다. 그것을 알게 된 나는 수속을 밟아 그녀를 집으로 데려왔다. 그리하여 다시 그 애의 가정교사가 될 생각이었지만 이젠 그렇게 할 수 없다는 사실을 깨닫게 되었다. 나의 시간을 필요로 하고, 돌봐야 할 일이 또 한 사람에 의해서 요구되었기 때문이다. 남편은 그 두 가지를 모두 필요로 했던 것이다.

그래서 나는 좀 더 관대하게 운영되고 가까운 곳에 있어 내가 가끔 찾아갈 수도 있고 집에 데려올 수도 있는 학교를 물색했다. 그 아이에게 위안이 될 만한 일이라면 나는 가능한 한 신경을 다 썼으며, 그 결과 곧 새로운 학교에 가게 되었다. 그리하여 대단히 재미있는 나날을 보낼 수 있게 되고, 학업도 눈에 띄게 향상했다. 성장함에 따라 건실한 영국식 교육은 다분히 프랑스적인 그녀의 결점을 교정해서, 졸업할 무렵에는 유순하고 명랑하고 사리를 분별할 줄 아는 사랑스런 여성이 되었다는 것을, 나는 보람된 마음으로 발견할 수 있었다. 또한 나와 나의 남편에 대해 감사의 뜻을 가짐으로써, 일찍이 내가 그녀에게 베풀었던 조그마한 친절은 이미 후하게 보상을 받은 셈이었던 것이다.

이제 나의 이야기는 결말에 가까워졌다. 결혼생활에 대한 경험을 한마디 적고, 지금까지의 이야기에서 여러 번 이름이 거론되었던 사람들의 운명을 잠깐 훑어보고 나면 완결되는 것이다.

결혼해서 이미 10년이 지났다. 모든 것을 바쳐 사랑하는 사람을 위해 산다는 것이, 그리고 그와 함께 생활한다는 것이 어떻다는 것도 알게 되었다. 나는 자신이 가장 축복받은 사람으로, 말로써 이루 표현할 수 없을 만큼 축복받은 것으로 생각한다. 왜냐하면 나는 완전히 남편의 생명이요, 그는 또한 완전히 나의 생명이었던 것이다. 나처럼 남편한테 가까이 있고, 나처럼 절대적으로 남편의 '뼈의 뼈이며, 살의 살'이었던 아내도 없었을 것이다. 나는 에드워드와 함께 있으면 지칠 줄 몰랐고, 그도 나와 함께 있으면 그랬다. 각자 가슴속 심장의 고동이 지칠 줄 모르듯이. 우리들의 이야기는 하루 종일 계속된다고 여겨지는데, 서로 이야기한다는 것은 그것이 곧 활기에 차고 귀로 들을 수 있는 사색인 것이다. 나의 모든 신뢰감은 그에게 바치고, 그의 신뢰감은 내게 바쳐졌다. 우리의 성격은 완전히 합치되었으며, 따라서 우리는 완벽하게 화합할 수 있었다.

남편은 결혼 후 2년 동안 계속 눈이 보이지 않았다. 지금으로선 오히려 그것이 우리를 더욱 가깝게 하고, 결합을 공고히 하는 데 좋은 계기가 되었다고 생각된다. 왜냐하면 지금도 내가 그의 오른팔인 것처럼, 그때는 그의 눈이기도 했던 것이다. 말 그대로 나는 — 그는 지금도 나를 가끔 그렇게 부르지만 — 그의 눈동자였다. 그는 나를 통해서 자연을 보고 책을 읽었다. 나는 지칠 줄 모르고 그를 대신해서 모든 것을 — 들판과 나무와 거리와 개천과 구름과 눈앞의 광경과 알기 상태를 — 응시해서 말로 옮기고, 광선이 그의 눈에 영향을 미칠 수 없는 것을 소리로 바꿔 그의 귀에 들려주었다. 나는 쉬지 않고 그에게 책을 읽어주고, 가고 싶다는 데 데리고 가고, 하고 싶다는 것을 하도록 해주었다.

이 봉사는 비록 슬픈 것일지라도 거기에는 가장 충실하고 강렬한 환희가 있었다. 그는 아무 거리낌 없이 그리고 조금도 비굴하지 않게 나의 봉사를 요구했기 때문이다. 그는 나를 진실로 사랑했기 때문에 내 도움 받는 것을 조금도 주저하지 않았다. 내가 그를 열렬히 사랑하기 때문에, 내 도움을 받아들인다는 것이 나의 간절한 소망을 만족시켜 주는 것이란 사실을 그는 알고 있었다.

결혼하고 나서 2년이 다 되었을 무렵의 어느 날 아침, 그가 부르는 대로 편지를 받아쓰고 있을 때, 내게 다가온 그가 허리를 굽히고 묻는 것이었다.

"제인, 빛나는 목걸이를 했어?"

나는 금 시곗줄을 걸고 있었으므로 그렇다고 대답했다.

"그리고 연한 푸른 옷을 입고 있소?"

그가 말한 대로였다. 얼마 전부터 한쪽 눈의 어두운 그림자가 걷히는 것 같았는데, 이제 그 확증을 잡았다고 그가 말했다.

그와 나는 즉시 런던으로 갔다. 그리고 저명한 안과의의 도움으로 한쪽 눈의 시력을 회복했다. 그러나 명확하게는 볼 수 없고, 오래 독서를 한다든지 글을 쓰기는 벅차지만 남의 손에 끌리지 않고 거닐 수는 있게 되었다. 이제 그에게 있어서 하늘은 공백이 아니고 땅은 공허가 아니었다. 우리의 보물인 갓난아이를 품에 안았을 때, 그 눈이 옛날의 자기 것과 같이 크고 빛나며 까맣다는 것을 알아볼 수도 있었다. 그때 그는 다시 한 번 신의 심판이 자비로웠다는 데 대해 감사했다.

에드워드와 나는 더없이 행복하다. 우리가 사랑하는 사람들도 우리와 마찬가지로 한결같이 행복하기 때문에 더욱 그렇다. 다이애나와 메리는 모두 결혼을 했고, 교대로 일 년에 한 번씩 그들이 우리를 만나러 오기도 하고, 우리가 그들을 만나러 방문하기도 한다. 다이애나의 남편은 해군 대령으로 씩씩하고 선량한 무인이고, 메리의 남편은 목사로 오빠의 대학 동창인데, 학식과 지조를 겸비한 성직자였다.

그들, 피츠 제임스 대령이나 워튼 목사는 모두 아내를 사랑하고, 아내의 사랑을 받았다.

세인트 존에 대해서 말하자면, 그는 영국을 떠나 인도로, 자신이 택한 길로 들어가서 지금도 그 길을 고수하고 있다. 갖가지 어려움 속에서 그처럼 단호하게 불요불굴의 정신으로 싸운 개척자도 드물 것이다. 그는 확고하고 충실하고 헌신적이다. 정력과 열의와 진실에 넘쳐, 인류를 위해 노력하고 있다. 인류의 향상을 위해 기쁘게 택한 험난한 길을 걷고 있으며, 그의 길을 가로막는 이교와 계급제도의 편견을, 그는 거인처럼 제거하고 있다.

그는 가혹하고 준엄하고 버릴 수 없는 야망에 차 있는지도 모른다. 그러나 그의 가혹함은 마왕 아폴리온의 습격을 받고 순례의 행렬을 지키는 그레이트 하트(존 버니언의 〈천로역정〉의 인물로, 위대한 마음을 의미함.)의 그것이다. 그의 준엄함은 '누구든 나를 따를 자는 자기를 버리고, 십자가를 지고 따르라.'(〈마태복음〉 16장 24절)이고, 그리스도를 위해서만 말을 한 사도의 그것이었다. 그의 야망이라는 것은 현세에서 구원을 받아 — 틀림없이 신 앞에 서고, 어린양의 최후의 승리를 맛보고 — 소환되고 선택되어 충성된 사람들의 첫자리를 메우겠다고 목적하는 위대한 정신을 가진 사람의 그것이었다.

세인트 존은 결혼하지 않았다. 앞으로도 하지 않을 것이다. 지금까지는 혼자의 노고만으로도 충분했다. 그러나 노고도 이제 한계에 도달했다. 그의 눈부신 태양은 막 저물려고 한다. 최근에 받은 그의 편지는 나로 하여금 인간적인 눈물을 흘리게 함과 동시에 내 가슴을 성스러운 희열로 가득 채워주었다. 그는 반드시 응보가 있을 것으로 믿고 있고, 불멸의 월계관을 기대하고 있었다.

내 생각으로는 다음번에는 알지 못하는 사람이 편지를 보내어, 이 선량하고 충직한 신의 종이 마침내 기쁨 속에 불려갔다는 사실을 전할 것만 같았다. 왜 이 때문에 울어야 하지? 죽음의 공포는 세인트 존의 임종을 어둡게 하지 못할 텐데. 그의 정신에는 구름 한 점 없고, 그의 마음에는 두려움이 없다. 그의 희망은 흔들리지 않고, 그의 신앙은 견고함으로……

그의 말이 이것을 입증하고 있다.

그는 이렇게 말한다.

"주여! 이미 알려주셨습니다. '하루하루 점점 분명히! 반드시 가리라, 신속히!' 라고. 나는 시시각각으로 정성껏 응답합니다. 아멘! 오소서, 주 예수여!"

| 작품 개요 |

부모의 잇단 죽음으로 유아 때 고아가 된 제인 에어는 게이츠헤드에 있는 외숙모 새러 리드 집에서 살고 있다. 이제 열 살이 된 제인은 집안에서 천덕꾸러기 취급을 받는다. 제인의 외사촌 자매들인 엘리자와 조지아나는 그녀를 특별히 괴롭히지는 않지만, 그렇다고 좋아하지도 않는다. 오빠인 존은 눈에 보이는 적대감을 가지고, 그녀가 자기 집에 얹혀사는 군식구로 자기네 같은 양가집 아이들과 함께 살 처지가 못 된다고 구박한다. 어느 날 그가 제인이 자기 책을 읽고 있는 모습을 보고 화를 내며 책을 빼앗아 그녀에게 던지자 화가 난 제인이 대들어 한판 싸움이 벌어진다. 리드 부인은 소동을 일으킨 장본인이 제인이라고 꾸짖으면서, '붉은 방'에 가둔다. 그곳은 착한 외삼촌이 병으로 돌아가신 후 아무도 사용하지 않는 으스스한 방이다. 제인은 거기서 외삼촌의 유령을 보았다고 생각하고 겁에 질려 밖으로 내보내달라고 애원한다. 리드 부인은 고분고분해질 때까지 가둬두겠다며 제인의 애원을 물리친다. 방문이 다시 잠기자 제인은 그만 까무러치고 만다. 그녀가 자기 방에서 깨어났을 때, 친절한 약제사 로이드 씨가 침대 옆에서 걱정스럽게 지켜보고 있다. 로이드 씨는 리드 부인에게 제인이 게이츠헤드에서는 불행하니까, 자선 학교로 보내라고 충고한다.

제인은 브로클허스트 씨가 운영하는 고아 소녀들을 위한 로드 학교로 보내진다. 인색하고 불친절한 목사 브로클허스트 씨는 소녀들에게 굶어죽지 않을 정도의 식사와 형편없는 의복과 신발을 제공하고, 추운 겨울에도 방에 불도 제대로 때주지 않는다. 그는 소녀들이 겸손을 배워야 한다는 말로 잘 먹고 입히지 않는 것을 정당화한다. 어린 학생들을 큰 고난을 견뎌낸 기독교 순교자들에 비유하며, 어려움을 이기는 법을 배워야 한다고 설교할 때도 있다. 힘든 환경이지만, 제인은 학교생활이 리드 가족과 사는 것보다는 더 낫다고 생각한다. 여기서 두 사람의 새 친구도 얻는다. 템플 선생과 헬렌 번즈가 그들이다. 제인은 템플 선생으로부터 숙녀다운 바른 몸가짐과 동정심을 배운다. 헬렌에게서는 더 큰 정신적인 집중을 배운다. 학교의 을씨 년스러운 환경과 빈약한 식사로 발진티푸스 전염병이 발생해 학생들의 절반 이 죽게 되고, 헬렌 번즈도 제인의 팔에 안겨 숨을 거둔다. 이 일로 브로클허스 트 목사는 로드 학교 관리직에서 쫓겨나고, 학생들의 생활 여건이 조금 나아진다. 제인은 곧 로드의 인기 학생이 되고, 6년간 열심히 공부한 끝에 졸업과 동시에 이 학교의 유능한 교사가 된다. 그녀는 로드에서 2년간 교사 생활을 하고 나서 더 큰 도전을 준비한다. 템플 선생이 결혼과 함께 떠나고 나니, 학교가 다르게 보였던 것이다. 제인은 지방 신문에 가정교사 구직 광고를 낸다. 유일하게 밀코트 부근에 있는 손필드 저택의 페어팩스 부인한 테서 연락이 온다. 열 살짜리 소녀를 맡아줄 여자 가정교사를 구한다는 편지다. 제인은 그 일자리를 받아들인다.

아늑한 3층짜리 시골 저택인 손필드에서 제인은 따뜻한 환영을 받는다. 새로운 제자 아델 바렌스와 손필드 저택의 관리인인 페어팩스 부인, 둘 다 마음에 들지만 곧 왠지 모를 불안감을 느끼게 된다. 1월 어느 날 오후에 제인은 편지를 부치러 밀코트 읍내로 걸어가던 중, 말이 얼음에 미끄러지는 바람에 낙상한 사람을 도와준다. 집으로 돌아온 제인은 그 사람이 바로 손필드 저택의 주인이자 자기를 고용한 에드워드 페어팩스 로체스터임을 알게 된다. 그는 30대 후반으로 검은 머리에 침울한 표정을 하고 있다. 제인은 말수가 적지만 신비롭고 열정적인 그의 성격이 점점 좋아진다. 그는 제인에게 아델의 어머니로 한때 자기 애인이었던 파리의 오페라 가수 셀린에 관한 얘기를 털어놓는다. 아델은 친딸이 아니지만, 어머니가 딸을 버린 후 가엾게 된 그 애를 구해주려고 영국으로 데려왔다는 것이다.

제인은 또한 손필드에 어떤 비밀이 숨겨져 있다는 것을 감지하게 된다. 가끔 3층에서 미친 듯한 괴상한 웃음소리가 들려온다. 페어팩스 부인은 음주벽이 있는 침모 그레이스 풀의 웃음소리라고 하지만 제인은 믿지 않는다. 어느 날 밤 로체스터의 방에서 연기 냄새가 복도로 흘러나온다. 제인이 그의 방으로 달려가자, 커튼과 침대가 불타고 있다. 그녀가 로체스터를 깨우려고 하지만 잠을 깨지 않자, 물통을 들고 가 사람과 침대 위에 찬물을 쏟아 붓는다. 잠에서 깨어난 그는 이 일을 절대 아무에게도 말하지 말라고 당부하면서 그레이스 풀이 그랬을 거라고 말한다. 하지만 왜 그레이스에게 책임을 추궁하거나 쫓아내지 않는지, 제인의 궁금증만 더 자극할 뿐이다.

이 사건이 있은 뒤, 로체스터는 갑자기 그 지역의 다른 저택에서 열리는 파티에 참석하기 위해 손필드를 떠나 버린다. 그가 없는 동안 왠지 슬픈 기분에 빠진 제인은 그를 사랑하게 된 것을 깨닫는다. 그는 일주일간 집을 비웠다가 아름다운 블랑슈 잉그램 양 등 일단의 손님들과 함께 귀가한다. 제인은 로체스터가 이 세련되고 당당한 검은 머리의 미녀를 좋아한다고 생각하며 질투를 느낀다. 어느 날 로체스터의 옛 친구라는 리처드 메이슨이 방문한다. 제인은 그를 통해 로체스터가 한때 자메이카의 스페니시타운에서 살았다는 사실을 알게 된다. 어느 날 밤 메이슨이 3층에서 이상한 공격을 받아 다친다. 이 또한 그레이스풀이 미쳐서 덤벼든 것으로 여겨진다.

제인은 죽음이 가까워진 외숙모 리드 부인의 임종을 지키기 위해 한 달간의 휴가를 받아 게이츠헤드로 간다. 외숙모는 아들 존이 지나친 방탕 끝에 자살한 뒤, 충격으로 몸져누워 있다. 제인은 외숙모와 화해를 시도하지만 그녀는 화해 노력을 물리친다. 그녀는 죽기 전에 제인의 숙부가 보낸 편지 한 통을 건넨다. 제인에게 전 재산을 상속해 주고 싶다는 내용이다. 그 편지는 3년 전에 온 것이었지만, 리드 부인이 제인에 대한 앙심으로 전하지 않았던 것이다. 리드 부인은 친딸들의 사랑도 받지 못한 채 세상을 떠난다.

제인이 손필드로 돌아오니 손님들은 모두 떠나고 없다. 로체스터는 곧 블랑슈와 결혼할 예정이므로 제인과 아델이 이곳을 떠나야 할 것이라고 농담조로 말한다. 제인은 로체스터를 사랑한다고 밝히고, 두 사람은 약혼한다. 그녀는 사랑하는 사람과의 결혼을 앞두고 행복하다. 그러나 결혼식을 한 달 앞둔 무렵, 손필드가 파멸하고 자신이 울어대는 갓난아기를 안고 달아나는 악몽에 시달린다. 결혼식 이틀 전날 밤에는 검은 머리를 풀어헤친 여인이 제인의 방에 들어와 면사포를 둘로 찢어 버린다. 제인은 그 여인이 그레이스 풀이 아니라고 확신하지만, 로체스터는 그 괴짜 침모가 틀림없다고 말한다. 마침내 결혼식 날 아침, 제인과 로체스터는 교회의 제단 앞에서 혼인 서약을 하려 한다. 그때 갑자기 낯선 사람이 나타나 이 결혼에는 장애가 있다고 선언한다. 로체스터가 버더 앙투아네트 메이슨이라는 여인과 이미 결혼한 기혼자라는 주장이다. 로체스터는 결혼식에 참석한 사람들을 이끌고 자기 집으로 간다. 그곳 3층의 어느 방에서 그들은 그의 미친 아내가 흉포한 모습으로 묶여 있는 것을 발견한다. 그레이스 풀은 그 미친 여자를 지키는 사람이고, 이상한 웃음소리와 기이한 폭력 사건의 주인공은 버더인 것으로 드러난다. 로체스터는 제인에게 정식 결혼은 할 수 없으니 애인이 되어 프랑스 남부의 휴양지 별장에 가서 함께 살자고 애원한다.

제인은 한밤중에 여벌의 옷도 챙기지 않은 채, 손필드를 빠져나간다. 가진 돈이라곤 20실링뿐인 그녀는 마차를 타고 멀리 위트크로스라는 곳까지 간다. 거기서 사흘간 숲속을 헤매 다니고, 마을로 들어가 일자리를 구하다가 나중에는 먹을 것을 구걸하는 비참한 처지가 된다. 사흘째 되는 밤, 그녀는 불빛을 따라 황야를 가로질러 '마시 엔드(무어 하우스)'라는 집에 당도한다. 리버즈 가족의 집이다. 가정부 해너는 수상한 그녀를 돌려보내려 하지만, 집주인이자 목사인 세인트 존이 쉴 수 있도록 돕는다. 제인은 곧 세인트 존의 두 자매인 다이애나, 메리와 가까운 친구가 된다. 세인트 존은 제인에게 모튼에 있는 자기 교구의 가난한 소녀들을 위한 학교의 교사 자리를 제의한다. 다이애나와 메리는 아버지가 물려준 재산이 없기 때문에 가정교사로 생활비를 벌어 살아가고 있다.

어느 날 세인트 존은 제인이 숙부 존 에어로부터 2만 파운드의 재산을 상속받은 사실을 알게 된다. 제인은 세인트 존의 본명이 에어 리버즈이고, 그와 그 자매, 그리고 자신이 사촌임을 깨닫는다. 그런데 존 에어가 남긴 유산 상속자 명단에는 리버즈 가족이 빠져 있다. 존 에어와 리버즈 남매의 아버지 사이의 오래된 반목 때문이다. 하지만 제인은 자기도 가족이 있다는 사실에 감동해서 그 유산을 넷으로 나누자고 고집한다. 그리고 곧 가정교사 일을 그만두게 될 리버즈 자매가 돌아와서 살도록 무어 하우스를 수리한다. 세인트 존은 시골 목사로 일생을 보내는 데 만족할 수 없어, 인도로 가서 선교 사업에 투신할 계획을 세운다. 그는 제인에게 아내가 되어 동행하자고 설득하려 한다. 제인은 그가 자기를 진정으로 사랑하지는 않지만 목적을 위해 이용하고 싶어 한다는 것을 알고 청혼을 거절하면서, 아내가 아닌 동료로서 동행하겠다는 타협안을 내놓는다. 세인트 존은 열렬한 설교로 제인과의 결혼을 거의 성공시킬 단계까지 몰고 간다. 그런데 어느 날 밤 제인은 갑자기 자기를 부르는 로체스터의 목소리를 환청으로 듣는다.

제인은 무어 하우스를 떠나 진실한 사랑인 로체스터를 찾아 나선다. 밀코트에 도착한 그녀는 꿈에서와 같이 손필드 저택이 화재로 불타버린 것을 알게 된다. 그녀는 주막 주인에게서 버더 메이슨이 집에 불을 질러 화재가 났고, 로체스터가 아내와 하인들을 구하려다 한쪽 눈과 한쪽 손을 잃었으며, 지금은 펀딘에서 은둔생활을 하고 있다는 이야기를 듣는다.

제인은 곧장 마차를 타고 펀딘으로 달려가고, 그곳에서 힘없고 불행한 로체스터를 발견한다. 제인은 음식을 들고 가서 자기가 왔음을 확인시킨다. 재회한 두 사람은 결혼한다. 10년 후, 제인이 이 이야기를 술회하고 있다. 그녀의 결혼생활은 아직도 축복에 차 있고, 아델은 잘 자라서 제인에게 좋은 친구가 되었으며, 다이애나와 메리도 결혼했다. 세인트 존은 아직도 선교사로 일하고 있으나 죽음이 임박한다. 로체스터는 시력을 약간 회복해 첫아들을 볼 수 있게 된다.

| 작품 해설 |

《제인 에어》는 1847년 출판되자마자 곧바로 인기를 얻으며 큰 성공을 거두었다. 빅토리아 시대의 저명한 문학 평론가 조지 루이스는 이 작품을 '이번 시즌 최고의 소설'이라고 했지만 비판도 있었다. 엘리자베스 리그비는 〈쿼터리 리뷰〉 1848년 12월호에 실린 유명한 공격에서, 제인은 '사악하고 수양되지 않은 영혼의 화신'이며, 이 소설은 전반적으로 '비기독교적'이라고 평했다. 리그비의 비판은 이 소설의 인기 요인 중 하나인 반항적인 경향 때문일지도 모른다.

《제인 에어》는 그 시대의 교육, 가족, 사회계급, 기독교 신앙 등을 포함해 사회의 근간을 이루는 제도들에 대해 의문을 제기하고, 다양한 사회적·정치적 문제들을 숙고해 보도록 만든다. 여성의 사회적 지위는 무엇인가, 영국과 식민지들 사이의 관계는 어떤 것인가, 인간 생활에서 예술적인 노력은 얼마나 중요한가, 꿈과 환상은 현실과 어떤 관계가 있나, 성공적인 결혼의 토대는 무엇인가 등등의 의문이 그것이다. 이 소설은 이런 문제들을 던져주면서도 그 어느 것에 대해서도 간명한 해답을 설교적으로 제시하지 않는다. 독자들은 이 작품에 대한 독특한 개인적인 분석을 바탕으로 그들 자신의 해답에 대해 생각해 볼 수 있다. 이런 다차원성으로 인해 《제인 에어》는 다양한 독자들에게 읽을 만한 소설이 되고 있다.

이 소설이 장수하는 이유 중 하나는 21세기 독자들에게도 의문을 제기하는 사회적인 의미에 있다. 하지만 이야기를 계속 재미있고 흥미진진하게 끌고 가는 문학적 양식도 한 가지 이유라고 하겠다. 즉 로체스터와 제인의 사랑 이야기뿐만 아니라, 주요 등장인물의 심리적·도덕적 성장을 보여주는 이른바 '성장소설'의 형식 및 고딕풍과 영혼 탐구 등의 예술적 관행을 동원하고 있기 때문이다.

성장소설 면에서 보면, 사랑 받지 못하던 고아 출신 제인이 나중에 행복하게 결혼하고 독립된 여인으로 성장해 가는 과정을 1인칭의 회고 형식을 빌어 풀어가는 구성으로 짜여 있다. 제인은 독자들에게 이 자아 인식의 여행에 동참하도록 호소하고, 독자는 동반자가 되어 주인공과 더불어 배우고 변화해 간다.

고딕적으로는 초자연적 요소, 환상적 요소, 무시무시한 요소들을 강조하고 있다. 붉은 방에서의 유령 같은 리드 부인 모습, 손필드 저택에서 들려온 버더의 이상한 웃음소리, 로체스터 씨의 어둡고 시무룩한 표정 등이 그렇다. 이런 요소들은 긴장감을 조성하고, 손필드의 미스터리를 풀어가려고 애쓰는 제인의 노력에 독자들을 끌어들인다.

마지막으로 이 소설은 심령을 탐구하는 작품으로도 읽을 수 있다. 제인이 긴 인생 항로에서 머무는 곳마다 종교와의 관계에서 자신의 위치를 찾으려고 노력하는 모습을 확인할 수 있다. 그녀는 브로클허스트, 세인트 존 리버즈, 엘리자 리드의 성격 묘사를 통해 기성 종교계를 부정적으로 그리고 있다. 하지만 제인은 황야에서 하룻밤을 보낸 이후 나름대로의 종교관을 발견한다. 인간이 자연에 가장 가까울 때, 신과도 가장 가까워진다고 보게 되는 것이다.

"우리는 그분의 무한함, 그분의 전능함, 그분의 편재함을 헤아리게 된다."

신과 자연은 둘 다 자비와 동정과 용서의 원천이다.

| 작가의 생애 |

샬럿 브론테(Charlotte Bronte)는 스무 살 때 시 몇 편을 시인 로버트 사우디에게 보낸다. 그의 논평은 문학 수업을 포기하라는 당부였다. 그는 "문학은 여자가 일생을 걸고 할 일이 못 됩니다. 결코 해서는 안 될 일입니다. 여성 고유의 의무에 충실할수록 교양이나 기분 전환으로서도 문학에 매달릴 여유가 줄어들게 마련입니다." 그의 반응은 빅토리아 시대(1837~1901년의 영국 빅토리아 여왕이 다스린 시기, 산업혁명 등으로 물질적 번영을 구가한 시대.)의 영국에서 여성이 문단에 들어가려고 할 때 직면하는 어려움을 시사한다. 다시 말해, 여자는 가사 책임에 모든 정력을 바쳐야 하므로 창조적 활동에 할애할 시간이 없다는 것이다. 이처럼 바깥 세계의 지지가 부족했음에도 불구하고, 샬럿 브론테는 작가로서의 성공과 더불어 가족의 의무와 창작 욕구를 균형 있게 유지할 수 있는 동기와 열정을 자매들에게서 찾았다.

샬럿은 1816년 4월 21일 영국 요크셔 주 손턴에서 패트릭 브론테와 마리아 브랜월의 셋째 딸로 태어났다. 1820년, 그녀는 부목사인 아버지를 따라 요크셔 황야 지대의 벽지 호어스로 이사해 일생의 대부분을 살았다. 1821년, 어머니가 암으로 사망한 뒤 샬럿과 네 자매인 마리아, 엘리자베스, 에밀리, 앤, 그리고 남동생 브랜월 등 여섯 남매를 주로 키워준 사람은 미혼인 이모 엘리자베스 브랜월이었다. 우울한 성격의 이모는 조카들을 거의 감독하지 않고 자유롭게 방임하는 편이어서 아이들은 마음껏 황야를 쏘다니며 뛰어놀 수 있었다. 그뿐만 아니라, 아버지는 아이들이 흥미를 느끼면 어떤 책이든 마음대로 읽게 했다. 그들이 좋아했던 읽을거리는 셰익스피어, 《아라비안나이트(Arabian Nights)》, 《천로역정(Pilgrim's Progress)》, 그리고 바이런의 시였다.

1824년 코원브리지에 학교가 문을 열자, 브론테 목사는 네 딸을 나이순으로 그곳에 보내 교육을 받게 했다. 대부분의 전기 작가들은 샬럿이 《제인 에어(Jane Eyre)》에서 묘사한 로드 학교는 이곳의 열악한 환경을 그대로 반영하고 있다고 주장한다. 샬럿의 두 언니인 마리아와 엘리자베스는 학교의 형편없는 운영 탓으로 폐결핵에 감염되어 1824년에 사망했다. 이 비극을 겪은 브론테 목사는 샬럿과 에밀리에게 학교를 그만두게 했다.

언니들의 죽음을 슬퍼하며 외로움을 달랠 길을 찾던 나머지 네 남매는 아버지가 사다준 장난감 병정들을 소재 삼아 〈유리의 마을(Glass-Town)〉이란 연작동화를 쓰기 시작했다. 그들은 이 이야기를 위해 환상적인 세계를 꾸며냈다. '앙그리아'라는 서부 아프리카의 한 가상 제국이 그것이었다. 샬럿은 글짓기에 대한 그들의 흥미를 이런 말로 설명했다. "우리는 삶의 즐거움과 일을 위해 전적으로 서로에게 의지하고 책과 공부에 의존했어요. 어린 시절부터 줄곧 우리가 받았던 가장 큰 자극과 신나는 즐거움은 문학작품을 창작하려는 노력에 있었답니다." 샬럿은 20대 초반부터 앙그리아 이야기를 개작하고 확대하면서 주요 등장인물과 배경을 발전시켰다. 이런 글쓰기는 샬럿의 문체를 향상시키는 데 도움이 되었지만, 앙그리아에 나오는 모험들은 공상적이고 멜로드라마적인 것으로 그녀의 사실적인 성인소설들과는 대조적이었다.

아버지 패트릭은 폐질환을 얻은 후, 자신의 사후에 딸들이 생계 수단을 가지려면 교육을 받아야 한다고 생각했다. 1831년, 샬럿은 로헤드에 소재한 미스 울러 학교에 입학했다. 수줍음 많고 외톨이였던 그녀는 학교생활이 즐겁지는 않았으나, 여러 가지 상을 타고 메리 테일러와 엘런 너시라는 평생 친구를 사귈 수 있었다. 졸업 후에는 이 학교로부터 교사직을 제의받지만 사양하고 호어스로 돌아갔다. 그러나 호어스에서의 외로운 생활에 싫증이 난데다, 세상으로 나가 활동적인 직업을 찾기 위해 1835년 가정교사직을 얻어 로헤드로 돌아간다. 그 후 가정교사 자리는 적성에 맞지 않고 '노예 신세'처럼 여길 정도로 신경쇠약에 이르러 1838년 그만둔다. 불행히도 빅토리아 시대 영국에서는 중류층 여성이 가질 수 있는 직업은 가정교사뿐이었다. 가족에게 돈이 필요했기 때문에 샬럿은 두 차례 더 가정교사 일을 하지 않을 수가 없었는데, 마치 부유한 가정의 하인 같은 느낌을 떨쳐 버릴 수 없었다. 가정교사 자리가 '인간의 본성으로부터 소외되는 느낌'을 주었기 때문에, 다른 사람의 가정에서 지내는 생활이 즐겁지 않았던 것이다.

그녀는 독립해서 살기 위한 일자리를 마련하려고 호어스에서 학교를 열 구상을 하게 되었다. 이 사업을 시작하기 전, 교사로서의 역량을 높이려면 프랑스어와 독일어를 유창하게 해야 한다고 생각한 그녀는 26세에 브뤼셀의 펜시오나트 헤서에 입학한다. 새로운 문화 속에서 생활하는 자유와 모험을 즐기던 샬럿은 이 학교의 독신 교장을 열렬히 짝사랑하게 되었다. 하지만 사랑의 상처를 안은 채 2년간의 유학 생활을 청산하고 귀국한다. 그리고 학교를 열려던 희망은 한 명의 학생도 유치하지 못해 물거품이 되고 말았다.

이제 그녀는 모든 정열을 글쓰기에 쏟아 부었다. 에밀리의 시를 읽은 샬럿은 에밀리와 앤, 그리고 자신의 시를 모아서 직접 출판하기로 마음먹었다. 이 목표는 1846년에 이루어진다. 하지만 여류작가에 대한 사회의 이중적인 기준 때문에 커러, 엘리스, 액턴 벨이라는 남자 이름으로 출판했다. 《포임스(Poems)》라는 이 시집은 상업적으로는 성공하지 못했으나, 세 자매는 글쓰기를 이어나갔다. 그들은 전업 작가가 된 것에 신명이 나서 각각 소설을 쓰기 시작했다. 앤의 《아그네스 그레이(Agnes Grey)》와 에밀리의 《워더링 하이츠(Wothering Heights)》는 출판업자가 나섰지만, 브뤼셀에서의 경험을 자전적으로 쓴 샬럿의 《교수(Professor)》는 여러 출판사에서 퇴짜를 맞는다. 샬럿은 좌절하지 않고, 1846년에 백내장 수술을 받게 된 아버지를 모시고 맨체스터를 여행하면서 《제인 에어》를 집필하기 시작했고, 1847년 10월 16일 출간했다. 이 소설은 나오기 바쁘게 인기를 얻어 그녀에게 문학적 명성과 함께 가정교사 월급의 25배에 상당하는 당시로서는 거금인 500파운드를 안겨주었다.

이 같은 문학적 성공은 곧 가족의 비극으로 빛을 잃었다. 1848년 앤과 샬럿이 본명을 출판사에 밝힌 직후에 브랜월이 세상을 떠났다. 외아들에 대한 가족의 높은 기대에 부담을 느낀 나머지 아편과 알코올중독에 빠졌던 것이다. 곧이어 에밀리와 앤도 사망했다. 샬럿은 1849년 다음 소설인 《셜리(Shirley)》를 탈고했으나 자매들의 죽음으로 인한 슬픔으로 정신적인 공황 상태에 빠졌다. 영국 문단의 존경받는 일원으로 등단했지만 바로 그 시기에 사랑하는 자매이자 가장 열광적인 지지자인 두 동생을 잃게 되어 영광을 함께 나눌 수 없었기 때문이었다. 《셜리》가 출판된 뒤에 런던을 방문한 그녀는 그곳에서 윌리엄 새커리(William Thackeray, 1811~1863. 19세기 영국 문학을 대표하는 소설가. 대표작 《허영의 시장》, 《헨리 에즈먼드》 등.), 엘리자베스 개스켈(Elizabeth Gaskell, 1810~1865. 영국의 여류 소설가. 대표작 《메리 바턴》.)을 포함한 많은 문인들을 알게 되었다. 개스켈은 나중에 샬럿이 사망한 뒤 그녀의 전기를 썼다.

1845년부터 브론테 목사의 대리목사로 있던 아서 B. 니콜스가 1852년 샬럿에게 청혼을 했다. 그에 앞서 샬럿은 진정한 사랑을 찾고 싶었기 때문에 여러 차례 그의 청혼을 거절해 왔으나, 세 남매의 죽음이 가져온 외로움에서 벗어나려고 청혼을 받아들인 것으로 보인다. 니콜스를 '존중하지만 사랑하지는 않는다.'고 말했던 샬럿과 남편의 관계는 열정이 넘치지는 않았던 것이 분명하다. 딸과 니콜스의 결혼에 대한 브론테 목사의 질투 섞인 반대로 니콜스는 《빌렛(Villette)》이 출판된 1853년에 호어스를 떠났으나 1854년 아버지의 반대가 약간 수그러지자 1854년 6월 29일에 결혼식을 올렸다. 결혼 후, 샬럿은 글을 쓸 시간적 여유를 갖지 못했다. 목사의 아내로서 의무를 다하고 병든 아버지를 돌봐야 했기 때문이다. 1854년 그녀는 임신

초기에 비를 맞으면서 황야를 멀리 산책하는 바람에 폐렴에 걸려 39회 생일을 한 달 남긴 1855년 3월 31일에 세상을 떠났다. 1846년부터 1847년에 쓴 《교수》는 1857년에 출판되었다. 개스켈이 집필한 전기 《샬럿 브론테의 일생(Life of Charlotte Bronte)》도 같은 해에 나왔다.